川妮 著

焰红
湘浦口

中国工人出版社

目 录

第一部　诗歌引　　　　　　　　　　　1

第二部　石渚史（上）　　　　　　　　25

第三部　石渚史（下）　　　　　　　　71

第四部　樊家班　　　　　　　　　　291

第五部　铜官韵　　　　　　　　　　305

第一部 诗歌引

四十六岁之前，李群玉是一个纯粹的诗人。[①]写诗，是他的生活方式。在万千学子希望通过科考入仕的大唐，年轻的李群玉并不热衷仕途，他只在公元828年参加过一次科举考试。那是他唯一参加的一次科举考试，还是应了诗人杜牧的邀约。公元827年，李群玉认识了诗人杜牧。杜牧的堂兄杜悰在李群玉的家乡澧州任刺史，杜牧到澧州探望堂兄，经常约李群玉一起喝酒游玩。比李群玉大五岁的杜牧，二十三岁就写出了著名的《阿房宫赋》。到澧州这年，杜牧二十五岁，已经是闻名天下的诗人。杜牧的堂兄杜悰，除了是澧州刺史，还有另外一个显赫的身份——驸马爷。刚刚二十岁的李群玉，家世背景十分普通，居然入得了杜牧和杜悰的社交圈。杜牧一到澧州就邀他一起喝酒游玩，说明年轻的李群玉已经展露出卓越的诗歌才华，并在当时的诗歌江湖上占有了一席之地。

在阶层分化严重的年代，唯有才华可以像闪电一样刺破阶层的壁垒。在两个人频繁的交往唱和中，不仅诗歌才华，李群玉的学识修养和人品人格，也深得杜牧的赏识。[②]杜牧离开澧州的时候，跟李群玉约好了一起参加第二年的科举考试。年长几岁的杜牧，像个贴心的兄长一样替李群玉考虑过他的前程和发展路径。作为平民子弟的李群玉，必须走过科举考试这条独木桥，才能实现社会阶层的上升。杜牧随手写了一首诗纪念这件事，诗名叫《送李群玉赴举》：

故人别来面如雪，
一榻拂云秋影中。
玉白花红三百首，
五陵谁唱与春风？

杜牧和李群玉如约参加了公元828年的科举考试，杜牧考中进士及第，被授予

[①] 李群玉（808—862），字文山，唐代澧州人。澧县仙眠洲有古迹"水竹居"，旧志记为"李群玉读书处"。李群玉极有诗才，他"居住沅湘，崇师屈宋"，诗写得十分好。《湖南通志李群玉传》称其诗"诗笔妍丽，才力遒健"。

[②] 关于他的生平，《全唐诗李群玉小传》载，早年杜牧游澧时，劝他参加科举考试，并作诗《送李群玉赴举》，但他"一上而止"。后来，宰相裴休视察湖南，郑重邀请李群玉再作诗词。他"徒步负琴，远至辇下"，进京向皇帝奉献自己的诗歌"三百篇"。

弘文馆校书郎。大唐的进士科，考的是命题作诗，这是诗人最擅长的事情。以李群玉的才华，搞定一首命题作诗，还不是手到擒来的事情，怎么会落第？以他杜牧阅人的眼光，怎么会看走了眼？从杜牧的《送李群玉赴举》可以看出，杜牧从来没想过李群玉会科考失败。

李群玉更没想到自己会落第，以诗歌出道以来，跟他交往的官场友人及唱和的著名诗人，无不称颂他的学识才华。写诗的李群玉，一直活在一个理想的世界里。在这个理想世界里，跟他交往的是一群志同道合的人，这群人学识渊博，才华横溢，眼界开阔，他们喜欢他，欣赏他，鼓励他，赞美他。而在现实世界里，掌管科举考试的可能就是几个平庸的礼部官员，他们每年都要对着成百上千的试卷进行取舍，他们只能选出符合他们评判标准的答卷。审阅李群玉试卷的，或许是一个审美能力刻板固化的官员，在这样的官员眼里，横溢的才华反而会成为减分项。

碰上什么样的阅卷官员是凭运气的事情。像祖咏那样不按考试规定的六韵十二句五言诗完成科考命题诗《终南余雪》，只写了一首五言绝句《终南望余雪》就交了卷。"终南阴岭秀，积雪浮云端。林表明霁色，城中增暮寒。"祖咏对自己的临场发挥满意极了，监考官员提醒他比考试要求少写了八句，他傲气地对监考官员说了两个字——意尽。即便这样，祖咏还是被破格录取了。祖咏那样的好运气，绝对是小概率事件。虽然祖咏的《终南望余雪》是一首绝妙好诗，但要是遇到一个刻板平庸只晓得遵守考试规则的官员，就凭这首诗只有四句，没达到考试要求的十二句，祖咏第一时间就会被淘汰出局。祖咏的运气实在太好了，他碰到的主考官是著名诗人赵冬曦。才华和才华迎面相撞，撞出了一段闪光发亮的科考佳话。祖咏大概在这次科考中把一生的好运气用完了，以后的人生，一路下滑，晚年归隐乡间，靠打鱼砍柴为生。才华不输祖咏的诗人孟浩然，就没有祖咏那样的考场运气，孟浩然屡战屡败，一次都没有碰到一个欣赏他才华的考官，一次次梦断考场，只能望着大唐的官场叹气，不甘心地做了一辈子孟山人。就连被后世称为诗圣的大诗人杜甫，参加了两次科举考试，也都落第。科举考试落第的重锤一次次落下，不晓得摧毁了多少读书人的自尊和自信，更不晓得有多少人的人生因此而零落成泥。

科举落第对李群玉骄傲的内心无疑是一次重创，他的自信心大为受挫。科考落第回家的路上，李群玉写了一首长诗《自澧浦东游江表，途出巴丘，投员外从公虞》，在这首诗里，李群玉写下了"艰哉水投石，壮志空摧藏""巴歌掩白雪，鲍肆埋兰芳"……诸如此类的失败感言，表达心里的痛苦和不服。

在现实中受挫的李群玉，退回到理想的世界里，继续写诗。写诗帮助李群玉艰难地消化了落第的挫折，修复了李群玉的心情。伟大的诗人，都善于把痛苦打磨成文字，并借助文字的力量，完成涅槃重生。

不知道杜牧有没有鼓励李群玉再考，澧州一别，李群玉跟杜牧的人生，似乎再无任何交集。第一次参考落第之后，李群玉没有像其他参考落第的学子那样，重整旗鼓一考再考。此后漫长的一生，李群玉再也没有参加过科举考试。可能是诗友们在官场丢盔卸甲、狼狈不堪的遭遇和处境，让李群玉把官场视为畏途。还有一种可能就是李群玉那颗早慧的心帮助他早早地看清了自己，他毫无当官走仕途实现阶层提升的强烈欲望，同时清醒地认识到了澎湃横溢的才华和讲究规矩方圆的仕途，无法在他的生命里和谐共处……李群玉的内心，是一个让人无法猜测的谜。

二十岁之后的许多年里，李群玉没有谋求过一官半职。尽管李群玉出身平民家庭，经济上并不富裕，有时候还需要做点教书育人的工作换取报酬，但他没有任何不甘和纠结，也没有任何怀才不遇的牢骚和不满，他坦然地行走在自己时代的诗歌江湖，游历山山水水，交往诗坛豪杰，弹琴写诗，喝酒作乐。作为一个纯粹的诗人，李群玉一直悠游自在地生活在他的理想国里。

在四十六岁这年，李群玉做出了一个让人吃惊的决定。初秋时节，他背着自己心爱的乐器和潜心用精美小楷抄录的三百首诗，独自上路，奔赴京师。"徒步负琴，远至辇下"，以山野村民的身份向唐宣宗敬献了自己的三百首诗，想以自己的诗歌成就谋求一个官场的位置。李群玉的这个决定，比他经历一次科考落第从此不参加科考更让人生疑。他到底受到了什么刺激，居然在不惑之年，突然改变了自己的人生方向？这次改变，对他前半生选择做个纯粹的诗人，几乎是一个彻底否定。

李群玉离开家乡徒步负琴走去长安的背影，仿佛一个留给后世的巨大问号。

站在宫门外面，手捧自己用蝇头小楷抄录的三百首诗，不知道李群玉有没有想到诗人前辈李白。比他早生一百年的李白，赶上了大唐最鼎盛的时代。李白的每一个细胞都闪耀着卓越的诗歌才华，比他晚生一千多年的后世诗人余光中赞美李白，说他绣口一吐就是半个盛唐，这是后世诗人对李白的顶礼膜拜。但李白的理想从来不是做一个诗人，盛世的光芒照得李白头晕目眩，灼热的建功立业思想每时每刻在李白的脑子里沸腾，满脑子燃烧的家国情怀和社稷理想，让李白不甘心只做一个盛世边缘的诗人。伟大的诗人，在李白眼里，不过是盛世的旁观者。李白二十四岁离开家乡外出远游，同时寻求仕途的发展，恃才傲物的李白，为了在治国平天下的领域建功立业，不惜以旷世才华写下《明堂赋》《大猎赋》献给玄宗皇帝。从皇帝后妃到朝廷官员，似乎人人都欣赏李白的盖世诗才。李白进宫那天，玄宗皇帝亲自下龙椅迎接李白。欢迎宴会上，玄宗皇帝亲手给李白调制羹汤。给一个诗人这样的礼遇，对玄宗皇帝来说，也是绝无仅有的。那一刻，李白终于如愿站在了盛世舞台的中心。

玄宗皇帝给了诗人李白极大的礼遇，但他就是不肯给李白一个驰骋江山社稷可以为大唐建功立业的官职。玄宗皇帝任命李白为供奉翰林，听起来是一个实权官职，其实是一个可有可无的闲职。供奉翰林的任务不过是陪皇帝和后妃们吃喝玩乐，再写诗文记录下来。在玄宗皇帝看来，宦官们的无聊马屁，终究不如大诗人的颂圣诗歌高雅。抱着建功立业、安邦定国的宏伟志向入职，却整天无所事事，跟一群马屁精宦官一起待在皇帝和妃子身边，围观皇帝妃子游乐宴饮。宦官们即兴拍完马屁就完了，李白还要劳心费力地用诗歌记录下来。李白渐渐明白过来，即使站在盛世舞台的中心，站在大唐君主的身边，他也只是一个以诗文娱乐皇帝妃子的御用文人，跟李白"谈笑安黎元，终与安社稷"的伟大理想之间隔着一个无法逾越的鸿沟。心情郁闷的李白只能借酒消愁，借酒发疯，玩一些让高力士给他脱靴子之类的把戏羞辱宦官，释放心头郁闷。李白的诗人式任性，把皇帝身边的宦官统统得罪了。那些在伴君如伴虎的位置上都能活得如鱼得水的宦官，玩弄权术的技巧，根本不是李白应付得了的。李白在宫中的日子越来越难过，玄宗皇帝也懒得搭理他。李白终于深刻地认清了现实，在离帝国权力中心最近的地方，他感受到的不过是摧眉折腰事权贵，使他不得开心颜的屈辱。认清了这样扎心的现实，李白再也干不下去了。在那个六品官职供奉翰林的位置上，李白坚持了一年半最终离职而去。李白高调离职，把诗人的任性推演到了一个高峰；玄宗皇帝高调赐金放还，把礼遇诗人的大戏，演到了完美剧终。诗人和皇上，合作演出了一场载入史册的盛世大戏。按说，有了这一番不痛快甚至屈辱的官场经历，李白应该明白，做一个纯粹的诗人是多么自由美好。但是，李白那颗"大鹏一日同风起，扶摇直上九万里"的盛世雄心，始终无法平息。建功立业安邦定国的梦想，就像一盏永不熄灭的灯，一直指引着李白的人生方向。为了实现"谈笑安黎元，终与安社稷"的宏伟梦想，李白晚年甚至追随永王李璘走上了背叛大唐的道路，只因李璘给了他在江山社稷领域建功立业的机会。李璘兵败后，李白落得被流放夜郎的命运。一心寻求仕途发展，一心要治国平天下建功立业的李白，始终未能如愿挤进那个建功立业的帝国功勋榜。

李白死后，全唐诗收录了九百多首李白的诗。李白最终以一个伟大诗人的身份活在历史的长河里。他的伟大诗歌，既像是耀眼的星光闪耀在地球的上方，引领我们仰望头顶的星空；更像是晶莹的露珠滚落在人间的草丛里，滋养着一代一代华夏人民的情感和心灵。

李群玉在仕途上的运气比李白要好很多，李群玉去敬献诗歌的时候，宰相裴休是他的老朋友，当朝皇帝宣宗李忱是一个优秀的诗人。公元846年，宣宗李忱刚刚登基半年，诗人白居易去世了。宣宗李忱悲痛难抑，挥笔写了一首《吊白居易》：

> 缀玉联珠六十年，谁教冥路作诗仙。
> 浮云不系名居易，造化无为字乐天。
> 童子解吟长恨曲，胡儿能唱琵琶篇。
> 文章已满行人耳，一度思卿一怆然。

宣宗李忱的悼亡诗写得情真意切，把经常在诗里批评大唐朝政的白居易尊为冥路诗仙。宣宗李忱登基半年，就以一首悼亡诗，收服了天下诗人的心。

因此，很多人高赞宣宗李忱的政治智慧，夸他用一首悼亡诗，就轻轻松松收服了人心，树立了形象。这样的解读，只把宣宗李忱当成单一的政治人物，不免简单浅显了。这首悲痛深情的悼亡诗还有另外一个解读的角度，就是把李忱首先当成一个情感丰富的诗人。读诗和写诗，是李忱战胜恐惧、抚慰心灵的秘密武器。宣宗李忱隐秘的内心里，始终住着一个敏感深情的诗人。

宣宗李忱，刚出生的时候起名为李怡，登基之前，李怡几乎没有表现出任何的才华和雄心，宫中各处对他的评价是不慧。不慧痴傻救了李怡，让他得以在权力斗争的风暴眼里幸存下来。

公元846年，武宗病危之际，权欲熏心的宦官需要在武宗驾崩后扶持一个傀儡皇帝，李怡因为不慧痴傻而被马元贽等一众心怀鬼胎的宦官立为皇太叔，更名为李忱，让他监国，把他推到了皇位继承人的位置上。李忱在武宗驾崩后顺利登上了皇位。登上皇位的李忱，让宦官们大跌眼镜，他的不慧原来是大智若愚，他的痴傻原来是装疯卖傻。真实的李忱是一个管理能力、执行能力和意志力都在线的皇帝。宣宗李忱上台之初雄心勃勃，勤于政事。抑制宦官权势，整顿吏治，打击不法权贵外戚，"平反甘露之变"中除郑注、李训之外的百官，提倡勤俭治国治理官场奢靡风气，减少税负让民众休养生息，注重人才选拔建设官吏队伍，收复大片疆域……这套治理国家的组合拳打下来，挡住了大唐下行的国运颓势，让本已陷入衰败的大唐王朝出现了短暂的中兴局面，在历史上被称为"大中之治"。只当了十三年皇帝的宣宗李忱，在死后成功登上了帝王明君榜。

公元854年，宣宗李忱已经当了八年皇帝，他登基之初的治国热情和勃勃雄心已经消耗殆尽，中兴的帝国按照惯性运行，看上去也还繁荣兴盛。宣宗李忱的所有热情都转移到了对长生不老的渴求上，炼丹服药的日课，已经损害了他的健康。他总感觉注意力集中不起来，已经很久没有批阅过奏折，很久没有认真读过一首短诗了。

李群玉就是这个时候被宰相裴休推荐给宣宗李忱的，裴休说李群玉为了敬献诗歌，从湖南道一路徒步而来，日夜兼程一个多月。宣宗李忱看这个小个子的诗人，皮肤黝黑，身体瘦弱，看上去也不年轻了，还能走得了那么远的路。山野之人，到底结实。看看自己虚胖的身体，宣宗李忱叹了一口气，留下了李群玉敬献的诗稿。无聊的夜晚，李忱想起了那个精瘦黝黑的湖南诗人，忽然很想读一读诗。李忱吩咐公公把李群玉的诗稿找出来，把书房的灯芯剪一剪，他想一个人安静地读读诗。他移步到了书房，李群玉的诗稿已经端端正正摆在书桌上，灯也挑得亮亮的。李忱坐下来，翻开了李群玉的诗稿，李群玉的小楷写得精美雅致。李忱一页一页翻读李群玉的诗，先欣赏书法，再阅读诗句，他被李群玉的诗吸引了，一首一首往下读。迟钝麻木的感觉，在读诗的过程中渐渐觉醒了。他闻到了桂花的幽香，听到了很久没有听见的蛐蛐声。抬起头把昏暗迟滞的目光扫到墙上，看到了书房墙上那幅画，他已经很久看不清画上的细节了，这会儿居然看清了画上垂钓的老人怡然自得的表情。半个时辰前喝过一盏茶，嘴里居然涌起了甘甜的滋味。李忱的内心感受到久违的快乐，他不时地放下诗稿，回想起自己年轻时候读白居易的诗，《琵琶行》《长恨歌》都能逐句背诵。正是读诗和写诗，让他忘记了自己卑微而危险的处境，让他变得快乐。

李忱抚摸着李群玉诗稿上精美的小楷，心里翻滚起一阵一阵的波澜。皇宫，不过是华丽的牢笼。皇帝，不过是皇宫里的囚徒。如果可以选择出身，他会毫不犹豫地选择生在一个父亲慈祥母亲温柔兄弟情深的寻常殷实人家。如果可以选择职业，他会毫不犹豫地选择做一个诗人，跟诗人们游山玩水喝酒唱和，用诗歌和才华为自己赢得名声和尊严。他一定会结交李群玉。看他的诗就知道，李群玉很会吹笙，他是个很有趣很会玩的人。做一个四处游玩写诗的诗人，比整天待在皇宫里钩心斗角玩弄权术，要有趣一百倍。

一直生活在皇宫的李忱，虽贵为九五之尊，生活半径却十分逼仄，他每天看到的风景，不过是宫墙和房顶。飞过皇宫屋顶的大雁，总会引起他内心一阵惆怅。大雁飞去的南方，诗人们诗里的杏花烟雨江南，他未曾去过。宣宗李忱走过的地方、看过的风景，远远不及山野诗人李群玉。宣宗不由得感叹，李群玉这个湖南小个子诗人，他去过的地方真多啊。读李群玉的诗，差不多就是跟随李群玉的文字，巡视和检阅他的大唐江山。还有什么比巡视自己国土上的壮丽山河，绮丽美景，四季风光，顺带体察自己臣民的俗世烟火和世道人心，更能治愈一个皇帝的内心？①

"古岸陶为器，高林尽一焚。焰红湘浦口，烟浊洞庭云……"宣宗李忱的目光在这首题为《石渚》的诗上停留了很久，他隐约记起宰相裴休跟他提起过这个叫作石渚的地方，裴休说石渚窑区的瓷器远销到了波斯国，波斯国的皇室把我们的瓷器奉为珍宝。波斯国是多远的地方啊？这首诗写到了烧窑的景象，"焰红湘浦口，烟浊洞庭云"，这是何等壮丽的景象。要是能够像李群玉那样，亲眼看一看，该有多好。宣宗皇帝李忱难掩内心的激动，提笔写下了对李群玉诗歌的评价："所进诗歌，

---

① 唐宣宗"遍览"其诗，称赞"所进诗歌，异常高雅"，并赐以"锦彩器物""授弘文馆校书郎"。三年后李群玉辞官回归故里，死后追赐进士及第。

异常高雅。"光写评语还不足以表达李忱对李群玉诗歌的喜爱，李忱赐给了李群玉许多奢侈精美的"锦彩器物"。

　　李忱在宰相裴休面前对李群玉的诗歌赞不绝口，宰相裴休抓住机会极力推荐李群玉，裴休说，李群玉早就对皇上的英明和皇上的诗歌才华仰慕不已，皇上那首《吊白居易》，让天下的诗人把皇上视为诗人的知音。李群玉不曾通过科考入仕，如今年纪大了，通过科考的希望更加渺茫。此次徒步从家乡到长安，把自己的三百首诗献给皇上，想谋求一个合适的职务。李忱看着裴休，眼里充满迷惑，他对李群玉要谋求一个官场职位的诉求十分不理解，一个人能写出这样的好诗，为何还要当一个不自由的小官？如果人生可以重来，他愿意跟李群玉互换人生。他去放浪山水喝酒写诗，让李群玉来皇宫里钩心斗角玩权谋。李忱突然想到了一个山野之人的生存问题，李群玉该不是因为生活窘迫才来求取官位的吧？裴休说，李群玉不富裕，但也没有窘迫的问题。据我的观察，李群玉此番求职，是因为皇帝英明，帝国繁荣，他想要为国效力。李忱点了点头，尽管不理解，但他还是满足了李群玉的要求，授予李群玉"弘文馆校书郎"的职务。

　　皇帝的欣赏加上当朝宰相的力推，李群玉第一次自荐，就以布衣身份顺利进入了大唐的官场，获得了正九品官职"弘文馆校书郎"。按说，以四十六岁的高龄入了官场，李群玉应该感恩宣宗李忱的赏识和裴休宰相的力荐，兢兢业业地工作以报答他们的知遇之恩。但李群玉终究是个诗人，他不喜欢天天打卡上班，他喜欢的还是放浪山水间的自由，跟诗人们喝酒唱和的洒脱。对一个自由散漫了半生的诗人来说，"弘文馆校书郎"是一个乏味的职业。在故纸堆里待久了，血液都要凝结成块堵塞血管了。"弘文馆校书郎"这个来之不易的官职，李群玉只做三年就辞了。

　　公元854年，出生于公元808年的李群玉已经四十六岁了。这一年，到底发生了什么，让年轻时候都没有积极入仕的诗人李群玉，年过不惑居然生出了入仕的雄心壮志？

　　公元854年的春天，诗人李群玉照例离家外出跟友人相聚游玩。从年轻时候起，远行和归来，就是诗人李群玉生命的两种基本状态。每当春天来临，大地上草木生长的声音就会让李群玉坐立不安。从上一年秋天归来，他已经在家乡住得太久了。仙眠洲水竹居里熟悉的一切像一池没有波澜的死水令他生厌，连书上的文字也像枯干的草木，失去了往日翻开书页就会扑面而来的葳蕤水润。李群玉已经很久没有写出一行诗来了。远方同道诗人的呼唤和远方陌生风景的诱惑，就像深水里的一个旋涡，旋转出一股强大的力量，每时每刻都要把他吸过去。他变得一日胜过一日地焦躁不安，茶饭无味，也懒得吹笙阅读。见他整日爬到伏牛山的高处远望，家里人都知道，他又要远行了。

远行，是潜伏在历代诗人身体里的基因。诗人们的一生，是被远方诱惑着不断远行的一生。无论是李群玉出生之前的历代诗人，还是李群玉去世之后的历代诗人，差不多都奔走在远行的路上。一个诗人，永远抵御不了放浪山水的诱惑。远行和归来，是诗人生活的两个方向，远行指向陌生的远方，归来指向熟悉的故乡。远行和归来，构成了诗人生活的双重性。

公元854年初夏的一天，李群玉游玩到了江城这个地方，跟诗友们在酒家聚会，酒家柜台上放着一个青釉褐彩壶，一个诗友随口念出了壶身上的诗："君生我未生，我生君已老。君恨我生迟，我恨君生早。"另一个诗友笑说，这诗有点意思，比起"还君明珠双泪垂，何不相逢未嫁时"，更加绝望了。已嫁和已老，自然是已老更绝望。已嫁还可以学范蠡和西施私奔，远走他乡，泛舟湖上。已老却是无解。李群玉说，这些来自乡野的诗词，虽然不够工整雅致，倒也不拘谨，别有一番乡野的坦荡之趣。那个念出壶上诗句的诗友对李群玉说，这可是你家乡湖南道石渚窑口的诗文壶，不会是哪个小姑娘写给你的吧？李群玉朗声笑说，我还没有老朽，小女子何至于如此绝望。诗友们爆发出一阵大笑。一个诗友说，这首诗不一定就是女子写的，说不定是一个年轻男子写给他仰慕的长者。李群玉说，两个男子之间这样表达，到底缺了些端庄意趣。还是女子好，深情的年轻女子最撩人心弦。诗友们又一阵大笑，纷纷起身为深情而绝望的小女子连干了好几杯，才谈起了别的事情。店家听到了他们的调笑，特意送了一壶酒给他们助兴，李群玉邀请店家一起喝了一杯。这些年在外游荡，跟朋友们相聚在酒馆茶肆饮酒喝茶的时候，店家差不多使用的都是石渚窑口生产的酒具和茶盏。店家只要知道李群玉来自湖南道，都会送上一壶酒或者一壶茶，表达他们对石渚窑瓷器的喜爱。离开了湖南道，就没人在乎石渚和澧州其实不是一个地方。石渚窑区这些年越来越兴盛，李群玉是知道的。石渚窑区越来越好的名声，让漂泊在外的李群玉喝到了不少店家赠送的酒和茶。

喝完酒，有些微醺，李群玉走过柜台的时候，又看了一眼那只青釉褐彩壶。"君生我未生，我生君已老……"这么浅显直白的诗句，要不是写在壶上，不可能吸引李群玉的目光。李群玉站在酒家门外跟友人告别，他有些心不在焉，他一直在想那个在壶上写诗的家乡女子，李群玉断定在壶上写诗的人是一个女子，他早就听说，石渚窑区有很多女子在窑上做工，在瓷器上画画写字的事情大部分是女子在做。如此深情而绝望的家乡女子，该有怎样动人的容颜。

回到客栈，醉意上了头，李群玉很快睡着了。他梦见了家乡，梦见年轻时候的自己走在去伏牛山读书的路上，俏丽的姑娘在路边的茶园里采茶，她们的笑声把树上的鸟惊得飞起来，他听见阿耶和娘唤他的乳名，叫他回家吃饭，餐桌上热辣鲜香的家乡菜，引得他垂涎，刚要在餐桌边坐下，却跌了一跤，醒了过来。明晃晃的月光透过窗户，洒了一床一地。

李群玉长叹一声，从床上起来，站在陌生客栈的房间里，茫然四顾，头脑麻木。每次厌倦了漂泊，动荡陌生的一切就会让他生出倦怠空虚的感觉。他熟悉这种感觉，也害怕这种感觉，当这种倦怠感像浓雾一样包裹他吞噬他，他就像一个刚刚经历了海难被困在孤岛上的唯一幸存者，疯狂地想念家乡的一切。这个时候能救他出来的，只有他的家乡。他闭着眼睛，水竹居里的一草一木在他的脑海里活了过来。遥远的家乡仿佛感应到了他的渴望，他的仙眠洲和他的水竹居此刻就像一块磁铁，隔空发射出万千条柔弱的光线把他紧紧缠绕，每一条光线，都携带着发光发热的乡愁密码。对一个厌倦了漂泊的异乡人，乡愁是安抚孤独心灵的一剂良药。

第二天，李群玉收拾行装，结束了从春天开始的远行，踏上了长亭更短亭的回家之路。在一个闷热的日子，李群玉到达了潭州，跟潭州的友人相聚之后，李群玉从潭州乘上了一条船。从潭州到常德澧县老家，是他回家的最后一段路程。石渚湖，是李群玉这段行程的必经之路。李群玉不是第一次路过石渚了，每次路过，他都会惊异于石渚码头的繁忙景象。诗人杜甫公元769年避风铜官石渚，看到的也是"不夜楚帆落"的繁荣景象，那还是北方八年战乱结束之后的几年。杜甫看到的繁荣跟李群玉看到的繁荣，是没有可比性的。公元769年，石渚窑区还是一个不知名的地方。公元854年，石渚窑区的瓷器已经闻名天下了。

公元854年，石渚草市周边的窑口，正在源源不断向世界各地输送精美的瓷器。石渚码头是大宗中国瓷器远销的起点。石渚码头千帆竞发，盛况空前。在石渚窑火兴盛的那些年，至少有三条航线，连接着石渚码头。从石渚码头出发，既可以通过扬州、登州（蓬莱），把石渚各个窑口的瓷器运往朝鲜半岛和琉球。还可以通过扬州、明州（宁波）、泉州、广州，将瓷器销往菲律宾和新加坡。最远的那条航线可以到达东非的坦桑尼亚。当从石渚码头出发的船只经过广州、安南高州（河内）、泰国、马来西亚、新加坡、印度尼西亚苏门答腊岛、斯里兰卡、印度、巴基斯坦、伊朗、阿曼、也门、沙特阿拉伯、埃及、肯尼亚，最终抵达坦桑尼亚的时候，航船已经走过了1500公里的海路，达到了公元九世纪的海运巅峰。被后代历史学家以海上丝绸之路命名的航线，石渚是内陆码头的一个重要起点。

这一天，诗人李群玉的船进入石渚的时候，天慢慢黑了下来。同样的石渚码头，白天和黑夜，给人的感觉完全不一样。白天，面对熙来攘往的船只和喧哗鼎沸的人声，李群玉的感觉和心情都是迟钝的，在过于喧嚣的环境里，人的感觉本能地会选择躲避和退缩。夜晚就不一样了，夏天钢蓝色的夜空下，大地上的万物只看得见一个轮廓，这个黑暗中的轮廓，像一幅曼妙多姿的剪影。诗人李群玉站在船头，他的目光扫过石渚窑区在夜晚的曼妙剪影，他的目光停留在那幅剪影的每一条边每一条线每一个点每一个钝角每一个锐角，夜晚像温柔的手抚过他的面庞。诗人的听觉变得灵敏了，诗人的眼睛明亮灼热了。

船工看一眼李群玉，把船停在湖心，站在船尾，和主人一起看着岸上的风景。船工跟随李群玉走过几趟湘江，懂得他看风景的时候，不能打扰他。李群玉一旦被景物吸引，就忘记了时间。他和船上那些生意人，在意的东西很不一样。生意人都是赶时间赶路要紧，总会一个劲儿催促船工开快点，生意人只在乎快点把船上的货物送到要去的地方，他们从来不看河流两岸的风景。船工跟生意人跑船那些年，每天忙着赶路，从来没有注意到两岸的风景。跟着李群玉在湘江里行了几回船，船工学会了看河流两岸的风景，渐渐懂得了那些景物的美妙。

夏天正是窑区最忙碌的时候，上百座龙窑错落有致地排列在山上，上百座正在烧制瓷器的龙窑冒着火光，焰红的窑火刺破了夜晚的黑暗，烟囱里的烟火热腾腾地冲向天空，柴火燃烧的声音在寂静的夜里听上去热烈欢快。

李群玉想起了那只引起他乡愁的青釉褐彩壶。那只壶，不晓得是在眼前的哪一座窑里烧制的。那个在壶上写诗的女子，是不是还在窑区的哪一个窑口里劳动？这个无名无姓的女子留下了一首诗，让诗人李群玉对她的故事无法释怀。一个女子爱上年长许多的男子，是多么绝望啊。在这个女子的故事里，时间打败了爱。

诗人李群玉久久地站在船头，看着岸边的窑区烟火冲天的景象，感受着窑区热烈沸腾的气氛。他想起自己用过那么多石渚窑口烧制的瓷器，家里喝茶喝酒吃饭点灯写字……都要用到石渚窑口的瓷器。即使在外游荡的日子，也随时都能跟石渚窑口烧制的瓷器相遇。石渚窑口的瓷器物美价廉，还能创新产品引领风尚，已经是越来越多店家的首选。李群玉的日常生活里充满了石渚窑口的瓷器，但他从来没有这么近距离地看见窑火。诗人李群玉从来没有看见过窑区的劳动者。李群玉第一次意识到，他每天拿起来就用的瓷器背后，隐藏着多少伟大的创造和劳动。此刻在他目光里升腾的窑火之下，多少人间的故事正在悄然发生。他的思绪，又回到了那只青釉褐彩壶和那个写诗的女子，他在心里想象着那个女子的模样，想象她把诗写到壶上的时候，她的眼泪也滴落到了壶上。

李群玉的心被焰红的窑火烧得滚烫起来，灵感的火花顺着血管奔跑，火花跑过的地方，血液噼噼啪啪仿佛窑火在燃烧，灼热滚烫的感觉透过皮肤，往周边的空气里扩散。李群玉最喜欢这样的时刻，这是灵感被唤醒，诗人被创造力附体的魔性时刻。

目睹眼前漫山升腾的窑火和浓烟，李群玉的心已经被浓烈高能情感充满了，他在船头站立不稳，摇晃了几下。他赶紧稳住自己，走回船舱里。跟着李群玉的小厮是个机灵鬼，看见主人微红的脸色，微汗的额头，微微抖动的头发和胡子，他就知道主人的心被一种叫灵感的东西抓住了。主人一旦被灵感抓住，马上就要写诗。小厮赶紧给主人铺开纸笔，磨好墨。李群玉走到桌边，拿起笔，在砚台里蘸了蘸墨，然后，就在纸上写了起来。

小厮大气都不敢出一声，眼睛跟着主人的笔转动着，尽管主人写的字，小厮一个都不认识，但他喜欢看主人写字，他听主人的朋友们夸主人写诗的时候有一种行云流水的感觉。主人和他的朋友们说话，小厮常常听不懂，但他偶尔也会记住一些有意思的词，这会儿看着主人写诗，他脑袋里就蹦出了行云流水这个词，好像突然就懂得了行云流水的意思。主人一气呵成，写完了，把笔掷在桌上。小厮赶紧上前，把写了诗歌的宣纸举起来，面对着主人。小厮了解主人的习惯，写完诗，总要诵读几遍。读完如果脸色不好，抓起来把稿子撕了，那就是对写下的诗不满意，如果诵读完了，面露喜色，踱几步，又诵读一遍，那就是得了满意的好诗。李群玉踱了几步，站定了，诵读起来：《石渚》……小厮很惊喜，他听懂了石渚这两个字，他们停船的这个地方，就是石渚码头。小厮觉得主人真是太厉害了，石渚不过是一个破地名，居然也能写出一首诗来。小厮的耳边，响起了李群玉抑扬顿挫的声音。

　　　　古岸陶为器，高林尽一焚。
　　　　焰红湘浦口，烟浊洞庭云。
　　　　迥野煤飞乱，遥空爆响闻。
　　　　地形穿凿势，恐到祝融坟。

李群玉诵诗的声音，把船工也吸引了过来，船工站在一边，专注地听完了。小厮呆望着李群玉，他的脸在油灯的光里飘摇着。主人诵读的诗，除了石渚两个字，其他的诗句小厮根本听不懂。主人跟他那些写诗的朋友聊天，小厮也有一多半听不懂。李群玉诵读完，小厮一脸茫然地叹了口气，船工则一脸惊喜。船工说，这首诗倒是好懂，写的就是岸上烧窑的事情。先生真是了不起，石渚地界烧了多少年窑了，烧窑的事儿，从来没有诗人写过。小厮说，原来是写的烧窑啊，烧窑这种事也能写成诗？李群玉得了一首满意的诗，心情很愉快，他笑起来，说，自古万物皆可入诗。小厮眨巴着眼睛，说，照你这么说，看到小猫小狗也可以写诗？看到蚂蚁也可以写诗？看到磨豆腐也可以写诗？李群玉点点头，说，目之所见，耳之所闻，心之所动。一切皆可写诗。小厮又是一脸茫，说，那岂不是人人都可以做诗人？可我就不会写诗。说不通。李群玉笑了笑，对小厮说，你只要用心体会，有感而发随口诵出的都是诗。小厮摇着头说，不成不成，诗哪是随便一个人就能写的。咱们潭州，总共也没有几个诗人。李群玉说，别说潭州，石渚窑上，都有好多诗人。

小水通大河，山深鸟宿多。

主人看客好，曲路亦相过。

  小厮拍起手来，说，这首好，我完全听得懂。小河流到大河，山上树林深处自然鸟就多，主人热情好客，客人绕路也会来住嘛。李群玉说，这首诗，就是石渚窑区的窑工写在瓷壶上的，我喝酒的时候见过。小厮说，我也听说石渚瓷器上的诗，都是窑工写的。李群玉说，说明写诗并不是难事，石渚的窑工不仅写诗，还把诗写在瓷器上烧制出来。这可是石渚窑区的大发明。我在外游历的时候，酒馆老板只要知道我是湖南道人，肯定会送我一壶酒。我可沾了石渚窑区不少光。小厮说，我觉得他们的诗比先生的诗好，可他们为什么没有先生有名？说明还是先生的诗好。说明诗要听不懂才好。李群玉笑了笑，说，你这样悟下去，很快就会写诗了。小厮挠了挠头，不好意思地笑了。李群玉对船工说，开船吧。小厮举着宣纸上的诗，恳求道，先生再诵读一遍吧，我要把这首诗背下来，以后见到石渚窑口的人，我就告诉他们，我家先生写了一首叫《石渚》的诗，写的就是你们窑口上烧窑的事情。我背给你们听，你们说写得好不好？说不定窑口上哪个画画写诗的姑娘还会喜欢上我呢。船工笑了，说，你净想美事。小厮说，先生可是大名人，窑口上的人听到先生给他们写了诗，哪怕没有姑娘喜欢我，窑工也会送我一个酒壶。李群玉被小厮逗得笑起来，他让小厮把宣纸抬高一点，踱了几步，再一次诵读起来："古岸陶为器，高林尽一焚。焰红湘浦口，烟浊洞庭云。迥野煤飞乱，遥空爆响闻。地形穿凿势，恐到祝融坟。"小厮跟着李群玉诵读一遍，只背下来两句，小厮缠着李群玉，一遍又一遍，两句再两句，终于把《石渚》这首诗完整地背了下来。

  回到水竹居，小厮见到一个人就要拉着人家听他背诵一遍《石渚》，小厮发现，背诵得多了，真的就懂了诗里的意思。怪不得主人说，书读百遍其义自见。小厮每次背完后，总是很得意地说，你听懂了吗？主人的这首诗，是写烧窑的。"古岸陶为器，高林尽一焚。焰红湘浦口，烟浊洞庭云。……"

  小厮背诵《石渚》的声音，时常会撞进李群玉的耳朵里。不晓得是不是被焰红的窑火唤醒了心里的某种欲望，李群玉这次远行归来，并没有像以往那样，获得平静与安宁。尤其是小厮背诵《石渚》的声音撞进他的耳朵，石渚窑口那升腾到空中的火焰与烟尘，仿佛把他的血液烧热了，李群玉变得躁动起来，他坐立不安。连小厮都听出来了，主人的琴声有些乱，经常弹到一半就停了，好半天，才又弹起来。秋天，桂花飘香的时候，诗人李群玉做出了那个让所有人不理解的决定，他说，我必须做点什么，我要去长安。我的这一生，从来没有实实在在地做过什么，我不能只做一个诗人。他果然去了长安，用他的三百首诗打动了宣宗李忱的心，敲开了大唐的官场之门。做了三年"弘文馆校书郎"之后，李群玉终于发现，自己只能做一个诗人。

公元862年，李群玉在他的水竹居里辞世。李群玉同时代的诗人周朴写了一首悼唁他的诗，"群玉诗名冠李唐，投诗换得校书郎。吟魂醉魄知何处，空有幽兰隔岸香。"这首名为《吊李群玉》的七言诗，把李群玉敬献诗歌换取仕途功名的事情写得明明白白，说明李群玉公元854年赴长安以诗换官的事儿，在当时是一件很轰动的事儿。李群玉辞世之后，接任宣宗皇帝的懿宗李漼给李群玉追赐了进士及第。只参加过一次科考并且落第的李群玉，死后获得了皇帝亲赐的进士及第。诗人李群玉的一生，算得上圆满了。

公元854年，李群玉的船在石渚码头停留了一会儿，就用文字给石渚的窑火盛世建立了一座永恒的博物馆。历来都是这样，诗人用文字记录他们远行走过的地方，用诗歌命名他们目光抚摸过的风景。所有被诗歌命名过的风景，所有被诗人赞颂过的地名，都能穿越时空，熠熠生辉。诗人们随口吟诵的诗，仿佛具有点石成金的魔力。

石渚幸运地被诗人看见了。多少年后，写诗的人已经化为尘土，诗人用文字搭建在纸上的建筑物，还跟搭建之初一样栩栩如生熠熠闪光。世间万物皆有尽头，只有文字流传千年，成为不朽之物。正如那个著名的法国存在主义思想家萨特所说，词语是永恒的，而人生只有短暂的一瞬。

公元960年前后，石渚的窑火熄灭了，石渚的码头荒废了，热闹的草市沉寂了。荒草掩埋了窑口，时间掩埋了记忆。一切仿佛不曾存在，一切都仿佛不曾发生。"古岸陶为器，高林尽一焚。焰红湘浦口，烟浊洞庭云。……"这样的景象，在李群玉写诗的时候明明是写实，在此后一千多年的时间里，却变成了难以追踪难以确认的悬疑。曾经从石渚码头装运上船销往世界各地的精美瓷器，曾经被八世纪和九世纪的人普遍使用和赞美的彩色瓷器，曾经和南方青瓷、北方白瓷三足鼎立的石渚彩瓷，曾经在陶瓷界独领风骚的石渚窑口工艺——釉下多彩、模印贴花、诗文装饰、绘画装饰，那个时代高超的高温釉里红技术……所有的一切，那个辉煌灿烂的窑口，那些从石渚码头出发的船只，那些聪明勤奋的窑上人创造的辉煌世界，统统在时间的长河里失去了踪迹。

直到1956年，湖南文物管理委员会的文物清理工作队在望城铜官镇瓦渣坪发现了一处古窑址，当时以为瓦渣坪的窑址与陆羽《茶经》里记载的岳州窑一个窑系。他们都没有想到，这次清理工作，是一个重要发现的起点。工作队的清理工作结束后，把收集的瓷片送了一些到故宫博物院。瓷片里夹杂了几块彩瓷片，引起了故宫博物院陶瓷专家陈万里的注意。经历一千多年的沉寂之后，尘封在地下的窑区终于有了重见天日的机会。那几块被送到故宫博物院的彩瓷片，就像被一千多年前的石渚窑上人扔在时间十字路口的神秘路标，指引着一千多年后的人去发现被尘土和时间掩埋的石渚窑区。敏锐的陶瓷专家们接收到了来自一千多年前的信号，立马行动起来。陈万里当即去了瓦渣坪，进行了初步考察。第二年，陈万里带着另两名陶瓷专家冯先铭和李辉柄专程到铜官镇调查，他们在瓦渣坪一带挖掘，发现了更多的彩绘陶瓷器。经过逐一比对，确认了彩绘陶瓷的年代是公元8世纪和9世纪。专家们惊讶不已，原来一千多年前，在一种瓷器上就能烧出三种不同色泽和多种彩绘花纹，尤其是褐绿彩和釉里红，而且还是高温釉下彩。这个发现是颠覆性的，此前陶瓷界认定陶瓷的釉下多彩技术起始于宋代，比这个窑口的时间要晚200年。因为发现彩瓷片的瓦渣坪属于长沙地域，陈万里先生把它称为长沙窑。

1959年冬天，冯先铭再次到瓦渣坪复查，更多的彩绘陶瓷被发掘出来，更大面积的窑区景象被挖掘出来。冯先铭等一群专家终于小心翼翼地确认了：瓦渣坪窑址是历史上第一个彩瓷窑，这个窑口比岳州窑的生产规模更大，瓷器品种更多。冯先铭写出了田野调查报告《从两次调查长沙铜官窑所得到的几点收获》。冯先铭对长沙铜官窑的彩瓷做出了中肯的评价："它所采用的装饰方法超出了当时的一般规律，突破了传统的单色釉。"如果乘胜追击，继续扩大挖掘面积，继续加大挖掘力度，把更多的证据挖掘出来，保存下来，陶瓷专家们就会早一天复原那个尘封的窑火盛世。但是，由于当时的政治和经济因素，使得陶瓷专家们希望进行深度挖掘的愿望落了空，所有的挖掘和发掘工作都停止了。撤离之前，专家们看着眼前大片的农田山林和新修的房屋，他们渴望挖掘的窑区遗址就在农田山林和房屋的下面，那些携带历史密码的瓷器碎片和坍塌的龙窑遗迹就在下面……但他们无能为力，只能长叹一声，恋恋不舍地离开了。

1964年的冬天，是个非常寒冷的冬天，全国新修水利工程正如火如荼地进行中，到处都在挖河沟，加固河堤，修建引水渠。荒寒的冬天里，铜官镇新修水利的工地上红旗招展，轰轰烈烈，这个工地，就在石渚湖。石渚湖引流改道，需要挖大量的泥土去加固河堤。就地取材挖土加固河堤的地方，正好是石渚古窑遗址的位置。听到古窑遗址被破坏，在考古研究所工作的周世荣十分惋惜，前两次跟随陶瓷界前辈在瓦渣坪挖掘，虽然挖掘面积有限，但他们已经发现了这个窑区的考古价值。周世荣带着老技工赶了过去，在工地上看到的景象，让他痛心疾首。已经挖了4米多深还没挖到底的窑址断面，积满雨水的泥巴里全是彩色的碎瓷片，农民们担去修筑加固堤坝的泥土里混满了碎瓷片。他离开工地去村里走了一圈，心情更加郁闷。完整一些的瓷器，被修水利的农民捡回家里当成装糖、盐巴的器物，大型的破损的器具被丢在房子周边，有的放点泥土种了蒜和葱，有的就那么歪七扭八堆在一起，还有一些小型漂亮的瓷器瓷片干脆送给孩子们玩，被孩子们随意踢来踢去，玩够了，随手扔进水沟里。孩子们哪里知道这些他们不稀罕不值钱的碎瓷片，是携带着公元8世纪和9世纪密码的文物。周世荣深知这些文物的考古价值却无能为力，在当时的情况下，兴修水利是中心任务，水利是农业的命脉。负责考古发掘的文物部门既没有资金又没有上级的支持。他们能做的，就是尽力收回一些瓷器。周世荣想了很多办法，他自己掏钱买了糖果给村里的小孩子，用糖果兑换小孩子们手里的瓷片，用新买的糖罐和盐罐换走村民们捡回家的破旧罐子。几天之后，周世荣和老技工一人挑了一担窑上的瓷片和相对完整的器物，离开了热火朝天的水利工地。他们沿着泥泞不堪的湘江河岸走了十里路，到铜官镇坐船回到了市里。现在，湖南省博物馆所藏长沙窑藏品中的很大一部分，就是1964年周世荣和老技工用糖果换回来的。他们尽力为石渚窑的繁华盛世留住了一些可靠的证据。

自1956年被发现以来，长沙铜官窑先后经历了1964年、1978年、1983年、

1999年共四次正式的考古发掘，出土文物已过万件。围绕窑址挖掘的瓷片精品不多，深埋土里一千多年，对瓷片上的釉色有一定程度的损毁。根据考古发掘，可以确认这个窑是独立于岳州窑的彩瓷窑口，但要确认和还原石渚窑口的盛世面貌，并不容易。

那条从石渚出发的水路运输线，已经沉静千年。那个曾经被水路运输线连接起来的辽阔世界，那些镶嵌在运输线上的城市和码头，就像断了线的珠子，散落在阔大的空间里，各自隐身。碧波上的帆影消失了就再也寻不到踪迹，但是，一条上百年的水路运输线上，总会有些消失不掉的痕迹被掩埋在某个角落，等待后人的发现。

印度尼西亚苏门答腊海域勿里洞岛的渔民，除了捕鱼，还会潜水到海底采集海参，海参的价格让他们感觉冒险潜水是值得的。渔民们生活的那片海域位于两岛之间，形状有点像漏斗，海中蕴藏着丰富的鱼类资源，是当地人生存的"饭碗"。渔民们从16米深的海底打捞上来的，不仅有海参，还有一些浑身长满了海藻和珊瑚的陶瓷罐。渔民们把这些破旧的陶瓷罐拿到集市上卖，居然比他们打的鱼采集的海参卖出的价格更高。这些偶然发现的破旧陶罐，让渔民们相信了那些传说，他们这片海域的海底有沉船，沉船上有大量的财宝。渔民们也许会在梦里梦见发现了海底沉船上的宝物，在惊喜中醒过来。但是到了海边，渔民们望着波涛汹涌的大海只能怅然若失。海底太深太辽阔了，渔民们简陋的潜水装备，无法支撑他们在海底寻宝。

德国商人蒂尔曼·沃特法原先是德国一家水泥厂的老板，他的嫂子是印度尼西亚人，他的工厂也有很多印度尼西亚的工人。工人们讲述的加里曼丹和苏门答腊海底有很多沉船的故事，引起了蒂尔曼·沃特法的兴趣。海底藏宝，是一个兴盛不衰的传说。人类经历过漫长的航海时代，在技术不发达的航海之初，沉在海底的船，不知道有多少。连豪华的泰坦尼克号都沉没了，何况完全是人工动力的帆船和木船时代的船只。海底沉船上的宝藏，比海盗藏在无人岛的宝藏，是更为可靠的传说。印度尼西亚工人们对海底沉船的热情从不衰减，各种道听途说和古老传说里的沉没船只，经过他们的口头加工，变成了极其诱人的海底宝藏。蒂尔曼·沃特法海底探险挖宝的欲望被激发出来，不再安心做水泥厂老板。人一旦被大海诱惑，广阔的陆地已经无法满足他的内心需求。蒂尔曼·沃特法聘请了专业的海底打捞团队，与印度尼西亚政府签订了所打捞宝物由两者共同分享的协议，成功解决了专业团队的组建和法律风险两大重要问题，蒂尔曼·沃特法的海底冒险生涯就正式启动了。

1996年，蒂尔曼·沃特法带专业的打捞团队来到传说中沉船的地方。站在海岸上，无风无浪，平静的大海深不见底，这是一个适合潜水的好天气。蒂尔曼·沃特法听见自己的心跳得像一面战鼓。沉船、宝藏、冒险、财富、野心、名声……他的脑子里翻滚着这些闪耀着光芒的词汇，他感觉肢体充满了力量。他虔诚地祈祷上帝保佑他的冒险事业进展顺利。蒂尔曼·沃特法的运气不错，1997年，就在传说中的沉船区域，发现了一条宋代的沉船"鹰潭号"。"鹰潭号"的器物毁坏严重，商业价值并不大。但这是一个好的兆头，说明这片海域的沉船故事是真实可信的。1998年，他发现了一条明代的沉船"马热尼号"，他从这条明代沉船上获得了丰厚的收益，这让他信心倍增。上帝站在蒂尔曼·沃特法的身边，一直在保佑他，他的好运气还在持续。

1998年，在勿里洞海域一块巨大的黑色礁石旁，他又发现了一条保存完整的船，除船的底部有一个大洞外，船身没有其他损坏。这条船，因为沉没在一个巨大的黑色礁石旁，被蒂尔曼·沃特法命名为"黑石号"。这条沉船是一个巨大的惊喜，因为船身整体下沉，船上的货物没有散落更没有损毁。经过一年的打捞，共打捞上岸67000件宝物，除少量极其珍贵的金银器和铜镜外，其余都是瓷器。这批瓷器只有少量越窑、邢窑、广东窑的单色瓷器产品，却有56500件彩瓷器，彩瓷器占"黑石号"上所有瓷器的百分之八十四，彩瓷器是"黑石号"上最大宗的商品。

这艘被蒂尔曼·沃特法命名为"黑石号"的船是一艘长22米、船体宽8米的单桅帆船，船体所用材料是阿拉伯地区菠萝格木，船体木板用"椰壳纤维绳"缝合。船体构件连接没有用铁钉，而用"椰壳纤维绳"缝合，是典型的中东造船方式。这种造船方式，至今在西亚的阿曼等国仍有人采用。毫无疑问，"黑石号"是一艘波斯商船，"黑石号"上的所有金银器物和瓷器，均来自中国。美国《国家地理》杂志评论说，这是一次千年前"中国制造"的集中展示。

打捞完成后，蒂尔曼·沃特法将"黑石号"的整船瓷器运到新西兰的一个工厂做去污和去盐处理。经过处理的瓷器，光亮如新，莹润肥厚，美轮美奂，惊艳了所有人的目光。"黑石号"上的瓷器，刚一发现就吸引了世界各地的博物馆和收藏机构，成为世界收藏界的热门话题。但是直到2002年，有关"黑石号"的消息才传回了国内。这说明在世纪之交的时候，国内的收藏界和博物馆系统，与世界同类机构的交流十分有限。2002年，在上海召开的古陶瓷研究会上，一位参与水下考古的台湾考古界女士将"黑石号"上发现大量彩瓷的信息告诉了参会的中国陶瓷界专家，立马引起了国内有关方面的高度重视。2002—2004年，先后有扬州博物馆、上海博物馆、湖南博物馆等国内的博物馆跟蒂尔曼·沃特法取得联系，提出了回购"黑石号"上文物的意向。除了国内的博物馆，还有迪拜等国的收藏家和收藏机构也有购买意向。蒂尔曼·沃特法先生为了保持"黑石号"沉船文物的完整性，便与考古学家、历史学家进行跨越时空的探索和研究，坚持要博物馆和收藏机构收藏家整体购买。因为价格和其他原因，国内的博物馆暂时没有力量整体购买收藏。最终，"黑石号"上的文物被新加坡"圣淘沙"机构购买，落户新加坡。经印度尼西亚政府同意，蒂尔曼·沃特法留下了"黑石号"上的162件文物。2017年，经过艰难谈判，蒂尔曼·沃特法从"黑石号"上留下的162件器物被长沙铜官窑博物馆收藏，其中有97件是一千多年前石渚窑区烧制的彩瓷器物。

"黑石号"上的瓷器，有两只碗十分重要，一只碗的内纹饰为古波斯文"安拉"，瓷碗的外侧写有"宝历二年七月十六日"的铭文，另一只青釉褐绿彩瓷碗上写有"湖南道草市石渚盂子有明樊家记"的铭文。

"宝历二年"是中国大唐第十五任敬宗皇帝李湛的年号，宝历年号一共使用了三年零一个月，皇帝李湛在位两年零十一个月，十八岁就被谋害了。他的弟弟李昂继位为文宗皇帝后，继续沿用宝历年号三个月，然后改宝历年号为大和年号。"宝历二年"是公元826年，这是一个明确的时间坐标。"湖南道草市石渚盂子有明樊家记"，"湖南道"为唐代的行政机构，唐代采用三省六部制，地方行政区划分为道、州、县。"草市"是州、县以外的水陆交通要道或关津驿站所在之地形成的集市。这个瓷碗铭文上的"石渚"就是石渚湖和石渚码头周边的窑区，瓷碗铭文上的"石渚"和李群玉的诗歌《石渚》互相印证，为"黑石号"数量巨大的彩瓷产地标识出了准确的地理坐标。

在石渚窑火熄灭一千多年后,"黑石号"打捞面世,"黑石号"上惊艳了世界的56500件彩瓷器物和铜官窑遗址上挖掘的彩瓷残片叠加在一起,不仅确证了李群玉诗歌里"古岸陶为器,高林尽一焚。焰红湘浦口,烟浊洞庭云。"那个窑火盛世的存在,还进一步确证了唐代瓷器"南青北白长沙彩"三分天下各放异彩的鼎盛格局。

石渚的窑火熄灭了千年,石渚窑区通过海上丝绸之路参与海外贸易的证据还在不断被发现,除了没有抵达终点的"黑石号",那些源源不断抵达了终点的船只,把石渚窑的彩瓷器运到了东亚、南亚、西亚、东非。被这些地方的民众广泛大量使用了上百年的瓷器,一百多年深度渗透百姓生活中的瓷器,即使已经湮灭千年,也不可能不留下蛛丝马迹。二十世纪以后,人类在地球上的地理大发现已经终结了,人类把发现和探索的目光移到外太空的同时,也开启了对人类历史回望性的考古发掘。随着考古发掘的热情持续不减,海上丝绸之路沿线上的二十四个国家,一百多个地方的考古挖掘现场,都发现了长沙窑的彩瓷器物。

所有的证据都证明了,在李群玉写下《石渚》这首诗的时代,石渚,是一个通向世界的码头。从石渚码头出发,可以去往世界上的很多地方。

在唐代叫作石渚的地方,现在的名字叫铜官镇,隶属于湖南省长沙市望城区。

第二部　石渚史（上）

樊婆婆一百岁了。外地到草市来的人第一次见到樊婆婆，都惊得站在原地，双手合十，念一句阿弥陀佛，他们以为碰见了下凡的王母娘娘。在他们的想象中，王母娘娘就该是樊婆婆这个样子。

一百岁的樊婆婆耳聪目明、腿脚利索，每顿要干掉冒尖尖的两大碗米饭，一大碗油汪汪的红烧肉，一大盘时令蔬菜，还要雷打不动喝一壶酒。草市街上的几十家酒馆，家家都给樊婆婆留得有一个专门的座位，樊婆婆不管走进哪家酒馆，别说石渚本地人，就是那些到石渚做生意的外地人，都争着帮樊婆婆付酒钱。樊婆婆在石渚地界上，已经活成了跟天上的王母娘娘一样的神仙人物。

樊婆婆是个接生婆。樊婆婆当接生婆以前，石渚地界上干接生婆的都是些三四十岁生过孩子的妇女，不需要拜师学习，只要胆子大、愿意干，邻居街坊有人生孩子的时候在边上帮一两次忙，就会被当成接生婆。樊婆婆是石渚地界上唯一一个没结婚的接生婆。樊婆婆的出现，让石渚地界上不仅有了专职的接生婆，接生婆的地位，也得到了空前绝后的提升。樊婆婆是一个创造了接生婆历史的接生婆。

樊婆婆原名叫樊美玉。十四岁的樊美玉活泼可爱，看起来跟石渚地界上的其他少女差不多，谁也想不到她的人生会如此不同。那年冬天，樊美玉的姐姐生孩子的时候发生了意外，本该先露出头来的婴儿先伸出来一只脚。这种立着生的情况，全天下接生婆都害怕碰到。接生婆慌了，让主人家赶紧打发人去把石渚地界上能请来的接生婆都请了过来。三个接生婆围着樊美玉的姐姐折腾了一个晚上，又折腾了一个白天，孩子非但没有生下来，母亲的命也没有保住，一尸两命。

樊美玉的姐夫穿着一身白衣来报丧，樊美玉听见她娘的哭声压抑而悲凉。樊美玉的娘让樊美玉在家里看着弟弟妹妹，但樊美玉坚持要跟着她娘和阿耶去参加姐姐的葬礼，她说，我去送姐姐一程。樊美玉的娘拗不过她，就让她跟着去了。樊美玉随着娘去姐姐婆家的时候，姐姐已经被装殓好躺在棺材里，脸上敷着很厚的粉，遮住了脸上的青肿，却遮不住痛苦挣扎留在脸上的扭曲和狰狞，红艳艳的唇脂也盖不住嘴唇被咬破的痕迹。那个给姐姐带来过无数美好期待的孩子，依然在姐姐的肚子里。樊美玉盯着姐姐隆起的肚子，她的眼睛仿佛具有了透视功能，透过衣服和肚皮看见了那个已经死去的婴儿，一条腿伸到了外面，头和大部分身子变成了青紫色，在半透明的子宫里，像一条肥胖的鱼。樊美玉紧闭着双眼，撕心裂肺的疼痛像巨浪般袭来，樊美玉站立不住，悄悄退到一边，蹲在地上，用双手抱紧了自己的肩膀。葬礼上，每个人都有自己的角色，每个人都沉浸在程度不同的悲伤和痛苦中，没有人注意到樊美玉。樊美玉一个人在角落里蹲了很久，娘的哭声高亢尖锐，像一道穿云破雾的闪电直接撞上她的耳朵，让她瞬间听不到任何声音。樊美玉很想像她娘那样哭，死命哭，她想把五脏六腑都哭出来，但她哭不出来，痛苦像一根绳子，勒住了她的声音。

给姐姐送完葬回来，樊美玉性情大变，她不再跟后生们说笑打闹，也不再跟女伴们结伴游玩。性格开朗爱笑爱闹爱玩的那个樊美玉不见了，她变成了一个不会笑的姑娘，她那双曾经波光流转的眼睛好像结了冰，任何时候都散发出冷森森的气息。

樊家窑上有一个叫郑喜州的后生，一直很喜欢樊美玉。郑喜州十四岁跟师傅学制釉，十八岁就出了师，成了可以独当一面的制釉能手。别人学制釉，最少五六年才能出师。窑上的人都夸郑喜州聪明，郑喜州知道，他并不聪明，他只是喜欢上了樊美玉，樊美玉成了催促他赶紧学好本事的最大动力。郑喜州的计划很美好，出师之后，他就是有了一技之长的窑工，窑工都有稳定的收入。一个有了一技之长和稳定收入的男人，就有资格跟自己喜欢的姑娘提亲了。

石渚地界上公认最好的婚姻模式，其实不是父母之命媒妁之言，而是私订终身在前，媒妁之言在后。郑喜州晓得樊美玉喜欢他，樊美玉看他的眼神跟看别人不一样，樊美玉跟他在一起的时候，脸上有一层橘黄色光晕。郑喜州早就发现，男女之间如果互相喜欢，就会有一层橘黄色光晕在两个人的脸上流动。郑喜州敏感，对男女之间的感情尤其敏感。他不仅晓得樊美玉喜欢他，别的男女互相喜欢，他也能看得出来。

郑喜州出师之后，兴冲冲跑去找樊美玉。郑喜州见到樊美玉，心里好像有一头小鹿在撞，他嗓子发干，舌头僵硬。他呆站了好半天，才在嘴巴里积攒了一点口水，把发干的嗓子和僵硬的舌头润了润。他说，美玉，我出师了。樊美玉说，祝贺你。樊美玉的声音没有任何温度。郑喜州说，美玉，我喜欢你，我要娶你。樊美玉望着远处的山，没说话。郑喜州说，我晓得你也喜欢我，我学制釉这么努力，就是想早一点出师,早一点娶你。樊美玉什么表情都没有,脸上既不惊喜也不羞怯,她叹了口气,干巴巴地说,你回吧。娶个别人好好过日子,别惦记我了。郑喜州这才注意到,以前流动在樊美玉脸上的橘黄色光晕不见了,她脸色暗淡,表情僵硬。郑喜州以为樊美玉失去了姐姐,沉浸在悲伤之中。一个悲伤的人,是不会有心思喜欢另一个人的。郑喜州十分理解,他的娭毑去世之后,他也有很长一段时间不想跟人说话。他说,我知道你失去了姐姐很难过。我愿意陪着你,多久都行。他相信樊美玉会从悲伤中走出来,就像他从娭毑去世的悲伤中走出来,重新感受到生活的美好一样。他盼望着樊美玉重新变回爱说爱笑,脸上罩着一层橘黄色光晕的样子。郑喜州说到做到,只要窑上没事他就去陪伴樊美玉,给她唱歌,给她买礼物,给她烧制漂亮的脂粉盒……樊美玉对他不理不睬,礼物也不收,见了他只有一句话,你回吧。

郑喜州的一切努力,都不能让樊美玉冷冰冰的眼睛冒出一点热乎气。郑喜州很伤心,但他不想放弃。他选择退而求其次,让父母央媒人去樊家说媒。做不到私订终身,至少要试试父母之命媒妁之言。郑喜州对父母之命媒妁之言有七成把握,他晓得樊美玉的阿耶喜欢他,樊师傅是窑口的掌火师傅,曾经想收他为徒,但他对掌火没兴趣,瞪着大眼睛看多久也看不出火焰的颜色有什么变化。尽管没有做樊师傅的徒弟,樊师傅对他还是不错的,背后没少夸奖他。只要能把自己喜欢的姑娘娶回家,郑喜州相信自己一定能焐热姑娘的心。郑喜州这辈子最大的愿望,就是凭借手艺踏踏实实挣钱,娶一个喜欢的姑娘,过一份窑上人的好日子。娶了樊美玉,他会加倍努力,争取早一点当上师傅。他迟早会让樊美玉拥有一座龙窑。

媒人去了樊家,樊美玉的耶娘欢天喜地,又是让座又是倒茶。有待嫁姑娘的人家,被媒人踏破门槛,才是最自豪的事情。郑喜州家找的媒人,是石渚地界上最有本事的媒人,也是要价最高的媒人。媒人进了门,眼光在房子里扫来扫去,水还没顾上喝一口,就先夸樊美玉的娘能干,把家拾掇得干净整齐,一个能干的女人,是家庭发达的基石。夸得樊美玉的娘都不好意思了,使劲让媒人喝茶。媒人喝了一口茶,接着夸樊美玉的阿耶,夸樊师傅的手艺高,夸樊师傅的为人好,夸樊师傅的福气好……媒人说起话来滔滔不绝,唾沫横飞。樊师傅是个不善言辞的人,媒人夸他的话如瀑布一样飞流直下落到他的脸上,让他感觉很不自在,他找个借口进屋去了，留下樊美玉的娘跟媒人过招儿。媒人见惯不惊，石渚窑上这些男人，搞起窑上的事情，个个是把好手，一到提亲说媒的时候，都显得笨嘴拙舌。媒人笑了笑，按照自己做媒的程序和节奏，接着夸樊美玉，把樊美玉夸成了下凡的天仙，又聪明又能干又有家教。樊美玉的娘听得心花怒放，脸上不知不觉堆了一层喜滋滋的表情。媒人接下来的重点是夸郑喜州一家，家境如何殷实，父母待人接物如何有分寸，郑喜州这孩子如何孝顺、聪明、勤劳、肯干、善良……媒人翻动着嘴唇，把郑喜州夸成了石渚地界上所有姑娘都想嫁的人。

　　媒人虽然夸张，但也不算离谱。郑喜州是樊美玉的娘看着长大的后生，论人品样貌，论聪明能干，樊美玉的娘没有不满意的。樊美玉的阿耶跟郑喜州在一个窑上，曾经还想收郑喜州为徒，虽然郑喜州没跟他学徒，但他对郑喜州的评价一直很高。但是，大人再满意，孩子要是不喜欢，嫁过去过不到一起，天天闹得鸡飞狗跳，大人也会跟着着急上火。老话说强扭的瓜不甜，说的就是婚姻。看媒婆气定神闲十拿九稳的样子，樊美玉的娘暗自揣想，姑娘跟郑喜州私底下是不是已经定了终身？要是两个孩子互相喜欢，那就太好了。大人满意，孩子喜欢。这才是石渚地界上最好的姻缘。

　　樊美玉的娘笑盈盈地说，等我们晚上问过姑娘，明天一准给你回话。樊美玉娘说的是惯常的客套话，女方家庭对提亲的人家再满意，也要矜持一点，不能表现得心急火燎。媒人自然心领神会，她已经达到目的了，准备起身走人。这个时候樊美玉从外面走了进来，一大早她就被她娘派去草市采买衣服布料去了，在家务活上，她已经是她娘的好帮手了。樊美玉走路走得额上出了微汗，脸上红扑扑的。媒人堆了一脸笑，说，姑娘回来了。樊美玉虽然脸上热腾腾的，目光却像结冰的湖面，冒着冷气。她的目光掠过她娘脸上的喜色，再掠过媒人脸上的喜色，两个人脸上的喜色就像正在春风里开放的花朵突然遇到了霜冻，一下子就零落了。樊美玉把冷森森的眼神对准了媒人，媒人在心里嘀咕，这姑娘的眼神寒气太重了。樊美玉说，你请回去吧，再也不要来了。我晓得你到家里干啥来了，我现在就给你答复，我这辈子不会嫁人。媒人喝了一口茶，定了定神，有些夸张地大声笑起来，说，哪有姑娘不嫁人的，姑娘说不嫁人多半是借口。姑娘要是心里有喜欢的人，尽管说出来，凭姑娘的模样品行，喜欢谁我都能给姑娘牵个线搭个桥，帮姑娘成就美满姻缘。媒人见多识广，自以为这番话说得很得体。樊美玉的娘不想得罪了媒人，赶紧帮着打圆场，说，姑娘也没问是哪家的后生就说不嫁，太冒失了。媒人说，姑娘可以打听一下，我做媒的人家，日子都过得和和美美。凭我对姑娘的了解，我不可能把随便一个配不起姑娘的人说给姑娘，我给姑娘提的这个郑喜州，姑娘也是认得的……樊美玉打断了媒人，说，我谁也不喜欢。我已经告诉郑喜州，这辈子不会嫁人，他还不死心。麻烦你回去告诉他，我已经打定了主意，满了十六岁就去拜陈婆婆为师学做接生婆。

樊美玉的话好像一道闪电劈在面前的两个人身上，樊美玉的娘和媒人瞬间目瞪口呆无法动弹。媒人出道做媒以来，走东家串西家吃了半辈子开口饭，撮合了上百对好姻缘，从没遇到过樊美玉这样的姑娘。媒人毕竟见过世面，她最先缓过神，看看樊美玉的娘如泥塑木雕一般，只有眼珠子在转动。媒人顾不上跟樊美玉的娘客套，放下茶盏离开了樊美玉的家。媒人出了门，快步跑了起来，就像有什么东西在后面追她。

媒人跑累了，在路边歇了口气，直接去了郑喜州家。媒人一贯奉行搞不成的事儿就不要拖泥带水，早点了结，好重起炉灶。走到郑喜州家的时候，媒人的心还在咚咚乱跳，手脚还有点僵硬。进了屋，郑喜州的耶娘不在家，郑喜州忙着给媒人让座端茶。郑喜州的眼睛亮晶晶闪着光，在媒人的脸上探寻着信息。媒人的脸色不像有什么好事情。郑喜州心里一紧。媒人坐下来喝了一口茶，问，你耶娘呢？郑喜州说，他们走亲戚去了。媒人长长地叹了一口气，说，跟你说也一样，你就别惦记樊美玉了。郑喜州眼睛里的光暗了下去，他低下了头，问，是不是她耶娘不同意？媒人指了指自己的脑袋，说，她耶娘倒是乐不得，是樊姑娘不同意。樊姑娘的脑袋不太正常。郑喜州抬头看着媒人，脸红了，他压制着内心的怒火，说，不可能，你别胡说。在草市学堂念书的时候，学堂的先生都夸她聪明，说她要是男伢子，一定能考中进士。媒人撇了撇嘴，说，你都猜不到她跟我说什么，她说她这辈子不嫁人。我一开始以为她不晓得我给她说的是你，拿不嫁人当借口，姑娘们都是这个通病，碰到看不上的就说不嫁人。哪晓得她说不嫁人是谁也不嫁，皇帝老儿她都不嫁。你绝对猜不到她想干啥。她说她已经打定主意要去拜陈婆婆为师，以后一辈子当接生婆。你说说，从古至今，别说咱们石渚地界上，就是潭州地界上，哪有一个大姑娘当接生婆的？哪个脑子正常的姑娘会有这种想法？郑喜州感觉怒火冲上了头，他的脸涨得通红，他紧闭着眼睛，怕怒火从眼睛里喷出来，他觉得自己浑身都在颤抖，他紧紧抓着凳子。好一会儿，郑喜州才感觉平静了一点。他说，我不相信樊美玉脑子不正常。她姐姐生孩子死了，她太伤心了。她要当接生婆，肯定有她的道理。她本来就不是一个普通的姑娘。媒人说，不管樊姑娘的脑袋正常不正常，樊家，我是不会再去了。除了樊姑娘，你喜欢哪个姑娘，我都能给你牵上线搭上桥，成就一段美满姻缘。石渚地界上好姑娘多的是，你随便挑。我保证给你说成，要是说不成我以后也没脸做媒了。郑喜州说，除了樊美玉，我谁也不喜欢。媒人说，你是当真的吗？郑喜州点点头，说，我只喜欢樊美玉。媒人说，你还真是个痴情种。你的事儿，我也不管了。我忙活这一天，媒没保成，脑瓜倒是被你们两个宝器搞得生疼。郑喜州眨巴了一下眼睛，说，怪不得我昨天晚上做了一个梦，梦见樊美玉家的院子里落下来一只凤凰，浑身金光闪闪，樊美玉从屋里出来，径直走过去骑在凤凰的背上，凤凰张开翅膀，驮着樊美玉在我们石渚地界上飞了一圈又一圈，凤凰身上的金色光芒把我们石渚地界上所有的一切都照亮了。我醒来还纳闷呢，怎么平白无故做了这么一个奇怪的梦。原来是这个意思。樊美玉果然不是寻常人，她将来是要像凤凰一样护佑我们石渚地界的人。媒人用两根手指在郑喜州的眼前晃了晃，郑喜州什么反应都没有。媒人说，你脑子也不正常了。我还是赶紧走吧。以后你们两家的事儿，我都不管了。媒人觉得晦气，气哼哼地走了。郑喜州发了一会儿呆，就到窑上去了。他需要去窑上平复心情，只有专心制釉的时候，他的心情才没有那么烦闷。

樊美玉的阿耶待在屋子里，外面说的话，他都听见了，他的震惊不亚于樊美玉的娘，但他毕竟是男人。媒人走后，樊美玉的阿耶从屋里出来，给樊美玉的娘倒了一杯茶。樊美玉的娘喝了一口茶，热茶烫疼了她的舌头，她终于从震惊中清醒了过来，赶紧跑过去关上了大门。樊美玉跟个没事人似的，在屋里裁剪她买回来的布，打算给弟弟妹妹做衣服。樊美玉的娘问樊美玉的阿耶怎么办，樊美玉的阿耶气得嘴唇颤抖，他黑着脸说，我管不了你家的姑娘。我还要到窑上去。樊美玉的娘快哭了，她说，美玉是你樊家的姑娘，你说不管就不管。我也管不了。樊美玉的阿耶看着樊美玉的娘，脸色缓和了，语气也柔和了，他说，有些话，是你这个当娘的人才好说的。我到窑上去了，你好生跟姑娘说说，问问她到底是啥心思。樊美玉的阿耶走了，出门的时候，忍不住重重地摔了一下门。

樊美玉的娘把茶盏里的茶喝完，走过去，坐在樊美玉身边，叹了好几口气，才小声说，你姐姐死了你就没有笑过，我晓得你姐姐死了你难过，你们姐妹两个打小就好。白发人送黑发人，娘的心尖肉被挖了一块，娘更难过。樊美玉娘的眼睛里涌起一层泪水，她用手背抹了抹，说，难过也要把日子过下去啊，难不成我们都跟你姐姐一起去？樊美玉低着头，眼泪啪啪地滴在裁剪的布上。樊美玉的娘搂着樊美玉的肩，帮她擦眼泪，说，别哭了，你姐姐这一世命薄福浅，公婆疼老公宠的，偏偏就没有闯过生孩子这道鬼门关。你姐姐下一次投胎转世一定能变个男伢子，不用再闯生孩子这道鬼门关了。樊美玉眼里的泪源源不断往外涌。姐姐死后，她一直哭不出来，她被痛苦冻住了，就像一条被冻在冰里的鱼。她终于号啕大哭起来，那些困住她的痛苦，从硬邦邦的冰化成了可以流动的水。

哭了很久，樊美玉终于平息了。樊美玉的娘说，哭出来就好了。你就是当了接生婆，也救不了你姐姐了。你姐姐要是晓得你为了她不肯嫁人，她在那边也不会安心。樊美玉说，娘，我晓得当了接生婆，也救不了姐姐，可我能帮着别的女人闯过鬼门关。姐姐要是晓得我帮了别的女人，一定会高兴的。陈婆婆说我的手又小又软，适合当接生婆。陈婆婆接生的女人，个个都闯过了鬼门关。可陈婆婆年纪大了，做不了几年了。樊美玉的娘说，我晓得你是个心善的孩子。你就是要当接生婆，也得先嫁人生孩子再去当接生婆。哪有大姑娘去学接生的，你要是说得出一个，我就准你去。樊美玉看着她娘的眼睛，说，武周之前，也没有女人当皇帝。武则天当了皇帝，有一个叫徐敬业的起兵反对武氏，还有一个叫骆宾王的诗人帮徐敬业写了讨伐武氏的文章，结果武则天把徐敬业打败了，骆宾王也逃到山里藏起来不敢露面了……樊美玉的娘说，你阿耶就不该让你去草市的学堂念书。樊美玉说，让女孩也去学堂念书可是樊行首定下的规矩。樊美玉的娘说，你念了书，心就野了。樊美玉说，我真喜欢念书，可惜只念了五年。我要是男伢子，就一路念下去，考上进士，光宗耀祖。樊美玉的娘说，等你嫁了人，生了男伢子，就让他好好念书。你这么聪明，你以后生的男伢子，一定跟你一样聪明。樊美玉的眼睛重新变冷了，她说，万一我也跟我姐一样呢？樊美玉的娘吓了一跳，冲着地上呸呸呸地吐了三口唾沫，说，你这孩子，不兴这么胡说。樊美玉说，谁也不晓得自己闯不闯得过生孩子的鬼门关。娘，你别劝我了。我这辈子就想当接生婆，你和阿耶不让我学，我就搭一条船去扬州。扬州是个大城市，风气比我们石渚开化。学堂的先生说，扬州还有开酒肆当老板的胡姬。到了扬州，我一定会寻到机会拜师。樊美玉的娘终于意识到，樊美玉认准了的事儿，绝不会回头。

樊美玉的娘一筹莫展，等到樊美玉的阿耶从窑上回来，已经是几天以后了，窑上点了火，掌火师傅就一刻都离不得。樊美玉的娘愁得吃不下饭睡不着觉，人都瘦了一圈。看见樊美玉的阿耶，她顾不得像以往那样让他赶紧去休息，她急着把樊美玉的话告诉他，她站在那儿喋喋不休碎碎叨叨。樊美玉的阿耶疲惫不堪，心里的火像窑火一样往上冲，他大声地说，她要敢去扬州，我就打断她的腿。他气得拍了桌子，把桌上的一盏省油灯拍到地上摔得粉碎。樊美玉的娘一边收拾地上的省油灯碎片，一边哭起来，说，你把二姑娘的腿打断了，二姑娘这辈子咋办？你还不如让她去扬州，好胳膊好腿儿的，管她寻个啥营生，我也不用惦记她。大姑娘已经没了，再要一辈子见不到二姑娘，我还不如跟大姑娘去了算了。樊美玉的阿耶说，我那不是说的气话吗？你快别哭了，我们一起想想办法。一个姑娘家，脾气怎么这么拧，一点都不像你。还是大姑娘最像你，脾气温顺性格好。樊美玉的娘想起死去的大姑娘，哭得更厉害了。樊美玉的阿耶说，别哭了，还是想想怎么办吧。

樊美玉的耶娘合计了一晚上，头皮都想得要炸裂了，终于想出了一个缓兵之计。第二天，樊美玉的阿耶对樊美玉说，我和你娘合计好了，我们拦不住你，也不拦你了，等你满了十六岁，只要陈婆婆愿意收你，我们就让你去跟陈婆婆学接生。你别指望我们给你准备拜师礼。陈婆婆不收你，你也不能再提去扬州的事儿。樊美玉不说话，她望着她的阿耶，眼睛里冒着冷气。樊美玉的娘怕姑娘又犯了拧脾气，赶紧说，姑娘晓得好歹，不用说，姑娘心里肯定答应了。樊美玉扭过头，走了。樊美玉的阿耶说，二姑娘的样子，像是答应了吗？得逼着她答应。一言既出驷马难追。樊美玉的娘心里没底，她说，二姑娘的脾气你又不是不晓得，逼得太急了，说不定她明天就跑了。先给她吃上一颗定心丸。满十六岁之前，她肯定不会跑。樊美玉的阿耶说，我上辈子是不是做了恶？大姑娘年纪轻轻走了，二姑娘又疯疯癫癫不正常。看到樊美玉的娘眼里涌出泪来，樊美玉的阿耶闭了嘴，去草市街上寻人喝酒去了。

樊美玉的娘稳住了樊美玉，赶紧备了礼物去求陈婆婆。陈婆婆的小屋虽小，却异常整洁。樊美玉的娘放下礼物就说，陈婆婆，我家二姑娘的事，你都听说了吧？陈婆婆点着头说，听说了，酒馆里的人都在说，郑喜州提亲前梦见一只金光闪闪的凤凰停在你家院子里，接走了美玉姑娘。美玉姑娘一定是个奇女子。樊美玉的娘说，千万别听那些胡说，郑喜州那孩子受了刺激。我今天来，是想求你答应我一件事，我家二姑娘来拜师，你千万不能收她。樊美玉的娘说着说着哭了起来，侧着身子就要给陈婆婆下跪，陈婆婆哪敢接受，慌忙扶起樊美玉的娘。

陈婆婆不是石渚本地人，她是前两年从北边逃难过来的。逃难到洞庭湖的时候，陈婆婆的儿子和男人掉进水里淹死了，陈婆婆跟着逃难的队伍，流落到了石渚。陈婆婆的男人和儿子都是窑工，他们那支逃难的队伍，男人都是黄冶村的窑工。窑工们很快就在石渚窑上找了事情做。陈婆婆孤身一人，只能自己找活干。陈婆婆敲开草市街上每一家店铺的门，跟老板说她啥活儿都能做，做饭洗碗带孩子洗衣服，她都是一把好手，她不要工钱，给碗饭吃就行。陈婆婆在街上找了两天，没有找到活干。草市街上一对开小酒馆的夫妻收留了她，让她在后厨帮着洗碗。酒馆已经有一个洗碗工了，老板说他只能管吃饭，没有能力给她开工钱。陈婆婆对酒馆老板千恩万谢，每天在后厨尽心尽力洗碗，除了洗碗，酒馆里有啥活她都帮着干。陈婆婆勤快干净话少，老板和老板娘都喜欢陈婆婆。陈婆婆也喜欢酒店的老板和老板娘，老板年纪不大，人倒是和和气气的，脸上总是带着笑。老板娘怀孕七八个月了，挺着大肚子还在酒馆忙上忙下。陈婆婆很佩服石渚的女人，吃得苦，挺着大肚子照样干活，把孩子生在田间地头也不以为意，还当成功劳炫耀。石渚的女人不会示弱，她们为自己的勤劳能干感到骄傲。石渚女人这一生，唯一娇贵的就是坐月子的一个月，月子里的女人可以饭来张口衣来伸手，十指不沾阳春水也没人责怪。

陈婆婆到酒馆一个多月的时候，伙计搬了一缸酒进来，伙计搬得吃力，酒馆老板娘上去搭了一把手。搬完酒缸回到酒馆收拾桌椅，突然感觉破水了。老板娘是头胎，胎儿还没足月就要生，吓得大喊大叫。酒馆老板慌作一团，转着圈不晓得要干啥，大骂伙计，你蠢宝啊，你明明看见老板娘挺着大肚子还让老板娘帮你搬酒缸，要是孩子有个三长两短，我饶不了你。伙计慌忙解释，不是我叫老板娘搬酒缸的，是老板娘自己搭了一把手。我都没看见是老板娘，放下酒缸才看见是她。伙计的声音带着哭腔，老板更加生气，说，我还冤枉你了不成，赶紧立马走人。伙计说，你让我去哪儿，草市街上的店铺家家都不缺人……陈婆婆在后厨洗碗，听到店里的吵闹喊叫声，明白了是怎么回事。她放下正在洗的碗碟，把手擦干净，走到前面店里告诉老板，在北边的时候，她就是接生婆，她总共接了四十二个孩子。陈婆婆没说四十二个孩子有三个没生下来，她不想吓着老板和老板娘。陈婆婆走过去摸了摸老板娘的肚子，对老板娘说，不要紧，情况正常。别害怕。陈婆婆吩咐老板给老板娘煮一碗糖水鸡蛋让老板娘吃下去增加力气，吩咐伙计赶紧烧一锅开水把剪刀煮上。陈婆婆临危不乱的样子，让老板和老板娘镇定了下来。

  陈婆婆顺利地把老板没足月的儿子接生出来，母子平安。老板按照石渚地界的规矩，给陈婆婆准备了喜钱，陈婆婆没要，她感恩老板在她最难的时候收留了她。第二个月，老板给陈婆婆开了工钱。陈婆婆接生婆的名声经过酒馆老板和老板娘的宣传，很快传遍了石渚地界。陈婆婆凭着接生的手艺在石渚赢得了好人缘，也挣到了足够生活的钱。丈夫儿子在逃难路上死了之后，老天好像格外对陈婆婆开了恩，她在石渚地界上接生，遇到的都是顺利生产的。樊家大姑娘出事那次，她提前一天被郑家窑接走了，郑家的小媳妇是头胎，胎儿又大，折腾了一天一夜才生下来，好在母子平安。那天要是被请去给樊家大姑娘接生，怕是她的好名声和好运气都要终结了。樊家大姑娘那种情况，任是神仙下凡也救不了。她接生中遇到过三次樊姑娘那种情况，都是一尸两命。她在黄冶村的时候，已经不敢给人接生了。要不是遇到酒馆老板娘那种来不及请接生婆的紧急情况，她也不会暴露自己当接生婆的过往。

  经历了颠沛流离家破人亡的陈婆婆，好不容易才在石渚站稳了脚跟，她活得小心翼翼，不敢得罪石渚本地人。樊家窑是个大窑口，樊家的人，她更不敢得罪。上次幸运躲过了樊家大姑娘的罹难，没想到二姑娘又来找她的麻烦。陈婆婆十分后悔那次看见樊美玉跟另外一个姑娘绣荷包，她被樊美玉的手吸引了，忍不住拿起樊美玉柔弱无骨的小手说了一句，你这双小手，不当接生婆真是浪费了。没想到小姑娘当了真。都怪自己多嘴。她对樊美玉的娘说，放心吧，樊家大娘，我不会收你家姑娘的。我一个孤老婆子能在石渚立住脚不容易。我不想给自己找任何麻烦。樊美玉娘心里的一块石头落了地，她打量陈婆婆的小屋子，夸陈婆婆房子收拾得整洁。她说，陈婆婆，你一个人生活不容易，家里有啥需要力气活的事儿，你别客气，我们窑上的青壮小伙子，干点活搬个东西，都不算事儿。陈婆婆说，谢谢你，樊家大娘。你们石渚这个地方的人真好，大家都很照顾我。樊美玉的娘愉快地跟陈婆婆聊了一会儿天，迈着轻松的步子回家去了。

樊美玉的娘外表柔弱，实际上是个有心计的人。从陈婆婆那里吃了一颗定心丸回到家里，她就利用一切机会对樊美玉大打感情牌。樊美玉的娘带着樊美玉参加亲戚家孩子的婚礼，总要遇到嘲笑劝说责骂樊美玉的人。樊美玉是晚辈，长辈们嘲笑也好，劝说也好，喝点酒倚老卖老骂她也好，她都不好顶撞。那种时候，樊美玉的娘坚决站在二姑娘这边，帮樊美玉反击那些爱管闲事的亲戚。樊美玉的娘说，我家二姑娘的事情，她自己做主，犯不上你们替她操心。她就是将来混到要饭的份上，还有我和她阿耶，还有她的弟弟妹妹，绝不会上你们家要饭。樊美玉的娘脸上挂着一丝笑意，声音很温柔，但话说得很硬。遇到识相的亲戚，也就闭嘴不再说了。遇到不识相的亲戚，听不出樊美玉她娘话中的锋芒，倚老卖老非要说樊美玉给樊家丢人现眼，樊美玉的娘就会拉下脸跟不识相的亲戚针锋相对，闹得很不愉快。

每次跟亲戚们闹翻了脸，回到家里，樊美玉的娘都会躲在一边流眼泪。樊美玉的娘越是这样护着樊美玉，樊美玉心里的愧疚感越是强烈。有一次，樊美玉的娘跟亲戚里的一个老顽固吵了一架，老顽固喝了酒，没完没了地指责樊美玉异想天开给樊家丢脸，指责樊美玉的娘惯孩子惯得上了天。那个老顽固在樊家的辈分高，平时也没人敢招惹他。樊美玉的娘也是喝了点酒，情绪爆发，张牙舞爪地跟老顽固吵，声嘶力竭地冲老顽固喊，把老顽固都吓得不敢吭声了。回到家里，樊美玉的娘忍不住痛哭。樊美玉难过地说，娘，对不起，以后我不去亲戚家了，省得你为了我跟人吵架。樊美玉的娘说，傻孩子，你去不去，亲戚们都会说，亲戚就是这样，谁家有困难，都会一起帮。谁家有点出格的事儿，也会一起骂。各家门各家事，我家姑娘没管他们要吃要喝，他们管不着。娘没事儿，娘就是怕你受委屈。樊美玉看到她娘头上的白头发，说，娘，你都有白头发了。娘，你什么时候长出这么多白头发了？话还没说完，她的眼泪就滚出来。樊美玉的娘拉住樊美玉，让她坐在自己身边，说，哭啥，谁还能不老呢？你都这么大了，娘也该老了。樊美玉内心涌起对她娘的愧疚，她说，娘，我答应你，陈婆婆不收我，我也不去扬州，我就留在石渚陪你和阿耶。樊美玉娘的心里乐开了花，但她控制住了自己，她轻声说，傻孩子，你真是个傻孩子。

得到了樊美玉的保证，樊美玉的娘心里踏实了。樊美玉的保证，樊美玉的娘没有告诉樊美玉的阿耶，却原原本本告诉了陈婆婆，她不担心陈婆婆，但她怕樊美玉的阿耶喝了酒乱说话，惹得樊美玉不高兴又改了主意。樊美玉的娘隔三岔五就会摘些鲜果蔬菜给陈婆婆送过去，既是联络感情，也是提醒陈婆婆记住自己的承诺。陈婆婆每次不等樊美玉的娘开口，就会说，樊家大娘，你不用给我送东西了，你放一百个心，我绝不会收樊美玉为徒。樊美玉的娘对陈婆婆很客气，她跟陈婆婆说话始终轻言细语，脸上堆满笑容。陈婆婆被樊美玉她娘托付的事情压得透不过气来，她有好几次梦见自己翻到江里的丈夫和孩子，从梦里哭醒过来。自从被樊美玉的娘缠上，酒馆的人都难得在陈婆婆脸上见到笑容了。

樊美玉的娘跟陈婆婆之间的约定，樊美玉一开始不知道，尽管在路上见到陈婆婆，陈婆婆都要远远地躲着她，不跟她说话。她怀疑过她娘是不是给陈婆婆施加了什么压力，但她一直没有找到证据，她娘去拜访陈婆婆，都刻意避着她。有一次，樊美玉的娘以为樊美玉不在家，就拿了一篮子鲜果准备出门，樊美玉的娘对樊美玉的弟弟妹妹说，我去舅舅家走一趟，你们待在家别打架，二姐回来让她做晚饭。樊美玉觉得奇怪，她娘昨天才去过舅舅家，不可能今天又去，她站在房子背后看见她娘往山下走，走的是去草市街的方向，她舅舅家在瓦渣坪，根本不在草市街。她远远地跟着她娘，看见她娘走到草市街上，径直往草市西头走去。她娘果然跟陈婆婆有约定。一面给陈婆婆施加压力，一面在亲戚面前维护她，不惜毁掉自己贤淑的形象。娘的手段真是厉害。

樊美玉站在看得见陈婆婆房子的地方，看见她娘走进了陈婆婆的家里，她觉得心里堵着一团破抹布，喘不上气，眼睛里涌起眼泪。樊美玉恶狠狠地把眼泪憋了回去。她站在那儿等了很久，才看见她娘从陈婆婆家出来。她娘一脸轻松愉快的表情，小声哼着歌。樊美玉突然跳出来拦住她娘，说，娘，我后悔了。我啥也不能答应你。如果陈婆婆不收我，我就去扬州。说完，扔下娘自己走了。

樊美玉的娘站在那儿，好半天迈不动腿。

满十六岁这天，樊美玉一大早给耶娘磕了头。她说，阿耶，娘，谢谢你们的养育之恩，将来不管去了哪里，我一定会报答你们。樊美玉说完，转身就去了陈婆婆家。

陈婆婆住在草市最西头一间很小的房子里。草市西头原本是一片荒滩，后来成了逃难来的北边人落脚的地方。

石渚人祖祖辈辈在石渚地界上烧窑，窑区慢慢发展起来，他们的日子也慢慢富足起来，随着窑区的发展，码头边上的草市也渐渐繁荣起来。石渚人早就听说北边闹了战乱，但北边太远，对石渚人的日子没什么影响。直到有一天，从石渚码头的船上，下来了很多逃难的人。他们衣衫褴褛、瘦骨嶙峋，走几步就要停下来歇一歇，他们看人的时候，眼睛里的光半天聚集不起来。

石渚人问他们从哪里逃过来的，他们之中一个面黄肌瘦身材矮小的中年男人站了出来。他衣服破烂，面容憔悴，眼神却很坚定。他对石渚人鞠了一个躬，不卑不亢地说，我们是从河南逃过来的，我们在路上听说这里有窑区，就决定在这里上岸。我们都是窑工，逃难之前，我们在河南巩义黄冶村烧窑。我们黄冶村人世代都靠窑口谋生，除了烧窑，不会别的。石渚人惊讶地说，我们知道河南巩义黄冶村的窑口，你们的三彩陶器很有名。你们是给皇宫和官家烧制陶器的。我们石渚窑区没有啥名气，比不上岳州窑，你们为啥不去岳州窑？一个五官长得很端正的窑工说，我们巩义逃难出来的人很多，其他窑行的人都去了岳州窑，听说石渚这儿有个窑区。裴行首就带着我们投奔石渚窑区来了。我们相信裴行首。刚才跟你们说话的就是我们窑行的裴行首。裴行首对石渚人拱了拱手，说，给你们添麻烦了。

石渚人说，你们是给皇家和官家烧制陶器的。叛军居然连你们都不放过。黄冶村的窑工说，叛军连皇上的兵马都要杀，何况我们这些烧窑的。打仗太吓人了，兵杀过来，见人就砍，砍人头跟砍瓜一样。亏得我们裴行首果决，让我们多带点吃的，逃命要紧。我们刚逃出村子，村子就变成了一片火海。北边人说着说着，眼里涌上泪来。

石渚人感慨万千，这些穿着破衣烂衫饿得皮包骨头的人，逃难之前都是体面的手艺人。战争真是太可怕了，一夜之间，窑没了，房没了，家没了。前一天还是生活富足的窑上人，第二天就一无所有只能仓皇逃命。

石渚人对逃难来的北边人充满了同情，他们慷慨地拿出家里剩余的口粮和衣服送给逃难的北边人，帮着他们在草市西边的荒滩上搭棚子，让他们安顿下来。石渚人的善良，让逃难的北边人心怀感激。他们在逃难途中发现，富裕地方的民众，大多对他们充满同情。贫穷地方的民众，对他们就没有那么友善。逃难之前，对上门要饭乞讨的人，他们总是心怀同情，家家都以拒绝施舍为耻。逃难的时候，同样遇到要饭的，就只能远远躲开。自己都要饿死了，哪里还能顾得上别人。

　　石渚人一边庆幸自己没有遇到战争，不必逃难，一边又很佩服这些北边的难民。大人小孩饿得眼睛发绿有气无力，但他们从不伸手乞讨。石渚人帮他们搭棚子费的工时和用掉的材料，他们还仔细做了记录。他们说，我们现在没有能力，但我们要记下来，等我们有能力的时候，我们要加倍偿还。患难见真情，在最难的时候帮过我们的人，我们一辈子都不会忘。这些北边人逃离家乡成了难民，依然保持着体面。石渚人非常看重体面，石渚人认为，一个体面的人，是不会干亏心事儿的。这些逃难的北边人，虽然一无所有，却赢得了石渚人的尊敬。

　　裴行首带着黄冶村人投奔石渚窑区，无疑是个正确的决定。这些年，石渚窑区的瓷器销量一直在上升，龙窑数量一直在增加，各个窑口都需要一些技术熟练的窑工。石渚的窑工们还在忙着安顿逃难的北边人，樊行首已经把石渚的窑主们召集到窑行，商讨如何让黄冶村逃难的窑工在石渚窑区生存下来。樊行首说，天下窑工是一家，黄冶村的窑工到了石渚投奔我们，我们不能不管。如果战乱发生在石渚，我们逃到其他窑区，一定希望别人帮助我们。我们希望别人对我们做的事情，我们自己就要先做到。郑家窑的窑主说，我也很想帮他们，只是，黄冶村的窑工太多了，如果把所有窑工都雇到窑上，我们肯定拿不出那么多工钱。谭家窑的窑主说，把黄冶村的窑工留下来，对我们窑区的发展是有利的。我们的龙窑数量每年都在增加，劳动力很快就会不够。但是，一下子吃进这么多人，各个窑口的压力太大了。

　　沉默了许久，卞家窑的窑主说，我有一个不太成熟的想法，我们可以支付本地同类窑工一半的工钱雇黄冶村的窑工。这样既可以把黄冶村的窑工都留下来，各位窑主也不会一下子增加那么多费用。陈家窑的窑主说，就怕黄冶村的窑工觉得我们在欺负他们，毕竟人家以前是给皇宫和官家烧陶器的。康家窑的窑主说，逃难的难民，只能求一口饱饭，不能要求更多。我们就是只管饭，不给钱，他们也只能接受。给他们开本地同类窑工一半的工钱,已经很仁义了。我们不是圣人,不可能只替别人着想,也得考虑自己的利益。谭家窑的窑主说,我觉得卞兄的办法好,是一个义和利都能兼顾的办法。陈家窑的窑主说,我们窑区现在发展势头不错,但我有一个顾虑,北边的战乱,不晓得要闹到何时。短时间不会影响我们这个窑区。战乱时间长了,迟早会波及我们窑上。就怕到时候留下这么多黄冶村的窑工反倒成了我们的负担。卞家窑的窑主说,陈兄的顾虑不无道理。但愿老天可怜苍生,战乱早点结束。康家窑的窑主说,故土难离,战乱结束了,黄冶村人肯定要回故乡去。樊行首说,我们只能走一步看一步,以后遇到什么困难,再去想办法。目前只能先留下黄冶村的窑工,让他们有碗饭吃。

老话说明人不做暗事,石渚窑上人做事向来磊落,他们一直以自己的磊落为荣。窑主们在窑行通过了留下黄冶村窑工的办法,樊行首就让小厮去请北边人派一个领头人到窑行来商议。裴行首就是黄冶村的领头人,他在黄冶村接任行首不到半年,正准备雄心勃勃大干一场,却爆发了战乱。裴行首在战乱之初就表现出了临危不乱的领导能力。叛军逼近黄冶村,裴行首让村里人把值钱的金银首饰全部带上,包裹里尽量多装点食物,衣物能穿到身上的尽量穿在身上,其他家当都不要带。裴行首让妇女领着孩子先走,让年轻人把不愿离开的老年人拖走。他站在路口清点人数,他说,要快,我们在跟叛军抢时间。老年人不愿走,坐在村口的地上,眼泪汪汪看着窑区还没熄灭的窑火,说,我们几辈人的心血啊,就这么扔下了。裴行首站到路边的土堆上,对那些坐在地上的老年人大声喊话,留得青山在不怕没柴烧。只要人在,不管逃多远我们都能再回来。我郑重承诺你们,战乱结束了,不管在哪儿,我一定把你们带回来,让所有人叶落归根。裴行首的嗓子喊哑了,老年人终于被他说服了。他们刚离开村子走出几里地,一队兵马逆着他们冲进了村子,不一会儿,村子里腾起了一片火海。刚才还坐在村口地上不愿离开的老年人,吓得脸都白了。他们说,多亏了裴行首决断。逃亡路上,路边、庄稼地里、河沟里……到处都是发臭的尸体。黄冶村人是死得最少的,除了在湖北境内病死了两个,在洞庭湖里翻了船,淹死了五个。其他人,都被裴行首带到了石渚。

一路逃亡,裴行首成了黄冶村人的主心骨。黄冶村人信任他,依赖他。当他做出不去岳州窑的决定时,黄冶村人义无反顾地跟随他来到了石渚。

裴行首穿戴上自己唯一一身整齐的衣服到了窑行，樊行首热情地招待他喝茶，窑主们纷纷站起来介绍自己。裴行首捧着热腾腾香喷喷的茶，想起上一次坐在自己家里喝茶，有一种恍如隔世之感。樊行首看着裴行首飘忽的眼神，晓得他想起了往事。樊行首和窑主们安静地喝茶，等着裴行首飘忽的眼神落回到樊行首的脸上。樊行首微微一笑，轻言细语地把跟窑主们商讨的办法讲给裴行首听，樊行首怕裴行首听不明白自己的石渚土话，还把关键的信息写到一张纸上拿给裴行首看。樊行首说完后，裴行首站起来拱手谢过樊行首和各位窑主。他红着眼圈说，逃难的日子太难了，逃到贵地，遇到良善义气的石渚同行，得以在草市落脚。你们不给工钱，给口饭吃，我们都会感恩戴德。你们竟然愿意以本地窑工一半的工钱雇用我们。说什么都无法表达我的感激之情。我向各位窑主保证，我们黄冶村的窑工不管到哪家窑口，都会兢兢业业把活干好。说完，给窑主们鞠了一个躬。樊行首说，裴兄长能这么想，我们悬着的心也就落到地上了。我们石渚窑区条件有限，一下接纳这么多黄冶村的兄弟窑工，确实有困难，只能委屈黄冶村的兄弟窑工先有口饭吃，将来石渚窑区有了更大的发展，自然不会委屈了黄冶村的兄弟窑工。裴行首再次站起来，拱手致谢。樊行首说，各位，黄冶村的窑工兄弟就由你们负责安置。我跟裴兄长还有一些重要事情商讨。窑主们纷纷起身，去处理雇用黄冶村窑工的事情。

窑主们离开后，樊行首重新给裴行首斟了热茶。裴行首说，樊行首，石渚人对我们太好了，我们无以为报。樊行首说，如果遭遇战乱的是石渚，我们逃难到了你们黄冶村，相信你们也会如此对待我们。不是战乱，黄冶村的窑上人跟石渚的窑上人，恐怕不可能遇到。裴兄长，遇到了就是缘分，是缘分就该珍惜。我还有个不情之请，想请你到窑行协助我，一起做好窑行的事情。裴行首急得站起来说，樊行首，这可使不得。我的窑区已经没有了，我也不是行首了。我是个窑工，家里有窑，尽管学艺不精，窑上的手艺我都学出师了的。你不嫌弃，我就到你们樊家窑做个窑工。樊行首说，你坐下，先听我说。窑区一下子来了这么多黄冶村的窑工，黄冶村窑工到石渚窑上干活，肯定会遇到各种事情。我又不了解黄冶村的窑工，没有你帮忙，我肯定会抓瞎。窑上不缺窑工，窑行倒是需要你鼎力相助。裴行首说，那我就恭敬不如从命。樊行首说，窑行是给大家服务的，开的工钱不高。怕委屈了你，我也是思量再三，才下了决心。裴行首赶紧站起来拱手致谢，他说，樊行首客气了，我一定尽力而为。樊行首说，那就说定了。我们窑行管理账目的谭老伯早就跟我说，他眼睛花了，看账目费劲儿。你来了，帮着谭老伯管管账目，等谭老伯回家休息不干了，你就把管理账目的事儿接下来，多管一份事儿，我也好多给你开点工钱。裴行首说，樊行首樊兄长，我不晓得上辈子修了多大的福，才能有幸遇见你。樊行首说，我们石渚窑区规模不大，我们的能力有限，各种不周到的地方，还希望裴行首谅解。

  第二天，裴行首就穿戴整齐去了窑行，他到窑行的时候，樊行首已经让小厮给他煮好了茶。裴行首捧着茶杯，闻着茶杯里飘出来的茶香，眼圈又红了。他说，一下子过上了天天喝茶的日子，都有些不习惯了。樊行首说，你们到了石渚，只要有石渚人吃的，就不会让黄冶村人挨饿。裴行首说，当初决定在石渚上岸，我心里也没底，就像押上全村人的命运在赌博一样。在码头看见你们石渚人，我就晓得我赌赢了。一个地方的风气品格，都在人的脸上写着呢。

  樊行首说，以后就是一家人了，一家人不说两家话。今天还有一个重要的事情，你统计一下黄冶村有多少孩子该去学堂念书。裴行首叹口气，说，逃难几个月，我们把体面一点的衣服都换了吃的，再也没钱送孩子去学堂了。樊行首沉思了一会儿，说，窑主们每年交到窑行一笔钱，储备起来以备急需，这几年窑区很顺利，这笔钱没动过。我可以做主借给你们拿去支付学堂费用，以后你们挣了钱慢慢归还。不能耽误了孩子。不晓得你们黄冶村的女孩上不上学堂？裴行首说，黄冶村只有男孩上学堂。樊行首说，我接任行首做的第一件事，就是给窑上人定了个规矩，女孩必须跟男孩一起送去学堂念书。裴行首说，把女孩送去学堂念书，是我想办却没有机会去办的事情。没想到石渚窑上人已经办到了。樊行首，我打心底里佩服你。我们黄冶村该去学堂的孩子，我闭着眼睛都数得出来，差不多二十几个吧。樊行首说，学堂一下子接收二十几个孩子，需要添置一些桌椅。桌椅的事儿可以跟各个窑口商量，让他们在窑上烧一些圆凳子，让孩子们有个坐的地方。写字的桌子暂时解决不了，孩子们可以轮换着用。一些孩子背书的时候，一些孩子写字。办法都是想出来的。裴行首感动得热泪横流，他说，樊行首，我代表我们黄冶村的窑工谢谢你，你连孩子们念书的事儿都替我们想到了。我们上辈子不晓得积了多大的德，居然投奔到石渚这块良善之地。樊行首说，不必客气，天下窑上人都是一家人。

黄冶村逃难的人终于在石渚落下脚来。窑工们去窑区上工之后，孩子们被陆续送去了学堂，女人们也开始在草市寻找各种帮工的机会。北边的战乱还在继续，石渚码头零星还有逃难的人从船上下来。石渚窑区和草市街头，已经恢复了平静的生活。窑火沸腾，草市繁华。黄冶村的窑工们技术熟练，舍得出力。石渚窑口的窑主们，对黄冶村的窑工赞不绝口。

到了年底，除正常的收入之外，窑主们特意给黄冶村的窑工发了一笔钱，让他们置办年货。这是离开黄冶村之后，黄冶村人过的第一个年。黄冶村的窑工们拿到这笔意外的收入，心里都暖融融的。尽管家家都缺钱，窑工们还是从这笔意外收入里拿出一部分，送到裴行首家，请裴行首置办几桌酒席，请石渚窑的窑主和石渚地方的头面人物喝一顿酒，答谢石渚人的大恩大德。裴行首在草市的洞庭酒家置办了酒席，请了樊行首和各个窑口的窑主，又央樊行首出面请了地方上的里正和学堂的先生等人。裴行首举起酒杯，声音哽咽，他说，千言万语都不足以表达我们黄冶村人的感激之情。樊行首说，说话不管用，就喝酒。裴行首说，千杯万杯也表达不尽黄冶村人对石渚人的感恩之心。樊行首说，千言万语不行，千杯万杯也不行，你说咋个整嘛。我看还是不要感恩了嘛。不如把酒杯端起来，喝个痛快。樊行首的话，让酒桌上的气氛顿时活跃起来。

那顿酒，裴行首和几个黄冶村的窑工代表喝醉了，樊行首和窑主们也喝醉了。烈酒和浓情在每个人的心里燃烧，黄冶村逃难的北边人跟石渚人的感情达到了情同手足、同心同德、患难与共的顶峰。

过了一年，黄冶村人对干同样的活只能拿到一半的钱，渐渐不满起来。草市西边的棚子里，黄冶村人的日子过得很拮据，只有家里添丁进口的时候，才会摆一桌酒席，请几个关系亲近的人。最先的不满之声，就来自酒桌上。窑工们平时在窑上低眉顺眼，只会下力气做活，没有机会也不可能把心里最真实的情绪表达出来。黄冶村的窑工们在酒桌上喝了酒，听到棚子里不断传出婴儿的哭闹声，醉眼蒙眬中，破败的棚子和家徒四壁的贫困景象格外扎眼。他们内心的不满情绪一下子就发酵起来，再也压不住了。自从在石渚落脚之后，塞满他们内心的各种复杂情绪中，不满情绪只是最小的一部分，塞在内心最底层。压在上面的感恩之情太重了，把不满压成了不易察觉的薄片。喝了酒,又受到贫穷景象的刺激,发酵起来的不满情绪,膨胀的力量大得惊人,瞬间就把压在上面的感恩之情掀翻了。跟不满情绪同时发酵的,还有不甘和愤怒。家里添了丁的窑工灌了一大碗酒,把酒碗重重地放在桌子上,说,我们不应该再被石渚的窑主们剥夺了,我们要跟石渚的窑工同工同酬。这个窑工的话,让坐在酒桌上端的裴行首吓了一跳,他说,喝醉了发发牢骚可以,出了这个屋,这种话就不要说了。桌上的其他窑工说,我们已经忍了很久,不想再忍下去了。裴行首说,别忘了,我们逃难到了这儿,是石渚的窑主收留了我们,让我们有了落脚的地方,让我们有了一口饱饭吃,还让我们的孩子上了学堂。这是多大的恩德啊。我们不能忘恩负义。

酒桌上的窑工们纷纷端起酒杯给裴行首敬酒。他们说,裴行首,你是我们的行首,你怎么就不懂我们的心思。裴行首喝得有点多,脸色发紫,舌头发直,但他的脑袋还没有糊涂。裴行首说,别忘了我们是逃难的人,有个地方暂时安生,就要知足。今天酒桌上的话,出了这个屋子,都别再说了。要是让石渚人听见了,会寒心的。裴行首的话,点燃了窑工们内心的愤怒,他们脸上冒着热气,争先恐后地抢着说话,他们的声音粗壮有力。他们说,我们当然懂得感恩,我们在窑上兢兢业业干活,对技术和劳力没有任何保留。我们对石渚人有求必应,不管是盖房,还是婚丧嫁娶,只要他们需要,我们都毫无怨言,尽心尽力。今年一年,窑区新建了三座龙窑。我们了解到,前几年,他们最好的时候也才新建一座龙窑。今年多建的两座龙窑,至少有我们一半的功劳,我们的技术和劳力跟他们的技术和劳力一样值钱。我们辛苦一年,只能填饱肚子,没有一文剩余的钱。照这么干下去,我们再卖力,我们的娃儿也只能一直住在棚子里。我们累死累活也攒不下一文钱。战乱结束了,我们也没有回黄冶村的盘缠。难道我们只能一辈子在这个地方过不如别人的生活?

窑工们越说越激动,越说越生气。裴行首一再打断窑工们的话,让他们要冷静,要牢记石渚人的大恩大德。要不是石渚人收留我们,我们连今天这样吃饱饭的日子也过不上。裴行首的感恩劝说就像火上浇油,让窑工们的火气更大,不满的声音更高。一桌子的窑工都反对一直感恩,强烈要求同工同酬。他们说,感恩也要有个限度,我们不能背着感恩的包袱,永远过这种贫穷无望的日子。裴行首的声音完全被窑工们粗声大气的声音盖住了。裴行首生气了,把酒碗重重地放下,提前离席走了。

从那天起，对不能同工同酬的不满就像传染病一样在黄冶村的窑工之间互相传染，不满的人越来越多，不满的声音越来越大。裴行首生活在这个传染不满病毒的环境里，也被传染了，他认可了窑工们的不满，但他始终保持着一点清醒，他对后果无法预判。他叹着气说，窑主们如果主动想到这点，给大家提高工钱，就不会伤了和气。

可石渚的窑主们想不到这点，他们对黄冶村人的同情力度已经减弱了，黄冶村人不断表达感恩，让石渚人一直沉浸在自我感动中。窑主们忽略了黄冶村人实际上沦为了廉价劳动力，他们听不到飘荡在草市西边破烂棚子里的不满之声。

终于，黄冶村的窑工们人人都传染了不满的病毒，他们的内心充满了愤怒，被不满病毒感染的愤怒内心渐渐滋生出仇恨，面对曾经被他们视为恩人的石渚人，他们要努力压制内心的仇恨才能勉强挤出一点笑容。愤怒和仇恨腐蚀了他们的内心，他们再也不想忍受下去了。黄冶村的窑工成群结队来找裴行首，请他出面去跟石渚的行首和窑主们谈判。黄冶村的窑工们说，裴行首，你要代表我们去谈判，为我们争取利益。同工同酬，一直是我们窑行的规矩。我们的要求一点也不过分。愤怒和焦灼像一层厚厚的窑灰覆盖在黄冶村人的脸上，已经遮蔽了他们原本的表情。

黄冶村的窑口是为皇家烧制陶器的，他们是烧制出了著名的三彩陶器的窑工。在黄冶村的时候，他们是一群骄傲的窑上人。裴行首想起了他刚当上行首的时候，一颗勃勃的雄心整日跳动，窑工师傅和窑主们经常聚在窑行里跟他一起商讨的，是如何实现技术突破，如何提高烧制水平，如何扩大生产规模，如何举办庆典活动。他们的脸上洋溢着手艺人凭手艺吃饭的自信，他们内心的激情像窑火一样旺盛。那样的日子被突如其来的战乱终结了。裴行首的雄心被逃难路上一次次的绝望碾成了粉末，撒在了江水里。黄冶村窑工们的自信也被逃难路上的绝望碾碎成了粉末，撒在了逃亡路上的烂泥里。窑工们背井离乡沦落到这里，失去了家园故土，失去了他们的窑口，只为少挣了几个钱就怒火中烧。

裴行首难过极了，胸口一阵一阵地刺痛。裴行首让窑工们安静下来，才说，我们黄冶村的窑已经没了，我也不再是你们的行首了。我现在寄人篱下，承蒙樊行首不嫌弃，让我在窑里打打杂，给我一份工钱。樊行首一直尊我为行首，处处给我留着脸面。石渚人当我们是体面人，我们也得要点脸面。我实在没有脸面去提这样的要求。

裴行首的话，黄冶村的窑工们已经听不进去了，他们内心的不满一直在发酵，压不住地发酵。他们的胸膛里胀满了愤怒。窑工们望着裴行首，他的脸比刚到石渚的时候胖了，但他脸上那种坚毅的表情不见了，他的眼睛黯淡无光。这样一个软弱的裴行首，让窑工们倍感失望。对裴行首的失望更加深了他们的愤怒。他们说，没错，我们黄冶村的窑没有了，但我们一直认你是我们的行首。逃难路上，我们紧紧跟随着你，你让我们把带出来的金银细软拿出来，集中到一起，统一拿去换吃的，我们就毫无保留地拿出来。你决定不去岳州窑，我们就跟随你到了石渚。我们信任你，当你是我们的主心骨，拿你做我们的依靠。一路上那么困难，你都没让我们失望过。没想到这次你不愿意为我们出头。你该不会被樊行首和石渚的窑主们收买了吧？收买你一个应该是一笔划算的买卖。你没有资格说我们不要脸，我们就是太要脸了，才会被石渚的窑主们盘剥。

这些黄冶村的窑工们，脸上不见了富足体面、自信自尊的神情。内心的焦虑、卑微、不满和愤怒，让他们的脸变得扭曲狰狞。裴行首的内心没有愤怒，只有心痛。他说，我这个流落他乡失去了窑区的行首，还有什么收买价值？我理解你们的愤怒，不是我不愿意替你们出头。做任何事情，都要考虑后果。你们想过没有，石渚的窑主如果不答应你们的要求，跟我们翻了脸，我们在石渚还能待得下去吗？

窑工们被愤怒的情绪控制了，他们已经不能理性思考任何事情。他们说，俗话说光脚的不怕穿鞋的，大不了我们往别的窑区去。岳州窑区离石渚不远，岳州窑区比石渚窑区大得多，说不定更需要人。我们都有过硬的手艺，到哪儿不能寻口饭吃。石渚的窑主一定以为我们不敢离开，我们就是要跟他们摊牌，告诉他们我们不怕，我们反正没有什么可以失去的。我们要让他们搞清楚，到底是石渚的窑主承受不起一下子失去这么多窑工，还是我们承受不起再一次逃难。

光脚的不怕穿鞋的，这不是无赖是什么？裴行首痛苦地闭上了眼睛，没敢把心里的话说出来。

窑工们愤怒的目光扫荡在裴行首的脸上，继续说，既然你不愿意替我们出头，不愿意代表我们的利益，我们以后也不再尊你为行首了，我们要另外选出一个愿意代表我们利益的新行首。窑工们铁了心要争取同工同酬。裴行首陷入深深的忧虑中，他很珍惜石渚人跟黄冶村窑工之间情同手足的关系，他十分担心把这个争取同工同酬的要求抛出去，会在石渚人和黄冶村窑工之间，炸出一道永远不能弥合的裂痕。裴行首低下头去，想起逃难路上，散尽自己的钱财，尽了全力把黄冶村的窑工们团结在一起，把他们带到石渚安顿下来，他觉得自己问心无愧了。裴行首说，你们尊不尊我为行首都无所谓，老话说，凡事都要三思而后行。你们要求同工同酬，惹火了石渚的窑主，还要再逃一次难。你们承受得起吗？说完，裴行首默默站起来，说，请回吧，回去冷静下来，想清楚了再做决定。

愤怒的窑工们无法冷静，他们的脑子已经被怒火烧焦了。出了裴行首家的棚子，他们换到另外一个窑工的棚子里，继续商量同工同酬的事情。选出一个新行首的方案被放弃了，他们选出了六个代表，这六个代表以前都是黄冶村的窑主。在黄冶村的时候，他们是举足轻重的人物，逃难路上，他们也是裴行首倚重的人。

六个被选出来的代表，自觉责任重大。窑工们各自回家去了，六个代表反复讨论谈判的细节，预设谈判会遇到的各种问题。讨论到中午，他们起草了一份黄冶村窑工要求跟石渚窑工同工同酬的请求，他们六个代表在上面按了大拇指印，然后挨家挨户让窑工们按上大拇指印。除了裴行首没在上面按大拇指印，黄冶村的所有窑工都郑重地按上了自己的大拇指印，红彤彤的大拇指印布满了一大张纸。

商量好了下午去窑行的时间，他们分头回到各自家里，换上他们最体面的一身衣服，在西头的柳树下集合，一起去了窑行。黄冶村的六个谈判代表齐齐整整地出现在窑行里，对着樊行首鞠了一个躬，把樊行首吓了一跳。樊行首意识到发生了什么不寻常的事情，他一面在心里盘算着可能要面对的事情，一面热情地把他们请进屋，吩咐打杂的小厮给他们泡茶。黄冶村的六个谈判代表进了屋，垂手恭敬地站在那里。最年长的代表上前一步，拱手说，樊行首，茶就不喝了。我们今天来，要谈一件不愉快的事儿。樊行首打着哈哈说，谈不愉快的事儿更要先喝茶。俗话说得好，把茶喝淡了，情谊就浓了。情谊浓了，就啥事儿都好谈了嘛。年长的黄冶村窑工代表开门见山地说，黄冶村的窑工推举我们当代表，来跟樊行首谈一谈我们的工钱。我们黄冶村的窑工一致认为，我们应该跟石渚本地的窑工同工同酬。请樊行首替我们主持公道。樊行首暗暗叹了口气，说，给你们开工钱的是窑主，我做不了他们的主，我只能把他们召集到窑行来，让你们当面锣对面鼓直接谈。你们坐下来先喝茶。我让小厮去把窑主们请到窑行来。樊行首叫过小厮，让他去洞庭酒家把窑主们叫到窑行来，樊行首说，今天晚上是石渚窑主们一年一次的聚会，今年轮到谭家窑做东。他们应该都在洞庭酒家。

小厮听了樊行首的吩咐，一溜烟跑了出去。樊行首亲自给黄冶村的六个窑工代表斟茶。六个代表紧绷着脸，樊行首笑着说，喝茶喝茶，我们石渚人最喜欢说天塌下来也要让它先等一会儿，等我们把茶喝了，再让高个子去顶住。六个代表虽然没笑，但表情绷得没有那么紧了。樊行首说，我们石渚人还喜欢说没啥子事情是喝茶解决不了的，如果喝茶解决不了，那就再喝上一顿酒。六个谈判代表终于笑起来。窑行里的气氛被樊行首引导着，往轻松愉快的方向转变了。

一年一次的窑主聚会，是樊行首当樊家窑窑主的时候提议的，慢慢就变成了窑主们最重视的聚会。石渚的窑主们刚在洞庭酒家聚齐了，放松地开着玩笑，等樊行首从窑行过去，就要开席。窑行小厮气喘吁吁地跑进去，让他们赶紧到窑行，出大事儿了。窑主们立马跟着小厮赶到了窑行。窑主们一进来，黄冶村的六个代表就把脸上的笑容收了起来，窑行的气氛又变得沉重起来。石渚的窑主们坐下来，黄冶村的六个代表就齐齐整整地站起来，给窑主们深深地鞠了一个躬。窑主们愣怔着，不晓得这些黄冶村的窑工要干啥。

黄冶村的代表们坐下来，年长的那个代表马上又站起来，说，感谢石渚窑主对我们的大恩大德，在我们逃难的时候，收留了我们，给了我们一个落脚的地方，我们终身感恩，没齿不忘。年长的代表话音刚落，年轻的代表马上站起来，按照他们在草市西边棚子里制订的方案，年长的代表唱红脸，年轻的代表唱白脸。年轻的代表拱拱手，说，各位石渚的窑主，我们今天来，除了表达我们的感恩，还要转达我们黄冶村所有窑工的一个请求，我们希望以后在窑上的工钱，能够跟本地的窑工一样。同工同酬，是窑行的老规矩。年长的代表抢过话头，说，各位恩人，我们这位小兄弟说话太直接了，请恩人们海涵。恩人们啊，你们的恩情比天高比海深，我们一辈子做牛做马报答都是应该的。可我们也有难处啊，我们也是不得已啊。我们现在的收入，仅够吃饭，娃儿们住在棚子里一年了，我们没有能力改善，将来战乱结束了，我们连回黄冶村的盘缠也没有。我们只能厚着脸皮请求恩人们对黄冶村的窑工和本地窑工一视同仁。石渚的窑主们面面相觑，他们全无准备，被这个突如其来的要求搞得蒙头蒙脑。

年长的代表说完，脸色凝重地掏出那张按满了红色大拇指印的纸，递给樊行首。年长的代表说，除了裴行首，大家都按了大拇指印。樊行首看过之后，把那张印满了红色大拇指印的纸递给石渚的窑主们，窑主们默默地传看。那些红色的大拇指印，就像黄冶村人愤怒的表情，刺向石渚的窑主们，窑主们的脸色越来越难看。黄冶村的六个代表沉默着，用不卑不亢的眼神望着石渚的窑主们。沉默中，每个人心里都有复杂的情绪在滋生和发酵。六个代表的脸上不悲不喜，他们把不满和愤怒死死压在心底。窑主们内心的惊讶和愤怒压抑不住蔓延到了脸上。冬天黑得早，窑行屋子里的光已经暗淡下来。樊行首感觉到了空气中一触即爆的情绪，他打破沉默，说，各位既然代表黄冶村的窑工把要求表达了，就请先回去吧。黄冶村的六个代表一动不动。樊行首说，你们坐在这儿，僵持下去，解决不了任何问题。逼宫这种事情，只有在皮影戏里才有用。年轻的代表说，樊行首，你要认为我们在逼宫，那我们还就坐这儿不走了。年长的代表站起来拱手抱歉，说，恩人们，我们这个年轻兄弟没经过事儿，情绪急躁了些，恩人们多多包涵。樊行首看了黄冶村的六个代表一眼，不急不慢地说，你们有困难，我们理解。你们在窑上的窑工这么多，一下子要涨一倍的工钱，这不是个小数目。窑主们也有困难。这是个需要协商的事情，窑主们不可能马上答复。你们坐在这里，对解决事情起不到任何积极作用。年轻的代表还想说什么，被年长的代表按住了。年长的代表说，恩人们，我们绝没有逼宫的意思。只是，黄冶村的窑工们都眼巴巴等着答复，我们得不到答复，回去如何交代？樊行首说，晓得你们着急，窑主们辛苦一下，今天就商量出一个结果，明天给你们答复。

黄冶村的六个代表互相看了看，年长的代表点点头，六个代表齐齐整整地站了起来，给坐在那儿的窑主们鞠了一个躬。窑主们面无表情，坐着没动。樊行首礼数周全地把黄冶村的六个代表送出了窑行，站在门口挥着手看他们走远了才返回窑行。

黄冶村的六个代表回到了草市西边的棚子里，大家都在等着他们。黄冶村的窑工们个个心里都不踏实，围着六个代表问东问西，问他们怎么谈的，樊行首怎么说的，窑主们怎么说的。六个代表说，樊行首说窑主们连夜商量，明天答复。我们只能等石渚窑主们商量的结果。

冬天日子短，太阳很快就落了下去。窑工们陆陆续续回家去了。黄冶村的六个代表站在棚子外面，逐渐被黑暗笼罩了。离开窑行的时候，他们都能感觉到石渚窑主们的愤怒。棚子外面的黑暗和寒冷让六个代表清醒过来，他们在黄冶村也是当过窑主的人。他们当然知道，正常情况下，窑主的利益和窑工的利益是一致的。当窑主的利益跟窑工的利益发生冲突时，窑主肯定首先要考虑自己的利益。黄冶村窑工和石渚窑主利益不一致是历史原因造成的。这个历史原因，是石渚窑主们为了把所有黄冶村窑工留在石渚，不让他们再逃难。那会儿不搞同工同酬，是石渚人的义举。当初感恩戴德留在石渚，刚刚吃饱了饭，就翻脸不认人，要求同工同酬。就算石渚的窑主们不计较他们忘恩负义，只从收益考虑，也不可能一下子让那么多黄冶村的窑工跟石渚窑工同工同酬。窑主又不是圣人，窑主也是靠窑口讨生活的手艺人。

要是被石渚的窑主辞退了，刚刚安顿的温饱日子，也保不住了。自从不满情绪发酵膨胀起来，黄冶村的窑工就被愤怒不甘和仇恨等极端情绪左右了，无法理性地思考。大不了去岳州窑之类的大话，都是无法落实的牢骚话。他们根本不晓得岳州窑需不需要窑工，他们更不晓得岳州窑会不会开出更高的工钱。北边的战乱还在不断扩大，石渚码头上，零星还有逃难的人出现。石渚人对逃难的人，已经没有当初那么热情了。如果石渚的窑主辞退他们，他们只能低声下气求窑主们给个机会留下来，窑主们趁机把工钱压得更低，他们也只能接受。那会让他们的处境变得更加糟糕。

理性回归了，仇恨和不满消失了。六个代表突然觉得心里没底。那个年长的代表说，都回家吃饭去吧，别让家里人担心。六个代表回到家里，根本吃不下。要是石渚的窑主们不答应他们的要求，不让他们在窑上干活了，他们就连这样的破棚子也住不上了。他们心里慌得不行，在棚子里待不住，不约而同地来到了棚子外面。

月亮升了上来，黄冶村的六个代表抬头望着月亮。月亮的周边，围绕着一堆形状怪异的彩色云朵，他们把月亮周边怪异的云朵，视为不祥之兆。他们站的地方，望得见位于草市街中心位置的窑行，他们去了窑行才晓得，今天是人家石渚窑主们一年一次的全员聚会，他们真是挑了一个不吉利的日子。窑行黑灯瞎火的，窑主们一定在洞庭酒家喝酒，窑主们这顿酒喝起来肯定不痛快。他们心里越发不安。后来看见窑行亮起了灯，夜晚的寒意越来越重，他们就默默地各自回家去了。回到家里躺在床上辗转反侧，回想起逃难路上的种种遭遇，他们的内心越发慌张了。提出同工同酬的要求，拿刚刚安顿的日子当赌注，简直太冒失太疯狂了。他们想起了裴行首的劝告，裴行首是唯一保持了理性的人，可惜他们的内心充塞了太多不满和仇恨，根本听不进去裴行首的话。

这个无眠的夜晚，不仅折磨着黄冶村的窑工代表，也折磨着石渚的窑主们。黄冶村的窑工代表走了，石渚的窑主们一言不发。他们看着樊行首的眼神，颇有责怪之意。樊行首看了看外面暗下来的天色，说，先去洞庭酒家，天塌下来也不能影响咱们一年一次的窑主聚会。谭家窑的窑主说，先去吃饭。今年轮到我做东，我备了好酒。窑主们叹口气，说，肚子饿了，别让黄冶村人坏了我们的心情。

话是这么说，等窑主们坐在洞庭酒家的时候，他们的心情早已经被黄冶村人搞坏了。吴家窑的窑主看着大家阴沉的脸色，干笑了几声，说，俗话说，你不找酒喝，酒不会来找你，你不找麻烦，麻烦总会来找你。所以大家都爱喝酒，没人爱麻烦。吴家窑的窑主是个喜欢说笑的人，要是平时，大家都要跟他一起说笑了，但是这会儿，大家没心思说笑。吴家窑的窑主说完觉得没趣，就闭了嘴。一时间，谁都不说话，酒桌上的气氛很沉闷。酒喝得不热闹，做东的谭家窑窑主也很郁闷。樊行首说，大家该吃吃该喝喝，吃饱喝足再去窑行商议。

郑家窑的窑主年轻气盛，把酒杯往桌子上重重地一放，说，黄冶村人太不长眼了，偏偏今天这个日子来给我们找麻烦。这些北边人，就是养不熟的狼。郑家窑的窑主开了头，窑主们不再把怒气憋在心里，被北边人堵在心里的那团跟窑火一样升腾乱窜的怒气，纷纷冲出了他们的胸腔。康家窑的窑主，北边人嘴里说一套，心里想一套。口口声声感谢石渚人的大恩大德，心里指不定怎么骂我们盘剥了他们。典型的口是心非。陈家窑的窑主说，他们看我们窑区今年添了三座龙窑，心里不痛快了。这是典型的不患寡而患不均。谭家窑的窑主说，北边人这么干，太不够义气了。我们当初帮助他们，考虑的不是利，是情和义。他们倒好，安顿下来了，就只为利益着想，完全不顾我们对他们的情义。张家窑的窑主说，我们的好心被他们当成驴肝肺了。当初要是不收留他们，他们只能继续逃难。蓝家窑的窑主说，我听说岳州窑只留下年轻力壮的，给他们开的工钱也不高。年底的时候，我们考虑他们收入不高，怕他们过不好年，还特意给他们发了一笔置办年货的钱。北边人，真是交不透的……

樊行首晓得窑主们憋着一口气，他耐心地等着窑主们把心里的这口气出完，渐渐平静了，才说，我理解各位窑主的心情，现在牢骚发了，心里的闷气出尽了。饭也吃饱了，酒也喝足了。咱们就回窑行想想解决之道。

樊行首和窑主们回到窑行，窑行的小厮给大家煮了茶。窑主们喝了一杯又一杯，喝得头脑跟白天一样亮堂，可内心还是跟夜晚的窑区一样，烟火升腾，混乱无比。樊行首说，喝了茶，都清醒了，说说你们的想法吧。窑主们谁也不说话。

樊行首说，既然黄冶村人把问题提出来了，我们就不能回避。我已经答应他们，明早给他们回复，今晚必须商议出一个妥善的办法。郑家窑的窑主，干脆把他们都辞了，我就不信了，没有张屠户我还能吃带毛猪。卞家窑的窑主说，郑老弟，不可急躁。听听樊行首的意见。窑主们把目光转到樊行首的脸上。樊行首沉思了一会儿，说，我们只有两个选择，一是拒绝他们的要求。二是答应他们的要求。在做出选择之前，各位窑主先算一笔账，拒绝了他们的要求，他们不干了，每个窑口有多大的劳力缺口，对产量和收益的影响有多大。答应他们的要求，按照今年的产量，除去给他们增加工钱的部分，各个窑口的收益跟没雇用他们的时候相比，是多了还是少了。

郑家窑的窑主愤愤不平地说，还有一种可能，拒绝了他们的要求，他们也不会走。他们能去哪儿？拖家带口再逃一次难？谭家窑的窑主说，他们是在赌，赌我们的善良，赌我们的仗义。张家窑的窑主说，北边人这是典型的光脚的不怕穿鞋的，这就是跟我们耍无赖。我们穿鞋的更不怕光脚的。他们耍无赖，我们也没必要跟他们讲理。我们就跟他们赌一把，不答应他们，不惯他们的毛病。康家窑的窑主说，跟他们赌一把。我就不信他们敢走。他们要是不敢走，我们再降低一成工钱，他们也没奈何。窑主们的愤怒之火又被点燃了。

郑家窑的窑主说，对忘恩负义的北边人，我们何必跟他们讲情义。他们不仁别怪我们不义，我同意康兄长的提议，给他们再降一成工钱。樊行首给窑主们添了一道茶，说，喝茶喝茶，把火气消了我们再商量。火气太旺了，脑袋容易发烧。

卞家窑的窑主说，各位老兄，听我说几句。我们确实还有第三种选择，不答应他们。我敢肯定，他们不会走。他们会选择忍气吞声继续留在窑上。郑家窑的窑主说，那不就是我们赢了吗？他们以后再也不敢跟我们提各种要求，我们什么损失都没有。不如我们今晚商量出一个降低工钱的方案，我们只要统一行动，他们根本没奈何。他们想跟我们玩光脚的不怕穿鞋的，我们穿鞋的才不怕他们光脚的。他们要无赖，我们又何必做君子？

卞家窑的窑主说，各位把火气压一压。我倚老卖老说几句你们可能不爱听的话。郑老弟，你到底年轻。好多事情，不能光看眼前利益。表面看，我们赢了。实际上，我们输了。谭老弟说得没错，北边人是在赌我们的善良和仗义。所以，我们考虑利益之前，先要问一个问题，我们真拿善良和仗义兑换了利益，我们的良心会不会不安？不妨想一想，以后看着他们一直住在棚子里，看着他们的孩子穿得不如我们的孩子，等到战乱结束了，他们天天站在码头望着北边叹气，因为没有盘缠永远流落异乡而仇恨我们……我们真的会开心吗？俗话说兔子急了还咬人，一群被仇恨蒙住了眼睛的人，你晓得他们会做啥事儿？他们在窑上不动声色搞点动作，烧坏一窑两窑的货，还不是分分钟的事情，我们又能奈何他们？拿不出证据，只能自认倒霉。拿得出证据，报告官府，把他们抓走了，损失也无法弥补。

樊行首点了点头，说，我们石渚窑上人，祖祖辈辈都讲究个安心。我们不是圣人，做不了只利人不利己的事儿，但我们可以做既利己也利人的事儿。我让大家算账，就是要让你们算一算，能不能做到既利己又利人。康家窑的窑主说，郑老弟年轻气盛，到底冲动了些，卞老兄说得在理。即使我们不给他们涨钱他们也不敢走，窑主跟窑工成了仇人，还真就是光脚的不怕穿鞋的，他们真要使坏，哪里防得住。郑老弟的第三种选择，就不要考虑了。我们听樊行首的，先把账算一算。

樊行首的目光在窑主们脸上扫了一遍，窑主们都点了头。樊行首说，既然都同意放弃第三种选择，那就先算账吧。樊行首把准备好的纸笔分给各位窑主，窑主们埋头算账。

樊行首出去找小厮，发现小厮早就熬不住，睡觉去了。樊行首出了窑行，到不远处的洞庭酒家给窑主们叫了消夜。樊行首站在草市空无一人的街上，望着天空，紧张了一晚上的心情，终于放松下来了。樊行首往草市西头看了一眼，那片黑乎乎低矮的棚子，在月光下无声无息。樊行首的心像被什么尖锐的东西扎了一下。如果战争灾难降临到了石渚，石渚窑上人也会跟黄冶村人一样，失去家园，逃亡他乡……他不敢想下去。

樊行首回到窑行，窑主们已经粗略算过账，得出了他们的结论。窑主们让郑家窑的窑主代表他们向樊行首汇报，郑家窑的窑主挠了挠头发，说，刚才兄长们各自粗略地算了账，又把各自的账汇总一起进行了分析。得出的结论如下：今年窑区增加了三座龙窑，要是北边人不干了，劳力缺口一时半会根本补不上，即使延长工时，也有一座龙窑会因为劳力缺口停火。那样损失就太大了。要是答应了北边人的要求，固然会多很大一笔支出，但是按照龙窑数量计算，比照今年的收益，整个窑区的收益跟雇用北边人之前比，是增加的。保守估计，明年再添两座龙窑问题不大。毕竟北边人都是熟练工，干活不惜力。

樊行首点了点头，说，算完账，答案也就出来了。利己又利人，就是我们最好的选择。现在按照我们窑行的程序，同意给黄冶村窑工涨工钱的，举手。窑主们都举起了手。樊行首说，好，一致同意。明天黄冶村的窑工代表到了窑行，我就把各位窑主的决定告诉他们。窑主们纷纷站起来，打着哈欠。

樊行首说，大家辛苦了，你们算账的时候，我从洞庭酒家叫了消夜，这会儿该送过来了。郑家窑的窑主说，我闻到香味了。他的话音刚落，洞庭酒家的几个伙计就把消夜送了进来。窑主们说，看到消夜，真觉得饿了。吃晚饭的时候，被黄冶村人气饱了，根本没吃啥。康家窑的窑主说，樊行首，把你的酒拿出来，我们庆祝一下。窑主们说，樊行首，你可别舍不得。樊行首说，酒就是拿来喝的，有啥子舍不得。茶酒不分家，俗话说，没有啥子事情是喝一顿茶摆不平的，实在不行，再加上一顿酒。窑主们爆发出一阵大笑。笼罩在窑行的沉闷气息终于散去了。

黄冶村的窑工代表们一夜没睡，第二天起来，用冷水洗了脸，郑重其事地穿上最体面的衣服，约着一起到窑行听信儿。他们眼睛发红，呵欠连天，一路都没说话。走到半路，停下来歇了一阵，又继续往前走，离窑行越近，他们的腿越沉。好不容易进了窑行，樊行首已经让打杂的小厮给他们摆好了座椅，还在每个人的座椅面前倒好了一杯酒。樊行首笑容满面，对着他们拱手。他们互相对望一眼，猜不透樊行首的笑是好消息还是坏消息，心里越发不安。樊行首招呼他们坐下来，说，我先要代表我们窑行和各位窑主给黄冶村的窑工们道个歉。各位窑工现在的工钱，本来是当初为了留下更多逃难窑工的权宜之计，在情况稳定之后，应该立马修正。我这个行首失察了，我们的各个窑主也大意了。好在你们大胆地提了出来，让我们能够及时修正。我要感谢各位黄冶村的窑工，你们的到来，给石渚窑区注入了新的活力。石渚窑区的发展，离不开黄冶村窑工们的贡献。石渚窑的收益，黄冶村窑工当然该分到一份。昨天晚上，我跟各个窑主经过商议，达成了一致意见：黄冶村窑工的工钱，从今年起，跟石渚本地人一样。

黄冶村的六个窑工代表愣了好久，才站起来，使劲鼓掌。他们的眼睛里涌满了泪水。樊行首说，以后都是一家人，不要再分什么黄冶村窑工和石渚窑工，我这个行首和窑主们考虑不周的地方，做得不公正的事情，你们都要像这次一样大胆指出来。我们齐心协力，共谋发展，共同受益。黄冶村窑工代表们说不出话来，只能使劲鼓掌。樊行首说，把你们面前的酒杯端起来，我们一起干了。庆祝我们经过共同的努力，圆满地解决了一个困惑大家的问题。六个黄冶村的窑工代表端起酒杯，仰起脖子，一口把酒干了。甜香温热的酒喝进去，他们的脸上泛起了一层喜悦的红光。

六个代表出了窑行，脚步轻快，一路飞奔回到草市西头，正在翘首盼望的窑工们看见代表们脸上喜悦的红光，心里的石头纷纷落地，他们把六个代表抬起来，抛上去，又接住。草市西头的棚子里，家家户户都像过年一样，把压在箱子底的钱都掏出来，打了酒喝。

黄冶村的六个窑工代表走了之后，裴行首从外面的酒家买了两壶酒，端到樊行首的屋子里。裴行首说，樊行首，兄弟佩服你。你有这等的胸怀气度，我自惭形秽。石渚这个窑区，一定会有更大的发展。我敬你一杯。说完，自己干了。樊行首也干了。樊行首拿出自己的存酒，倒了两杯，说，裴行首，我也要敬你。这次你没出面，我晓得你有顾忌，怕伤了情分，你是个有情有义的汉子。你没给自己提任何要求，我们也不能亏待了你。窑行是为大家服务的，不能跟窑上的收入比，我只能给你涨两成工钱。以后，黄冶村窑工的事情，还由你负责。裴行首摇着头说，我已经被他们罢免了。樊行首说，在利益面前，要兼顾情谊，确实不易。我们的窑主也有过一番激烈的争论。好在，大家都是讲理的人。天下的道理，就是拿来服人的。樊行首和裴行首的酒杯碰到了一起，他们用这杯酒，致敬了对方。

生活在草市西头的黄冶村人始终保持着北边的生活习惯，他们喜欢吃面食，不喜欢吃鱼，更不喜欢吃石渚人爱吃的臭豆腐。北边人不喜欢水，石渚人却是在水里泡大的，石渚人以自己水性好为荣。石渚每年都要举办隆重的龙舟比赛，黄冶村人从不参加。石渚人喜欢说感情都是在酒桌上喝出来的。石渚人经常互相请客喝酒，家里有任何喜事都要喝一顿酒，特别好热闹的人，啥喜事儿没有，也能找出个由头喝一顿酒。黄冶村人省吃俭用地攒钱，从来不去酒馆喝酒。

黄冶村人一直住在破旧的棚子里，他们舍不得把钱花在房子上。他们在石渚待不长，战乱结束了，他们还会回黄冶村去。陈婆婆是唯一一个把临时居住的棚子改建成房子的黄冶村人，她孤身一人，即使战乱结束，她也不打算回黄冶村了。对她来说，回乡的路太漫长，她已经折腾不动了。

樊美玉来到陈婆婆家门口，站在低矮的屋子前，深吸了几口气，让怦怦乱跳的心平静了一些，才鼓起勇气敲了敲紧闭的房门。门里边响起一阵窸窸窣窣的声音，陈婆婆隔着门问，谁呀？樊美玉心里翻滚着无数的话，却紧张得一个字都说不出来。陈婆婆在门背后说，一定是樊姑娘，你回去吧。

过了一会儿，陈婆婆的声音再次从门背后传出来，樊姑娘，你是懂道理的好姑娘。不管我们北边还是你们南边，接生从来就不是个正经行当。豆腐坊磨豆腐的有学徒，窑上的各个工艺都要收学徒，你见过哪个接生婆收徒了？樊美玉以为陈婆婆在问自己，赶紧说，武则天之前，也没有哪个女人当皇帝，凡事都会有第一个……樊美玉的声音颤抖着。陈婆婆打断了她，说，你不用跟我讲什么皇帝的事儿，那些事儿离我们太远了。我给你娘保证过，不会收你。我要收了你，说得轻点是不守承诺，说得重点就是背信弃义。石渚给了我这个逃难的孤老婆子容身之地，我要收了你，还怎么在石渚待下去？樊姑娘，你替我想想，离开了石渚，我到哪里去找个容身之地？收了你，惹怒了你的阿耶和娘，说不定还会连累所有的黄冶村人。

樊美玉早就想到陈婆婆不会轻易接受她，但是，陈婆婆说收了她在石渚待不下去还会连累其他北边人的这一层意思，她从来没想到，她毕竟只有十六岁。樊美玉站在那里，不知所措。陈婆婆要是不收她，她只能一辈子背井离乡去扬州或者明州。她不想害陈婆婆在石渚待不下去，可她也不想一辈子流落在外。

陈婆婆在门背后叹了一口气，说，樊姑娘，不是我狠心。我一个孤老婆子，实在不容易。你可怜我，我一辈子念你的好。樊美玉感觉自己快要哭出来了，她使劲瞪大眼睛，让泪水在眼睛里慢慢变成了薄雾。她说，陈婆婆，那次你说我的手又小又软，适合当接生婆。我是当了真的。陈婆婆在里面走了几步，离门远了一点，樊美玉听到她坐下了。陈婆婆说，你就当我是个碎嘴老婆子，胡叨叨的。樊姑娘，回去吧。我累了，你站着也累。

樊美玉绷着腿站得很直，眼睛里的薄雾消散了，她看到了远处的江水和江上的船只，那些让她流泪的念头就像退潮一样退去了，那些笼罩在她脑子里的浓雾也忽然从她的脑子里消失了。她像退潮后留在沙滩上的鱼，异常清醒地看清了自己的处境。如果陈婆婆在石渚待不下去，不是她樊美玉的错。陈婆婆即使在石渚待不下去，凭陈婆婆的名声，在潭州地界上，哪儿都能立足。陈婆婆对她说那些卖惨的话，不过是想让她愧疚，她刚才差点儿就上了陈婆婆的当，差点儿被愧疚的潮水淹没了。她的阿耶和娘，从来没有认同过她的选择，他们一直在用各种方式逼她放弃。他们明明晓得陈婆婆不收她，她就要背井离乡，他们还是要逼着陈婆婆不收她。她晓得他们舍不得让她背井离乡，他们这是在跟她比谁更狠。她要让她娘和阿耶晓得，她更狠。当上接生婆和留在石渚，她两个都要。她一定要让陈婆婆收她为徒。打定了主意，她一声不吭，站在陈婆婆门口，脚步都不挪动一下。陈婆婆躲在屋里，不敢开门。她要信守对樊美玉她娘的承诺。

快到中午了，陈婆婆还没去那家小酒馆上工，酒馆老板娘以为陈婆婆生病了，拿了礼物过来探望，发现陈婆婆被樊美玉堵在家里了。酒馆老板娘早就晓得樊美玉跟父母的约定，也晓得陈婆婆答应过樊美玉的娘，不会收樊美玉为徒。酒馆老板娘劝了樊美玉几句，樊美玉仰头看着天，好像什么都没听见。酒馆老板娘讨了个没趣，就跟陈婆婆说她先回去了，让陈婆婆能脱身了就去酒馆，酒馆这几天生意好，忙得很。陈婆婆在房门紧闭的屋子里应答了一声。酒馆老板娘看了樊美玉一眼，说，真是稀奇，哪有你这样逼着人家收徒弟的？樊美玉眼睛都没眨一下，眼睛里冒出冷森森的光。酒馆老板娘一路走回酒馆，樊美玉堵在陈婆婆门口要拜师的事情就像风一样传遍了石渚地界。

没多久,陈婆婆家门口那块狭窄的地儿,就挤满了看稀奇的石渚人。陈婆婆一直躲在屋里不敢出来,围观的人围着樊美玉指指点点议论纷纷,像看一场从没看过的皮影戏。围观的人笃信陈婆婆不会收樊美玉为徒。石渚这个地界上的人都是爱热闹爱玩笑的,看一个人像根木头似的站在那儿,难免会无聊。沉默静观了一会儿,围观的人就热火朝天打起赌来。石渚人动不动就打赌,任何事情,他们都有办法把它变成一场赌局:赛龙舟哪家的龙舟会赢,码头上上来的外地生意人会住哪家客栈,树上掉下来的果子是单数还是双数,隔壁那桌的酒客会不会再点一壶酒,某家的娘子会生男孩还是女孩……不管什么赌局,赌注都是输家请赢家喝一顿酒。

樊姑娘拜师这件事,不能赌结果,那就赌过程。有赌樊美玉能坚持一天的,有赌樊美玉能坚持两天的,赌注依然是输了的人请赢了的人喝一顿酒。人群里有人高声问,有没有赌樊姑娘坚持三天的?有几个人犹犹豫豫地准备举手,看看身边没人举手,就把手放下了。他们对樊姑娘能坚持三天没有信心。

不管围观的人群如何喧哗,樊美玉始终冷若冰霜,谁也不看。第一天下午,郑喜州给樊美玉送来了一篮子吃的东西和一罐水,放在樊美玉脚下。这个向樊美玉提亲被拒绝的郑喜州,看来还忘不掉樊美玉。围观的人屏住呼吸,眼睛发光。那些赌樊美玉只能坚持一天的人,在心里祈祷郑喜州把樊姑娘劝回家。他们万万没想到郑喜州不跟樊美玉说话,他放下篮子,端起水罐递给樊美玉,樊美玉不接,郑喜州把水罐放下,转身敲了敲陈婆婆的门,说,陈婆婆,你收下美玉吧,她要做的事,一定有她的道理。我做过一个梦,梦见樊美玉家的院子里落下来一只凤凰,浑身金光闪闪,樊美玉从屋里出来,径直走过去骑在凤凰的背上,凤凰张开翅膀,驮着樊美玉在我们石渚地界上飞了一圈又一圈,凤凰身上的金色光芒把我们石渚地界上所有的一切都照亮了。我去云母寺找人解了梦。解梦的人说,这个梦预示着骑在凤凰背上的那个人将来是护佑我们石渚的人。

郑喜州出乎所有人预料的表现,让围观的人发出一阵一阵的笑声,他们问,小郑师傅,你真的做了那样一个梦?你找云母寺的哪个高人解的梦?郑喜州不理他们,他黑着脸挤出人群,回窑上去了。

郑喜州回到窑上,一直待在制釉的工棚里,慢慢地研磨制釉的湖底黑泥。窑上的人，谁也不敢招惹他。

帮郑喜州去提亲的媒人也在围观的人群里，她看见郑喜州走远了，才说，哦哟哟，我早就说他们两个的脑子不正常，你们还不信，哪个脑子正常的姑娘干得出这种事儿？哪个脑子正常的小伙子会像他这样？围观的人立马分成了两派，一派赞同媒人的，摇着头说，石渚地界上，总要出几个怪人。另一派反对媒人的，撇着嘴说，没挣到人家的喜钱，也犯不上说人家脑子不正常。媒人听了生气，说，瞧你们把人看成扁担了，我还差一份喜钱不成？我是替樊姑娘的耶娘担忧。樊家的大姑娘已经没了，二姑娘要出个好歹，樊家的耶娘如何承受得起。听了媒人的话，围观的人开始转头劝说樊美玉，他们说，樊姑娘，你这么不吃不喝地站在这儿，你的阿耶和娘不急出病来才怪。你也不是石头缝里蹦出来的，你的心肠咋这么硬？

樊美玉目光冰冷，苍白的脸上没有任何表情。她努力在脑子里回想她姐姐躺在棺材里的样子，回想她姐姐那张被痛苦和死亡扭曲的脸。她不能去想她的耶娘，她害怕自己心肠一软就放弃了。

到了第二天，赌樊美玉只能坚持一天的人输了，赌樊美玉能坚持两天的人变得情绪高涨。第二天比第一天更加漫长，围观变得更加无聊。郑喜州在同一时间给樊美玉送去了一篮子食物，还有一罐水。郑喜州站在樊美玉面前，看了一眼樊美玉焦干的嘴唇，弯腰把水捧给樊美玉，樊美玉接过来喝了。郑喜州一言不发，等樊美玉喝完水，把水罐接过来，放在地上，转身走了。樊美玉继续像根木头棍子似的站在那儿，两眼望天。

樊美玉一动不动，站了三天三夜。围观看热闹打赌的人全输了，那几个本来准备赌她能坚持三天的人后悔不已，要是赌了三天，他们几个就是大赢家。真是小看了樊美玉这个丫头，以为她顶多坚持一天，最多两天，就会乖乖回家。可她已经坚持了三天，还像棵树一样站在那儿，两只脚都没移动一下。围观的人摇着头说，樊姑娘绝不是平常人。像我们这些平常人，一顿不吃饭都饿得心慌。樊姑娘站了三天三夜了，腰板还挺得直溜溜的。

围观的人不晓得樊美玉还能坚持多久，更不晓得这场拜师大戏如何收场。围观的人太无聊了，他们又开始打赌，这次赌的是陈婆婆最终会不会收樊美玉为徒，赌注还是输了的人请赢了的人在洞庭酒家喝一顿大酒。第三天还在现场围观的十几个人，一半人赌樊美玉拜师失败，他们的理由是，不管樊美玉在门口站多久陈婆婆都不敢收她为徒。一半人赌樊美玉拜师成功，他们的理由是，陈婆婆最终会败给固执己见的樊美玉不得不收她为徒。

樊美玉的阿耶和娘在家里度日如年心如刀割，熬到第三天，樊美玉的娘再也忍受不了，她准备了一篮子樊美玉爱吃的东西，让樊美玉的弟弟妹妹给樊美玉送去。樊美玉的弟弟妹妹去了陈婆婆家门口，根本不敢靠近他们的姐姐，他们把娘准备的篮子放在离樊美玉很远的地方就要溜，却听见樊美玉说，把篮子里的食物放到陈婆婆的窗口。他们乖乖地提起篮子，放到陈婆婆的窗口，对陈婆婆说，陈婆婆，我们娘给阿姐准备的食物，阿姐让我们放在你的窗口。说完，他们一溜烟跑了。

围观的人因为打赌，分成了两拨，赌樊美玉拜师失败的那拨人抓住机会对樊美玉进行新一轮劝说，他们说，樊姑娘，你就可怜可怜你娘吧，她在家眼睛都哭肿了。把你娘气死了，你一定会后悔。可这个世界灵芝仙草都有，就是没有后悔药……樊美玉暗暗用力，绷紧自己的腿，让自己笔直地站着，她害怕自己支撑不住，摇晃着倒下去。赌樊美玉拜师成功的那拨人，则希望樊美玉坚持下去，他们说，樊姑娘，这几天我们看出来了，你的确不是普通人，你将来一定会成为护佑石渚的神仙。樊美玉仰起头，努力去捕捉和倾听码头上的声音，她穿过一片嗡嗡的嘈杂声听到了江水流动的声音。围观人群的劝说和鼓励，樊美玉一个字都没听见。

樊美玉的弟弟妹妹跑回家里，樊美玉的娘急忙问，你们的阿姐咋样？吃没吃东西？樊美玉的弟弟妹妹说，娘，阿姐让我们把篮子给了陈婆婆。她不吃。樊美玉的娘抹着眼泪说，二姑娘三天没吃东西了，一个人哪儿扛得住三天不吃东西呀。樊美玉的弟弟妹妹说，娘，阿姐站得可直了。樊美玉的娘说，不行，我得去把她带回来。樊美玉的阿耶说，咱们要是去了，二姑娘死活不回来，就没有回旋的余地了。陈婆婆既然答应，她就不敢收二姑娘。沉住气，二姑娘会回来的。她虽然没吃饭，但她喝了水。郑喜州每天都给她送水。樊美玉的娘抹着眼泪点了点头。他们忍住了没去陈婆婆家门口。陈婆婆不收樊美玉，是他们最后的指望。

到了第四天清晨，太阳刚刚冒出半个头，围观的人还没来。樊美玉看了一眼越升越高的太阳，感觉眼睛里射进去万道金光，眼睛突然什么也看不见了，房子和地都在旋转，她也在旋转。她一头栽下去晕倒在陈婆婆门口，头撞在陈婆婆的大门上，撞出的巨大声响把陈婆婆吓了一跳。陈婆婆快速打开门把樊美玉抱进屋，把她平放在床上，帮她掐人中灌热酒。陈婆婆忙了半个时辰，樊美玉终于睁开眼睛醒了过来。陈婆婆说，樊姑娘，你要吓死我了。樊美玉的眼光聚焦在陈婆婆的脸上，终于看清了陈婆婆的脸，她立马滚到地上给陈婆婆磕头。陈婆婆说，樊姑娘，你还很虚弱，快起来喝点糖水。樊姑娘不说话，咬着牙跪在地上，脸白得像一张纸，额头渗出豆大的汗珠，身体抖得像筛糠。陈婆婆一把扶起她，说，樊姑娘，起来吧，我答应你。我要不收了你，就要背一条人命了。你赶紧躺下，我慢慢喂你喝点糖水。我看出来了，谁也犟不过你。不晓得哪辈子欠了你的债，你这辈子非要找上我。

天大亮了，围观的人到了陈婆婆的门口，发现樊美玉已经不见了。那拨赌樊美玉拜师失败的人松了一口气，说，樊姑娘到底坚持不住回家去了。我们赢了。走，洞庭酒家喝酒去。赌樊美玉拜师成功的那拨人说，慢着。谁说你们赢了。樊姑娘没在门口，并不等于她回家去了。他们敲了陈婆婆的门，问，陈婆婆，樊姑娘在不在你屋里？陈婆婆说，麻烦你们去给樊姑娘的耶娘报个信儿，樊姑娘刚才晕倒了，我把她抱进屋喝了糖水，这会儿已经清醒了。赌樊美玉拜师成功那拨人得意地说，我们赢了。走，洞庭酒家喝酒去。赌樊美玉拜师失败那拨人说，慢着。樊美玉在陈婆婆屋里，并不等于陈婆婆已经收她为徒了。前来围观的人互相看了看，一起问，陈婆婆你到底收没收樊姑娘？陈婆婆说，救人要紧，赶紧去给樊姑娘的耶娘报信吧。两拨人互相看看，到了这个时候，还没分出输赢，他们哪里沉得住气。他们大声问，陈婆婆你给句实话，你到底收没收樊姑娘？

陈婆婆没有回答他们。他们等了一会儿，屋里没有任何声音。他们只好报信去了。一路上两拨人还在打着嘴仗，都坚持自己赢了，让对方到洞庭酒家请客。两拨人给樊美玉的耶娘报过信儿，还是争论不休，干脆约着一起到洞庭酒家喝酒，边喝酒边等消息，最后反正由输了的那拨掏钱请客。

樊美玉的耶娘听到樊美玉晕倒的信儿，火速赶到陈婆婆家。樊美玉躺在陈婆婆的床上，脸色苍白。樊美玉想要站起来，被陈婆婆按住了，她说，樊姑娘，你好几天水米不进，虚弱得很，你还是躺着吧。樊美玉的娘扑过来，搂着樊美玉哭起来。樊美玉挣扎着坐起来，说，阿耶，娘，陈婆婆答应收我了。我已经完成了拜师礼。樊美玉的阿耶气得脸上青筋暴起，但他把火忍在心里，不好发作。好男不跟女斗，何况陈婆婆还是一个上了年纪的女人。樊美玉的娘放开樊美玉，盯着陈婆婆，眼里冒着火，声音嘶哑地吼道，陈婆婆你怎么可以说话不算话？陈婆婆避开她的目光，把一碗糖水端给樊美玉，说，我要不收樊姑娘，这会儿已经欠了樊姑娘一条人命了。樊姑娘晕倒在我家门口，我不能见死不救吧？樊姑娘醒过来就下地给我磕头，额头冒着豆大的汗珠，身子抖得像筛糠，我不答应她就不起来。樊家大娘，你希望我救樊姑娘的命还是希望我遵守对你的承诺？樊美玉的娘说，二姑娘，你真狠啊。樊美玉说，娘，放心吧，我不会给你和阿耶丢脸的。樊姑娘还很虚弱，脸色依然苍白，但她眼睛里那种冷森森的气息不见了，她的眼神有了暖意。樊美玉的阿耶和娘长叹一声，离开了陈婆婆家。

樊美玉的耶娘走后，樊美玉躺在床上陷入了昏黑的睡眠里。三天三夜不吃不睡，她完全靠超强的意志力支撑着，拜师成功，她一下子被疲惫打垮了。樊美玉整整睡了一天一夜，在这一天一夜中，因为她，石渚人和北边的黄冶村人差点发生了一场械斗。

走在回家的路上，樊美玉的阿耶气得咬牙切齿，他说，这些说话不算话的北边人，我算是认得他们了。连陈婆婆都敢骗我们，我实在咽不下这口气。樊美玉的娘倒是平静了下来，她说，好歹二姑娘不会离开石渚了。樊美玉的阿耶说，陈婆婆都不把我们放在眼里，我要是咽下了这口气，大家都会看不起我。樊美玉的娘说，你消消气，不要钻进牛角尖里出不来。这事儿也怪不得陈婆婆，二姑娘的犟脾气，你又不是不晓得。陈婆婆不救二姑娘，二姑娘这会儿命都没了。我想通了，只要二姑娘活着，只要二姑娘不离开石渚，她干啥都行。不管樊美玉的娘怎么劝，樊美玉的阿耶一直气哼哼的，脸色铁青。

两拨打赌的人给樊美玉的耶娘报完信儿，就聚在洞庭酒家边喝酒边等消息，两拨人都坚信自己是赢家，赌樊美玉拜师失败的那拨人高喊，上酒来。我们肯定赢。就凭陈婆婆一个孤老婆子，打死她也不敢得罪樊师傅和樊大娘。樊家窑是石渚窑区最大的窑口，窑行樊行首就是樊家窑的人。赌樊美玉拜师成功的那拨人也高喊，上酒上菜！我们不会输。只要看一眼樊姑娘的眼神就晓得，她想干成的事儿，谁也挡不住。她耶娘都拦不住，还指望一个菩萨心肠的陈婆婆拦住？简直笑话。桌上的酒和菜上了一轮，吃光喝光，空盘子一沓沓撤下去。两拨人又高喊上酒上菜，都喝了酒，喊的嗓门一个比一个大。于是又上一轮酒和菜，眼见得吃光喝光了。两拨人又高喊上酒上菜，酒喝得更多，嗓门也更大。

两拨人都喝得醉眼蒙眬的时候，樊美玉已经拜师的消息传到了洞庭酒家。

酒桌上安静了片刻，每个人都摇晃着脑袋，想要搞清楚谁是输家谁是赢家。清醒片刻，输了的那拨人立马唉声叹气，赢了的那拨人更加眉飞色舞。赢了的那拨人继续高喊，上酒上菜，今晚不醉不回。输了的那拨人眼巴巴看着又一轮酒菜端上桌来，这些酒菜都要他们掏钱，心都抽紧了。北边一直兵荒马乱的，石渚人的日子也过得紧巴起来，到酒家喝酒已是奢侈的事情。今天这样豪吃豪喝的底气，来自他们以为打赌赢了，掏钱的是输家。心疼也没办法，石渚的规矩，愿赌服输。在石渚地界上，赖赌债是最下流的行为。酒真是好东西，喝醉了，连自己是谁都忘了。输了的那拨人喝着喝着高兴起来，忘记了打赌忘记了输赢忘记了要掏钱请客，他们敲着桌子大喊大叫，上酒来。赢了的那拨人更是高声叫嚷，上酒上菜！他们把洞庭酒家的欢乐气氛推向了高潮。

住在草市西头的黄冶村人听到陈婆婆收樊美玉为徒的消息，都不敢相信，陈婆婆一个孤老婆子哪来如此大的胆量。他们派人到陈婆婆家，看到脸色苍白的樊美玉躺在陈婆婆的床上昏睡。他们说，陈婆婆你的胆子太大了，樊美玉的耶娘如何咽得下这口气。反过来，违背承诺的人是他们，我们也咽不下这口气。陈婆婆说，我不能看着樊姑娘晕倒在门口不管啊。黄冶村的窑工们说，你去给她耶娘报个信不就行了。陈婆婆说，救命要紧。佛家都说救人一命胜造七级浮屠。窑工们说，你想没想过后果？陈婆婆说，我想不到那么多，我一个孤老婆子，跟窑上没关系。他们能把我咋样？黄冶村的窑工说，陈婆婆，你是我们黄冶村人。陈婆婆说，你们回去吧。我一人做事一人当，绝不会连累你们。

黄冶村的窑工们跟陈婆婆说不清，只好聚到裴行首的家里，让裴行首拿个主意。上次争取同工同酬的事情过后，六个窑工代表自动解散了，黄冶村的窑工们遇到紧急情况，还是让裴行首代表他们出面解决，毕竟，樊行首只认裴行首。

裴行首先到陈婆婆家了解具体情况，陈婆婆对裴行首讲了当时发生的一切，樊美玉如何昏倒在门口，如何被她救回家里，清醒过来下地就拜，脸色苍白如纸，浑身筛糠一样颤抖，额头上豆大的汗珠往下滴，她要不答应樊姑娘，樊姑娘一口水都不肯喝，樊姑娘要是撑不住一头栽下去肯定没救了。陈婆婆说，裴行首，那种情况，换了你，你也会违背承诺先救命吧？裴行首看了一眼沉睡着的樊美玉，说，樊姑娘现在的情况怎么样？陈婆婆说，樊姑娘喝了糖水，已经不打紧了。裴行首心里有了底，他说，你不用担心，照顾好樊姑娘。陈婆婆说，我没啥可担心的，我跟他们都说了，一人做事一人当，石渚人要找麻烦，就来找我好了，大不了我们师徒二人不在石渚地界上求生活了。裴行首说，你放宽心，到不了那一步。

裴行首回到家里，对神色不安的窑工们说，石渚是个讲道理的地方，没啥可担心的。你们回家去吧，该干啥干啥。窑工们说，这次跟上次要求同工同酬不一样，要求同工同酬我们是占理的一方，这次陈婆婆是不占理的一方。我们怎么能放心。裴行首说，讲理要看怎么个讲法，就说上次的事儿，你们要讲的是你们认同的公平之理，我当时为啥不赞成你们，我以为石渚人会站在他们的立场上讲知恩图报之理，各讲各的理，肯定讲不到一起。如果石渚人坚持讲他们的知恩图报之理，我们在他们眼里就是不懂得知恩图报的白眼狼。这是我当时最担心的。你们去窑行那晚，我一夜没睡，心里七上八下。结果出乎我的预料，石渚人讲的既不是你们的公平理，也不是我以为他们会讲的知恩图报之理，人家讲的是更高一层的理。用樊行首的话说，你们黄冶村窑工的到来，给石渚窑区注入了新的活力。石渚窑区的发展，离不开你们黄冶村窑工的贡献。石渚窑区的收益，你们黄冶村窑工理应分上一份。窑工们说，樊行首站得高看得远，我们很服气。

裴行首说，陈婆婆承诺过不收樊姑娘，可在樊姑娘昏倒的情况下，陈婆婆救了樊姑娘的命。承诺再重也重不过一条命，这就是更高一层的理。樊姑娘耶娘的脸面再重要也比不过樊姑娘的命重要。窑工们思量片刻，纷纷点头，说，脸面再重要也重不过一条命。这个理，一定可以说服樊姑娘的耶娘。

窑工们放下心来，准备回家的时候，一个在樊家窑干活的制泥工气喘吁吁地跑进来，人还没站稳，声音已经飞过来了，他大喊着，不好了，樊家窑的几十个窑工拿着棍棒去樊师傅家了。黄冶村的窑工们一听这话，脑袋里顿时一片嗡嗡声，不晓得谁喊了一句,还愣着干啥!快去保护陈婆婆。黄冶村的窑工们啥也顾不得了,跑出裴行首的家,顺手抄起棍棒,冲到陈婆婆家的门外,把陈婆婆的房子牢牢地护在中间。面对瞬间失控的场面,裴行首愣住了,好半天才反应过来,赶紧跑到陈婆婆家门外。陈婆婆听到外面闹嚷,打开门看见几十个手拿棍棒的窑工,吓得赶紧把门关上了。裴行首说,陈婆婆你别害怕,不管外面发生了啥,你都别开门,照顾好樊姑娘就行。安抚住陈婆婆,裴行首对黄冶村的窑工们说,听我的,都回家去。窑工们说,陈婆婆的男人孩子落水死了。要是任由陈婆婆被石渚人拿着棍棒上门欺负,天下人都要耻笑我们黄冶村人不是男人。裴行首说,你们几十个人拿着棍棒围在这儿,只会刺激石渚人,起火上浇油的作用。黄冶村的窑工们不走,他们坚持说,陈婆婆是我们黄冶村人,我们不保护她谁保护她?有一个年轻的窑工说,裴行首你不要一遇到事情就往后缩,你往后缩是你的事儿,你别让我们跟着你往后缩。我们没有窑了,可我们这口气还在。窑工们说,对,我们这口气还在,我们不能往后缩。裴行首叹息一声,说,我不是要往后缩,我是担心这样会激化矛盾。要不你们都回去,我一个人在这儿等着,樊家窑的人来了,我跟他们讲理。窑工们激动地说,一群手拿棍棒的人会跟一个手无寸铁的人讲理?你就是把石渚人想得太好了。

樊美玉的阿耶和娘回到家里,茶没顾上喝一口,樊家窑就来了几十个人,个个拿着棍棒,气势汹汹。樊美玉的弟弟妹妹吓得往床下钻,樊美玉的娘也吓了一大跳。她说,各位兄弟,你们这是要干啥?樊家窑的兄弟们说,黄冶村人欺人太甚了,一个孤老太婆都敢出尔反尔。我们要去把二姑娘带回来,帮樊大哥出了这口气。樊美玉的阿耶心里本来就窝火,哪里禁得住樊家窑弟兄们这一顿煽风点火。他随手抄起一根棍子,就要带着一帮人去陈婆婆家。樊美玉的娘紧紧拉住樊美玉阿耶手里的棍子,她说,你们想过没有,你们一群人拿着棍棒冲到陈婆婆家,一定会惹怒黄冶村人。樊家窑的一个后生说,我们还怕黄冶村人不成?黄冶村人是在我们的地盘上讨生活。我们就是太把黄冶村人当回事儿,太给他们脸了,他们才不拿我们当回事儿。连一个孤老太婆都敢欺负樊大哥。樊美玉的阿耶说,谭秀秀,你放开手。我咽不下这口气。

樊家窑的窑工们群情激愤。樊美玉的娘感觉自己的手在发抖,但她脸上始终挂着笑，她必须阻止他们。她轻言细语地说，陈婆婆跟黄冶村人根本不是一回事儿，她是一个孤老婆子。你们几十个身强力壮的男人带着棍棒去陈婆婆家，欺负一个孤老太婆，传出去也不好听吧。恐怕以后人家黄冶村人吓唬孩子都会说，快别哭了，樊家窑的男人拿着棍棒来了。

　　樊家窑男人们举着棍棒的手放了下来。石渚地界上的男人，对以大欺小，仗势欺人这种恶行，向来不耻。他们看看自己手里的棍棒，脸上出现了迷茫的表情。

　　一个从草市喝得醉醺醺回家的郑家窑掌火师傅路过樊美玉家，看到一群拿着棍棒的人被樊美玉的娘拦着不让走，笑着说，几十个黄冶村人拿着棍棒在陈婆婆家门外等你们，你们还不赶紧去，你们是怕了黄冶村人不成？他呼出的酒气，飘散在空气里，成为易燃的火星，一下子把樊家窑男人们的火气引爆了。樊家窑的几十个人，瞬间又把棍棒举了起来。樊美玉的阿耶甩掉樊美玉的娘，说，你说陈婆婆跟黄冶村人不是一回事儿？哄鬼呢。走开，别拦着我，你想让我成为石渚地界上的笑柄不成？你们女人就是头发长见识短。樊家窑的几十个精壮小伙齐声喊，石渚人怕黄冶村人，笑话！

　　几十个人拿着棍棒往山坡下冲去。樊美玉的娘吓得双腿发抖，黄冶村人已经拿着棍棒等在陈婆婆家了，这些人再举着棍棒冲到陈婆婆家，两拨拿着棍棒气势汹汹的人碰到一起，地盘又狭窄，三言两语不合就会动起手来。都是怒火中烧的精壮小伙子，一旦动起手来，不是死就是伤。出现了死伤，黄冶村人跟石渚人，就结下世仇了。而她家的二姑娘，就是这世仇的根源。到了那个时候，她家的二姑娘，真要在石渚待不下去了。樊美玉的娘在自己腿上拍了一巴掌，止住了颤抖，迈开腿追上去，一看已经追不上了。她站在那儿，环顾四周，看见半坡上有一棵高大的树，她冲到树下，双手抱着树干，奋力地往上爬。双脚蹬在树上，手上脚上都是力气，一口气爬上了树梢。树梢摇晃得厉害，她的脚找到了一根树杈，踩在上面，双手抱紧树干，往下一看，一群人举着棍棒已经走到了山脚下。

　　樊美玉的娘放开嗓子，大喊一声，樊鹏举，你听好了，你要再往前走一步，我就撒开手让自己掉下去。说完，伸出一只手在空中挥舞。山脚下的人停住了脚步往上看，看到樊美玉的娘在山坡最高的那棵树上，她披头散发，双脚踩在树杈上，一只手抱着树干，一只手在空中挥舞。樊美玉的娘太让樊家窑的窑工们吃惊了，这个平时脾气好性格温柔的女人，这会儿活像一个疯子。樊美玉的弟弟和妹妹哭着从家里跑过来，抱住了树干，一边摇晃一边大声喊娘。樊美玉的阿耶愣了片刻，大叫一声，说，美东美西，你们别再摇树。谭秀秀，你抱紧了树干，千万别掉下来。樊美玉的阿耶转身就往山坡上跑，樊家窑的窑工们也跟着樊师傅往山坡上跑。

樊美玉的阿耶望着悬在树上的樊美玉她娘，声音控制不住地发抖，他说，谭秀秀，你想吓死我啊？你抱紧树干，慢慢往下来，一定要用两只手抱着树。樊美玉的娘说，你们的面子比我的命重要，你们就去跟黄冶村人打个你死我活。不要管我了。樊美玉的阿耶说，你快下来吧，你待在那么高的树上太吓人了。

一阵风吹过，树梢晃动得很厉害，樊美玉她娘踩着的树杈啪的一声，裂了一半。树下的男人们惊呼了一声。樊美玉的阿耶说，谭秀秀你快下来吧。求你了。樊美玉阿耶的声音里带着哭腔。樊美玉她娘说，你这么怕我死，你就不怕二姑娘死？陈婆婆要是死守承诺不管二姑娘，二姑娘这会儿已经没命了。承诺再重还能重过我家二姑娘的一条人命？我们不感谢陈婆婆救了二姑娘的命，还要拿着棍棒上门。你们就不怕天下人耻笑我们不懂道理？樊美玉她娘的声音发着抖。樊美玉的阿耶说，谭秀秀，你说得对。我听你的，你赶紧下来，我们备着礼物去感谢陈婆婆。樊美玉她娘说，你们把棍棒扔了我就下来。樊美玉的阿耶说，把棍棒都扔了吧。窑工们扔掉了手里的棍棒。樊美玉的阿耶说，谭秀秀，下来吧，我被你的道理说服了。承诺再重也重不过二姑娘的命。脸面再大也大不过你和二姑娘的命。

在樊美玉阿耶的注目下，樊美玉她娘从树上下来了，落到地上的瞬间，樊美玉阿耶扑过去抱住了她，樊美玉的弟弟妹妹也冲过来抱住了他们的娘。樊美玉她娘推开樊美玉的阿耶，对着樊家窑的窑工们鞠了一躬，说，各位兄弟，今天有劳你们了，改天请你们到家里喝酒，我给你们做一桌子好菜。我保证酒管够。樊家窑的几十个人笑起来，说，樊师傅，我们等着你的酒。说完，陆陆续续走了。

樊美玉的娘看着地上的棍棒说，美东美西，把棍棒捡回家去当柴烧。樊美玉的阿耶说，谭秀秀，我总算认得你了。我以前一直搞不清楚二姑娘像谁，其实二姑娘就像你！

黄冶村人在陈婆婆家门外守了一阵子，得到消息说樊家窑的人不会来了，他们已经扔掉棍棒回家去了。裴行首站起来，长长地出了一口气，说，你们也扔掉棍棒回家吧。

最热闹的，要数洞庭酒家里那两拨打赌的人。两拨人在洞庭酒家喝得分不清方向认不清彼此的时候，听说樊家窑的人举着棍棒要找陈婆婆算账，黄冶村人也拿着棍棒去陈婆婆家护卫。两拨打赌的人立马来了精神，有人提议继续打赌，这次赌樊家窑的人跟北边人会不会打起来，输了的人为今天这顿酒掏钱。还是一半人赌一定会打起来，一半人赌打不起来，下完赌注继续喝酒。

洞庭酒家的张老板怕他们喝得太多，让伙计送上茶给他们解酒，又派了另一个伙计去探听消息。到了下午，老板派出去探听消息的小伙计跑进来说，樊家窑的人散了，黄冶村的人也散了。打不起来了。打赌的人问，咋就散了？是不是樊行首出面摆平了？伙计说，不是樊行首摆平的，是樊师傅的娘子摆平的。打赌的人不信，说，骗谁呢？那种情况，就是樊行首出面摆平，怕也要费一番口舌。伙计说，当时情况确实万分危急，樊家窑的人手持棍棒都冲到山下了，樊师傅的娘子爬上了樊家窑山坡上那棵最高的树。樊师傅的娘子披头散发站在树杈上大喊，樊鹏举，你们要去跟北边人打架，我就从树上跳下来。樊师傅的腿立马吓软了，连滚带爬往树下跑，好说歹说才让樊师傅的娘子从树上下来了。听说樊师傅的娘子踩的树杈裂开了，吓得樊家窑的人赶紧把棍棒扔了。打赌的人说，太惊险了。石渚地界上的女人太疯狂了。

赌樊家窑的人跟北边人打不起来的那半人赢了，他们高兴地跳起来，说，上酒上酒。继续喝。赌两边要打起来的人有几个不干了，他们大声嚷嚷，喝酒的时候说好是上次输了的请客，上次赌樊姑娘拜师成功我们是赢了的。一码归一码。先把上次的赌局了了，这次先欠着。上次输了这次赢了的几个人也不干了，说，打赌之前说好了的，输了的人为今天这顿酒掏钱。打完这次赌，以前的赌局就作废了，这叫一局定输赢。这次的赢家中有几个是上次的输家，这次的输家中也有几个是上次的赢家。究竟该谁掏这顿酒钱？每个人都觉得自己理由充分，一桌子人吵成一锅粥。最后总算有一个外地生意人说，反正你们都输过也都赢过，输赢抵消就是不输不赢，你们每个人出自己那份钱不就得了。吵得面红耳赤的两拨人停下来不吵了，他们想了想，说，也对，输了又赢了赢了又输了，可不就是不输不赢吗？偏偏还有三个人是两次都赌赢了的,听到每个人都要掏钱,立马不淡定了,赢了两次还要掏钱,太没道理了。他们跳起来,说,天底下哪有这种道理,打赌赢了两次还要自己买酒喝?围观的人一阵大笑,说,这三个兄弟两次都赢了还要出钱,着实太冤枉了。明白人你看咋办?那个被叫作明白人的外地生意人说,这还不简单,三个赢了两次的兄弟不用掏钱,谁也不会有意见。那三个赢了两次的人坐下来,说,这还差不多。输了又赢了赢了又输了的人只好认输,纷纷从口袋里掏钱。那个明白人说,你们都长个教训吧,以后一次就打一个赌。说得众人都笑了起来。

樊美玉昏睡了一天一夜,等她醒过来,看见她的阿耶和娘提着拜师的礼物来到了陈婆婆家,他们跟陈婆婆商量,要按照石渚的传统,重新给樊美玉举行拜师礼。

樊美玉的拜师礼很隆重,窑行的樊行首亲自出面主持,樊行首又邀请了黄冶村的裴行首和上次的六个窑工代表参加。那天拿着棍棒到樊美玉家的樊家窑兄弟全被樊师傅请来参加了拜师礼,樊美玉的耶娘兑现了承诺,菜好吃,酒管够。除了陈婆婆和樊美玉,所有人都喝醉了。

樊美玉拜师之后,樊美玉的娘在石渚出了名。石渚一个叫谭秀秀的女人,瞬间爬到一棵几十米高的大树树梢上的神勇功夫,被传得神乎其神。从外面到石渚来的人,见到樊美玉的娘,不过是一个胖胖的看上去十分普通的女人,怎么也不像传说中那个神勇的爬树大侠,都禁不住有些失望。有一次樊美玉的耶娘一起去走亲戚回来,路过那棵树,樊美玉的阿耶停下来,望着在风中摇晃的树梢说,我每次路过这儿都会想,这么高的树,我都爬不上去,你是怎么爬上去的?樊美玉的娘说,我也不晓得。樊美玉的娘看看四周没人,就说,要不,我再爬一次给你看看?樊美玉的阿耶说,你可别吓唬我。樊美玉的娘笑着说,我又不傻,我就爬一小段,不爬那么高,樊美玉的娘站在树下,望着树干,摩拳擦掌准备了半天,双手抱着树干,脚和手都在发抖。怎么也爬不上去了。樊美玉的娘说,奇怪了,那天我很轻松就爬上去了。一点都不害怕。樊美玉的阿耶说,那天你一定是猴子附体了。说完,目光灼灼地看着樊美玉的娘,樊美玉的娘被看得不自在起来,说,樊鹏举,你看啥?樊美玉的阿耶说,你还像二十多年前那样好看。樊美玉的娘说,你怕是天天在窑上看火,把眼睛看花了。说完,脸红了。

第三部　石渚史（下）

樊美玉十八岁独立接生的第一个孩子，是我的爷爷谭良骏。接生完我的爷爷，樊美玉这个名字就从石渚地界上消失了，十八岁的樊美玉，变成了樊婆婆。樊婆婆九十岁接生的最后一个孩子，是我——谭良骏的孙子谭恩宝。我爷爷是樊婆婆接生婆职业的起点，我是樊婆婆接生婆职业的终点。

我的爷爷谭良骏，二十四岁成为石渚窑行的行首，他是石渚窑区有史以来最年轻的窑行行首。我爷爷当了四十几年石渚窑行的行首，是石渚成立窑行以来任职时间最长的行首。我爷爷谭良骏任石渚窑行行首的时期，是石渚窑区发展最快、规模最大、各项技术达到了巅峰的鼎盛时期。

我从小到大都听人说，没有我的爷爷谭良骏，石渚窑区不会成为产品远销到波斯等世界各地的著名窑区。石渚地界上，所有人说起我爷爷谭良骏，都直竖大拇指。

我阿耶特别崇拜我爷爷谭良骏，他总是跟我说，恩宝，你爷爷是个了不起的人物，没有你爷爷，石渚窑区就不是今天的局面。我问我阿耶，局面是啥面？好不好吃？我阿耶摸着我的头，说，局面不是吃的，怎么跟你说呢，局面就是石渚今天繁荣兴盛的样子。我一脸茫然地看着我阿耶，似懂非懂地说，局面是繁荣兴盛的样子，繁荣兴盛又是什么样子？……我阿耶叹口气，说，等你长大就懂了。总有一天，你会为你爷爷感到自豪。

我娭毑却跟我说，别听你阿耶鬼扯。你爷爷就是胆子大，没有他不敢闯的祸。要是没有樊婆婆，他十八岁那年就被人打死了。我娭毑说完，咯咯咯地笑起来，笑完了，又说，恩宝你晓不晓得，我刚满月，我爷爷就把我许给了庞嘉永。我要是嫁给庞嘉永，就没有你阿耶，也没有你了。我歪着头看着我娭毑，她的脸瘦巴巴的，眼睛特别大。我说，娭毑，你为啥没有嫁给庞嘉永？我娭毑咯咯咯地笑了一阵，说，我被你爷爷骗了，你爷爷就是个骗子。大骗子。我娭毑看了我一眼，突然不笑了，摸摸我的头，说，我跟你说这些干啥。我真是老糊涂了。我娭毑说完不再理我，看着天上的云发呆。

我还不到五岁，根本听不懂我阿耶和我娭毑在说什么。

后来，我娭毑说话越来越少，她整天待在她和爷爷住的那间房子里，喊她吃饭她就出来吃饭，喊她喝茶她就出来喝茶，吃完喝完依然回她的房间里待着，谁也不晓得我娭毑在房间里干啥。

那天，就是注定要出事的那天，我娭毑吃过早饭像往常那样回房间去了，不一会儿她却从房间里出来了，穿戴整齐，抹了脂粉画了眉毛涂了红嘴唇。我娘惊得眼珠子都要掉出来了，她说，娘，你这是要去哪儿？我娭毑看都不看我娘一眼，转身又回房间去了。我娘送我去学堂，嘱咐我中午别在路上玩儿，按时回家吃饭。没等我回应，我娘就走了。我娘很忙，一家人的吃喝拉撒，都要她操心。

中午到了吃饭时间，我从学堂回家吃饭，我娘去叫我娭毑吃饭，我娭毑却不在房间里。我娘慌了，把家里大大小小的房间找了个遍，连花园的水缸都找了，不见我娭毑的踪影。

我娘慌慌张张拉着我一路小跑去窑行找我阿耶，结结巴巴告诉我阿耶，娘不见了。我阿耶说，她一定是看樊婆婆去了。你去樊婆婆家找找。我这里还有事。我娘张了张嘴，最后啥也没说，领着我出了窑行。我们还没走到樊婆婆家，就听人说我娭毑跟樊婆婆在洞庭酒家喝酒吃饭呢。

我娘牵着我的手去了洞庭酒家，果然看见我娭毑和樊婆婆坐在窗户下面喝酒。两个白发老婆婆，一胖一瘦，一人面前摆了一只小酒壶。我娭毑和樊婆婆旁若无人地端起自己面前的酒壶把酒倒进杯子里，举起杯子碰一下，然后仰着头灌下去，龇着牙哈一口气，从酒桌上的餐盘里夹一筷子肉放进嘴里，心满意足地嚼起来，油花子从嘴角滴到了下巴上。不一会儿，她们桌子上的三个大盘子已经吃光了。洞庭酒家的小张老板伺候在旁边，殷勤地问，还要添啥菜，我吩咐厨房去做。樊婆婆擦了擦嘴，说，不用添菜了，再来两碗米粉。小张老板高喊，两碗粉，加足料。不一会儿，两碗热气腾腾的米粉端了上来，樊婆婆和我娭毑埋头吃粉，把两大碗粉吃光，还把碗底的汤喝得干干净净。

我娭毑的饭量把我娘看得目瞪口呆。在家里，不管我娘怎么变着花样做我娭毑以前爱吃的饭菜，我娭毑都吃得很少，人也越来越瘦。我娘问我娭毑是不是饭菜不可口，我娭毑就像没听见一样，转身就回了自己房间。我娘问我阿耶，是不是我哪里做得不好，惹娘生气了？我阿耶说，娘老了。她不爱说话咱就不跟她说话。顺着她就好。我娘说，娘跟樊婆婆就有聊不完的话。我阿耶笑起来，压低声音说，你都不晓得娘跟樊婆婆聊些啥？有一天我路过娘的房间，听见娘说，我是王母娘娘的陪读丫鬟，负责给她念书讲古。樊婆婆说，这个差事不错，又轻巧又干净。我是给王母娘娘摇扇子的丫鬟。我给王母娘娘摇扇子你也能借着风。我娘说，没想到这辈子受你照顾，下辈子还要受你照顾。我真该给你磕个头。樊婆婆说，不用谢我，这是我的命。人各有命。我娘说，不晓得这个陪读丫鬟要做多久，要是让我选，我愿意一直做下去，不再转世投胎。樊婆婆说，那可由不得你。我倒是想早点转世投胎，我一定好好给王母娘娘摇扇子，转世投胎做一世男人。我娘和樊婆婆嘎嘎笑起来。吓得我蹑手蹑脚赶紧跑了。我娘捂着嘴笑了起来，我阿耶也捂着嘴笑了。

那天我娭毑和樊婆婆在洞庭酒家的门口分了手，樊婆婆直接回草市东头的家里去了。我娭毑在草市街头溜达了很久，又去码头上坐了很久。我娭毑回家的时候，家里已经点了灯，一家人都在等她吃晚饭。我娭毑的胃口特别好，吃完一碗又让我娘给她添了一回饭。我娭毑放下碗说，恩宝他娘，你做菜真好吃。我娘激动得语无伦次地说，娘，你爱吃我天天给你做。

吃过晚饭，我娭毑对我娘说，恩宝他娘，最近睡觉冷，今晚你把恩宝这个小火炉借给我暖暖床。我阿耶说，娘，你要喜欢，以后就让恩宝跟你睡。恩宝比一个小火炉强多了，他还会陪你说话。

那一晚，躺在我娭毑的大床上，我一直睡不着。我娭毑搂着我，她的胸脯干巴巴的，她的怀抱不如我娘的怀抱温软。我睁着眼睛，黑暗的房间里好像有人在走来走去。我说，娭毑，房间里有人。我娭毑把手盖在我的眼睛上。我娭毑的手干巴巴的，有一股好闻的花香味。我娭毑说，小孩子的眼睛太干净了，容易看到大人看不到的东西。恩宝，你把眼睛闭上。娭毑给你讲故事。我说，我喜欢听故事。

我娭毑说，恩宝，娭毑今晚就要走了。我说，娭毑，你是去找爷爷吗？我娭毑在黑暗里嘎嘎嘎地笑了一阵，才说，王母娘娘昨晚又来催我了，娭毑要到王母娘娘身边去当陪读丫鬟，以后，娭毑每天都要给王母娘娘念书讲古了。我说，娭毑，你要是念错了，王母娘娘会不会用戒尺打你手板心。娭毑说，听说王母娘娘的规矩严得很，犯了错会被罚去清洗马厩，还有被罚去种桃子的。要是我犯了错，最好罚我去蟠桃园里给她种桃子，我喜欢种桃子。我说，娭毑，你一定要偷一颗蟠桃给恩宝吃。恩宝吃了蟠桃就会长生不老。我娭毑说，我要偷了王母娘娘的蟠桃，下辈子会变成猪。我说，那你就不要去找王母娘娘，你去把我爷爷找回来，我还没见过爷爷呢。我娭毑说，我不晓得你爷爷在哪里，找不到他。我说，爷爷晓得你要找他，一定会到梦里来告诉你去哪儿找他。我突然担心地说，我们两个的脑袋挨得这么近，要是爷爷不小心走错了，走进我的梦里怎么办？我摸着黑把我睡的瓷枕横过来，隔在我和我娭毑的脑袋中间。我说，这样隔着瓷枕，我爷爷就不会走错了。我娭毑说，恩宝真是个聪明孩子。我说，娭毑你放心，万一爷爷走错了，走到我梦里，我一定牢牢记住他说的话。我娭毑摸着我的额头，好半天，才说，他就是告诉我他在哪儿，我也不会去找他，他就是个骗子。我说，娭毑，你为啥说我爷爷是个骗子？我阿耶为啥说我爷爷是个了不起的人。我的眼皮越来越重，快要撑不住了。

我娭毑说，你爷爷小时候就是个闯祸精，没有他不敢闯的祸。十八岁那年闯下了大祸，我也闯下了大祸。要是没有樊婆婆，我们两个早就被石渚地界上的唾沫星子淹死了。我娭毑咯咯咯地笑起来，她的笑声像山上的泉水淋在我的眼皮上，我清醒了一会儿。我娭毑笑完了，又说，我就是个傻子，心甘情愿被你爷爷骗了一辈子。不过，这一辈子，我也没啥好后悔的……我娭毑的声音越来越远，我眼皮越来越重，最后啪嗒一下盖下来，啥也听不见了。

不晓得过了多久，寂静中，一个声音就像鞭炮在我头上炸响，恩宝。恩宝。我睁开眼睛，发现我在一个很黑很黑的地方。那个声音说，恩宝，你看得见我吗？我把手贴到了脸上，看不见手指头。那个声音说，恩宝。我是爷爷呀。我说，我啥也看不见。我的眼睛是不是瞎了？我听见了哭声。我说，爷爷你在哭吗？那个声音说，恩宝你别担心，你没瞎。我在你的梦里。告诉你娭毑，我在这儿，让她来找我。我说，爷爷你果然走错了，走到我的梦里来了。我娭毑说你是个骗子，她不会去找你。她要去天上给王母娘娘当陪读丫鬟。那声音怒吼起来，我不是骗子，我从来没有骗过她，我一辈子最在乎的人就是她。你赶紧去追你娭毑，快去。快去。告诉她我被压在水底。让她来找我，带我回石渚。我要回石渚，我要回家……

我吓得在伸手不见五指的地方拼命奔跑，我爷爷的怒吼声和哭声一直追着我，就像鞭炮在我的头上不停地爆炸，我怕得要死，只能拼命跑。跑着跑着，听不见我爷爷的声音了，我的眼前一片亮光，我娭毑穿了一身白衣服站在我前面不远的地方，两只手举在头顶。我顾不上喘气，冲着我娭毑喊，娭毑，爷爷果然走错了，他走到我梦里来了。他叫你去找他,他说他被压在水底,他说他要回石渚,他要回家。他哭得好伤心。他说他不是骗子,他一辈子最在乎的人就是你。我娭驰没有回头,她好像根本听不见我的声音。她慢慢把举在头顶的两只手放下来,原地转了一个圈,对着一个方向跑了起来。我追了过去,边跑边喊,娭驰,等等我。我娭驰一直在前面跑,跑着跑着,她像风筝那样飞了起来。我娭驰越飞越高,飞过我的头顶,飞到云里看不见了。

我跺了一下脚,突然往水里沉了下去,水很快淹过我的肚皮,淹到了我的脖子,我拼命地大喊大叫。娘,我要淹死了,娘,快救我。

我的肩膀被一双大手抓住了,我被拖出了黑暗的水底。我睁开眼睛,看见了我娘。我娘说,恩宝,你醒过来了。恩宝别怕。你刚才是在做梦。我大哭起来。我娘用手摸着我的头发,说,醒过来就好了。我阿耶举着灯站在那儿,他突然叫起来,娘去哪儿了?

我想起了梦里的事情,说,娭驰飞到天上去了。我娘亲着我的额头说,恩宝你做梦了。我阿耶说,深更半夜的,娘会去哪儿?我说,娭驰飞到天上去了。我娘哄着我说,恩宝乖,恩宝刚才做噩梦了。我阿耶举着灯往门外去了,过了一会儿,我阿耶举着灯跑了回来,他说,大门的门闩我记得睡觉之前叫恩平闩好了的,这个臭小子,居然没闩。我娘说,我一晚上都没睡,恩宝不在身边,睡不着。我没听见大门开关的声音,大门忘记上油,开关的声音很响,要是有人开门,我一定会听见。我阿耶说,我去把恩平和恩普叫起来找找。在一阵急匆匆杂乱的脚步声里,我娘抱着我回到了她的房间,我一会儿就在我娘唱歌的声音中睡着了。

我的娭驰,就那样飞到天上去了。家里的大门门闩虽然没闩上,但大门紧闭着。我阿耶和我的两个哥哥,还有家里听到动静醒来的人,一起点着灯在家里找到天亮,院子、水缸、柴房、灶房、杂物间、装粮的米缸……能找的地方都找了,哪儿也没有我娭驰。

早上,我阿耶垂头丧气地坐在饭桌边,无精打采地看着碗里的饭菜,半天不动筷子。我娘压低声音说,听老辈人说,一个人预感自己要走了,会想方设法去把自己的脚板印收回来。娘会不会到苏州收她的脚板印去了?我阿耶说,我已经叫恩平到码头问去了。我娘和阿耶正说着话,我大哥恩平跑了进来,他说,码头上没有人看见过娭毑。昨天晚上到今天，码头没有一条船离开。我娘突然捂着自己的嘴巴，好像受到了惊吓。我阿耶问，你咋了？我娘说，万一娘真的出去了，稀里糊涂走错了，走到山上的窑区去了，窑区坑坑洞洞的，要是不小心跌进制泥的坑里……我在我娘的怀里睡得迷迷糊糊的，听到我娘的话，忍不住说，娭毑飞到天上去了。我娘捂我的嘴，不让我说。

第二天，草市街上的人和石渚窑区的人，都参与到找我娭毑的队伍里，他们差不多把草市街上和石渚地界上的石头都翻了一遍，窑区的每一个坑都找过了，制泥坑里的泥和制釉坑里的釉水都被翻了起来，没有我娭毑的任何踪迹。他们不信我娭毑飞到天上去了，我懒得再跟他们说。

石渚人全部出动找我娭毑的那三天，我一直在我娘的怀里昏昏沉沉地睡觉。我娘好不容易把我叫起来吃饭，饭还没吃完，我又趴在桌子上睡着了。我娘吓坏了，抱着我去看郎中。郎中给我号脉，看我的舌头，摸我的脖子，掰开我昏沉沉的眼皮看我的眼睛，折腾了我一大顿，才说，没有大碍，恩宝做噩梦吓掉了魂。你们从码头、窑区和草市的东西两头，四个方向给他叫魂，连着叫三天。保证恩宝又活蹦乱跳了。我们石渚地界上的孩子，小时候差不多都吓掉过魂，叫一叫，就把魂叫回来了。而我根本不是吓掉了魂，我娭毑飞到天上去了，就是没有一个人相信。我不想搭理他们，不想看他们愚蠢地翻开每一块石头打捞每一个坑洞找我娭毑，只好装着昏睡。我也懒得戳穿郎中，继续在我娘怀里昏睡。如果晓得在哪个地方吓着的，只在一个方向叫魂就可以。我是在梦里被吓掉魂的，郎中也不晓得到底该在哪个方向叫魂，保险起见，就让我耶娘四个方向都叫一叫。我娘谢过郎中，抱着我回家了。

叫魂在天快黑的时候进行，据说那个时候，吓掉的魂飘荡在空中，无助地寻找主人，听到有人叫喊，有人引路，就会跟着一路回到家，找到自己的主人。给小孩叫魂的时候，其他孩子都会被大人叫回去，不让围观和捣乱，生怕那个吓掉了飘在空中的魂受到干扰，找错了主人。发生了这种事情，就会有两个孩子倒霉，掉了魂的永远找不回自己的魂，多了魂的被那个多余的魂闹得无法安生。

我娘和阿耶给我叫魂的那个黄昏，草市街上一个人都没有。我阿耶抱着我到郎中说的四个方向去，选定一个地方站住，我娘踩着我阿耶的脚，往家的方向走九步，站住了。我阿耶就叫，恩宝的魂回家了。我娘应，恩宝的魂到家了。我阿耶叫三遍，我娘应三遍。我阿耶走到我娘站的地方，我娘再往家的方向走九步。重复叫三遍，应三遍。就这么一路叫着回家，回到家里，我阿耶抱着我站在院子中心，我娘往各个方向走九步。我阿耶重复叫三遍，我娘重复应三遍。然后，我阿耶把我抱到床上躺下。中间有好几次，听着我阿耶和我娘一本正经地叫一声，应一声，我差点在我阿耶的怀里笑出声来，但我拼命忍住了笑。

我阿耶抱着我往四个方向走一遍叫一遍魂，累得气喘吁吁。第一天给我叫完魂，我第二天就活蹦乱跳了。我实在不忍心在我阿耶的怀抱里，听我阿耶的胸口像一面鼓一样咚咚响。我阿耶开心地说，恩宝真乖，才叫一天他的魂就被叫回来了，明天不用叫了。我娘坚持严格遵照郎中的处方，叫三天魂。我阿耶拿我娘没办法，硬是抱着我叫了三天魂。最后一天，我阿耶累得抱不住我，在我家的门廊上，差点把我摔了出去。

把我的魂叫回来之后，我阿耶和我的两个哥哥还有我们谭家窑上闲着的人，把寻找我娭毑的范围扩大到了石渚周边。我的两个哥哥把潭州地界上所有寺庙都寻找了一遍，没有我娭毑的踪迹。最夸张的一次是我的大哥恩平在洞庭酒家听一个外地商人说，路过靖港的时候，听说靖港码头冲上来一具尸体。我阿耶立马雇了一条船，带着我的两个哥哥去了靖港，到了靖港才晓得，那个淹死在水里的是个靖港街上的年轻男子，晚上在岸边钓鱼被卡住的钓鱼线扯到水里淹死了。从靖港回来，我阿耶不再寻找我娭毑了。

我阿耶从靖港回来的第二天，吃过早饭，我娘又皱着眉头说，我整晚睡不着觉，娘到底去了哪儿？娘啊娘，你别折磨我们了，你要是躲在哪儿，就赶紧现身吧。我摸着我娘眉头的褶皱，叹口气说，娘，你不要为我娭毑操心了，我娭毑飞到天上去了。我娘伸手来捂我的嘴巴，捂得太紧，我喘不上气，我生气了，扯开我娘的手，大声说，我娭毑飞到天上去了，她这会儿已经当了王母娘娘的陪读丫鬟，正给王母娘娘念书讲古。我娭毑在天上看到你们到处找她，肚皮都笑疼了。我娭毑说，你们都是一帮傻子。我娭毑说，你们一群大人还不如一个小孩子懂事。我娭毑说，我爷爷就是个骗子。骗了她一辈子。我阿耶惊恐地看着我，说，这孩子，满口胡言乱语。该不是中了什么邪。我娘抹着眼泪说，恩宝，你要有个好歹，我怎么办啊。我阿耶说，明天去请云母寺的师傅到家里念念经吧。我娘一只手抓着我，一只手抹眼泪。待在家里看我阿耶和娘唉声叹气实在无聊，我挣脱我娘的手，说，我要去学堂。

我娭馳飞到天上之后，家里乱成了一锅粥，他们把我去学堂的事儿忘记了。我娘听说我要去学堂，高兴起来，赶紧帮我收拾书包。我娘牵着我把我送到了学堂门口，就像第一天送我去学堂那样，我娘一路都在唠叨，让我到了学堂要尊重先生，要用心念书，将来考个功名光宗耀祖。我听得很不耐烦。到了学堂门口，我娘站在那儿，看着我走进了学堂。我走过院子，听到屋里传出磕磕巴巴背书的声音和噼噼啪啪打手板心的声音，吓得双腿发抖，我根本想不起上一次离开学堂，先生让我们背的是哪篇文章。背不出书，那个爱打瞌睡的先生一定会用戒尺打我的手板心，那根浸了油的戒尺打得太疼了。

我躲在学堂的一根柱子后面，看着我娘往家里走，我娘走远了，我就从学堂溜出来，去了码头。我在码头上找了一个没人注意的地方坐下，我可不想被人看见了，那些多管闲事的大人，看见我拿着书包坐在码头上，马上就会跑到窑行告诉我阿耶。我坐在那儿望着码头上的船和远处的江，心里闷闷的，我叹了一口气。

我的背后传来樊婆婆的声音，她说，你叹气的声音太响了，把江里的鱼都吓跑了。我说，码头上只有船没有鱼。樊婆婆说，恩宝就是聪明，才上了几天学，就会逃学了。我对樊婆婆说，我怕先生叫我背书，背不出来，先生要打手板心。樊婆婆挨着我坐下，说，看见你从学堂溜出来，我就晓得你怕挨板子。到处乱跑你娘会担心，不上学堂就该回家。我说，我不想回家。樊婆婆说，为啥不想回家？石渚地界上就数你阿耶和你娘最惯孩子。我说，我阿耶和我娘，天天愁眉苦脸。我跟他们说我娭馳飞到天上去了。他们就说我中了邪。樊婆婆，你相不相信我娭馳飞到天上去了？樊婆婆摸着我的头发说，我相信。我说，他们为啥不相信我娭馳飞到天上去了？樊婆婆说，他们不懂，以后别再跟他们说了。我说，我都懂的事情，大人为啥不懂？樊婆婆说，很多事情，永远只有少数几个人懂。多数人都是没有悟性的糊涂虫。我歪着头想了半天，说，我懂了。石渚地界上，只有我和樊婆婆不是糊涂虫。樊婆婆咧嘴大笑，樊婆婆嘴里的牙齿一颗不缺，整整齐齐。我也咧嘴大笑。

那天是樊婆婆把我送回家的。樊婆婆对我娘说，恩宝从学堂出来碰到我，我带他去码头上看了一会儿船。我娘说，这孩子，学堂没下学就乱跑，跑丢了咋办？樊婆婆说，以后恩宝不想在学堂待了，就让他去我那里。我娘说，我怕恩宝惹你生气。樊婆婆说，恩宝是个聪明孩子，喜欢还来不及呢。我娘温柔的目光落在我脸上，说，恩宝，去把书包放屋里。我慢腾腾往屋里走，我娘把樊婆婆拉到一边，低声问樊婆婆，樊婆婆，您年纪大，经历的事儿多，恩宝这孩子最近说话神叨叨的，老说他娭毑飞到天上去了。恩宝会不会中了邪，要不要请云母寺的师傅来念念经。樊婆婆说，樊家娘子，你就把心稳稳妥妥地放进肚子里，恩宝啥事儿没有。他就是太小了，分不清梦里的事儿是不是真的。我娘说，您是我们石渚地界上的老神仙，您说没事儿，我还有啥不放心的。我特别想笑，笑声在我的肚子里打转转，樊婆婆咬着下嘴唇示意我别笑，我忍住了没笑，在我肚子里打转转的笑声变成了一个很响的屁。

从那天起，我只要不想待在学堂，就从学堂溜出来，溜到学堂隔壁的樊婆婆家，缠着樊婆婆给我讲故事。樊婆婆摸着自己圆滚滚的肚皮说，你晓不晓得我的肚皮为啥这么圆？我摇头，樊婆婆说，我肚子里的故事太多，装得太满，把肚皮都撑圆了。我说，不对。肚皮是被饭撑圆的，不是被故事撑圆的。樊婆婆哈哈大笑，她说，恩宝啊恩宝，你绝对是石渚地界上第二聪明的孩子。我说，还有谁比我聪明？樊婆婆说，要论聪明，还是你爷爷胜你一等。我噘着嘴。樊婆婆说，也可能是我偏爱你爷爷，毕竟，你爷爷是我接生的第一个孩子。我说，那我还是你接生的最后一个孩子呢。樊婆婆说，我跟你们谭家还真是有缘。我说，自从你当了接生婆，石渚地界上的孩子，都是你接生的，你跟每个人都有缘。樊婆婆说，缘分有深有浅。我跟你们谭家的缘分最深。

樊婆婆望着天上飘来飘去的云朵，说，你爷爷都不知所终了，想起你爷爷出生那天的事情，就跟昨天才发生一样。我说，我娭毑飞到天上都一个月了，那天发生的所有事情，我还记得清清楚楚。樊婆婆说，能记得清清楚楚的日子，就是我们一生的重要日子。一个人一生的重要日子就那么几个。你才多大就有一个重要日子了。我像你这么大的时候，还没有一个重要日子呢。我说，樊婆婆，你的第一个重要日子是啥？樊婆婆摸着我的头发，说，我的第一个重要日子，是跟着我娘去给我姐姐送葬那天，那时候我已经十四岁了。那天参加我姐姐葬礼的所有人，除了我，都不在了。我的第二个重要日子，是陈婆婆接受我当她徒弟那天。那天围在陈婆婆房子外面打赌的人，还有樊家窑举着棍棒想去打架的人，也都不在了。我的第三个重要日子，就是给你爷爷接生那天。那天在场的人，除了我，都不在了。樊婆婆长叹了一口气，说，等我不在了，这些成年古旧的事儿，就再也没有人记得了。樊婆婆脸上那种难过的样子，让我也想哭。

我说，樊婆婆，你讲给我听，我就记得了呀。等我像你这么老的时候，我再讲给一个像我这么小的小孩儿听，他也记得了呀。等他老了，再讲给一个小孩听……这么一直讲下去，就会一直有人记得了。樊婆婆说，恩宝，你真是个聪明孩子。我说，我是不是比我爷爷聪明？樊婆婆笑着说，你爷爷的聪明跟你不是一个路数。你爷爷聪明得有点邪性。樊婆婆的眼睛里冒出了金色的光，她说，你爷爷出生那天就有点邪性。那天中午，我和我师父陈婆婆被接到了你家，那个时候你们家还住在谭家坡。到了你们家，陈婆婆突然病了，肚子痛得在地上打滚，额头上都是汗珠。你爷爷的娘在床上大呼小叫，我手脚都吓麻了。脾气温和的陈婆婆大喊大叫，让我赶紧去给谭家娘子接生。一阵手忙脚乱，你爷爷顺利地生出来了。陈婆婆的肚子也不疼了，她看着我，说，你可以出师了。

我歪着头想了想，说，陈婆婆一定是装病。装病很管用，大家都去找我娭毑的时候，我也装病，整天昏睡，郎中都被我骗了，说我掉了魂。樊婆婆说，陈婆婆绝对不是装病，只能说那是天意。我跟你们谭家的缘分都是天意。我说，我娭毑飞到天上去就是天意。我爷爷走错了，到我的梦里来也是天意。我爷爷待的那个地方，黑得看不见手指头。我爷爷说他被压在水里。樊婆婆眼里的金色光芒暗了下去，她说，一个在天上，一个在水底。你爷爷和你娭毑，也只有这一世的缘分啊。

樊婆婆开始给我讲我爷爷和我娭毑的故事那年，我才五岁。樊婆婆去世十年后，我已经二十八岁了。那天我去樊婆婆的坟前给她烧纸。按照我们石渚地界的规矩，活人对死人的祭奠，在最初的十年期间，要年年烧纸。十年之后，就是每隔十年祭奠一次。那天一早起来，晴空万里，等我到了樊婆婆的坟地，已经艳阳高照了。我把给樊婆婆准备的冥纸拿出来点燃，莫名其妙的，就好像从樊婆婆的坟里吹出来一股风，呼地就把刚刚点燃的冥纸吹灭了。我忙乎了半天，都没办法把准备的冥纸点燃。

我对着樊婆婆的坟磕了三个头，望着天空说，樊婆婆，你是不是在怪我？一阵风吹到我的脸上，温柔地抚过我的脸。我记起了跟樊婆婆在一起的那些日子，想起了樊婆婆给我讲过的那些人和那些事，人物和画面，在我脑子里重叠到了一起，就像皮影戏的两个手操作出了差错，一个还没有把幕布后面的人物撤下来，一个就忙不迭把别的人物弄上去了。阳光在我的眼睛里跳动着，就像火苗在眼睛里烧灼，泪水涌了上来。我闭着眼睛，任泪水流下脸颊。要是小莲在旁边，又要笑话我是个多愁善感的人。我流眼泪的时候，小莲总说我的前世一定是个大户人家的小姐，多愁善感，相思成疾，郁郁而终。

我对樊婆婆的想念，超过了我对阿耶的想念。

活到二十八岁，我已经没有五岁的时候自信了。我晓得我肯定活不到樊婆婆那么大。石渚地界上，活过七十岁的人寥寥无几，活过八十岁的人凤毛麟角，活过九十岁的人只有樊婆婆一个。我擦干眼泪，望着天空，说，樊婆婆，我没有忘记你给我讲的故事，我现在已经明白了，一个人能不能活到老，自己并不晓得。就连我的儿子，都对我讲的故事不感兴趣。我也许根本找不到一个对我们的故事感兴趣的小孩。我要把所有的故事写出来。只有写出来，才靠得住。

我再次点燃冥纸，冥纸一下子就燃起来，烧成了灰。一阵风过来，把地上的纸灰吹起来，纸灰在风的中心打着卷，像一个漩涡，越飘越高。一眨眼，纸灰就被吹到了天上。

十年了，每次给樊婆婆烧完纸，总有一阵风吹来，把纸灰吹到天上。樊婆婆说她去天上给王母娘娘当了摇扇子的丫鬟，石渚人不信，只有我深信不疑。我悄悄观察过，只有去了天上的人，烧的纸灰才会被风吹上天。我阿耶死后，每年给我阿耶烧纸，纸灰都在坟前的地上，过了几天还在地上，最后被雨淋湿冲进土里，留下一块黑乎乎的地皮。

我十岁那年，我的嫫馳已经飞到天上五年了，我的爷爷也离开石渚杳无音信十来年了。我阿耶夜夜睡不好，他说他的阿耶和娘没有入土为安，他不得安宁。我的阿耶和娘，终于选定我嫫馳飞到天上的那个日子，给我的爷爷和嫫馳办了葬礼，坟墓里埋了我爷爷和娭毑生前穿过的衣服鞋帽。石渚地界上，只有我爷爷和我娭毑的墓里没有人。学堂的先生说，你爷爷和娭毑的坟叫衣冠冢。尽管坟里只有我爷爷和娭毑的衣服鞋帽，我阿耶还是每年带着我们去给爷爷和娭毑上坟。每次给我爷爷和娭毑烧完纸，就会刮来一阵风，把地上的纸灰吹一半到天上。年年都这样。纸灰被从中间齐齐地分开，不多不少。而且，吹到天上的那一半纸灰，从来都是右边的。男左女右，右边的纸灰是我娭毑的。我阿耶和娘，还有我的两个哥哥嫂子，都觉得不可思议。我真想告诉他们，我的爷爷和娭毑，一个在天上，一个在水里。想起了樊婆婆告诉我的话，多数人是没有悟性的，告诉他们也不会懂，我忍住了一句话不说。

从樊婆婆的坟地回到家，我对小莲说，我要写樊婆婆的故事，我要写我爷爷和娭毑的故事，我要写石渚窑上人的故事。小莲说，我们樊家班不是一直在演他们的故事吗？我说，皮影戏演得太简单了，皮影戏里的他们，都是被美化过的。我要把樊婆婆给我讲过的一切都写下来，如实写下来。小莲温柔地说，那你就写吧。

铺开纸张，蘸上墨开始写的时候，我仿佛突然具有了一双穿透岁月的眼睛，清楚地看见了樊婆婆看见过的一切。那一瞬间我终于明白，我和我的爷爷，我们是被赋予了某种使命的人。我爷爷的使命是发展和振兴石渚窑区，我的使命，是写下我爷爷那一代石渚窑上人的故事，保留石渚窑区的辉煌历史。

我爷爷谭良骏出生于公元761年，在他出生之前的六年，也就是公元755年，北边闹乱子的消息顺着河水传到了石渚。那些从船上到石渚做生意的外地人，喜欢到草市街上的洞庭酒家喝酒。洞庭酒家是草市街上唯一一家给外地人赊账的酒家。其他酒家的老板都说洞庭酒家的张老板喝酒太多，把脑子喝迷糊了。洞庭酒家的张老板从不跟人争论，他们说他脑子喝迷糊了，他就一副脑子迷糊了的样子。实际上，洞庭酒家的张老板才是个精明人，洞庭酒家的生意一直是草市街上最好的。战乱的几年，草市街上的酒家关张了三分之一，只有洞庭酒家天天客满。外地人到了石渚，吃饭喝酒都要去洞庭酒家。给外地人赊账看上去风险很大，其实不然，在外面做生意的人，都讲究信誉，不到万不得已，谁也不会到酒家赊账。一个生意人在外面穷困潦倒了，酒家还敢赊账让他吃饭喝酒，这是对他多大的信任和支持。这样仁义的酒家老板，外地人走到哪儿都要夸。洞庭酒家的名声，被外地生意人传到了他们去过的所有地方。所有外地人来了石渚，只要吃饭喝酒就会首选洞庭酒家。

北方闹乱子的消息，最先就是几个外地生意人在洞庭酒家喝酒的时候讲起来的。外地生意人喝了酒，声音大得能把房顶掀翻。他们说，晓得吧，北边打起来了。打仗啊，兵荒马乱呀，每天都在死人啊，北边人都往南边逃过来了。以后北边的生意没得做了。我们生意人最怕打仗，一打仗就没得生意做了。几个外地生意人叹息一声，端起酒杯碰了碰，然后仰着脖子一口闷了。他们说，老板，再来一壶。伙计赶紧给外地生意人端来一壶酒，洞庭酒家的张老板看看桌上的菜盘子都见了底，特意送了一盘石渚的臭豆腐给外地生意人当下酒菜。

那个时候，石渚地界上还看不到一个逃难的人。放眼望去，石渚地界上的一切都井然有序。在洞庭酒家喝酒的石渚人问，哪个吃了熊心豹子胆，敢跟皇上打仗？是不是那些吐蕃又不安分了？外地生意人说，这次不是别个，正是皇上的心腹爱将安禄山谋了反。安禄山的人马势如破竹，皇上的人马处了下风。过不了几天，安禄山的人马就要杀进洛阳去了。石渚人不信，洞庭酒家的张老板也不信，他说，皇上可是一国之君，皇上的人马打不过安禄山的人马？不可能。外地生意人说，皇上多少年没有打过仗了？皇上的兵马过惯了安逸的生活，皇上更是过惯了奢侈享乐的生活，皇宫里歌舞升平，宠妃们的霓裳羽衣舞，整天晃得皇上眼花缭乱，皇上的心思，都浪费在后宫去了。皇上早就不再操心江山社稷了。

洞庭酒家的张老板说，这个倒是听来店里喝酒的客官们说过，他们说，贵妃娘娘把皇上迷得五迷三道的，贵妃的哥哥都当了宰相了。外地生意人说，专宠贵妃也没错，谁叫人家贵妃长得美若天仙？别说皇上，就是我们这些生意人也喜欢美人啊。石渚人起哄说，听说靖港宜春院的小春红是个大美人，你去靖港一定要去逛逛。外地生意人说，说起宜春院我们就要抱怨你们草市几句了，草市街上有客栈有酒家，就缺一家宜春院。石渚人说，我们祖上留下了话，不能做那种买卖。外地生意人说，你们石渚人就是太保守了，要是草市有一座宜春院，我们也不必忙完生意再去靖港了。再说了，宜春院太贵了，我们去靖港也逛不起宜春院，更不敢打宜春院头牌小春红的主意。石渚人叹口气，说，怪只怪我们石渚地界上的女人太厉害了，把男人们管得服服帖帖的。洞庭酒家的张老板四处张望一下，没看见老板娘，压低声音说，我不是没动过开妓院的心思，挣钱谁还嫌多？可我家女人不同意，她说，你要敢把妓院开起来，我就敢抱着几个孩子跳江，让你后悔一辈子。要命的怕不要命的。我们石渚女人都是不要命的。外地生意人和石渚人一起哈哈大笑起来，笑过了，外地生意人说，真看不出来你们石渚的女人这么厉害，我们都觉得石渚地界上的女人温柔漂亮，要不是有了家室，我们都有心找个石渚的漂亮姑娘。

石渚人叹口气，说，你们可别被她们的外表骗了。没惹着她们的时候，个个都是温柔可人的，要是惹着她们了，个个都是母老虎。不说我们石渚女人了，败兴。接着说宜春院的姑娘。外地生意人说，宜春院的姑娘再漂亮再温柔再多情，宜春院也不是久留之地。宜春院也就是歇个脚，解个乏的地儿。天天待在宜春院里，要不了半年，把钱花光了，就会被宜春院的老鸨和茶壶们剥掉衣服扔出来。我们生意人都明白的道理，皇上咋就不明白，贵妃再美，也只能陪着玩闹开心一下，给自己解个乏，只有朝廷的事儿才是耽误不得的正事儿。洞庭酒家的张老板说，一定是皇上身边没有明白人，皇上天天被一群进谗言的太监围着，听不到真话。外地生意人说，也不全然，早就有人提醒过皇上，说安禄山是个野心家，别看他胡旋舞跳得溜，两百斤的胖子旋转起来像个敏捷的陀螺。唉，安禄山的胡旋舞，把皇上的脑子晃晕了，皇上不停地给安禄山加官晋爵，把安禄山奉为心腹爱将。

洞庭酒家的张老板说，安禄山谋了反，皇上这会子也该清醒过来了。外地生意人摇着头，说，不然。安禄山谋了反，皇上的脑子更糊涂了。他想不明白，他视为儿子的安禄山，手握重兵，权倾朝野，为什么非要谋反？这天下，只能有一个皇上啊，除了皇上的位置，他把能给的都给了安禄山。在酒家喝酒的石渚人说，这就叫人心不足蛇吞象。老话说命里一升挣不来一斗。谋了反也不一定就能夺了江山。人啊，还是应该安分一点。外地生意人说，谁说不是呢？都安分了，这日子就安稳了。听说皇上在宫里大发雷霆，大骂安禄山，你这个胡汉杂拌的胖子，真是太贪心了。你那双滴溜溜的小眼睛，转来转去，转的全是狠主意啊。你这个无耻的胖子，想要朕的江山，朕要灭了你九族。自从安禄山谋了反，皇上天天茶饭不思，过得还不如我们快活，这会儿全天下最烦心的人就是皇上了。外地生意人说完，心满意足地喝下一杯酒。石渚人想了想，说，还是我们小民的日子安逸。说完，心满意足地喝了酒，哼着小曲儿，回去过自己的安稳日子去了。

北边的兵荒马乱，一开始对石渚这个地方没有任何影响。石渚周边方圆几十里，风平浪静，一派兴旺景象。各家的窑口该烧窑烧窑，码头的船户该行船行船，草市的商户该卖货卖货。石渚人喜聚不喜散，天性乐观又爱热闹，草市的酒馆天天挤满了喝酒的人。到了第二年开春，从停靠码头的船上，下来一批批逃难的人，石渚人对战乱的感受，才变得真切起来。

逃难的人来自河南巩义黄冶村，他们是黄冶窑区的窑工。逃难的窑工们破衣烂衫，惊慌无助。他们悲痛欲绝的表情，一下子击中了石渚人的心。石渚人问黄冶村逃难的窑工，仗打到哪里了？黄冶村的窑工们有气无力地说，现在不晓得打到哪里了，我们逃跑的时候是冬天，安禄山的人马杀进了洛阳，在洛阳称了帝，建立了大燕国。安禄山的兵马见人就杀，不分男女老幼。见东西就抢，不管啥东西。杀完抢完临走再放一把火，把房子烧得精光。我们逃出来的时候，村里的房子都在燃烧，我们的房子，我们的家当，都烧成灰了。太可怕了！太可怕了！黄冶村窑工们说起北边的战乱，眼睛里全是惊恐。

看到逃难的黄冶村窑工，石渚人格外感谢先祖们选了石渚这个地方安身立命。由胖子安禄山引发的战火后来越燃越烈，半个帝国都变成了生灵涂炭的战场，石渚始终躲在战火之外，没有被战乱波及。

我上学堂的时候，我们学堂里那个教作诗的先生是河南人，我们背地里叫他爱打瞌睡的先生。爱打瞌睡的先生告诉我们，他的阿耶小时候见过杜甫，在河南的时候，两家是邻居。后来杜甫去了长安，战乱的时候，又去了益州。爱打瞌睡的先生一家逃到了潭州，爱打瞌睡的先生参加了几次科举考试都落第了，后来就到了我们石渚的学堂。爱打瞌睡的先生到处搜罗杜甫的诗让我们背。爱打瞌睡的先生告诉我们，769年，老弱贫病的杜甫从岳州坐船逆湘水而上到潭州，投奔他的好友——当时的衡州刺史韦之晋。杜甫路过离石渚地界不远的乔口，写下了一首题名为《入乔口》的诗。从诗里可以看出，"树蜜早蜂乱，江泥轻燕斜"的乔口水乡春光，给杜甫留下了深刻的印象。但是，未经战乱的乔口春光再美，也无法治愈杜甫老之将至依然漂泊动荡的哀痛无助，杜甫在诗中发出了"漠漠旧京远，迟迟归路赊。残年傍水国,落日对春华""贾生骨已朽,凄恻近长沙"的悲凉感叹。爱打瞌睡的先生声音哽咽,泪流满面。我们一脸茫然地看着爱打瞌睡的先生,不明白他为什么要哭。

爱打瞌睡的先生哭了一阵,喝了一口茶,又说,杜甫乘坐的船开到铜官石渚地界上,还遇到了大风浪,不得不靠岸避风。杜甫因此写下了《铜官渚守风》一诗:

> 不夜楚帆落,避风湘渚间。
> 水耕先浸草,春火更烧山。
> 早泊云物晦,逆行波浪悭。
> 飞来双白鹤,过去杳难攀。

从诗里可以看出,杜甫的心情始终是灰暗的,但他那双诗人的眼睛,在风雨飘摇的船上,依然敏锐地捕捉到了"不夜楚帆落"的码头繁荣景象和"水耕先浸草,春火更烧山"的农田春耕细节。

爱打瞌睡的先生用暗淡的目光扫过我们的脸,问,"不夜楚帆落""水耕先浸草"这两句诗写到的两个细节,说明了什么?我们看着爱打瞌睡的先生摇头。爱打瞌睡的先生提高声音说,杜甫诗里的这两个细节,说明当时的潭州没有受到战乱的直接影响,生产和生活都是正常的。要是杜甫没去长安,而是到潭州就不会那么颠沛流离了。爱打瞌睡的先生把戒尺往桌子上一敲,说,把杜甫先生的两首诗背下来,明天到学堂,一个一个背给我听。

第二天,我背不出来,爱打瞌睡的先生用戒尺打了我的手板心,那根浸了油的戒尺打得真疼。每次背不出杜甫的诗,爱打瞌睡的先生都要打我的手板心。在学堂的时候,背杜甫的诗是我的噩梦,我特别讨厌杜甫的诗。

等到我二十八岁,开始写我们石渚窑上人的故事,我突然把在学堂背过又背不出的杜甫的诗全都想起来了,就像爱打瞌睡的先生把一把豆子撒到我的脑袋里,过了二十年,那些豆子全都发了芽,长得郁郁葱葱。我现在已经知道,爱打瞌睡的先生把杜甫的诗讲错了,杜甫诗里写到的"春火更烧山",其实是石渚窑区烧窑的烟火,没有窑区生活经历的杜甫,以为那是农人春天在烧山上的草。我们湖南道澧州的诗人李群玉,路过铜官的时候,看到山上的烟火,就晓得那是石渚窑区的窑火。

杜甫769年在铜官避风的时候，石渚窑区的窑火远没有李群玉854年路过的时候旺盛。李群玉看到的是"焰红湘浦口，烟浊洞庭云"的盛世窑火，跟杜甫看到的"春火更烧山"已经是天壤之别。

从"春火更烧山"到"焰红湘浦口"的变迁，凝聚了我爷爷那一代石渚窑上人的心血和贡献。正是在我爷爷那一代，石渚人和逃难的黄冶村人开始了真正的融合之路。到了我这一代，石渚地界上，已经没有人区别本地人和黄冶村人了。

到了二十八岁，我才开始佩服杜甫，这个曾经到过我们石渚地界的诗人，这个我在学堂里最讨厌的诗人，用他的诗歌，唤醒了我。我觉得写下樊婆婆的故事，写下我爷爷和嫩驰的故事，写下石渚窑上人的故事，是一件了不得的事情。就像杜甫，用他的诗歌记录了他的时代，他是个了不起的诗人。

从没经历过动荡和战乱的我，读到杜甫的诗，想起杜甫在战乱中辗转逃离的人生，产生了痛彻心扉的感受。读杜甫的诗，让我了解了战争的苦难，逃亡的艰辛，生离死别的残酷。

想起学堂里那个爱打瞌睡、爱打我手板心的先生，我心里难过得不行。那个爱打瞌睡的先生，在我离开学堂的时候，已经离开了我们石渚，不晓得去了哪里，不晓得是死是活。我不晓得他小时候过的是怎样的生活，也不晓得他经历几次科考落第受到了怎样的打击，不晓得他有没有结婚，有没有孩子。他在我们石渚的学堂待了十多年，我对他几乎一无所知。要是不把樊婆婆的故事写出来，不把我爷爷和嫩驰的故事写下来，不把石渚窑上人的故事写下来，很多年后，就没有人知道他们的故事了。如果石渚发生了战乱，石渚人像黄冶村人那样逃亡了，就没有人知道石渚曾经发生过什么了。

我从杜甫的人生经历中，感悟了很深的人生道理。一个人的人生，跟他的时代，是密不可分的。杜甫不遇到安禄山叛乱，就不会到处逃亡，说不定一辈子也不会跟我们乔口和石渚发生任何联系。黄冶村的窑工们，如果没有遇到战乱，就不会逃到我们石渚。陈婆婆如果没有逃到石渚，樊婆婆也许就不会当接生婆。如果没有黄冶村的窑工逃到我们石渚，我的爷爷就不会为了一个黄冶村的女子逃离石渚，如果我的爷爷没有逃离石渚，在外游荡几年长了见识再回到石渚，他不可能成为后来那个让石渚窑区走向兴盛的领头人……

看上去跟我们石渚毫无关系的北方战乱，实际上，深刻地影响和改变了我们石渚人的命运。这种影响不是直接的，即使陈婆婆逃难到了石渚，樊美玉的姐姐没有在生孩子的时候死掉，樊美玉可能也不会去当接生婆，不会成为樊婆婆。即使石渚地界上已经生活着很多黄冶村的漂亮女孩子，我的爷爷，那个叫谭良骏的男人，在他十八岁的时候，完全有可能喜欢上一个石渚本地的女子，正常结婚生子，不用逃离家乡。

每天在桌子铺开纸，准备写我们石渚窑上人的故事之前，我都要琢磨这些事情，越琢磨越发现我根本无法解释。在我生活的时代，就是被后世称为公元九世纪的那个时代，人们还没有发明出解释世界关联性问题的理论。在我生活的那个时代，即使最有知识最聪明的人，也解释不了世界的关联性。

我从杜甫诗歌里学到了最重要的一课，不管写诗歌还是写故事，一定要真实，越真实才越有力量。我知道真实不容易，尤其是写自己的先祖长辈，我们已经习惯了美化他们。樊婆婆、我爷爷和我娭馻在我们樊家班皮影戏里的形象，就是被我美化过的。看皮影戏的人，不喜欢真实，他们喜欢看比真实更美好的生活。作为樊家班的班主，我必须迎合花钱来看皮影戏的人。每天忙完戏班的事情，坐在油灯下，铺好纸，磨好墨，开笔之前，我都要在心里默念一遍，写樊婆婆的故事，写我爷爷和娭馻的故事，写我们石渚窑上人故事的时候，必须真实。因为，写故事的谭恩宝不是樊家班的班主，他是石渚窑区历史的记录者。

逃难到石渚的黄冶村窑工是最关心战乱消息的人，他们想方设法打听更多的消息。他们都希望战乱赶紧结束，早一点回到黄冶村去，把倒塌的窑修起来，把熄灭的窑火点起来，把烧毁的房屋建起来，把过去的生活找回来。可他们从码头上打听到的消息，都是坏消息。

从码头上打听到长安破城的那天，黄冶村窑工们的心情灰暗到了极点。他们在草市街西头荒滩上搭建的破棚子里，抱头痛哭。那是黄冶村逃难的窑工在石渚落脚后最绝望的一晚。

战乱的前两年，因为北边的窑区停工了，石渚窑区的产品销量还增长了。黄冶村窑工逃难到石渚的第一年，石渚窑区的龙窑史无前例地增加了三座。战事没完没了地打下去，北边战乱的地区越来越多，南方虽然没有大规模的战乱，但是，钱都被征去打仗了，老百姓都要勒紧腰带过日子。家里的壶啊、碗啊、盏啊、盘啊、缸啊，以前缺个口就觉得用起来不体面，要扔了买新的。现在只要底没漏，都能将就着用。家里用破碗吃饭，大人晓得注意，孩子经常会割破嘴巴。我爷爷和我娭驰那一代人，十个至少有六个嘴唇上有被破碗割坏了留下的伤疤。

刚开始闹乱子的时候，谁也想不到，这场战乱要持续到公元763年。随着战乱的持续，石渚窑区的发展处于停顿疲软的状态。别说建新的龙窑，现有的龙窑生产出来的产品都太多了卖不出去，有时候不得不各家窑口轮着熄火停产。瓷器的价格一再压低，利润比一张纸还薄。只要出上几窑废品，这一年就会亏本。石渚地界上最殷实的窑主们，过日子也开始精打细算了。

日子不好过，石渚窑区的窑主们都有些后悔当初留下了太多黄冶村的窑工，对樊行首当初力主给黄冶村窑工和石渚窑工同工同酬，窑主们也有怨气。得知岳州窑并没有跟北边逃难的窑工搞什么同工同酬，北边逃难的窑工到了岳州窑，岳州窑只留技术最过硬的师傅，工钱还只是本地师傅的六成。他们对樊行首更加不满。再有怨言，也不好出尔反尔。给黄冶村窑工降低工钱的事儿，窑主们做不出来。石渚的窑主们都是好体面的人。樊行首晓得窑主们对他不满，他跟裴行首喝酒的时候，连连叹气。他对裴行首说，战乱再不结束，战乱对我们石渚窑区的影响会更大。圣人都说，仓廪实而知礼节。要是窑区一直穷下去，迟早会影响到我们石渚人的德行。裴行首说不出任何安慰樊行首的话，只能低头喝酒，掩饰自己湿润的眼睛。

樊行首生病后，借着回家养病把行首辞了。窑主们就把当初最不赞成同工同酬的郑家窑窑主推举为行首。

洞庭酒家的张老板发现，外地生意人在洞庭酒家喝酒，不像以往那样随便加菜添酒了，结账的时候，也不像以往那样，老板说多少就掏多少，高兴了还要多给伙计几个铜板。石渚本地的客人叹气说，靖港宜春院的老板都在抱怨客人给钱不大方了。外地生意人说，北边兵荒马乱了这些年，草市街上的酒家都关张了不少。张老板，你的生意还行吧？洞庭酒家的老板赶紧拱手，说，多谢各位老板捧场，我还将就维持得下去。外地生意人说，张老板仁义，敢给外地人赊账。就凭这点，你这个店就能一直做下去。洞庭酒家的张老板拱手说，借您的吉言。说完，招呼伙计给各桌的客人送了一壶茶。洞庭酒家的张老板说，生意不好做，我只能送壶茶给大家醒醒酒。张老板送的茶，比以往的茶淡了好些。恐怕以前用来煮一壶的茶，现在要用来煮两三壶了。客人们在心里嘀咕，谁也不好意思说出来。

战乱结束的时候，黄冶村的窑工们已经在石渚生活了七年。

在战乱结束的第一年，黄冶村的窑工们十分纠结。家里的老年人都希望有生之年可以回到故乡去，他们每天在家里喋喋不休。想到将来会成为埋在异乡的孤魂野鬼，他们就要去埋着黄冶村人的高岗处痛哭一场。黄冶村人的中年人和年轻人早就晓得回不去了，他们心里都有一本账。举家搬迁回黄冶村谈何容易，拖家带口，扶老携幼从湖南石渚到河南巩义，路途遥远得让人望而却步。草市西头的棚子虽然破旧，却可以遮风避雨。棚子里添置的家具用品，足以维持日常的温饱。黄冶村的房子早在战乱初期就被安禄山的人马烧光了，他们赖以为生的窑口，也在战乱中被毁坏了。这些年在石渚省吃俭用攒下的钱，连回去的盘缠都不够。就算历经千辛万苦回到黄冶村，面对一片废墟，修房子的钱哪儿来？修窑的钱哪儿来？即使回得去，他们也没有能力重建过去的生活了。

黄冶村的中年人和年轻人心里的账算得明白归明白，心里的挣扎一点也不比老年人少。战乱的时候还好，战乱是最好的借口，有了战乱，他们就不必面对回不回故乡的问题。战乱的时候，他们经常谈起回故乡的计划，兴奋地谈论如何跋山涉水回到故乡，如何在废墟上重建家园。重返故乡，重建家园，是他们心里的盼头。有了这样的盼头，在石渚的异乡人身份就是临时性的。战乱结束了，他们才发现，他们不得不面对再也回不去故乡的现实。这个坚硬的现实，让他们失魂落魄。他们是每个家庭的顶梁柱，他们由不得自己任性，他们必须把散了的魂魄收拾起来，装进皮囊里，假装一切完好。

战乱结束了，草市西头的中年人和年轻人越来越沉默，他们不再提起回黄冶村的计划。老年人喋喋不休把回黄冶村当成咒语一样天天念叨，中年人还能忍耐，年轻人越来越没有耐心了。老年人害怕成为孤魂野鬼，年轻人看开了，早已经认定哪里的黄土不埋人。家里有老人的，老年人和年轻人天天都要为此发生冲突。有些人家的老年人天天收拾一个包裹去码头，可怜巴巴问人家的船去不去河南，要多少盘缠，船主说他们是去南边的船，老年人就哭哭啼啼。码头上的船家都怕了这些纠缠不休的老人。有的老年人在家里把能带走的家当打成包裹，坐在包裹上不吃不睡，追着家里的年轻人问啥时候启程回家。年轻人要说服老年人把包裹打开，铺到床上去睡觉，就要费尽口舌闹到半夜。老年人生气了不睡觉，骂完家里的年轻人不解气，还会半夜爬到埋着亲人的山岗上嚎啕大哭，哭声飘荡在石渚的夜里，让整个石渚地界的人都睡不安稳。

黄冶村窑工们的生活，在战乱结束之后，陷入了争吵、混乱和不安。

裴行首也老了，战乱结束的那一年，他的儿子已经在石渚结了婚，生下了一个男孩。裴行首的儿子叫裴千里，娶的是黄冶村杜窑主的女儿杜勤勤。裴行首不像其他老人那样整天折腾。裴千里问过裴行首想不想回黄冶村，裴行首说，我早就把回黄冶村的念头放下了，那条漫长的路，我不敢再去走一次。搞不好，这把老骨头都要丢在路上。回去了又能怎样？裴千里默然，逃难来的时候，他还是个十几岁的孩子，想起逃难路上的经历，他觉得自己也没有勇气再把那条路走一遍。

几个被家里的老人闹得苦不堪言的年轻人，约裴千里到酒家喝酒。酒还没上来，他们就已经开始倒苦水了。他们说，我们家里的老人，要是有裴行首一半清醒，我们就烧了高香了。裴千里说，我阿耶说那条路，他不敢再走一次了。年轻人说，湖南石渚到河南巩义，又不是石渚到靖港。老顽固们咋就不明白，说不定走不到河南，就要把老命扔在路上。菜还没上来，高岗上又传来老年人狼嚎一样的哭声。几个年轻人对裴千里说，听到了吧？我们再也受不了了。裴千里，好兄弟，让你阿耶帮帮我们吧。你阿耶是行首，说话比我们管用。你阿耶讲道理的水平比我们高。他要出面，一定能说服我们家里的老顽固。裴千里喝了酒，有点飘飘然地说，没问题，我阿耶出马，一个顶俩。年轻人说，家里的老顽固只要不闹腾了，我们哥几个一定请你阿耶喝顿酒感谢他。

你一杯我一杯，不知不觉喝多了，几个黄冶村的年轻人醉醺醺地唱起了他们听来的本地山歌："奴在绣房中绣花绫，忽听得我的娘叫奴一声，她叫妹子洗菜心哪，索哒依子浪当，浪得索，她叫妹子洗菜心哪，小妹子下河，下河洗菜心哪……"另外一桌喝酒的几个石渚本地人笑得东倒西歪，他们说，这首山歌是妹子们唱的。黄冶村的年轻人说，我们就是听见妹子们唱才学会的。石渚本地人说，想勾妹子，得唱男人的歌。几个石渚本地人放开嗓子唱了起来："妹儿呢，你在山坡望见我，我在晚上想着你，我把门儿大开起，等得月亮爬上天，妹儿呢，你咋还没来……"几个黄冶村的年轻人说，你们的嗓子真亮，你们的歌真猛。唱歌勾妹子，我们肯定勾不过你们。

山岗上，又传来一阵狼嚎似的哭声。黄冶村的年轻人叹口气，说，我们都要被家里的老顽固烦死了，哪有啥心情勾妹子。石渚本地人说，老年人就是想不开，死了做鬼在哪儿还不一样？你们老家房子都烧光了，回去住哪儿？几个黄冶村的年轻人说，老顽固们老糊涂了。

山岗上号哭的声音不时传进酒家，几个黄冶村的年轻人在酒馆坐不住了，起身出了酒家，站在街上，往山岗上看了一眼，跌跌撞撞往草市西头走去。回到家，还得去山岗上把老顽固们哄回家。

裴千里回到家里，裴行首还没睡，见裴千里喝了不少酒，裴行首说，你是做了父亲的人了，比不得那些没有家室的年轻人。裴千里说，阿耶，你晓不晓得他们为啥找我喝酒，他们要被家里的老顽固烦死了。你听，这会儿还有人在山岗上号哭呢。他们想求你出面劝劝老顽固们，让他们别闹腾了。裴行首说，那几个老顽固已经找过我了，他们让我带领大家回到黄冶村。他们说，我们是你带到这儿的，你当时说，战乱结束了，你会带着我们回去。裴千里说，他们为啥不像你，能认清和接受回不去的现实。他们天天闹，闹得我们黄冶村人都成为石渚人的笑话了。裴行首说，我理解他们。人老了，最担心成为异乡的孤魂野鬼。黄冶村，是我们祖祖辈辈生活的地方，坟地里，埋着我们的先祖。我们也在那儿生活了几十年。我现在一闭上眼睛，就能想起我住过的房子，我那座窑上的一切。裴千里说，我也能想起我们住过的房子。还能想起我们逃走的时候，村里的那片火海。回去，也没有黄冶村了。阿耶，你就帮帮他们吧。裴行首点点头，说，我试试吧。不晓得我的话有没有人听。那帮老顽固，已经被回家的执念缠住了，什么话都听不进去了。

过了几天，裴行首说要祝寿，裴千里在家里置办了酒席，裴行首亲自上门去把那些天天闹着回黄冶村的老顽固们请到家里。家里人另外置了一桌，裴行首告诉裴千里，席间不用过来拜寿。老顽固们到了家里，裴行首请他们坐了上座。菜上来了，酒也满上了。裴行首恭恭敬敬地端起酒杯，说，当年我刚刚被选为行首半年，就发生了战乱，我带着大家一路逃亡，承蒙大家对我的支持和信任，我们最终逃到这儿，找到了一个安身之地。我当时承诺，战争结束，再把大家带回黄冶村。我没想到战乱持续了这多么年，我更没想到战乱结束的时候，我们根本没有能力重新回到黄冶村。我当时真是太自不量力了。我敬各位兄长一杯，给各位兄长赔罪。裴行首一仰头把杯里的酒干了。老顽固们没端酒杯，他们看着裴行首，不解地问，今天不是给你祝寿吗？儿孙辈还没来给你磕头拜寿，你说这些不愉快的干啥？多扫兴啊，这杯酒我们不喝。裴行首看着大家说，我跟儿孙辈说了，不用来磕头拜寿。祝寿不过是个由头，借这个由头，跟大家聚聚，说说心里话。老顽固们喝了酒杯里的酒，无言地看着裴行首。这个小个子男人，当年的满头黑发，如今差不多全白了。裴行首说，逃难到这里七年了，我时常想起在逃难路上死去的村里人和不认识的外村人，兵荒马乱的时候，到处都是孤魂野鬼。石渚，好歹是个可以让我们的后代安身立命的地方啊。

裴行首连干了三杯，放下酒杯的时候，老泪纵横。他说，各位兄长，我也想回到黄冶村，把我的这一把老骨头埋在家乡的黄土里，埋在我的先辈身边。裴行首话音刚落，老顽固们就把酒杯重重地放到了桌子上，说，怎么连你也不理解我们，我们不是为了自个儿要回去，这把老骨头，埋在哪儿不是埋？我们死在这里，我们的后代都在这里，我们成不了孤魂野鬼。我们是惦记我们的耶娘，惦记我们的爷爷奶奶，我们回不去了，谁去给他们上坟，清明节谁去给他们烧纸？我们不回去，埋在黄冶村的祖辈，都要成孤魂野鬼了。老顽固们个个泪流满面。裴行首愣怔良久，说，我不敢往这个方向去想。想起来，心里就跟漏了风一样，拔凉拔凉的。各位兄长，不管心里多难受，我们还是要面对现实，我们回不去了。想想逃难路上遭的罪，我们不能为了已经埋进地里的先人，让我们的儿孙抛下安稳的日子，再遭一回罪。江河的水不能倒着流，儿孙才是我们黄冶村人的指望啊。要是埋在黄冶村的先人还能从坟墓里爬起来发表意见，他们一定会支持我们，支持后辈子孙。裴行首哽咽着停下来，缓了缓情绪，又敬了老顽固们一杯酒，说，今天我陪各位兄长喝个痛快，哭个痛快。喝完这顿酒，我们就把回黄冶村的事儿彻底放下。老顽固们擦干眼泪，端起酒杯，跟裴行首碰了杯，说，我们也晓得回不去了，可心里难受啊！心里的难受劲儿一上来，就管不了那么多了。人要是老糊涂了，就变得不讲理了。幸好裴行首没老糊涂。喝完这顿酒，我们再也不提回黄冶村的事了。裴行首又给老顽固们敬了三杯酒，老顽固们喝着喝着，又流泪了。

裴行首说，兄长们想通了就好。留在这里，我们要把心思放到长远打算上来。为了儿孙们在这儿立足和发展，我们这把老骨头，还得榨出几两油才行。老顽固们听了，流着泪笑起来。他们说，裴行首啊，你还有心思说笑。这把老骨头榨干，要是还能榨出几两油，说明我们还不是老废物。在儿孙辈眼里，我们不是无能长辈，死了也能心安理得接受儿孙辈年年给我们烧纸了。

裴行首家里的那顿酒，从中午喝到了晚上。酒桌上不时传来痛哭声和笑声。到了晚上，裴行首把裴千里叫进来，说，长辈们都喝多了，你去叫家里人来接。老顽固们说，不用给儿孙添麻烦，我们这把老骨头还能榨出几两油……裴千里笑一笑，赶紧出了门，挨家挨户通知几个老顽固家里的年轻人。年轻人很快就跑到裴行首家门口，等着家里的老人。过了一会儿，老人们摇摇晃晃、跌跌撞撞从裴行首家出来，年轻人立马把各自家里的老人搀扶着，往自己家里走去。老顽固们喝得脸色发紫，哭得眼睛通红。到了外面，被夜风一吹，酒醒了。他们站在路上，望着天上的星星，说，回不去了，祖先啊，我们回不去了。我们都是不肖的子孙啊。说完，又流了一回泪。年轻人耐心地等在一边，直到他们跺着脚说，以后不管祖宗了。这把老骨头还能榨出几两油，就用来给儿孙们点灯。年轻人听了，心里感动，但不敢吭声，怕说错话，只小心地扶着他们回了家。回到家里，老顽固们烦躁不安的心，终于安静了，再也不折腾了。

送走了老顽固们，裴行首把儿子裴千里叫了进来。裴千里二话不说就给裴行首磕了三个头，他说，阿耶，儿子祝你福如东海寿比南山。裴行首说，我都说了不用磕头拜寿。裴千里跪在地上，说，儿子佩服父亲，父亲是个合格的行首，自从担任行首以来，一直把黄冶村的事情看得比自己的事情重要。裴行首说，你就别给我歌功颂德了，我不过是尽自己的本分。起来吧，我们谈点正事儿。既然不回去了，就要做长远打算。你们年轻人有啥长远打算的计划和想法？

裴千里沉思了一会儿,说,要在石渚立稳脚跟,第一步就要有我们自己的窑。裴行首点点头,说,我们的想法不谋而合了。裴千里说,修龙窑需要钱。这是我们最大的难题。我们没有家产,找不到人给我们担保,不晓得这里的柜坊会不会借钱给我们。裴行首说,不能指望柜坊。根据我在窑行了解到的情况,柜坊的钱还没借到手,就要先拿钱去打点管事儿的。裴千里说,没钱建龙窑,第一步就迈不出去,还能有啥长远打算?裴行首说,这些年家家省吃俭用,都攒下了一笔钱,原本是做回去的盘缠,现在不回去了,这笔盘缠,可以用来建龙窑。裴千里说,省吃俭用也剩不下几个钱。家家用钱的地方都太多了。添丁进口,婚丧嫁娶。哪里都要用钱。后面这几年,受战乱的影响,石渚窑区的日子不好过,收入不如头两年。裴行首说,这些我都晓得,但是没有龙窑就没有发展,不管多难,都要有我们自己的窑。裴千里说,俗话说三个臭皮匠顶个诸葛亮,我们两个在这儿冥思苦想,还不如发动大家一起来想办法。

黄冶村的窑工听说到裴行首家商谈黄冶村人的发展规划,大家都到裴行首家来了。人太多了,没办法给每个人找到坐的地方,更别说招待每个人喝茶了。裴行首让家里人煮了几大壶茶,放在吃饭的桌子上,茶壶边放了几个茶盏子。裴行首说,你们要是口渴了,茶壶里有茶,自己倒出来喝。我就失礼了。窑工们说,裴行首不用客气,我们渴了自己会喝。裴行首说,以前我们都没想过要一辈子待在石渚,做的都是短期打算。现在留下不走了,就要做长远打算。窑工们说,既然不走了,就先把破棚子改建成房子。裴行首说,建房子的事可以缓一缓。黄冶村人要发展,当务之急,就是建起自己的龙窑。几个在黄冶村做过窑主的人说,人家会不会让我们建龙窑,也是个问题。现在这个郑行首,不如樊行首有胸襟。几个在郑家窑的窑工们叹息一声,说,这个郑行首对我们最苛刻了,我们要求同工同酬那次,他就对我们怀恨在心。窑区后来出现困难,他明里暗里对我们克扣,当着我们的面就说我们抢了石渚人的饭碗,搞得郑家窑上的本地人都怨我们。想要建龙窑,恐怕没有那么容易。裴行首说,再困难,我们也要去争取。这是关系我们长远发展的大事情。几个在黄冶村做过窑主的人说,我们没事儿的时候也在窑区转悠。看到适合建龙窑的地方,忍不住就在心里盘算,在这儿建一个自己的龙窑……就那么想一想,做做梦而已。几个窑主的话,让大家的情绪低落下去。裴行首说,咱们以后就要把梦变成现实。你们看好了哪几块建龙窑的地方了？几个黄冶村的窑主说，都司坡有一块地属于卞家，谭家坡有一块地属于谭家，瓦渣坪有一块地属于蓝家，陈家坪有一块地属于陈家。我们打听过了，目前这几家都没有建龙窑的打算。

裴行首说，意见统一了，我就去找樊行首，跟他聊一聊我们的长远计划，樊行首肯定会支持我们。窑工们说，樊行首是个大好人，可惜樊行首年纪大了，身体不好，已经不管事了。裴行首说，樊行首虽然不当行首了，年轻一辈还是尊重他的。我们第一步先取得樊行首的支持，第二步把我们的想法跟郑行首提出来，看看他的意思，第三步去跟我们看中建龙窑的那块地的主人沟通，谈土地出让。同时还得请教里正，看看土地出让需要办理哪些手续。不管结果怎样，我们先努力去把这几件事办起来。有一个窑工说，裴行首，你忽略了最要紧的问题，建龙窑需要一大笔钱。裴行首说，这几年虽然挣得不多，但是我晓得你们家家都省吃俭用攒下了一笔钱，原本是打算回黄冶村做盘缠用的。现在不回黄冶村了，这笔钱，可以拿出来建龙窑。几个在黄冶村做过窑主的人点点头，说，我们先把各家的钱算计算计，看看有多少。等到龙窑建起来，按照老规矩，分利的时候，谁投得多，谁就分得多。一个黄冶村的窑主说，统计钱的事儿，交给千里去办，他年轻，细心。

裴行首说，我明天就去看樊行首，你们几个窑主，分头去问问那几块建龙窑的地。以后每天晚上都在我家把情况汇总一下，看看进度。窑工们说，裴行首，有你出面，我们就有信心了。那个时候你领着我们逃难，多难啊，我们都坚持过来了。我们村是逃难路上损失人口最少的。裴行首说，好汉不提当年勇。我现在舍下这身老骨头，再给大家跑一跑，要是能看见黄冶村的龙窑在石渚地界上冒烟，我死了也能闭上眼睛了。

第二天，裴行首吃过早饭，在草市街的点心铺子里买了几样樊行首爱吃的点心，提着去了樊行首家。樊行首生病后，裴行首三天两头去看他，每次都不空手，新鲜的蔬菜水果随手带一点，这么郑重地提着点心盒子上门，还是第一次。几天不见，樊行首躺在床上，人又瘦了一圈，精气神也差了很多。裴行首脑子里闪过初见时樊行首器宇轩昂的样子，眼眶发热差点要流出眼泪。裴行首缓了缓自己的情绪，搬了一把椅子，坐在床边，说，樊行首，我看你气色好些了，再养些日子，就能到洞庭酒家喝酒了。到时候，我请你好好喝一顿。裴行首努力让自己的声音听上去喜洋洋乐滋滋的。樊行首笑了笑，说，咱俩就不用说假话了，我自己感觉一天不如一天，没多少日子了。裴行首接不上话，眼圈红了。樊行首说，早晚都是这一步，从出生开始，每一步都是往坟地走。没啥可难过的。我先去那边还能帮你打点打点，等你去了，有啥需要的，我也能帮你一把。樊行首说着说着，笑了起来，笑得直喘气。裴行首帮他拍了拍背，说，你想得这么通达，我都不晓得说啥了。你这辈子帮我，到了那边，还想着帮我。我这是修了多少辈子，才修来了你这个大恩人。每次看见你，我都想起当时逃难在船上，本来是奔着岳州窑去的，鬼使神差地听说了石渚有个窑区，于是领着我们黄冶村的人在石渚下了船。看来这辈子的缘分，上天早有安排。你就是上天安排好要在逃难路上帮助我们的人。你的大恩大德，我们黄冶村人无以为报。无以为报啊。说着说着，裴行首的声音哽咽了。樊行首说，别说恩不恩的，你们凭本事吃饭，靠劳动养家。何来的恩？我不过做了一个人该做的事情，换成你，也会做同样的事情。

樊行首剧烈地咳嗽起来，裴行首站起来不晓得如何是好，樊行首示意他坐下。樊行首好不容易止住了咳嗽，喘气的时候胸口的声音像风箱那样响。裴行首说，你躺着休息吧，说话费精神。我回去了，有空再来看你。樊行首说，我晓得你今天有事儿没说。裴行首说，没事儿，就是来看看你。樊行首喘了一阵儿，才说，自从你告诉我你们不回黄冶村了，我就晓得你们想建自己的龙窑。裴行首说，要是在这儿有了自己的窑，我们就不会老怀念黄冶村了。樊行首说，我理解你们，我也理解郑行首。要是郑行首不答应你们的要求，你们别怨恨他，他不是坏人。樊行首咳嗽起来，裴行首倒了一杯茶给樊行首，樊行首喝了一口，引发了新一轮咳嗽。

裴行首说，你躺下休息吧，你放心，我不会怨恨任何人。樊行首说，郑行首接手窑行这两年，是窑区有史以来最困难的两年。窑主们对他多有埋怨，他也不容易。窑区顺风顺水的时候，一个笨人也能做得让大多数人满意；窑区困难的时候，再有能力的人也不好干。裴行首点头，说，谁也不晓得会遇到什么样的命运，我接手我们黄冶村窑行的时候，想雄心勃勃大干一番。不到半年，眼睁睁看着祖上留给我们的窑区被毁，几辈人修起来的村子被一把火烧得精光，我们不得不逃亡，一路上，到处都是死去的人。人的命，比一个瓷器还脆弱。那种时候，能保住命就已经不容易了。可人就是人啊，此一时彼一时，站在哪个山头就想唱哪个山头的歌。樊行首说，我理解，我都理解。黄土埋到我的下巴颏了，再也没有我不能理解的事儿了。窑区一时半会儿缓不过来，不光我们窑行，各行各业一时半会儿都缓不过来。打了七八年的仗，虽说没在我们石渚地盘上打，但是大半个北方都成了战场。百业凋敝。裴行首说，正因为百废待兴，接下来的兴盛，对谁都是个机会。樊行首说，也许是我太悲观了，依我看，没个十年八年，窑区恢复不到战乱之前的生产规模。说句给你们泼冷水的话，你们这会儿倾家荡产建了龙窑，不一定撑得住接下来的苦日子。赌博最忌压上身家性命，一旦压上了身家性命，就输不起了。樊行首目光锋利，脸上就像镀了一层金，闪着光泽，完全看不出刚才的病态。裴行首愣怔片刻，说，我没想到这一层。我光想着战乱结束了，接下来肯定会有一个休养生息的发展期，我们要抓住这个发展期，给子孙后代打下一点基础。樊行首的担忧不无道理，战乱时间太长了，人死得太多了，休养生息的时间短了缓不过来。樊行首说，你也不必过于忧虑，先把眼前的日子过下去。子孙后代的事儿，想太多没用。再过一百年，石渚地界上，谁也分不清谁是黄冶村人，谁是石渚人了。裴行首点点头，说，樊行首，好生养病。我有空就来看你。樊行首闭着眼睛，点了点头。刚才还像镀了一层金闪着光泽的脸，突然变得灰白暗淡了。裴行首退出了房间，身后传来空洞持久的咳嗽声。

从樊行首的家里出来，裴行首心情很压抑，樊行首的身体让他忧虑，樊行首对未来发展的悲观看法也让他忧虑。他在草市街上走了很久，草市街上看不到繁华拥挤热闹的场面，店铺的门帘，灰头土脸的，一看就是很久没有装饰了。酒馆门口的红灯笼，挂了很久没有更换新的，风吹日晒，鲜艳的红色已经变成了肮脏的浅色。裴行首来到码头，来往的船只比他们逃难来的第一年减少了一半，以前看着拥挤的码头，现在显得很空旷。

裴行首在码头上坐了很久，极目远望，江水和天空在远处融合到了一起，那是回家的方向。裴行首望着江面上越来越远的船只，想起黄冶村的窑和黄冶村的家。黄冶村家里院子一角，他亲手种的一株牡丹，年年春天，开满紫红色的花朵。逃难之后，他总是拼命压抑自己，做梦都不敢让自己的思绪飘到黄冶村，飘到他的窑上和他的院子里。他的故乡，被他拼命压制在心底，已经压制成了一片小巧锋利的刀片。此刻，裴行首放纵自己的思绪飘到了故乡，立马感觉刀片在戳他的心，痛彻心扉。往后余生，这种痛，都会伴随着他了。

裴行首站起来，离开了码头。他把思绪拉回到石渚，拉回到眼下必须面对的事情上来。樊行首推心置腹的一番劝告再加上目睹了草市的萧条，动摇了裴行首建龙窑的信心。把家家户户仅有的余钱投进去，市场如果不能在短期内恢复繁荣，他们吃饭都会成问题。目前投资建龙窑，就是在赌博。拿他们心里预期的市场复苏时间跟真正市场的复苏时间赌博。如果像樊行首预期的那样，市场复苏需要七八年甚至更长时间，他们要输掉的就是他们的后代在石渚的未来。他们断不敢输掉后代们在石渚的未来。

裴行首闷闷不乐地回到家里，感觉心上压了一块大石头。到了晚上，黄冶村窑工们聚集到了他家。窑工们因为有了建龙窑的希望，个个眼睛里都跳动着光芒。裴行首本来想跟大家谈谈他的忧虑，谈谈建龙窑可能会面临的风险。但是，跳动在窑工们眼里的光芒，让他开不了口。从黄冶村逃出来后，窑工们暗淡的眼睛，已经很多年没有燃起希望的光了。他不忍心把刚刚点燃的希望之火，无情地浇灭。陷入困境的群体，保持希望是多么重要。逃难途中，正是靠着希望的支撑，他们才度过了无数次的绝望。

跟窑工们说了一些鼓励的话，大家怀着对未来的憧憬，各自回家去了。

裴行首躺在床上，睡得很不安稳。一晚上的梦，不是在逃亡路上挨饿，就是在黄冶村的废墟上寻找那株牡丹，他发疯地搬起一块块瓦砾扔掉，瓦砾还是越来越多，他的手磨出了血，手指磨得露出了白森森的骨头，钻心地疼。从梦中醒来，他还能感觉到手指的疼痛，他把两只手交叉放在柔软的肚子上。他忧虑的心情到了无法承受的程度，他特别想去埋着千里他娘的山岗上大哭一场。就像那些老顽固那样，半夜三更不管不顾蹲在坟头边发出狼一样的号哭。他穿衣起来，开门走到外面，站在黑漆漆的夜里，被冷风一吹，立马清醒了。他不能像那些老顽固一样，想哭就去哭。他的肩上扛着黄冶村的七十五户人家，他不能垮掉。他回到屋里，和衣坐在床上，大口喘气，直到内心重回平静。

裴行首去看过樊行首的第三天，樊行首去世了。得知樊行首去世的消息，裴行首悲痛不已。裴行首长叹一声,以后在石渚,再也没有一个像樊行首那样眼界高远,胸襟开阔的好兄长可以依靠了。他坐在家里,手脚无力,头脑却异常活跃,想起樊行首为黄冶村人做过的一件件事情。裴行首意识到,自己不能这样手脚无力地坐在家里,对樊行首最好的纪念,是像樊行首那样去做让人受益的事情。

裴行首马上召集黄冶村的窑工商议,商讨用什么方式在樊行首的葬礼上表达黄冶村人对他的感恩之情。黄冶村的窑工们说起樊行首的为人,没有不掉眼泪的。大家说一阵,哭一阵。窑工们的想法五花八门,方案不下二十个,裴行首总觉得不够好,不足以表达他们的感恩之心。他说,你们说的这些,石渚人肯定准备得比我们隆重,他们财力比我们雄厚,我们要是跟他们准备同样的鞭炮冥纸这类祭品,只能显得我们寒酸。我们要准备特别的祭品,那个祭品一定是樊行首最想要的。裴行首说着说着,心里跳出来一个想法,他停顿了一会儿,继续说,我突然有一个想法,我们不如扎一座龙窑烧给樊行首。众人想了想,都说好。接下来讨论了龙窑的长度,计算了扎龙窑需要的材料,哪些人可以干哪些活,也进行了分工。最后,裴行首说,我们扎龙窑的事儿,一定要让家里人保密,尤其要叮嘱孩子们,别到外面说。

樊行首的葬礼非常隆重,很久没有举行这么隆重的葬礼了,石渚窑区的人都出动了。黄冶村的窑工全部出动了,他们携儿带女,一路跪拜,感谢樊行首的大恩大德。黄冶村人抬着他们用纸扎的一座五丈长的龙窑,跟在送葬的队伍里,吸引了所有石渚人的眼光。黄冶村人在坟前,把精美的龙窑烧给了樊行首。裴行首跪在一边,边烧边说,樊行首樊兄长,我们黄冶村的七十五个家庭,承蒙你的恩德,能够在战乱中找到一块落脚之地。你对我们黄冶村人的恩德,我们无以为报。你在窑上待了一辈子,窑上人最放不下的就是窑,我们晓得你到了那边啥也不缺,独独缺了龙窑,我们七十五家人,一起给你建了一座龙窑。你在那边寂寞了,就到龙窑上看看吧。裴行首的话,引起一片号啕哭声。

樊行首的葬礼过后,草市街上的冥器商店,除了常规的祭祀用品,还增加了各种规格的龙窑作为祭品。

樊行首的家人,特别感念黄冶村人给樊行首准备了一座精美的龙窑,特意备了礼物上门拜谢裴行首。

樊行首的葬礼过后，裴行首一下子就老了，他经常一个人待在房子里，不停地说话。裴千里担心他阿耶，找到一个合适的时机，躲在门背后，想听他阿耶都在说些什么。裴千里听见裴行首在跟樊行首说话。裴行首说，樊行首樊兄长啊，你倒是解脱了人世的责任，到那边享福去了，我这边还得担着责任啊。裴老弟啊，你是个好人。就冲你一直把黄冶村这副担子挑在肩上，我就佩服你。樊兄长啊，你不在了，我遇到事情也没有人商量，龙窑，我是建还是不建啊？我现在每天提心吊胆，既怕让大家失望，也怕把大家拖入了深渊。裴老弟，我理解你的处境，你本来在黑夜里点燃灯，给大家引了一条路。可我告诉你前面是悬崖，你不敢再让大家往前走，可他们不晓得前面是悬崖。这个时候，把灯弄灭了，他们会怪你。继续点着灯领着大家往前走，等着他们的万一是悬崖，就回不了头了。你这个处境，真是难啊。樊行首樊兄长啊，只有你最懂我。你走了这些天，我每天都想去你的坟前哭一顿，可我又不能去。我怕大家以为我疯了。裴行首裴老弟，不要太过忧虑了，车到山前必有路，走一步看一步吧。樊行首樊兄长，我也相信天无绝人之路，就像我们逃难路上，还有个石渚窑区让我们落脚……裴行首一个人扮演两个人，既说裴行首的话，又说樊行首的话，就这么喋喋不休地说着。

裴千里被惊得目瞪口呆。他想推开门冲进去，告诉他的阿耶，你早就不是行首了，你不用再把黄冶村人背在身上了。可他不敢打扰裴行首，一个男人，最不喜欢把脆弱和孤独的内心暴露给别人，何况，他还是这男人的儿子。他要是闯进去，他的阿耶一定会无地自容。裴千里蹑手蹑脚地踮起脚，悄无声息地离开了。裴千里的眼睛湿润了，他的阿耶多么孤独啊。

过了两天，裴千里完成了对各家余钱的统计。窑工们照例每晚都聚在裴行首的家里。裴行首让裴千里给大家说一说统计的情况。裴千里说，这几天，总共完成了七十五户人家的统计，其中二十户没有余钱，其余五十五户的余钱全数登记了。我计算了一下，如果全部投入，以现在的地价，可以建一座龙窑。窑工们都有些失望，他们这些年拼命攒钱，攒下的余钱比他们预计的少，他们预计至少可以建两座龙窑。裴行首安慰窑工们说，我们逃到这儿的时候一无所有，能攒下建一座龙窑的钱，已经很了不起了。窑工们听了裴行首的话，很快就振奋起来，他们说，有了第一座龙窑，就会有第二座龙窑，第三座龙窑……他们很兴奋，眼睛里的小火苗跳动着。裴行首说，我明天去跟郑行首谈谈。裴行首镇定自若杀伐决断的威严样子，让裴千里非常迷惑，那天躲在门外听到的那个脆弱孤独一个人扮演两个角色自说自话的阿耶，到底是不是幻觉？

　　第二天，裴行首把家里备好的一份茶礼拿上，路过点心铺子，又拐进去买了一盒点心。裴行首已经很久没到窑行了。郑行首接任行首之后，马上就让一个郑家窑的年轻人接手了窑行账目管理的事情。郑行首对裴行首说，裴老伯，管理窑行账目的事情太烦琐了，我怕累着你老，就让年轻人去受累吧。郑行首客客气气的，也没说让裴行首离开窑行，但裴行首明白，把账目交代清楚，就以身体不好为由，辞了窑行的差事，郑行首也没有挽留。

　　裴行首走进窑行的院子，郑行首起身让了座。裴行首说了几句客气话，再一次表达了黄冶村人对石渚人的感激之情。郑行首说，你客气了。我们石渚的老一辈人，太好脸面了，把脸面看得比利益重。裴行首听得出来，郑行首这是在表达对樊行首的不满，他有些尴尬，但他迅速调整了情绪。裴行首表现得很平静，他简明扼要地跟郑行首谈了黄冶村窑工想集资建龙窑的事情。郑行首沉默许久，说，我理解你们，但是，作为石渚窑行的行首，我必须向着我们石渚本地人。你也看到了，现在窑区的龙窑已经过剩了，生产的瓷器卖不出去，有时候不得不让各家窑口停火一座龙窑，减少产量，保证烧出来的瓷器有销路。这种情况下，再让你们新建一座龙窑来跟我们竞争，有点说不过去。窑主和窑工们选我当这个行首，是让我维护他们利益的。我很难办啊。裴行首说，我能理解。换作你们到了我们黄冶村，我也会选择维护我们黄冶村窑主的利益。现在市面不繁荣，龙窑数量本来就多了。裴行首心里暗暗松了一口气，郑行首帮他卸掉了浇灭希望之火的责任。几个去打听土地转让的黄冶村窑主也遭到了拒绝，不管是卞家、谭家、蓝家还是陈家，好像统一了口径似的，一律回复他们：我们不想卖地，现在地价这么低，不是卖地的好时候。

　　那天晚上，聚集在裴行首家里的黄冶村窑工们个个唉声叹气，前段时间在他们眼里跳动的小火苗熄灭了，他们脸上又被那种麻木倦怠灰暗的表情笼罩了。他们很沮丧地说，樊行首走了，石渚再也没有樊行首那么有德行有气度的人了。石渚人，始终还是把我们当外人。不仅是外人，还是要跟他们争利益的外人。以后，我们的日子恐怕更难了。老顽固们特别气愤，他们说，你们现在晓得了吧？失去了家乡的人，就是水里的浮萍、路上的过客。只有家乡，才是我们的根。你们以为在一个地方扎下根，那么容易的吗？年青一代的窑工们也很气愤，他们说，谁不晓得异乡客难做，要是回得去，谁不想回去？问题是回不去，愿意不愿意，我们都只有做异乡客。

裴行首说，大家心情都不好，老人家都少说几句。裴千里说，我是晚辈，按理轮不到我说话。这几天我在码头草市各处看了看，跟码头上的外地生意人聊了聊，我觉得，建不成龙窑也许是好事儿。裴行首没想到儿子也有这样的想法，他说，那你说说看。裴千里说，石渚现有的龙窑都要经常停火，我们马上建一座龙窑，根本不能保证我们烧的瓷器卖得出去。我们在黄冶村烧制的是低温三彩瓷器，石渚窑口主要生产日常生活中使用的瓷器，茶盏碗碟壶缸玩具瓷枕粉盒……石渚瓷器的制釉和烧成温度这两个环节，是我们的薄弱项。自从我们到了这里，各窑上在制釉和烧成环节，都不用我们的师傅。我们倾家荡产建了龙窑，也不能保证成功。可我们已经倾家荡产了，根本承受不起这种失败。

裴行首心里一阵狂喜，儿子看待问题的成熟方式让他欣慰，但他没有表现出来，他只是点点头，说，千里说得也有几分道理。一切从长计议，不要太在乎一时半会儿的挫折。老顽固们说，要说在石渚扎根，最快的不是建龙窑，是让我们的小伙子跟本地姑娘结婚生孩子。年轻的窑工们笑起来，说，我们倒是愿意，人家姑娘不愿意。石渚本地姑娘家境比我们好，人家的父母舍不得让女儿嫁给我们受穷。老顽固们说，那就让我们的姑娘们嫁给石渚人。年轻的窑工们说，那可使不得，本地姑娘不嫁我们，我们的姑娘又嫁给了石渚人，我们岂不是找不到媳妇了。老顽固们说，老话说，先有梧桐树，才能引来金凤凰。不建龙窑了，可以把房子修一修。

黄冶村的几个窑主说，龙窑才是真正的梧桐树。裴行首说，不必急于这一时半会儿，慢慢来，先挑几个年轻人去拜师学制釉和掌火，我们在技术上做好准备。拜师学艺的事情也不用太急，寻找到适当的机会再说。太突兀了，被人家一口回绝了，反而不好办。老顽固们说，机缘合适，才能把事儿办成。你们还年轻，将来肯定有机会。

那天晚上，窑工们在裴行首家谈到半夜，后半程的气氛慢慢热烈了，他们的心情平复了一些，不再那么失望和沮丧。

战乱虽然结束了，但黄冶村窑工们的所有期望都落了空。黄冶村回不去了，留在石渚，龙窑也没有建起来。黄冶村人的日子过得没盐没味。裴行首无事可做，无心可操，整日坐在墙根晒太阳打瞌睡，有时候自言自语。裴千里很担心他阿耶，他从窑上拿了一些制作瓷胎的泥回家。他对裴行首说，阿耶，你要没事儿，就给你孙子捏点小玩具，捏好了，晾干了，我拿到窑上让师傅上点釉，放到窑里烧出来，拿给你孙子玩。裴行首说，捏塑是我最不擅长的。不过，有点事情做也好。

裴行首在房间的一个角落里摆上一张小桌子，把裴千里拿回来的瓷胎泥放在桌子上，准备捏点小东西，当他的手触到软硬适中的瓷胎泥，他想起自己十几岁就到窑上学习，他阿耶让他从选土学起，碎土、配土、陈腐、过滤、练泥……他家窑口的制泥池，由淘洗池、沉淀池、稠浆池组成。那三个带给他们希望的大池子，现在一定干裂垮塌了。刚去窑上的时候，他最喜欢玩泥，不管是摔泥还是踩泥揉泥，他都喜欢。一坨毫无生气的泥，经过他的揉捏踩踏和捶打，变得黏稠细腻、柔软芳香，他格外开心。把练好的泥交给成型工，他们可以随心所欲地把一坨泥变成各种器具。学习成型工艺阶段，他反而没有那么愉快了，成型工艺的规矩太多，不像练泥那么率性。成型工艺，一直是他的短板。自己在成型工艺上学艺不精，他让裴千里拜了樊家窑的成型师傅学习成型工艺，裴千里在成型工艺上倒是很有天赋，学得快，做得也好。不管是徒手捏制、泥条盘筑、泥板拼接、雕塑成型，还是最难的手拉坯一次成型工艺，裴千里都掌握得很快。裴千里现在是樊家窑上受人尊敬的成型师傅……

裴行首低下头，收回漫天思绪，揪下一小块泥，拿在手里揉捏着，他问两岁的孙子裴大江，你喜欢玩啥？裴大江说，狗狗，猫猫，乌龟，小鸟……裴行首心想，一代一代的孩子，小时候喜欢玩的都是这些。他笑了，说，爷爷给你捏个狗狗，捏个猫猫，捏个小鸟，再捏个乌龟。裴大江高兴得手舞足蹈，抠起一块泥就往嘴里塞，裴千里的媳妇一声尖叫，说，快吐出来，泥不能吃，太脏了。裴千里的媳妇怀孕七八个月了，肚子很大，行动不方便，但她还是快速过来，把裴大江带走了。裴行首看着手里的一小块泥，闻着泥土的芬芳，嘟囔着，泥是天底下最干净的东西。

裴行首捏着手里的泥，回忆着当初学捏塑的时候，手指都有哪些动作。尽管学艺不精，毕竟学过很长时间，学过的动作一辈子也忘不了。他把泥放在左手，活动了一阵右手的手指，又把泥转移到右手，活动一阵左手的手指。感觉两只手的手指都灵活有力了，他就在脑子里想着狗狗的形状，十个手指对准手里的一小块泥发力地揉、搓、夯、捏、挤、压、推、拍，经过一番折腾，手里的一小块泥，变成了他脑子里想着的狗狗形状。裴行首把捏成的狗狗捧在手心里，左看右看，上看下看，这是一只憨态可掬的狗狗，跟他脑子里想的一模一样，他不敢相信这是自己捏出来的。他把狗狗放到阴凉处的木头架子上，又揪下一块泥，他在脑子里想着一只乌龟的形状，十指发力，又是一番揉、搓、夯、捏、挤、压、推、拍。一只栩栩如生的伸着脑袋背着龟壳的小乌龟又捏出来了。裴行首用一根尖头竹片，在小乌龟的龟壳上画了几条线，画出龟壳的纹路，小乌龟看上去更加逼真了。

裴千里回到家中，裴行首已经捏好了狗狗，猫猫，乌龟，小鸟，小虫子，小青蛙。裴千里看过之后，无比惊讶，他说，阿耶，你捏的小动物太可爱了。你一直说成型工艺是你的短板，原来是谦虚啊。裴行首很有成就感，他说，真不是谦虚，你小时候我给你捏的小玩具，你拿出去玩，被别的小孩子笑话，你还哭了。裴千里说，我一点都不记得了。裴行首说，今天不晓得咋啦，我脑子里想着那个形状，手上捏出来，居然就是那个形状。裴千里说，怪不得我的师傅说，手到不如心到，手到是技，心到是艺。你这是心到了。裴行首说，我太高兴了，从没想过，我这辈子还会想捏什么就能捏成什么。

那天晚上，很久不喝酒的裴行首，让儿子陪着喝了一顿酒，一杯接一杯，喝了十几杯，脑子越喝越清醒。裴行首对裴千里说，不得了了，我这会儿脑子里全是各种小动物的形状，我要趁着这会儿脑袋清醒，去把脑子里的各种小动物捏出来。说着，摇摇晃晃站起来，去他的小桌子旁边坐下，摸黑揪下一块泥，摸黑在手里揉、搓、夯、捏、挤、压、推、拍……十个手指灵活有力，脑子和手的配合十分协调，每一个动作下去都恰到好处，一套捏塑动作完成，他摸黑把捏好的东西摆在木头架子上。

裴千里的媳妇看了裴千里一眼，指了指自己的脑袋，悄声问，阿耶没事儿吧？裴千里说，阿耶进入了成型师最好的状态，心到手到，随心所欲不逾矩，这是我们每个成型师都想要获得的状态。不信你明天看，他摸黑捏的东西，肯定个个栩栩如生。

第二天，裴千里的媳妇是家里第一个醒来的，她爬起来，没顾上做饭，赶紧去看裴行首昨晚捏的东西，果然跟裴千里预计的一样，小动物个个造型独特，表情生动，看着就让人发笑。她心情愉快地去给家里人做了早饭。裴行首起来吃早饭的时候，她对裴行首说，阿耶，你昨晚摸黑捏的小动物太可爱了，我看着就想发笑，大江一定会喜欢。裴大江说，我要玩狗狗。裴千里说，现在还不能玩，等晾干了，我拿到窑上，让师傅浸上釉，装窑的时候放进去，烧出来，就可以玩了。裴大江嘟着嘴，不高兴了。裴千里笑着说，一会儿让爷爷捏一个嘟着嘴不高兴的娃娃。裴行首说，这倒提醒了我，除了捏动物，还可以捏娃娃。小娃娃跟小猫小狗一样可爱。

裴行首坐在桌子前，揪下一块泥土，手指就像施了魔法一样，灵活有力，每一个捏塑的动作，都干净利落，精准有力。捏塑完成后的每一件小玩具，都呈现出他脑袋里最想要的完美形状和神态。在捏塑的过程中，他是一个绝对的掌控者，完全掌控了泥土的造型和神态，手指的每一个动作，都让他感觉到力所能及的自信。裴行首非常享受捏塑的过程。从黄冶村逃亡以来，他的力量，再也达不到他希望达到的地方，在外人面前，他勉力支撑着，给外人的感觉，他还是那个强大自信能够扛起黄冶村一村人的裴行首，只有他知道，内心的无力感一日胜过一日，只差那么一点点就会把他打倒在地上再也爬不起来了。他已经很多年感受不到力所能及带给自己的自信了。

裴行首捏了一百多件小玩具，摆了满满的一架子。裴千里把小玩具拿到窑上，不好意思麻烦制釉的师傅，就从师傅那儿拿了一点釉水，把小玩具浸了釉，晾干了，装窑的时候，放在一个角落里。玩具小，不占地方。出窑的时候，裴千里把烧好的小玩具拿了出来，造型各异，憨态可掬的各种动物和表情生动的小娃娃，让窑上的师傅们看了发笑。裴千里看窑上的师傅们喜欢，一百多件小玩具自己留了二十几件，其他都分给家里有孩子的师傅们，让他们拿回去逗孩子玩。师傅们也不客气，谢过裴千里，就把小玩具装进了口袋。

裴千里离开窑上的时候，把剩余的二十几件小玩具拿回了家，裴大江看见摆在地上的小狗、小猫、小乌龟、小鸟和小娃娃，高兴得大喊大叫，拿起这个亲一口，又拿起那个亲一口，把二十几个小玩具全都沾上了口水。裴大江玩累了，睡了，裴行首才把小玩具收拾起来，一个一个擦干净上面的口水，摆在桌子上，自己欣赏了一番。他还是不敢相信，自己的双手，居然可以捏出这么生动的小动物、小娃娃。

第二天到了窑上，师傅们见了裴千里，都喜笑颜开的。他们带了一些家里的水果和蔬菜，让裴千里带给裴行首，谢谢他为孩子们做的小玩具。他们告诉裴千里，孩子们特别喜欢那些小玩具，比穿新衣服还高兴，晚上睡觉都抓在手里不放。师傅们说，你不妨让裴行首多做一些，拿到市场上肯定能卖得出去。哪家的大人不希望看见自家孩子高兴，孩子们的笑声是家里的无价宝。裴千里看见樊窑主走进来，樊窑主手里拿了一小块腊鱼，他说，把这块腊鱼带给裴行首，谢谢他为孩子们做的小玩具，我家小儿子特别喜欢那个歪头娃娃，他一晚上都在学歪头娃娃的表情，把我们笑得腮帮子疼。裴千里谢过樊窑主，说，刚才师傅们都说孩子喜欢我阿耶做的小玩具，我在想，我们完全可以用做大件剩余的泥料捏塑一些小玩具，每窑搭着烧一些，除了给我们石渚的孩子玩，还可以卖给有钱人家的少爷小姐玩。小玩具做起来不费劲也不费料，烧窑又不占地方，哪怕卖的钱再少，也有赚头。樊窑主说，千里老弟，这个建议好，以后你们做大件剩余的泥料，就顺手捏一些。有几个成型师傅说，我们一直做大件，对捏塑不在行。别看这些小玩意儿不起眼，要捏成裴行首那样，造型完美表情生动，相当有难度。孩子们才是最挑剔的。如果小动物的造型不生动表情又呆板，别说卖钱，白送给孩子们都不爱玩。樊窑主说，说的也是，做大件和捏塑小玩意儿，确实不是一个路子。裴千里说，师傅们做惯了大件，不习惯捏小玩意儿。不如把小玩意儿交给学徒们做，学徒们年纪小，可能手上功夫差了点，但童心未泯，做出来的东西有我们这些成年人没有的童趣，他们更适合做小玩具。樊窑主说，千里老弟的想法好。千里老弟，你把裴行首捏的小玩具拿几件到窑上，让学徒们学着做几个看看。师傅们帮着把把关，挑选几个童心未泯、童趣盎然适合做小玩具的学徒，以后专攻小玩具。别看小玩意儿不起眼，将来可能会给我们窑口带来大收益。裴千里说，有樊窑主这样的眼光，将来樊家窑肯定有大发展。

第二天，裴千里把裴行首做的玩具拿了十几个到窑上，裴大江舍不得，抓着不撒手。裴行首答应再给孙子做一批更好的，裴大江才哭着让裴千里拿走了十几个。

裴千里的媳妇虽然是生第二胎，但是孩子位置不是太正又长得太大，折腾了一晚上没有生出来，裴千里提心吊胆一晚上没睡觉。半夜的时候，裴千里的媳妇情绪失控，拉着裴千里的手哭着说，万一只能保一个，你就保孩子。我要有个好歹，你一定要把两个孩子养大。给孩子们找后妈的时候，眼睛睁大点，找个心善的。樊婆婆说，裴家娘子，别哭哭啼啼、胡说八道消耗力气，我都没说你有事儿，你担心个啥？孩子的位置已经慢慢正过来了。樊婆婆吩咐裴千里煮几个荷包蛋来，裴千里的媳妇吃过荷包蛋，感觉有劲儿了，在樊婆婆的安抚下，情绪慢慢平稳了。

孩子太大了，位置正过来，又折腾了几个小时，到了第二天正午，孩子终于落了地。樊婆婆在女婴的屁股上拍了两下，女婴的哭声十分洪亮。樊婆婆把女婴举在手里，对着正午的阳光，说，好一个漂亮的女孩。哭得这么大声，将来脾气一定很大。裴千里的媳妇累得精疲力竭，被汗水浸湿的头发粘在额头上，马上就要睡着了，突然惊得坐起来，问，现在啥时辰？樊婆婆说，正午。裴千里的媳妇说，哎呀，怎么不早不晚，刚好是这个时辰。樊婆婆，正午怎么了？正午阳气足，出生在正午的孩子身体好。裴千里的媳妇叹口气，有气无力地说，樊婆婆，我听石渚本地人说，出生在正午的女孩命硬，会妨死家里的长辈。只有让接生婆给婴儿起一个阿猫阿狗的贱名字，让所有人天天喊，才能破解。樊婆婆，你行行好，给丫头起一个贱名字，越贱越好。樊婆婆说，我从来不信，起一个贱名字怎么就能把硬命给叫软了？裴千里媳妇说，老话咋说我们就咋办吧，求你了樊婆婆。樊婆婆说，我这会儿脑袋嗡嗡嗡的，就像一群蜜蜂在里面飞，啥也想不出来。

裴行首听见樊婆婆说是个漂亮的女孩，就在屋子外面大声说，听到她的哭声，我想起了我们黄冶村家里的那株牡丹，就叫她裴牡丹。樊婆婆说，这个名字好，牡丹是富贵花。裴千里的娘子不敢顶撞公公，只能小声地求樊婆婆说，樊婆婆你赶紧给我女儿起一个贱名字吧，不然，不晓得女儿会妨死谁。万一妨死了她阿耶，我们一家人咋办……樊婆婆说，别胡说八道。出生在正午的女孩命硬这种说法，你们黄冶村又没有。裴千里的娘子说，她出生在石渚，她就是石渚的孩子。樊婆婆，你还是给她起个贱名字吧。樊婆婆看裴千里的娘子眼泪汪汪的样子，就低声说，你要实在不放心，就叫她小蚂蚁吧。小蚂蚁这个名字够贱了吧？裴千里的娘子对樊婆婆千恩万谢，抱起裴牡丹，亲着她的小脸蛋，叫了一声小蚂蚁。裴牡丹闭着眼睛。裴千里的媳妇不服气，连着叫了好几声小蚂蚁，裴牡丹始终紧闭着眼睛。过了一会，裴千里进来抱起婴儿,亲着婴儿的脸轻轻地叫了一声牡丹,裴牡丹的眼睛马上睁开了。樊婆婆说,裴家娘子,看见没有,裴牡丹不喜欢我给她起的贱名字。

裴千里的媳妇坐月子,家里雇了一个月婆子,裴大江喜欢月婆子,不再黏着裴行首。裴行首终于有工夫给孙子捏玩具了,裴千里从窑上拿回来一块泥料,裴行首像以往那样,坐在桌子前,先活动手指,左手右手轮着活动了一遍,揪下一块泥料,用手指感受泥料的细腻黏稠柔软,再送到鼻子前面闻闻泥料的芳香,他脑袋里想着孙子歪头傻笑的样子,手指对准泥料揉、搓、夯、捏、挤、压、推、拍。可他的手指僵硬不灵活。裴行首又重新活动手指,左手右手,一边一遍。重新开始,手指对准泥料揉、搓、夯、捏、挤、压、推、拍。感觉还是不好,手指上好像坠了一块石头,不灵活,没力量。一套捏塑的动作做完了,捏出来的根本不是脑子里想的那个歪头傻笑的可爱娃娃。裴行首不服气,仔细按摩捏揉了一阵自己的手指头,又坐到桌前,揪下一块泥,重新来一遍,这次他在脑袋里想着一只小狗的形状,结果,还是不行。手指头揉到泥里,立马变得僵硬死板不听使唤。裴行首洗了手,去码头上走了一圈,站在码头上看了一会儿江水和船。

裴行首休息了一天,第二天用热水泡了双手,泡过之后,感觉指头灵活多了。坐在桌子前,揪下一块泥料,手指碰到湿冷的泥料,立马变得笨重起来。脑袋里想着一个狗狗的形状,发力地揉、搓、夯、捏、挤、压、推、拍。裴行首觉得扳动手指就像扳动大石头,做了一套捏塑的动作,手腕累得不会转圈,小臂累得抬不动。手里的泥料尽管捏出了狗狗的形状,狗狗的表情却呆板丑陋。裴行首把丑陋的狗狗捏成一团泥料,扔到了窗外。他把一坨泥料做成了一个粗笨的缸,然后洗了手。这来无影去无踪的捏塑能力,让裴行首百思不得其解。

裴千里回来,看见架子上摆了一个粗笨的缸,晓得他阿耶再也捏不出那样生动可爱的小玩具了。尽管裴行首的脸上看不出沮丧和难过,裴千里还是很担心,他欲言又止,不晓得要如何安慰他阿耶。裴行首看到裴千里眼里的担心和关心,对裴千里说,我原本就不擅长捏塑。那几天真是怪了,好像有个神仙在我脑子里,指挥我的双手做了那些小玩具。裴千里说,窑上几个学徒照着你的那些小玩具捏,捏出来水平差得很远。裴行首说,过不了多久,他们就能超过我。徒弟超过师傅是规律。一代一代徒弟都超过了师傅,我们的烧窑技术才会一直往前发展。以前只会烧陶,后来会烧瓷。以前不懂制釉和上釉，后来我们还做出了三彩色釉，这都是徒弟超越师傅的结果。裴千里说，阿耶最擅长说理，说的都是正理。这一点，我要多向你学习。裴行首说，你比我二十几岁的时候强多了。你要多向樊窑主学习，学到真本事。将来有了自己的窑，才会游刃有余。裴千里说，樊窑主的眼光和胸襟，一定会让他在所有窑主中脱颖而出。裴行首说，樊行首的几个儿子，樊窑主是最小的，这个最小的儿子也最像他，做人做事都像。

父子两个聊了很多窑上的事情，裴千里看问题的眼光和处理人际关系的能力，让裴行首倍觉欣慰。裴行首说，我当上行首不到一个月，你爷爷就走了。他走之前跟我说，人老了，最欣慰的事情就是看见儿孙后辈长大了，担得起责。我当时体会不到他的心情，这会儿体会到了。你现在已经担得起你该担的担子了。裴行首说完，感觉一直担在肩上那副沉重的担子卸了下去，他一下子放松了。

裴千里的目光撞上裴行首慈爱的目光，一阵恍惚，心里有了一种不好的感觉，他害怕这种感觉。他对裴行首说，自从龙窑建不起来，黄冶村人的生活过得没精打采的。不如趁着给牡丹办满月酒，把大家请来聚一聚，喝顿酒，热闹热闹。我就是还没想好要不要请樊家窑上的石渚人。樊窑主和几个跟我关系好的师傅都送了贺礼，不请他们说不过去，请他们我又有顾虑。裴行首说，我建议你只请我们黄冶村人。现在日子艰难，石渚本地人对我们黄冶村人反感多过喜欢。我们黄冶村人对石渚人的怨气也很大。这样的两拨人凑在一起，再喝点酒，话说得不中听容易闹起来。

裴千里思虑再三，满月酒正日子那天，除了樊婆婆，没请其他石渚本地人。但裴千里提前几天在家置办了一顿酒，单请了樊窑主和窑上几个送了礼的师傅。樊窑主特意敬了裴行首一杯酒，感谢他为孩子们捏了那么可爱的玩具。裴行首也给樊窑主和各位师傅敬了酒，感谢他们对裴千里的关照。樊窑主说，裴行首客气了。千里兄弟头脑灵活，点子多，舍得出力。我从没当千里兄弟是外人，千里兄弟也不拿我们当外人。我阿耶活着的时候，总跟我说，一百年后，谁还分得清谁是黄冶村人谁是石渚人？天下的窑上人，本就是一家人。现在日子艰难，我们石渚人变得小气了。他们做的有些事儿，我阿耶要是活着，一定会替他们脸红。裴行首和千里兄弟多多担待。裴行首说，樊窑主言重了。我从不后悔把一村人带到了石渚。战乱多年，我们黄冶村人失去了家园，石渚人也遇到了前所未有的困难。石渚的底气还在，只要市面繁荣起来，石渚一定会大有作为。樊窑主和窑上的几个师傅为了裴行首的这席话，喝了三个大满杯。樊窑主说，裴行首，你放心，我们樊家窑对黄冶村人和石渚本地人一视同仁，千里兄弟需要我们窑上做什么，我一定尽力而为。那顿酒，宾主尽欢。

裴牡丹满月那天，裴千里在家里给女儿办了满月酒。来的人很多，家里摆不下，酒席摆在草市西头的空地上，桌椅板凳都是各家搬出来的。酒席开始的时候大家说了些祝福的话，喝了几杯酒，话题就转到了对石渚人的抱怨。黄冶村人的心里，堆积了很多的不满，在只有自己人的场合，他们不再压抑。酒桌上除了樊婆婆，没有其他石渚人。樊婆婆是黄冶村人陈婆婆的徒弟，在黄冶村人的心里，樊婆婆算不得石渚人。抱怨的话一旦在酒桌上说出来，就具有很强的传染性。他们抱怨石渚人如何刻薄，如何精于算计，如何排外，如何做不到一视同仁，只要一有龙窑停火，就先把黄冶村人辞退了……他们越说越生气，越说越愤怒。有的人怀念樊行首，有的人大骂郑行首……

裴行首听不下去了，他清了清嗓子，敬了大家一杯酒，请大家息怒。裴行首说，前些日子千里跟我商量，想借着给牡丹办满月酒，把大家请来，让大家高兴高兴。千里犹豫要不要请窑上的石渚本地人，我建议他不请。我晓得大家日子过得不顺心，心里有气。我怕你们喝了酒控制不住怨气，跟石渚本地人冲突起来。所以今天只请了我们黄冶村的人。

窑工们听出了裴行首的话外之音，纷纷站起来给裴行首和裴千里敬酒。裴行首碰过杯，没喝，他端着酒说，按说今天是孙女的满月酒，轮不到我这个做爷爷的说话。既然你们说了那么多抱怨的话，我也倚老卖老，啰唆几句。石渚人收留了我们，让我们在这儿扎下了根，这是一个大恩情。任何时候，都不该忘。现在石渚人的日子不好过，他们优先考虑自己人算不得错。想想我们逃亡的时候，在码头找到了船，哪次不是先让我们黄冶村的人上。那个时候我要说让别村的人上，让我们村的人等着，你们哪个会同意？我们自己做不到的事情，凭啥要求石渚人做到。窑工们沉默地喝下了杯中的酒。

裴行首端着酒杯，继续说，日子不顺心，心里有气，但不能被怨恨迷住了眼睛。心里的怨恨积得越多，就越不能公正地看待石渚人。我们在石渚人的窑上跟石渚人抢饭碗，手艺跟人家差不多，肯定抢不过人家。要是我们的手艺比石渚人更胜一筹，窑主辞退我们的时候就会掂量掂量。与其怨天尤人，不如花点心思想想我们自己是不是把手艺学精了，想想咱们是不是成为人家窑上离不开的师傅了？这样想问题，我们才能化解心中的怨恨，把精力用到该用的地方。今天倚老卖老，说了些重话。你们要觉得不中听，就喝杯酒当耳旁风吹过。我敬大家。

裴行首举起酒杯，把酒干了，窑工们也举杯干了。他们说，俗话说，良药苦口利于病，忠言逆耳利于行。裴行首苦口婆心，我们听进去了。我们是手艺人，走遍天下也是靠手艺吃饭。手艺不精怨不得别人。裴行首说，是啊，手艺人靠手艺吃饭，也用手艺说话。现在这种节衣缩食精打细算的苦日子总要过去，等到市面繁荣了，我们的龙窑一定建得起来。窑工们说，等我们的龙窑建起来那天，我们请裴行首喝三天酒。啥也不说了，把手艺练好，靠手艺说话。手艺在手，走遍天下不发愁。

大人们说话，孩子们觉得没意思，就在桌子之间追打玩闹，有几个碰到桌子腿上，把脑袋碰疼了，哭起来。裴行首说，千里，你把我做的那些小玩具拿出来，给孩子们分一分，让他们拿去玩。孩子比不得大人，他们坐不住。裴千里把裴行首做的小玩具拿出来，总共只剩十几个了，孩子们扑上来，几分钟就把小玩具抢光了。小孩子有了玩具，安静了下来。

男人们的抱怨，女人们在家里早就听够了，到了酒席上，女人们都希望说点开心事儿。女人们说，今天是喝裴牡丹的满月酒，樊婆婆，麻烦你把裴牡丹抱出来，让我们看看裴家的牡丹。樊婆婆从酒席上起身去了裴行首家，不一会儿就陪着裴千里的媳妇把裴牡丹抱了出来。裴牡丹裹在褓褓里，褓褓胸口的位置，绣着一只蚂蚁。裴千里的媳妇指着褓褓上的蚂蚁说，我们家牡丹小名叫小蚂蚁。女人们说，这么漂亮的褓褓，绣一朵牡丹才漂亮。裴千里的媳妇说，小蚂蚁这个名字，还是樊婆婆给起的。女人们说，樊婆婆，你接生的水平高，起名字的水平可不咋样。樊婆婆说，裴家娘子非要让我给孩子起个贱名字。女人们说，这么漂亮的女孩，叫啥贱名字，就叫牡丹。女人们从裴千里媳妇手里接过裴牡丹，一个看过就递给下一个女人。传看满月的婴儿，历来是满月酒上女人们最喜欢的事情。樊婆婆拉裴千里的媳妇坐在身边，说，趁着她们把裴牡丹抱走了，赶紧坐下来吃点饭。抱着裴牡丹的女人都惊叹裴牡丹是个漂亮的女孩。女人们说，好一朵裴家的牡丹花，将来不晓得哪个傻小子有福气。

孩子们吃饱了钻到桌子底下玩他们的玩具去了，小孩子对小婴儿不感兴趣。庞嘉永他娘抱过裴牡丹的时候，庞嘉永马上围过来，目不转睛地看着襁褓里的裴牡丹，毫不犹豫把刚刚得到的玩具狗狗递给裴牡丹，说，狗狗给妹妹玩。庞嘉永的娘说，裴牡丹还小，玩不了玩具。三岁的庞嘉永看着裴牡丹，说，我给妹妹留着。庞嘉永的娘把裴牡丹递给旁边一桌的女人，庞嘉永哇哇大哭起来。女人们逗庞嘉永说，你这么喜欢裴牡丹，以后让裴牡丹做你媳妇。庞嘉永一听这话，眼睫毛上还挂着泪水，就咧开嘴笑了，说，我把玩具都给妹妹玩。庞嘉永的娘说，可不敢开这样的玩笑。裴牡丹这么漂亮的女孩，长大了怕是媒人都要把裴家的门槛踏平。我们嘉永哪有这个福气。庞嘉永一听他娘的话，又哭起来。裴牡丹在襁褓里醒过来，睁开眼睛看见黑压压的人，大哭起来。裴千里的媳妇见女儿哭了，赶紧跑过来把裴牡丹搂进自己怀里。

裴千里的媳妇抱着裴牡丹走到哪儿，庞嘉永就跟到哪儿，寸步不离。男人们起哄说，庞窑主，两个孩子这么有缘，不如定个娃娃亲。庞嘉永的阿耶在黄冶村的时候是窑主，到了石渚，黄冶村的人还是习惯叫他庞窑主。听见这话，庞嘉永脸上笑出了一朵花。庞嘉永的阿耶说，孩子们长大了，谁晓得是个啥性情。可不敢拿孩子们开玩笑。庞嘉永听见他阿耶的话，扯着嗓子干号起来。男人们说，庞窑主，嘉永不乐意了。庞窑主说，乐意不乐意，也不是嘉永做得了主的事儿。庞嘉永的干号声更大了，庞窑主怎么哄也哄不好。庞窑主生气地说，被你娘惯得不像样了。庞窑主扯着嗓子叫庞嘉永的娘把孩子带回去。庞嘉永的娘赶紧跑过来带庞嘉永回家，庞嘉永抱着桌子腿不走。他娘低声说，这是裴行首家在给孙女办满月酒，再哭你阿耶要打你了。庞嘉永停止了干号，抽抽噎噎地说，我喜欢牡丹妹妹，我要牡丹妹妹做我媳妇。酒桌上一下子安静下来。庞嘉永的娘赶紧捂住庞嘉永的嘴。

坐在另外一桌的裴行首说，嘉永一见面就这么喜欢牡丹，今天我给孩子们做主，把裴牡丹许给庞嘉永。庞窑主说，裴行首，这可使不得，牡丹是千里兄弟的千金，你都没问千里兄弟舍不舍得。跟庞窑主坐一桌的人叫裴千里过来，他们说，千里兄弟，裴行首把裴牡丹许给庞嘉永，问你舍不舍得？舍得的话，今天就定个娃娃亲。你们两家在黄冶村就是邻居，两家的窑挨着，两家的房子也挨着，到了石渚两家再定了亲，那就是亲上加亲。

裴千里不敢表态，他怕媳妇不高兴，他晓得自家媳妇看上去温柔可人，实际上是个得理不饶人的主。他担心媳妇当众翻脸，让裴行首下不来台。裴千里站在那儿左右为难，举着酒杯的手微微发抖。看见媳妇抱着裴牡丹走了过来，赶紧放下酒杯，把裴牡丹接过来，说，累了吧？我来抱一会儿，你休息一下。裴千里的媳妇把裴牡丹递给裴千里，说，胳膊都给我累软了。裴千里观察他媳妇，见她一脸笑容，不像要翻脸的样子，他放下心来。裴千里的媳妇笑着说，刚才听见有人问裴千里舍不舍得把牡丹许给庞嘉永，千里你咋不吭声？有啥舍不得，女孩子长大了都要嫁人。俗话说女大不中留，留下成仇人。牡丹的爷爷肯替牡丹做主，那是牡丹的福分。庞嘉永仰头看着裴牡丹的娘，咧开嘴笑起来。裴千里的媳妇把庞嘉永抱起来，说，庞嘉永，你以后不会欺负牡丹妹妹吧？庞嘉永笑得口水直流，说，我把玩具都给牡丹妹妹玩，我把好吃的都给牡丹妹妹吃。庞嘉永的话，把大家逗笑了。黄冶村的男人们拍着巴掌说，这就是青梅竹马两小无猜。见证这样的美事儿，必须把酒满上，喝三杯。

裴千里看着自己的媳妇，总觉得哪里不对，媳妇的表现太反常了。裴千里自然不晓得他媳妇心里在扒拉什么样的小算盘。裴千里的媳妇一直担心女儿正午出生命太硬，求樊婆婆起的贱名字又没人叫。她记得在黄冶村的时候听大人们说过，命硬的女娃只要定了娃娃亲就没事儿。石渚这边风气开化，男女都是私订终身了才找媒人上门，根本没有定娃娃亲这个说法，她就是再怕女儿的命硬也不敢提给牡丹定娃娃亲的事儿。没想到女儿的满月酒，把一个定娃娃亲的机会送上门来。裴千里担心她生气，她高兴还来不及呢。裴千里的媳妇满脸笑容，她双手举杯，敬了裴行首一杯酒，她说，阿耶，感谢你给牡丹做主。牡丹真有福气。

裴牡丹她娘的态度，让庞窑主放了心，他说，别搞混了，今天是裴牡丹的满月酒。定娃娃亲的酒，隔天得去我们家喝。裴行首说，今天高兴，合二为一。上半段喝满月酒，从现在开始，大家喝的就是定亲酒。庞窑主说，裴行首舍得把孙女许给我们庞家，这是多大的福分，我连顿酒都不张罗，乡亲们该看不起我了。裴行首说，哪有那么多讲究。今天就听我一回。满月酒喝完了，下面开喝定亲酒。众人都说，听裴行首的，今天来一个双喜临门好事成双。

庞窑主和他媳妇恭恭敬敬地敬了裴行首三杯酒，庞窑主说，承蒙裴行首不嫌弃，把孙女裴牡丹许配给我庞家的犬子，请裴行首放心，我和嘉永他娘，一定尽心尽力栽培犬子嘉永，让他成为有用之才。我们一定不会辜负裴行首的美意。裴行首说，我跟嘉永的爷爷就是好邻居好朋友，你是我看着长大的，你和媳妇勤勤恳恳家庭和睦，敬老爱幼，嘉永虽然才三岁，也聪明伶俐，我没啥不放心。庞窑主和他媳妇，又敬了裴千里和他媳妇三杯酒，庞窑主说，千里兄弟，啥也不说了，我拼了老命，也得把龙窑给嘉永置上，我们不会让裴牡丹嫁到我们家受穷受委屈。裴千里说，为了孩子们有更好的生活，我们这一辈人要加倍努力。窑工们都鼓掌叫好，酒桌上的气氛越来越热烈。

裴行首不记得自己喝了多少杯，只要有人敬酒，他来者不拒。裴千里担心他阿耶喝醉了，要帮裴行首挡酒，裴行首不让。裴行首说，今天高兴，我高兴的时候千杯不醉，不高兴的时候一杯就醉了。裴行首说话清晰，神态自如，根本不像喝醉了。

喝满月酒的人散了，裴行首兴致很高，要到码头上走一圈，裴千里不放心，跟着去了码头。到了码头上，裴行首站在那儿，默默地看了一会儿，转身就往家里走。裴行首走得很快，步履很稳，裴千里小跑着追到家门口，已经气喘吁吁了。他说，阿耶，你酒量真不得了，喝了那么多，居然没醉。我没喝几杯，这会儿脑袋都有点晕。裴行首说，刚当行首那天，几个窑主到家里祝贺，他们七个人敬我酒，我来者不拒，不晓得喝了多少，你娘担心我喝醉，可我就是喝不醉。今天的感觉跟那天一样，越喝越清醒。你脑袋晕，早点去睡吧。

裴千里进到屋里，倒头就睡着了。次日醒来，天已经大亮。裴牡丹她娘说，你睡得真香，牡丹哭了一夜，我抱着她在房间走了几十个来回，你都没醒。裴千里说，我喝醉了，睡得跟死过去一样。阿耶起来了吗？裴千里的媳妇说，昨晚被牡丹闹了半夜，我也起晚了，没听到动静。阿耶昨晚喝了不少，估计还醉着呢。

裴千里突然记起昨晚做了一个梦，梦见回到了黄冶村自己家的院子，他的阿耶在院子里给牡丹花修剪枯叶，他怎么叫，他的阿耶都不理他。他的心跟擂鼓似的一阵狂跳，跳起来就往裴行首睡觉的房间跑，推开门，看见裴行首躺在床上，身上盖着被子。他叫了一声，阿耶。床上静悄悄的，裴千里跑到床边，把手指放在裴行首的鼻孔处，感觉不到鼻息。他拉开被子，看见裴行首穿着他最体面的一套衣服躺在床上。裴千里呆呆地坐在床沿，不相信他的阿耶已经死了。

裴千里的媳妇做好饭，叫裴千里吃饭，裴千里没有应答。裴千里媳妇站在门口又叫了一声，裴千里转过头，说，阿耶走了。裴千里媳妇变了脸色，心想，女儿的命果然硬啊，居然把她爷爷妨死了。裴千里看见他媳妇脸色大变，说，你怎么啦？脸色这么难看？裴千里媳妇说，你得赶紧去报丧，阿耶的后事也要准备起来。

裴千里从床边站起来，出门去了。裴千里媳妇去房间把裴牡丹抱起来，贴在胸口，轻声叫她小蚂蚁，连着叫了十几遍小蚂蚁。裴大江问，娘，你在叫谁小蚂蚁？裴千里的媳妇说，我叫你妹妹，她的小名叫小蚂蚁，来，你也叫她。裴大江冲着裴牡丹的耳朵大叫了一声小蚂蚁，吓得裴牡丹大哭起来。裴千里的媳妇气得要打裴大江，裴大江侧身跑进他爷爷的房间。裴千里的媳妇听见裴大江在喊，爷爷，你怎么还在睡，你起来给我捏玩具。裴千里的媳妇流出泪来，她进去把裴大江拉了出来。她对裴大江说，你爷爷再也醒不过来了。裴大江说，爷爷要睡到山上去了吗？我不要爷爷睡到山上去。说完，大哭起来。裴千里的媳妇搂着孩子，跟他一起哭起来。

裴千里去各家报丧，大家都不敢相信裴行首死了。听到裴行首的死讯，黄冶村的人不管男人女人，都站在原地，默默地流眼泪。尤其那些跟着裴行首一起逃难的老人，哭得捶胸顿足。黄冶村人赶紧放下手里的事情，去裴家帮忙。他们到了裴家，看见裴千里媳妇抱着女儿，搂着儿子，三个人都在哭。

裴行首死了，他到死也没有看见黄冶村人拥有自己的龙窑。黄冶村人在祭品店给他定做了一座五丈长的龙窑。五丈长的龙窑是石渚葬礼上的最高规格。裴千里在坟前把龙窑烧给裴行首，他说，阿耶，你放心，我们总有一天会有自己的龙窑。

郑行首和石渚的几个窑主还有樊家窑的师傅和窑工都来参加了裴行首的葬礼。郑行首代表窑行致了辞，高度评价了裴行首，郑行首说裴行首是一位令人尊敬的长者，裴行首有责任敢担当，懂进退守规则，裴行首的离去，不仅是黄冶村人的重大损失，也是石渚窑区的重大损失。黄冶村人纷纷上前对郑行首表示感谢。

黄冶村人不知道，郑行首参加葬礼并代表窑行致辞，是樊窑主的功劳，这是樊窑主送给裴千里的一份特殊礼物。得知裴行首去世，樊窑主从洞庭酒家买了酒菜让伙计跟着他送到窑行。樊窑主说，郑行首，好久没跟你喝酒了，今天路过洞庭酒家，突然想跟你喝酒了，就拐进去让伙计送点酒菜过来。郑行首说，我晓得你为啥要跟我喝酒，你放心，裴千里阿耶的葬礼，我们窑行会送一份大祭品。樊窑主把酒满上，跟郑行首干了一杯，说，窑行送一份大祭品，放在黄冶村的任何人身上都够了，但放在裴行首身上，太轻了。郑行首说，黄冶村人的葬礼，在你阿耶当行首的时候，也才送一份小祭品。给裴千里的阿耶送一份大祭品，怎么还轻了？樊窑主说，裴行首不是一般人，他是黄冶村人的核心。送十份大祭品，也不如你亲自参加葬礼。你只要出现在葬礼上，就能起到改善黄冶村人跟石渚人关系的作用。郑行首说，黄冶村人表面上恭恭敬敬，其实他们根本不买我的账。我也不晓得怎么就得罪黄冶村人了？樊窑主说，黄冶村人已经留在石渚了，以后黄冶村人就是石渚人。我们的窑区将来想要有更大的发展，必须把黄冶村人和石渚人团结在一起。你去裴行首的葬礼上讲几句话，黄冶村人的心就倒向你这边了。何乐而不为？郑行首说，樊兄，你说我作为石渚窑行的行首，为石渚的窑主们盘算，哪里做错了？黄冶村人不满意，石渚的窑主们也不满意。两头不落好。我也委屈啊。樊窑主说，谁叫你是行首呢？窑主有气要冲你发，窑工有气也要冲你发，石渚人有气冲你来，黄冶村人有气也冲你来，做行首就得大肚能容天下气。

郑行首笑了一下，端起酒杯一口干了，说，谢谢樊兄，石渚地界上，就你能理解我。樊行首三个儿子，你最像他。樊窑主说，我跟我阿耶差得远，我阿耶活着的时候，天天嘱咐我，要多向你学习。郑行首说，我跟你阿耶相比，那才是一个天上一个地下。你阿耶做行首的时候，处理再复杂的事情都很得体，考虑再困难的问题都能周全。不光黄冶村人佩服你阿耶，石渚人更佩服你阿耶。樊窑主说，郑行首过谦了。我阿耶当行首那些年，窑区一直处于发展的状态。那种时候，谁当行首都好干。我阿耶临走的时候一再跟我说，郑行首不容易，窑区因为战乱的影响，疲软停顿困难重重。郑行首这是逆水行舟啊，顺风顺水一切都好办，逆水行舟往前一步都难。我阿耶去世前三天，裴行首去看我阿耶，我阿耶还跟他说，郑行首不同意你们建龙窑，你们别怨他。裴行首说他理解。裴行首一再跟他们黄冶村的人说，剩一口饭宁愿自己饿死也要拿去救外人的命,那是圣人。我们不过是手艺人,都吃不饱的时候,郑行首顾着他们石渚人,没什么错。郑行首端起酒杯喝掉一大杯酒,说,裴行首这么理解我,我要不去,倒显得小肚鸡肠了。啥也别说了,我去参加裴行首的葬礼,我再代表我们窑行致辞,表达我们对裴行首的敬意。樊窑主说,郑行首,我敬你三杯。郑行首说,窑上不景气,我真是连喝酒的心情都没有。樊窑主说,等市场从战乱的打击中缓过来,我们石渚窑区一定会迎来大发展。郑行首说,等我们窑区再建新龙窑的时候,我们喝他个三天三夜。樊窑主说,就这么定了。

裴行首下葬的时候,晴空万里。葬礼结束,人们离开墓地往山下走的时候,暴雨倾盆而下。参加葬礼的人被突如其来的暴雨浇得慌忙跑下山去。裴千里站在暴雨中,仰着头,任暴雨打在他的脸上,雨水像鞭子一样抽疼了他的皮肤。雨水和泪水混在一起,从他的脸上流下。裴行首死后,裴千里一直忙着葬礼的各种事情,他没有掉一滴眼泪,他把伤心压制在心里。在雨水的掩护下,他不再压抑和克制,悲伤顺着雨水流遍了他的全身,他浑身颤抖。

樊窑主跟裴千里一起站在雨中,看见他悲伤得不能自持,伸出手拉住了他的胳膊。裴千里回头,看见樊窑主,说,樊窑主,见笑了。我以为只有我一个人还在山上。樊窑主说,好人死了,老天爷才会哭。上一次我阿耶的葬礼结束,也是暴雨倾盆。我跟你一样,在暴雨中痛痛快快哭了一场。谁说男儿有泪不轻弹,那是没到伤心处。裴千里抹了一把脸上的雨水和泪水,说,这场雨,好像特意为我下的,就是让我有个地方哭一场。樊窑主说,哭过了心里就敞亮了。裴行首到了那边不会孤独,有我阿耶陪他喝茶喝酒。他们两个这会儿说不定已经喝上了。千里兄弟,回去吧。裴千里说,樊窑主,谢谢你。让你跟着一起淋雨,真过意不去。樊窑主说,兄弟之间,这么客气就见外了。裴千里说,我晓得郑行首是你请来的。你给了我阿耶最后的尊严,也给了我们黄冶村人最想要的礼遇。我阿耶泉下有知,一定会欣慰。我替我阿耶和我们黄冶村人谢谢你。樊窑主说,你不用谢我。裴行首用他的品行为自己赢得了尊严。知道我阿耶为啥那么尊敬你们黄冶村人吗?我阿耶说,你们在石渚码头从船上下来的时候,面黄肌瘦衣不蔽体,但你们没有一个人伸手乞讨。

樊窑主话音刚落,暴雨突然停了,阳光倾泻到地上。裴千里回头望着裴行首的墓地，新隆起的坟头上方，出现了一道彩虹。赤橙黄绿青蓝紫，色彩艳丽炫目。裴千里惊讶地啊了一声。樊窑主回头往裴千里看的方向看去，一道横跨在坟头的半圆彩虹，让泥泞的坟地熠熠生辉。樊窑主看呆了。裴千里说，多么漂亮的颜色，这突如其来的雨，突如其来的彩虹，是不是我阿耶想告诉我点什么？樊窑主说，如果能把这么漂亮的颜色弄到我们的瓷器上，我们窑区的瓷器一定能卖得更好。裴千里的脸上露出狂喜的表情，他说，这就是我阿耶要告诉我的。小时候我阿耶总给我讲，我们的先辈梦见一道彩虹横跨在窑上，就一直琢磨为啥梦见彩虹横跨在窑上，都琢磨得有点疯疯癫癫了，后来就在我们黄冶村的窑上烧出了低温三彩陶。樊窑主说，今天看见彩虹，一定预示着我们石渚的窑区，也会烧出彩色瓷器。裴千里说，可惜我们黄冶村窑区的低温彩陶工艺不能在石渚窑区复制，石渚窑区的龙窑温度更高，高温之下如何给瓷器着色上釉，是个大难题。

樊窑主说，我们窑上的郑喜州是个釉疯子，自从他喜欢的樊美玉当了接生婆，媒婆给他提亲的次数不下十次，个个都是相貌好又勤劳善良的好姑娘，他一概不理，整天埋头制釉。他那些制釉水的罐罐钵钵，谁动一下都不行。我觉得郑喜州早晚会在釉水上搞出点动静来。裴千里说，我有个想法，不知道该不该讲。樊窑主说，千里兄，有话直说，半吞半吐，不是你的做派。裴千里说，不妨趁现在市面不繁荣，窑上不忙，让师傅们收一批徒弟。学徒不拿钱，学徒多一些不会增加窑上的负担。樊窑主说，等市场繁荣了，我们的学徒也出师了。别看樊家是个大族，这一拨到了学徒年龄的孩子没几个，不如你把黄冶村到了年龄的孩子都送来我们窑上？裴千里抑制着内心的激动，平静地说，我回去问问，愿意的我就带到窑上交给师傅们。

裴千里和樊窑主往山下走的时候，再一次看了一眼裴行首的坟地，那道炫目的彩虹不见了，坟上的土被雨淋得乱七八糟。

裴千里回到家里，裴千里的媳妇看见他全身湿透，头发上滴着水。她说，你一直在雨里淋着？你傻不傻啊，你要是受了凉，病倒了，我们咋办？赶紧去换身干净衣服。裴千里换完衣服出来，裴千里媳妇给他端了一碗热腾腾的糖水荷包蛋，让他趁热吃。裴千里说，杜勤勤，你是个好媳妇。我将来挣了钱，一定给你修一座我们黄冶村家里那样的房子，让你在院子里种一株牡丹。裴千里的媳妇说，石渚人喜欢种桂花。裴千里说,那你就种一棵桂花。裴千里媳妇说,我家的院子里也有一株牡丹,逃难那天,我扔下包裹跑到院子里,想把牡丹拔起来带走,可我拔不动。我娘叫我快走,我不走,我说我要把牡丹带走,我娘打了我,我哥把我拉出了家门,我一路跑一路哭。裴千里说,从没听你说过这些。裴千里的媳妇说,不愿意去想这些,想起来就难受。裴千里说,别难受了,等我们的儿女长大了,他们就会把石渚当成故乡了。裴千里的媳妇说,我哥在洞庭湖淹死了,我娘没等到我出嫁就死了,我阿耶总算熬到把我嫁给你,可他没等到大江出生,也死了。现在你阿耶也死了。我除了你,你除了我,都没有亲人了。裴千里搂过他媳妇,说,我们还有大江,还有牡丹,你再给大江和牡丹生几个弟弟妹妹,我们一家人在石渚生根发芽,开枝散叶。裴千里的媳妇靠在裴千里的肩膀上,边哭边点头。

办完父亲的后事,裴千里把黄冶村人召集到家里,感谢他们为父亲的葬礼帮了不少忙。黄冶村人聚在一起,回忆起裴行首,都感念他为黄冶村人所做的一切。裴千里说,阿耶葬礼那天,我跟樊窑主提到了让窑上的师傅趁着市面不繁荣,窑上不忙,收一批徒弟的事情,樊窑主说樊家虽然是大族,这一拨到学徒年龄的孩子没几个,他让我问问,咱们黄冶村有到学徒年龄的孩子愿不愿意去樊家窑当学徒。黄冶村的人说,这是我们一直盼望的好事儿啊。裴千里说,既要拜师,就得按照石渚窑上的规矩,给师傅准备的拜师礼一样不能少。黄冶村人说,没问题,手里没钱,借钱也要把拜师礼准备好。裴千里说,回家先问问孩子,打算学哪门手艺,到了窑上,先让师傅们挑选。如果师傅挑不中,窑上安排学啥就得学啥。一定要给孩子们说清楚,别到时候闹脾气。黄冶村的人说,这都啥时候了,各个窑口收徒弟都是紧着石渚人,敢闹脾气,看我们不打折他们的腿。裴千里说,别动不动就打,打服的孩子口服心不服,只有以理服人才能让孩子心服口服。

黄冶村的人说,我们黄冶村,就数裴行首最会讲道理。黄冶村的一个窑工说,裴行首不在了,我们选裴千里当我们的新行首。黄冶村的人说,太好了,裴千里完全担得起这个责任。裴千里说,我们早就没有窑了,我阿耶是黄冶村的最后一个行首。黄冶村人说,你不当我们的行首,我们遇到事情找谁?裴千里说,我们没有窑,也没有窑行,以后建了龙窑,也是石渚窑区的龙窑。不过,大家有什么需要我做的,我一定尽力而为。黄冶村人一阵沉默,年纪大的几个人眼圈发红。裴千里说，不要难过，再也没有黄冶村窑行了，我们要接受这个现实。从逃难开始，就已经没有黄冶村窑行了。我阿耶活着的时候，大家不愿意面对这个现实。现在我阿耶死了，我们都接受现实吧。大家回家分头准备拜师礼，把孩子们送到樊家窑学手艺才是正经事儿。

市面的繁荣和恢复，比樊行首预计的时间更长。差不多有十多年的时间，石渚窑区的各个窑口，都在苦苦支撑。裴行首无意间捏塑的小玩具，拿到樊家窑上烧制出来，窑上的师傅拿回家，家里的孩子都喜欢。樊窑主接受了裴千里的建议，让学习成型工艺的学徒专攻捏塑，制作小玩具。没想到，樊家窑的小玩具在市场上成了畅销货。小玩具不费料，不占地盘，不容易烧成废品。小玩具充满童趣，很受小孩子欢迎。又因为价格低廉，很受大人欢迎。花一两文钱就能让孩子开心很久，大人何乐而不为？利再薄只要多销，也能挣钱。市场最萧条的几年，樊家窑靠着捏塑小玩具这个"一招鲜"，挺了过来。

其他窑口看樊家窑的捏塑小玩具挣钱，都要派学徒到樊家窑学习捏塑小玩具。郑行首把樊窑主请到窑行，跟他商量这件事儿，樊窑主一口应承下来。郑行首说，我还想着要怎么才能说服你，准备了一堆道理，没想到你这么爽快就答应了，我准备说服你的道理只能烂在心里发霉了。樊窑主大笑着说，别烂在心里发霉，喝顿酒冲一冲。郑行首也笑了，说，我出酒，你出下酒菜。樊窑主说，你还怕我出不起酒？郑行首说，光我们两个喝有啥意思，不如把其他几个窑的窑主一块儿叫上，热闹热闹。樊窑主说，他们往我窑上送徒弟，没有我请他们的道理嘛。郑行首说，你家的窑这两年是石渚窑区最挣钱的，你好意思让别人请？樊窑主说，我啥也不说了，你负责叫人，咱们就去洞庭酒家。我先回窑上做好准备。你不用说服我，我可得说服我窑上的师傅们。

樊窑主回到窑上，跟师傅们说了其他窑口派人来学捏塑小玩具的事情，他让负责器物成型的裴千里腾出一个地方给学徒们用，裴千里二话不说叫上几个捏塑小玩具的徒弟就开始腾地方。其他师傅们不乐意了，他们说，你就不怕他们抢了我们樊家窑的生意？现在大件货不好卖，小玩具是我们窑上最挣钱的。樊窑主笑着说，有钱大家赚嘛。目前我们的小玩具只能满足潭州地界的需求。小玩具生产多了，可以卖到扬州、明州，甚至更远的地方。师傅们说，樊窑主说得对，我们可以把东西卖到更远的地方去，占领更大的市场。

窑上的日子不温不火，市场的繁荣仿佛遥遥无期，窑主和窑工都在咬牙坚持。窑主们天天都要跟自己窑上的师傅们说，市场一定会繁荣起来，不管还要熬多久，我们一定能熬过去，到了市场繁荣的时候，只要我们的东西足够好，就不愁卖不出去。正是在这种思路的引领下，石渚窑区的窑工，都在埋头磨炼自己的手艺。负责泥料的，从采矿环节就开始用功夫，他们对比山上的料和山下的料，对比瓦渣坪的料和谭家坡的料，他们把各个山头和坡地的泥料都采集了，在对比中发现矿料泥土的差异和区别，发现最优质的泥料。即使是晒土和碎土这些以前不怎么在意的粗活环节，窑工们也认真起来，碎土的颗粒越细越好，颗粒不够细，就用筛子筛一遍，把过不了筛子的颗粒再碎一次。配土环节十分重要，师傅们以前都是按照师傅的教法配土，现在除了按照师傅的教法，自己也要进行探索和搭配，把泥料按照各种比例进行搭配，直到配出的泥料达到让他们满意的效果。适合做大件的泥料和适合做捏塑小玩具的泥料，也用不同的配方进行试验，找出最合适的配方。泡土、洗土、滤土、陈腐、打墩、练泥。把泥练成可以做瓷坯的泥料之前，每一个环节，窑工们都按照更高的标准要求自己。

练好泥料，进入成型环节。成型工艺非常复杂，学徒时间也很长。从樊窑主的窑上开始做小玩具，石渚窑区的成型师傅就分成做大件的师傅、做小件的师傅和做手拉坯成型件的师傅。学徒的初期，基本的手艺都要学习，成型工艺的基本技术和方法，必须人人掌握，泥条盘筑、拍坯成型法、泥板成型法、捏塑成型法、手拉坯成型法……学徒后期，根据每个人擅长的领域进行分工。做大件对师傅的手艺和体力要求很高，力气大体力好技法高的专攻做大件，做大件的师傅必须把前期掌握的拍坯成型工艺学得更精，从搓泥、筑底、刮底、规底心、拍缸身、平口、扯外暂、做缸口（石渚人叫毛旋）、收口、接头子、打口加固、整形、上缸口泥、抹平缸口泥、光边、夹口、"看四门"修坯、高光、大缸成型。对拍坯成型中使用到的工具旁槌、眼手、刮板、竹尺、母布等要熟练使用到跟使用自己的手指头一样。大件师傅还要掌握泥板成型的各种技法，搓泥、滚泥板、放尺切割、泥板干接成型、泥板镶粘成型……手指灵活擅长捏塑成型的就主攻小玩具，窑主会要求主攻小玩具的窑工没事儿多跟孩子们玩，多观察小猫、小狗、小鸟的姿态，捏塑的东西要造型可爱表情生动、童趣盎然。做捏塑成型的师傅还要负责零部件的捏塑，壶嘴、壶钮、壶把、壶耳等各种零部件。做手拉坯成型的师傅才是一个窑口的主力，壶、坛、罐、钵、碗、碟、杯、盘、盏……窑上的绝大部分器物，都要依靠手拉坯成型。做手拉坯成型件的师傅，对各种器物的造型要了然于心，脑袋里的器物形状和手上拉胚的动作高度协作，脑子构思快，手上动作也要快，练泥、把正找中心、开口刮内底、捧高、拉直筒、放型、圈足、收口、取坯割泥。借助人力轱辘车，把手拉坯一次成型练成绝活，要快要干净要利落，成型之后不修不补不整理。手拉坯成型师傅对零部件的装配技术，也要熟练掌握，壶耳、壶把、壶嘴的装配，要趁生坯未干的时候进行，都是马虎不得的精细活。

几年之间，石渚窑区的各个窑口在成型工艺上取得了很大的进展，成型师傅们发挥创造力，打破常规的思路，在壶的造型上取得了很大的突破。裴千里在家帮媳妇做家务切南瓜，觉得瓜的棱很好看，回到窑上，试着做了一批瓜棱壶，没想到在市场上很受欢迎。其他窑口都跑来跟着裴千里学习瓜棱壶的成型工艺，裴千里毫无保留地教给其他窑口的成型师傅。

从樊家窑接受各家窑口的人来学习捏塑小玩具开始，石渚窑区的风气就变成了谁家窑口有了好的技术，都欢迎其他窑口的人来学习。整个窑区，都在致力于技术的提升和突破。

成型工艺的突破和提升，让石渚窑区的瓷器造型越来越漂亮。俗话说人靠衣裳马靠鞍。可惜这些漂亮的瓷器，只裹了一层透明的草灰釉，就像漂亮的孩子，裹了一件麻布衣服。石渚窑上的人觉得很不满足，他们的理想是给成型师傅们手下诞生的漂亮孩子，穿上漂亮的绫罗绸缎，让他们更加引人注目。

自从在裴行首的坟地看到彩虹，樊窑主就下了决心，要在制釉技术上实现突破，把彩虹的七种颜色涂抹到窑区的瓷器上。制釉技术的突破非常难，窑上的釉疯子郑喜州，天天埋头研究釉水，年纪轻轻头发都白了，看着像个小老头，但他还是一次次地失败。他没有如樊窑主期待的那样，给成型师傅们手下诞生的漂亮孩子，制作出彩虹一样的漂亮衣服。

郑喜州盯着釉水发呆的时间越来越长，看人的时候眼神发直，眼珠子半天不转动一下。樊窑主很担心郑喜州。樊窑主对其他制釉水的师傅们说，你们平时跟郑师傅在一起的时间多，要多关心他。郑师傅千万别出什么事儿。一个制釉水的师傅说，郑师傅缺个媳妇，他要有个媳妇，再有几个娃，保管啥事儿都没有。樊窑主你让媒人给他寻个媳妇吧。另一个制釉水的师傅说，上哪儿给郑师傅寻媳妇？樊美玉都变成樊婆婆了，他还是忘不了，他是我们石渚地界上的痴情种。樊窑主说，你倒是提醒了我，解铃还须系铃人，让樊婆婆去给郑师傅说道说道，一准比我们说啥都管用。

樊窑主当天就去草市西头找樊婆婆。那个时候，樊婆婆还住在陈婆婆的小房子里。陈婆婆在樊美玉出师没多久就死了，樊婆婆给陈婆婆办了葬礼。陈婆婆无儿无女的一个孤老婆子，葬礼被樊婆婆办得风风光光，黄冶村人夸赞樊婆婆是个有情有义的女子。

樊婆婆跟以前的接生婆不一样，以前的接生婆都是等到要生了才被请到家里接生。樊婆婆一旦知道哪个女人怀孕了，就要经常去看看那个怀孕的女人，摸摸怀孕女人隆起的肚皮，耳朵贴在肚皮上听听孩子的心跳声。在女人生孩子之前，樊婆婆就做到了心中有数。樊婆婆当接生婆以后，死于生孩子的女人大大减少了，女人们越来越信任樊婆婆。樊婆婆整天奔走在怀孕和生产的女人之间，鞋底都要比别人多磨破几双。石渚地界上那些有心又手巧的女人，总会在过年过节的时候，做一双鞋送给樊婆婆。女人们有啥烦心事儿，也愿意给樊婆婆说。樊婆婆在石渚女人中的威信，恐怕比郑行首在窑工心里的威信还高。

樊窑主去了草市西头，樊婆婆不在家。樊婆婆的邻居告诉樊窑主，樊婆婆在裴千里家，裴千里的媳妇要生了。樊窑主说，樊婆婆真是个大忙人。樊婆婆的邻居说，可不是吗？石渚地界上一年要出生多少孩子，战乱结束这几年，出生的孩子比前几年多了好多。樊婆婆也该像窑上的师傅那样，收几个徒弟。樊窑主说，这个想法不错。你可以给樊婆婆建议一下。樊婆婆的邻居说，我早就给她建议过了。樊婆婆说，男孩们到了年龄都要去窑上拜师学徒，大人提着礼物生怕师傅不收。要是哪个女孩想跟她拜师学接生，人家的父母不仅不会准备拜师礼，一怒之下说不定还会打上门来。樊窑主想了想，说，接生婆收徒弟可以收生过孩子的女人嘛，以前做接生婆的，不都是生过孩子的女人？樊婆婆的邻居说，怪不得都说樊窑主的脑子灵光。樊婆婆要是肯收生过孩子的女人当徒弟,我就可以拜她为师啊。我有三个孩子,只是年纪比樊婆婆大了几岁。樊窑主说,谁也没规定师傅就得比徒弟大,就像年龄和辈分一样,谁说年龄大辈分就一定高。樊婆婆年龄比我小,辈分却比我高。按照辈分,我还得叫她一声表姑姑呢。

你可从来没叫过我表姑姑。樊窑主的背后传来樊婆婆的声音,樊窑主尴尬地说,小的时候不懂事,不好意思叫一个比自己小的人表姑姑,等我懂事了,你已经成了石渚地界上著名的樊婆婆。再叫你表姑姑就显得不够尊敬了。樊婆婆挎着她的接生包,走到门口,说,你倒是会说话。你这么个大忙人,平时连影子都见不着,今天怎么这么清闲?樊窑主赶紧接过樊婆婆的接生包,说,我找你有点事儿。樊婆婆开了门,说,有事儿进屋说,我累半天了,得歇一会儿。没等樊婆婆跨进屋,樊婆婆的邻居问,樊婆婆,裴千里的媳妇给裴家添了丁还是添了彩?樊婆婆说,添了彩,又是一个漂亮丫头,裴千里给她起名裴桂花。樊婆婆的邻居说,春天牡丹秋天桂花,夏天荷花冬天梅花,他们家再添两朵花,就一年四季的花都齐了。不耽误你们谈正事儿了,我该回家做饭了。

樊窑主进了屋,把樊婆婆的接生包放到桌子上,环顾樊婆婆的小屋,干净整洁没有一点多余的东西,就像和尚修行的地方。樊窑主心想,他这个表姑姑,还真是一个奇女子。樊婆婆动作麻利地烧了一壶茶,给樊窑主倒了一杯,给自己也倒了一杯。樊婆婆坐下来,喝了一口茶,说,是不是郑喜州出什么事儿了?樊窑主惊讶地说,你还真是能掐会算的神仙。樊婆婆说,你家娘子又没怀孩子,窑上的事儿也找不着我,你找我除了郑喜州的事儿,还能有啥事儿?樊窑主叹口气,说,最近郑师傅老是一个人盯着釉水发呆,话越来越少,看人眼神发直。我真怕他出点什么事儿。樊婆婆说,是挺让人担心的,我能做什么?樊窑主说,请你劝劝他,你的话,他应该听得进去。如果有合适的姑娘,你不妨给他牵根线搭个桥。樊婆婆说,他要是愿意,我立马给他牵十根线搭十座桥。我比任何人都希望他好。樊窑主说,我一再跟他说,搞不搞得出彩色釉水没关系,很多事情不能急于求成,只能水到渠成。只要人是好好的,留得青山在不愁没柴烧。我的话他一星半点都没听进去。樊婆婆说,我们樊家的人,就是这么仁义。樊窑主说,我阿耶活着的时候经常告诉我,人比啥都重要,没有人哪来的窑?樊婆婆说,所以接生婆很重要,接生婆天天忙的都是人。樊窑主说，刚才跟你的邻居聊天，她说你太忙了，我建议你收几个徒弟。樊婆婆说，谁家姑娘敢来拜我为师？樊窑主说，以前的接生婆都是生过孩子的女人，你收徒弟不妨考虑她们。樊婆婆说，怪不得都说你脑子灵活，我咋没想到，一定是当接生婆把脑子变笨了。我不留你了，我还要赶去谭家坡。樊窑主站起来，说，不耽误你了。郑喜州的事儿你想着点。樊窑主走后，樊婆婆也挎着她的接生包去了谭家坡。

樊婆婆找郑喜州喝酒，是好几天以后的事儿了。那天樊婆婆从都司坡回来，路过樊家窑，拐进去，果然看见郑喜州在制釉的棚子里。他坐在背对着阳光的地方，手里捧着一小罐釉水，阳光正好照在釉水里。郑喜州的眼睛直勾勾盯着罐子里的釉水，好半天没动。樊婆婆轻声说，郑喜州，我路过你们窑上，过来看看你忙不忙。郑喜州把釉水罐子放在地上，转过头，盯着樊婆婆看了半天。郑喜州的头发白了一半，脸色不好，额头上都是皱纹，看着像个小老头。樊婆婆心里很难受，郑喜州终于认出了樊婆婆，他慌忙站起来，有些手足无措，结结巴巴地说，你怎么到窑上来了，窑上哪儿都是泥和灰，没地方下脚。樊婆婆说，泥和灰怕啥，泥和灰是最干净的东西。郑喜州面露喜色，说，你还是小时候的脾气，你小时候就不怕踩一脚泥和灰，别的女孩踩上泥和灰要哭，你从来不哭。樊婆婆说，我哭的时候你没看见，我踩一脚泥和灰回去，我娘骂我不爱惜鞋子，骂我像个野小子。每次都会把我骂哭。郑喜州说，我才不信你会哭，你把你娘气哭还差不多。

樊家窑上制釉的师傅和徒弟一会儿就围了一大堆过来，师傅们说，樊婆婆，你一来，郑师傅的脸都笑成一朵花了，你以后要多到我们窑上来几次。徒弟们也起哄，说，樊婆婆你快赶上太阳公公了，你一来，郑师傅常年阴天的脸都变成晴天了。樊婆婆绷紧着脸说，你们樊家窑的徒弟怎么这么没规矩，敢拿师傅开心。徒弟们说，樊婆婆你别生气，我们可不敢得罪你，得罪了你，回家要被媳妇拧耳朵。樊婆婆笑起来，说，媳妇还没有，就怕被媳妇拧耳朵，你们真有出息。徒弟们说，师傅告诉我们，要想家和万事兴，就得把媳妇哄高兴。樊婆婆大笑起来，说，你们郑师傅真行，自己没媳妇，居然教会了你们怕媳妇儿。徒弟们说，郑师傅只教我们手艺，怕媳妇儿是其他师傅教我们的。樊婆婆说，你们郑师傅一天说不了三句话。你们这帮小屁孩，嘴巴一个顶一个会说。徒弟们说，我们郑师傅不说话，还不是因为你把我们郑师傅的心伤出了一个大窟窿。樊婆婆，你得给我们郑师傅寻个跟你一样的姑娘，把我们郑师傅心上的窟窿补上。郑喜州说，越来越没规矩了，赶紧去把草灰和泥拌上。徒弟们一哄而散。

樊婆婆说，师傅们要是肯担待，我想请郑师傅去洞庭酒家喝顿酒。制釉的师傅们说，樊婆婆你太客气了，窑上的活儿有我们呢。郑喜州说，那就辛苦各位师傅了。

樊婆婆和郑喜州一前一后从樊家窑下来，路过那棵大树的时候，郑喜州站在树下，仰头望着从树叶缝隙里照下来的阳光，说，樊美玉，这么高的树，你娘当时是怎么爬上去的？我试着自己爬了几次，根本爬不上去。樊婆婆说，估计我娘在那个危急时刻被猴子附体了。郑喜州大笑起来，笑声把树上的鸟都惊飞了。樊婆婆说，原来你会笑。郑喜州说，跟你在一起，我就是想笑，你说话总是这么有趣。樊婆婆站在树下，郑喜州看着跳动在樊婆婆身上的阳光，心情软得就像他从洞庭湖里挖回来的泥。郑喜州又笑了。樊婆婆说，笑一笑十年少，你这会儿的样子比我刚在窑上看见的你，年轻了十岁。郑喜州，你以后要多笑一笑。郑喜州说，如果你当时嫁给了我，我比现在要年轻二十岁。樊婆婆说，退回去二十岁，你才十岁。你十岁的时候什么样子？我已经想不起来了。郑喜州说，我十岁的时候是个不喜欢说话的小胖子。你根本没注意过我。樊婆婆说，我十岁的时候什么样子，我也不记得了。我娘说我小时候是个野小子，下河抓鱼上树掏鸟窝，男孩干的事情我都敢干。郑喜州说，你从不哭哭啼啼，摔倒了爬起来继续跑，不像其他女孩。樊婆婆说，郑喜州，我今天在窑上看见你的时候，心里就像被蛇咬了一口，痛得很。我觉得对不起你，害你变成这个样子。樊婆婆眼里的泪控制不住往外涌，她仰起头，想把眼泪忍回去，眼泪却顺着脸颊流了下来。郑喜州慌忙说，樊美玉，你别哭啊，你不应该哭，你哭起来很难看。我现在这个样子不怪你。我从来不怪你。我晓得你嫁给我不会开心，你只有当了接生婆才会开心，尽管当接生婆又忙又累，有时候几天几夜不能合眼，比我们窑上人都辛苦，可你还是当接生婆更开心。樊婆婆擦了擦眼泪，望着郑喜州，说，郑喜州，你是最支持我，最理解我的人。我晓得你没有怪我，可你要是一直这样，不娶妻，不笑，三十岁就像个小老头，我会内疚，我会怪自己，那条盘在我心里的蛇，天天都会在我心上咬一口。郑喜州说，我说过，除了你，我不会娶别的姑娘。樊美玉，你今天要是来劝我娶妻生子，你就不用说了。樊婆婆转过脸，看着山坡上那条蜿蜒的路，说，我不劝你娶妻生子，我晓得我没有资格劝你。我自己选择了不嫁人，我干吗要劝你娶妻生子？郑喜州点点头，说，那就啥也别说了，我们喝酒去。樊婆婆说，你听我把话说完。你可以做一个了不起的制釉师傅，制出彩色的釉水。郑喜州说，这是我唯一能做的事儿，也是我唯一想做的事儿。樊婆婆说，不是你现在这样，你现在制釉的时候并不开心。我拜陈婆婆为师，的确是因为我姐姐的死，让我受了刺激，我害怕嫁人，害怕生孩子。可我当了接生婆之后，接生的每一个孩子，都带给我快乐。经过几个时辰的努力，把一个热乎乎的孩子抱出来，抱在手上，剪掉脐带，擦掉孩子身上的血水，拍打孩子柔软的屁股，听孩子哭出声来，我真的感觉到巨大的快乐。孩子的哭声，一家人的笑声，在我听来，比最好听的山歌都悦耳。这种快乐，是嫁人不能满足我的。我当接生婆很开心，比嫁人更开心。你也可以，即使不娶妻生子，你也能从制釉中获得开心，感到幸福。用开心的心情去制釉，哪怕一次次失败也没关系，功夫用到了，总会成功。即使你没成功，你的徒弟继续努力，总有一天会成功。

　　郑喜州很久没有说话，他一直仰头看着从树叶缝隙里漏出来的阳光，那些阳光把他的眼睛晃得什么都看不见，但他心里突然亮堂了。他说，樊美玉，我真有眼光啊，我十几岁就看中了你。可我真没福气，我根本配不上你。自从你拒绝了我，我就一直不开心，我每时每刻都觉得我是个倒霉蛋。我喜欢的女孩不嫁人，我无妻无子，只能整天待在窑上，待在制釉的棚子里，我根本享受不到制釉带给我的开心，制釉只是我逃避的手段。你这一席话，简直醍醐灌顶。我觉得整个人都敞亮了。走，我们到洞庭酒家喝一顿，我必须请你喝一顿。樊婆婆把目光转到郑喜州脸上的时候，看见了跳动在郑喜州脸上的阳光，还有跳动在他眼睛里的阳光。樊婆婆笑了，她说，喝一顿就喝一顿。走，不醉不归。

　　樊婆婆和郑喜州走到草市街上的时候，卞家窑的一个师傅正像一只没头苍蝇似的在街上到处找樊婆婆，看见樊婆婆，差点给她跪下去，他带着哭腔说，我媳妇要生了。樊婆婆说，你媳妇没到日子啊。卞家窑的师傅说，我也不晓得咋回事儿，我媳妇痛得在床上打滚，樊婆婆，你快点去救我媳妇。樊婆婆对郑喜州说，这顿酒先欠着，我得去瓦渣坪。樊婆婆对卞家窑的师傅说，跟我到家拿我的接生包。说完，撒开腿就往家跑去，卞家窑的师傅愣了一会儿，撒腿追了上去。

郑喜州站在街上，看着樊婆婆跑出了他的视线，樊婆婆跑动的样子好像要飞起来，就像他梦里看见的那只凤凰。郑喜州一个人去了洞庭酒家，叫了一桌子下酒菜，叫了一大壶酒。桌上的下酒菜没吃几口，他就把一大壶酒喝了个精光，又叫了一壶酒，还是没吃几口菜，就把酒喝了个精光。洞庭酒家的张老板说，郑师傅，喝这么急容易醉。你吃点菜，慢慢喝。你没遇到什么不开心的事吧？郑喜州笑着说，我开心得想把自己喝醉。张老板说，开心更要慢慢喝，喝醉了就不开心了。郑喜州不管张老板咋劝他慢慢喝，他还是一杯接一杯，不晓得喝了多久，终于把自己喝得大醉，躺在地上站不起来。

酒家打烊后，洞庭酒家的张老板吩咐伙计留在酒家照顾郑喜州。郑喜州半夜才从醉酒中醒过来。省油灯的灯光比较暗，他看见一个人坐在旁边的凳子上打瞌睡。他问，我在哪儿？酒家的伙计吓得一个激灵醒过来，说，这儿是洞庭酒家。郑喜州问，我怎么在这儿？伙计说，郑师傅你不记得了？你喝醉了，躺在地上站不起来。张老板让我在店里看着你。郑喜州从地上爬起来，他觉得自己身轻如燕，脑袋里很亮堂，就像点了一盏灯。他说，伙计，我饿了，你搞点东西给我吃。伙计说，厨师回家了，我只能煮碗粉给你吃。伙计煮了一碗粉端给郑喜州，郑喜州几口就吃完了。他说，我走了。谢谢你，替我谢谢张老板。没等伙计说啥，郑喜州就出了洞庭酒家。

草市街上，寂静无声。银白的月光洒下来，像是给草市街上的房屋和地面化了妆涂了粉，郑喜州双手举过头顶，对着月亮挥舞，那些沉重的捆绑着他的绳索，突然松开了，他觉得浑身轻松。他深吸了一口夜间潮湿的空气，听到了江水奔流的声音，他找到了当年刚到窑上当学徒的感觉，浑身充满使不完的劲儿。他在月光下迈开大步，往窑上走去。路边草叶上的露珠打湿了他的鞋袜和腿，他感觉到一抹清凉划过皮肤，他快乐得在原地转了一个圈，望着天上的一轮圆月，一个人傻笑了一阵子。

第二天，师傅们和窑工们到窑上的时候，看见郑喜州已经在干活了，他一边干活一边哼歌。郑喜州看上去容光焕发，一夜之间年轻了十岁。徒弟们互相看一眼，问，郑师傅，昨天跟樊婆婆喝酒谁醉了？听说樊婆婆的酒量一般人比不过。郑喜州笑着说。刚走到草市街上，樊婆婆就被卞家窑的师傅接走了。我自己把自己喝醉倒在洞庭酒家的地上，半夜醒过来让伙计给我煮一碗粉吃了，就到窑上来了。昨晚的月亮真圆真亮，在月亮下面看我们的窑区，就像一个化了妆的女人，比本人好看。徒弟们面面相觑，郑师傅这一个早上说的话，比以前一个月说的都多。郑喜州大喊一声，愣着干啥，干活去！徒弟们吓得转身就跑，跑了几步又转回来，看着郑喜州，不甘心地问，郑师傅，你为啥这么高兴？郑喜州说，为啥？因为我欠了樊婆婆一顿酒。徒弟们说，郑师傅，你以前从不叫她樊婆婆，你只叫她樊美玉。郑喜州说，我再也不叫她樊美玉了，叫樊婆婆才是对她的尊敬，就像你们叫我郑师傅。我要成为石渚窑区的制釉高手，我要把彩虹的七种颜色制出来。以后，你们会以当我的徒弟为荣。

徒弟们瞪着郑喜州，他们确信，这个郑师傅，跟他们拜师的时候那个愁眉苦脸寡言少语的郑师傅，已经不是同一个人了。以前那个从来不笑的郑师傅，脸色晦暗眼睛无光，他们每天提心吊胆小心翼翼，生怕惹他发火。这个会笑、会哼歌、话又这么多的郑师傅，才是他们喜欢的师傅。徒弟们互相使个眼色，一起拥过去，把郑师傅抬起来，扔到空中，郑师傅吓得大喊大叫，徒弟们快乐地叫喊着，伸出密密麻麻的手臂，把郑师傅接住了。

樊窑主到了窑上，正好看见师徒之间其乐融融的这一幕。樊窑主暗暗得意，俗话说一物降一物，这石渚地界上，恐怕只有樊婆婆降得住郑喜州。

郑喜州那个时候并不知道，他欠樊婆婆的那顿酒，今后几十年，都没有机会补上。他更不会知道，在他死后，樊婆婆不止一次到他的坟上把自己喝得大醉。

石渚窑上的成年人世界，跟石渚孩子们的童年世界，是两个完全不一样的平行世界。石渚窑上的成年人，被窑上的劳动占据了大部分时间，即使喝酒的时候，谈论的也是窑上的技术、瓷器的买卖和一年的收成。虽然石渚地界上的风景四季不同，年景好不好，都不会影响风景的四季轮回。但是年景不好的时候，石渚窑上的成年人，一年四季，似乎只有一种表情，那就是愁眉苦脸。在石渚窑区的孩子们眼里，天天到窑上上工的阿耶们是一群最无趣的人，孩子们甚至想不通，这一群无趣的人，怎么烧制得出那些有趣好玩的小玩具？石渚窑区的孩子跟石渚地界上的四季风景一样，不管年景好坏，每个季节都有自己的表情，孩子们的世界跟四季的风景一样多姿多彩。

石渚窑区的孩子，不管男孩女孩，都要去学堂念书。石渚窑上的人把孩子送去学堂，并不指望孩子们将来金榜题名。金榜题名不是件容易的事儿，草市学堂教书的先生，都是考了多少次也没有金榜题名的。指望孩子们金榜题名，远不如指望他们成为窑上的手艺人。在窑上，每个人都能靠手艺养家糊口，也能靠手艺成为受人尊敬的体面人。他们把孩子送去学堂，让先生教孩子们读几年圣贤书，圣贤书里自有做人的规矩和准则，等孩子们长大了，有学堂里念的几年圣贤书打底，他们的品行就不会差，他们脚下的路也不会歪得离谱。

男孩五岁去学堂，至少要念到十三岁，才能送到窑上学手艺。女孩七岁去学堂，念到十二岁，从学堂出来，就要学女红。这个规矩，是樊行首定下的。即使在战乱的时候，石渚的学堂里，也一直请着两位先生。孩子们除了到学堂念书，还要带家里的弟弟妹妹，帮娘做力所能及的家务。其他时间，男孩们满世界淘气，下河游水摸鱼，上树掏鸟蛋，用弹弓打鸟，到酒家的酒缸撒尿……只要想得出来，男孩们没有不敢玩的。女孩们也有淘气的，跟着男孩下河摸鱼上树掏鸟，也有文静不淘气的，很小就成了娘的小帮手。

石渚窑区的大人对孩子很包容。孩子们淘气惹了事儿，他们会生气，但是只要想起他们小时候也这么淘气，他们就觉得生气责骂孩子太不应该了。大人们都知道，不管多么淘气的男孩子，长大了，都要到窑上学手艺结婚成家，靠手艺挣钱养家糊口，担起赡养父母，养育孩子的各种责任。女孩也一样，长大了就要嫁人，承担家里的家务，闯过生育孩子的鬼门关，养育孩子孝敬老人。一个人的一生，就是小时候的几年最快乐，不需要担负任何责任，可以尽情地淘气。想到孩子们长大了要承担无穷无尽的责任，大人对孩子就格外宽容。

庞嘉永五岁去上学的时候，裴牡丹才两岁。学堂里一帮男孩追着庞嘉永喊，裴牡丹，裴牡丹。一个男孩喊，庞嘉永媳妇，其他孩子齐声喊，裴牡丹。庞嘉永是石渚地界上唯一一个定了娃娃亲的男孩，一个五岁的孩子，有一个两岁的媳妇。孩子们不追着起哄才怪。追着起哄的男孩中，最来劲儿的是谭良骏。谭良骏是孩子们的头儿，他的身边，总是围着一群男孩子。谭良骏只要看见庞嘉永，就要扯着嗓子喊一声"庞嘉永媳妇"，一群孩子马上齐声应和一声——裴牡丹。谭良骏跟一群男孩一唱一和，庞嘉永根本招架不住。

庞嘉永想跟谭良骏打一架，只有把谭良骏打服了，其他孩子才不敢招惹他。可他看着谭良骏比自己高一头，胳膊拳头比自己粗一圈，打架没有任何胜算。他唯一能做的，就是不理他们，不管他们的喊声多大，他都装作没听见。谭良骏和一群男孩从草市东头的学校一路追着在他的屁股后面喊到草市西头，他也不回头。从草市东头的学堂到草市西头的家，在庞嘉永脚下，是无比漫长的一条路。谭良骏和那帮孩子们的喊声，落在庞嘉永的后背上，比他的书包还要重，但他昂首挺胸，扛着他们的喊声，走过草市，坚决不哭。

走回家里，庞嘉永再也扛不住了，他扑进他娘的怀里，哭得差点闭过气去。他娘吓得不轻，以为他出了什么事儿。等他抽抽噎噎告诉他娘，谭良骏和一帮男孩追在他屁股后面喊庞嘉永媳妇裴牡丹。他娘笑得眼泪都出来了，他娘说，这些淘孩子。庞嘉永生气了，说，有什么可笑的。他娘说，人家没有瞎说，裴牡丹就是你媳妇嘛。这个媳妇还是你自己找的。庞嘉永说，我才没有给自己找媳妇。庞嘉永的娘说，当初在裴牡丹的满月酒宴席上，你拉着裴牡丹不撒手，非要把玩具给她玩。庞嘉永说，我不记得了。他娘说，你别不认账啊，你和裴牡丹的娃娃亲，是裴牡丹的爷爷给你们定的。裴牡丹的爷爷是我们黄冶村窑行的行首，带着我们逃亡到石渚这儿的人。没有裴牡丹的爷爷，我们黄冶村人说不定早就散了。庞嘉永说，我找他爷爷去，我不要裴牡丹当我媳妇，学堂里的男孩都没媳妇，我也不要媳妇。庞嘉永的娘说，你上哪儿找她爷爷去？给你们定了娃娃亲的那天晚上，裴牡丹的爷爷就死了。庞嘉永看着他娘，说，那我找裴牡丹的阿耶和裴牡丹的娘去。我不要媳妇。庞嘉永他娘说，你真是个傻小子。要不是跟你定了娃娃亲，等裴牡丹长大了，哪儿是你能娶到的女孩。你别理那帮淘小子，他们这是嫉妒你。你不理他们，他们喊几天就觉得没意思了。

谭良骏领着一帮男孩对庞嘉永的嘲笑，简直是庞嘉永童年的噩梦。庞嘉永的噩梦，直到裴牡丹上了学堂，才终于结束了。裴牡丹七岁上了学堂。七岁的裴牡丹已经长成了一个容貌出众的漂亮姑娘。在学堂里，谭良骏不敢乱喊，新来的先生很严厉，不准他们在学堂里高声喧哗。下学走出学堂，谭良骏照例领着一群小男孩跟在庞嘉永的身后，裴牡丹跟几个刚上学的女孩落在后面，她们叽叽喳喳聊着学堂的事儿。谭良骏突然冲着庞嘉永的后背大叫一声，庞嘉永的媳妇，身边一群男孩拼命喊了一声，裴牡丹。喊完了，男孩们发出了一阵阵哄笑。

裴牡丹气得满脸通红，她追上来，推开男生们，站在谭良骏的面前，说，你刚才喊啥？庞嘉永回过头，撞见裴大江鄙夷的眼神，他感觉一股热气冲进了脑袋，他跑过去，站到裴牡丹和谭良骏中间，用身体挡着裴牡丹，说，别理他们，我们回去。男孩们发出一阵怪笑。裴牡丹说，不要你管。裴牡丹躲开庞嘉永，站到谭良骏的左手边，拉了谭良骏一把，让谭良骏跟自己面对面。裴大江吓坏了，石渚地界上，别说黄冶村的孩子不敢惹谭良骏，就是石渚本地的孩子也不敢惹谭良骏。裴大江从人群中挤到前边，抓着裴牡丹的胳膊，说，跟我回家。裴牡丹甩开裴大江的手。裴牡丹的眼睛直视着谭良骏的眼睛，她白皙的小脸因为气愤涨得通红，漂亮的眼睛水汪汪的，眼睫毛又长又黑。她说，你刚才喊啥？我没听清楚，你再喊一遍。谭良骏感觉自己的脸就像被火烧着了一样。这个比他小几岁，比他矮半截，他用一只手就能拧起来扔出去的女孩，居然让他害怕。谭良骏把眼睛从裴牡丹的脸上移开，看着地上，恨不得地上有个地洞可以钻进去。

跟在谭良骏身边的那群孩子不晓得发生了什么，他们还在等着谭良骏高喊一声，庞嘉永的媳妇，他们嘴里那个裴牡丹的名字，已经冲到牙齿后面了，只要张开嘴，就能冲出来，落到裴牡丹那张漂亮白皙的脸蛋上。他们相信，裴牡丹一定会被自己的名字砸得哭哭啼啼。要是裴牡丹哭了，庞嘉永会不会跟谭良骏拼命？裴大江会不会帮庞嘉永？那才热闹。他们期待看一出好戏。可他们居然听见谭良骏说，好男不跟女斗。谭良骏的声音就像三天没吃饭，有气无力的。说完这话，谭良骏转身跑掉了。那群男孩愣了片刻，转身追谭良骏去了。庞嘉永和裴大江面面相觑，他们不明白发生了什么，不可一世的谭良骏居然被裴牡丹吓跑了。裴大江说，裴牡丹你使了啥绝门武功，居然把谭良骏吓跑了。庞嘉永说，牡丹你没事儿吧？裴牡丹斜着眼睛看了他们两个人一眼，哼了一声，转身往家走去。

从那天开始，谭良骏不当孩子王了，他在学堂认真地念起书来，先生让背的文

135

章，他比别人背得快，他作的诗和写的大字经常被先生挂在墙上让别的孩子学习。学堂的先生看出他是个念书的料，问他想不想参加科考。谭良骏想了想，问，要是考中了，就不用到窑上学手艺了？我不想到窑上当学徒。先生很肯定地说，你要是考中了，你就是石渚窑区第一个考中的人，不仅不用到窑上学手艺，将来入仕做官，说不定还能去长安做大官。谭良骏说，我愿意。可我阿耶不会让我去考的，我的三个哥哥都没有去考，他们十三岁就到窑上当学徒了。学堂的先生说，我来问问你阿耶。

谭良骏的阿耶是谭家窑的窑主，学堂的先生觉得他有财力送谭良骏去潭州城里念书。学堂的先生把谭良骏的阿耶叫到学堂，把谭良骏写的大字和作的诗挂在墙上给他看。谭良骏的阿耶挺高兴，他说，这小子，小时候淘得要命，没有他不敢惹的祸。突然不淘气喜欢念书了，不会是祖坟冒了青烟，要出一块念书的料？学堂的先生说，唐某虽然不才，教了这么多年小孩子，看人还是准的。谭良骏心思灵敏，是个可造之才。可惜我才疏学浅，怕耽误了他。谭良骏的阿耶说，先生太谦虚了，先生都教不了，石渚还有谁教得了？学堂的先生说，谭窑主，不妨去潭州城里找个有名的先生教他，让他走科考入仕的道路。假以时日，谭良骏一定能够金榜题名光宗耀祖。谭良骏的阿耶想了很久，才说，这几年窑上的生意不好做，别看我是窑主，日子也过得紧巴巴。送一个孩子去潭州城里念书是一笔不小的花费，要能保证他金榜题名，我们节衣缩食供他几年也无妨。学堂的先生赶紧摇头，说，金榜题名的事儿，谁也不敢给你打包票。谭良骏的阿耶说，不敢打包票的事儿，我们心里没底。他要是考不取功名，节衣缩食投进去一大笔钱就打了水漂了。送他去潭州城里念几年书，耽误了到窑上学手艺。要是考不中功名，他以后靠什么谋生？

学堂的先生看着谭良骏阿耶充满疑问的眼睛，一句话也说不出来。他想起了自己的阿耶和娘，一家人节衣缩食培养他，指望他考取功名光宗耀祖，他也十分用功不敢懈怠，可考了三次都名落孙山。最后一次名落孙山之后，他无颜回家面对自己的阿耶和娘，干脆远走他乡。这么多年，他一直到处漂泊靠教书谋生，虽然到哪儿别人都尊他为先生，但教书的薪水很微薄，仅能糊口。这些年到处漂泊，离故乡越来越远。此刻，面对谭窑主的疑问，他突然想起多年没回的故乡，多年未见的阿耶和娘。学堂先生的眼睛潮湿了，他慌乱地用衣袖擦了擦眼睛。

谭良骏的阿耶站起来，拱了拱手，说，谭某辜负了先生的好意。先生别怪谭某目光短浅。手艺人靠手艺吃饭，心里踏实。学堂的先生慌忙站起来，拱了拱手，说，唐某唐突了，还望谭窑主见谅。谭良骏的阿耶走出了学堂。学堂的先生一夜无眠，故乡的山川景物，溪流里潺潺的水声，田野上盛开的野花，老家屋后的柳树……一下子在他的脑子里活了过来。漂泊多年的游子，终于听到了故乡的呼唤。第二天，学堂的先生去窑行向郑行首辞去了学堂的教席，坐船离开了石渚。

　　谭良骏的阿耶回到家里，问谭良骏想不想去潭州念书考功名，谭良骏说不想。他阿耶露出满意的笑容，没再说什么。谭良骏晓得他要是说想去，他阿耶就会问他能不能保证考取功名，如果他保证能考取功名，他阿耶就会说，你保证考取功名，家里再难也会节衣缩食供你去念书。谭良骏心想，考取功名的事情，谁也不敢保证。他阿耶之所以费心问他一下，不过是让他承担不去潭州念书的责任。谭良骏觉得，大人们自以为聪明，其实被他一眼就看透了。

　　谭良骏再去学堂的时候，那位鼓励他考功名的唐先生已经不在学堂了。学堂的另一个先生年纪很大，除了布置他们背书写大字，从不教他们作诗。谭良骏对上学失去了兴趣，到了十三岁就从学堂回家，到窑上当学徒去了。

　　谭良骏的阿耶是窑主，作为窑主的儿子，谭良骏的学徒时间要比其他人更长，他要从配土制泥学起，学会了配土制泥，再进一步学习成型、制釉、装饰、装窑、烧窑掌火。窑上的技术，除了装窑不需要学太久，其他环节都要年复一年日复一日地学习很久，直到熟练掌握。教过谭良骏的师傅都说谭良骏聪明，有灵性，就是不肯下功夫，学什么都是蜻蜓点水学得差不离就不愿用功了。不到一年，谭良骏就把窑上的所有技术都学了一遍，样样会样样不精，没有一样可以出师。谭良骏的阿耶让他慢慢学，一种技术学两年，出师了再学另一种。谭良骏不愿意，说他宁可去砍柴和挖土。谭良骏的阿耶拿他没办法，只好让他去砍柴和挖土。

　　谭良骏在窑上不好好干活，回家也坐立不安，一会儿跑出去一会儿又跑回来。谭良骏跟家里人没话说，一家人吃饭的时候聊得热火朝天，聊窑上的事情，聊左邻右舍的事情，谭良骏就像没听见。谭良骏的阿耶生气地问谭良骏到底想干啥，谭良骏说，我要晓得想干啥就好了，我现在觉得干啥都没意思。谭良骏的阿耶说，那你觉得念书考功名有意思吗？你如果保证考得中，我们节衣缩食……谭良骏说，那就更没意思了。谭良骏的阿耶说，你啥都不想干，那你想干啥？你总不能就这么游手好闲一辈子吧？谭良骏不吭声，眼睛望着天，好像天上有什么把他的魂勾去了。谭良骏的阿耶看到谭良骏魂不守舍的样子就来气。半大不大的男孩最让人头疼，打又不能打，骂也不能骂。谭良骏的阿耶气得一个人喝闷酒。

谭良骏的娘有一天趁家里没别人，小声问谭良骏，你整天坐立不安，茶饭不香，是不是喜欢上哪个姑娘了？谭良骏的脸红了，娘的眼睛真毒，居然看出了他藏在心底的秘密。没错，他喜欢上了一个姑娘，从她站在他面前用水汪汪的眼睛盯着他，让他再喊一遍那天起，他就喜欢上她了。因为喜欢她，他对以前整天领着一帮孩子冲来冲去欺负弱小感到丢人，再也不愿意当孩子王。他变得安静专注，喜欢在学堂跟着先生写字作诗，他晓得他写的字作的诗先生觉得好，就会挂起来让别的孩子学习。他不在乎别的孩子，他在乎的是她。这是他写字作诗的全部动力，想到她会看见他写的字作的诗，他就充满干劲儿，写字的时候，手腕灵活，手臂充满力量，按照先生的要求把大字写出力透纸背的气势。作诗的时候，只要想着她那双水汪汪的眼睛，他脑子里就会涌出令自己也令先生惊奇的诗句。那个时候，他满足于引起她的注意，满足于自己写的大字和作的诗比庞嘉永好。满足于偶尔趁她不注意，把目光快速扫过她的脸，看一眼她那双水汪汪的眼睛。这些小小的满足，让他的心就像鼓满了风帆的船，动力十足。等他到窑上当了学徒，他突然明白过来，她跟庞嘉永是定了娃娃亲的。那个笨蛋庞嘉永，给她提鞋子都不够格，可庞嘉永才是那个娶她的人。他哪怕考取功名入仕做官衣锦还乡也娶不到她。明白了这一点，他万念俱灰，干什么都提不起劲儿。

谭良骏的娘拍了拍他的肩膀，说，你脸都红了，娘猜对了吧？你告诉娘，娘找媒人去提亲。先定亲，等你到了年龄就给你娶回家。凭我儿子这模样，想娶哪个姑娘都行。谭良骏的心被娘的话狠狠地戳痛了，他心里涌起一股无名火。他说，娘你瞎说啥，你从哪儿看出我喜欢姑娘了，我哪个姑娘都不喜欢。谭良骏的娘说，男大当婚女大当嫁，这有啥不好意思的。成家立业，成家才能立业。成了家你就要养家糊口，就不会啥也不想干了。谭良骏的娘还在喋喋不休，谭良骏已经转身出了门。他心里的火再大，也不能跟娘顶嘴。

谭良骏在山坡上游荡了一会儿，心里的火熄了，浑身没劲儿。他在半山坡上看见一棵树，费力地爬到树杈上坐着，无聊地看着山坡下面浩荡的江水，满脑子都是裴牡丹的样子。最近一次看见裴牡丹，是端午节赛龙舟的时候。谭良骏的三个哥哥是龙舟队的主力，谭良骏被他阿耶和娘叫来给他的哥哥加油鼓劲儿。到了岸边，他的阿耶和娘就往有大鼓的地方凑，那是观看龙舟比赛最好的位置。那个擂大鼓的人头上系着红绸子，光着上半身，酱色的皮肤下面全是疙瘩肉。谭良骏趁他阿耶和娘跟熟人打招呼，赶紧躲开了他的阿耶和娘。岸边热火朝天的一切，跟谭良骏的心境格格不入。要不是心里藏着一个隐秘的期望，他宁可躺在家里睡大觉。

谭良骏躲在一个人少一些的地方，他的心思不在水上而在岸上，他根本看不清他的三个哥哥在哪条龙舟上。站在谭良骏旁边的人都在打赌，石渚人从不放过任何一次打赌的机会。打赌的人问他赌哪支龙舟队会赢，谭良骏白了他们一眼，说，别烦我！他的目光一直在岸边密密麻麻的人群里找寻，找不到就换个地方继续找。当他在岸上换了三个地方的时候，终于在观看龙舟的人群里看见了裴牡丹。裴牡丹站在人群中，漂亮得像一道耀眼的光。一瞬之间，激烈的鼓声和鼎沸的人声消失了。谭良骏的心好像要从胸口蹦出来。等他定了定神，才看见裴牡丹的身边站着她哥哥裴大江和她的娃娃亲庞嘉永。庞嘉永那个笨蛋，长大了也是个矬子，站着跟裴牡丹一样高。想到裴牡丹这朵鲜花要插在庞嘉永这朵牛粪上，谭良骏的心就像被一根绳子勒紧了，喘不上气。他跳起来站在一个石墩子上，挥舞双手声嘶力竭拼命地给划龙舟的人加油。他如愿吸引了裴牡丹的注意，当裴牡丹的目光扫到他脸上的时候，他觉得脸上的皮肤被热水烫了一样疼。他不晓得裴牡丹认出了他没有，他拼命地挥舞双手拼命喊，他的声音喊出了一股血腥味，可裴牡丹的目光再也没有扫到他的脸上。他把嗓子喊哑了，回到家里好几天说不出话。

龙舟比赛结束后，岸上的人潮水一般退去。谭良骏站在石墩子上，就像被人抽干了力气。在石墩子上坐了很久，他才攒了一点力气往回走。走到草市街上，看见人们三三两两往酒家去，参加比赛的龙舟队，输了赢了都要去酒家喝酒，赢了的喝酒庆祝，输了的更要喝酒排遣郁闷心情。岸上观战打赌的人，输赢都有一顿酒喝，反正输了的人负责酒钱。女人们和姑娘们虽然不去酒家喝酒，但也穿得漂漂亮亮在街上闲逛。端午赛龙舟，是石渚人的节日。

街上没有裴牡丹的身影，街头的热闹让谭良骏的心情更加低落。热闹的人群中，谭良骏看见了头发花白的郑喜州郑师傅。郑师傅站在洞庭酒家的门口，身边围着几个徒弟，裴牡丹的哥哥裴大江也在那儿。头发花白的郑师傅容光焕发，笑意盈盈。樊家窑的龙舟队拔了头筹，他们要去洞庭酒家喝酒庆祝。樊婆婆终身不嫁，郑喜州也没再娶妻。很多人不理解郑喜州，石渚地界上又不是只有樊婆婆一个姑娘，樊婆婆不嫁，有的是想嫁给他的姑娘。他们说郑喜州不是疯子就是傻子。谭良骏此时此刻特别理解郑喜州，樊婆婆是任何姑娘都不能替代的，就像裴牡丹是任何姑娘不能替代的。娶不到裴牡丹，他也不会娶任何别的姑娘。谭良骏觉得自己比郑师傅更不幸，郑师傅固然得不到樊婆婆，别人也没有得到樊婆婆。谭良骏喜欢裴牡丹，得到裴牡丹的将会是庞嘉永那个笨蛋。想到裴牡丹到了十六岁就会嫁给庞嘉永，谭良骏五内俱焚。他一个人跑到山上游荡，直到月亮爬上了山顶，他才回到家里。

谭良骏用双脚踢打着树干，一下一下又一下。裴牡丹这会儿在干啥呢？他不相信裴牡丹喜欢庞嘉永，谭良骏觉得裴牡丹喜欢他，在学堂的时候先生讲他作的诗，裴牡丹亮晶晶水汪汪的眼睛里充满惊异。那天在岸上看龙舟比赛，裴牡丹扫过他脸上的目光炙热滚烫。这些目光是裴牡丹喜欢他的证据。有时候，他又怀疑，这些证据都是他一厢情愿的想象。他想，一定要亲自问问裴牡丹。如果裴牡丹不喜欢他，他一天也不会在石渚待下去，到码头随便坐上一条船远走他乡，一辈子不回石渚。如果裴牡丹喜欢他呢？他心里涌起很多激动不安的念头，浑身都在哆嗦。他不敢想下去。

他从坐着的树杈上跳下来，没站稳跪在了地上，他索性躺在地上，眯着眼睛看天上厚厚的白云。天上的白云在他眼里一会儿变成山，一会儿变成鱼，一会儿变成亭亭玉立的裴牡丹。他只想这么躺着，做自己的白日梦。可从路边经过的人认识不认识都要过来问他是不是病了。石渚这个地界上的人就是喜欢管别人的闲事。他怕了这些爱管闲事的家伙，有气无力地站起来，拍了拍身上的泥土，懒洋洋地去了窑上。

窑上没人理他，大家干劲十足，各司其职。前段时间天天下雨，好不容易放晴了，窑上人都在抢时间干活。他在窑上待着无趣，到哪儿都碍手碍脚招人烦。他索性去他们窑上的矿坑里挖土，矿坑低矮黑暗不透气，他挖了一会儿就浑身难受，心里也像堆满泥土的矿坑。他钻出矿坑，往窑上挑了几担土。担着土在小路上走一走，出一身汗，停下来看看山下的江水，吹一会儿风，他觉得心里好受了一点。谭良骏不想干活，他只想让自己累一点。身体疲惫了，晚上才容易睡着。只有睡着了，他的心才不被痛苦折磨。躺在床上，只要没睡着，他就控制不住扳着手指头算计裴牡丹还有多少天满十六岁，每天都比前一天又少了一天。他痛苦得要发疯。

庞嘉永的阿耶和娘，一直按照定了亲的规矩，每年春节都要给裴牡丹准备一套崭新的衣服鞋袜。庞嘉永从五岁开始就不愿意去裴千里家，他讨厌裴牡丹，他恨裴大江。即使被他阿耶和娘拉着去了裴千里家，他也不说一句话。庞嘉永是个敏感的孩子，他感觉得到，裴牡丹的阿耶喜欢他，裴牡丹的娘不喜欢他。裴牡丹她娘的热情是装出来的，她的笑是假的。

庞嘉永的感觉没错，裴行首死后，裴牡丹的娘对定娃娃亲的事后悔了。定娃娃亲并没有阻挡裴牡丹妨死她的爷爷，这个娃娃亲还有啥意义？裴牡丹的娘跟裴千里提过几次，想让裴千里出面，请庞嘉永的阿耶和娘喝顿酒，把这门娃娃亲退了。裴千里每次都黑着脸说，杜勤勤，定娃娃亲是你当着众人同意了的。我阿耶说的时候，我都没敢答应，你要是不同意，我是准备站在你这边的。裴牡丹的娘说，阿耶那天喝高兴了，非要给牡丹定娃娃亲。我一个晚辈，能当着那么多人顶撞他吗？裴千里说，我阿耶是个讲道理的人，你当时要是不同意，我阿耶一定会尊重你。可你满脸笑容，马上就同意了，还把庞嘉永抱起来问他话，生怕庞嘉永的阿耶和娘不同意。我一直觉得你很反常，现在我也不晓得你心里打的啥算盘。裴牡丹的娘说，我能打什么算盘，我打什么算盘还不是为了这个家。裴千里说，我不管你打什么算盘。我阿耶活着的时候你没跟他翻脸，他死了，你再想翻脸，我绝不会同意。裴牡丹的娘太了解裴千里了，裴千里平时不计较，好说话，但在裴千里认死理钻牛角尖的事情上，她就是撒泼打滚都没用。不管心里有多别扭，她也没再提起要退了娃娃亲的事儿，跟庞家一直按照定了亲的准亲家来往，除了热情和笑脸是假装的，礼数从来没缺过。

到了去窑上当学徒的年龄，庞嘉永告诉他阿耶，他想拜裴千里师傅为师，学成型。庞嘉永的阿耶意味深长地看了儿子一眼,庞嘉永的脸一下子红了。庞嘉永的阿耶说,裴大江也到了学徒的年龄,我不好意思去张这个口。庞嘉永说,我问过了,裴大江对成型没兴趣,要拜郑师傅学制釉。庞嘉永如愿拜了自己未来的老泰山为师。

自从拜了裴千里为师,庞嘉永发现裴牡丹的娘对他的态度转变了。裴牡丹的娘是个务实的人,既然早晚要把女儿嫁给庞嘉永,她就要真心对待庞嘉永,不让庞嘉永心里有什么疙瘩。有时候看见庞嘉永跟裴牡丹站在一起,裴牡丹的娘会在心里叹口气,从外貌来看,庞嘉永的确配不上裴牡丹。裴牡丹的娘马上就会说服自己,男人的外貌没那么重要,男人重要的是勤劳能干,能养家糊口。庞嘉永既勤劳又能干,每次来家里,眼里都是活,劈柴、扫地、搬东西。裴牡丹嫁给庞嘉永,日子肯定会越过越好。

有了师徒这层关系,庞嘉永随时随地都能去师傅家,只要去师傅家,他就有机会见到裴牡丹。小时候因为跟裴牡丹定的这门娃娃亲让他痛苦不堪。长大了,他巴不得所有人都晓得裴牡丹是他媳妇。庞嘉永每天晚上做梦都会梦见娶裴牡丹,轿子刚抬到裴牡丹家,他就醒了。醒过来再也睡不着,他从床上坐起来,望着黑漆漆的夜,在心里计算裴牡丹还有多少日子才能满十六岁。裴牡丹满了十六岁,就要成为他的媳妇。庞嘉永感觉时间过得太慢了,每一天都度日如年。

庞嘉永不知道,石渚地界上,还有另外一个人每天晚上都在算着裴牡丹嫁人的日子,他跟庞嘉永的感觉完全不同,他觉得时间过得太快了,他恨不得让时间停下来,裴牡丹永远不要长到十六岁。

庞嘉永到了窑上,发现自己没那么聪明,学东西比别人慢。为了裴牡丹,他必须把手艺学好。他不怕吃苦,别人练一个时辰,他就练两个时辰。他相信只要功夫深铁杵也能磨成针。裴千里发现庞嘉永最大的问题是缺少灵气,脑子不开窍。面对庞嘉永这个身份特殊的笨徒弟,裴千里很苦恼。说轻了,庞嘉永不开窍听不懂;说重了,又怕打击庞嘉永的自尊心。笨人的自尊心总是比聪明人脆弱。

庞嘉永学手拉坯的时候,脑子和手怎么也协调不起来,拉了一个星期,还不能一次成型。庞嘉永喜欢跟自己较劲儿,一次次失败了一次次重来,胳膊拉得僵硬,还在咬牙坚持。裴千里劝庞嘉永先做点简单的，做个泥板啥的，换换脑子。庞嘉永不听。裴千里看他脸涨得通红，眼睛里包了一包泪水，马上就要哭出来。只好走过去，拍了拍庞嘉永的肩膀，说，嘉永，你的胳膊已经僵硬了，不听使唤了，你得休息两天再练。手拉坯成型使的是巧劲儿，不能靠蛮干。庞嘉永停下来，低下头，不看裴千里。等裴千里转身指点其他徒弟的时候，他跑到一个没人的地方，揪着自己的头发，哭出声来。

裴千里指点完其他徒弟，发现庞嘉永不在，吓得赶紧出去找他，看到他躲在一个角落揪着头发哭得伤心欲绝。裴千里怕庞嘉永难堪，停住了脚步。裴千里不明白，小时候看着又精又灵的孩子，长大了为啥这么笨。裴千里后悔收庞嘉永当了徒弟，这个身份特殊的徒弟，打不能打骂不能骂。他叹口气，悄悄离开了。

那几天，庞嘉永破天荒地没有到裴千里家去，裴牡丹的娘问裴千里，嘉永那孩子好几天没来了，是不是病了？裴千里说，没病。裴牡丹的娘说，没病他为啥好几天不来？裴千里声音很大地说，人家家里就不能有点事？你要劈柴让裴大江劈，别老惦记庞嘉永来了帮你干活。裴牡丹的娘说，你吃了爆竹了，脾气这么大。裴大江说，我阿耶被你们的好女婿气着了。裴牡丹的娘说，庞嘉永敢气你阿耶？借他十个胆子还差不多。裴大江说，他没胆子，可他蠢。我阿耶要被他的蠢搞疯了。裴千里说，裴大江你闭嘴，不说话没人把你当哑巴。裴大江做了个鬼脸，说，你被女婿气着了，冲儿子撒啥气？

裴牡丹黑着脸走过来推了裴大江一把，裴大江摔在地上痛得哇哇叫，他说，裴牡丹你干啥？你这个臭脾气将来嫁给庞嘉永，不是把庞嘉永气死就是被庞嘉永打死。裴牡丹说，谁说我要嫁给庞嘉永？我才不会嫁人，我要去跟樊婆婆学接生。裴牡丹的娘抡起扫把就要打裴大江，她说，叫你胡说八道惹你妹妹生气。裴大江一骨碌爬起来跑了出去。裴牡丹的娘说，一个省心的都没有。裴牡丹你刚才说啥？裴牡丹说，我要跟樊婆婆学接生。裴牡丹的娘说，樊婆婆只收生过孩子的女人当徒弟，你不嫁人没资格。裴牡丹说，樊婆婆自己都没嫁人。裴牡丹的娘说，你不晓得樊婆婆拜师闹了多大的动静，差点引发一场械斗。你给我消停点吧。裴牡丹说，樊婆婆不收我，我还可以剪了头发出家。裴牡丹的娘哭起来，说，牡丹你说的这叫什么话。裴牡丹说，反正我不会嫁给庞嘉永。

143

一直没吭声的裴千里黑着脸，大声说，裴牡丹，你给我听清楚了，你跟庞嘉永的娃娃亲是你爷爷定的，你爷爷做主的事情，没人敢反对。裴牡丹眼睛里包了一包眼泪，说，我爷爷凭啥给我做主，要做主也是你们给我做主，你们才是生我养我的人。裴千里火气十足地说，你爷爷提议，我和你娘都同意了，当着一村人的面喝了定亲酒。这些年，庞嘉永的阿耶和娘都当你是未过门的媳妇对待，你说不嫁就不嫁？你让我们以后怎么做人？裴牡丹的眼泪大颗大颗地滴下来，她愤怒地说，人家都是两情相悦私订终身再央媒人上门提亲，我倒好，啥也不知道就被你们定了娃娃亲。我到底是你们亲生的还是你们捡来的？

裴牡丹说完，跑出了家门。裴牡丹的娘说，桂花，赶紧去把你姐追回来。裴桂花满脸不高兴地说，我要去跟杜鹃姐学绣花。裴牡丹的娘大声说，把你姐追回来也耽误不了你绣花。裴桂花嘟哝着追了出去。

裴牡丹的娘说，娃娃亲这种东西根本靠不住，小时候看着又精又灵的孩子，长大了不定啥样子。我家牡丹这么漂亮，真要嫁给庞嘉永，别说牡丹憋屈，我也憋屈。就是牡丹的爷爷活着，也不会看着我家牡丹一朵鲜花插在牛粪上……裴千里的脸色十分难看，他的心情恶劣到了极点，他把桌子上一个缺了口的瓷碗恶狠狠砸到地上，瓷碗碎了一地。裴牡丹的娘吓得闭了嘴。裴千里说，别再提这事儿了，我跟你说过一百遍，我阿耶活着的时候你要不同意可以反对，我阿耶死了，这事儿就没商量的余地了。你好好劝劝女儿，别让她心神不定东想西想的。庞嘉永笨一点，学手艺慢一点。可他是个踏实勤快的好孩子，对牡丹一心一意。人家咋就配不上你女儿了？你女儿也不是大户人家的千金小姐。裴千里说完，摔门出去了。

裴牡丹的娘蹲在地上，把瓷碗的碎片一点一点捡起来，有一块瓷片割破了她的手，鲜红的血滴到地上。裴牡丹的娘捂着脸，哭了几声，听见牡丹和桂花回来了，马上擦了擦脸，满脸堆笑地说，回来了，街上热不热闹？裴桂花惊叫一声，娘，你的手流血了。裴牡丹转回头，说，娘，你咋啦？裴牡丹的娘说，掉了一只碗到地上，我捡碎渣子割破了手。裴桂花说，娘，你小心点嘛，我跟杜娟姐学绣花去了。裴牡丹的娘说，去吧，别待太晚了。裴桂花一阵风似的跑了出去。

裴牡丹帮她娘收拾了地上的碎渣子，裴牡丹的娘坐在那儿，没有一点笑模样。裴牡丹说，娘，你生我的气了？裴牡丹的娘说，我生自己的气。你阿耶说得对，定娃娃亲虽说是你爷爷做的主，我当时也是同意了的。我要不同意，一定可以用我的道理说服你爷爷，你爷爷是个最讲理的人。裴牡丹用哭得发红的眼睛看着她娘，说，娘，你为啥不替我做主？我是不是你生的？裴牡丹的娘把还在流血的手指放进嘴里狠狠地吸了一下，手指的血把嘴唇和牙齿染红了。她狠了狠心，说，牡丹，你是我生的，你、大江、桂花，你们三个都是我的孩子。定娃娃亲这事儿，怪不得你爷爷。有些话，我藏在心里十几年，从没跟人说过，连你阿耶我都没敢说。裴牡丹的娘眼里涌出了泪，她用衣服袖子擦了一把，说，牡丹，你是正午出生的。石渚人都说，正午出生的女孩命硬，会妨死自己的长辈。我吓坏了，生怕你妨死了你阿耶，你阿耶是家里的顶梁柱，你要妨死了他，我们这个家就塌了。可你阿耶和你爷爷不信这些，我只能一个人想办法。石渚人说命硬的女孩必须起一个贱名字，我求樊婆婆给你起了个小蚂蚁的贱名字。你爷爷给你起名牡丹，所有人都说好，小蚂蚁这个名字没人叫。那就只有定娃娃亲能破解你的命。满月酒的那天，也是该着了，其他小孩都不喜欢小婴儿，偏偏庞嘉永围着你转，喜欢得不得了，他们开玩笑说把你许给庞嘉永当媳妇，庞嘉永高兴得手舞足蹈，庞嘉永的阿耶说，我们嘉永不敢高攀裴行首的孙女。庞嘉永哭得声嘶力竭。你爷爷也不知道咋想的，当时就做主定了娃娃亲。你阿耶怕我不答应，他哪里晓得我当时生怕庞嘉永的耶娘不答应。当天晚上，你爷爷就走了，没病没痛地睡下去，第二天再也没起来。你的命有多硬啊，定娃娃亲都没用，还是把你爷爷妨死了。我又气又恨，还不敢跟人说。

　　裴牡丹满脸惊恐地看着她娘，她娘嘴里吐出的每一个字，都像雷电在她的头上炸响。她说，娘，求求你别说了。裴牡丹的娘流着眼泪说，你爷爷死了，我也后悔了。我想让你阿耶取消这门娃娃亲，跟你阿耶吵了很多次架，你阿耶不同意。你阿耶说得对，你爷爷活着的时候我同意了，你爷爷死了，我就没机会跟他翻脸不认账了。这个账，我必须认。牡丹，认命吧。裴牡丹她娘说话的时候，露出被血染红了的牙齿。裴牡丹觉得她娘的样子好吓人，她双手捂脸，把冲到嘴巴里的尖叫紧紧捂住，转身跑回房间去了。

　　夜深了，家里静悄悄的，一家人都进入了梦乡，跟自己睡在一张床上的妹妹裴桂花在梦里笑出了声，不晓得她做了什么美梦。裴牡丹睡不着，娘的话，让她的心落进了冰窟窿里。她真希望自己是捡来的,她要是捡来的,爷爷的死就跟她没关系了。娘说,是她命硬妨死了爷爷。原来是她出生的时辰不对,她一出生就错了,她在这个家里是有罪的。嫁给庞嘉永,是她赎罪的方式。

裴牡丹十五岁了,还有一年,她就要嫁给庞嘉永。想到要嫁给庞嘉永,她的额头冒出一层一层的冷汗。她讨厌庞嘉永,越来越讨厌,看见他就讨厌。庞嘉永的声音又尖又细,他一说话,裴牡丹就有一种脖子被细绳子勒紧的感觉。更早的时候,她也不喜欢庞嘉永,只是不喜欢,没到讨厌的程度。

裴牡丹当然喜欢过庞嘉永,六岁之前,她喜欢黏着庞嘉永和裴大江。对庞嘉永从喜欢到不喜欢,有一个转折点。裴牡丹清楚地记得,她第一天去学堂上学,下学后发现谭良骏和一帮男孩在草市街上追着庞嘉永,谭良骏高喊一声,庞嘉永的媳妇,那群男孩就应和一声,裴牡丹。庞嘉永挺胸抬头像聋子一样在前面走,自己的哥哥裴大江居然跟在谭良骏的身后起哄。裴牡丹惊得眼珠子都要掉地上了。在草市西头,没人敢欺负庞嘉永和裴大江,她一直觉得庞嘉永和裴大江很厉害。谭良骏到底有多可怕?居然让裴大江和庞嘉永都不敢惹他。那群男孩中,谭良骏的个子最高,看上去眉清目秀,笑起来左边的脸上还有一个酒窝。裴牡丹不怕谭良骏,她想都没想就冲了上去,站在谭良骏的面前。谭良骏眼里有一丝慌张,他不停地眨眼睛,他的眼睫毛又长又黑又密集。一直跟个聋子一样假装听不见的庞嘉永居然跑过来站在她和谭良骏中间,想要保护她,她心里一热,庞嘉永这一点比她哥哥裴大江强。如果庞嘉永勇敢地看着谭良骏,对他说,以后别再喊我和裴牡丹的名字,再喊,我就打落你的门牙。可能一切都会不一样。可庞嘉永没有,他甚至没看谭良骏,他只是拉她,让她回去。就是在那个瞬间,她对庞嘉永的喜欢就像烟花消失在黑夜里,再也无迹可寻。她躲开庞嘉永,面对着谭良骏。裴大江也害怕了,跑来拉她回家。她甩开裴大江的手,心里充满对庞嘉永和裴大江的鄙夷。她仰起脸,毫无惧色地看着谭良骏,说,你刚才喊啥?我没听清楚,你再喊一遍。裴牡丹站得离谭良骏很近,她听得见谭良骏喘气的声音,她把目光牢牢地定在谭良骏的脸上。她看见谭良骏的眼皮颤动了几下。谭良骏的目光躲开了,他低下头看着地上,说,好男不跟女斗。他的声音低沉微弱,说完,扔下那群发呆的小跟班,转头跑掉了。

从那以后,谭良骏成了独来独往的独行侠,他对念书突然开了窍,他写的大字经常被学堂的先生挂在墙上让他们学习,他作的诗,先生也说好,让他抄写出来挂在墙上让其他孩子学习。裴牡丹一直记着那些诗,看过一遍就忘不了。在这个无眠的夜晚,裴牡丹再次想起谭良骏的诗。"男儿大丈夫,何用本乡居。明月家家有,黄金何处无。"那次,学堂的先生让他们以志向为题作诗,他们要么作不出来,要么作出来的诗让先生直皱眉头。只有谭良骏作的这首,得到了先生的夸奖。先生说,这首诗写得好,写出了好男儿志在四方的雄心。这首诗好在朴实本分,"男儿大丈夫,何用本乡居"直接点题,"明月家家有",这句最好,有气势,有诗意。"黄金何处无",这句也不错,就是显得局限了,好男儿四海为家,如果仅仅是求财,那就显得小了。好男儿要胸怀天下,为苍生立命。

学堂先生的话,孩子们有些听得懂,有些似懂非懂,有些根本听不懂。学堂的先生讲完诗,总会问大家有什么想法。多数时候,大家都没有想法。这天,先生问大家有没有什么想法的时候,裴大江站了起来,他给先生鞠了一躬,说,我觉得先生说得不对,胸怀天下和为苍生立命不如求财重要,求到了财,就能让阿耶和娘住好房子过好日子。求财是第一重要的事情,天下太大,苍生太多,我又不认识他们,为啥要替他们操心?裴大江说完,大家鼓起掌来。

先生环顾一圈,看到孩子们脸上兴奋急切的表情,在心里叹了口气,要给这些窑上人的孩子讲清楚圣贤的道理,似乎不太容易。先生说,这位学童喜欢动脑筋,非常好。我讲的胸怀天下和为苍生立命,那是圣贤们对读书人的要求。读书入仕,就要以天下为己任。但是圣贤对民的要求没有那么高,能做到老吾老,幼吾幼,已经足够了。谭良骏站起来,对着先生鞠了一躬,说,先生,你说得对,一个人不能只想着自己的阿耶和娘,还要想着别人的阿耶和娘。一个人如果只想着自己的阿耶和娘,就没有必要四海为家了。

先生点点头说,老吾老,以及人之老;幼吾幼,以及人之幼。懂得推己及人,你们就向前迈了一步,你们的世界就更大了一点。不妨想一想,你们的先辈和父辈,是不是因为替更多的人着想,替更多人的办事儿,才会得到更多人的尊敬?裴大江说,先生我听懂了,我爷爷就很受人尊敬。听说他领着黄冶村人逃难的时候,把自己家的金银细软都拿出来给村人换吃的。所以村人都很尊敬他。谭良骏说,黄冶村人逃难到石渚的时候,我们樊行首和窑主们接纳安顿了他们。如果只想着自己的耶娘，石渚人就不会帮助和安顿逃难的黄冶村人。裴牡丹想起了樊婆婆，心情很激动。她站起来，对着先生鞠了一个躬，说，先生，我觉得樊婆婆就是为苍生立命的人，我娘就是照顾家里的老人小孩的人。樊婆婆受到所有人的尊敬，我娘受到家里人的尊敬。裴牡丹说话的时候，所有人都看着他，谭良骏的目光格外亮。

先生微笑着，不住地点头，他说，今天我们讲了诗，也讲了做人的道理。这样讲学，你们喜欢不喜欢？孩子们齐声回答，喜欢。先生说，以后想不明白的问题，都可以说出来。先生是干啥的？就是传道受业解惑也。

那天下学回去，男孩们都在讨论做人和立志的问题，女孩们也在讨论樊婆婆多么了不起，只有谭良骏没有加入任何讨论，他习惯了独来独往。

春天到了，先生让孩子们以春天为题作诗，谭良骏作了一首"春水春池满，春时春草生。春人饮春酒，春鸟弄春声。"先生夸他写得好，先生说，这首诗好就好在对梁元帝《春日诗》的巧妙化用。梁元帝的《春日诗》是这样写的："春还春节美，春日春风过。春心日日异，春情处处多。"谭良骏的这首"春水春池满"，化用得非常巧妙，随手拈来随处可见的景物，写出了昂扬欢乐的春意，后面两句"春人饮春酒，春鸟弄春声"既有人喝酒，也有鸟鸣叫，比"春心日日异，春情处处多"更贴近生活，更有活色生香之感。

学堂的先生真有学问。裴牡丹注意到，先生讲诗的时候，谭良骏眼里闪烁的光把他又长又黑又密集的眼睫毛映照得像柳树摇曳的枝条。裴牡丹的眼光扫到谭良骏的脸上，心里总要狂跳几下。她居然认识一个会写诗的人，那个人就坐在离她只有几尺远的地方。裴牡丹很想知道谭良骏是不是读过梁元帝的《春日诗》，他的诗是从《春日诗》化用而来，还是自己脑子里想出来的？可谭良骏见了她就躲着走，眼睛从来不看她。她不好意思去问他，怕他不理睬，闹个没趣。在学堂的时候，裴牡丹感觉谭良骏有时会偷着看她，他的目光扫过她的脸，快得像一道闪电，她从来抓不住。

裴牡丹以为，谭良骏书念得这么好，将来一定会去考功名。没想到，那个教他们作诗的先生突然离开了学堂，谭良骏也跟窑区的男孩一样，到了年龄就离开学堂去窑上学手艺去了。听说谭良骏的阿耶不愿意供谭良骏去潭州念书，怕他考不中，花的钱打了水漂。

谭良骏离开学堂后，裴牡丹觉得学堂变得空荡荡的。留在学堂的老先生不教他们作诗，总让他们背诵一大堆似懂非懂的圣贤书。

裴牡丹躺在黑暗中，想起了谭良骏离开学堂的第一天，她走进学堂，感觉学堂突然变得空荡荡的，她的心也空落落的。那天，先生让他们背诵孟子："鱼，我所欲也；熊掌，亦我所欲也，二者不可得兼，舍鱼而取熊掌者也。生，亦我所欲也；义，亦我所欲也，二者不可得兼，舍生而取义者也……"裴牡丹坐在那儿，嘴巴一张一合好像在背书，脑袋里却想起了谭良骏作的诗。有一次河里涨了水，先生让他们以河为题作诗。那条大河，天天都在那儿，有什么好写的呢？大家抓耳挠腮写不出来。谭良骏写了一首五言绝句，"二八谁家女，临河洗旧装。水流红粉尽，风送绮罗香。"先生让谭良骏抄了挂在墙上。先生点头说，好。不过你这个年龄就写这样的诗，有些早慧。先生说完，谭良骏的脸唰的红了，红得像盖了一块红布。先生没有讲谭良骏这首诗，他讲了一首自己作的诗："不意多离别，临分洒泪难。愁容生白发，相送出长安。"先生说，昨夜多吃了一盏茶，突然忆起一起参加科考的同乡，心中伤感，就作了这首诗。他们跟着先生念了一遍，先生问，你们明白这首诗写了什么吗？

裴大江站起来，说，写了先生跟友人的离别和思念。自从跟着先生作诗以来，裴大江虽然没有作出一首诗，但他解诗的能力长进了，很多诗，他都能解到点子上。先生点点头，说，解得好。你们还小，不懂得离别和思念的滋味。一个男孩站起来，说，先生说得不对，我爷爷上个月死了，我每天都会想他。我跟我爷爷，就是离别和思念的滋味。先生脸上露出惊喜的表情，他说，说得好。你对爷爷的思念更深，你跟爷爷的离别，是永别。跟你相比，我跟友人的离别和对友人的思念，就要轻得多了。我写的这首怀念友人的诗叫离别诗，你要写一首怀念爷爷的诗，就叫悼亡诗。悼亡诗始于晋代潘岳，潘岳妻子死后，他写了三首《悼亡诗》，"荏苒冬春谢，寒暑忽流易。之子归穷泉，重壤永幽隔……"先生看大家一脸茫然，停住不念了。裴大江崇拜地看看先生，说，先生懂得真多。先生说，潘岳的《悼亡诗》太长了，以后再给大家讲。今天我们要讲的是，体会过离别和思念的滋味，把这种滋味写出来，就是诗。作诗没有那么难，写出眼中所见心中所思，就是诗。

尽管先生一再说作诗没那么难,鼓励他们写出眼中所见心中所思,他们还是每次作诗都抓耳挠腮半天写不出来,学堂里只有谭良骏作得出诗。

裴牡丹的思绪飘得太远,忘记了自己正坐在学堂里背诵孟子。她一直不明白谭良骏为啥脸红,此刻恍然大悟。"二八谁家女,临河洗旧装。"难道谭良骏看见过她在河边洗衣服?难道谭良骏这首诗是写给她的?她的脸忽的一下红了。她心虚地环顾四周,朗朗的背书声重新传入了她的耳朵:"一箪食,一豆羹,得之则生,弗得则死。呼尔而与之,行道之人弗受;蹴尔而与之,乞人不屑也……"没人注意到她,她放下心来。张开嘴,跟着大家一起背诵起来:"万钟则不辨礼义而受之,万钟于我何加焉!……"

十二岁,裴牡丹离开了学堂。离开学堂后,裴牡丹好几年都没碰见过谭良骏。裴大江和阿耶偶尔在家里说起谭良骏,都没有什么好话。裴大江瞧不上谭良骏,说他不好好学手艺,宁可去砍柴和挑土。裴牡丹在心里反驳她的哥哥裴大江,写得出"男儿大丈夫,何用本乡居"的谭良骏,就不该去窑上学手艺。如果谭良骏的阿耶舍得花钱送他去潭州念书,参加科举考试,他一定能金榜题名,像先生希望的那样胸怀天下,为苍生立命。

端午节龙舟赛那天,裴牡丹终于在岸边观战的人群里看到了谭良骏。她当时站在裴大江和庞嘉永中间,假装看着江面上的龙舟,心里怀着隐秘的不能告人的期盼。幸好人声鼎沸,不用听庞嘉永说话,她受不了庞嘉永又细又尖的声音。喧嚣中,一道闪电一样的目光扫过她的脸,她的心一阵狂跳。接着,她听到了谭良骏的声音,他喊着几个人的名字,谭良栋,谭良峰,谭良江,加油!他的声音高亢洪亮,穿越了喧闹的人声,直接冲进她的耳朵里。那个瞬间,所有的喧嚣都静默了,所有的声音都消失了,她只听得见谭良骏一个人的声音。狂跳的心,让她站立不稳。她不敢看他,怕自己脸红,可她忍不住,她假装东看西看,然后,把目光慢慢集中到他的脸上。他停住了呼喊,飞快地露出一个笑容。看到谭良骏左脸颊的酒窝,她眼睛一热,热泪盈满了眼眶,她快速把目光移开,假装仰起头看天,眼睛望着天空转一圈再转一圈,把眼里的泪水转成了薄雾。她没敢再把目光扫到谭良骏的脸上,他高亢洪亮的声音,一次次冲进她的耳朵里,直到那个声音慢慢变得嘶哑了。

睁着眼睛躺在床上一夜无眠，在黑暗中想起谭良骏左脸颊的那个酒窝，想起谭良骏又长又黑又密集的眼睫毛，她心慌意乱。她喜欢谭良骏，已经喜欢很多年了。裴牡丹终于承认了一个让她脸红的事实，如果要嫁的人是谭良骏，她一定是幸福的新娘。房间里黑漆漆的，可她的脑子亮得像白天，毫无征兆的，她亮晃晃的脑子里突然冒出了四句诗："新妇家家有，新郎何处无。论情好果报，嫁娶可怜夫。"她惊讶地从床上坐了起来，她居然作了一首诗。怪不得先生说作诗不难，只要写出目之所见和心中所思。她的脸发烫，她的心咚咚乱跳，她的嘴里涌起甜蜜的汁水，她明明在笑眼里却涌出了泪水。这是一种陌生的滋味，她喜欢这种滋味，她品尝着这种滋味，这是幸福的滋味。

裴牡丹的妹妹裴桂花翻了一个身，嘟囔了几句。裴牡丹吓了一跳，跌落到了现实中。她想起了她阿耶和娘的话，她要嫁的人不是谭良骏，她要嫁的人是让她讨厌的庞嘉永，她要嫁娶的不是可怜夫，是可恨夫。她的脑袋一下子黑了，黑得像此刻的夜色，她发烫的额头出了一层冷汗，变得冰凉，嘴里甜蜜的汁水渗出了苦涩的味道，眼里的泪水潮水一样退去。她咬着自己的嘴唇，咬疼了自己，可她觉得不够，她想让自己更疼，最好疼得把谭良骏忘掉。

天亮了，漫长的一夜终于过去了，裴牡丹浑身酸痛，跟生了一场大病一样。裴桂花睡醒了，看见裴牡丹坐在床上，眼神呆滞，脸色发青。她说，姐，你生病了吗？裴牡丹摇摇头，说，我没生病。裴桂花说，我晓得你为啥心烦。裴牡丹说，你晓得啥，你又不是我肚子里的虫。裴桂花说，你不想嫁给庞嘉永，对不对？你心里有个别人。我早就看出来了。裴牡丹说，别胡说。裴桂花说，我一直在猜你心里的那个人是谁，猜不到。姐，要不你告诉我，我一定给你保密。你想见他，我还可以帮你送信望风。裴牡丹说，你再胡说我撕碎你的嘴。赶紧起来帮娘干活。裴桂花伸了伸舌头，不敢再说话。

过了几天，庞嘉永吃过晚饭又到裴牡丹家来了，来了就去帮裴牡丹的娘劈柴，搬东西，干重活。裴牡丹的娘对庞嘉永格外热络，她说，嘉永你别忙乎，你在窑上忙了一天了，跟你师傅喝茶去。家里的活让大江干。庞嘉永说，干点活累不着我。裴千里表扬庞嘉永在窑上拉坯有进步。裴千里说，嘉永，学艺有快有慢，功夫下到了，就是水到渠成的事儿，你不要太心急。庞嘉永说，师傅，我太笨了，让你费心了。庞嘉永心不在焉，他从进门到现在，连裴牡丹的影子都没看见。裴牡丹的耶娘对他再热情，也抵不过裴牡丹的冷淡带给他的伤心和沮丧。他很快告辞了师傅和裴牡丹的娘，离开了裴牡丹的家，一个人走到了码头上。码头上的船只眼见着一天比一天多，窑上人的日子这两年在慢慢变好。要是裴牡丹看他的眼神不是冷冰冰的，他该有多开心啊。

庞嘉永长大了才知道，裴牡丹在同龄的姑娘中，长得最好看，裴牡丹那双水汪汪的眼睛看他一眼，他就幸福得想跳起来。他自己省吃俭用，给裴牡丹花钱从不心疼。在草市街上看到新鲜的玩意儿，不管吃的用的，他都要给裴牡丹买上一些，乐颠颠给裴牡丹送去。每次他买给裴牡丹的东西，都被裴牡丹那个没心没肺的妹妹裴桂花拿去了。他跟裴牡丹是定了亲的，过年过节，双方的大人默许他们一起出去逛街，一起去庙里烧香许愿。裴牡丹从来不单独跟他一起去。心底深处有个声音一直在说，庞嘉永，裴牡丹不喜欢你。他把那个声音死死地压制住，不让那个声音冒出来扰乱他的心情。他娘问他，裴牡丹怎么不跟你一起出去？他说，裴牡丹家教好，家里不让她出去。他用这个冠冕堂皇的理由来说服他娘，也说服自己。他拜裴牡丹的阿耶为师真是太英明了，他天天都可以去师傅家，跟师傅请教技术问题，只要去了师傅家，就能看见裴牡丹，跟裴牡丹同在一个空间，哪怕裴牡丹正眼都不看他，他心里也踏实。

庞嘉永在码头上站了一会儿，回家去了。他躺在床上的时候，脑子里都是裴牡丹的样子，裴牡丹水汪汪的大眼睛，像一口波光盈盈的井，他恨不得跳进去淹死在里面。他摸着自己的胸口，小声地对自己说，熬到裴牡丹十六岁，把裴牡丹顺顺当当娶回家，我就是石渚地界上最让人羡慕的男人。

这个夏天的雨水真多，天好像掉了底的大水缸，没完没了地漏水。孩子们讨厌路上的泥泞，他们望着淅淅沥沥的雨水，对躲起来的太阳公公很有意见。窑上的窑主、师傅和窑工们愁眉不展，窑上的日子好不容易有了一点起色，没完没了的雨水又来捣乱，成型的器物晾不干，浸上釉水之后的器物也晾不干。出窑的时间保证不了，外面来订货的伢人等得不耐烦，运货的船等在码头没货装。窑主们都去庙里求佛许愿，给庙里点了长明灯。

庞嘉永的耶娘在家里唉声叹气，庞嘉永翻过年就要迎娶裴牡丹，前一年窑上的收成不错，他们把家里的积蓄加在一块，给庞嘉永盖了一间房，手里已经没有钱了，聘礼还是东拼西凑借的。置房娶妻，都是大事儿，办大事儿哪有不需要钱的，何况娶的是裴行首的孙女，石渚地界上最漂亮的姑娘。他们家指着窑上这一年的收成，翻过年让庞嘉永体体面面把裴牡丹娶回家。

窑上人不怕干旱，就怕天天下雨。石渚窑上人不晓得他们怎么得罪了老天爷，老天爷要这么惩罚窑上人。他们每个人都在心里翻检，看看做了啥得罪老天爷的事儿，翻检半天，没找出什么得罪老天爷的事儿。他们都是老实本分的手艺人，凭手艺吃饭，力求把手艺练得更好更精，对邻居对家人对老人对孩子，也没做啥伤天害理的事儿。尽管如此，他们还是在心里乞求老天爷谅解，老天爷，放过我们，我们以后会比现在做得更好。

老天爷不理睬窑上人，继续天天下雨。窑上人怀疑天被哪个淘气的小神仙戳了个窟窿，窟窿正好对着石渚地界。就像他们家的水缸被淘气的孩子敲漏了底。窑上的老人们说，往年干旱，庄稼人都要求雨，咱们可以学学庄稼人，咱们不求雨，咱们求晴。郑行首觉得老人们说得有理，专门去庙里请了高僧。庙里的高僧到草市街上走了一圈，在草市窑行门口，冲着东方摆上香案，点上香，郑行首、各窑主和窑上的师傅窑工一起跪在地上。高僧替窑上人选了《祈晴咒》。高僧说，我以前云游到剑南道，在邛崃窑区替他们求过一次晴，当时念的《祈晴咒》，第二天天就晴了。听高僧这么一说，跪在地上的郑行首和一众窑上人都纷纷点头。他们跟着高僧念诵《祈晴咒》："火铃火铃，火部尊神。冲开五方，收雾卷云。清炁下降，浊炁入地。火扬万丈，烧灭邪精。急急如律令。"第一天念诵三遍，第二天念诵六遍，第三天念诵九遍。

念完三天《祈晴咒》，第四天，天虽然还是阴着，雨却停了。窑上人都说郑行首请的高僧是个大德之人，如果不是大德之人，不会这么灵验。雨停了，窑主们赶紧去庙里还愿，许几斤灯油就提几斤灯油，生怕去晚了菩萨生气。第五天，太阳公公从山背后升起来，爬到窑区顶上的天空，窑上人终于露出了笑脸。石渚地界上的狗站在门前冲着天上的太阳一阵狂叫。石渚人说，多久没出太阳了，狗都不认得了。

天放晴了，窑上人争分夺秒地干活，晚上点着灯也要再干一个时辰。草市街上洞庭酒家的老板对外地客人说，窑上人干活太拼命，酒都顾不上喝了。外地生意人说，还是干活要紧，我们都在这儿等着窑上的货呢。洞庭酒家的老板说，幸亏还有你们这些外地老板，不然我们开着店，没人来，就要赔钱了。外地生意人说，放心吧，你们酒家的生意以后会越来越好。现在你们窑上的货品比以前好卖了，上回进的那个瓜棱壶，买家特别喜欢，不够卖。洞庭酒家的老板说，我们窑上的师傅吃饭喝酒都在琢磨他们的工艺，窑上的师傅们到我们这儿喝酒三句不离本行，制泥的师傅们讨论要怎么制泥才能更细腻，成型的师傅们谈论要怎么大胆创造新器型，制釉的师傅们讨论怎么在制釉上突破，让瓷器的色彩更漂亮，掌火的师傅们又发明了什么火照，对窑里的火温控制得更好了……啊哟哟，听他们聊天真累。外地生意人哈哈大笑，说，怪不得古人说近朱者赤近墨者黑，你离窑上人近，窑上的技术你都搞明白了。洞庭酒家的老板说，窑上的技术不简单，窑上的徒弟最少也得学三五年。我听了点皮毛，开酒家的人，来的都是客，天南地北的客，各个行当的客，咱多少明白点也好跟客人套个近乎啥的。外地生意人说，怪不得客人都喜欢到你这儿扎堆，酒好菜好是一方面，老板你见多识广也很重要。洞庭酒家的老板说，不敢当。要说见多识广，还是你们这些到处走的老板见多识广。我一辈子守着这个巴掌大的地方，能有啥见识。外地生意人说，老板你谦虚了，你这个巴掌大的地方，容得下天下之客。洞庭酒家的老板笑笑，让伙计给客人送一壶茶。

庞嘉永也顾不上去裴牡丹家了，跟他一起拜师的徒弟上一年已经有好几个出了师。窑上的徒弟是不拿钱的，徒弟出师可以拿窑工的钱，窑工有能力收徒弟了，就能拿师傅的钱。庞嘉永比所有人都用功，也比所有人都着急，他给自己定的目标是，娶妻之前，必须出师。成家了就要养家，他要娶的可是石渚地界上的一枝花，他不能让裴牡丹跟着他受穷，更不想让裴牡丹看不起自己。庞嘉永时时刻刻都感觉到一种无法摆脱的压力，有时候觉得快要承受不住了，他甚至会冒出一个可怕的想法，要是不娶裴牡丹，他就不会有这么大的压力。可是，想到裴牡丹嫁给别人，庞嘉永就痛苦得宁可把自己撞死。

庞嘉永越用功，越着急，手就越不灵活。裴千里单独给他开小灶，手把手悉心指点他，可他就是不开窍。裴千里只能安慰他，让他放松心情，别紧张，心里别有什么杂念。裴千里说，学手艺贵在专注，杂念太多，必然无法专注。庞嘉永答应得很快，在师傅面前，他永远低眉顺眼。

第一批徒弟出师考核之前的一段时间，庞嘉永情绪稳定，摸到了一些门路，各项手艺都有了进步。裴千里鼓励他继续努力，庞嘉永说，师傅放心，我一定更加努力。裴千里没把庞嘉永列入第一批出师考核的徒弟当中，庞嘉永的技术不稳定，考核的时候稍微一紧张，肯定考不过，考不过对他的信心将是个很大的打击。不如再练两个月，参加第二批考核。当裴千里告诉庞嘉永不用参加第一批出师考核的时候，平日里低眉顺眼的庞嘉永抬起头看着师傅，他眼里那种受辱和震惊的目光让裴千里极不舒服。裴千里说，这一批参加出师考核的都是技术尖子，你前一段练得不错，可你跟他们比还有距离。我带徒弟我明白，很多徒弟第一次没考过，第二次绝对考不过，很多都要考三四次才能考过。你不用急，准备充分了争取一次考过。庞嘉永低下头，不再看裴千里。他用很低的声音说，师傅，我想参加考核。裴千里很惊讶，他把道理讲得这么明白，庞嘉永为啥还要考？裴千里说，你想好了吗？庞嘉永依然低着头，声音很低地说，师傅，我想参加第一批考核。裴千里最后问了一遍，你想好了？庞嘉永说，想好了。裴千里感觉一口气堵在心里，特别难受。他费力地对庞嘉永说，好。庞嘉永说，谢谢师傅。说完，转身走了。

看着庞嘉永僵硬不协调的走路姿势，裴千里堵在心里的气变得硬邦邦的。裴千里突然有点为女儿裴牡丹担心，过日子很多地方都需要有变通能力，跟这种一根筋的人过日子，一定非常困难非常痛苦。裴千里很心烦，但裴牡丹嫁人的事情不能变。裴千里只能乐观地想，庞嘉永说不定结了婚就好了，裴牡丹是个聪明孩子，相信庞嘉永跟裴牡丹在一起，会变得更好。

考核那天，出场顺序是抓阄决定的，庞嘉永抓到了倒数第三个出场，这是一个比较好的出场顺序。裴千里对徒弟们说，放松心情，把考核你们的师傅当成晾在那边的大缸。徒弟们笑起来，庞嘉永没笑。他抿着嘴，看得出来，他很紧张。裴千里没跟庞嘉永说话，他只希望庞嘉永发挥正常。庞嘉永上场之前，六位徒弟全都通过了考核，顺利出师。庞嘉永上场的时候，裴千里深吸了几口气。别的项目庞嘉永发挥还算正常，做出了成型的器物，尽管不够精美，也算过关。只要手拉坯一次成型，不出废品，师傅们肯定可以让他出师。关键的手拉坯技术，庞嘉永没有一次成型，他拉出的罐，罐口一边高一边低，罐体不均匀。庞嘉永发了几秒钟的呆，把那个不成型的罐揉成了一坨泥，用沾满泥水的手在脸上搓了一把，满脸都是泥水，站起来给负责考核的师傅们鞠了一个躬，走了出去。

师傅们不吭声，他们怕裴千里尴尬。师傅们私底下早就通过气，只要庞嘉永能够完成各个项目，做出成型的器物，不出废品，他们就让他通过考核，毕竟庞嘉永是裴千里未来的女婿。他们商量的时候说，就是樊窑主也会给裴千里这个面子。可庞嘉永手拉坯居然拉出了废品，他们就是想给裴千里这个面子也无能为力了。如果拉出废品都能出师，那还叫个啥考核。裴千里晓得师傅们在想啥，他对师傅们说，考核就是考核，考核只有一个标准。坚持考核的标准才是对徒弟负责。师傅们点点头，说，裴师傅说得对。裴千里叫了下一个考核的徒弟进来，考核继续进行。

最后一个徒弟考核完了，天也快黑了。裴千里说，师傅们今天辛苦了，晚上洞庭酒家喝酒，庆贺今天出师的八位徒弟。这是窑上的惯例，有徒弟出师，师傅们都要喝一顿。这顿庆功酒，历来都是喝得最开心的。可今天这顿酒，喝得不痛快，师傅们很拘谨，不敢放开了喝。裴千里的徒弟庞嘉永，是参加考核的九个人里唯一没出师的。裴千里做人做事，他们都服气。他们越是敬重裴千里，越是怕喝醉了胡说八道，伤了裴千里的面子。裴千里努力挑起话题，师傅们却接不下去。酒喝得不痛快，早早就结束了。

裴千里放心不下庞嘉永，一根筋的人容易走极端，庞嘉永今天遇到这么大的事儿，离开的时候抹了满脸的泥水，已经很不正常。但裴千里在主持考核，不可能去安慰庞嘉永。晚上的酒没喝好，裴千里淤积了一肚子不痛快，不想见庞嘉永。回家喝过一杯茶，他努力说服自己去了庞嘉永家。

庞嘉永没在家，庞嘉永的阿耶一个人在那儿喝闷酒，他已经晓得庞嘉永没出师的事儿。庞嘉永的阿耶给裴千里倒了一杯酒,说,千里兄,对不住,嘉永让你费心了。裴千里说,这话见外了,嘉永是个好孩子,我担心今天的事儿对他打击太大,过来看看他。庞嘉永的阿耶说,没事儿,他跟他娘去拾掇新房去了。裴千里说,没事儿就好。他就是心太急了,俗话说心急吃不了热豆腐。学手艺这事儿,急不得。庞嘉永的阿耶说,我的孩子我了解,他心思太重。裴千里说,我先回去了。你多安慰安慰嘉永,让他放下包袱,不要着急。庞嘉永的阿耶说,他怎么能不急?他担心娶妻之前出不了师,没钱养家。裴千里说,要是担心这个,裴牡丹可以等他出师了再嫁。庞嘉永的阿耶给裴千里倒了一杯酒,说,千里兄,这个话我憋在心里很久了,早就想找你聊聊,一直下不了决心。我们都看得明白,嘉永配不上牡丹。牡丹要是不愿意,你们提出来,我同意退掉嘉永跟牡丹的亲事儿。娃娃亲这种事本来就不靠谱。裴千里愣在那儿,他没想到庞嘉永的阿耶会跟他说这个。裴千里说,庞兄,你醉了。庞嘉永的阿耶说,千里兄,我没醉。我其实是为嘉永好,娶了牡丹,他会一辈子活得很累。就像一个人踮起脚去拿高处的东西,很费劲儿。裴千里说,庞兄,你的确醉了。孩子们的亲事,是裴牡丹爷爷定下的。我不能让人戳我脊梁骨,骂我不孝。庞嘉永的阿耶灌下几杯酒,说,千里兄,得罪了。你心意已决,我就不多说了。你放心,你家牡丹嫁到我家,就是我们的亲闺女。我们不会委屈了她。

裴千里跟庞嘉永的阿耶一直喝到庞嘉永和他娘回家,两个人都喝醉了。庞嘉永扶着裴千里送他回家,路上,庞嘉永说,师傅,对不起。我应该听你的劝告,不参加今天的考核,我让你丢脸了。裴千里说,嘉永,别想太多了。你这孩子就是心思太重,心里的杂念太多了。学手艺的时候,要把杂念放下。你放心,裴牡丹一定会嫁给你。你出不出师她都会嫁给你。别担心没钱养家,我会给她一笔嫁妆。裴千里的话,让庞嘉永羞愧得满脸通红。庞嘉永低着头,他感觉夜不够黑,藏不住他的羞愧。

裴大江顺利出师后,家里备了酒,请裴大江的师傅郑喜州来家喝酒。裴牡丹的娘问,大江跟嘉永拜师时间差不多,嘉永啥时候出师?裴千里提前给裴大江说好了,不能在家里提庞嘉永没出师的事儿。裴大江按照跟他阿耶统一的口径说,这次考核的徒弟太多，我阿耶让庞嘉永下一批再考。裴牡丹的娘说，你阿耶就是这样，生怕别人说他，占便宜的事儿从来轮不到自己家里人。你幸好没拜他为师，你要拜他为师，肯定把你排到最后一批考。裴大江说，我阿耶能这样做，还不是家里有娘这样的贤内助。裴牡丹的娘笑得像一朵花，她说，儿子，你啥时候学得这样油嘴滑舌了？你师父不是个闷嘴葫芦不爱说话吗？裴大江说，我师父早就不是闷嘴葫芦了。我师父现在是有名的油嘴葫芦。裴牡丹的娘说，那我倒要见识一下。

那晚郑喜州在裴千里家喝酒，裴牡丹的娘不仅见识了油嘴葫芦郑师傅的能说会道，还见识了郑师傅的酒量。郑师傅一个人把裴千里和裴大江都喝倒了，裴千里直接撑不住回房间躺下了，裴大江也喝得趴在桌子上抬不起头。郑喜州喝不醉，他挥舞着酒杯，说，你们酒量不行，太不行了。去把樊婆婆叫来，我要跟她喝酒，我还欠她一顿酒。樊婆婆是个了不起的女子，了不起的女子。裴千里的娘让牡丹和桂花赶紧去找樊婆婆。两姐妹跑出去，不一会儿就回来了，裴桂花说，樊婆婆到瓦渣坪接生去了。裴牡丹的娘说，郑师傅，大江和他阿耶酒量太差了，樊婆婆又不在家，没人陪你喝酒，真是失礼了。裴桂花说，娘，我可以敬郑师傅一杯。没等裴牡丹的娘说话，裴桂花已经端了一杯酒过去，举着杯子，说，郑师傅，我敬你一杯。谢谢你当我哥的师傅。郑喜州还没反应过来，裴桂花已经把酒干了，她的脸一下子变得通红。裴牡丹的娘抢下了裴桂花的酒杯，说，这疯丫头，你真喝啊。裴桂花嘻嘻笑着说，娘，酒挺好喝的。我再喝一杯。裴牡丹的娘说，疯丫头，你还来劲了。脸都喝红了，不许再喝。郑师傅，让你见笑了。郑喜州说，裴家娘子，你太客气了。裴桂花说，娘，别打岔，我想问郑师傅一个问题。郑师傅说，问吧，我保证如实回答。裴桂花说，樊婆婆伤了你的心，你为啥不恨樊婆婆？还让我们找樊婆婆来喝酒？郑喜州笑了，说，小丫头，这个问题问得好。我为啥要恨樊婆婆呢？我喜欢樊婆婆，就是希望樊婆婆开心，她觉得嫁给我开心，自然会嫁给我，那我当然很开心。她觉得做接生婆开心，她去做了接生婆，果然很开心。她开心就是我希望的事情，我为啥要恨她？裴桂花歪着头想了想，说，樊婆婆做了接生婆，她开心了，可你伤心了呀。郑喜州说，我的确很伤心，可她要是嫁给我不开心，我会更伤心。裴桂花说，郑师傅，你果然不同凡响。郑喜州笑着说，承蒙夸奖，要做到不同凡响，郑某还要更加努力。裴桂花还想说啥，趴在桌子上的裴大江醒过来，把裴桂花拉开了。裴大江说，师傅见笑了，我妹妹人来疯。郑喜州说，小丫头挺有意思的。裴大江说，师傅恕罪，我酒量不行，我阿耶的酒量也不行，我们两个加起来都没有喝过你，惭愧。我应该再叫几个人来陪你喝酒。郑喜州说，说得我跟酒鬼差不多。裴大江说，我咋这么不会说话，得罪师傅了，你这酒量，比酒鬼厉害，你是酒仙。郑喜州说，不管酒鬼还是酒仙，我都喝好了。我走了。

裴大江送郑师傅出去的时候，郑师傅说，大江，你现在出师了，师傅高兴。尽管现在我们的制釉技术还没有大的突破，但我相信，制釉是个大有可为的行当。以后好好干，干出一番大事儿。裴大江说，谢谢师傅。以后还请师父赐教。郑喜州说，回去吧。以后喝酒的时候可别说我是你师傅，我丢不起人。裴大江笑得前仰后合，走回家还在笑。裴牡丹的娘说，郑师傅太能喝了。裴桂花说，郑师傅绝对不同凡响。裴大江说，小丫头拍马屁水平很高啊。裴桂花说，你才是拍马屁，我说的是真心话。裴大江说，我说你是拍马屁你就是拍马屁，你就是个小马屁精。裴桂花说，你刚出师尾巴就翘到天上去了，你给郑师傅提鞋都不够格。裴牡丹的娘说，都给我睡觉去，哥哥不像哥哥，妹妹不像妹妹。裴桂花说，郑师傅就是不同凡响，这是我的真心话，裴大江说我拍马屁，哪有哥哥这么说话的。裴大江说，裴桂花你喝多了吧？娘，你怎么能让裴桂花喝酒？裴桂花说，谁说我不能喝酒，我就要喝酒。你出了师就翘尾巴，你是个自大狂。裴大江气得要打裴桂花，裴桂花躲到她娘的身后，裴牡丹把裴桂花拉进房间去了。裴牡丹的娘说，总算消停了。这一天天的，闹死人了。裴大江说，娘，你累了，早点休息吧。等我娶回媳妇，你就有个好帮手了。裴牡丹的娘说，还是儿子晓得心疼娘。

那个夏天，热得有点邪性。白天，明晃晃的太阳烤干了田里的庄稼。晚上，太阳落下去了，却比白天还热。热得石渚地界上几乎所有人都睡不着。住在草市的人跑到码头上吹风，住在坡上坪上的人跑到山顶上吹风。风是热的，带着浓重的湿气，吹到身上，就像往身上罩了一块湿抹布。风停了的时候，人就像在蒸笼里。

那晚的月亮是红的，很圆很圆的红月亮，慢慢往天空爬。老话说"血月见，妖孽现"，石渚的人望着血红的月亮，非常不安，他们不晓得又有什么灾难要降临到人间。日子好不容易有了起色，老天爷啊，别再出什么妖孽了。在山顶和河边乘凉的人，望着血红的月亮不敢说话，害怕说话的声音把藏在暗中的妖孽招了出来。血红的月亮突然缺了一小块，年轻人不晓得发生了什么，老年人最先反应过来，他们惊呼，天狗，天狗要把月亮吃掉了。老人们的惊呼刚落，天狗又把月亮吞进去了更大的一块。人们僵直地站立在原地，内心充满恐惧。

老人们大声呵斥，愣着干啥，赶紧抄家伙。把家里能弄出响动的家伙都抄起来，弄出的响声越大越好，一定要吓得天狗把嘴松开，把月亮吐出来。赶紧往山上去，山上离天狗近。老人们说完，所有人都跑了起来。他们跑回家，拿出发得出声音的东西，敲打着呐喊着往山上跑。一时之间，山上，坪上，坡上，街上，都是敲打呐喊奔跑的人，被吓哭的孩子，也以自己的哭声加入这股声音的洪流里。血红的月亮只剩下半个了，人们只恨自己敲打呐喊的声音不够大，吓不住那只发疯的天狗。女人们姑娘们也抄起家里发得出声音的东西跑出家门，往山上跑，汇入了呐喊敲打的队伍。

家里发得出大声音的家伙都被裴大江和阿耶拿走了，他们跑得快，估计已经跑到半山上了，男人是吓唬天狗夺回月亮的主力。裴牡丹的娘也不晓得跑到哪里去了，裴牡丹找不到可以敲打出声音的东西。裴桂花从她的百宝箱里找出两只小时候的玩具，放在嘴里能吹出声音的瓷哨子。裴桂花是个什么东西都舍不得扔的小女孩，她那个百宝箱，谁也不能动。她把两只瓷哨子放进嘴里试了试，都吹出了声音，她递给裴牡丹一只，手舞足蹈地一路吹着跑了。

裴牡丹不好意思像裴桂花那样吹着哨子满山跑，她是大姑娘了。她在家里到处找，终于找到了一根竹竿，竹竿的另一头破成了几片，只要摇晃就会发出啪啪的声音，这根竹竿是她娘用来吓唬麻雀的。裴牡丹满意地举着一根竹竿跑了出去。仰头一看，月亮已经被天狗吞进去大半个了。

裴牡丹不晓得该往哪里跑，她先从草市的西头往东头跑。街上一个人都没有，酒家的门敞开着，酒家的桌子上，还摆着酒和菜，在酒家喝酒的人已经跑到山上去了。裴牡丹一路跑过空荡荡的草市街，她记得东头学堂后面有一条通向樊家坪的路，她去樊家窑给她阿耶送东西走过那条路。她还没跑到东头，又看见了一条通往山上的路，她不晓得这条路通往哪里，是瓦渣坪还是都司坡？白天她还能分得清，晚上根本分不清。看见前面有人在跑，她就拐到了这条路上，一路摇晃着手里的竹竿，竹竿发出啪啪啪的声音。她想呐喊几声，张了张嘴，发出的声音很轻很细。她在心里说，这点声音，别说吓跑天狗，就是土狗都吓不跑。她干脆不喊了，专心摇晃手里的竹竿。跑在她前面的人比她跑得快，很快就跑出了她的视线。她回头，身后一个人都没有。

裴牡丹有些害怕，气喘吁吁地跑到了半山坡上，后背的衣服已经被汗水打湿了。月亮被天狗吃得只剩一块小月牙了，远处人们的呐喊敲打声更加疯狂。裴牡丹跑不动了，她站在半山腰上，看着不远的地方好像是一座龙窑，她不晓得这是哪家的龙窑。龙窑没有火光，不晓得是刚刚落了火还是正在装窑，没有烧火的龙窑黑黢黢的。跑在前面的人们已经爬上了山顶和坡顶最高的地方，他们声嘶力竭地呐喊，拼命摇晃手里各种发得出声音的东西，山顶上的声音有一种排山倒海的气势。裴牡丹站了一会儿，觉得有了力气，就继续往前跑，费力地跑上了一个台阶，发现天狗把月亮吃得只剩下一条细线了。裴牡丹站在那儿，望着月亮，眼睛都不敢眨一下，生怕眨一下眼睛，月亮就被天狗吃进肚子里去了，以后再也看不见月亮了。裴牡丹恐慌极了，她不晓得为啥石渚人拼了命也不能吓住天狗，地上的土狗咬住了骨头，要是有人追它，早就把骨头吐出来逃命去了。看来地上的人只能吓住地上的狗，吓不住天上的狗。天狗的胃好像塞满了，那一细牙剩在外面的月亮，好半天都没有被它吞进去。

裴牡丹，你是裴牡丹。一个沙哑的声音在裴牡丹的背后响起来，吓得裴牡丹浑身哆嗦了一下，脖子僵硬，转不过去。那个声音说，吓着你了吗？我是谭良骏。裴牡丹听见了谭良骏声音里的颤抖，她僵直的脖子放松下来，转过头去，看见了站在离她几尺远的谭良骏，他的眼睛在黑暗中像猫一样发着光。裴牡丹的血涌到了脸上，她的脸一定红得像块红布。幸好天狗把月亮吃下去了，谭良骏看不见她的脸。谭良骏走过来，一把拉住了她没拿竹竿的左手。裴牡丹感觉左手一阵酸麻之后，左手右手同时失去了知觉，她听见右手的竹竿掉到了地上。

谭良骏说，裴牡丹，跟我走。谭良骏的声音颤抖着，热烘烘的气息扑到了裴牡丹的脖子上，裴牡丹立马觉得她的脖子失去了知觉。裴牡丹不晓得谭良骏要带她去哪儿，她也不想知道，她只知道谭良骏就是带着她下地狱她也会跟着他。

山顶上越来越绝望的呐喊声一阵一阵飘进她的耳朵，地上没有一丝一毫的光亮，天狗把月亮完全吞进去了。谭良骏拉着裴牡丹在没有一丝光亮的地上稳稳当当地走着，裴牡丹感觉不到自己在走路，她好像失去了重量的一个影子，在谭良骏的身边轻轻地飘荡着。山顶震耳欲聋的声音像云一样飘远了，听不真切了。裴牡丹闻到了柴烟的气味，那是经年累月的柴烟熏过的泥土散发出来的气味。谭良骏把她带到了龙窑里，她靠着龙窑的墙壁，温热干爽的气息渗进后背的皮肤上，裴牡丹重新感觉到了自己身体的形状。谭良骏像猫一样发光的眼睛就在她的前面，谭良骏拉着她的那只手哆嗦得厉害，他不停地叫着她的名字，裴牡丹裴牡丹裴牡丹……他的声音几乎抖成了一条直线。裴牡丹嘴里发苦，唇干舌燥，嗓子像是被什么勒紧了，她说不出话。她伸出右手，摸到了谭良骏左脸颊的酒窝，谭良骏的脸上一片冰凉，那是泪水。裴牡丹裴牡丹裴牡丹，你要了我的命啊。谭良骏的声音颤抖着，猫一样发光的眼睛离裴牡丹的脸越来越近。裴牡丹不晓得自己的眼睛是不是在黑暗中也像猫一样发着光，指引着谭良骏找到了自己的脸。谭良骏的嘴唇贴上了裴牡丹的嘴唇，谭良骏灼热的嘴唇就像一个火引子，把裴牡丹点燃起来，裴牡丹的身体像一根燃烧的树枝，在瑟瑟发抖中发出一阵噼噼啪啪的响声。

　　裴牡丹闻到谭良骏身上的汗水味道，灼热中，这股汗水的味道像一股清凉的风。裴牡丹的眼泪决堤一样流下来，她依然说不出话。她感觉到谭良骏的舌头舔过她的眼泪，舔过她脸上的每一寸皮肤，她软得站立不稳，谭良骏抱着她，靠着龙窑的墙壁坐了下来。谭良骏像一个装窑的师傅一样，小心翼翼地捧着她，好像她是窑上最高明的成型师傅制作出来的精美瓷坯。谭良骏左右寻找，用他的脚在黑暗中探索，终于把她摆在了龙窑里一个最合适的位置上，那是一块平坦坚硬的地方。然后，谭良骏变成了高明的掌火师傅，给她加柴，点火，添火，火温一点一点升高，火焰和浓烟笼罩了她，吞噬了她，她在滚烫的火焰中感受淬火的疼痛，在弥漫的浓烟中感到死而复生般的窒息。她想喊出声来，覆盖在她唇上的火焰吞噬了她的声音。一次又一次，她像一件瓷坯在火焰和浓烟的反复吞噬中成就为一件最精美的瓷器。火焰熄灭，浓烟散去，温度慢慢降低之后，谭良骏仿佛变成了一个最挑剔的商人，他跪在她的身边，他的手从她的头发开始抚摸，摸过她的耳朵，她的眉毛，她的眼睛，她的鼻子，她的嘴，她的脖子，她的锁骨，她饱满圆润的乳房……谭良骏就像抚摸一件精美绝伦的瓷器，一直抚摸到她的脚丫子，每一个脚丫子都被他捏在手里，轻轻地捏一遍。他说，裴牡丹，你真漂亮啊。他像一个终于选到了满意瓷器的商人，把价值连城的瓷器捧起来，用他那双像猫一样在黑暗中发光的眼睛端详着，舍不得让眼睛离开自己心爱的瓷器。他说，裴牡丹，你跟我说句话啊。裴牡丹口干舌燥的嘴里冒出甜津津的汁水，她说：你啥时候偷看过我洗衣服？谭良骏莫名其妙，他问，我为啥要偷看你洗衣服？裴牡丹说，"二八谁家女，临河洗旧装。水流红粉尽，风送绮罗香。"谭良骏无法表达自己的惊喜，他抓起裴牡丹的手，把手指头送进嘴里，咬了一口，裴牡丹轻轻地叫了一声。他轻轻地躺在裴牡丹的身边，拉过她的手，放在自己的胸口上。他说，原来你喜欢我作的诗，那我再给你作一首。裴牡丹说，你在学堂作的那些诗，我都记得。谭良骏坏笑了一声，说，"熟练轻容软似锦，短衫批帛不绵缠。肖郎急卧衣裳乱，往往天明在花前。"裴牡丹羞得挣脱了谭良骏握着的手，用双手捂住脸。谭良骏说，这你都听得懂？这可不是我写的，我在学堂先生那儿看来的。当时看不懂，今天才懂了。我应该改一下，把肖郎急卧衣裳乱，改成谭郎急卧衣裳乱。裴牡丹伸手去打谭良骏，两只手都被谭良骏捉住了。谭良骏坐起来，他俯身把自己的脸贴到裴牡丹的胸前，隔着薄薄的衣衫，裴牡丹柔软饱满的乳房散发出一股醉人的香暖之气，他心旌摇荡，难以自持。

裴牡丹张开眼睛，突然看见窑边门口一小块地方白晃晃的，她惊得坐起来，耳朵里涌进一片喧嚣，那是山上的呐喊声和各种器物发出的声音，还有欢呼声。裴牡丹惊慌得不知所措，她站起来，冲到窑门口白晃晃的地方。她透过窑门望着天上，那只被天狗吃掉的月亮已经被天狗吐出来一大半了，山上的欢呼声铺天盖地。她说，天啊，我都干了什么？谭良骏过来抱她，她推开谭良骏。谭良骏说，你怕什么，你不会当真要嫁给庞嘉永那个笨蛋吧。裴牡丹说，你什么都不晓得。你什么都不晓得。天啊，我为啥会遇见你。裴牡丹发疯一样跑了出去，谭良骏追上去，抓住裴牡丹的手，领着她走过龙窑边坑坑洼洼的路，裴牡丹浑身僵硬。谭良骏把裴牡丹带到了那条大路上，帮裴牡丹捡起掉在路上的竹竿。谭良骏小声说，裴牡丹，我喜欢你，你也喜欢我，我不会让你嫁给庞嘉永。你不要怕，大不了我们一起离开这儿到扬州去。

月光照着谭良骏的脸，原来天狗已经不见了，一轮满月完完整整地挂在天上。裴牡丹仰头望着天上那轮被天狗吃进去又吐出来的月亮。今晚发生的事情，她并不后悔。但她害怕，想起她的阿耶和娘，想起庞嘉永和他的阿耶和娘，想起接下来要面临的一切事情，她六神无主，失魂落魄。山顶上的欢呼声像石头一样滚下来，砸得裴牡丹不敢停留。她对谭良骏说，别去找我，别做任何事情。说完，她拖着竹竿，向山下走去。

裴牡丹回到家里，把自己清理干净。她躺在床上，止不住浑身发抖。她听见裴桂花和娘回来了，她必须止住发抖的身体，不能让她们发现什么。她大口呼吸大口喘气，然后假装睡着了。她听见她娘问，牡丹上哪儿去了？裴桂花火气很大的说，谁晓得。天狗把月亮吐出来，我也出了力，我爬到樊家坪最高的顶上吹我的瓷哨子，把腮帮子都吹肿了，瓷哨子都吹不出声音了。凭啥裴大江和阿耶他们可以去酒家喝酒，我就得回家？裴牡丹的娘说，你这疯丫头，还不服气。你有你哥的声音大吗？你有你阿耶的声音大吗？没有他们敲打锣鼓的声音，光靠你吹几声瓷哨子，天狗能把月亮吐出来？裴桂花气哼哼地进了房间，一屁股坐在床上，裴牡丹惊叫一声，裴桂花也惊叫一声。裴牡丹的娘点着灯跑过来，看见裴牡丹睡在床上，说，刚才到处找你，原来你在家睡觉。裴桂花说，姐你没去就对了，像我这样跑断了腿喊哑了嗓子吹坏了瓷哨子还不是一点功劳都没有。裴牡丹的娘说，牡丹你是不是病了？裴牡丹说，没生病，我找不到拿来敲打的东西，耽误了时间。裴桂花说，我不是给了你一只瓷哨子吗？裴牡丹说，我都多大了还吹瓷哨子。裴牡丹的娘说，你姐翻过年就要嫁人了，你以为还跟你一样是个小姑娘呢。裴牡丹说，我跑到街上一个人都没有了，我害怕，就回来把衣服洗了。你们老不回来，我就睡着了。裴牡丹心想，幸好裴桂花气呼呼，没注意到她的异样。

裴桂花跑得太累了，很快就睡着了。裴牡丹睁着眼睛，根本睡不着。她抱着自己酸痛的身体，回想着龙窑里发生的一切，她喜欢那个疯狂的自己，"论情好果报，嫁娶可怜夫。"粗暴又温柔的谭良骏，才是她的可怜夫。谭良骏说得没错，她不能嫁给庞嘉永。躺在黑暗中，她觉得自己不再害怕，明天起了床，她就跟她娘坦白。娘一定会帮她。想着想着，她睡着了。在梦里，她梦见她跟谭良骏结了婚，他们并肩站在一起拜天地拜高堂夫妻对拜，可揭开盖头，看见跟她对拜的人是矮矮胖胖的庞嘉永，她吓得惊叫一声，从床上坐了起来。她的叫声把她娘惊醒了，她娘举着油灯进来，看见她坐在床上，裴桂花打着呼噜。裴牡丹慌得不知如何是好，却听见她娘说，是不是桂花做梦把你喊醒了？这孩子，晚上跑得太疯了。把别人吵醒了自己还没醒。裴牡丹点头说，吓死我了。她娘说，别说你跟她一个被窝，我隔着一个屋都被她的叫声吓醒了。没事儿了，你睡吧。娘出去之后，裴牡丹再也睡不着了。

　　第二天起来，看见她娘在给她的嫁妆上绣花，她娘早就跟她说了，要在翠绿色的嫁妆胸前，一边绣一朵红色的牡丹，已经绣好了一朵。她娘说，你摸摸。她听话地坐在她娘身边，抚摸着她娘用细密的丝线绣出的那朵牡丹，绿叶和花朵，栩栩如生。她说，娘，你的手真巧。她娘说，不是我自己夸自己，要论绣花，石渚地界上，恐怕没人比我绣得更好。我的两个闺女，我一定要让她们穿最漂亮的嫁妆出嫁。她摸着那朵牡丹的针脚，不敢看她娘。昨天晚上充满她内心的勇气和决心，顷刻间消失得无影无踪。她说，娘，今天天好，我去河边把被单都洗了。她收拾了一篮子被单，逃跑一样离开了家。

　　河边洗衣服的地方分了两块，生了孩子和上了年纪的女人洗衣服在下游，像裴牡丹这样的年轻姑娘和刚结婚的新媳妇，在上游。两个地方隔着一段距离。下游离草市更近，有了孩子的女人和上了年纪的女人家里有干不完的活儿，她们洗衣服总是着急忙慌的。年轻姑娘洗衣服不着急，她们边洗衣服边聊天，那些属于姑娘们的私房话，在水中聊起来不怕被人听见，混在她们中间的新媳妇，还会聊一些让姑娘们脸红心跳的话题。

　　裴牡丹不想说话，她找了一个人少的地方，站到水里，清凉的水泡着她的脚。她把被单放进水里，失神地看着远处的江面，水把她的被单冲走了她都没有发现，旁边一个姑娘眼疾手快捞起裴牡丹的被单，大叫一声，裴牡丹，发什么呆啊？你的被单都被水冲走了。裴牡丹吓了一跳，慌忙接过被单。站在另外一边的一个新媳妇说，裴牡丹，你这个样子像害了相思病。是不是想你的娃娃亲庞嘉永了？裴牡丹红了脸，说，胡说啥？好像你害过相思病。那个新媳妇说，我就是害过相思病，我害相思病的时候天天茶饭不思，失魂落魄。相思好苦啊。姑娘们一阵哄笑，说，哇，你对谁相思啊？你的相思病怎么治好的？那个新媳妇说，还能对谁相思？对我要嫁的那个人相思呗。我的相思病咋治好的？结了婚就治好了。裴牡丹，赶紧让庞嘉永把你娶回家。另外一个新媳妇说，郑家小娘子，别把姑娘们教坏了。那个新媳妇说，下家小娘子，装什么正经，好像你当姑娘的时候没害过相思病似的，害相思病又不是啥丢人现眼的事儿，我又不是对别人害相思病，我是对我定亲的对象害相思病。卞家小娘子，你出嫁之前害没害过相思病？另一个新媳妇说，郑家小娘子，你这张嘴真是厉害。我招惹你干啥？姑娘们一阵大笑，用手撩起水互相洒。大胆的姑娘趁机起哄，卞家嫂子，你到底有没有害过相思病啊？一时间，青春的笑脸和青春的笑声湿漉漉地飞扬在河面上。

裴牡丹埋头捶打她的被单，她跟姑娘们的欢乐已经格格不入。另一个新媳妇说，怎么把火烧到我身上了，刚才在说裴牡丹。姑娘们的目光一下转到了裴牡丹身上，裴牡丹掩饰不住的焦虑神色让她们大吃一惊，她们说，裴牡丹，你今天好怪啊。裴牡丹努力地笑了笑，说，你们才怪。不理你们了，我洗完了。郑家嫂子，你帮我拧一下被单。那个新媳妇帮裴牡丹把被单的水拧干，裴牡丹说，谢谢郑家嫂子。那个新媳妇用探究的目光盯住裴牡丹，低声说，你脸色不好，是不是生病了？裴牡丹更加努力地笑出声来，说，你不是说我害了相思病吗？那个新媳妇说，害了相思病的人尽管一天到晚茶饭不思，可脸色都是红扑扑的，眼睛也是亮闪闪的。你这个样子，却不像害了相思病。跟嫂子说说，你咋啦？裴牡丹觉得自己快要流泪了，赶紧从河里捧了一捧水洗了脸，趁机用手搓了搓脸，把脸上搓出一点红颜色，她擦干脸上的水说，昨天吓唬天狗跑累了，可能没睡好。我先回去了，谢谢郑家嫂子。

裴牡丹提着篮子走上了河岸边的路，她觉得郑家嫂子的目光一直追着她的后背。她想起偶尔听见她娘跟庞嘉永的娘谈论樊婆婆，她们说别看樊婆婆三十多岁了，到底没有结过婚，从背后看，还是一个姑娘的样子。裴桂花没心没肺地问，娘，你们咋看出来的？庞嘉永的娘笑得前仰后合，说，姑娘和媳妇，从背后看她们走路，一眼就能看出来。裴桂花说，我就看不出来，那天在街上把郑家新嫂子认成杜鹃姐了，追上去才发现认错了。裴牡丹的娘说，这孩子，大人说话别插嘴。庞嘉永的娘神秘地一笑，说，等你嫁人了你就看得出来了。郑家嫂子能从背后看出来她已经不是姑娘了？裴牡丹吓出了一身冷汗。

谭良骏那晚离开裴牡丹回家之后，在床上一分钟都躺不住，他一晚上都在他家后面的山上乱转。第二天，他去了窑上，看见装窑的师傅们在往窑里装货，他跑进窑里，他和裴牡丹昨晚躺过的地方已经装上了匣钵和瓷坯，师傅们还在往上一层一层地装更多的匣钵和瓷坯。他神思恍惚地站在窑口，仿佛看见裴牡丹被那些匣钵和瓷坯压在了下面。他晃了晃脑袋，看清匣钵和瓷坯下面只是龙窑坚硬的地面。

谭良骏心慌意乱。他的脑袋里像皮影戏的幕布，幕布上是他记忆里的裴牡丹，裴牡丹站在那儿仰头看月亮的样子，裴牡丹在河里洗衣服的样子，裴牡丹在学堂里背书的样子……他疯狂地想念裴牡丹花瓣一样柔软的嘴唇。他在窑上一分钟也待不住。离开窑上之后，他径直到了草市街上，他在草市街上从东头逛到西头，又从西头逛到东头，他只想见到裴牡丹。他拼命压抑自己想去裴牡丹家的冲动。他在草市街上从东头到西头逛到第三次的时候，终于看见了裴牡丹。裴牡丹挽着一篮子衣服从河边走到了街上，他狂乱的心好像要跳到地上来。他想跑过去，把裴牡丹搂进怀里，亲她花瓣一样芳香的嘴唇，可他的脚就像被钉在了地上，根本迈不动。他想起了裴牡丹昨晚分开的时候对他说的话，别去找我，别做任何事情。他眼睁睁看着裴牡丹拐进了西头，西头棚子撤了，房子建得越来越多，这些房子中，就有庞嘉永为迎娶裴牡丹建的新房。想到庞嘉永和他的新房，谭良骏就像塌陷的龙窑，一下子堆在了地上。好半天，他才慢慢从地上站起来，拖着沉重的脚步回窑上去了。

裴牡丹和庞嘉永的八字已经合过了，嫁娶的日子根据两个人的八字找人算好了吉日。裴牡丹每天晚上躺在床上就要想，又过了一天，离那个嫁人的吉日，更近了。她睡不着觉，睡着了也是噩梦不断，早上起来脸色不好，没精打采，但她必须强打精神，每天起床后仔细化妆涂上脂粉把苍白的脸色掩盖起来。她变得神经过敏，谁的目光多看她一会儿，她就心惊肉跳。

庞嘉永的娘和裴牡丹的娘天天都要凑在一起商量嫁娶的事儿，庞嘉永的娘到家里来了，裴牡丹总是躲在屋里不出来。庞嘉永的娘倒是没起疑心，她跟裴牡丹的娘说，出嫁之前的姑娘都这样，突然就变得害羞了。幸好庞嘉永不到家里来，她最不想见到的人就是庞嘉永，她无法面对庞嘉永。裴牡丹的娘每天都要问裴千里庞嘉永在忙啥。裴牡丹把耳朵捂上也躲不开她的耶娘谈论嫁娶之事，他们现在最关心的就是她嫁人的事儿。

家里每个人都让裴牡丹心烦，裴牡丹焦躁不安，无法在家里待下去。可她只要走到街上，总会遇到谭良骏。那晚分开的时候，她说了别找我，别做任何事。可谭良骏好像每天都在草市街上找她，见到她，远远地站着，好像就为了看她一眼。她晓得谭良骏在等什么，他在等她的决定。这是一个多么难做的决定啊，她每天晚上躺在床上，都感觉自己的身体被扯成了两半，右边一半不管不顾只想跟谭良骏在一起，左边一半要遵从父母之命媒妁之言嫁给庞嘉永。两半身体互相拉扯，势均力敌，谁也赢不了。裴牡丹疲累至极，她的脸色憔悴得涂脂抹粉都快要掩盖不住了。

那天一大早，裴牡丹刚起来打开院门，樊婆婆就急匆匆跑到门口，她站在门外说，裴牡丹，你一会儿到码头帮我取个东西，我托蓝家的船给我带的东西今天上午到码头，我马上要去都司坡。裴牡丹这才看到樊婆婆的身后站着一个后生，背着樊婆婆的接生包。裴牡丹说，樊婆婆你放心吧，我一会儿就去给你取回来。裴牡丹话还没说完，樊婆婆已经迈着大步走远了。樊婆婆喜欢裴牡丹，平时有点急事，总是叫裴牡丹帮忙。裴牡丹非常乐意帮樊婆婆的忙，石渚地界上，樊婆婆是最让裴牡丹佩服的女人。

裴牡丹在码头等了很久，听说船遇到风浪，要晚来，不晓得要晚多久，裴牡丹一步都不敢离开，怕错过了蓝家的船拿不到给樊婆婆的东西。裴牡丹在码头等船的时候，看见了谭良骏。谭良骏在码头上走来走去，看见裴牡丹，他就站在那儿不动，假装看着江面的船，眼睛偷看着裴牡丹。站了很久，谭良骏才慢慢转身走了。裴牡丹每次远远地看见谭良骏，心里就像有一团火在燃烧。慌乱，羞怯，激动，痛苦，她要用尽力气才能止住心里的颤抖扩散到身体上。她害怕见到谭良骏，又渴望见到谭良骏。渴望的心情无法遏制，她就会走出家门。谭良骏每天都在草市街上、河边洗衣服的地方和码头等各种可能遇到她的地方游荡，她只要走出家门，一定会遇到谭良骏。害怕的情绪占了上风，裴牡丹就躲在家里不出门。裴牡丹每一天都被两种力量撕扯着，渴望和恐惧，一个像火焰，一个像江水。渴望的火焰让她浑身燃烧发抖，恐惧的江水让她窒息得喘不上气。

裴牡丹取到樊婆婆的东西回家的时候，在拐进草市西头的地方碰见她娘和裴桂花从家里出来，她娘和裴桂花已经吃完了中午饭，她们到窑上给她阿耶和裴大江送饭去。她娘说，给樊婆婆的东西拿到了吧？今天的船来得这么晚。裴桂花说，姐，今天的饭可好吃了，娘给你温在锅里呢。

裴牡丹回到家里,把樊婆婆的东西放到她和裴桂花睡觉的屋子里,等樊婆婆从都司坡回来她再送过去。在码头上等船的时候,裴牡丹一直站着,回到家觉得饿了。她揭开灶台上的盖子,锅里放着她娘给她留的饭,是她最爱吃的米粉,一大碗米粉,里面有猪肝、猪大肠、豆腐皮,还有青菜。她迫不及待把碗端出来,凑到鼻子底下闻着碗里的香味,馋得她直咽口水。她捧着碗准备往桌子那边走,突然涌起一阵恶心。她愣了片刻,忍着恶心转身把碗放到了灶台上。随着恶心而来的是翻江倒海的呕吐,酸水苦水一起涌到嘴里。她蹲到灶台下,把涌上嘴里的东西吐进灰堆里。在河边洗衣服的时候,她见过新媳妇们惊天动地的呕吐,新媳妇们吐完掬起一捧水洗洗脸,总是露出满脸喜悦,怀孕带给新媳妇的憧憬是多么美好。

裴牡丹被突然而至的呕吐吓傻了。幸好她娘和裴桂花不在家,她娘要是发现她怀上了谭良骏的孩子,立马就会晕过去。一阵狂吐平息之后,她惶恐不安的心反而安定下来了,她端起灶台上的碗,狼吞虎咽地把一大碗粉吃得干干净净。她刷干净碗,把呕吐弄湿的灰铲出去,放在院子角落那棵桂花树下。家里的这棵桂花树,是裴桂花出生的时候阿耶种下的。去年秋天,桂花树开了花。她和裴桂花把落到地上的小米粒一样的桂花收集起来,晒干了,冬天煮茶的时候放上几粒,满屋子都是桂花的香气。今年的桂花一定比去年开得更好。她站在树下,小心地把双手贴在肚子上。她怀孕了,她不可能再跟庞嘉永结婚了。怀孕让裴牡丹分成两半的身体瞬间分出了胜负,不管不顾要跟谭良骏在一起的右半边身体彻底打败了遵从父母之命媒妁之言嫁给庞嘉永的左半边身体。她不再考虑她的耶娘还有庞嘉永和他的耶娘要如何收场,那是他们的事情,她现在顾不上他们了,她现在只能顾自己。她拍了拍桂花树光滑的树干,心里百感交集。

在她娘和裴桂花回家的时候,裴牡丹正在家里大扫除,她把能干的活都干了,她干得热汗腾腾。裴桂花吃惊地说,姐,今天是啥日子?裴牡丹说,不是啥日子就不兴我干活了?裴桂花说,我晓得了,你嫁了人就得给婆家干活,回娘家是客人,没有机会帮娘干活了。我说得对不对?裴牡丹的娘眼泪汪汪地看着她们姐妹两个,说,小时候盼着你们长大,盼着你们嫁个好人家,临到要嫁人又舍不得。裴桂花说,有啥舍不得的,我姐又不是要嫁到潭州城去,嫁给几步远的庞嘉永,说回家就回家。裴牡丹说,裴桂花你不说话没人当你哑巴,看你多嘴多舌把娘的眼泪都招出来了。裴桂花做了个鬼脸，说，有婆家的人我得罪不起，我找杜鹃姐绣花去。裴桂花走了，裴牡丹说，娘，你歇着，趁着天好，我把阿耶和哥的脏衣服拿到河边洗了去。

裴牡丹去洗衣服的时候是下午，河边已经没人洗衣服了。石渚人喜欢上午扎堆洗衣服，趁着中午大太阳就把衣服晒干了。裴牡丹松了一口气，她现在最怕扎堆，她无法控制突然涌上来的恶心呕吐。她把衣服泡湿，放在一块光滑的石头上，用木棒一下一下捶打。她一边捶打着衣服，一边思考自己需要解决的问题。两家都在欢天喜地准备婚嫁大事，新房盖好了，嫁衣备好了，婚嫁的吉日也选定了。她的阿耶和娘都期待着，三个月之后，把她风风光光地嫁出去。庞嘉永和他的耶娘期待着，吉日一到，体体面面地把她娶回家。如果她怀了庞嘉永的孩子，双方家长一定欢天喜地把婚事办了，日期提不提前都无所谓。石渚地界上对没有结婚就怀孕的姑娘一直很宽容，男女双方都有默契，在姑娘还没有显怀之前，双方家长会赶紧把婚事办了。可她怀了另一个男人的孩子，她怀孕的事儿要是被人知道了，她会被石渚人的唾沫星子淹死。她的耶娘也无法面对庞嘉永和他的耶娘。还有三个月就要迎娶的姑娘怀了别人的孩子，裴牡丹不知道庞嘉永会不会一怒之下把谭良骏杀了或者把她杀了。她阿耶总说庞嘉永是个一根筋的人，考虑问题不会拐弯，没有灵活性。一根筋的人最容易做出极端的事情。她要躲起来，躲得越远越好。

谭良骏那晚不是说可以带她去扬州吗？那就去扬州好了，去一个离石渚天远地远的地方，去一个谁也不认识她和谭良骏的地方。等石渚人发现她和谭良骏不见了，只能接受她和谭良骏私奔的现实。私奔是一个浪漫的故事，石渚人对浪漫故事的包容性一直很高。等他们在外面过上几年，石渚人说不定已经把她和谭良骏的私奔美化成一桩惊天地泣鬼神的浪漫爱情故事。

要怎么才能悄无声息地从石渚地界上消失？木槌捶打石头上的衣服，发出噗噗的闷响。裴牡丹想到了樊婆婆，她相信樊婆婆一定会帮她。只有樊婆婆做得到让他们悄无声息地从石渚地界上消失。洗完衣服，裴牡丹从河里直起腰，她已经没有任何恐惧。她提着洗衣篮回家的时候特意绕到樊婆婆家，看看她回来没有。樊婆婆是个大忙人，有时候好几天都在外面接生，可裴牡丹等不起，她不晓得啥时候就会被突如其来的恶心呕吐抓住，多等一天就多一分暴露的危险。

裴牡丹运气不错，她绕到樊婆婆家，居然看见樊婆婆已经回来了。樊婆婆刚到家，正在给自己煮茶。裴牡丹说，樊婆婆你回来了，我马上去把东西给你送过来。樊婆婆说，好，我先喝口茶。裴牡丹回到家，匆匆忙忙晾好衣服，拿起樊婆婆的东西就去了樊婆婆家。裴牡丹把东西交给樊婆婆，就给樊婆婆跪下了。樊婆婆看了裴牡丹一眼，说，有事儿起来说。裴牡丹站起来，坐在樊婆婆指给她的凳子上。樊婆婆说，遇到啥事了？裴牡丹盯着樊婆婆，她没有哭，所有的眼泪都从眼睛里退下去了。她非常平静地说，樊婆婆，我怀了谭良骏的孩子。我和谭良骏必须从石渚地界上悄无声息地消失。石渚地界上，你是唯一能够帮我和谭良骏的人。樊婆婆说，胆子够大的，几个月了？裴牡丹说，就是天狗吃月亮那晚的事儿。樊婆婆说，谭良骏晓得吗？裴牡丹说，我今天才晓得怀孕了，我还不晓得怎么才能告诉谭良骏。樊婆婆说，一般的姑娘发生了这么大的事儿，早就哭晕了。裴牡丹，你真行。我喜欢你这样有主见的姑娘。你们想去哪儿？裴牡丹说，谭良骏那晚说带我去扬州。樊婆婆说，你想过咋去吗？裴牡丹说，我只想到了一点，不能坐本地人的船。樊婆婆咧嘴笑起来，说，裴牡丹你真行，头脑很冷静。接下来的事儿交给我，我一会儿去一趟码头，看看那条扬州的船今晚走不走。我给那条船的老板帮过一个忙，他每次到了石渚，都会上岸来看我，给我带一份礼。我求他帮忙把你们带到扬州，他不会拒绝。联系好了船，我去一趟谭家坡，正好有一个师傅的娘子怀孕六个月了，该去看看她。谭良骏那坏小子最好在谭家坡待着，让我找得到他。裴牡丹说，他今天肯定在谭家坡，他今天在码头上看到我了，他每天只要看到我就会回谭家坡。樊婆婆说，这坏小子，到了扬州千万别这么不着调了。裴牡丹说，樊婆婆，大恩不言谢，我下辈子给你当牛做马。樊婆婆说，别说没用的，这辈子还搞不明白呢，别把下辈子许给我。还有一个重要的问题，钱，你没钱，谭良骏也没钱。扬州的船老板不收船钱是情分，要让人家搭饭钱我可没那么大面子。你们两个一分钱没有，你们到了船上准备要饭吗？裴牡丹说，这个问题我想过了，唯一的办法就是管樊婆婆借钱，我给你打欠条。樊婆婆又笑了，她说，裴牡丹你行，我把话放这儿，你将来不晓得能干成多大的事儿。谭良骏那坏小子也不晓得能干成多大的事儿。你们这一对活宝，将来说不定都是人物。裴牡丹说，那也是向樊婆婆学习的结果。樊婆婆笑了，说，留着你的马屁去扬州拍给那些能帮助你的人吧。你先回家，我安排好了就到你家告诉你。晚上怎么从家里脱身那是你的事儿，自己想办法。裴牡丹站起来，给樊婆婆深深地鞠了一个躬，出门回家去了。

裴牡丹回到家里，给自己找了一个躲在院子里干的活儿，她把买回家晒干了堆在院子里的那堆稻草挽成一小把一小把地放进堆柴火的地方。裴牡丹必须让自己忙碌起来，她要用忙碌掩藏自己。樊婆婆在谭家坡找不到谭良骏咋办？想到这点，她手脚都在发抖。裴牡丹恶狠狠地挽着稻草。她必须相信樊婆婆一定能找到谭良骏，她现在要想的问题是晚上如何从家里脱身。那些天睡不着躺在床上心烦意乱的时候，她试着半夜起来开门出去，一次也没有吵醒过家里的人。他们一家人睡觉都很沉，他们家的门推开关上都不会发出一点声音，她娘最不喜欢门发出吱吱呀呀的声音，只要哪扇门发出了声音，她马上就要给门上油。等她走了以后，她娘会不会后悔给门上油太勤了？想到她一走了之，她娘以后在石渚恐怕要抬不起头来了。等她走了之后，她娘和阿耶的面子就要被扫进石渚湖的水里去了。想到这些，她难过得想用手里的一小把干稻草抽自己耳光。一阵突然而至的恶心终止了她对父母的愧疚，她用干稻草遮挡着自己，奋力把一阵恶心呕吐无声地化解了。

天就要黑了，樊婆婆还没有出现，她不会找不到谭良骏吧？那条扬州的船会不会下午的时候已经开走了？她晃了晃脑袋，不让自己想这些吓唬自己的事情。她必须把注意力集中起来，仔细想今晚从家里逃脱的事儿。裴桂花没睡着之前，她不能收拾自己的东西。裴桂花睡着了，她也不能收拾东西，万一把裴桂花弄醒了就麻烦了。吃晚饭之前，樊婆婆没来，裴牡丹强装镇定，她不让自己去想樊婆婆那边可能出现的意外。吃晚饭的时候，她提心吊胆，怕突然出现一阵恶心呕吐。

裴牡丹他们吃完晚饭了，樊婆婆才终于走进了他们家，看到樊婆婆的瞬间，裴牡丹心里的石头落了地。裴牡丹的娘招呼樊婆婆坐，还要给樊婆婆煮荷包蛋，樊婆婆说，裴家娘子，不用忙了，我吃过了。今天忙了一天，一会儿我要早点去睡。我就问问牡丹，蓝家的船主有没有跟她说，另外那个包裹啥时候给我捎回来？裴牡丹抑制住狂跳的心，说，樊婆婆，蓝家的船主没说另一个包裹的事儿。樊婆婆说，那他可能忘了。没事儿，我回去了。裴牡丹说，樊婆婆我送你出去，顺便把院门关了。裴牡丹把樊婆婆送到门外，樊婆婆低声说，船明天天不亮就走，你能脱身了马上到我家。裴牡丹大声说，樊婆婆你慢点走。她站在那儿看着樊婆婆走远了，才慢慢关上了院门。

裴桂花躺在床上，兴奋得睡不着，她一个劲儿打听樊婆婆跟郑喜州的事儿。她说，姐，樊婆婆为啥不能嫁给郑师傅再去当接生婆？裴牡丹假装呵欠连天，说，你问樊婆婆去。我困死了，你睡不睡啊。裴桂花说，姐，你说郑师傅还会不会娶别的姑娘？裴牡丹说，我哪儿晓得，你要实在想知道，就让裴大江去帮你问。裴桂花说，裴大江才不敢问他师傅这种问题。裴牡丹说，今天干了不少活，累了。睡吧。裴桂花躺下不一会儿，又爬起来问，姐，你说除了樊婆婆，郑师傅还能不能喜欢别的姑娘？裴桂花对郑师傅的关心很反常，但裴牡丹啥也没发现。裴牡丹说，求求你了桂花，睡觉吧。今天太累了。有啥话明天再说。裴桂花嘟嘟囔囔躺下了，翻来覆去在床上烙大饼。裴牡丹一动不动，假装打了几声呼噜。裴桂花终于睡着了。

裴牡丹又躺了一会儿，才慢慢爬起来。她睡觉之前已经把衣服从柜子里拿出来放在柜子上了，她告诉裴桂花明天太阳好，要把这些衣服晒一晒，去霉味。她摸黑把放在柜子上的衣服用床单打了一个小包袱，想了想，还是小心地打开柜子，拿出她娘给她绣的嫁衣，放进小包袱里。她轻手轻脚走到门背后，贴着门，听了听外面的动静，她阿耶和裴大江的呼噜声此起彼伏，中间还夹杂着她娘弱一些的呼噜声。她小心地拉开门，门发出一点轻微的声音，吓得她贴着门站住，听了一会儿，没有任何动静，她才关上门，往外面走。她提醒自己小心一点，不能踢到任何东西上，睡觉之前，她已经把房间的东西都摆到靠墙的地方了。终于出了院子，关上院门。她不敢有片刻的停留，直接往樊婆婆家走去。

天太黑了，尽管熟悉樊婆婆家这条路，她还是踢到了一个石头上，疼得她差点叫出声，她赶紧咬住嘴唇。站在那儿等着脚上的疼痛慢慢减弱了，她又继续往前走。樊婆婆的家里亮着灯，她刚走到门口，门一下子拉开了，她被一双有力的大手抓住拉了进去。昏暗的灯光下，她看见了谭良骏激动不安地站在那儿，她被自己的心跳声吓了一跳。她心里有无数的话，一句都说不出来。所有的话都堵在嗓子里，她的嗓子肿胀得难受。樊婆婆说，谭良骏，钱你收好，欠条我收好。你要好好照顾裴牡丹，她今晚跟你走了，就没有娘家了。眼泪冲出了裴牡丹的眼睛，在她的脸上横流，她哭得站不住，蹲到了地上。樊婆婆说，没时间哭，你们两个赶紧去码头，那艘扬州船的老板姓朱，他会在岸上等你们。谭良骏说，我到这儿之前已经去过码头，把扬州船停船的位置看清楚了。樊婆婆说，凭你们两个的机灵劲儿，我相信你们到了扬州也会找得到生计。

他们准备出门的时候，几个打着火把的人拍打着樊婆婆的门喊，樊婆婆，我们是康家窑的。樊婆婆把谭良骏和裴牡丹推到里面那间屋里，麻利地背起自己的接生背包，吹灭了灯，出门去了。谭良骏在黑暗中搂过抖得像一片树叶的裴牡丹，把嘴贴到她的嘴上。谭良骏身上的热烈气息，让裴牡丹镇定下来。听着樊婆婆他们走出了很远，踢踢踏踏的脚步声消失在草市东头的街上。谭良骏立马拉着裴牡丹的手，摸着黑出了门。

谭良骏和裴牡丹在黑暗中走到了码头上，扬州船的朱老板果然在岸上等着他们。朱老板啥话没说，带着他们登上了船，把他们安置在装满石渚瓷器的船舱里。朱老板说，樊婆婆找我的时候，船已经装好了。船上没有多余的地方，委屈你们二位了。谭良骏说，朱老板您太客气了，让我们跟这么珍贵的瓷器待在一起，只怕委屈了你的瓷器。朱老板哈哈大笑起来，他看着谭良骏的脸说，你小子，将来一定能成个人物。谭良骏说，谢谢朱老板，为了不让你的话落空，我一定努力成个人物。朱老板拍了拍谭良骏的肩膀，说，有什么需要你尽管说。樊婆婆交代的事儿，我必须办好。

朱老板让他们两个睡一会儿，他也要睡一会儿，船在天亮前起航。朱老板离开后，谭良骏和裴牡丹睡不着，他们在堆满瓷器的一个角落里坐下来，裴牡丹浑身发抖，她过一会儿就问一句，我妹不会突然醒来发现我不在家吧？谭良骏搂着裴牡丹，说，不会的，我给你妹念过沉睡咒，她睡到明天中午都不会醒。裴牡丹说，不要开玩笑了，我心里乱极了。谭良骏在黑暗的船舱里紧紧地抱着裴牡丹，他说，牡丹，别害怕，一切有我。谭良骏的手摸到裴牡丹的肚子上，说，还有我们的儿子。裴牡丹说，说不定是女儿。谭良骏说，不管儿子还是女儿，我都会叫他谭望月。裴牡丹说，你们谭家下一辈是善字辈。你不按照你们谭家的排行起名？谭良骏说，我就想给他起名望月。我忘不了那晚的红月亮。裴牡丹在黑暗中握住了谭良骏的手，她的身体不发抖了。她说，那就叫望月。反正我们不会回石渚了，按不按排行起名也没人管。谭良骏说，等我发了财，一定要带你衣锦还乡。我要让石渚的女孩都羡慕你。裴牡丹说，我不需要谁羡慕，我只要过自己喜欢的日子。谭良骏说，听你的，我们过自己喜欢的日子，不管别人。

谭良骏和裴牡丹靠在一起，低声地说着话。他们有太多的话要说，有太多的情感要让对方知道。在他们说话的时候，裴牡丹心里就像喝了蜜糖一样甜滋滋的，她不再去想她的耶娘和庞嘉永。

开船之前，朱老板来叫谭良骏，他说，我们马上开船了，你们要不要出来看一眼。谭良骏和裴牡丹站在船头，天还没亮，但东边山头背后的天空已经发白了，太阳就要从那儿升上来。石渚窑区的窑火和烟雾，依然热气腾腾。谭良骏在山坡上辨认自家的龙窑，他发现自己辨认不出来。裴牡丹眼睛都不眨一下，使劲儿盯着半明半暗的山坡，她在辨认她阿耶和裴大江还有庞嘉永上工的樊家窑，她也辨认不出来。黑暗中，山坡上的龙窑看上去没有区别。草市西头的房子，黑乎乎一片，裴牡丹根本看不见自己的家。

谭良骏心里涌起一股激情，仿佛这些年他一直都在等着这一天，坐船去远方，不管远方有什么。谭良骏握着裴牡丹的手，紧紧地握着，他说，牡丹，我们就要去扬州了。扬州啊，那是个繁华的地方。裴牡丹说，我们到了扬州谁也不认识，想想我就害怕。谭良骏说，没什么好害怕的，我们生下来谁也不认识，长到十几岁，就把石渚的人认识了一半。到了扬州也一样。不到一年，我们就把一条街的人都认识了。裴牡丹说，你不害怕吗？谭良骏说，想到要去扬州，我心里就像点燃的窑火。牡丹，即使你不跟我走，我早晚也要离开石渚到外面闯荡。裴牡丹说，你的心早就野了，石渚都搁不下你了。要是扬州也搁不下你，你是不是还会走得更远。谭良骏想了想，说，不会，我舍不得你和望月。

船开动起来，快速地离开了码头，石渚窑区的窑火在他们眼里慢慢缩小，直到完全消失了。草市也快速地退出了他们的视线。天亮起来，他们只看见水和远处的天空，朝霞绚丽得让裴牡丹眩晕。裴牡丹惊恐万状地说，我阿耶和我娘一定发现我不见了。谭良骏拉过裴牡丹的手，说，他们迟早会发现。裴牡丹说，我都干了些什么呀？谭良骏说，我们真心喜欢对方，我们没有做错什么。牡丹，从现在起，不要责怪自己。裴牡丹没说话，她的眼泪源源不绝地流下来。她知道自己没有做错，可她还是难过。她到底是个没有经历过大风大浪的女孩子。想起她的阿耶和娘，想起庞嘉永，她的心就像颠簸在江上的船，在风浪中起伏不定。裴牡丹看着一望无际的江水，在心里默默地说，我喜欢谭良骏，我做了让自己幸福的事情，我没有做错。她擦干眼泪，对谭良骏微笑了一下。谭良骏说，你笑起来真好看，牡丹，你要多笑笑。相信我，我一定会让你和望月过上好日子。

谭良骏很快就跟朱老板打得火热，他好像天生有一种跟人亲近的能力，他说的话，总能把船上的人逗得哈哈大笑，他什么事儿都没干，却成了船上最受欢迎的人。谭良骏了解到为啥樊婆婆开了口，朱老板就不会拒绝把他们带到扬州去。原来朱老板在靖港有一个相好，这个相好生孩子的时候差点出事。靖港的接生婆慌了神，告诉朱老板赶紧到草市接樊婆婆，樊婆婆是潭州地界上最好的接生婆，如果樊婆婆都救不了，那就没救了。朱老板飞快地把船开到草市，把樊婆婆接到靖港。樊婆婆果然技高一筹，让他的相好母子平安。朱老板家里已经有四个女儿了，相好的生下一个儿子，朱老板把相好和儿子一起接回了扬州。谭良骏把朱老板的事情讲给裴牡丹听，裴牡丹说，朱老板把儿子和相好接回扬州，四个女儿和她们的娘怎么办？谭良骏说，这个我不好问。裴牡丹说，你将来说不定也要遇到这种问题。谭良骏说，牡丹你说啥呢？我这一辈子能够娶到你，已经知足了。裴牡丹说，你这会儿知足不代表你一辈子知足。谭良骏说，牡丹，我晓得你心情不好，你在担心你家里的情况。裴牡丹说，不要提我家里。谭良骏用手指掐着两个嘴唇，裴牡丹说，你在干吗？谭良骏闷声闷气地说，我在闭嘴。裴牡丹被谭良骏逗得笑了起来。她说，我没让你闭嘴，我喜欢听你说话。

谭良骏和裴牡丹乘坐的船离石渚越来越远了。谭良骏跟船上的人全都认识了，他每天忙得不可开交，像个万金油，到哪儿都能搭把手，或者说个笑话逗趣，船上的人都喜欢他。裴牡丹也帮着在船上做点事儿，厨师们生火做饭的时候，裴牡丹总去帮着择菜洗菜。朱老板没有收他们的船钱，谭良骏要给朱老板饭钱的时候，朱老板也没收。朱老板说，出门在外不容易，不晓得会遇到什么困难，我的船上不缺你们两个一口吃的。你们两个这样跑出来，手里肯定没有多少钱，你们的钱一定要省着用。关键时候，一分钱就能难倒英雄汉。谭良骏说，朱老板，大恩不言谢。日后我要真的成了一个人物，我也会随时听任你的差遣。朱老板说，我这些年天天在外面跑，啥人都遇到过。你小子不是一般人。我可记着你的话呢，别到时候装不认识我。谭良骏说，朱老板，锦上添花的人有可能忘记，雪中送炭的人无论如何都忘不掉。朱老板说，还是那句话，有什么需求你尽管说。樊婆婆托付的事情，我必须尽力办好。朱老板是个闲不住的人，船上的各种事情都要找他解决，每次停靠码头，朱老板都要下去采购一些当地的土特产，如果价格合适，他会把船上的瓷器卖掉一些。朱老板每次下船都带着谭良骏，谭良骏能说会道，善于察言观色，在朱老板谈生意的时候，谭良骏是个好帮手。

谭良骏和裴牡丹已经把石渚抛到了脑后，他们每天晚上在那间堆满石渚瓷器的狭窄船舱里睡下，谭良骏总会豪情满怀地说，裴牡丹，谭望月，我对着江水发誓，一定要让你们过上幸福的生活。裴牡丹的大眼睛在黑暗的船舱里闪着光，她紧紧地搂着谭良骏，她已经不再害怕了。看到谭良骏在船上的表现，她觉得繁华的扬州更适合谭良骏，他很擅长跟陌生人打交道，他对别人在想什么，似乎有一种天然的洞察力，他说出来的话，总是很得体。谭良骏的能力在石渚发挥不出来，石渚太小了，让他没有用武之地。在摇晃的船上憧憬着以后的生活，枕着谭良骏的胳膊进入梦乡，裴牡丹在梦里笑出声来。

最早发现裴牡丹不见了的人是裴桂花，她起床的时候，裴牡丹不在床上。她坐在床上环顾房间，裴牡丹没有像以往那样坐在那儿化妆。裴桂花以为自己起晚了，裴牡丹已经化好妆出去了。裴桂花穿好衣服从房间出去，她娘在灶间做饭。她问，娘，看见我姐了吗？她娘说，我听你们屋里一点动静没有，以为你和你姐睡得香，就没叫你们。裴桂花说，我姐没在屋里。裴牡丹的娘一下子慌了，说，你姐不在屋里？一大早她能去哪儿？裴桂花和她娘在家里找了一圈，她们发现院门是虚掩着的。裴桂花说，昨晚我姐关了院门插了插销的，我睡前还来看过。我阿耶和我哥已经去窑上了吗？裴桂花的娘说，你阿耶和你哥都还没起来。裴桂花的娘声音都在发抖，她转身冲进裴桂花和裴牡丹睡觉的房间，打开柜子，发现裴牡丹的几件衣服不见了，那件嫁衣不在柜子里。裴牡丹的娘双膝一软，跪到了地上。她问裴桂花，你姐昨晚跟你说过啥？裴桂花说，我睡不着，想跟我姐说话，我姐说她累了，让我赶紧睡。我后来就睡着了。裴牡丹的娘说，快去把你阿耶和你哥叫起来。裴桂花的娘跪在地上，站不起来。裴桂花拍着门，带着哭腔说，阿耶你快起来，我姐不见了。哥你快起来，我姐不见了。

裴家陷入了一片混乱，裴牡丹的阿耶问裴牡丹的娘怎么回事儿？裴牡丹的娘光知道哭，根本说不出话。裴桂花战战兢兢地说，我姐带走了几件衣服，带走了娘给她绣的嫁衣。裴牡丹的阿耶气得抓起碗碟就往地上摔。裴大江一看他阿耶爆发了谁也劝不住，赶紧说，我出去找找。一溜烟跑了出去。裴桂花反应过来也要跑，被她阿耶一把拉住，她阿耶说，你跑什么跑，你老实说，你姐到底去了哪儿？跟你睡一张床，她爬起来收拾了衣物走了，你一点不知道？你们两个是不是串通一气？裴桂花气得大哭大叫，为啥我姐的事儿也赖我？我到底是不是你们捡来的，你们为啥对我这么刻薄。裴牡丹的娘哭着说，一个个都说是我捡来的，我到底哪点对不起你们，我到底哪点不像亲娘？我这是做了什么孽？裴牡丹的阿耶说，都给我闭嘴。你还有脸号，你这个当娘的，对女儿的事情一无所知，不晓得你是粗心还是不上心。裴牡丹的娘说，怪我？什么都怪我？女儿大了，女大不由娘，我哪晓得她在想啥？你天天见着她，你晓得她在想啥？裴牡丹不喜欢庞嘉永，我早就让你把娃娃亲退了，可你只晓得顾你阿耶的面子，一个死人的面子都比你女儿的幸福重要。你还好意思怪我。裴千里冲过来要打裴牡丹的娘，被裴桂花死死拉住。裴牡丹的娘说，你打，你今天要是打了我，我也走。裴桂花说，娘，你别说话了，我阿耶正在气头上。

谭良骏的阿耶在裴家的门外就听见裴家一片哭闹，他站在那儿不知如何是好，进去显然不合适，不进去又没法把消息告诉裴家。裴大江从外面回来，看见谭良骏的阿耶，吃了一惊，谭良骏的阿耶跟他们家没有任何交往。看到谭良骏阿耶脸上羞愧与不安的表情，裴大江心里已经明白是怎么回事儿了。他热情地大声说，谭窑主，你是找我阿耶吗？你可是贵客啊。快请进。裴大江的声音，让裴家院子里的哭闹声一下子静了音。裴大江领着谭良骏的阿耶走进了院子里，谭良骏的阿耶看到地上碎了的瓷片，晓得裴家已经闹翻了天。他站在那儿，咳嗽了一声，单刀直入地说，裴师傅裴师娘，不用找你家姑娘了，昨天晚上，我家犬子谭良骏跟裴姑娘一起走了。裴牡丹的娘捂住了脸，把一声尖叫捂碎在嘴里。裴牡丹居然跟谭良骏私奔了。裴千里愣愣地看着谭良骏的阿耶，仿佛听不懂他在说什么。

裴千里的目光让谭良骏的阿耶头皮发麻，他硬着头皮说，今天早上起来，发现谭良骏给我留下了一封信。谭良骏在信上说，他和裴牡丹早就互相倾心，无奈裴牡丹背负着父母之命媒妁之言的担子，一直躲避他，眼看裴牡丹婚期越来越近，他不能眼睁睁看着裴牡丹嫁给不喜欢的人，葬送了三个人的幸福，他下定决心说服了裴牡丹跟他私奔。他请我和他娘原谅他。请裴牡丹的耶娘放心，他一定会照顾好裴牡丹。谭良骏阿耶的声音像是被细绳子勒着，紧绷绷的。裴千里听到女儿的下落，心里松了一口气，脸上还是生气的表情，他说，这么说牡丹是跟你家儿子一起走了？他们怎么走的？去了哪儿？谭良骏的阿耶说，信里没说怎么走的，也没说去了哪儿。我去码头问过了，今天天亮前有一艘扬州的船开走了。他们要走，只能搭那艘船。谭良骏的阿耶从口袋里拿出谭良骏的信，递给裴千里。裴千里接过信看起来，谭良骏的小楷写得十分工整。裴牡丹的娘一直咬着嘴唇，她怕自己忍不住脾气冲着谭良骏的阿耶大喊大叫。

　　裴千里看完信，冷静了下来，他把信还给谭良骏的阿耶，说，晓得她的下落就好。谭良骏的阿耶低下头，说，我晓得你们发现闺女不见了会着急上火，看到犬子的信我早饭没顾上吃就一路跑下山来，想早一点把你家闺女的下落告诉你们。裴牡丹的娘再也忍不住了，她对谭良骏的阿耶说，你家儿子做的这是什么事儿啊，把我家闺女拐去一个人生地不熟的地方，他把我闺女卖了都没人晓得。你把我的闺女还给我。谭良骏的阿耶满脸羞愧地说，子不教父之过，我没脸求你们谅解。犬子做下了诱拐良家女子的勾当，你们要报官也好，要到我们谭家大闹也好，我们谭家听凭发落。说完，冲着裴千里和裴牡丹的娘鞠了一个躬，转身出了裴家。裴大江赶紧送出门来，他说，谭窑主，您慢走。看着谭良骏的阿耶走远了，裴大江叹口气，说，谭良骏，你这个家伙。裴牡丹，真有你的。你们这一对活宝，石渚地界就要被你们掀起翻天大浪了。

　　谭良骏和裴牡丹走后，石渚地界上连空气都变得仿佛一点就要烧起来。已经多少年没有人提起黄冶村人和石渚本地人了，谭良骏和裴牡丹私奔之后，黄冶村的人重新聚集到裴千里的家里，他们群情激愤。石渚人拐跑了黄冶村的姑娘，这个姑娘不仅是裴千里家的姑娘，还是庞嘉永就要迎娶的姑娘。他们说，这是公然挑战，要是忍了这口气，黄冶村人以后在石渚就是人人拿捏的软柿子。报官，必须报官。不能饶过谭家人，我们去把谭家窑砸个稀巴烂。除了在谭家窑当师傅和做窑工学徒的十几个人没吭声，其他人都火气十足，唾沫星子都能一点就燃。

那天看完谭良骏的信，裴千里已经冷静下来了。黄冶村人的反应，他也预料到了。裴千里的目光扫过众人的脸，他的目光平静温和，他说，要冷静，我们一定要冷静。黄冶村人说，出了这种事儿，还怎么冷静？你去问问庞嘉永，他冷静得了吗？裴千里说，冷静不了也要冷静。我们跑到谭家窑上，把谭家窑砸个稀巴烂，固然解恨，但是砸完之后呢，我们可以不管谭家人，可石渚人咋办，我们黄冶村在谭家窑上当师傅做窑工做学徒的人呢？他们十几个人靠啥维持生计？他们十几个人背后就是十几个家庭，你们有没有替他们和他们的家庭想过？在谭家窑上工的师傅和窑工学徒望着裴千里，眼里滚动着泪花。他们感激裴千里，他不愧是裴行首的儿子，遇事冷静。要是裴千里性格冲动，被黄冶村的师傅窑工们这一顿蛊惑，说不定已经冲到谭家窑，毁掉了他们的生计。裴千里顿了顿，说，把谭家窑砸烂了，裴牡丹就会回来吗？一件事情，如果做完了没有好处只有坏处，那就不应该做。

裴千里的话让大家不再那么激动了，有几个性格冲动的小年轻不甘心地说，不砸谭家的窑，也要报官。不能就这么算了。裴千里叹口气，说，报官恐怕官府也管不了。谭良骏拐跑裴牡丹，不是把裴牡丹五花大绑拖走的，是裴牡丹自己跟他走的。要是裴牡丹不愿意，谁也拐不走她。出了这种事情，我也有责任。养女不教父之过，作为裴牡丹的父亲，我难逃干系。

裴千里面露羞愧之色，大家望着裴千里，不晓得说啥。裴千里说，裴牡丹跟谭良骏私奔，最受伤害的人是庞嘉永。虽然我是庞嘉永的师傅，但我对女儿的行为毫无察觉，我对不起庞嘉永。我会去跟庞嘉永和他的耶娘请罪。听候庞嘉永和他耶娘的发落。你们放心，我会妥善处理这件事，把伤害降到最低。

送走了黄冶村的乡亲，裴千里累得骨头都要散架了。

裴牡丹跟谭良骏私奔的事儿，庞嘉永的耶娘和庞嘉永是最后知道的。庞嘉永刚听到消息的时候，根本反应不过来。他不相信裴牡丹喜欢谭良骏，裴牡丹喜欢谭良骏什么呢？谭良骏整天游手好闲，学啥啥不行。庞嘉永意识到，马上就要结婚的未婚妻跟别人私奔了，他现在就是石渚地界上的一个大笑话。庞嘉永奇怪自己居然没有怒火中烧。他对裴牡丹没有愤怒，没有仇恨，只有好奇。他们怎么见面的？他们在哪儿见面？他们什么时候私定了终身？裴牡丹整天活在庞嘉永他娘，还有裴牡丹的娘和裴桂花的眼皮子底下，她不可能跟谭良骏有单独见面的机会。他们居然躲过了那么多双眼睛，商量好了私奔的事情。听说他们搭扬州朱老板的船走的，他们如何跟扬州的船主建立了联系？石渚地界上有没有人帮助他们？庞嘉永想得脑袋疼，依然想不明白。

庞嘉永的耶娘听到消息就像被什么可怕的景象吓坏了，目瞪口呆不知所措，庞嘉永的娘战战兢兢地关上了房门，他们在家里转来转去，不知道怎么办，也不知道该去找谁。他们相信裴千里对此一无所知，裴千里受到的打击不会比他们轻，他们不好意思去裴家兴师问罪。去找谭良骏的阿耶算账，他们不敢，谭家是个大家族，人多势众。庞嘉永的阿耶一辈子谨小慎微，最怕事儿。他们最担心庞嘉永想不通扛不住，可他们不知道怎么安慰庞嘉永，害怕哪句话说得不对刺激到庞嘉永，引起庞嘉永的过激反应。

庞嘉永的阿耶和娘小心翼翼地看着庞嘉永，不敢跟他说话，他们躲闪的眼神让庞嘉永很难过。庞嘉永的阿耶和娘都是要面子的人，这下颜面尽失了。庞嘉永责怪自己害得父母跟他一起沦为石渚地界的笑话，阿耶和娘小心翼翼躲躲闪闪的眼神让他倍加难受。三个心事重重沉默不语的人，让家里的空气都变得黏稠了。庞嘉永不想出门，可待在家里喘不过气来。庞嘉永深吸了几口气，拉开家门，到窑上去了。

窑上的人看到他，都把眼睛转向了别处。窑上的人跟他耶娘一样，不晓得如何跟他说话。他们同情他，又不敢明目张胆地同情。他们害怕同情会伤害庞嘉永的自尊心。窑上的男人，把自尊心看得很重。庞嘉永板着脸，不跟任何人打招呼。他想一个人待着，他必须专注地干点事情，把注意力集中到某件事情上来，不去管别人的眼光，不去想裴牡丹跟谭良骏是如何见面如何商量私奔的。他想起还有两天就是今年的最后一轮出师考核了，手拉坯一直是他的弱项，他的眼、手和脑袋始终处于"各自为政"的状态，不能协调统一。上次考核手拉坯出了废品之后，他每次手拉坯都更加紧张，拉坏的时候比拉好的时候多。他已经遇到了最不堪的事情，他还有什么好怕的。庞嘉永站在轱辘车旁边，拿起一团泥，揉了揉，深吸几口气，把排好气的泥团放在轱辘车的中心，搅动轮盘，让轱辘车旋转起来，开始拉坯。开底、提筒子，理洞子、理手……他突然发现，一直被捆绑的双手似乎获得了解放，一直僵硬不协调的手、眼和脑突然协调起来。他的手、眼和脑完美地统一起来，成了一个整体。师傅以前跟他说了一百遍，拉坯的时候，手、眼和脑会有一种舒服的节奏感，就像在演奏乐器。他从来不明白师傅说的节奏是什么。突然之间，他什么都明白了。他的手好像自动地获得了一种优美的节奏，他的脑袋里似乎演奏着一曲熟悉的歌，他的眼睛随时把手里的器型和脑子里想着的器型进行对接、修正。一切都那么随心所欲，脑子里想拉成什么形状手上就配合着拉成了什么形状。挤泥、撒板、完成收口，理口、割泥取坯。理口、二次搅车，二次调型、割线、理手、取坯。庞嘉永捧着自己刚刚拉出来的近乎完美的一个小口壶，激动得想要跳起来。他终于突破了所有的障碍，获得了一个成型师傅完美的造型能力。上次出师考核失败后，他沮丧极了，以为自己一辈子都做不到像师傅那样拉出完美的器型。最绝望的时候，他甚至想过要放弃。可他做到了，他把刚拉出来的小口壶举到离眼睛最远的地方，激动得哭了起来。

裴千里进来的时候，庞嘉永正举着自己的手拉坯小口壶在哭。裴千里说，嘉永。你怎么啦？庞嘉永激动地说，师傅，成了。我终于可以一气呵成一次成型了。你看看我刚才拉出来的小口壶。师傅，我终于找到了你跟我说过无数次的拉坯的感觉，那种我以前从来没有找到过的节奏感。我的手一搭上泥团，就好像获得了一种优美的节奏。灵动奔放，自如自由，随心所欲不逾矩。师傅，我做到了。我还以为我一辈子都做不到，我昨天还在想这次再出不了师，我只有改行跟我阿耶去学制泥了。裴千里接过庞嘉永手里的小口壶，对着光线端详着。裴千里的眼里闪着泪花，他说，嘉永，你终于开窍了。我太高兴了。太高兴了。裴千里把小口壶递给庞嘉永，说，把这只小口壶做个记号，写上庞嘉永第一壶，晾干了让大江给你上釉，烧出来送给我，我要保存。庞嘉永的眼泪更加汹涌起来，他说，师傅，谢谢你一直对我这么有耐心，谢谢你一直鼓励我。裴千里说，哭得这么伤心，不会是舍不得把你的壶送给我吧。庞嘉永用衣袖擦了擦眼泪，说，师傅要保留我的壶，是我的荣幸。裴千里拍了拍庞嘉永的肩膀，转身走了。庞嘉永晓得师傅心里有话要对他说，他晓得师傅不想此时此刻说出来破坏他的心情。庞嘉永望着师傅的背影，师傅的背挺得不那么直了。他举起自己的小口壶，眼泪又涌了出来。

樊家窑的人都没有想到，出师考核前，裴千里会当着樊家窑的所有人给庞嘉永赔罪。师傅给徒弟赔罪，这在石渚地界还是稀罕事儿。出师考核，该来的人都来了，窑主和窑上的师傅基本到齐了。裴千里看了一眼众人，说，今天我耽误大家一点时间，说一说我的家事。裴牡丹跟人私奔，我作为父亲一无所知，是为失察。裴牡丹是我的女儿，她背弃了婚约，我作为父亲必须承担责任。对我女儿裴牡丹带给庞嘉永的伤害，我深表歉意。今天，我不是作为庞嘉永的师傅，我是作为裴牡丹的父亲，当着窑上众人的面承诺，庞嘉永和他耶娘提出任何要求，我都无条件接受。裴千里说完，对着庞嘉永深深地鞠了一躬。庞嘉永赶紧上前扶起裴千里，他说，师傅，你言重了，徒弟担当不起。裴千里说，庞嘉永，作为裴牡丹的父亲，我没脸做你的师傅。今天出师考核过后，你可以不认我这个师傅。所有人的眼光都看向了庞嘉永，庞嘉永感觉到了那些眼光的热辣。裴千里是受人尊敬的大师傅，裴千里当着樊家窑的窑主和师傅们给他道歉，他必须说点什么，让裴千里师傅放下心里的歉疚。庞嘉永心里清楚，不管有没有裴牡丹，裴千里都是他的好师傅。庞嘉永平时不善言谈，他习惯了沉默寡言。但是此刻，他必须把心里话说出来，只有诚实地说出心里话，才能搬掉压在裴千里师傅心上的大石块。庞嘉永看着裴千里的眼睛，他的心跳得很快，他把双手交叉在胸前，稳住自己。他说，师傅，你永远是我的师傅。裴牡丹跟我定了亲不假，可那是裴牡丹爷爷定下的娃娃亲，那会儿裴牡丹才满月。裴牡丹长大以后，从来没有人问过裴牡丹的意见。裴牡丹的爷爷死了，谁也不敢推翻裴牡丹爷爷定下的娃娃亲，都害怕承担不孝的骂名。我早就晓得裴牡丹不喜欢我，扪心自问，我也不喜欢裴牡丹。跟裴牡丹在一起，只是满足了我的虚荣心，能娶到我们黄冶村的一朵花，别人会羡慕我。跟裴牡丹在一起，我总是害怕自己说错话，惹她不高兴。我送她的礼物，她看都不看，随手给了她妹妹。我心里很生气，但我不敢表现出来。跟裴牡丹定亲后的每一天，我都很紧张，从来没有真正地开心过。

庞嘉永深吸了一口气，说，知道裴牡丹跟谭良骏私奔了之后，我不像你们想象的那样怒火中烧，恨不得把他们两个的皮剥掉一层。我当时的感觉是松了一大口气，心情一下子放松了。以前学手艺，我的胳膊就像被捆住了一样，师傅老说我没开窍。上次出师考核的时候手拉坯还出了废品，为啥？我现在可以承认了，跟裴牡丹定亲这件事带给我的压力太大了。裴牡丹不喜欢我,我对自己越来越没有信心。昨天听说裴牡丹跟谭良骏走了,我阿耶和娘小心翼翼不敢看我,我待在家里难受,就到了窑上。我一下子找到了手拉坯的感觉,手、眼、脑完全统一,一气呵成。所有捆绑我的绳索一下子都解开了。我抱着我拉的那只器型完美的小口壶哭了。那一刻我比任何时候都清醒地认清了自己,为了虚荣心娶一个不喜欢我的人,远不如拥有高超的手艺更让我幸福。

庞嘉永停顿了一会儿,提高了声音说,我不恨裴牡丹,不恨谭良骏,我希望他们幸福。我相信我会找到自己喜欢的姑娘,找到自己的幸福。

裴千里眼里冒着泪花,把手搭在庞嘉永的肩膀上,重重地拍了几下。他说,嘉永,谢谢你。你是个好孩子。你让师傅的心里敞亮了。樊家窑的窑主和师傅们拼命给庞嘉永鼓掌,把手掌都拍红了。樊窑主说,庞嘉永,好小伙子,遇到这么大的事儿,能有这样的胸襟,前途不可限量。庞嘉永眼里也涌出了眼泪,他说,谢谢师傅。谢谢樊窑主,谢谢给我鼓掌的师傅们。到窑上当学徒这么久,我从来没有说过这么多话。说完这些话,我心里一下子亮堂了。

接下来的出师考核,庞嘉永顺利出师了。开窍之后,庞嘉永的成型手艺就像春天地里的秧苗,每天都要长一截。以前不管多简单的器型,他都可能出废品。现在不管多难的器型,他只要看一眼就会。不仅模仿,他还不断创新,他脑袋里总有一些奇思妙想,他根据脑袋里的奇思妙想做出来的器型,很受欢迎。庞嘉永成了樊家窑最得力的成型窑工。樊窑主说再过一年,庞嘉永就可以晋升为师傅收徒弟了。

庞嘉永开窍后,窑上的师傅们遇到不开窍的笨徒弟,心里有了忌惮,不敢像以往那样随便骂了。徒弟们很敏感,他们发现师傅们变得温和了。徒弟们不再害怕出错了被骂,反而不怕出错,变得敢于尝试。师傅们发现,自从不随便骂徒弟,徒弟好像比以前聪明了,技术学得更快更好了。

裴千里没有报官,没有领着他们黄冶村的人去把谭家窑砸个稀巴烂。裴千里当着樊家窑的人给庞嘉永道歉赔罪,庞嘉永也当着大家伙儿袒露心声,他不仅不恨谭良骏和裴牡丹,还希望他们幸福。裴千里的冷静和大气,庞嘉永的胸襟和诚实,让谭良骏的阿耶佩服不已。谭良骏的阿耶站在自己家的窑上,望着远处的江水问自己,要是自己处在庞嘉永的位置上,要是自己处在裴千里的位置上,会不会像裴千里和庞嘉永那样,让事情往好的方向发展?他摇了摇头,他不敢保证能像裴千里那么冷静,他也不敢保证能像庞嘉永那么诚实。裴千里和庞嘉永都是好样的,他们因为谭良骏的行为沦为被同情的对象,他们拥有了惩罚谭家的权利。自古以为,复仇都是找回尊严的唯一途径,这也是他对裴千里说他可以报官,可以把谭家窑砸个稀巴烂的时候认同的复仇原则,他没想到,裴千里和庞嘉永放弃了复仇的权利,他们用放下仇恨和放弃复仇赢回了尊严。

裴千里和庞嘉永已经把那件事放下了,可谭良骏的阿耶放不下,他的心里沉甸甸的,负罪感就像一块大石头压在他的心上让他睡不着觉。他总觉得窑上的人和草市街上的人看他的目光有些异样。他每天都想应该做点什么给谭良骏赎罪,让自己好受一点。做点什么呢?他望了一会儿天上的云,又望了一会儿江上的船,突然想到了自己能做的事情。他叹口气,埋怨自己没有早一点想到。他一刻也不愿意耽搁,马上转身沿着山路往草市街走去。

谭良骏的阿耶再一次来到了裴千里家,他用力地敲着院门,裴千里打开门看见谭良骏的阿耶,把谭良骏的阿耶让进了院子里。裴千里脸上没有任何表情,不悲不喜,不怒不笑。裴千里好像看透了谭良骏阿耶的心思,说,家里只有我一个人。谭良骏的阿耶松了一口气,他害怕遇到裴牡丹的娘。女儿跟谭良骏跑到了一个陌生的地方,哪个母亲不悬着一颗心?十个手指连着心,母亲们不那么容易放下仇恨。裴千里说,进屋喝杯茶吧。谭良骏的阿耶说,不用麻烦了,我就几句话,站在这儿说完就走。战乱结束的时候,你们黄冶村人看上了我家的地,想建龙窑,我没有同意。当时我们商量好了不让你们建龙窑,怕你们抢了我们的生意。裴千里说,事情都过去了。谭良骏的阿耶说,这次的事情,让我看到了我们的狭隘和自私。你的冷静,庞嘉永的实诚,都不是一般人能做到的。你们宽恕了犬子,放弃了复仇。没有报官,没有砸我的窑。面对你们,我觉得很愧疚。为了给我儿子赎罪,我决定把这块地白送给你建龙窑。

裴千里抬起头,眼睛里充满了疑问。谭良骏的阿耶说,你们上次看中的那块地,我送给你建龙窑。现在市场慢慢繁荣了,建龙窑正是好时候。裴千里说,买卖归买卖,这样做你太吃亏了。谭良骏的阿耶说,面对你和庞嘉永,再谈吃不吃亏,我自己都没脸。自从犬子拐走了裴牡丹，我整夜整夜睡不着觉。一开始害怕你们报官，害怕你们砸我家的窑。你们后来的举动，让我更加睡不着。你要是接受了那块地，我心里会好受一些。别觉得我吃亏了，我这么做是为了让自己安心。你考虑考虑，我回去等你的答复。谭良骏的阿耶说完，转身就走了。

裴千里看着谭良骏阿耶的背影消失了，愣在那儿不敢相信他听到的事情。他在院子里站了很久，回到屋里给自己煮了一壶茶。他的心思动荡得很厉害，白得一块建龙窑的地，意味着他可以在上面建自己的龙窑，成为窑主。自从离开黄冶村，他们就失去了窑主的身份。他阿耶心心念念想建龙窑，到死也没有建起来。他要能建起自己的龙窑，他阿耶九泉之下也可以安心了。他喝了一口茶，茶水烫疼了他的舌头。脑袋里突然出现了庞嘉永的样子，他怎么把庞嘉永忘记了？谭良骏阿耶为了良心安稳送给他的地，他要自己建了龙窑，他的良心在庞嘉永面前怎么能够安稳。相比谭良骏阿耶对他的愧疚，他对庞嘉永更是加倍的愧疚。裴牡丹跟谭良骏两情相悦，最受伤的人是庞嘉永。谭良骏阿耶这块地，只能让庞嘉永建龙窑。哪怕裴大江不愿意，他也要做主把这块地给庞嘉永建龙窑。主意定了，他的心也安稳了。

吃晚饭的时候，裴千里把谭良骏阿耶来访的事情告诉了裴大江，裴千里问裴大江，谭良骏阿耶白给一块建龙窑的地，你想不想建龙窑当窑主？裴大江想了想，说，谭良骏阿耶觉得亏欠了我们家，才会把那块地送给你。我觉得那块地还是让庞嘉永建龙窑更合适。不管怎么说，裴牡丹跑了，我们家亏欠了庞嘉永。裴千里说，真是我的儿子，跟我想到一块儿去了。我还担心你不愿意给庞嘉永，准备费口舌说服你。裴大江说，阿耶，你对我有点信心吧。父子两个相视一笑，裴桂花说，你们父子应该喝一杯。裴大江斟上酒来，跟裴千里喝了一杯。裴牡丹的娘抹着眼泪说，不晓得牡丹有没有吃晚饭？裴桂花说，娘，你就是瞎担心，我姐又不傻。扬州比石渚繁华多了，石渚地界上都没有一个挨饿的人，扬州地界上还能饿着我姐不成？裴千里笑起来，说，桂花啥时候学得这么伶牙俐齿的了？裴牡丹的娘说，你还笑呢，我也不晓得做了什么孽，我这两个女儿，没有一个像我的。裴桂花说，娘，人家都说我长得像你。裴千里说，还说不像，桂花这伶牙俐齿的劲儿，跟你年轻时候多像啊。裴大江给他娘斟了一杯酒，说，娘，我敬你一杯酒。别管牡丹和桂花，她们早晚都是别人家媳妇。你有我这个好儿子，我再娶个好儿媳，我们一起孝敬你。裴牡丹的娘端起酒杯,一口干掉了。她的眼睛红红的,她说,有这样的好儿子,我知足了。裴桂花说,有我这个好女儿,你咋不说?你就是偏心。我也要喝一杯。裴千里说,大江,给你妹妹倒一杯,给你娘满上。裴桂花说,阿耶你太好了。裴大江瞪了裴桂花一眼,裴桂花转过脸对她娘说,娘你最好了,你是最好的娘。我喝下这杯酒,希望我娘笑口常开,永远漂亮。裴牡丹的耶娘都笑了起来。在笑声中,他们举起了酒杯。裴牡丹走了之后,裴家的空气就像一堵墙,把大家堵在里面透不过气来了。此时此刻,裴家的空气流动起来,流出了欢声笑语。

第二天一大早,裴千里去了庞嘉永家。庞嘉永热情地招呼师傅,师徒之间已经没有任何芥蒂。庞嘉永出师之后,造型手艺突飞猛进,庞嘉永告诉他的耶娘,定娃娃亲一直给他很大的压力,让他不自信,学技术始终不开窍。即使娶了裴牡丹,他也不会幸福。娶裴牡丹最多满足了他的虚荣心,不会给他带来自信和幸福。他更喜欢现在这样,成为一个有本事的男人,一个手艺高超受人尊敬的男人。庞嘉永的话和庞嘉永洋溢着自信的表情,让庞嘉永的阿耶放下了对裴牡丹耶娘的不满,他觉得庞嘉永说得对,一个有本事的男人,何患无妻。庞嘉永的娘始终放不下,她再也没有去过裴千里家,在路上遇到裴牡丹的娘和裴桂花,也要把脸扭到一边假装没看见。

裴千里进了庞嘉永的家,庞嘉永的娘没打招呼就躲出去了。庞嘉永的阿耶说,嘉永他娘一直过不去,你别跟她一般见识。嘉永出师了,按说该在家里摆一桌谢师酒。嘉永他娘这个样子,我也不敢张罗。千里兄,谢师酒先欠着,我绝不赖账。裴千里笑着说,大江他娘看见谭良骏的阿耶也一样,鼻子不是鼻子眼睛不是眼睛。庞嘉永的阿耶说,女人就是心眼小。庞嘉永说,这话可别让我娘听见。裴千里说,也别让大江他娘听见。

庞嘉永给裴千里煮了茶,裴千里喝了一口茶润了润嗓子,兴奋地说,谭良骏的阿耶昨天找了我,他说要把上次我们看中的那块地送给我们建龙窑。我过来问问,你们还有没有建龙窑的想法?庞嘉永一听就动了心,他用发亮的眼睛看着裴千里,说,我做梦都想有自己的龙窑。庞嘉永的阿耶说,谭良骏阿耶那块地是送给你建龙窑的。裴千里说,送给我不就是我的了吗?庞嘉永的阿耶,千里兄,你是有儿子的人，你有没有问过裴大江想不想建龙窑？裴千里说，昨天晚上我问了裴大江，他说那块地让庞嘉永建龙窑最合适。裴大江跟我想到一块儿了。庞嘉永的阿耶说，那块地还是你建龙窑合适。你建起了龙窑，也能给裴行首一个交代了。裴千里说，庞兄，我阿耶要是活着，也会支持我。庞嘉永的阿耶说，千里兄，感谢你的好意，我们手里没钱，钱都给嘉永建新房了。庞嘉永按捺不住了，站起来说，我可以把新房卖掉，反正用不上。庞嘉永的阿耶说，那也不够建龙窑。庞嘉永说，我们可以去柜房借钱。庞嘉永的阿耶说，柜房的钱不是好借的，龙窑还没开张，就欠了一笔钱。万一龙窑不挣钱，拿啥还债？庞嘉永说，照你这么说，柜房的钱都没人借了？可我看见柜房每天都是排队借钱的人。裴千里说，嘉永你别急，你阿耶说得对，咱们不要轻易借钱，柜房的钱要收利钱的。庞嘉永说，这样畏手畏脚，啥也干不成。有地的时候没钱，有钱的时候没地，建龙窑永远是个梦。庞嘉永的阿耶说，我晓得你心急，可打肿脸也充不了胖子。庞嘉永的脸涨得通红，他说，人总要有点胆识，现在窑上的东西不愁卖，正是建龙窑的好时机。我们可以找几家有建龙窑意愿的人一起建。庞嘉永的阿耶说，你想问题太简单了。庞嘉永的脸不红了，脖子上的青筋一跳一跳的，他扭着脖子说，你的意思是不建龙窑了？庞嘉永的阿耶说，我是把困难先给你摆出来。庞嘉永说，你摆出的困难，我都有解决办法，你就是不认可，明明是想让我死心，绕这么多弯子干啥？庞嘉永的阿耶说，我在黄冶村就当窑主，我过的桥比你走的路多。俗话说，小心驶得万年船。凡事小心一点总没错。庞嘉永压不住火了，大喊起来，小心再小心，啥也干不成。试都不试，你咋就知道不行？就算不行，我还有手艺。就算建龙窑赔了钱，我卖十年八年手艺也能把赔的钱还上。我不明白有啥可怕的？庞嘉永的阿耶也压不住火，站起来说，卖十年八年手艺还债还不可怕？一个人的一生有几个十年八年？庞嘉永不示弱，扭着脖子说，那我也愿意试试。你为啥总想着赔钱？说不定我就赚钱了呢。父子两个的情绪眼看就要失控。

　　裴千里说，庞兄你别发火，嘉永你别急。你们吵起来我多难堪啊。庞嘉永说，师傅，对不起。裴千里说，嘉永，你要理解你阿耶，我和你阿耶这个年纪的人，不像你们年轻人有闯劲儿，我们想问题习惯了把困难想到前头。你说得对，办法总比困难多。我给裴牡丹准备了一笔嫁妆，现在用不上了，可以拿出来给你建龙窑。庞嘉永眼睛一亮，说，师傅，太好了，我们合伙建龙窑，你来当窑主。以师傅的号召力，我们的窑很快就能超过樊家窑。裴千里说，我不能离开樊家窑，樊窑主对我们黄冶村的人一直很好。你离开，我再离开，樊家窑的成型工艺就要塌腰了。庞嘉永说，师傅，你要建自己的龙窑，樊窑主一定会替你高兴的。裴千里说，樊窑主肯定会支持，但我不能那么干。我的钱借给你也行，投资也行。龙窑你和你阿耶来负责。庞嘉永的阿耶说，我在黄冶村当了一年窑主就逃亡了。过了这么多年，都不晓得怎么当窑主了。裴千里说，那就让嘉永当窑主，早晚也是他们年轻人的天下。庞嘉永说，我连师傅都没当上，收徒弟的资格还没有，我哪能担起窑主这么重的担子。裴千里说，你刚才跟你阿耶吵架的勇气哪儿去了？你卖十年八年手艺还债都不怕，还有啥好怕的？庞嘉永的阿耶说，你师父说得对，不要推三阻四，年轻人要勇于担当责任。

庞嘉永低头想了想，说，那我就不推脱了，这个窑主，我干了。师傅不能离开樊家窑，阿耶可以离开郑家窑吧？庞嘉永的阿耶说，没问题。郑家窑不缺我一个制泥师傅。裴千里笑着说，刚上任就给窑上挖了一个师傅。我没看错你。庞嘉永说，有师傅和阿耶支持我，我心里就踏实了。裴千里说，有卖十年八年手艺还债的勇气，困难都要躲着你。庞嘉永定了定神，说，那我现在就当自己是窑主了。裴千里说，庞窑主，你有啥想法？庞嘉永跳起来，说，师傅，你叫我窑主，我浑身不自在。庞嘉永的阿耶说，千里兄，千万别这么叫他，他哪怕当了行首，也是你徒弟。裴千里说，他要是当了行首，难道我还能当着别人叫他徒弟不成？咱们私下里怎么说都行，到了外面，就得按外面的规矩。庞窑主，我多叫你几次，你就习惯了。我多叫你几声窑主，就是提醒你，要随时把窑主的责任放在心上。庞嘉永赶紧给师傅添了一道茶，说，师傅，我懂了，你叫我庞窑主，相当于用小鞭子在后面抽着我。裴千里和庞嘉永的阿耶哈哈大笑，裴千里说，这么想就对了。

喝过一道茶，庞嘉永清了清嗓子，说，师傅，你这小鞭子一抽，立马把我抽清醒了。我想到了一个问题，谭窑主虽说把地白送给我们，但我们不能白要，要给钱，买下来。裴千里说，他不会要钱的。庞嘉永说，那他的地得算一份投资。龙窑建起来，算我们三家的。裴千里给庞嘉永竖了一个大拇指，说，好，省得以后产生纠纷。庞嘉永的阿耶看着庞嘉永，满脸放光。庞嘉永的阿耶说，这是我们黄冶村人逃难到这里建的第一个龙窑，我们就把龙窑叫黄冶村窑，让我们的子孙后代记住我们来自黄冶村。裴千里说，我理解庞兄的心情，但叫黄冶村窑不合适，我们不再是黄冶村人了，现在，我们都是石渚人。庞嘉永说，我同意师傅的看法。庞嘉永的阿耶说，那我们把龙窑叫裴家窑，纪念去世的裴行首，他生前的愿望就是建起我们的龙窑。庞嘉永说，我师傅也是龙窑的投资人，叫裴家窑合情合理。裴千里说，我们就按石渚窑区的规矩，谁当窑主，窑就跟谁姓。这样显得名正言顺，叫起来也不别扭。叫了裴家窑，人家来订货的人就老得说，我们这次去那个庞窑主家的裴家窑订货。太别扭了。庞嘉永的阿耶摇着头说，庞窑主家的裴家窑，听着是挺别扭的。庞嘉永说，听我师傅的，让窑跟我姓。裴千里说，庞窑主家的庞家窑，听上去多顺溜。

庞嘉永的阿耶望着裴千里，感动地说，千里兄，做不成亲家了，能跟你做一辈子好兄弟，我也知足了。裴千里说，定了娃娃亲都做不成亲家，我们命里就只有兄弟缘分。我们就珍惜我们的兄弟缘分吧。裴千里的眼睛清澈明亮，满含真诚。

庞嘉永说，师傅，咱别说没用的，干脆现在就去谭家坡找谭窑主，把事情都谈好。裴千里说，庞窑主说得对，我们抓紧时间。

去谭家坡的路上，庞嘉永走在前面，庞嘉永的阿耶和裴千里走在后面。庞嘉永的阿耶说，千里兄弟，谢谢你。嘉永拜了个好师傅，出了那件事，我担心得睡不好吃不下，嘉永要是想不开出点事儿，我跟嘉永他娘怕要活不下去了。你当着樊家窑的所有人给嘉永道歉，让嘉永找回了颜面。这段时间，嘉永变化太大了，我都觉得不认识他了。我高兴得每天自己都想跟自己喝一杯。裴千里说，庞兄，嘉永是个好孩子。嘉永的颜面不是我给的，是他自己给自己赢回来的。他出师考核之前在樊家窑说的那些话，让我们做长辈的都汗颜啊。我看好嘉永，龙窑交给他，你就放心吧。他一定比我们两个干得好。裴千里指了指在他们前面健步如飞的庞嘉永，喘着气说，一代更比一代强，看到了吧，我们已经追不上庞窑主了。庞嘉永的阿耶也喘着气说，这小子，跑得比风还快。

庞嘉永走在前面，他心潮澎湃，浑身充满了力量，不一会儿就把他阿耶和师傅落下了一大段路，他不得不停下来等一等他们。在谭良骏家门外，庞嘉永再次站下来，等着他阿耶和师傅。庞嘉永的阿耶和师傅走到谭良骏家的门口，庞嘉永转身就要敲门，庞嘉永的阿耶说，等我和你师傅把气喘匀了再敲门。庞嘉永看着大口喘气的阿耶和师傅，不好意思地说，我太心急了。裴千里说，小时候你跟在你阿耶屁股后面，追不上就站在后面哭，要你阿耶背你。这才十几年，就换成你阿耶追不上你了。庞嘉永说，阿耶，师傅，你们老了走不动了，我背你们。裴千里说，但愿我们活得到要你背我们那天。庞窑主，敲门吧。庞嘉永拍响了院门。

谭良骏的阿耶打开门，愣了一会儿，脸上立马堆满了笑容，热情地请他们进屋。谭良骏的阿耶手忙脚乱，又是煮茶，又是吩咐家里人给他们煮荷包蛋。裴千里说，谭窑主你别忙了，我们谈完事儿就走。谭良骏的阿耶说，你们是我的贵客，到我家了，就得听我安排。我们石渚地界讲究客随主便。他们互相看一眼，裴千里说，那我们就客随主便，坐下喝茶。不一会儿，谭良骏的娘把荷包蛋端了上来，她低垂着眼睛，把三个碗放到三个客人面前，每个碗里有四个荷包蛋。裴千里和庞嘉永的阿耶和庞嘉永谢过谭良骏他娘。庞嘉永端起碗说，谭窑主，我们就不客气了。谭良骏的阿耶说，不客气才好。客气就见外了。三个人吃过荷包蛋，谭良骏的阿耶叫人把碗收了出去。

庞嘉永说，吃过谭窑主的荷包蛋，我就开门见山谈正事。先要谢谢谭窑主，你肯把自己的地让给我们建龙窑，帮了我们的大忙。谭良骏的阿耶说，不用客气，我跟裴师傅说过了，我这么做是为了让自己安心。庞嘉永说，谭窑主，你的好心我们接受了，但我们不能白要你的地，你的地也算一份投资。龙窑建成了，算我们三家的。谭良骏的阿耶说，不行，地是我白送的，不能算投资。这样做是为了减轻我的愧疚，让我晚上睡得着觉。庞嘉永说，谭窑主，生意归生意，你的地我们不能白要，说句不好听的，你现在做得了主，自然没问题。你做不了主的时候，这个地就要产生纠纷。我们不敢冒险把龙窑建在将来会产生纠纷的地上。你要不同意算你一份投资，我们只好放弃建龙窑的打算。谭良骏的阿耶盯着庞嘉永看了半天，说，我没想到这一层。你说得也对，哪天我死了，我的儿子们不认可，那就是个大麻烦。既然这样，我接受你的提议。庞嘉永说，你同意了，我们就签一份契约。谭良骏的阿耶说，好，我们找个时间去窑行签订契约。

过了几天，在窑行郑行首和地方里正的见证下，谭良骏的阿耶跟庞嘉永和裴千里在窑行签署了正式的契约。庞嘉永卖掉了新房，裴千里把准备好的嫁妆拿出来交给了庞嘉永。三家合伙的龙窑择了一个吉日，正式开建了。

龙窑开建那天，虽然是冬天，但太阳高照，温暖如春。郑行首代表窑行放了一挂鞭炮，各个窑主送去的鞭炮放了足足十分钟。鞭炮放过之后，郑行首代表窑行讲了话。郑行首说，首先祝贺庞嘉永成为石渚窑区最年轻的窑主，市场繁荣会给我们石渚窑区带来更多的机会，石渚窑区一定会迎来一个辉煌的时期，希望庞家窑在年轻的庞窑主带领之下，为石渚窑区的辉煌做出贡献，希望今天来到谭家坡的各位窑主，一起努力，创造属于我们石渚窑区的历史。

郑行首讲话之后，庞嘉永也讲了话。庞嘉永说，谢谢郑行首的鼓励，谢谢各位窑主捧场，谢谢各位师傅光临。庞家窑没有谭窑主的土地和我师傅的资金，不可能建起来。我们庞家窑这种几家合作的方式，如果干好了，会成为我们石渚窑区未来发展的一个方向。所以，我必须干好。请窑主们师傅们多多支持我。

裴千里和谭良骏的阿耶把双手举过头顶为庞嘉永鼓掌。谭良骏和裴牡丹私奔之后，原本应该充满仇恨，以为会各自报仇雪恨、鱼死网破、老死不相往来的三家人，居然合伙建了一座龙窑。在私奔事件中受伤最深的庞嘉永，成了石渚地界上最年轻的窑主。这样超出大家预期的圆满的结局，让庞嘉永的阿耶热泪盈眶，也让裴千里和谭良骏的阿耶心潮起伏。

男人们放下心结共同建起了龙窑，女人们却不容易放下心里的复杂情感。裴牡丹的娘在路上遇到庞嘉永的娘，庞嘉永的娘总是假装没看见她。以前亲密的两个人，突然变成了陌路人。裴牡丹的娘回到家里唉声叹气，她放不下跟庞嘉永他娘的情谊。裴牡丹跟谭良骏私奔之后，裴桂花似乎一夜之间就长大了。在路上遇到庞嘉永的娘，不管庞嘉永的娘啥脸色，裴桂花总是满脸堆笑地叫庞嘉永的娘一声姨。见到庞嘉永，裴桂花还跟以前那样，欢欢喜喜叫他一声哥。

裴牡丹的娘有一天喝着裴桂花给她煮的茶，心里突然冒出来一个主意，她招呼裴桂花坐到身边，说，桂花，你一下子长大了，晓得帮娘干活替娘分忧还会照顾娘了。裴桂花说，娘，只要你的心情好起来，你叫我干啥我就干啥。裴牡丹的娘摸着裴桂花的头，说，庞嘉永是个好孩子，又勤快又能干，他又是你阿耶的徒弟，庞嘉永的耶娘都是好脾气的人。你姐就是没福气。裴桂花说，喜欢谁就不会在乎享福还是受苦。裴牡丹的娘说，你还小，你不懂。娘是过来人。嫁给一个有本事的男人比嫁给一个喜欢的男人更重要。裴桂花撇了撇嘴，说，那个时候也看不出庞嘉永有多大本事，笨头笨脑的，都出不了师。裴牡丹的娘说，你姐在的时候，庞嘉永干啥啥不行。这就是你姐没福气。桂花，你就比你姐有福气。庞嘉永现在多好，年纪轻轻就当了窑主。你要愿意嫁给庞嘉永，庞嘉永和他耶娘没有不愿意的。裴桂花跳起来，瞪大眼睛盯着她娘，说，娘，你在想啥呀？我又不是我姐的替身。我才不会替她嫁给庞嘉永。裴牡丹的娘说，你为啥不能嫁给庞嘉永，你又没定亲。谁也没规定你不能嫁给庞嘉永。裴桂花说，你这样想太奇怪了。裴牡丹的娘说，这有什么奇怪的？俗话说肥水不流外人田。庞嘉永要是娶了别人家闺女，看到别人家闺女在庞家享福，我心里多难受啊。裴桂花气得哭起来，哭了几声，用衣袖恶狠狠地擦干眼泪，看着她娘的眼睛说，娘，我不管你咋想。今天我把话放在这儿，我不会代替我姐嫁给庞嘉永，永远不会。你要是逼我嫁给庞嘉永，我就学我姐，远走高飞。

裴桂花声音里的决绝和眼睛里的冷静，让裴牡丹的娘愣住了。她说，桂花，你是不是心里有喜欢的人了？裴桂花说，有没有我都不会嫁给庞嘉永，我永远不会嫁给我姐不要的男人。裴牡丹的娘说，我这是做了什么孽，我养的两个女儿，一个比一个狠。裴桂花说，你还说我和我姐狠，石渚地界上做耶娘的，数你们最狠。石渚地界上，就你们给我姐定了娃娃亲，明明晓得我姐不喜欢庞嘉永，还要逼着我姐嫁给他。我姐就是被你们逼走的。逼走了我姐不算，还打算逼我嫁给庞嘉永，把我也逼走。你们才是最狠的耶娘。裴桂花说着说着，眼泪不争气地流了下来，她哭着冲进自己的房间，把脸埋在被子里哭了很久。

晚上，裴千里和裴大江回到家里，裴桂花没出来吃饭。裴千里问，桂花是不是生病了？裴牡丹的娘说，别提了，你的两个闺女，都是来讨债的，我一定是上辈子做了什么孽。听到她娘的话，裴桂花气得冲出房间，眯着一双哭得红肿的眼睛，说，我才不是来讨债的。哪有你这样的娘，给我姐定娃娃亲不算，我姐跑了，居然想把我嫁给庞嘉永，让我当我姐的替身。裴大江笑起来，说，庞嘉永现在抢手得很，你想嫁，人家还不一定想娶呢。裴桂花说，谁稀罕嫁谁嫁去，反正我不稀罕。裴千里看着裴桂花哭得红肿的脸，转过头看着裴牡丹的娘说，杜勤勤，你在想啥呀？你是怕桂花嫁不出去吗？裴牡丹的娘眼里涌出泪来，她说，我想啥？我能想啥？庞嘉永的娘和我几十年的好姐妹，现在变成了不认识的陌路人，我心里难受。

要是桂花嫁给庞嘉永，我们还是好亲家，好姐妹。裴千里递给裴牡丹的娘一块手巾，说，擦擦泪，别哭了。儿孙自有儿孙福，孩子们的事儿，咱就别管了。嘉永的娘也是一时半会儿想不通，等她想通了，你们还是好姐妹。她不理你，她心里也难受。裴大江说，娘，你放心吧，等庞嘉永娶到漂亮媳妇，庞嘉永的娘肯定会来找你显摆，说你家姑娘没福气，那个时候你只要不生气，你们一准还是好姐妹。裴牡丹的娘说，我才不会生气，庞嘉永娶到好媳妇，我比他娘更高兴。裴大江说，那你就送一份厚礼，让庞嘉永的娘后悔这段时间不理你。裴桂花说，娘，你可别舍不得。要送就送一份大礼。裴牡丹的娘说，你们到底是傻还是精啊？裴大江说，庞嘉永的娘就一个儿子，你现在还有一儿一女。娶一回媳妇，还得嫁一回闺女，怎么算，也是你赚了。裴牡丹的娘说，还是我儿子会算账。裴桂花说，我才不嫁人，我要一辈子待在家里，守着耶娘。裴牡丹的娘说，你姐小时候也这么说。女大不中留。不晓得你姐现在怎么样。裴牡丹的娘提起裴牡丹，就忍不住掉眼泪。

庞家窑还在修建的时候，庞嘉永就开始在窑区招师傅和窑工。一座新窑，窑主又这么年轻，窑工和师傅们都持一种观望的态度。那些先前信誓旦旦要跟着庞嘉永干的窑工和师傅，都犹犹豫豫下不了决心。开局万事难，庞嘉永难免心浮气躁，着急上火，嘴巴上长了一溜泡。裴千里让裴牡丹的娘给庞嘉永煮一些去火的梨水，裴牡丹的娘嘟嘟囔囔，还是给煮了。裴千里把梨水送到窑上让庞嘉永喝，庞嘉永说，你和师娘对我真好。裴千里说，庞窑主，万事开头难，作为窑主，你要沉住气。

樊窑主对庞嘉永大力支持，他对庞嘉永说，庞窑主，你想从我们樊家窑挖谁，只要你们谈好了，我不会拦着。庞嘉永说，樊窑主，谢谢你的支持，以后有用得着我的地方，只要樊窑主开口，我一定会全力以赴。

龙窑建好的时候，庞嘉永的阿耶从郑家窑辞了工，几个愿意跟随他的徒弟被他带到了庞家窑，裴千里的几个徒弟也从樊家窑辞工到了庞家窑，庞嘉永很想让裴大江到庞家窑负责制釉技术，但裴大江说他要跟着郑喜州一起攻克制造彩色釉水的难题。郑喜州让自己的几个高徒去庞家窑支持庞嘉永。庞家窑除了掌火师傅，窑上的制泥师傅，成型师傅，制釉师傅，装饰师傅，装窑师傅，基本都配齐了。成熟的掌火师傅，都不喜欢新窑。

庞嘉永把裴千里和谭良骏的阿耶还有自己的阿耶召集到窑上，跟他们汇报了庞家窑技术力量的配置，裴千里对他的工作大加赞赏。他说，庞窑主，你真是能干，这么短的时间，就准备得差不多了。庞嘉永愁眉苦脸地说，现在最大的问题是掌火师傅，我接触了几个窑的掌火师傅，他们都对新窑发怵，不愿意离开自己熟悉的窑口。没有掌火师傅，前面有再多的师傅也是白搭。谭良骏的阿耶说，掌火师傅我可以让谭家窑的老师傅过来先干着。老师傅开新窑很有经验，但老师傅年龄大了，老师傅的孩子们不愿意他再劳累。你要赶紧寻一个合适的师傅，花点大价钱也值得。庞嘉永说，谢谢谭窑主支持和指点。我会加紧寻一个合适的掌火师傅。

庞嘉永年轻，能干，跟裴千里和谭窑主相处得十分融洽。三家人的合作，进行得非常顺利。

春天，石渚窑区开窑的时候，庞家窑烧出了第一窑瓷器。那段时间，庞嘉永吃住都在窑上，他的脸都瘦了一圈。庞嘉永的娘心疼得不行，天天去窑上给庞嘉永送饭。落火之后，庞嘉永根本坐不住，他绕着龙窑走了一圈又一圈，站在龙窑的各个位置，紧盯着龙窑。窑上的师傅们说，庞窑主的眼睛好像要穿透龙窑的壁，看到里面烧成的瓷器。庞嘉永的阿耶心疼庞嘉永，他很想劝庞嘉永睡一觉，但他想起自己刚当上窑主第一次烧窑的时候，也跟庞嘉永一样，吃不下睡不着。他想起自己当窑主不到一年，就从黄冶村逃难出来，再也回不去了。逃难路上，庞嘉永的哥哥姐姐都没了。庞嘉永的阿耶仰头看着天上，在心里念叨着，阿耶、娘，你们的孙子当窑主了。嘉旺、嘉芳你们看见了吗，我们家有龙窑了。

窑门打开准备出窑的时候，裴千里和谭窑主被庞嘉永请到了窑上。庞嘉永脸色发白，庞嘉永的阿耶也一脸凝重，裴千里也很紧张，只有谭窑主的表情看上去很放松。出窑工人进入窑里的时候，庞嘉永觉得自己的心都提到了嗓子眼上。随着出窑工人把窑里的瓷器一趟一趟运出来，庞嘉永的心慢慢落回到了肚子里。

谭窑主经验足，只看了一眼，就朗声大笑着说，祝贺庞窑主，开窑大吉。晚上我们到洞庭酒家喝酒庆贺。裴千里说，谭窑主的建议好，庞家窑第一次出窑就这么成功，值得喝顿大酒。

庞嘉永让他的阿耶早些去洞庭酒家陪他的师傅和谭窑主，他说，阿耶，出完窑之前，只有在窑上盯着我才能安心。庞嘉永的阿耶看了一眼庞嘉永发红的眼睛，说，那我就先去陪你师傅和谭窑主。庞嘉永说，你们几个都是长辈，你们到了就先喝酒，不用等我。庞嘉永的阿耶说，你也别太晚了。

庞嘉永一直在窑上盯着，一窑瓷器出完了，他又在堆放瓷器的地方细细检查了一遍。他惊喜地发现，庞家窑的第一窑瓷器，近乎完美。没有变形、没有开裂、没有坯泡、没有釉泡、没有烟熏、没有火刺、没有猪毛孔、没有落渣、没有过火、没有生烧、没有流足、没有惊釉、没有惊裂、没有欠烧。几乎没有任何新窑容易出现的烧成缺陷。庞嘉永摸着一只还留有余温的大瓷缸，心里激动得就像涨了水的湘江。他在心里对自己说，庞嘉永，你做到了。

庞嘉永到达洞庭酒家的时候，月亮已经升上来了，他进了酒家，酒菜都摆上桌了。裴千里，谭窑主和庞嘉永的阿耶把酒都斟好了，但他们没动筷子，他们在等着他。庞嘉永站在那儿，脸红了，他低下头说，让三个长辈等我，我真要无地自容了。裴千里说，你阿耶说了，不用等你，我也说不用等你，谭窑主坚持要等你。庞嘉永端起酒杯，说，让三个长辈等我，太失礼了。我罚酒一杯。庞嘉永说完，仰头把酒干了。庞嘉永的阿耶说，先吃点菜，酒慢慢喝。庞嘉永说，我必须先给长辈敬酒。他再次端起酒杯，先敬了谭窑主一杯，再敬了师傅一杯，最后敬了他阿耶一杯。四杯酒下肚，庞嘉永浑身发热，心情就像奔涌的江水，他特别想喝酒。等到互相敬酒的时候，谭窑主的酒，师傅的酒，他来者不拒，端起就喝。庞嘉永的阿耶担心他喝醉了，他说，我没事儿。我高兴。阿耶你不晓得我今天有多高兴，你们走了以后，我把出窑的所有瓷器都检查了一遍，没有任何烧成缺陷，近乎完美。我太高兴了。师傅，我必须敬你一杯，跟你学了六七年手艺，我前五年都不开窍，笨得我自己都讨厌自己，但你从来不骂我。裴千里说，都说严师出高徒，我就是脾气太好，徒弟都不怕我。庞嘉永说，别人的徒弟都羡慕你的徒弟。庞嘉永的阿耶敬了裴千里一杯酒，他说，我一直没机会敬你一杯酒，谢谢你对嘉永的培养。谭窑主端起酒杯，说，你们师傅徒弟喝来喝去，都没人跟我喝。师傅徒弟的情谊酒，你们改天再喝。我提议我们四个一起为庞家窑开窑大吉干一杯。庞嘉永说，谭窑主的提议好，今天不谈师徒，只为我们庞家窑喝。四个人站起来干了一大杯。庞嘉永放下酒杯，忙着给谭窑主、裴千里和他阿耶夹菜。

洞庭酒家小张老板终于忙完了，他让小厮给庞嘉永这桌送了一大壶酒，他也过来敬酒。洞庭酒家的小张老板跟他的阿耶张老板简直就是一个模子刻出来的，有些好几年没到石渚的外地生意人来到洞庭酒家，总要愣上片刻，问一句，张老板，你咋越活越年轻啊。小张老板就会笑着说，你说的张老板是我阿耶，我是他儿子小张。客人恍然大悟，说，我还准备问张老板吃了啥不老仙丹呢，原来没有不老仙丹。外地生意人的话，总会引起一片笑声。小张老板对洞庭酒家的老客人，都会赠送一个菜，一壶酒。洞庭酒家的客人说，小张老板做生意跟他阿耶一样厚道。

庞嘉永把小张老板送来的酒斟上，递了一杯给小张老板，说，谢谢小张老板送的酒。小张老板笑眯眯地说，我一直要过来敬酒，一直脱不开身。谭窑主说，小张老板生意兴隆。小张老板说，生意确实比我阿耶那时候好。窑上的生意好了，我们酒家的生意自然跟着好。草市街上的生意，酒家，客栈，衣服鞋帽店，豆腐坊……哪个不是托各位窑主的福。裴千里说，张老板就特别能说会道，小张老板还要更胜一筹。小张老板说，庞窑主这么年轻就当了窑主。老话说湘江后浪推前浪，一代更比一代强。喝了几杯，狂妄了。庞嘉永的阿耶说，谁年轻的时候没有狂妄过，年龄大了，不好意思狂妄，只能装出老成持重的样子。庞嘉永阿耶的话让其他酒桌上的客人都笑了，小张老板笑得酒杯里的酒都洒出去了。小张老板收住笑，说，庞家窑开窑大吉。我喝三杯表达最真心的祝贺。小厮赶紧提着一壶酒过来，给小张老板斟酒。

小张老板喝过三杯，脖子都红了。他兴致高昂，意犹未尽，干脆拉过一把椅子坐在庞嘉永身边。小张老板说，你们在窑行签协议那天，我就说，庞家窑肯定特别顺利。庞嘉永笑着说，你还会算命？小张老板说，我哪会算命。庞嘉永说，那你为啥能未卜先知，说我们庞家窑会特别顺？小张老板把桌子上的几个人看了一遍，说，有些话不好说。谭窑主说，小张老板，你把我们的好奇心勾起来了，又不说，就像把我们的酒瘾勾起来，却把酒藏起来不让我们喝一样。裴千里说，你藏着掖着的，我们酒都喝不痛快了。庞嘉永说，酒桌上说话，百无禁忌。小张老板说，那我就说了，如果得罪你们了，你们可别怪我。庞嘉永的阿耶说，你就放心大胆地说。小张老板指指裴千里，指指庞嘉永和他阿耶，指指谭窑主，说，谭窑主的儿子拐跑了裴师傅的女儿，裴师傅的女儿背叛了庞窑主。你们三家是什么关系？你们三家是仇人啊。小张老板话音刚落,庞嘉永跟裴千里和谭窑主面面相觑。洞庭酒家其他客人都停止了交谈和喝酒,望着小张老板,小张老板自顾自地说,三家仇人能放下仇恨一起合伙开窑,这窑上集聚了多大的能量啊,它能不好吗?小张老板说完,洞庭酒家瞬间鸦雀无声。一个外地生意人说,小张老板,你真是个高人啊,一语道破了天机。话音落下,客人们鼓起掌来。在雷鸣般的掌声中,庞嘉永、谭窑主和裴千里用百感交集的眼神互相看了看,然后一起把目光转向小张老板。

裴千里敬了小张老板一杯酒,他说,小张老板不愧见多识广,看问题比我们透彻。谭窑主端起一大杯酒,说,庞窑主,这杯酒我必须敬你。古人说杀父之仇夺妻之恨,那都是不共戴天的。我儿子拐跑了你的未婚妻,你还能祝福他们。你是个了不起的人,你身上携带着化解仇恨的能量。谭窑主干了一大杯,庞嘉永也干了一大杯。小张老板说,我赞助一杯。洞庭酒家的其他客人也喊着,我们也赞助一杯。小张老板说,我佩服庞窑主。相比快意恩仇,我更佩服能够放下仇恨的人。谭窑主说,我跟小张老板英雄所见略同。庞嘉永的阿耶说,小张老板,谭窑主,各位客官,你们过誉了。我们不过是胆小怕事,不想让事情变得更坏。谭窑主说,你们放下仇恨一身轻松,可你们放下的仇恨,全都变成愧疚压在我心上,压得我整夜整夜睡不着觉。小张老板敬了谭窑主一大杯酒,说,谭窑主,我也佩服你,你是好人。你们谭家窑人多势众,裴师傅和庞窑主根本不是你的对手。你要是蛮不讲理,他们也奈何不了你。谭窑主说,小张老板,我们石渚窑上人,祖祖辈辈都是讲理的人,理亏就是气短,理直就是气壮。理亏了还气壮,那是流氓无赖。在酒家喝酒的石渚人说,我们石渚人相信有理走遍天下,无理寸步难行。庞嘉永说,好人遇到好人,才会有庞家窑这样的好结果。好,就是庞家窑的运势。好上加好,就是我们石渚窑区的运势。小张老板说,满上,为庞家窑的好运势,干一个。五个人把酒杯满上,干了。客人们举起酒杯喊,为石渚窑区好上加好的运势,干三个。小张老板举着酒杯高喊,小二,给每桌客人送一壶酒。

客人们陆续散去,庞嘉永他们喝到洞庭酒家打烊才离开,每个人都喝了超出自己酒量的酒。出了酒家,凉风一吹,庞嘉永觉得神清气爽,双脚走在路上稳稳当当,他惊讶自己居然没醉。谭窑主走起路来有些跌跌撞撞,庞嘉永上前扶住了他,说,谭窑主,别回谭家坡了,去我家跟我挤一晚上吧。谭窑主说,我不去你家,我去裴师傅家。裴师傅，你不会不欢迎我吧？两个孩子私奔了，我们早晚得认这个亲家。裴千里说，谭窑主，你喝多了。谭窑主说，我没喝多，我说的心里话。庞嘉永说，谭窑主，我师父怕师娘，认亲家的事儿，等我师娘的气消了再说吧，今晚委屈你去我家凑合一晚上。裴千里尴尬地笑了笑，说，辛苦庞窑主了。庞嘉永说，师傅你没事儿吧？要不要我送你？裴千里说，我没醉。谭窑主说，我也没醉。话刚说完，就一脚踩空差点摔倒，庞嘉永的阿耶赶紧用肩膀扛住谭窑主。谭窑主说，现眼了现眼了。谭窑主不再逞能，任由庞嘉永和他阿耶一起扶着他往前走，他们很快到了庞嘉永的家，庞嘉永站下来拍门，庞嘉永的娘打开门，看见三个醉醺醺的男人东倒西歪进了门。没等庞嘉永的娘开口，庞嘉永就大声说，娘，我们开窑大吉，出了一窑好货。我们去洞庭酒家庆贺，喝多了。谭窑主回谭家坡太远，我请他到家里凑合一晚上。庞嘉永的娘听了儿子的话，看见儿子两眼放光，赶紧说，我去给谭窑主准备被褥。庞嘉永的阿耶说，再给我们煮一壶茶，半夜醒了肯定口渴。谭窑主口齿清晰地说，庞家娘子，麻烦你了。真是不好意思。庞嘉永的阿耶说，喝醉了还这么礼数周全。说完发现谭窑主坐在凳子上已经睡着了。

庞家窑一开张就烧出了品质相当不错的瓷器，市场反应非常好。庞嘉永松了一口气。庞家窑有庞嘉永的成型技术，庞嘉永阿耶的制泥水平，又从郑喜州的徒弟里挖了几个制釉高手，还有谭家窑的掌火老师傅。掌火老师傅干了几个月，把龙窑烧熟了，徒弟还没培养出来，身体就撑不住了。庞嘉永从下家窑挖来一个掌火师傅，接替了老掌火师傅，也接管了老师傅的徒弟们。

经过几年的努力，石渚窑区的瓷器在器型的制作上达到了一个高峰。俗话说人靠衣裳马靠鞍，再漂亮的美人也是打扮起来更漂亮。再漂亮的器型也要穿上漂亮的衣服才能更漂亮。石渚窑上人一直以来对制釉技术的突破寄予了很大的希望，他们坚信，有了彩色的釉水，石渚的瓷器就能穿上漂亮衣服，装扮得更加引人注目。大家把希望寄托在樊家窑的制釉师傅郑喜州身上。郑喜州不负众望，陆续制作出了褐色釉水和黄色釉水。有了褐色和黄色釉水的装扮，石渚瓷器的确比以前更漂亮了。

庞嘉永不满足，他想做更好的瓷器。庞嘉永是成型师傅，他明白石渚窑的瓷器以日用瓷器为主，器型必须满足实用性，在器型上的拓展空间非常有限。在器型制作受限的情况下，想做更好的瓷器，只能拓展装饰方法。他觉得石渚窑上人对装饰瓷器的理解太单一了。除了彩色釉水，还能在更多的方面进行拓展。庞嘉永存了这样的心思，自然会处处留心。有一次去潭州，看见一个大户人家的房子，窗户和门上都雕了花，看起来非常漂亮。

庞嘉永回到窑上，看着光溜溜的瓷器，脑袋里老是想着那个大户人家的门和窗户。雕花可以让门窗更好看，要是在瓷器上雕花，瓷器一定也能更好看。庞嘉永脑子里透过了一束光，把那些隐约的东西照亮了。给瓷器雕花，不就相当于给马配上漂亮的鞍。自从动了给瓷器雕花的念头，庞嘉永就尝试在小块的泥料上雕刻花鸟鱼虫，然后贴在光溜溜的瓷器上。贴了花鸟鱼虫，烧出来果然比光溜溜的瓷器好看。有贴花的瓷器总是率先吸引眼光，来窑上进货的生意人，都会先拿起有贴花的瓷器问一问价格。

庞嘉永在讨价还价的过程中发现，有贴花的瓷器可以卖得贵一点，但太贵了就没人买。雕刻一片贴花比成型一个瓷坯更费时间，卖得贵的那点钱跟雕刻一片贴花费的工时相比，很不划算。尽管如此，庞嘉永还是打算在庞家窑设置一个装饰工艺棚，把装饰工艺提升到跟制泥、成型、制釉一样重要的地位。庞嘉永觉得那句老话很有道理，人靠衣装马靠鞍，瓷器的装饰除了传统的釉水色彩，应该有更多的技术。

庞嘉永是个急性子，说干就干，他马上就把裴千里和谭窑主请到庞家窑商议。庞嘉永把几只贴了贴花的瓷器摆在桌子上，裴千里和谭窑主一进来就看见了，他们拿起来左看右看，爱不释手。庞嘉永说，好看吧？如果你们买壶，愿意买有贴花的还是没有贴花的？谭窑主说，如果价钱一样，我当然愿意买有贴花的，有贴花的更漂亮嘛。裴千里说，有贴花的肯定要贵一些，如果贵得不多，我也愿意买。庞嘉永说，今天请谭窑主和裴师傅来，就是想跟你们商量，在庞家窑设置一个装饰工艺棚，招几个喜欢画画和雕刻的窑工，把瓷器的装饰工艺提升起来。谭窑主说，想法不错。雕刻贴花是个慢功夫，我手上这片两只鸟的贴花，用了多长时间？裴千里说，这个是我自己试着雕的，花了一个时辰，如果是熟练的雕刻工，应该用不了半个时辰。谭窑主说，比成型师傅做一只壶费的时间长。庞嘉永说，谭窑主说到要害上了。最大的问题就是费的时间和功夫跟获得的收益不匹配。谭窑主说，我们开窑，首先要考虑收益，赔钱赚吆喝的肯定不是好买卖。庞嘉永把目光望向裴千里，裴千里把手里的壶转了一圈，盯着那片贴花，说，市场眼见着一天比一天繁荣，等到大家有钱了，买东西自然会更加讲究。我们窑上人的手艺，不能现学现卖。等到大家喜欢买有贴花的壶，我们再去学习怎么制作贴花，肯定来不及。庞窑主的想法也不是完全不考虑收益，他考虑的是更长远的收益。庞嘉永说，师傅说得对，人们下一个阶段对瓷器的需求会更加讲究品质，不光实用，还得美观。我们要未雨绸缪，走在前面。谭窑主你放心，赔钱赚吆喝的事儿，庞家窑目前没有这个能力去干。谭窑主笑着说，你早就把一切都计划好了吧？庞嘉永点点头，说，我的计划是这样的，在庞家窑设置一个装饰工艺棚，招几个喜欢画画和雕刻的窑工，不用招太多的人。他们的首要任务是在省时省力上下功夫，等他们找到了省时省力的办法，我们再扩大装饰技术的应用。裴千里说，这样就避免了前期投入太多，我支持。谭窑主说，庞窑主虽然年轻，考虑问题很周全。我支持你先干起来，谭家窑也要跟上庞家窑的步伐。庞嘉永说，谢谢谭窑主和师傅对我的信任。

庞家窑的装饰工艺棚很快就开张了，庞嘉永招了六个负责装饰工艺的窑工。六个窑工以前在其他窑上做成型或者制釉之余，负责一些简单的装饰。听到庞家窑要设置专门的装饰工艺棚，立马就到了庞家窑上。六个窑工兴奋异常，跃跃欲试，他们对装饰工艺的兴趣一直超过成型或者制釉，无奈以前哪个窑上都没有专门的装饰师傅。他们对庞嘉永说，庞窑主你放心，想到要把最难的图案雕出来，我们就兴奋不已。一个姓康的窑工说，庞窑主，我脑袋里有无数想要雕刻的东西，花鸟鱼虫，天上的云，地上的草，林中的树，街上的人……看见窑上的边角泥料就手痒，忍不住要把脑袋里正在想着的东西雕刻出来，我还雕刻过跳胡旋舞的人。我早就想找个地方大显身手了，感谢你给我提供机会。庞嘉永对他们说，我相信以后你们一定能大显身手。但是目前你们最要紧的不是创造装饰题材，你们的首要问题是破解雕刻贴花费时费力的难题。六个窑工不解地看着庞嘉永，庞嘉永微微一笑，说，雕刻贴花是慢工细活，越复杂的图案费时越多。现在你们雕刻一片贴花，比成型师傅成型一只壶费的时间和功夫更多。一只壶定价三文钱，贴上一片贴花，按说要定价七文钱才合适。市场的行情却是，一只贴花的壶涨到四文钱已经很贵了，定价五文钱就没人买。六个窑工互相看看，说，我们没想过这个问题。庞嘉永说，我们必须做到一只贴花的壶定价四文钱也有钱赚,我们的贴花装饰工艺才能有大发展。六个窑工说,三个臭皮匠顶个诸葛亮,我们六个人就是两个诸葛亮,一定能行。

庞家窑的装饰工艺棚搞好后,庞嘉永请谭窑主来窑上看过,谭窑主觉得可行,就按照庞家窑的样式,在谭家窑设置了装饰工艺棚,招了六个专门搞装饰工艺的窑工。樊窑主听说庞嘉永在窑上设置了装饰工艺棚,马上到庞家窑参观学习,回去之后,在樊家窑也设置了一个装饰工艺棚,招了六个专门负责装饰工艺的窑工。郑行首听说了这件事儿,专门去庞家窑参观。庞嘉永一路陪着郑行首,把他为何要设置装饰工艺棚的前因后果给郑行首讲了讲,回答了郑行首的一些疑问。郑行首站在庞家窑的装饰工艺棚里,看着六个忙碌的窑工,感慨地说,年轻人就是敢想敢干。

郑行首回到窑行,把石渚窑区的窑主们都召集到窑行,请庞嘉永给窑主们讲了一课。庞嘉永站在前面,看着坐在下面的都是比他年长的窑主,脸红了。郑行首说,庞窑主,你大胆讲。不用怕这些老家伙。将来的石渚,是你们年轻人的天下。庞嘉永定了定神,冲比他年长的窑主们抱了抱拳,说,各位窑主,各位长辈,承蒙郑行首的支持,我今天就班门弄斧,献丑了。庞嘉永从他在潭州看到雕花的窗户和门,触动了他对装饰瓷器的思考讲起,讲到了他判断下一阶段人们对瓷器的需求不仅要实用,还要美观。正是这个判断,触动了他设置装饰工艺棚的想法。庞嘉永最后谈到了雕刻贴花费时费力导致的高成本问题。庞嘉永说,如果不能解决这个问题,贴花装饰工艺不可能有大发展。这也是目前设置装饰工艺棚要承担的风险。

窑行里鸦雀无声,比庞嘉永年长的窑主们全神贯注地听庞嘉永讲话。庞嘉永讲完之后,郑行首带头鼓起了掌。郑行首说,庞窑主讲得好,看到年轻的窑主成长起来,我倍感欣慰。各位窑主,你们还有什么不明白的,抓紧问庞窑主。庞嘉永说,庞家窑欢迎各位窑主去参观。各位窑主有什么问题,只要我能解决的,我一定竭尽全力。窑主们再一次把掌声送给了庞嘉永。窑主们回去之后,陆陆续续都去庞家窑参观了装饰工艺棚。各家窑尽管快慢不一,也都不甘落后,先后设置了装饰工艺棚,也都请了六个窑工专门负责装饰工艺。

装饰工艺解决不了成本问题,窑上的装饰工艺棚成了窑上唯一不挣钱还要搭钱的地方,其他窑工渐渐不满起来,有的窑主觉得不划算,装饰工艺棚的窑工在窑上成了不受待见的人。大多数窑上负责装饰工艺的窑工觉得前途无望,又干回了成型和制釉的老本行，窑上的装饰工艺棚形同虚设。只有庞家窑、樊家窑和谭家窑少数几个窑口还在坚持。庞家窑装饰工艺棚的六个窑工态度最坚决，姓蓝的窑工对庞嘉永说，庞窑主，你放心，哪怕只剩我一个人，我也会坚持。

庞嘉永比谁都着急，一个付出高收益低的工艺，没有几个人能坚持下去，不能取得突破，只能失败收场。庞嘉永满怀心事走在草市街上，路过洞庭酒家，看见小张老板三岁的儿子蹲在地上，一个人玩得很起劲儿。三岁小孩天真快乐的样子让庞嘉永想起了自己无忧无虑的快乐童年。哪怕只有片刻时间能够放下自己的成年重负，逃回童年，他也想试一试。庞嘉永凑上去，蹲在地上，跟三岁的小孩头碰着头。三岁的小孩头都不抬，专心地玩着自己的游戏。庞嘉永看见三岁的小孩拿着一枚铜钱，往湿乎乎的泥土上按，他的小胖手使劲按着铜钱，嘴里还哼哼地使劲儿，按了一会儿，他的小胖手从泥上抠出铜钱，铜钱的样子印在了泥土上，他又往旁边的泥土按，然后抠出来。庞嘉永迷惑地问，张豆官，你在玩啥？张豆官指着泥土上的钱印子说，你数数。庞嘉永数了数，说，九个。张豆官笑得眼睛眯成了一条缝，他拍着小胖手说，我有九个钱了。我阿耶只给了我一个钱，我想要九个钱，阿耶让我自己想办法。庞嘉永说，把你的钱给我，我帮你按一个，你就有十个钱了。张豆官把铜钱递给庞嘉永，庞嘉永像张豆官那样把钱按在湿乎乎的泥土上，然后抠出来，庞嘉永力气大，按的钱印子比张豆官的深。张豆官用小胖手摸着庞嘉永按出来的钱印子，笑得合不拢嘴。他说，你再帮我按几个。庞嘉永又帮张豆官按了几个深深的钱印子。张豆官拍着手说，我要告诉阿耶，我有好多好多钱。

庞嘉永盯着地上的钱印子，脑袋里一阵电闪雷鸣。原来这么简单，一个三岁小孩都会玩的游戏，我怎么就想不到呢？他把张豆官抓起来举过头顶，疯狂地转圈。张豆官在他的头顶乐得嘎嘎嘎大笑，口水流到了他的脸上。庞嘉永把张豆官放下来，说，谢谢你张豆官，你真是个幸运童子。

庞嘉永站起来就往窑上跑。他气喘吁吁地跑回窑上，跑进装饰工艺棚，抓起一块泥，拍平整了，问，谁身上有铜钱？姓蓝的窑工从身上摸出一块铜钱递给庞嘉永。庞嘉永说，都围过来。他拿起铜钱，像张豆官那样，把铜钱按在平整的泥上，抠出来，继续按，泥上的铜钱印一个一个增多，铜钱上的花纹清晰可见。他按到第五个铜钱印的时候，姓蓝的窑工大叫一声，说，庞窑主，我懂了。问题解决了。别的窑工也恍然大悟，说，原来这么简单。庞嘉永说，我们只需要制作一大批模印，把模印烧制以后，就可以无限复制了。小时候都玩过这个游戏，长大了居然忘了。姓蓝的窑工说，所以童心可贵。儿童没有目的，就是为了好玩，想出了各种稀奇古怪的玩法。我们大人目的性太强了，反而被蒙住了眼睛，束缚了手脚，原地打转。庞窑主，你怎么突然想到了？庞嘉永说，我在草市街上看见小张老板的儿子张豆官自己一个人在那儿玩，我凑过去想看他玩啥，结果看见他在那儿按钱印子，一边玩一边说，他有好多好多钱。我一下子明白了，转身就往窑上跑。

六个窑工互相看一眼，一起动手把庞嘉永抬起来抛向空中又接住，一边抛一边喊，庞窑主，大功臣。庞嘉永吓得吱哇乱叫，六个窑工兴奋得大喊大叫。窑上的其他人听到装饰工艺棚的动静，以为装饰工艺棚的六个窑工疯了，赶紧放下手里的活跑过来救庞嘉永。他们围过来，六个窑工已经把庞嘉永放到了地上，庞嘉永坐在地上笑，笑得捂着肚子站不起来。六个窑工围着庞家永跳起了拙劣的胡旋舞。庞嘉永的阿耶吓坏了，他推开跳胡旋舞的窑工，蹲在地上问，嘉永你怎么啦？姓蓝的窑工说，解决了，难题解决了。庞嘉永终于停止了笑，坐在地上喘了几口大气，说，阿耶，不好意思吓着你了。我们解决了大难题。庞嘉永的阿耶嘟囔着说，都是窑主了，怎么还像个小孩似的，高兴了坐在地上笑个不停。庞嘉永坐在地上，抬头看着从上方俯瞰他的那么多张脸，这些大人的脸，即使在笑，也没有小孩子笑起来无忧无虑天真无邪。他说，我今天最大的收获就是，我们要多向小孩子学习。小孩子的童心和童趣，太珍贵了。庞嘉永的阿耶一脸茫然，那些俯瞰庞嘉永的人，也一脸茫然。只有装饰工艺棚的六个窑工懂得庞嘉永在说啥，他们拼命点头。

庞嘉永对装饰工艺棚的六个师傅说，雕刻贴花模具没有限制没有禁忌，花鸟鱼虫，人物云朵，枯树神仙……你们脑袋里想到什么就雕刻什么，不管雕刻什么，都要雕出栩栩如生的神态，让人家看见了就觉得好看，好玩，有趣。放开手脚干吧。六个窑工被庞嘉永的一席话说得热血沸腾，一旦拿着雕刻的泥板，脑袋就像江水一样翻滚出层出不穷的形象。姓蓝的窑工最擅长雕刻人物，姓卞的窑工最擅长雕刻花鸟……

庞家窑的六个窑工很快雕刻了一批贴花模具，烧制了出来。庞嘉永又招了几个窑工，负责用泥皮从模具上取花，再把取了花的泥皮贴在瓷坯上。

庞家窑的第一批贴花瓷器烧制出来，各个窑口都派人到庞家窑学习模印贴花技术。庞家窑整天人来人往，非常热闹。窑主们给庞嘉永送去锦旗，感谢他无私分享庞家窑的模印贴花技术。年底的时候，郑行首在窑行召集窑主开会，表彰了庞嘉永对石渚窑区的贡献。窑主们都说庞嘉永是石渚窑区的功臣。庞嘉永说，我可不敢贪功，模印贴花技术，至少有张豆官一半的功劳。石渚窑区人人都知道，庞嘉永看见张豆官在泥地上按钱印子，受到启发，突破了贴花成本高的大难题。去洞庭酒家喝酒的窑上人，都管张豆官叫幸运童子。庞嘉永每次去洞庭酒家，都会给张豆官带个礼物。

庞嘉永越来越自信，他走路的时候，昂首挺胸，器宇轩昂。有一天，裴牡丹的娘在草市街上看到庞嘉永，庞嘉永垂手而立，恭恭敬敬叫了她一声师娘，她微笑着给庞嘉永问了好。庞嘉永走远了，笑容僵在裴牡丹娘的脸上。回到家里，她看什么都不顺眼，心里一股气窜来窜去，她说不清自己为啥要生气。裴千里从窑上回家，她跟裴千里说，我今天见到庞嘉永了，他走路昂首阔步，看着个子都比以前高了。谁能想得到，那个笨小子会有这样大的出息。裴千里笑了笑，没吭声。裴牡丹的娘恨恨地说，老话不得不信，牡丹生在正午，她就是个没福气的。裴千里不接话，默默地给她倒了一杯茶。对付裴牡丹的娘，裴千里已经很有经验。裴牡丹的娘受了刺激，绝对不能劝，让她自己消化心里的无名火气。要是劝她，就会引火烧身。

裴桂花每晚睡觉前，都要看着裴牡丹睡过的半边床发一会儿呆。裴牡丹离开石渚一年后，裴桂花去那条扬州船上找朱老板打听过消息。朱老板说，到了扬州，他介绍谭良骏去一个瓷器商行卖货，没多久他就不在那儿干了。他也没有见过他们。裴桂花晓得扬州很大，比几十个草市还要大。两个人消失在那么大的城市，就像两只蚂蚁消失在草市。朱老板也跟他们说了，遇到什么困难，都可以去他家找他，他们从没去过朱老板家，说明他们没有遇到什么的困难。有他们的消息，到了石渚，朱老板会把消息捎给裴桂花。朱老板的船来来往往，却没有带来任何裴牡丹和谭良骏的消息。

石渚的媒人快把庞嘉永家的门槛踏平了，媒人们个个巧舌如簧，却说不动庞嘉永的娘。庞嘉永的娘说，我不想管也管不了，嘉永要是有喜欢的姑娘，由他自己做主。媒人们对庞嘉永的娘说，庞窑主看上了哪家的姑娘，你一定要告诉我。庞嘉永的娘说，嘉永整天忙着窑上的事情，心思根本不在姑娘身上。媒人们说，庞窑主的娘，等庞窑主把窑上的事情捋顺了，你要催催他。让他把一半的心思放到姑娘身上，陪他过一辈子的是姑娘不是窑。庞嘉永的娘心里也急，但她不在媒人面前表露出来。她答应媒人们，等嘉永窑上的事情少一点，她会催他。络绎不绝上门的媒人，让庞嘉永她娘的心情变得越来越好，她对裴牡丹的恨慢慢淡了。

庞家窑的合作投资方式在石渚窑区起到了示范的作用，庞家窑之前，从来没有不同家族之间合作开窑。庞家窑之后，不同家族之间的合作越来越多，石渚窑区每年都要新建几座龙窑。石渚窑区渐渐繁荣起来。

春天，燕子飞回了石渚，叽叽喳喳欢快忙碌的燕子，一到春天就回来了。裴桂花看着在自家房梁上筑巢的燕子，想起了裴牡丹。燕子都晓得年年回来，裴牡丹离开石渚已经三年多了，一去再无消息。裴桂花看着筑巢的燕子发呆。

裴牡丹毫无征兆牵着孩子出现在码头上的那天，裴桂花正在离码头不远的河里洗衣服，她从水里捞起一件洗好的衣服直起身子，突然看见码头上出现了一个牵着孩子的人。裴桂花只看了一眼，就认出了那个牵着孩子的人是裴牡丹。裴桂花的心剧烈地跳动起来，她说不出话，她把没洗完的衣服扔给杜鹃，跳到河岸上，撒腿就往码头跑。一起洗衣服的姑娘和媳妇们都不晓得发生了什么，她们望着杜鹃，杜鹃也莫名其妙。

裴桂花脚底生风，一路狂奔。裴牡丹牵着孩子刚离开码头走到草市街上，裴桂花就迎面奔了过来。她披头散发，泪水横流，没等裴牡丹认出她，她已经紧紧地抱住了裴牡丹，号啕大哭起来。裴桂花把裴牡丹的儿子望月吓得哭了起来。裴牡丹推开裴桂花，抱起望月。裴牡丹平静地说，你吓着望月了。裴桂花不好意思地擦了擦脸上的泪水，捋了捋头上的头发，挤出一个笑容，说，望月，不好意思吓着你了，我是小姨，来，小姨抱你回家。望月看着裴桂花，摇了摇头，说，不认识你。裴桂花对望月笑了笑，说，以后你就认识我了，你还会认识外公外婆和舅舅。望月不让裴桂花抱，她接过裴牡丹的包裹背到肩上。

裴牡丹瘦了好多，以前的圆下巴变成了尖下巴。裴牡丹脸上的疲惫和憔悴，让她心疼不已。裴桂花说，姐，我们回家。裴桂花有一肚子话要跟姐姐说，还有一肚子的问题要问姐姐，可她心疼姐姐一路辛苦，又抱着个两岁多的孩子，她走在身边都能听见姐姐喘气的声音。裴桂花默默走在裴牡丹身边，一句话没说。

街上一下子围过来好多人，他们看着裴牡丹，表情复杂。裴牡丹微微一笑，说，这是我儿子谭望月。众人看着谭望月。谭望月倒是不怯场，圆溜溜的眼睛看看这个看看那个，看着看着咯咯咯地笑了起来。围观的人说，真是个漂亮的小孩，一看就见过大世面。人群里不晓得谁问了一句，谭良骏咋没一起回来？裴牡丹笑着说，他有事情离不开，我带着儿子先回来了。众人闪开一条路，说，一个人带着孩子走，这一路太辛苦了，赶紧回去休息吧。裴牡丹说，谢谢大家，等我和孩子安顿下来，再去给各位请安。

走在熟悉的路上，裴牡丹心里发酸，她害怕自己一张嘴就要流泪。姐妹俩默默地走到了家门口，裴牡丹停下脚步，这个在梦里梦见了一百回的地方，让她胆怯了。裴桂花说，望月，我们到家了。裴桂花伸手推门，却推不开。大白天的，门居然从里面关上了。

裴牡丹的娘站在门的另外一边，双手抱在胸前，控制着发抖的身体。裴牡丹的娘刚才在街上碰见了庞嘉永的娘，隔着半条街看见了庞嘉永他娘满面的红光，听到了她爽朗的笑声。裴牡丹的娘现在最怕碰见庞嘉永的娘，每次碰见，心里都要涌起一股无名火。庞嘉永他娘红润得意的脸色，让裴牡丹的娘自惭形秽。裴牡丹的娘低头走路，不想被庞嘉永的娘看见，没想到庞嘉永的娘叫了她一声杜妹妹。自从裴牡丹离开石渚，她们两个再也没有说过话。裴牡丹的娘听见庞嘉永的娘叫她杜妹妹，就像被什么咒语定在了原地。庞嘉永的娘说，听人说看见你家裴牡丹一个人带着孩子回来了。裴牡丹的娘一脸惊愕。庞嘉永的娘说，杜妹妹，你赶紧回家吧。裴牡丹好几年没回来了，一个人回来，还带着个孩子。庞嘉永他娘脸上关切的表情，不仅不能安慰裴牡丹的娘，反而刺激得裴牡丹的娘想扑过去掐她的脸。裴牡丹的娘从嗓子眼里挤出了一句话，庞窑主他娘，让你看笑话了。她的脸上没有任何表情，眼睛被怒火烧红了，庞嘉永他娘没敢再说话，转身走了。

裴牡丹的娘回到家，立马把门从里面闩上了。她浑身都在发抖，内心的愤怒就像涨水的湘江，狂涛骇浪，让她站立不稳。裴桂花拍响了大门，说，娘，快开门。

看谁回来了？门里一片沉默。裴桂花再次拍响了大门，说，娘，你快开门，我姐回来了。愤怒的狂涛骇浪，把裴牡丹她娘的内心冲成了一片废墟。她站在门里，声音冷酷地说，我只有一个女儿。裴桂花不敢相信自己听见的话，她说，娘，你是不是糊涂了？你有两个女儿，现在还有个小外孙了。快开门。

没等门里的人说话，裴牡丹已经抱着望月走了。裴桂花说，姐，你要去哪儿？裴桂花狠狠地拍了拍门，哭着说，娘，你怎么这么狠心，我姐好几年没回家了，你居然不让她进门。干脆连我也不认算了。姐，你去哪儿？等等我。裴桂花追着裴牡丹的脚步声听不见了，裴牡丹的娘打开院门，看着裴牡丹和裴桂花的背影越走越远，她想叫住她们，可她发不出声音，她的嗓子好像被什么东西勒住了。她再次关上院门，蹲在院子里捂着脸流了好半天眼泪。

裴桂花追上裴牡丹，说，姐，你要去哪儿？裴牡丹平静地说，我暂时去石渚客栈住。裴桂花说，娘就是一时糊涂。她这会儿肯定已经后悔了。姐，我们回去吧。裴牡丹说，桂花，谢谢你。我太累了，我先到石渚客栈住下。裴桂花跟着裴牡丹到了石渚客栈，裴牡丹在石渚客栈要了一个房间，望月已经在她怀里睡着了。裴牡丹进了房间，把望月放在床上，她在床边坐了下来。裴桂花眼泪汪汪地看着裴牡丹。裴牡丹说，桂花，回去吧。我没事儿。裴桂花说，我不回。娘太狠心了，我不想看见她。裴牡丹说，桂花，不能怪娘，我做的事情伤了娘的心。娘不让我进门，一定有她的难处。裴桂花说，娘再难也没有你难，你一个人带着孩子，坐了这么久的船回来。就是个逃难的陌生人敲门，也该请进去喝口水吧。何况你还是她的女儿。裴牡丹说，别耍小孩子脾气，赶紧回去看看娘，娘一定很伤心。等她气消了，我再回去看她。裴桂花说，姐，你带着孩子住在客栈里太不方便了。要不我去谭良骏家，问问他耶娘。娘家不让进，婆家总要管吧。裴牡丹说，我跟谭良骏毕竟没有明媒正娶，我把娘气得不让我进门，谭良骏肯定也把他耶娘气得够呛。桂花，我的事情你就别掺和了。裴桂花生气地说，姐，不管是不是明媒正娶，谭望月可是谭窑主的孙子。裴牡丹说，事情不是你想的那么简单。桂花，你回家看看娘怎么样了。我太累了，让我先睡一觉，睡醒了我再想怎么办的事儿。裴桂花说，我不想回去，我生娘的气，见到她会跟她吵架。姐你睡吧，我就待在这儿不说话，望月醒了我帮你看着，你可以多睡一会儿。裴牡丹看了裴桂花一眼，她已经累到了极致，她把床上的望月往里面挪了挪，和衣躺在床上，很快就睡着了。

裴桂花看着躺在客栈床上熟睡的姐姐和望月，又气又急，对娘的不满就像龙窑烟囱里的烟，一股一股往她的头上冒，弄得她头昏脑胀。

在石渚窑区，没有什么比消息传得更快了。裴牡丹刚到石渚码头，裴牡丹带着儿子回来的消息，已经传遍了石渚地界。裴牡丹刚住进石渚客栈，裴牡丹被娘家拒之门外的消息又飞一样传遍了石渚地界。人们怀着隐秘的心情，议论纷纷，猜测着接下来的故事走向。草市街头的闲人又开始打赌了，他们赌谭良骏的耶娘会不会认裴牡丹这个儿媳妇。一半的人赌谭家会认，他们的理由是，裴牡丹带着谭窑主的小孙子回来，哪有不认的道理？还有一半的人赌谭家不会认，这一半人信心满满。他们说，娘家都拒之门外了，何况没有明媒正娶的婆家，更何况谭良骏没有一起回来，谁晓得裴牡丹跟谭良骏是个啥情况，说不定谭良骏在扬州已经另娶了别人。闲人赌徒们还是老规矩，以洞庭酒家的一顿酒作为赌注，输家付账。

消息传到谭家窑，谭窑主立马放下窑上的事情回到家里，他把谭良骏的几个嫂子叫出来，吩咐她们把东厢房收拾出来，给裴牡丹母子住，然后带着谭良骏的娘心急火燎地赶到了石渚客栈。

路上，谭良骏阿耶对谭良骏的娘说，裴牡丹一个人带着孩子回来了，不晓得跟良骏是咋回事儿，没准那个臭小子扔下裴牡丹母子另娶了别人。我们那不靠谱的儿子，啥事儿都干得出来。你给我记住了，只要裴牡丹不提谭良骏，我们就不能提。到了客栈门口，谭良骏的阿耶又对她说了一遍，裴牡丹不提谭良骏，我们决不能提。

客栈的门只敲了两下，裴桂花马上站起来去开门，她怕敲门声吵醒她姐。她把门开了一条缝，看见谭良骏的耶娘站在门外，愣住了。谭良骏的娘说，裴姑娘，我们来接我们谭家的儿媳妇和孙子回家。裴桂花脸上绽放出笑容，她热情地说，谭伯伯谭伯母，你们等一下，我马上把我姐叫起来，她太累了，睡着了。谭良骏的娘说，不急，我们在外面等。裴牡丹已经醒了，她起来把衣服头发捋了捋，看见望月醒了，两只圆溜溜的黑眼睛东看西看，她伸手抱起望月，对裴桂花说，桂花，快请望月的爷爷和嬷嬷进来。裴桂花把门开大了一些，把谭良骏的耶娘请进了客栈的

209

房间。

望月睁着圆溜溜的眼睛看看这个看看那个，望月的样子让谭良骏的娘想起了谭良骏小时候的样子，她正想说望月跟良骏小时候简直一模一样，想起谭良骏阿耶的嘱咐，谭良骏的娘顿了顿，把想说的话咽了下去，说，牡丹，你一路受累了。我和望月的爷爷听说你回来了，马上从谭家坡赶下来接你们娘俩回家。裴牡丹说，望月，叫爷爷，叫媖驰。望月脆生生地叫道，爷爷好，媖驰好。谭良骏的耶娘连声答应，谭良骏的娘激动得眼里涌起了泪花。谭良骏的阿耶说，望月，爷爷抱你回家。谭良骏的阿耶伸出手，望月扑进了他的怀里。谭良骏的阿耶紧紧地搂着望月，红了眼圈。他说，我领着孙子先回去了，你们收拾好东西直接回家。

谭良骏的阿耶为了掩饰自己的感情，抱着望月出了门。谭良骏的娘说，牡丹，我帮你收拾一下，咱们回家。出来之前，我让大儿媳二儿媳三儿媳把东厢房收拾出来，给你和望月住。裴牡丹的包裹还没打开，裴桂花拿过来递给裴牡丹，说，姐，等你安顿好了，我和娘去看你。谭良骏的娘说，裴姑娘，随时欢迎。谭良骏的娘从裴牡丹手里抢过包裹背上，转身出了门。裴桂花说，我就知道谭窑主一家都是讲道理的人家，不会不管你和望月。姐，你赶紧回家去吧。裴桂花推着裴牡丹出了房间，裴牡丹到柜台问客栈的伙计，住店多少钱？客栈的伙计说，刚才谭窑主已经问过了，客栈老板吩咐，住店没过夜，不用付账。裴牡丹说，谢谢了。

客栈门口聚集了一些人，几个打赌的闲人问谭良骏他娘到客栈里干啥？谭良骏他娘朗声说，我来接我儿媳妇和孙子回家。几个赌谭家会把裴牡丹接回家的闲人赢了，高兴起来，对赌输了的闲人说，我们赢了，走，洞庭酒家喝酒去。几个输了的闲人垂头丧气地说，真是搞不懂了，娘家都不让进门，婆家这么积极。裴桂花冲出来，对着那几个打赌输了的闲人说，你们几个乱嚼舌头，不怕闪了舌头。打赌的闲人说，当然怕了，闪了舌头还咋跟人打赌？说完，一窝蜂跑掉了。

裴桂花看着裴牡丹跟谭良骏的娘走了很远，才磨磨蹭蹭往家走。裴桂花想着她姐瘦出尖下巴的脸，想着她姐跟谭良骏一起走的，却一个人带着孩子回来了，不晓得谭良骏出了什么事，想着她姐在人生地不熟的扬州不晓得吃了多少苦，想着她姐带着孩子千辛万苦回到家里了，还被自己的亲娘拒之门外……裴桂花装了一肚子对她娘的气，阴沉着脸回了家。家里静悄悄的，往天这个时候，娘肯定在灶间热火朝天地忙着做饭。家里冷锅冷灶，声息全无。裴桂花汗毛倒竖，她冲进娘的房间，大声叫着娘。她娘和衣躺在床上，脸上盖着一条湿手巾。她跑到床边，拿掉娘脸上的湿毛巾，娘的脸色惨白，眼睛肿得像个桃子。裴桂花她娘的痛苦就像一根尖利的刺，刺破了裴桂花气鼓鼓的心情，她对娘的怨气瞬间漏了个精光。裴桂花跪在床边喊道，娘，你怎么啦？裴桂花的娘缓慢坐起来，问，啥时辰了？你阿耶和大江快回来吃饭了，我做饭去。裴桂花说，娘，你躺着别动，我去做饭。

裴千里和裴大江回来的时候，裴桂花正在灶房忙碌着。裴千里说，怎么你在做饭，你娘呢？裴桂花说，阿耶，娘身体不舒服，在床上躺着。饭马上就好了。裴千里说，早上出门的时候还好好的，怎么就病了？裴桂花压低声音说，姐回来了，娘没让姐进门。你们千万别问我姐的事儿。裴千里叹口气，进房间看裴桂花的娘去了。裴大江压低声音问，你见到裴牡丹了？她怎么样？听说她一个人领着孩子回来的。裴桂花说，她的儿子叫谭望月，长得胖乎乎的特别可爱。裴大江说，你没问问裴牡丹，谭良骏为啥没回来？他们两个是不是闹翻了？裴桂花说，没来得及问，她就被谭良骏的耶娘接走了。裴大江说，裴牡丹的脾气，没几个人受得了。她跟谭良骏八成闹翻了。我听说扬州的女人很温柔。裴桂花说，哥，你说的什么话，你到底是不是裴牡丹的哥？裴大江说，你啥也不懂，我懒得跟你说。我劝你以后学得温柔点。裴桂花说，你少教训我，等你娶了杜鹃，我让杜鹃收拾你。裴大江说，我娶了杜鹃，你就得管杜鹃叫嫂子。

兄妹两个斗嘴的时候，裴千里扶着裴桂花的娘出来了。裴千里说，你们两个别斗嘴了，赶紧把饭端上来。裴桂花把做好的饭菜端上了桌子，裴大江说，娘，你好点了吗？裴桂花的娘点了点头。裴桂花说，娘，你多吃点。裴桂花的娘一声不吭，她脸色苍白，嘴唇上的皮都咬破了。裴桂花的娘就像一朵被烈日晒干了的花，失去了生机和风采。

谭良骏的耶娘把裴牡丹和望月接回家，几个嫂子已经把东厢房收拾得干干净净，嫂子们热情地把裴牡丹母子迎进了家门。谭家虽然没分家，但平时人太多，都是小家分开吃饭，只有过年过节才一起吃饭。那天晚上，为了迎接裴牡丹母子，谭家像过年过节那样，聚在一起吃晚饭。谭家吃饭都是大人一桌，小孩子一桌。大人这桌的气氛始终不热烈，谭良骏的阿耶吩咐过三个儿子和三个儿媳妇，不让他们打听谭良骏的事，裴牡丹不提，他们就不能问。谭良骏才是裴牡丹跟谭家的纽带，不提谭良骏，餐桌上的气氛很别扭。小孩那桌就不一样了，望月立马就被堂哥堂姐们的温暖包围了，堂姐们争先恐后地照顾望月，把好吃地往他碗里夹。望月自从出生以来，都是孤孤单单的，从来没有这么多人一起吃饭，他嘎嘎嘎地笑个不停。裴牡丹看着望月那么开心，心里暖乎乎的。

自从见到谭良骏的阿耶和娘，裴牡丹就一直在想如何开口叫他们，张了几次嘴，始终没有叫出来。这个时候，她才明白了明媒正娶的重要性，缺少了婚礼上给公公婆婆敬茶改口喊阿耶和娘的环节，想要把耶娘叫出口太难了。

裴牡丹晓得他们一家人都想知道谭良骏的情况，但他们没有问她，一家人都刻意回避提起谭良骏的名字，她对他们的体恤心怀感激。谭良骏他娘一直满脸慈爱地看着她。裴牡丹低头咬了咬下嘴唇，终于抬起头，看着谭良骏的耶娘，说，阿耶，娘。谭良骏的阿耶瞬间愣住了，谭良骏他娘眼里涌出了泪水。裴牡丹也想哭，但她忍住了，说，阿耶，娘，良骏在扬州有事脱不开身，怕你们惦记，让我先带着望月回家。良骏让我替他问候阿耶和娘，问候哥嫂们。裴牡丹说完，几个嫂子都眼泪汪汪的，她们说，娘，你可以放心了。谭良骏的娘流着泪点头。谭良骏阿耶和几个哥哥都松了一口气。

谭良骏的阿耶说，晓得良骏在忙正事儿，我们就放心了。良骏媳妇儿，你一个人带着望月回来，辛苦了。还有一件事，今天当着大家说一声，庞家窑每年的分红，我一直给良骏和他媳妇留着。良骏媳妇回来了，这笔钱就交给她。你们做哥嫂的，不会有意见吧？谭良骏的几个哥说，我们没意见。裴牡丹说，阿耶，我有意见。老话说，一碗水要端平。你有四个儿子，良骏只是其中之一，庞家窑的分红，没有良骏一个人独占的道理。如果分成四份，我会高兴地收下一份。如果全给我，我一分也不要。裴牡丹说完，谭良骏几个哥嫂都瞪大了眼睛，目光中满是佩服。谭良骏的阿耶说，良骏媳妇儿，你不愧是裴行首的孙女，裴师傅的女儿。你这样知书识礼，我也不能背一个偏心的骂名，就按你说的，分成四份，每个儿子一份。谭良骏的娘说，良骏这浑小子，给自己挑了一个好媳妇儿。他爹，为了欢迎良骏媳妇儿，今晚喝点酒。谭良骏的几个嫂子飞快地把酒壶和酒盅拿了上来。谭家的餐桌上，终于热闹起来。

庞嘉永一家吃饭的时候，也在谈论裴牡丹。庞嘉永的娘说，我真没想到，裴牡丹的娘不让裴牡丹进家门。我咋就没看出来，她是这么狠心的一个人。我就不该告诉她裴牡丹回来的消息。裴牡丹走了这几年，我们两个一直没说过话，开始是我生她的气，不想跟她说话，后来我想通了，她又不理我。我早就想有个机缘跟她说上话，缓和我们的关系。多年的好姐妹，做不成亲家就做回我们的好姐妹。今天听人说裴牡丹回来了，我正好碰见她，就多了一句嘴，没想到她眼睛冒火，居然跟我说，庞窑主他娘，让你看笑话了。吓得我多一句话都不敢说了。我要不多嘴，她没准就让裴牡丹回家了。庞嘉永的阿耶说，跟你没关系，你别往自己身上揽错了。庞嘉永说，娘，谭窑主已经把裴牡丹母子接回去了。裴牡丹的娘做得对，她要是让裴牡丹进了门，谭窑主就不好接他们母子回谭家了。庞嘉永的娘说，我倒是没想到这点，裴牡丹的娘历来比我精明，她一准早就想到了演这样一出苦情戏了。哪天我备点礼物去看看她。庞嘉永的阿耶说，裴牡丹她娘这口气还没顺过来，你可别去招惹她。庞嘉永的娘说，那我就缓缓，不晓得她这口气啥时候才能顺过来。庞嘉永的阿耶说，这可说不准。庞嘉永的娘说，裴牡丹的儿子都满地跑了，她还有啥气顺不过来，要说有气，也是我有气。嘉永婚还没结呢。庞嘉永说，娘，我没结婚怪不得别人。庞嘉永的娘说，你赶紧结婚，给娘生个大胖孙子。媒人把我家的门槛都踏平了，给你介绍的姑娘不下十个，你一个都看不上。你跟娘说实话，是不是还放不下裴牡丹？庞嘉永笑起来，说，娘，你在想啥呀，我早就不惦记裴牡丹了。我在等那个让我一眼看中的姑娘。庞嘉永的娘，你整天待在窑上，睁眼看见的都是一群大老爷们，到哪儿遇见一眼看中的姑娘？庞嘉永说，娘，你就放心吧。好饭不怕晚，我肯定能遇到一个特别好的姑娘。庞嘉永的阿耶说，你娘说得对，成家立业，你不能光立业不成家。庞嘉永说，我以后没事儿就去姑娘扎堆的地方晃荡，肯定能跟姑娘对上眼神。庞嘉永的娘笑起来，说，行了，我也不管你了，老话说，儿孙自有儿孙福。

洞庭酒家那帮打赌的闲人早喝得醉醺醺了，打赌赢了的几个闲人拼命喝酒，赌赢的酒喝起来特别痛快。都说愿赌服输，输了的几个闲人很不服气，他们不停地说，又没有明媒正娶，谭良骏还没一起回来，谁晓得谭良骏跟裴牡丹还在不在一起。老谭家没道理上赶着接回家去啊？我们真是想不通。越是想不通，酒就喝得越多，酒喝得越多，话就说越密。洞庭酒家的小张老板被他们的车轱辘话说烦了，叫伙计给他们送上一壶茶，让他们醒醒酒。小张老板说，你们有啥想不通的？一晚上反复唠叨人家不是明媒正娶。不是明媒正娶咋啦？人家那叫真情无价。依我看，真情无价的私奔要胜过没感情的明媒正娶。小张老板的话音落下，那几个唠叨了一晚上的闲人终于闭了嘴。有一个打赌输了的闲人灌下一杯酒，说，男人哪个不是见一个爱一个，听说扬州的女人温柔似水。裴牡丹一个人回来的，谁知道谭良骏跟她还在不在一起。小张老板说，谭良骏的耶娘上赶着把裴牡丹接回家，已经表明了态度，不管谭良骏有没有变心，谭家都认裴牡丹是他们家儿媳妇。谭窑主做事儿，真叫人佩服。一个外地的生意人说，你们石渚窑上人非常讲道理，做事儿靠谱。上次我在蓝家窑订了几百只方盘子，点货的时候我没在现场把关，他们记错了给了我几百只圆盘子。等我发现，圆盘子已经装到船上了。我心都凉了，那是我第一次到石渚窑上进货，人生地不熟的，他们不给我换货我只能认倒霉。没想到我刚说我要的是方盘子怎么装上船的是圆盘子，蓝家窑的师傅立马就找来了蓝窑主，蓝窑主一个劲儿给我道歉，不仅把装上船的圆盘子全部换成方盘子，还额外送了我一些圆盘子，说如果喜欢，下次再订一些圆盘子。外地生意人说得高兴起来，让小张老板给每桌送一壶酒，他请客。小张老板眉开眼笑地说，老板送酒，我送解酒的茶。伙计，给每桌送一壶茶。外地生意人说，小张老板，你最会做生意。每次在洞庭酒家喝酒，都喝得过瘾。

裴牡丹在谭家的东厢房住下之后，谭良骏的娘没让他们娘俩单独开伙。裴牡丹每天帮着谭良骏的娘做些家务，没事儿的时候就牵着望月到窑上转。看着龙窑周边忙碌的人，想起几年前跟谭良骏在龙窑里发生的故事，裴牡丹有一种恍若隔世的感觉。过了几天，晚饭的时候，裴牡丹多做了几个菜，给谭良骏的耶娘斟了酒。谭良骏的阿耶问，今天是啥日子？这么隆重。谭良骏的娘说，儿媳妇斟的酒，喝了就是。问那么多干啥？等谭良骏的耶娘喝过酒，裴牡丹站起来微微一笑，说，阿耶，娘，我有一个请求，希望阿耶能够答应。谭良骏的阿耶和娘对视了一眼，眼中满是疑问。裴牡丹说，阿耶，娘，我想到窑上干活挣钱，养活我和望月。谭良骏的娘说，牡丹，我是哪儿做得不好，还是你几个嫂子有什么闲言碎语？裴牡丹慌忙摇头，说，娘，不是这样的，几个嫂子对我和望月非常好，你更是百里挑一的好婆婆。生孩子之前，我和良骏一直在瓷器店帮工，我们向买家介绍店里的瓷器，买家买了，我们就拿抽成。我是个闲不住的人，我喜欢干活。谭良骏的阿耶说，窑上的活，你会干哪样？裴牡丹说，窑上装饰工艺棚的活儿我都会干，我会写字，也会画几笔，我可以在瓷坯上画画写字，也可以做模印贴花。谭良骏的娘说，你天天在窑上逛，我还以为你是带着望月到窑上看热闹。谭良骏的阿耶说，你早就想好了吧？裴牡丹点点头。谭良骏的阿耶说，你想去就去吧，跟装饰工艺棚的窑工拿一样的钱。裴牡丹斟满酒，双手捧杯，恭恭敬敬地敬了公婆一杯酒。裴牡丹说，谢谢阿耶。娘，以后望月要辛苦你帮我带了。谭良骏的娘还想说啥，看到裴牡丹坚毅的眼神，把想说的话咽了回去。

裴牡丹去谭家窑装饰工艺棚上工那天，整个石渚窑区都轰动了，裴牡丹是石渚窑区第一个女窑工。裴牡丹走进去，负责装饰工艺棚的蓝师傅立马把裴牡丹领到她的位置上。蓝师傅说，谭家娘子，你先熟悉熟悉情况。裴牡丹点点头，坐在自己的位置上。她坐的地方，抬头就能看见不远处的龙窑。

裴牡丹望着龙窑，往事就像滚滚的湘江水，在她心里翻滚，她必须深吸几口气，才能平复自己的心情。窑工和师傅各忙各的，平时他们都是边忙边开玩笑，窑工们的玩笑，多多少少有点粗俗。工棚里多了一个裴牡丹，师傅和窑工们不好再开玩笑，装饰工艺棚一时间没有人说话。

裴牡丹把自己带去的笔拿出来，把磨好的墨汁倒进砚台，拿起脚边的一只壶，在上面写了谭良骏的一首诗："男儿大丈夫，何用本乡居。明月家家有，黄金何处无。"下笔之前，裴牡丹很自信，她在学堂就喜欢写字，学堂的先生经常夸她写字有灵气。在扬州的时候，她有一阵子靠帮人写信挣钱。裴牡丹一下笔就发现在生坯上写字和宣纸上写字是两回事儿，生坯比宣纸光滑，吸水又快，用力大了不行，用力小了也不行。壶上可以写诗的地方不是平面，不能像在纸上写字那样一气呵成。

用毛笔在生坯上写字比裴牡丹想象的要难一些。提、按、擒、纵、使、转、顿……一笔一画，都不好掌握。裴牡丹写完一首诗，手指和胳膊都有点僵硬，是那种无所适从的僵硬。写完，裴牡丹看着壶上一片黑乎乎的字，字又没有写在纸上好看，裴牡丹很不满意。她在另外一只壶上把刚才那首诗重写了一遍，看着还是不顺眼。裴牡丹内心有些焦躁。

裴牡丹深吸几口气，让自己平静下来，她转动写了诗的壶，在心里默念这首诗。这是谭良骏在学堂写的一首诗，裴牡丹记得那天在学堂，因为这首诗，先生讲了好男儿志在四方，还跟他们讨论了做人除了求取财富，要有更大的志向。谭良骏的确是个志在四方的好男儿，可做谭良骏的媳妇儿太不容易了。裴牡丹只要闭上眼睛，那些孤独的日子，漫长的夜晚，她所经历的绝望和痛苦，就像滔滔的江水，要让她窒息。裴牡丹放下手里的瓷坯，不敢再想下去，她怕自己忍不住哭起来。

裴牡丹站起来在装饰工艺棚里走了一圈，看见几个窑工在用褐色的釉水给贴花上的雕刻上色，她来了灵感，到制釉的工棚里取来一碗褐色釉水摆放好，她再次拿起脚边的一只壶，在上面写下了"二八谁家女，临河洗旧装。水流红粉尽，风送绮罗香"。写这首诗的时候，她感觉手没有那么僵硬了，她似乎找到了一点在瓷坯上写字的窍门。她转动手里的壶，看着写在壶上的诗，想起了跟谭良骏在一起的日子。

谭良骏在学堂作这首诗的时候，她还是个啥也不懂的小姑娘。谭良骏离开了学堂，她突然懂了这首诗，她当时就怀疑这首诗是谭良骏看见她在河里洗衣服为她写下的。跟谭良骏坐船去扬州的路上，她问过谭良骏，这首诗是不是写给她的。谭良骏搂着她，坐在堆满瓷器的船舱里，说，牡丹，我的每一首诗都是写给你的。我在学堂里写诗，就是给你看的。我想用写诗引起你的注意，我想用写诗，把那个笨蛋庞嘉永比下去。她靠在谭良骏的胸前，说，我也为你写过一首诗。谭良骏惊喜地说，快念给我听。她喃喃地念："新妇家家有，新郎何处无。论情好果报，嫁娶可怜夫。"谭良骏捧起她的脸，说，我就是你的可怜夫。裴牡丹幸福得满脸通红。那个时候，她怎么想得到，谭良骏会把她和望月扔在扬州，自己坐上波斯人的船走了。自从谭良骏跟那条波斯船的船长交上了朋友，他的魂就不在家里了。看着谭良骏天天魂不守舍的样子，裴牡丹的心就像掉进水井里的月亮，往水里扔一颗石头子，她的心就会像水里的月亮，碎成没有形状的光。谭良骏没有下定决心的时候，裴牡丹假装什么都不知道，假装出一副没心没肺的快乐样子。她要把她的快乐当成拦路虎，阻挡谭良骏远行的步伐。可什么也阻挡不了谭良骏，她的快乐，她的单纯，她没心没肺的模样，只能让谭良骏在下定决心的时候格外痛苦。有好几次，谭良骏回家的时候喝醉了酒，他把头贴在裴牡丹的胸口，像个知道自己犯了错又一脸无辜的孩子。谭良骏没喝酒就回家的那天，裴牡丹心里咯噔了一下，她晓得谭良骏下定了决心。谭良骏目光灼灼地看着她说，牡丹，现在的生活不是我想要的。我想去波斯，我要去探出一条路来，把我们石渚的瓷器卖到波斯去。我不能让我阿耶看不起我。我要让石渚所有人都说，裴牡丹真有眼光，她居然看出谭良骏是个人物。我要让石渚所有人都羡慕你嫁给了我。裴牡丹很想对谭良骏说，我不要任何人羡慕，我只要跟你和望月在一起。可她说出口的却是，你去吧，我和望月在扬州等着你。谭良骏说，牡丹，我就晓得你会支持我。你是一个不同凡响的女人。裴牡丹到码头送谭良骏，谭良骏紧紧地拥抱她和望月。谭良骏在她的耳边轻声说，牡丹，我舍不得离开你和望月。裴牡丹心如刀绞，她真想抱紧他不撒手，大哭大叫，甚至撒泼打滚不让他走。可她没有，她说，放心吧，我会照顾好望月。笑容像鲜花一样盛开在她的脸上，她要让谭良骏带着她的笑容上路，去经历不可预知的大风大浪和危险暗礁。谭良骏坐的船开了出去，裴牡丹脸上鲜花一样的笑容瞬间被眼泪淹没。

此时此刻想起站在码头，抱着熟睡的望月，眼睁睁看着谭良骏坐的那艘波斯船越走越远，裴牡丹心里空荡荡的，眼里涌上来一层薄薄的泪水。

裴牡丹答应谭良骏在扬州等他，可带着望月，在扬州孤立无援，根本没有办法生活下去。谭良骏走了两个月，就有媒人不停地上门提亲，让她嫁给当地的官家和商人。媒人们劝裴牡丹忘记那个辜负了她的男人。媒人们说，两条腿的青蛙不好找，两条腿的男人满大街都是，你这么美貌的女人，犯不上在一棵树上吊死，用不着过这么辛苦的日子。我们给你介绍的男人，都是家资丰厚的，嫁过去就做少奶奶。别傻了，女人漂亮不了几年。说不定你的那个男人被波斯女人绊住了脚。男人都是见一个爱一个。你何必死心眼等他。媒人们都是巧舌如簧，不达目的不罢休的。裴牡丹不敢得罪媒人，毕竟在扬州地界上，她是个孤苦无依的外地人。她总是微笑着对媒人们说，谢谢你们为我操心，我晓得你们不想看着我吃苦受累，除了我的耶娘，你们就是最心疼我的人，我真的好感动。可我心里放不下我的男人。对我来说，现在的辛苦不算辛苦，要是一个人心里装着一个人，又去嫁给另外一个人，那才是最辛苦的事情。我要等他回来，我相信他会回来。

谭良骏留下的那点钱根本不够用，裴牡丹一个人带着孩子，找不到长期的事情做，她只能帮街坊邻居写信，街坊邻居家里办理婚丧嫁娶的事儿，她临时去帮帮忙。那些活儿，挣的钱怎么省吃俭用也不够她和望月生活。裴牡丹坚持了差不多一年，谭良骏音信全无。嗅觉敏锐的媒人们像苍蝇一样围了上来。裴牡丹实在坚持不下去了，她卖掉她娘给她绣的嫁衣当盘缠，带着望月回了石渚。去波斯的水路风高浪急、暗礁密布、海盗出没、危险重重，裴牡丹时时刻刻都在为谭良骏担心。但她不敢跟谭良骏的耶娘说谭良骏去了波斯，怕他们担心。裴牡丹的心事，不仅无人可说，还得藏好了，不能露出一丝一毫。裴牡丹受不了谭良骏他娘随时都要把话题扯到谭良骏身上，谭良骏在扬州做啥生意，住在哪里，谭良骏打算啥时候回石渚，谭良骏一个人在扬州谁给他做饭……要是整天待在家里，她怕自己会发疯，她必须给自己找点事情做，躲开谭良骏他娘的眼神。

谭良骏回扬州找不到她和望月，肯定会急得发疯。谭良骏离开扬州后，她带着望月搬了好几次家。钱不够花，她只能选择更便宜的住处。她必须把她和望月回到石渚的消息传递给谭良骏。那些天，她在窑上转悠的时候，突然想到了一个给谭良骏传递信息的办法。把谭良骏的诗和她的诗写到瓷器上，这些瓷器运到扬州，就会进到各个瓷器店里，还会卖进酒楼茶肆。谭良骏回了扬州，就有机会跟这些写了诗的瓷器迎面相撞。裴牡丹想，必须多写，写得越多，谭良骏撞上这些诗的机会就越大。

想到这儿，裴牡丹眼里的泪水已经干了，她的胳膊和手，又有了干劲儿。"春水春池满，春时春草生。春人饮春酒，春鸟弄春声。"她想起了谭良骏这首写春天的诗，学堂的先生都夸他写得好。裴牡丹写这首诗特别有感觉，字也写得很顺畅。把这首诗写在喇叭口瓜棱腹多棱短流平底壶的壶身上，怎么看怎么好看。

裴牡丹只要想到谭良骏，想到他在扬州疯狂寻找她和望月，迎面撞上她写在瓷器上的诗，诗里的往事，一定会把谭良骏的心撞成碎片，每一片，都会让他疼痛，他马上就会搭一条船回到石渚。这样的想象，让裴牡丹浑身都是力气。裴牡丹埋头写了一个上午，在几十只喇叭口瓜棱腹多棱短流平底壶的壶身上写下了这首有八个春字的诗。

裴牡丹越写越顺手，字也写得越来越好。负责装饰工艺棚的蓝师傅一脸茫然地看着写了诗的壶，要是别的人这么瞎写糟蹋成型师傅们的成型生坯，他早就发火了，但裴牡丹是谭窑主的儿媳妇，他不敢说啥。要是这些写了诗的壶烧出来卖不掉，蓝师傅可负不起这个责任。蓝师傅找到谭窑主，把裴牡丹在壶上写诗的事儿汇报给谭窑主。谭窑主说，她愿意写就让她写。蓝师傅说，我怕写了诗的壶卖不出去，我担不起这个责。谭窑主说，写了不一定要送进窑里烧。你不用担责。蓝师傅连忙点头。谭家愿意怎么哄着家里的儿媳妇玩儿，只要不用他担责就行。

裴牡丹越写越顺手，写在生坯上的字也越来越好看。几天下来，她已经把谭良骏作的诗全部写到了壶上、缸上、碗碟上、瓷枕上，有些喜欢的诗她反复写。这天，裴牡丹拿起一个生坯，一时想不起要在生坯上写什么，却想起了晚上做过的梦。昨天晚上，她梦见石渚人都在说谭良骏回来了，她抱起望月就往码头跑，跑着跑着，醒了过来，睁开眼睛看见月光洒满了窗户，她紧紧地搂过熟睡的望月，哭了起来。白天拼命压抑自己对谭良骏的思念，思念在她的梦里却不受控制，疯狂生长。裴牡丹看着手里的生坯，想着梦醒时分看到洒在窗户上的月光，脑袋里涌出了一首诗。"一行别千里，来时未有期。月中三十日，无夜不相思。"写完念了一遍，想起谭良骏走后，她带着望月在扬州，靠着回忆石渚的一草一木，一砖一瓦，回忆石渚生活的点点滴滴熬过了无数孤独的夜晚。没想到回到石渚，她依然孤独。惆怅就像浓雾弥漫在心里，她放下手里的生坯，又拿起一只，随手写下此时此刻在脑子里发着亮光的诗句："我有方寸心，无人堪共说。遭风吹却云，言向天边月。"写完念了一遍，惆怅的浓雾似乎让风吹散了，满腹的心事，不还有天上的月亮可以托付吗？

裴牡丹越来越热爱在生坯上写诗，她不知不觉学会了用诗来言说心事。怪不得学堂的先生说，写诗一点也不神秘，不过写出眼中所见，心中所想。在生坯上写一天诗很累，裴牡丹有时候觉得胳膊都抬不动了，但她的心情很愉悦。晚上躺下，很快就能进入梦乡。自从开始在生坯上写诗，裴牡丹再也没有做过噩梦。她越来越多地梦见谭良骏带着她在扬州繁华的街上走来走去，梦里的她和谭良骏，穿着漂亮的衣服，手拉手，他们看见什么都要笑一阵子。那样的梦很美好，从那样的梦里醒过来，她有点惆怅，却不伤心。她相信，谭良骏会回来，他们在扬州的幸福日子会在石渚继续下去。

裴牡丹万万没想到，谭良骏的阿耶并不打算把她写了诗的壶送进窑里烧制。其实早就有蛛丝马迹，写了诗的生坯浸釉的时候，蓝师傅就推三阻四，只是裴牡丹没有多想。这天装窑的时候，蓝师傅直接告诉了装窑的窑工，这批写了诗的生坯不用装窑。裴牡丹问蓝师傅为啥不装她写了诗的生坯？蓝师傅躲开裴牡丹的目光，说，谭窑主这么吩咐的，我听谭窑主的。裴牡丹不敢相信谭良骏的阿耶当面一套背后一套，他要是不打算烧制，一开始就不该让她往生坯上写诗。裴牡丹气得满脸通红，眼泪在眼圈里打转。蓝师傅手足无措地说，谭家娘子，你别哭啊。

裴牡丹走出装饰工艺棚，走到一个没有人的山坡上吹了一会儿风，平息内心的愤怒。她对自己说，生气没有任何用处，我要的是把这些写了诗的生坯烧制出来，卖到扬州去，把谭良骏召唤回到身边。裴牡丹看着远处雾气弥漫的江面，站了一会儿，脸上恢复了正常。要说服谭良骏的阿耶，又不能把真实的情况告诉他。裴牡丹想好了怎么说服谭良骏的阿耶，她回到窑上，找到了谭良骏的阿耶。裴牡丹波澜不惊的样子让谭良骏的阿耶吃了一惊，刚才蓝师傅告诉他，裴牡丹哭着跑掉了，他还在想着怎么应付一个哭哭啼啼的儿媳妇，没想到裴牡丹异常平静，根本不像刚才哭过。裴牡丹看着谭良骏的阿耶说，阿耶，我晓得你担心写了诗的瓷器卖不出去。我不会让你为难，不会让窑上亏钱。你把这批写了诗的瓷器烧制出来，我负责卖出去。如果卖不出去，我就把它们买下来。你不用担心我付不起钱，你分给我和望月的那笔钱我没动。

谭良骏的阿耶看着眼前这个敢跟自己儿子私奔，又敢一个人带着孩子回到石渚的儿媳妇。她一直在微笑，但她坚定果敢的目光就像一道寒光。谭良骏想，裴牡丹想做的事情，连她的耶娘也阻止不了。要是硬拦着不把她写了诗句的生坯烧制出来，她明天就会去别的窑上，说服别的窑主让她烧制出来。与其闹得不愉快，不如成全她。谭良骏的阿耶点了点头，说，良骏媳妇儿，我答应你把这批写了诗的瓷器烧制出来，如果卖不掉，也不用你掏钱买下来。那笔钱是给你和望月过日子的。卖不掉就当是出的废品，你以后就不用到窑上干活了，好好在家带望月。裴牡丹说，谢谢阿耶。你放心，我不会让谭家窑有任何损失。

裴牡丹写了诗的第一批瓷器烧制出来，裴牡丹心里惴惴不安，她不怕损失钱，她已经想好了，如果写了诗文的瓷器无人问津，她就掏钱买下来，白送给看货的伢人，让他们拿到扬州碰碰运气。没有成本，还有可能挣钱，裴牡丹相信伢人会把写了诗文的瓷器带到扬州。没想到前来看货的伢人看见写了诗文的瓷器，眼前一亮，说，在瓷器上写诗，这倒是个新鲜玩意儿。这些写了诗文的瓷器，我每个品种都要一些拿回去卖。现在的人，都喜欢新鲜玩意儿。这种写了诗文的瓷器，说不定会大受欢迎。听说谭家窑上有新鲜玩意儿，进货的伢人都跑到谭家窑进货，裴牡丹写了诗的瓷器很快就卖了个精光。原先担心卖不出去的东西，竟然被抢了个精光，还不停地有人到谭家窑问，那种写了诗文的瓷器，还有没有？

谭窑主心情大好，黑红的脸上放着光彩。装饰工艺棚的负责人蓝师傅一个劲儿在心里骂自己目光短浅。蓝师傅逢人就说，我看出来了，谭家的儿媳妇就是给谭家带财来的。裴牡丹那颗悬着的心结结实实地落到了地上。她想起那个帮她接生的房东李婆婆曾对她说，你心里总想着好的事情，好的事情就一定会发生。

谭窑主敏感地抓住商机，提升裴牡丹做师傅，负责带几个徒弟，教他们往生坯上写诗。石渚的其他窑主还在犹豫不决，庞嘉永已经率先下定了决心，要送庞家窑的几个徒弟去裴牡丹那里学习。

裴牡丹离开石渚嫁给谭良骏之后，庞嘉永还是第一次跟裴牡丹面对面相见。裴牡丹没回石渚的时候，庞嘉永觉得自己已经放下了，想起裴牡丹，他心如止水。裴牡丹回到了石渚，他心里的波澜虽说没有掀起惊涛骇浪，却也暗流涌动。隔着遥远的距离和面对面放下，毕竟不一样。庞嘉永知道自己早晚要面对裴牡丹，只有面对面放下过去，才能真正释然。这次给裴牡丹送徒弟是一个绝好的时机，庞嘉永不想再逃避了。裴牡丹见到庞嘉永也不自在，庞嘉永是自己曾经伤害过的人，她内心深处的愧疚就像一条沉睡的蛇，时不时就会醒过来咬她一口。为了掩饰内心的紧张，裴牡丹故意端着师傅的架子，一脸严肃地看着庞嘉永。裴牡丹依然漂亮，生过孩子之后，她看上去更加丰腴。她的脸上不再有庞嘉永记忆中那种眉头紧锁的青涩样子，她眉宇间有一种做了母亲的人才有的慈祥和坦荡。庞嘉永看着裴牡丹，心里涌动的暗流瞬间冻成了冰，没有一丝丝心乱和心动。仿佛裴牡丹就是一个邻家的妹子，小时候心无杂念一起玩过泥巴，一起比赛过谁敢从台阶上往下跳。庞嘉永轻松得想跳起来。他说，裴师傅，你可别嫌弃我们庞家窑的徒弟愚笨。庞嘉永咧嘴像个傻瓜一样笑起来。庞嘉永咧嘴傻笑的样子，让裴牡丹想起懵懂无知的童年时光，庞嘉永一直是比亲哥哥对她更有耐心的邻家哥哥。后来喜欢上了谭良骏，对庞嘉永的嫌弃和逃避，如同厚厚的灰尘，掩盖了小时候的美好时光。庞嘉永的傻笑，像一股清泉冲掉了那段青春岁月的灰尘，美好的童年时光重新绽放在裴牡丹眼里，美丽得像一朵滴着露珠的花朵。沉睡在裴牡丹心里的愧疚之蛇瞬间死掉了，百感交集五味杂陈的内心变得一片纯净。裴牡丹笑起来，说，庞窑主，笨徒弟要多收一份拜师礼。庞家窑的徒弟们忙说，裴师傅，说我们愚笨是庞窑主谦虚，你可别当真。裴牡丹说，你们的意思是庞窑主的话不可信？庞嘉永瞪大眼睛说，裴师傅，小时候没发现你这么精明啊。裴牡丹说，那还不是你小时候太笨了。庞家窑的徒弟们说，庞窑主还笨？那石渚地界就没有聪明人了。裴牡丹收起笑容，故意板起脸说，敢跟师傅唱反调的徒弟，我可不敢收。庞嘉永说，说你们愚笨还不服气，还没拜师就把师傅得罪了。裴师傅不收你们，你们就别回庞家窑了。庞家窑的徒弟们赶紧对着裴牡丹拱手抱拳，说，师傅恕罪。我们虽然愚笨，还不是无药可救。老话说勤能补拙，我们一定勤奋用功。你就收下我们吧。裴牡丹绷不住笑了起来。庞家窑的徒弟们赶紧说，谢谢师傅。庞嘉永说，好好跟着师傅学习。庞嘉永哼着歌，迈着轻松的脚步离开了谭家窑。面对面放下了跟裴牡丹的恩怨纠结，庞嘉永内心很快乐，不时就要傻笑几声。

经过一段时间的摸索，裴牡丹积累了一些往生坯上写字的经验。裴牡丹让徒弟们在成型师傅废弃的生坯上练习用笔，她让徒弟们先在生坯上写一首诗，一定要一笔一画，用心感受。等他们写完了，裴牡丹就让徒弟一个一个告诉她，在生坯上用笔和在宣纸上用笔有什么不同。有的徒弟说不出来，裴牡丹就让他们再写一首，不行就再写一首，直到能够说出来才算。裴牡丹说，体会到在生坯上用笔和在宣纸上用笔的不同，你们才能懂得我接下来给你们分享的经验。裴牡丹耐心地让每一个徒弟把体会到的不同讲了出来，才慢悠悠地说，在生坯上写字跟在宣纸上写字都是，写容易，写好不容易。我虽然写了一段时间，积累了一些经验，但在生坯上书写的技艺还需要提高。徒弟们说，师傅太谦虚了。裴牡丹说，不是谦虚，不管经验还是从业的时间，我这个师傅跟别的师傅都没法比。我今天把我前段时间摸索的经验分享出来，你们以后在摸索中有了好的经验，分享给大家，你们就是师傅。我们互相学习，互为师徒，一起进步。徒弟们面面相觑。徒弟们说，拜师就是拜师，石渚地界上，从没见过互为师徒的。裴牡丹微笑了一下，说，樊婆婆之前，石渚地界上，没结婚的姑娘当接生婆的，哪个见过？万事都要有敢为天下先的精神。徒弟们恍然大悟，说，裴师傅当师傅之前，窑上从来没有过女师傅。裴师傅跟樊婆婆都是敢为天下先的人。裴牡丹说，你们也要有敢为天下先的精神，敢把师傅当徒弟。徒弟们笑起来，裴牡丹也笑了。她说，不说废话了，我们接着讲。在生坯上书写，厚重圆润的字烧制出来更好看，我的体会是，以中锋用笔更好。笔法要在写的时候慢慢体会，边写边悟，在生坯上写字，我目前悟到的是，提比按更难。书写的轻重缓急，需要每个人在书写的时候用心体会，写得多了，也就掌握了。相信自己，只要用心、用功，没有做不好的事情。

　　裴牡丹答应谭良骏的阿耶收徒弟之后，抽空把谭良骏的诗和自己写的诗抄在宣纸上。她对徒弟们说，我收集整理了一些诗，都是我们石渚人自己作的。你们可以挑自己喜欢的往生坯上写，如果你们喜欢作诗，就把你们作的诗写在生坯上。一个徒弟说，裴师傅，古人写了那么多好诗，我们干吗还要自己作诗？裴牡丹微微一笑，说，我觉得在我们石渚的瓷器上写我们石渚人自己作的诗更好，古人的诗大家一看就知道，不新鲜，我们石渚人自己作的诗，别人从没看过，有新鲜感。我们这叫一招鲜吃遍天。

　　几个在学堂就喜欢写诗的徒弟眼睛发亮，可他们还是不自信地说，我们的诗怎么拿得出手？裴牡丹说，咱们写诗，不是要跟大诗人比，不是要参加科举考试，怎么就拿不出手？几个不会写诗的说，作诗那是文人墨客的事情，我们哪里会作诗？裴牡丹说，学堂的先生一定告诉过你们，写诗不难，眼中所见，心中所想，写出来，都是诗。几个喜欢写诗的徒弟跃跃欲试，他们开心地说，没想到，这辈子还有机会把自己作的诗写在瓷器上，让有缘的人读到。裴牡丹微笑着说，人的一生，有时候就跟做梦一样，总会经历一些意想不到的事情。

　　裴牡丹是石渚窑区的第一个女师傅，她表现出了与男师傅不同的特点，她对徒弟很有耐心，面对再笨的徒弟，她都从不发火。除了指点徒弟们往生坯上写诗，裴牡丹非常善于发现徒弟们的进步。看到哪个徒弟写得好，裴牡丹就会让写得好的徒弟当一天师傅，把摸索到的好经验分享给其他人。裴牡丹的徒弟们，只要有了好的经验，都有机会当一天师傅。徒弟当师傅的这天，裴牡丹跟其他徒弟一起叫他师傅。徒弟们都喜欢当师傅的感觉，能让师傅叫自己师傅，还有什么苦不能吃？裴牡丹和她的徒弟们创造了石渚窑区新型的师徒关系。这种师徒关系，有助于互相促进，互相追赶，对徒弟们有很好的激励作用。裴牡丹培养徒弟的办法，后来被别的师傅借鉴。

裴牡丹很快赢得了徒弟们的喜爱，那些年龄比她小不了几岁的徒弟，正处在情感萌动的少年时期，面对美丽的师傅，心里就像有只小兔子乱跑乱撞。裴牡丹发现，只要抬头，总会撞上某个徒弟瞬间羞红的脸。徒弟们青春萌动的情感羞涩又美好，裴牡丹不忍伤害也不能纵容，她必须把握好分寸。她坦荡的目光和端庄温和的笑容，让徒弟们心里的小兔子跑着跑着就睡着了，不再乱跑乱撞了，萌动的青春情愫，化作了徒弟们勤学苦练的动力，变成了徒弟们写在生坯上的诗句。

自从把几个徒弟送到谭家窑，庞嘉永借着去检查徒弟们的技术，可以经常见到裴牡丹。庞嘉永内心有一个疑问，他一直想找机会问裴牡丹，一直没有找到机会。这天望月生病了，裴牡丹在窑上给徒弟们布置了任务，提前离开了谭家窑。出了谭家窑，刚好碰到庞嘉永。庞嘉永得知望月病了，就说，我陪你回去吧，需要看郎中，我可以帮你背望月去草市。回到谭家，裴牡丹看见望月跟堂哥堂姐们在院子里玩儿，摸了摸望月的头，已经不烫了。裴牡丹一颗悬着的心终于放了下来。谭良骏的娘热情地招呼庞嘉永喝茶，庞嘉永怕谭良骏的娘误会，就说，刚在路上碰到裴师傅，听说望月病了，我就跟她一起过来，万一需要去草市看郎中，我可以帮你们把望月背到草市。谭良骏的娘说，庞窑主，真是谢谢你了。裴牡丹说，娘，望月没事儿了，我再去窑上忙一会儿。把徒弟们扔在那儿我怕他们偷懒。谭良骏的娘说，望月有我照顾，你就放心吧。裴牡丹落落大方地对庞嘉永说，你还去不去窑上看你们庞家窑的徒弟？谭良骏的娘说，庞窑主你赶紧去吧，别耽误了正事儿。

裴牡丹跟庞嘉永一起去谭家窑的路上，庞嘉永走在裴牡丹后面，终于把那个一直让他困惑的问题问了出来，他说，裴牡丹，我问你个问题，你千万别生气。裴牡丹说，看在你刚才要帮我背望月去看郎中的份上，我保证不生气。庞嘉永咳嗽了几声，才说，我一直想不明白，你是如何躲开那么多双眼睛跟谭良骏私订终身的？裴牡丹站在路上，笑得咯咯咯得喘不上气，笑过了，才说，想不明白就不想，又不影响你赚钱。庞嘉永说，想不明白的问题就像翻不过去的一道门槛，抬脚就能踢疼自己。你还是告诉我吧。裴牡丹说，你真是一根筋。你从我儿子的名字没看出来吗？天狗吃月亮那晚，我去追天狗在山上迷了路，人都往山顶去了，我在半路碰到了谭良骏。庞嘉永想起那个人山人海喧闹如潮的夜晚，说，我那晚跑得最远，跑到了云母山的最高处。我真是一根筋，一门心思要从天狗嘴里夺回月亮，手里的锣都敲破了，嗓子也喊哑了。谭良骏这个家伙处心积虑，一直在半路上等你。裴牡丹说，上山的路好几条，他晓得我从哪条路上山？就是上山也不一定碰得到。处心积虑都办不到的事儿，只有机缘巧合才能办到。庞嘉永说，你别误会，我特别感谢谭良骏。其实我一直都很怕你，我要是不自量力娶了你，肯定比跳火坑还惨。裴牡丹再次大笑起来，说，你要感谢我跟谭良骏私奔了，没让你跳火坑。庞嘉永说，我要感谢天狗，要不是天狗跑出来吃月亮，你就没机会跟谭良骏约好私奔。裴牡丹说，这些陈芝麻烂谷子的事儿，不提也罢。我倒要问问你，这么多年了，你就没遇到过喜欢的姑娘？听说媒人把你家的门槛都踏平了，你可别把眼睛挑花了。庞嘉永说，我必须问过你这个问题，才能彻底放下。裴牡丹说，你真是一根筋，我要不回来呢，你上哪儿问去？庞嘉永说，故土难离，我晓得你早晚会回来的。裴牡丹说，赶紧找个喜欢的姑娘结婚，早点让你耶娘抱上孙子。庞嘉永说，从今天起，只要遇到一个让我心跳像鼓点一样剧烈的姑娘，我立马把她娶回家去。裴牡丹说，你结婚的时候，我送你一份大礼。

　　裴牡丹大步往窑上走去，庞嘉永叫住了裴牡丹，他说，等等，我还有一个问题。裴牡丹停下脚步，说，还有啥问题，赶紧问。过了今天就不准问了。庞嘉永咬了咬嘴唇，迟疑地说，谭良骏那个混蛋，到底咋回事儿？都结婚生子了，哪有不管老婆孩子的道理？裴牡丹说，谭良骏有时候就是不着调，可我喜欢他，连他的不着调一起喜欢。喜欢一个人就是明知道犯傻，还是要犯傻。庞嘉永说，我……没有别的意思，就是希望谭良骏早一点回来。要是他敢辜负了你，我饶不了他。裴牡丹说，谭良骏会回来的。我每天早晨对着望月说的第一句话就是，离你阿耶回来的日子又近了一天。庞嘉永说，喜欢一个人真会把人变傻。裴牡丹的脸上绽放出一个灿烂的笑容，她说，喜欢一个人是没办法的事情。等你真正喜欢上一个姑娘，你就会明白。我现在跟你说这些，都是对牛弹琴。庞嘉永说，裴师傅，不带这么骂人的。

裴牡丹的徒弟出师最快，只要他们掌握了在生坯上写字的基本技能，裴牡丹就让他们出师。一门前无古人的新技术，由裴牡丹创立，自然由裴牡丹说了算。裴牡丹对徒弟们说，在生坯上写字，只要掌握了基本书写的技能就可以，从我这儿出师，只是一个起点。你们想写好，需要一辈子不断摸索。

裴牡丹写了诗文的瓷器被带到扬州之后，谭家窑和庞家窑快速培养了一批往生坯上写字的窑工。那拨伢人返回石渚之前，谭家窑和庞家窑又烧制了一批写了诗文的瓷器。谭家窑烧制得更多，谭窑主信心满满。庞嘉永的阿耶却担心写了诗文的瓷器卖不出去，晚上喝了酒，忍不住喋喋不休，他说，嘉永啊，你到底年轻，没经过事儿，当窑主还得以稳妥为重。我和你娘年龄大了，经不起折腾。庞嘉永说，阿耶，你放心吧。我做事心里有数。庞嘉永的阿耶说，庞家窑一下子烧制了那么多诗文瓷器，是不是太冒险了？庞嘉永说，当窑主，需要一点冒险精神。诗文瓷器如果卖得好，我就占了先机。如果卖得不好，我送给草市的酒家，茶壶酒壶杯盘碗碟，酒家用量大，白送给他们，也是一份人情。这点损失，我承担得起。庞嘉永的娘忧心忡忡地说，嘉永啊，你老大不小了，媒人给你说了多少个姑娘了，你谁也看不上。你跟娘说句实话，是不是还放不下裴牡丹？庞嘉永哈哈大笑，说，娘，我哪敢惦记裴牡丹，我根本打不过谭良骏。庞嘉永的娘说，别没一句正经话。你要是孝顺娘，就让娘早一点抱上孙子。庞嘉永的娘说着说着心里又涌起一股子无名火。她说，裴牡丹嫁了人生了儿子，却害得你现在还没娶妻生子……庞嘉永说，娘，我没娶妻生子不是裴牡丹害的，是我没遇到喜欢的姑娘。裴牡丹要是嫁给我，我说不定还在给裴牡丹的阿耶当徒弟，笨头笨脑学艺不精出不了师，挣不到钱，还得靠阿耶养活。这样一想，你心情是不是好点了？庞嘉永的阿耶说，要是那样，你在街坊邻居面前抬不起头，还不得成天骂嘉永没出息。你就别整天小肚鸡肠跟裴牡丹过不去了。庞嘉永的娘说，明天再有媒人上门，就直接轰出去，再也不管了。庞嘉永说，娘，我向你保证，一遇到让我脸红心跳的女孩，一天都不耽误，立马就娶回来。

那拨带走了诗文瓷器的伢人返回石渚，带来了诗文瓷器在扬州市场上大受欢迎的好消息，伢人们说，这种写了诗文的瓷器，有多少我们就要多少。谭家窑和庞家窑的诗文瓷器被订购一空，那些没有早下手的窑主后悔不已，他们马上从窑上选拔了一些在学堂里就喜欢写诗和写字的徒弟送到谭家窑跟裴牡丹学艺。裴牡丹到窑上的时候，吓了一大跳。谭家窑的装饰工艺棚人挨人人挤人，外面的人还在络绎不绝往里挤，装饰工艺棚的师傅和窑工被挤得站都没地方站，别说干活了。蓝师傅让他们先回去，他们说，我们窑主说了，必须拜裴师傅为师，用最短的时间学会往生坯上写诗。蓝师傅说，你们这样挤到一起，啥手艺都没法学。裴牡丹好不容易才挤了进去，蓝师傅看见裴牡丹，看见了救星一样，马上对裴牡丹说，裴师傅，你可来了，这些都是来拜你为师的人。我们都没法干活了。

裴牡丹环顾一下，找了一个凳子站上去，她板着脸大声说，都出去，你们挤在这儿，影响师傅们干活了。裴牡丹的大嗓门把大家吓了一跳，刚才还吵成一锅粥的装饰工艺棚一下子安静下来。大家望着裴牡丹，没有一个人离开。裴牡丹用更大的嗓门说，想拜我为师的，都出去。留在里面的，一个不收。裴牡丹板着脸的样子，不怒自威。各个窑上来拜师的徒弟争着往外走，生怕走慢了失去拜师的机会。走出谭家窑的装饰工艺棚，他们就磨磨蹭蹭不再走了。裴牡丹走到外面对他们说，你们先回去。他们眼巴巴望着裴牡丹说，裴师傅不收我们，我们不敢回去。裴牡丹说，我不是不收你们，回去告诉你们窑主，我会想出办法，让所有人都能在最短的时间掌握往生坯上写字的基本技能。

裴牡丹不管他们走不走，扔下他们就找庞窑主去了。昨天晚上躺在床上，她已经想到了这个问题，写了诗文的瓷器卖得好，肯定各个窑都会派人来学习，哪个窑也装不下这么多徒弟。她已经有了主意，但没有谭窑主和庞窑主支持，再好的主意也无法落实。裴牡丹先到庞家窑找到了庞嘉永，让庞嘉永跟她一起去谭家窑找谭窑主。谭窑主正在查看挑土的窑工挑回来的土，他手里捏碎一个土块，对制泥的师傅说，土里杂质比较多。制泥的师傅说，遇到这种杂质多的土，我们筛土的时候都会多筛一次。谭窑主点点头，说，这次的料土不是太好，你们制泥师傅多费点心。

裴牡丹和庞嘉永急匆匆走了过来，谭窑主说，啥事儿这么急？裴牡丹开门见山地说，阿耶，你刚才看见了，各窑都派人来拜师，想学习在生坯上写诗的技术，我们的装饰工艺棚根本装不下这么多人。谭窑主说，我听蓝师傅说你把他们轰走了。庞嘉永说，裴师傅，不收其他窑上派来的徒弟可不行，我们石渚窑区一贯奉行有钱大家赚，不能吃独食。裴牡丹说，哪个窑能装下这么多徒弟？我就是收下他们也没地方教他们。庞嘉永说，这倒是个从来没遇到过的新问题。谭窑主说，办法都是人想出来的。裴牡丹说，我想到了一个办法。庞嘉永说，把你的办法说出来，只要能让其他窑的徒弟学会往生坯上写诗，我和谭窑主全力支持。裴牡丹说，把我那十几个已经出师的徒弟派到各个窑上去，让他们负责教会各个窑上的徒弟。往生坯上写诗写好不容易，但要学会很容易。不过，把谭家窑和庞家窑的人都派出去了，谭家窑和庞家窑就会吃亏。谭窑主说，只要能让石渚窑区增加收益，我们两家窑上的损失就不算损失。庞嘉永说，我们石渚窑区是个整体，要算整个窑区的账。裴牡丹说，那我马上就把他们派到各个窑上去。没等谭窑主和庞嘉永再说什么，裴牡丹已经跑掉了。庞嘉永笑着说，真是个急性子。

  石渚窑区的诗文瓷器卖火了，石渚窑区的窑主们特别高兴，他们逢年过节都会给裴牡丹和望月送一份礼物，表达他们的对裴牡丹的谢意。石渚窑区谁也不知道，裴牡丹往生坯上写字，原本只有一个单纯的目的，给谭良骏传递信息。诗文瓷器卖火了，最高兴的人其实是裴牡丹。扬州街头，每一个商店，每一个酒馆茶楼，都在使用写了诗文的瓷器。谭良骏只要一回到扬州，就会跟瓷器上的诗迎面相撞。尽管裴牡丹的徒弟们自己也作诗，但是各个窑上写得最多的还是谭良骏作的那首"春水春池满，春时春草生。春人饮春酒，春鸟弄春声。"往生坯上写诗的窑工都喜欢这首诗，他们说，这首诗有八个春，写起来特别带劲儿。

  拜裴牡丹为师的徒弟们比裴牡丹要小一些，他们进学堂的时候，谭良骏和裴牡丹都出了学堂了，那个教谭良骏和裴牡丹写诗的先生也离开了，后来教他们的先生对诗词不太上心，他们并不晓得这首诗是谭良骏写的。庞嘉永晓得这首诗是谭良骏写的，他却没有多想。他赞同裴牡丹的说法，在石渚的瓷器上写石渚人自己作的诗，比写那些大诗人的诗更有特点。庞嘉永有一天跟一个第一次来庞家窑上买瓷器的伢人周旋了半天，那个伢人犹豫不决，一会儿说要买，一会儿又说再想想。庞嘉永始终面带微笑，甚至建议伢人货比三家。石渚窑区的窑主信奉生意不成情意在。伢人最后还是在庞家窑订了一大批货。庞嘉永跟伢人办完交接回到家，脑袋里突然冒出了一首诗："买人心惆怅，卖人心不安。题诗安瓶上，将与买人看。"庞嘉永赶紧找来纸笔，把这首诗写了下来，他读了一遍，乐得哈哈大笑。想起在学堂的时候，先生一让写诗他就害怕，苦思冥想抓耳挠腮就是想不出一句诗。先生说写诗一点也不神秘，写出眼中所见，心中所想，皆为诗。可他那个时候眼中无所见，心中无所想。庞嘉永叹息道，不开窍的人真是眼盲心瞎。

第二天，庞嘉永把自己写的诗带到窑上，让窑工写到生坯上。窑工们听说庞窑主写了一首给买家看的诗，都跑到庞家窑把这首诗抄了回去，各家的窑主看了都说，瓷器上写了庞窑主这首诗，买家看见了，也不好意思来来回回折腾我们了。窑主们喜欢，窑工们也乐意往生坯上写。庞嘉永无意中作的这首诗，成了窑工们往生坯上写得比较多的一首。庞嘉永看见瓷器上写了自己的诗，心里感慨万千。石渚这块地界，什么神奇的事儿都会发生。樊婆婆当了接生婆，裴牡丹成了女师傅，他不仅当了窑主，居然还写了一首买家卖家都说好的诗。

裴牡丹收的第一批徒弟早就出师了，他们出师后带的徒弟都出师了。诗文瓷器成了石渚瓷器最畅销的产品，裴牡丹这个诗文瓷器的创造者，本该心情舒畅。可是，有个叫郑同川的徒弟，搞得裴牡丹心烦意乱。郑同川原本在庞家窑跟着庞嘉永的阿耶学制泥，已经出师当了制泥工，听说庞嘉永要送几个徒弟去跟裴牡丹学新技术，就央庞嘉永让他去学徒。庞嘉永说，当学徒没钱，你都出师当窑工挣钱了，何必又去当学徒。郑同川说，庞窑主，我宁愿去当不挣钱的学徒。我一点都不喜欢制泥，是我娘逼着我学的，我娘说制泥出师快，可以早点挣钱。要是那个时候就有这个往生坯上写诗的手艺，我根本不会学制泥。庞嘉永听他阿耶抱怨过，郑同川这个徒弟对制泥不怎么上心，平时喜欢写写画画。一个喜欢写写画画的人，更适合跟着裴牡丹学艺。庞嘉永答应了郑同川，把他跟其他几个徒弟一起送到了裴牡丹那儿。

庞嘉永压根不晓得郑同川心里打着自己的小算盘，他拜裴牡丹为师并不是单纯想学一门新技术。等庞嘉永晓得的时候，已经太晚了。裴牡丹抱着孩子独自回到石渚码头的那天，郑同川刚好在码头上看见了裴牡丹。从那个时候起，郑同川的眼睛就看不见别的女人了。郑同川刚开始拜师学艺，行为并没有太出格。其他徒弟听裴牡丹讲授和示范在生坯上书写如何用笔之后，都非常安静，默默地琢磨和体会在生坯上书写的技能。郑同川总是大呼小叫，在书写上有了一丁点体会，马上就要演示给裴牡丹看。徒弟们都看明白了，郑同川想引起师傅的注意，让裴师傅围着他打转。这一拨徒弟中，郑同川年龄最大，他比裴师傅还要大。其他徒弟都怕他，尽管很讨厌他，却不敢公开跟他对着干，只敢对他翻白眼。郑同川不在乎其他徒弟的白眼，他的眼里只有裴师傅。郑同川每天都要写一首诗念给裴牡丹听，念完还要问裴牡丹，他的诗好不好，可不可以写到生坯上。对喜欢写诗的徒弟，不管他们的诗写得怎么样，裴牡丹都鼓励他们把诗写到生坯上。郑同川对裴牡丹这种无差别对待徒弟的做法很不满意，他写诗更加勤奋，他发誓一定要引起裴牡丹的格外关注。

苦思冥想之后，郑同川终于写出了一首自己特别满意的诗，兴奋得一夜没睡觉，一早起来饭也不吃，就去了窑上，在一排生坯上写下了自己的诗。裴牡丹刚走进装饰工艺棚，郑同川就举起一个写了诗的瓷坯，迫不及待地说，师傅，我昨晚又写了一首诗，刚才写到生坯上了，你听听："上有东流水，下有好山林。主人居此宅，日日斗量金。"裴牡丹听着听着眼睛亮了，说，这首诗不错，很讨喜。买家一定会喜欢。你今天就写这首，多写一些。裴牡丹停顿了一下，对其他徒弟说，你们也可以多往生坯上写这首诗。郑同川洋洋得意地看了其他徒弟一眼，把他们翻给他的白眼扫落到了地上。郑同川再把目光看向裴牡丹的时候，裴牡丹被他灼热滚烫的目光吓了一跳。裴牡丹早就发现了郑同川异样的眼神，但她选择了假装不知道。她对任何徒弟都一视同仁，她格外注意自己的言行，要求自己一定要端庄得体。她心里暗暗希望郑同川的言行不要出格，不要越界。

裴牡丹的判断没错，写了郑同川这首诗的瓷器，被买家订购一空，不仅扬州来的买家非常喜欢，本地的人也特别喜欢，靖港、潭州的人家，专门到石渚来定制瓷器，特别要求写上郑同川这首讨喜的诗。郑同川写了这首诗，不仅得到了裴牡丹的肯定，还得到了买家的喜爱，郑同川变得信心十足，他不再犹抱琵琶半遮面了，他公开了对裴牡丹的爱慕之情。在裴牡丹面前，面对裴牡丹平静如水端庄如镜的眼神，郑同川不敢说。只要裴牡丹不在，郑同川逮着谁就跟谁说他喜欢裴师傅，要是能娶到裴师傅，他死了也心甘情愿。任谁跟他说裴师傅已经嫁人了，让他别打裴师傅的主意，他也不听。他反问人家，裴师傅嫁的人在哪儿呢？谭良骏为啥不跟裴师傅一起回来？谭良骏说不定早就娶了别人。郑同川知道他的话一定会传到裴师傅的耳朵里，他要看看裴师傅听了这些话有什么反应。这些话早就传进裴牡丹的耳朵里了，裴牡丹很生气，但她一直隐忍着，她是一个注意给徒弟留脸面的师傅。裴牡丹对跟她传话的人说，你听到就当没听到，郑同川只要不当着我的面胡说八道，我就当他什么也没说。裴牡丹觉得郑同川就是一时意乱情迷，只要郑同川出师离开谭家窑，见不到她的面，就会从意乱情迷中清醒过来。

裴牡丹没想到，郑同川出师回到庞家窑后，还是每天都要抽空到谭家窑找她，庞家窑和谭家窑都在谭家坡上，离得不远。郑同川一开始拿着自己每天写的新诗给裴牡丹看。裴牡丹语气温和但态度坚决地说，在生坯上写诗，不是参加科举考试，不需要考官评判，你觉得好就好。买瓷器的人各式各样，喜欢的诗文也各不相同。使用瓷器的人，也有不认字的，他们买诗文瓷器，并不是喜欢瓷器上的诗，而是因为诗文瓷器流行，大家都买，他们即使不识字，也会买。你以后不用把写的诗拿给我看。裴牡丹以为这样就会劝退郑同川，让他找不到借口到谭家窑来见她。没想到，郑同川再到谭家窑来的时候，直接走到裴牡丹身边，用唱歌般嘹亮的嗓子说，师傅，不，从今天起我就不叫你师傅了，我要叫你裴牡丹。装饰工艺棚里一片寂静，大家都停下了手里的活，目光齐刷刷扫过来，扫到郑同川和裴牡丹脸上。郑同川脸红了，他的声音更加亢奋，他说，裴牡丹，我喜欢你。我要娶你，你要是愿意，我就找媒人上门提亲。从裴牡丹心里升腾起来的气愤，就像一股寒冷的空气，瞬间就把她的五脏六腑冻得僵硬，但她脸上的表情没有任何异样，声音也没有提高。她说，小郑，咱们石渚窑上有句老话，一日为师终身为父。自古以来，只要拜了师，就只有师傅把徒弟逐出师门的，断没有徒弟不认师傅的。既然我是你的师傅，除了教你往生坯上写字，也有资格教教你做人的道理和做事的规矩。郑同川说，喜欢一个人是没有道理可讲的。我喜欢你，我拿自己没办法。就像你当初喜欢谭良骏不喜欢庞窑主，你也拿自己没办法。裴牡丹不紧不慢地说，你可以喜欢任何人，那是你的事儿。但做人要讲道理和守规矩。一个人不能喜欢别人的媳妇儿，这是做人的道理。我是谭良骏的媳妇儿，我还是你的师傅，你哪怕再喜欢我，也要烂在心里不该说出来。这是做人要守的规矩。郑同川辩解道，你说你是谭良骏的媳妇儿，可谭良骏在哪儿呢？要是谭良骏在你身边，哪怕喜欢上你，我宁可跳江也不会说出来。裴牡丹叹了一口气，说，谭良骏暂时不在我身边，我依然是谭良骏的媳妇儿。这个不能作为你为自己辩解的理由。作为师傅，我一直给你留着面子，你跟别人说的那些话传到我耳朵里，我假装不知道。我相信你懂得做人的道理和规矩，希望你迷途知返。哪晓得你变本加厉。你逼得师傅没法给你留面子，不得不当着大家的面给你讲讲做人的道理。师傅希望你回去好好想一想，把心思用在该用的地方。你很聪明，诗写得好，不愁找不到一个你喜欢她，她也喜欢你的姑娘。裴牡丹的声音依然温和亲切。她目光平静，眼神清澈地看着郑同川。裴牡丹不愠不怒的样子，有一种神圣不可侵犯的端庄威严。郑同川在裴牡丹的目光中狼狈地低下了头，眼泪无法抑制地顺着脸颊往下流。

郑同川悲伤的眼泪，就像一股温热的泉水，把裴牡丹被气愤冻得僵硬的五脏六腑化了冻，裴牡丹感觉到一阵刺心的疼痛，喜欢上一个永远不喜欢自己的人，该有多么绝望和无助。她很想走过去拍拍郑同川的后背，让他振作起来。可她绷紧了双脚，狠心地转过头去。她不能让郑同川再对她抱有一丝一毫的幻想，郑同川必须自己从痛苦的泥潭里站起来。裴牡丹的另外一个徒弟懂事地站起来，把郑同川送回了庞家窑。

郑同川回到庞家窑后，关于郑同川喜欢上裴牡丹这件事，在石渚地界传得沸沸扬扬，说什么的都有，有说郑同川癞蛤蟆想吃天鹅肉不自量力的，也有说裴牡丹行为不检点引得徒弟为她发疯的。裴牡丹的徒弟们非常愤怒，他们无法忍受一盆盆污水泼到行为端庄的师傅身上。都怪那个脑子不正常的郑同川，拜裴牡丹为师就没安好心。要不是裴师傅拦着，他们早就把郑同川那个不知天高地厚的家伙揍得鼻青脸肿了。只要听到有人说自己师傅的坏话，裴牡丹的徒弟立马就要拉着人家大吵大闹。裴牡丹在路上遇到自己的徒弟跟别人吵架，总会劝徒弟们不要吵。徒弟们说，不是我们要吵，是他们往师傅身上泼污水。裴牡丹说，人正不怕影子歪，别人爱说啥就让他们说去，等他们说累了自己就消停了。徒弟们不干，他们说，师傅是什么样的人，他们难道没长眼睛吗？师傅修养好，不跟他们计较。我们当徒弟的必须捍卫师傅的名誉，必须让这些人把泼到师傅身上的污水喝下去。裴牡丹说了几回，徒弟们不听，她也懒得管了，徒弟们愿意吵架就让他们吵吧，反正他们特别能吵，谁也吵不过他们。裴牡丹相信污水泼不脏干净的人，只要行得正，影子歪了不用管，被人误会不用解释，时间会消除所有的误会。她对石渚地界上的飞短流长是是非非从来都看得很淡。

裴牡丹放心不下郑同川，裴牡丹不喜欢郑同川，也不接受郑同川的喜欢，但她不希望郑同川受到伤害，更不希望郑同川从此一蹶不振。裴牡丹不能向任何人打听郑同川的消息，只能问庞嘉永。庞嘉永说郑同川那天回到庞家窑就一直坐在那儿发呆，跟谁都不说话，大家都下工了他还坐在那儿一动不动，庞嘉永只好把他送回家去。郑同川的阿耶死得早，家里只有一个娘。郑同川还在庞家窑发呆的时候，郑同川喜欢裴师傅，到谭家窑追求裴师傅，被裴师傅一顿训斥的事儿，已经风一样传遍了石渚地界。郑同川的娘气得心口疼，她本来想等儿子回家骂他一顿，没想到郑同川是被庞窑主送回家来的，早上出去的时候还兴致勃勃满脸欢喜的儿子，变成了痴痴傻傻的样子。庞窑主走后，郑同川不吃不喝不说话，眼神发直。郑同川的娘吓得六神无主，在郑同川阿耶的灵位前哭了一晚上。

　　第二天起来，郑同川还是一副痴痴傻傻的样子，邻居见了，把郑同川的娘拉到一边说，你儿子这个样子一定是中了邪，你带他去庙里烧烧香。郑同川的娘就像抓住了救命稻草一样，马上带着郑同川去庙里烧了香。从庙里烧了香回来，郑同川还是不见好转。郑同川几天没去窑上，庞嘉永不放心，抽空到郑同川家。郑同川的娘见到庞嘉永泪流满面。她说，庞窑主，我儿子这个样子，我拿他没办法，他要干不了活，我们家就没有生路了。庞嘉永于心不忍，他对郑同川的娘说，大娘你放心，郑同川生病这段时间，我还当他在窑上干活一样给他开工钱。郑同川写的那首诗，给我们窑上挣了不少钱，他现在不干活也没事儿。郑同川的娘千恩万谢。郑同川眼睛直勾勾地看着一个地方，一看就是半天。

　　过了一个月，郑同川的症状没有任何好转，每天痴痴傻傻，看着一个地方不转动眼睛，让他吃就吃，不让他吃他也不饿，叫他睡他就睡，不叫他起床他就一直睡。郑同川的娘每天以泪洗面，一筹莫展。这天跟邻居聊天，邻居说，同川他娘，俗话说解铃还须系铃人。同川这病是裴师傅引起的，恐怕还得裴师傅出面才管用。郑同川的娘说，人家裴师傅行得端坐得正，是我儿子胡思乱想中了邪。我咋好意思去求裴师傅救我儿子。裴师傅是谭窑主家的儿媳妇，就是求她，她也不可能嫁给我儿子。邻居说，老话说，命比天大。救人一命胜造七级浮屠。救命是积德行善的事儿。为了救儿子的命，你还顾忌那么多干啥？邻居走后，郑同川的娘就像被什么力量撕扯着一样，痛苦不堪。庞嘉永再次到家里来的时候，郑同川的娘把邻居的话说给庞嘉永听，她泪眼婆娑地看着庞嘉永，说，庞窑主，你说我该咋办？我晓得没脸去求裴师傅，就是求了裴师傅，裴师傅也不可能嫁给我儿子，我儿子就是痴心妄

233

想。你看能不能让裴师傅来看看同川,假装答应他。为了治我儿子的病,我实在没招了。庞嘉永看了眼一动不动坐在那儿的郑同川,说,你邻居给你出的可不是什么好招。裴师傅一直很关心郑同川,但她不能来看他,更不能假装答应他。郑同川病得这么重,假装答应他,骗局被戳穿了,会要了他的命。郑同川的娘愣愣地看着庞嘉永,泪水横流。她说,老天爷,我上辈子做了什么孽,要这么惩罚我。

庞嘉永在屋子里走了几个来回,把郑同川的娘叫到了屋子外面,他说,大娘,我有个招,可能会管点用。一会儿你进去就坐那儿哭,我干啥你都别管,你就坐那儿哭。郑同川的娘说,庞窑主,我按你说的做。只要能治病,你把房子点了都行。郑同川的娘回到房间,坐在原来的凳子上,看着眼神呆滞的儿子,眼泪涌出来止都止不住。庞嘉永在屋外深吸几口气,进了屋。他蹲在郑同川前面,问,郑同川,你认得我吗?郑同川一动不动,眼睛盯着墙壁。庞嘉永突然抓住郑同川的肩膀一阵摇晃,在郑同川的脸上狂扇耳光,郑同川终于被他激怒了,站起来揪住庞嘉永的胳膊,说,你凭什么打我?庞嘉永把郑同川的头扭向他娘的方向,说,好好看看你娘,你看看她瘦成啥样了?凭什么打你?就凭你让你娘整天以泪洗面。你伤心难过,你就让你娘更伤心更难过。我打你都是轻的,没把你揍得你满地找牙也是看你娘的面子。一个男人,让自己的娘叫天天不应叫地地不灵,天天哭,眼睛都快哭瞎了。你还好意思问我凭什么打你?一个连自己娘都保护不了的人,还好意思叫男人,还有脸喜欢别的女人。郑同川脸上羞愧的神色虽然一闪而过,还是被庞嘉永敏锐地捕捉到了。庞嘉永放低了声音,说,被一个女人拒绝了,就装疯卖傻,只会叫人看不起。我当初遇到的事情比你更惨,要装疯卖傻我比你更有资格。可我疯了傻了吗?我为啥不装疯卖傻?我不能让我耶娘为我难过。百善孝为先,我首先是我耶娘的儿子。你阿耶不在了,你是这个家的顶梁柱,你怎么好意思让你娘天天为你担惊受怕。再伤心再难过,也要挺起脊梁骨做人。郑同川哭了出来,哭得泪雨滂沱,上气不接下气。

庞嘉永等郑同川的哭声小了一些,拍拍他的肩膀,说,明天到窑上干活去。第二天,郑同川果然去了窑上。庞嘉永松了一口气,裴牡丹听到郑同川到窑上上工的消息,也松了一口气。郑同川变成了一个哑巴,他不跟任何人说话,脸上没有任何表情。看着像扔在角落里的破罐子一样安静的郑同川,庞嘉永老是提心吊胆的。直到看见郑同川在生坯上写的一首诗,庞嘉永终于安下心来。"破镜不重照,落花难上枝。行到水穷处,坐看云起时。"郑同川把他要说的话,写在生坯上了。

谭良骏一直没有回来,也没有任何消息。谭良骏他娘心里越来越没底,她晓得裴牡丹没说实话。如果谭良骏真像裴牡丹说的,扬州的事情忙回不来,托来往的船主带封信回来又不是什么难事儿。裴牡丹也从来没有给谭良骏捎过信。小夫妻两口子,哪有不互相惦记的。关于谭良骏的各种传言,柳絮一样飞舞在石渚地界上。谭良骏的阿耶让谭良骏的娘别信那些传言,他说,你千万别去问良骏媳妇,只要她不说,我们就不问。谭良骏的娘说,你总是不让问,我心里整天七上八下的,还不如干脆问个明白,心里踏实。谭良骏的阿耶说,要是你问出来的结果是谭良骏在扬州娶了别人,你倒是心里踏实了,你让裴牡丹咋办?谭良骏的娘瞪着眼睛说不出话来,谭良骏的阿耶说,心里再没底,我们也不能问。不问,是我们谭家对望月母子的体谅。谭良骏的娘说,这日子真难熬啊。谭良骏的阿耶说,要说日子难熬,良骏媳妇儿的日子才是最难熬的。谭良骏的娘说,牡丹这孩子,真是坚强。谭良骏的阿耶说,以后跟良骏媳妇聊天,别老把话题往良骏身上扯。谭良骏的娘说,我就是忍不住。

谭良骏他娘探寻的目光,欲言又止的样子,总是想方设法把话题扯到谭良骏身上的意图,裴牡丹不是看不懂,但她不能说。她早上醒来之后和晚上睡下之前,都要在心里默念扬州那个帮她接生的房东李婆婆的话,心里总想着好的事情,好的事情就一定会发生。裴牡丹不允许自己担心,更不允许自己沮丧。

回到石渚之后,裴牡丹最想见的人是樊婆婆,但她欠樊婆婆的钱没攒够,她不好意思去见樊婆婆。奇怪的是,她居然一直没有见到樊婆婆。石渚地界上,樊婆婆是最容易见到的人,谁不是三天两头就会撞见樊婆婆。裴牡丹觉得樊婆婆是故意躲着她,怕她还不上钱,见面会难堪。裴牡丹盘点了一下,刚回来的时候谭良骏阿耶交给她的那笔钱,加上在谭家窑当师傅挣的钱,已经够还樊婆婆了。她和樊婆婆相见的障碍拆除了,想见樊婆婆的心情再也按捺不住,她马上拿着钱去了樊婆婆家。樊婆婆这天刚好在家,樊婆婆开门看见裴牡丹,眼角眉梢都涌起了笑意,她上上下下把裴牡丹打量了一遍,说,你来还钱的吧?裴牡丹红了脸,说,钱没凑够,我不好意思来见你。樊婆婆说，你娘把你拒之门外，你都没来找我，而是去了石渚客栈，我就晓得你还不上钱是不会见我的。你脸皮这么薄，我也只好躲着你，怕你看见我这个债主不自在。裴牡丹的脸更红了，她把欠樊婆婆的钱如数奉上，对樊婆婆千恩万谢了一番。她说，樊婆婆你别生气，我晓得错。樊婆婆收了钱，把谭良骏写的欠条找出来还给她。樊婆婆说，我现在不是债主了，你总可以陪我喝杯茶了吧？樊婆婆给裴牡丹倒了一杯茶，裴牡丹端起茶杯，半天没喝。樊婆婆问，你跟我说实话，谭良骏那坏小子到底怎么回事？整个石渚地界，都想知道谭良骏到底怎么回事儿，只有樊婆婆敢这样直截了当地问裴牡丹。裴牡丹愣了片刻，涌起的泪水在眼睛里打转。樊婆婆说，想哭就哭，除了我这儿，你也没地方哭。樊婆婆这么一说，裴牡丹反而不好意思哭了，泪水在眼睛里转了几圈，转成了薄雾，消散了。樊婆婆说，你和谭良骏一起走的，你带着孩子回来了，他连影子都见不到，你又啥都不说，不怪石渚地界上的人要胡乱猜想。有说谭良骏另娶了别人，有说谭良骏在扬州穷困潦倒不好意思回来，只能打发你和孩子回来，有说谭良骏犯了官司在吃牢饭……谭良骏这坏小子，该不会是吃不得苦，入赘到富裕人家去了吧？裴牡丹听到这话笑了起来，她说，那倒没有。比入赘到富裕人家更糟。他要入赘到谁家了，我至少晓得他在哪儿。这会儿我根本不晓得他在哪儿。樊婆婆说，他没在扬州？裴牡丹点点头，说，生下望月没多久，他就跟着一条波斯船走了。他说他要去探一条路，把石渚的瓷器卖到波斯去挣大钱。樊婆婆说，你傻啊，你不会拦着他不让他走？他带着你私奔，就要为你负责，何况还有了孩子。这个坏小子，娶妻生子了还这么不靠谱。裴牡丹说，男人有了野心，家就搁不下他了。我就是把他的人留在家里，他的心也不在家里。还不如成全他，让他走，他走得再远，他的心还在家里。樊婆婆说，留得住人留不住心，早晚还是留不住人，人是跟着心走的。裴牡丹说，我本来想在扬州等他，可我在扬州太难了，带着望月没法挣钱，每天睁眼就要花钱，只能想办法省钱，搬了几次家，搬的地方一次比一次破。搬到哪儿都有一群媒人盯着我，劝我嫁人，扬州的媒人比石渚的媒人还要能说会道，我根本招架不住，又不敢得罪她们。要不是走投无路，我不会硬着头皮回石渚。樊婆婆说，要是谭家人跟谭良骏一样不靠谱，你回石渚也不好过。好在谭良骏的耶娘都是靠谱的人。裴牡丹说，公公婆婆对我真的没得说，他们从来没问过我谭良骏的事情。我有一次听见公公嘱咐婆婆，别老把话题扯到谭良骏身上，儿媳妇不说，咱们就不能问。儿媳妇说啥，咱们就相信啥。我很感谢公公婆婆的体谅，我宁可他们胡乱猜测，也不敢告诉他们谭良骏去了波斯。樊婆婆说，你这日子够煎熬的。好在谭窑主开通，让你去窑上干活。整天跟婆婆待在家里，看婆婆唉声叹气，欲言又止，还不得把你累死。裴牡丹说，我去窑上干活，不全是为了躲着婆婆。樊婆婆说，我晓得你心气高，不想让婆家养你和望月。你独创的诗文瓷器卖得这么好，石渚人都夸你是命里带财的女人。裴牡丹说，我去窑上干活，往生坯上写诗，根本没想过能挣钱。我是为了给谭良骏传递消息，让他知道我带着望月回了石渚。我最早写在生坯上的诗，还有我抄给徒弟让他们往生坯上写的诗，都是谭良骏在学堂写的，还有几首是我写给他的。没想到写了诗文的瓷器卖得这么好，这就是古人说的种瓜得豆吧？樊婆婆看着裴牡丹，说，你真是个聪明女人。谭良骏回扬州看见那些瓷器上的诗，一定会马上回石渚来找你。谭良骏这坏小子，不晓得修了几辈子的福气，居然娶到了你。裴牡丹的眼睛湿润了，她抚着胸口，说，谢谢你樊婆婆，这些话一直憋在心里，跟谁也不敢说，我都要憋死了。樊婆婆说，我还以为你安顿下来就会来找我。谁让你害怕债主逼债不敢来找我的。裴牡丹撕掉谭良骏的借条，说，你不是我的债主了，我以后要经常来找你说心里话。樊婆婆说，你婆婆前几天还问我见没见到你，你有没有跟我说过啥。我特别坦然地说，没见到过你。你婆婆再问我，我就没那么坦然了。裴牡丹说，樊婆婆，你一定要帮我保密啊。我婆婆要知道谭良骏去了波斯，会愁得睡不着觉。樊婆婆说，现在轮到我把话憋在心里了。谭良骏这坏小子最好赶紧回来，要是把我憋死了，石渚人都饶不了他。樊婆婆说完，大笑不止，裴牡丹也跟着大笑起来。两个女人笑了又笑，笑出了眼泪。樊婆婆捂着肚子说，不行了，笑得我肚子疼。

裴牡丹走出樊婆婆家的时候，就像大热天出了一身透汗，又洗了一个冷水澡，换上了薄薄的衣衫。幸好石渚地界上有一个樊婆婆，她还有一个可以说心里话的人。

这两个石渚地界上离经叛道的女人，一个为了不结婚当接生婆把石渚地界闹了个人仰马翻，一个为了给男人传递信息而在生坯上写诗，却无心插柳柳成荫，在窑上那个充满男人的世界里当上了师傅。

裴牡丹回到石渚两年后,谭良骏终于回到了石渚。谭良骏坐的船还没有靠岸,他回到石渚的消息已经像大风刮过了石渚地界。石渚码头上聚集了不少看热闹的人。谭良骏坐了一艘波斯人的单桅帆船,船上还有十几个留着大黑胡子的波斯人。谭良骏回到石渚是在太阳升起的早上,耀眼的阳光下,波光粼粼的江水上,谭良骏信心十足威风凛凛。

船靠了岸,谭良骏没有急着下船,他站在船头,神情严肃地对着窑区的方向鞠了三个躬。站在他旁边的波斯人也学着他的样子,鞠了三个躬。潮水一样涌上来的眼泪模糊了谭良骏的眼睛,他站在那儿一动不动,等风吹干了眼泪,才挥舞起手臂,大声地喊,我回来了。阿耶,娘,我回来了。裴牡丹,我回来了。

谭良骏和波斯人下了船到了岸上,波斯人咿哩哇啦跟谭良骏说了一通,谭良骏也咿哩哇啦跟波斯人说了一通。波斯人和谭良骏哈哈大笑,波斯人一边笑一边竖起了大拇指。码头上的石渚人听不懂,急得抓耳挠腮,他们问,谭良骏,你跟大胡子们说的是啥?谭良骏说,他们问我,石渚的姑娘漂不漂亮。我告诉他们,石渚的姑娘很漂亮,但不会跟他们走。石渚的姑娘只喜欢石渚的男人。闲人们说,你告诉大胡子们,想拐走石渚的姑娘,小心我们打断他们的腿。谭良骏跟波斯人咿哩哇啦说了一大通,波斯人个个乐不可支,手舞足蹈。闲人们说,谭良骏,别骗我们了,你肯定没把我们的话告诉他们。谭良骏眨巴着大眼睛,说,他们是我请来的财神,我得把他们供起来。

谭良骏领着波斯人走进了石渚客栈,客栈的老板和伙计热情地迎出来。客栈的老板说,远道而来的客人,欢迎你们。谭良骏把波斯人安排到石渚客栈住下。谭良骏让客栈老板安排几个伙计跟波斯人去船上取行李,客栈老板安排了几个伙计,吩咐他们跟着波斯人去取行李。客栈老板发怵,客栈一下子住了这么多说话都听不懂的人,不晓得要遇到些什么麻烦。客栈老板把谭良骏拉到一边,客栈老板说,你一会儿回家去了,我们谁也听不懂他们说啥,这可咋办啊?谭良骏说,阿普杜拉会简单说一点我们的话。客栈老板说,你说的是那个单独住一间屋子的大胡子?我刚才带他去房间,跟他比画了半天,告诉他茅厕在院子那头,可他双手一摊,肩膀一耸,根本听不懂。谭良骏说,我忘了,阿普杜拉听得懂扬州话,听不懂我们石渚话。我今晚回去看看家人，明天就住到店里来。客栈老板说，你住店里等于帮我忙，我不收你的住店钱。谭良骏说，我也不跟你客气，你给我安排个房间就行。客栈老板把头摇得像拨浪鼓一样，说，不妥不妥，你好几年没回来了，俗话说小别胜新婚，可不敢耽误你跟你家娘子团聚，你还是回家去住吧。客栈这儿我自己想办法。谭良骏说，我一会儿把客栈里吃饭上厕所这些琐碎事儿跟阿普杜拉交代一下。我回家去了，你这里有啥事情，派个伙计去谭家坡找我。客栈老板说，不是紧急的事儿我不会去打搅你团聚。谭良骏说，明天你找个机灵点的伙计跟着我，我教他一些简单的波斯话。客栈老板说，这个办法好。伙计学会了，还可以教其他伙计。以后波斯人来得多了，正好用得上。

在窑上听到谭良骏回来的消息，裴牡丹的眼睛瞬间被泪水模糊了。谭良骏走后，在她心里一天天积攒的委屈和孤独，像一阵洪峰巨浪从心里涌起，要是身边没有人，她一定会任由自己号啕大哭，让心里的巨浪洪峰把自己彻底淹没。一个人熬过的日子，太难了。她想起了跟谭良骏坐在去扬州的船上，经历风浪的瞬间，吐得翻江倒海，痛不欲生，以为自己马上就要死了。可等船穿过风浪，进入风平浪静的航程，她又心情美好地看起了两岸的风景。自己日思夜想的人回来了，船只已经穿越了风暴。所有的担心，所有的噩梦，所有的绝望，都烟消云散了。她熬过了艰难的日子。裴牡丹心里的洪峰巨浪顷刻间消退了。她拿起一个生坯，写下了在她脑袋里发光的诗句："孤雁南天远，寒风切切惊。妾思江外客，早晚到边亭。"谭良骏的娘到窑上找她的时候，她正在生坯上写着这首诗。谭良骏的娘说，你可真沉得住气啊。

裴牡丹放下壶，跟着谭良骏的娘回家。回到家里，谭良骏的娘坐立不安，一直不停地忙忙叨叨进进出出，正择着菜呢，突然又站起来要去挑水，裴牡丹说，娘，水缸是满的。谭良骏的娘放下水桶，又去搬放在灶房里的酒缸，裴牡丹赶紧去帮忙搬酒缸。裴牡丹说，娘，酒缸一直放在这儿，搬它干啥。谭良骏的娘说，搬到院子里，放在灶房占地方。良骏这孩子，怎么还没忙完。婆媳两个把酒缸搬到院子放好。谭良骏大哥的儿子善财满头是汗、满脸通红地跑了回来，老远就喊着，嫂驰，四婶，我在码头上看见我四叔了。谭良骏的娘说，快告诉嫂驰，你四叔胖了瘦了？善财说，我不记得四叔以前什么样子了。谭良骏的娘说，快告诉嫂驰，你四叔现在啥样？善财说，四叔跟个黑塔似的，又高又壮，后面跟着十几个大胡子波斯人，可威风了。他跟波斯人说话咿哩哇啦的，我一句都听不懂。谭良骏的娘说，你跟你四叔说话了吗？善财说，我怕他不认得我了，没敢喊他。谭良骏的娘说，他不认得你你不会说你是他侄儿善财啊？脑筋就是不如你四叔小时候灵光。善财说，不灵光也比不靠谱强。谭良骏的娘说，谁说你四叔不靠谱？善财说，还不是你说的，我四婶没回来的时候，你成天唉声叹气，说我四叔不靠谱。谭良骏的娘说，别说没用的，你四叔离开码头这么久了，咋还没回家？善财说，四叔领着波斯人去客栈了。我跟着去了客栈的，客栈伙计嫌我们碍事，把我们轰走了。谭良骏的娘瞪着善财，说，你四叔怎么跟波斯人在一起，还会说波斯人的话？善财说，嫂驰，你的样子好吓人。我找我娘去了。说完就跑了。

谭良骏的娘转过头直勾勾地盯着裴牡丹的眼睛，问，你不是说良骏在扬州吗？他上哪儿学会了波斯人的话？裴牡丹说，扬州有很多波斯人。谭良骏的娘说，要是良骏一直在扬州，你怎么会回来？一定是良骏去了波斯，你才带着望月回来的。裴牡丹垂下了眼皮，说，娘，你别怪我。我一个人担心就够了，没必要让耶娘一起担心。谭良骏的娘一把搂过裴牡丹，哭了起来。她说，你真是个傻孩子，啥事儿都闷在心里，你就不怕把自己闷坏了。裴牡丹说，娘，别哭了，良骏不是回来了吗？我帮你做饭去。

婆媳两个做了一大桌子菜，谭窑主中午从窑上回来吃饭，谭良骏的娘让他等等，等儿子回家一起吃。他们左等右等，饭菜都凉了，也没把谭良骏等回家。谭窑主生气地吃了几口就到窑上去了，谭良骏的娘坐在那儿看着一大桌子谭良骏爱吃的菜默默流泪。裴牡丹说，娘，你别哭，我一会儿带着望月去找他。

裴牡丹带着望月出了家门，她并不打算去找谭良骏，她只是不忍心看婆婆流眼泪。她在谭家坡找到了一个没人的地方，说，望月，娘教你玩跳格子好不好？望月说，好。胖胖的望月不擅长玩跳格子，裴牡丹很轻松地赢了望月好几回。望月嘟着嘴说，娘，回回都是我输，我不跟你玩了。我想一个人玩。裴牡丹摸了摸望月圆乎乎的脑袋，说，好，娘在一边看着你玩。去窑上干活后，裴牡丹很少有时间陪望月玩儿。裴牡丹坐在一边看着望月跳格子，望月跳过一个，裴牡丹就给他鼓掌，他也嘎嘎地笑着给自己鼓掌。谭家坡上的风柔和地吹拂在裴牡丹的脸上，她陪着孩子，品尝着苦尽甘来的幸福,独自体会久违的内心宁静。

谭良骏在客栈安置好波斯人,已经过了正午,他跟波斯人在客栈简单吃了点饭,马上就跟阿普杜拉和另外几个波斯人一起,一人抱着两只造型独特的壶去了樊家窑。樊家窑的人以为谭良骏这是来拜见岳父大人,给岳父大人送礼。谭良骏身后跟着的波斯人手里捧着的壶金光闪闪,一看就是价格昂贵的金银器。谭良骏恭恭敬敬地给裴千里鞠了一个躬,说,裴师傅,我今天是来谈生意的。麻烦你派个人把樊窑主请来。还要麻烦你腾个地方,把我们带过来的东西摆上。樊家窑上的师傅和窑工面面相觑,谭良骏嘴里吐出来的裴师傅三个字,砸得他们眼冒金花。他们万万想不到,谭良骏居然是来谈生意的。裴千里内心翻腾不已,面对这个拐跑了女儿的家伙,他的感情十分复杂,但他看上去非常镇静,他微笑着点点头,问,怎么称呼你合适?谭良骏说,叫我谭良骏就行。

裴千里马上派了一个徒弟去请樊窑主,又让几个窑工腾出了一个台面,裴千里看了看波斯人捧着的壶,亲手把台面擦得干干净净,才说,谭良骏,这样可以了吗?谭良骏说,多谢裴师傅。谭良骏让波斯人把他们捧着的壶摆在台面上,这些壶的壶口小,壶身长,壶身上雕着漂亮的花纹,闪着银色光芒。围着看的人惊叹道,漂亮。真漂亮。他们纷纷对波斯人竖起了大拇指,波斯人拱手表示感谢。谭良骏说,这几只是波斯的银器壶。裴千里说,银器比咱们的瓷器昂贵多了,咱们这里,只有潭州城里的大户人家才用得起银器。谭良骏把裴千里的话说给波斯人听,听完后,波斯人阿普杜拉比画着说了一大通话,樊家窑的人一句也听不懂。他们看着谭良骏问,大胡子在说啥。谭良骏说,等樊窑主来了,我再给你们解释。不然,同样的话要说两遍。谭良骏说完,又用波斯人的话跟阿普杜拉说了些什么,阿普杜拉不停地点头。

过了一会儿,樊窑主到了。樊窑主打量着谭良骏和他身后的波斯人,面露惊喜,说,果然是老话说得好,小时候不淘,长大了窝囊。谭良骏大笑,说,樊窑主说笑了,我淘气的时候,我阿耶说的可是,三天不打上房揭瓦。樊家窑的人听了大笑,波斯人一脸茫然,谭良骏用波斯话把他跟樊窑主的话说给他们听,他们也笑了。谭良骏说,不开玩笑了,说正事。他给阿普杜拉介绍了樊家窑的樊窑主和裴师傅,又给樊窑主和裴师傅介绍了阿拉伯船的船主阿普杜拉。樊窑主说,船主这么年轻？谭良骏说，他阿耶因病去世，他刚刚接手家里的船。樊窑主说，刚刚接手就敢把船开到我们石渚，他可是第一艘到我们石渚的波斯船，有魄力。樊窑主对阿普杜拉竖了一个大拇指。谭良骏把他和樊窑主的交谈内容告诉阿普杜拉，阿普杜拉谦虚地低下了头。谭良骏说，樊窑主到了，咱们就言归正传。这位叫阿普杜拉的兄弟告诉我们，他听到来自宫廷的确切消息，新首领马上就要在波斯国禁止使用金银器。金银器一旦被禁了，人们对瓷器的需求就会成倍增加。如果我们石渚窑能够生产出仿制金银器型的瓷器，他们有多少要多少。我在波斯国也听到了这个信息，我鼓动阿普杜拉兄弟来我们石渚，我跟他说，我们石渚窑的成型师傅很厉害，他想要什么器型，我们石渚的成型师傅就能给他做出什么器型。阿普杜拉兄弟告诉我，只要我们生产的瓷器能仿制出金银器那种华丽的感觉，肯定会在波斯大卖。

裴千里拿起一只波斯银器壶，说，这些个器型，要做出来也不是太难，我们近两年使用化妆土，极大改善了瓷器的光滑程度，瓷器在光滑细腻程度上仿制金银器不是问题。这个金银器的锤揲工艺，要在瓷器上仿制出同样的效果，搁在几年前，我们还办不到。现在我们有了贴花工艺，把我们的贴花模板更换成波斯人喜欢的图案就可以了。谭良骏说，也不用都更换成波斯图案，我们的花鸟鱼虫，莲蓬童子，波斯人也很喜欢。樊窑主说，咱们大唐的特色，在波斯肯定会受欢迎。谭良骏说，这么说，樊窑主答应接下这批订货了？樊窑主说，只要裴师傅说做得出来，我们就接。谭良骏说，樊窑主，痛快。这批货，波斯兄弟要先付一定数量的定金。樊窑主更高兴了，他说，历来都是一手交钱一手交货。还没交货就能收钱，还是头一遭。谭家贤侄，你这一趟出去，真是见多识广。谭良骏说，回到石渚，要靠窑主们提携。后面的事，就拜托樊窑主和裴师傅了。阿普杜拉的人每天会到窑上来，对成型的瓷坯把关。我会让阿普杜拉把他找人画的波斯装饰图案送过来一套，让师傅们抓紧雕刻模板。最后还请樊窑主介绍一家造型工艺能跟樊家窑相当的窑口。樊窑主说，那就只有庞嘉永当窑主的庞家窑了。樊窑主说完，樊家窑的师傅们都沉默了。谭良骏笑了笑，说，没想到庞嘉永这么年轻就当了窑主。樊窑主说，你们年轻人不得了。谭良骏说，我这就去会会庞窑主。谭良骏指着台面上的银器壶说，这十二只银器壶有六种器型，留在窑上六只给裴师傅他们做样板，我带另外六只去给庞家窑的师傅们做样板。樊窑主说，放心吧，这么昂贵的银器，我们一定用心保管，等波斯人离开的时候，完璧归赵。谭良骏拱手致谢，带着波斯人走出了樊家窑。

谭良骏带着波斯人往谭家坡走的时候，谭良骏大哥的儿子善财飞跑回去给谭良骏的娘报信，等他报完信领着嫉驰出来，却看到谭良骏拐上了去庞家窑的路。谭良骏的娘转回家去，气呼呼地对裴牡丹说，白养了个儿子，到谭家坡了也不回家。裴牡丹说，大禹为了治水三过家门而不入，良骏这才一过家门没回家。娘，男人都是以大事为重，你就别怪良骏了。谭良骏的娘叹口气，说，原来指望良骏娶个媳妇管着他，你倒好，处处为他着想，宁可自己吃苦受累。裴牡丹说，娘，我没觉得苦。谭良骏的娘说，我看你就是个傻孩子，他去了波斯，这一天天提心吊胆担惊受怕的日子过了好几年，还不觉得苦。裴牡丹笑着说，娘，那些日子是挺难熬的，可当他回来的时候，重新团聚的巨大幸福，让我觉得一切都值得。谭良骏的娘说，一个人一个命，你认可就好。我啥也不说了，他爱啥时候回家就啥时候回家。

庞嘉永听说谭良骏带着波斯人到庞家窑来谈生意，就在庞家窑外面等着谭良骏。见到谭良骏，庞嘉永有点发愣，这个比他记忆里高了一截壮了一圈的男人，往他面前一站，像个黑塔巨人一样，把他头顶的阳光都遮住了。庞嘉永说，谭良骏，你居然还敢来见我。谭良骏哈哈大笑，说，庞窑主，我今天是给你送钱来了。从古到今，没听说送钱上门还会挨打的。庞嘉永听完也大笑起来，说，我就佩服你这个家伙的胆量。说吧，给我送的钱在哪儿？谭良骏说，先叫你们窑上的人收拾个台面出来，擦干净，让波斯人把他们手里的银器放下。谭良骏说话太多，他的嗓子已经嘶哑了。庞嘉永把他们让进成型师傅干活的棚子里，吩咐人收拾台面，他自己走到装着茶水的大缸里，舀了一碗茶水递给谭良骏，说，喝口水吧，你嗓子都快说哑了。谭良骏接过茶碗，仰着脖子一口喝干了，说，再给我一碗，在樊家窑没顾上喝水，给几个波斯兄弟一人来一碗。

喝过茶水，波斯人带来的六个银器也摆在了干净的台面上。谭良骏介绍庞嘉永跟阿普杜拉认识了，又把在樊家窑说过的话对庞嘉永说了一遍。庞嘉永一听，兴奋得跳了起来。他说，谭良骏，你放心，这几年我们在成型工艺上下过很大的功夫。谭良骏说，那就拜托庞窑主了。庞嘉永说，波斯人的新首领实行禁奢令，居然给我们石渚窑区带来了机遇。谭良骏，这是你的功劳。谭良骏说，石渚窑区发展到今天，我觉得已经万事俱备，接下来，我准备大干一场。庞嘉永说，谭良骏，咱们想到一块去了。我有好多想法，跟他们没法说。要不，我们去洞庭酒家边喝酒边聊？谭良骏说，还是改天吧，我再不回家，裴牡丹该把我轰出家门了。庞嘉永说，裴牡丹才不是那种女人。不过你确实该回家团聚了。

谭良骏领着波斯人走了，庞嘉永立马把成型师傅们召集起来。他说，明天波斯人到窑上之前，我们就要把这六种银器的器型做出来。师傅们说，没问题，我们庞家窑的成型技术，在石渚地界上，也只有樊家窑比得过。庞嘉永眼睛发亮，他说，加油干吧，谭良骏把波斯人带来了，我们石渚的瓷器可以直接卖到波斯去了，我们石渚窑就要腾飞了。石渚的窑上人就要过上好日子了。谭良骏果然是个有胆有识的家伙，裴牡丹的眼光还是不错的。

谭良骏出了庞家窑，把波斯人带回了石渚客栈，安排好晚饭，给阿普杜拉交代了各种注意事项，又给客栈老板交代了一番，才终于放心地离开了客栈，走过半条草市的街道，往谭家坡的家里走去。天已黄昏，江上的晚霞绚丽得无法形容。谭良骏度过了最忙碌的一天，但他一点也不觉得累。想到马上就要见到裴牡丹和望月，还有耶娘，哥嫂，他的双腿充满了力量，恨不得两步并着一步走。当他终于站在自家院子的门口，突然胆怯了，胸口的心跳声像敲鼓一样。谭良骏推开院门，黑乎乎的院子里站着一个人。谭良骏走近了，看清是他娘，他娘比他记忆中矮小了许多。他伸出又长又壮的胳膊，一把把他娘搂进怀里。他说，娘，我回来了。他娘的泪水奔涌而出，他娘说，你还晓得回家啊。听到动静，各家各户的门都打开了，三个哥嫂和哥嫂家的孩子们纷纷给他打招呼，他一一回应着。他跟着他娘往他耶娘住的正房走，他娘说，你媳妇儿和儿子住在东厢房。谭良骏说，我先去给阿耶请安。他娘悄声说，你小心着点，你阿耶正在生你的气。他说，阿耶打我骂我，我也得受着。进到正房，谭良骏的阿耶一个人在喝酒，谭良骏规规矩矩站在他阿耶的面前，说，阿耶，我回来了。

谭窑主头也不抬地说，你出息了，有钱都不让自家窑上挣。谭良骏说，阿耶，你要因为这个怪罪我，你可怪错了。谭良骏的阿耶喝了一口酒，说，我不怪罪你。你让樊家窑挣波斯人的钱是给你岳父长面子，你让庞家窑挣波斯人的钱是向庞嘉永赔罪。出去几年，终于懂得了做人的道理。我高兴还来不及。谭良骏的阿耶给谭良骏倒了一杯酒，说，坐下，喝一杯。谭良骏接过酒喝了，谭良骏他娘放下心来，说，我给你们炒两个菜来，你们父子两个好好喝一顿。谭良骏看着他阿耶说，阿耶，你完全错了。我把波斯人的生意给樊家窑和庞家窑，既不是为了给裴师傅长脸，也不是为了给庞嘉永赔罪。我唯一考虑的是，波斯人要的东西，哪个窑口做得出来。谭良骏的阿耶说，我们石渚窑区一直奉行有饭大家吃，有钱一起赚。你媳妇创造的诗文瓷器挣了钱，每个窑都派人来学习，现在每个窑都能做诗文瓷器。波斯人需要的东西，专门让樊家窑和庞家窑做，别的窑口会怎么想？谭良骏说，阿耶，我明白你的意思。咱们石渚窑区一直是这种一窝蜂地搞法，卖得好一起赚钱，卖不出去就一起赔钱。我刚才还在想，如果我们石渚窑区的每个窑口都有自己的特色，每个窑口都做自己最擅长的东西，岂不更好？谭良骏的阿耶沉思片刻，说，你这么说也有道理。谭良骏说，阿耶，我这次回来，准备大干一场。家里如果有富余的钱，你先拿出来建几座龙窑。

谭良骏的阿耶抬起头，这个黑塔般又高又壮的儿子，看上去如此陌生，他坚毅的眼神，稳重的表情，都是以前从没见过的。谭良骏的阿耶又给谭良骏倒了一杯酒，说，喝了这杯，赶紧去看你媳妇和儿子去吧。谭良骏说，我娘还在给我们炒下酒菜。谭良骏的阿耶说，一会儿我陪你娘喝。你快回东厢房看你媳妇儿子。

谭良骏的娘炒完菜回来，谭良骏已经回东厢房去了。谭良骏的阿耶说，孩子他娘，坐下来，我们两个也喝一杯。咱家这个最不省心的臭小子长大了，我们可以放心了。谭良骏的娘接过酒杯喝了一口，说，裴牡丹真是个了不起的女人，她扛得住事儿。多大的事儿她都扛得住。良骏去波斯几年，她连口风都没给我们漏一点。谭良骏的阿耶说，良骏这臭小子就是有福。谭良骏的耶娘相视一笑，你一杯我一杯地喝起来。

谭良骏轻轻地推开东厢房的门，裴牡丹搂着一个胖乎乎的男孩坐在餐桌边，餐桌上摆了几个菜和一壶茶。看见谭良骏进屋，裴牡丹站了起来，谭良骏把裴牡丹和望月一把搂进怀里，他的脸贴在裴牡丹润泽芳香的脖子窝里，他像一只终于找到主人的流浪狗，拼命地闻着主人的味道。裴牡丹的脸贴着谭良骏的胸脯，她听到胸脯里急促的鼓点一般的心跳声。谭良骏的身体的气息里多了海水的味道，裴牡丹的身体的气息里多了泥土和火焰的味道。嗅着彼此熟悉又陌生的身体气息，他们都恨不得在这个熟悉又陌生的身体上狠狠地咬上一口，谭良骏极力控制，不把战栗的牙齿咬下去，裴牡丹却控制不住自己，她用战栗的牙齿咬住了谭良骏的胸口。疼痛像闪电一样穿过谭良骏的身体，他叫了一声，更紧地搂住了裴牡丹。

望月被搂得太紧了，哼哼唧唧地用小手抓住裴牡丹的手。裴牡丹轻声说，你把望月搂得太紧了。谭良骏松开手，把望月抱起来，举过头顶。望月吓得叫起来，说，放开我，你这个坏蛋。谭良骏说，敢叫你阿耶坏蛋，看我不揍你。望月哭起来，裴牡丹说，你快把望月放下，别吓着他。谭良骏把望月放到地上，望月马上扑进裴牡丹怀里。裴牡丹说，你走的时候，望月还不会走路，他都不记得你了。谭良骏蹲下来，从口袋里摸出一个纸包，打开后，把一个小玩具托在手心里，那是一只椰子壳雕出来的马，马背上站着一个大胡子的波斯兵。谭良骏说，望月，过来。望月迟疑地走过去，谭良骏把手心里的玩具举到望月的眼前，说，给你，这是波斯孩子爱玩的玩具，这是一匹马，马上站着的是一个波斯兵士。望月回头看了一眼娘，裴牡丹微笑着说，拿着吧，这是阿耶给你从波斯带回来的玩具。望月小心地从谭良骏手里拿起玩具，低头看一眼玩具，又抬头看一眼蹲在他面前的谭良骏，谭良骏微笑地看着他。望月对这个黑塔般又高又壮的男人不再害怕，他伸出一只胖乎乎的手，摸了摸谭良骏黑红的脸，谭良骏轻轻抓住望月的小手，眼泪不能自控地流了一脸。望月奶声奶气地说，阿耶，你哭了。谭良骏一把抱起望月，望月说，阿耶，你压住我的马儿了。谭良骏放开望月，说，阿耶太激动了，我儿子都这么大了。

裴牡丹端了一杯茶，递给谭良骏，说，喝杯茶润润你的嗓子。在外面说话太多，回家就别说话了。谭良骏喝了茶水，说，还是在家好，老婆疼孩子笑。外面那种吃了上顿没下顿，今晚睡下去不晓得明天睡在哪儿的日子，我真的过够了。以后我哪儿也不去，就在家里，守着老婆孩子。裴牡丹说，叫你别说话，你还说个没完。谭良骏拉过裴牡丹的手，说，牡丹，对不起。让你受苦了。我刚回到扬州就去以前住的地方找你，房东一家已经把房子卖了搬到乡下去了，没有人知道你和望月在哪儿，我发疯一样到处找你。扬州那么大，找人太难了。有一天在酒家看见一只装酒的壶，壶上居然写着我在学堂作的诗"春水春池满"，我抱着酒壶问老板，你的壶哪儿买的？老板说，这个诗文壶啊，瓷器店都在卖，这两年可流行了。我饭也顾不得吃，跑到卖瓷器的那条街，走进一个一个瓷器店，抱起一个一个诗文壶，读上面的诗，瓷器上冰冷的文字，落进我的眼睛里，就像红火的木炭，把我的眼睛都烫伤了。我泪水长流。读到你给我写的那首"新妇家家有，新郎何处无。论情好果报，嫁娶可怜夫。"我直接蹲在地上号啕大哭。瓷器店的老板吓坏了，问我是不是遇到什么难事儿了。我说我找到媳妇儿和儿子了。瓷器店老板说，你这叫喜极而泣。我跟老板说，这个壶我买了。我抱着那只壶去码头的客栈找到了阿普杜拉，等他把运到扬州的一船波斯货物交易完了，再装上一船扬州的货物，我们就马不停蹄赶回了石渚。到了石渚码头才想起，我花钱买的那只壶落在客栈了。裴牡丹递了一杯茶给谭良骏，流着泪说，你别说话了，你的嗓子都哑了。往生坯上写诗，是我想出来给你传递信息的唯一办法。当时我就想，如果没人买，我就自己买下来，白送给扬州的伢人，只求他们把写了诗的瓷器带到扬州去。你只要回到扬州，总有一天会看见那些瓷器上的诗。我没想到诗文瓷器能大卖，我还成了师傅。人这一辈子，真不晓得会遇到什么。谭良骏说，牡丹，你是个了不起的女人。我一定会让石渚地界上的女人都羡慕你。我要在草市街上给你建一座大宅子，等草市街上的大宅子建好了，我要给你一个盛大隆重的婚礼。裴牡丹说，我不要别人羡慕。我们一家人在一起，就是我最希望过的日子。谭良骏说，牡丹，我心里有数，我做什么都抵不上你为我做的。裴牡丹说，别说话了，你嗓子一定很痛。

望月玩累了，抱着他的新玩具睡着了。谭良骏抱起望月，把他放到床上。他站在床边看着望月，黑红的脸上充满了柔情。裴牡丹靠过来，说，望月很乖。谭良骏把裴牡丹卷进怀里，狠狠地抱着她，他把脸埋进她的脖子窝里和胸口那对活脱脱的乳房中间，他轻轻地咬着她瓷器一样细腻光滑的皮肤，拼命嗅着她身上陌生的味道，那是泥土和火焰交织的芳香味道，他就像被太阳晒得干裂的木材，瞬间被点燃起来。裴牡丹浑身战栗，牙齿骨骼咔咔作响，她觉得自己就像一只置身火焰中的生坯，顷刻间被火焰彻底吞没了。

半夜的时候，银白的月光洒进了房间，照在裴牡丹的身上，她的脸在月光下洁白如玉，像一件精美的瓷器。谭良骏的手轻轻抚过裴牡丹精致的脸庞，裴牡丹睁开眼睛，她黑漆漆的眼睛在月光下充满了柔情。谭良骏俯身看着裴牡丹的眼睛，说，我当初怎么会舍得离开你？裴牡丹轻笑了一声，说，你傻啊。谭良骏说，我要去波斯，你为啥不拦着我？裴牡丹说，因为我更傻。谭良骏说，牡丹，我下次再想走的时候，拜托你一定要拦着我。裴牡丹钻进谭良骏的怀里，说，那才是真傻。我拦着你，你人在我身边，心也不晓得飞到哪里去了。我就让你走，你不管走多远，心都会留在我身边。谭良骏说，裴牡丹，你就是老天派来收拾我的人，只有你能把我收拾得服服帖帖。

月亮羞怯地躲到云层里去了。裴牡丹不说话，她的手指在谭良骏厚实的胸口上一笔一画写自己的名字。黑暗中传来谭良骏的声音，你在我胸口把你的名字写了五遍了，轮到我在你胸口写我的名字了。谭良骏唱歌一般说着，我要把我的名字写在你的身上，我要把我的名字写在你的心上……裴牡丹咯咯地笑起来，说，我怕痒。谭良骏喘息着抱紧了裴牡丹，他说，牡丹，牡丹，遇见你就是我的命啊……裴牡丹娇喘吁吁地说，别说话，你的嗓子都哑了。

石渚人很快习惯了经常碰见大胡子的波斯人，小孩子们不再追着大胡子波斯人看热闹，客栈伙计和酒家的伙计，也学会了几句波斯话。樊家窑和庞家窑没有辜负谭良骏的期待，他们仿制的金银器造型，阿普杜拉看了很满意。窑上的雕刻师傅按照阿普杜拉提供的图案制作了模板，那些椰枣、狮子、乐舞的图案比师傅们平时用写意笔画雕刻花鸟鱼虫和云纹要复杂得多，师傅们费了很大的功夫。但是雕刻这些模板，让师傅们学到了更加细致入微的写实笔画。模印贴花让仿制的金银器看上去具有逼真的锤揲效果，阿普杜拉满意极了。他对樊窑主和庞嘉永竖起了大拇指，他说，聪明。石渚窑上人，很聪明。石渚人听阿普杜拉说汉话很别扭，每次都要忍不住大笑。

谭良骏回到石渚后，变化最大的人是郑同川，很久不跟人说话的郑同川居然开口说话了，尽管话还是很少。郑同川看见波斯人望着江水发呆，郑同川想，波斯人一定是想家了。他给波斯人写了一首诗："人归万里外，意在一杯中。只虑前程远，开帆待好风。"他对庞家窑另外两个喜欢写诗的窑工说，这是我为波斯人写的诗，我要把写有这首诗的壶送给波斯人。两个窑工互相看了一眼，小心地说，我们窑区，就数你的诗写得好。这么好的诗送给波斯人可惜了，波斯人根本看不懂。郑同川失望地说，有道理。我们的诗再好也安慰不了波斯人的思乡愁绪。这天，谭良骏领着阿普杜拉到庞家窑验货，郑同川突然灵光乍现，他激动地对谭良骏说，你让阿普杜拉把他们的诗抄写几首给我们，我们照着写到生坯上，大胡子们在瓷器上读到他们的诗，一定可以安抚他们的思乡之情。谭良骏上下打量着郑同川，说，你就是那个喜欢上裴师傅的人吧？郑同川的脸涨得通红，庞嘉永吓得赶紧把谭良骏拉到一边，低声在谭良骏的耳边说，你可别刺激他，他发起疯来太吓人了。谭良骏哈哈大笑，说，郑同川，好样的，敢喜欢裴师傅的人，没有一个是怂包。裴师傅是个吉祥女子，喜欢过裴师傅的人，运气都不差。庞窑主，我说得对吧？庞嘉永说，你不带这么往别人伤口上撒盐的。郑同川说，伤口长好了，撒盐也不怕。谭良骏再一次哈哈大笑。郑同川说，笑够了说正事吧。谭良骏咿哩哇啦跟阿普杜拉交谈了一通，对郑同川说，阿普杜拉告诉我，做生意的波斯人都不怎么读诗，往瓷器上写诗，买的人不一定多，还不如写一些生意兴隆之类的祝福文字。郑同川递给阿普杜拉一支毛笔和一个生坯平底大盘子，阿普杜拉举着手里的毛笔，谭良骏咿哩哇啦跟他说了一通话，让他把祝福类的波斯文字写到生坯上。阿普杜拉费了半天劲儿，终于在生坯大盘子上写出了笔画清晰的波斯文字。阿普杜拉放下毛笔，捏着自己僵硬的手指头。谭良骏笑着对阿普杜拉说，没有几年童子功，要把毛笔用好不容易。大家传看着写了波斯文字的平底大盘子，惊讶地说，居然还有这种曲里拐弯的字，就像挤在一起的云纹图案。还是我们的字好看，横要平，竖要直，撇有锋，捺有脚。阿普杜拉一脸茫然地看着谭良骏，两个人咿哩哇啦说了一阵，阿普杜拉高兴得直点头。谭良骏说，我告诉阿普杜拉，我们的师傅说，你们的文字很好看，就像我们的画。阿普杜拉说，写这样的碗碟，他们多要一些。

　　谭良骏和阿普杜拉走后，庞嘉永说，郑同川，你把阿普杜拉写的波斯文字描下来，我问问樊窑主，如果需要，就让他们把你描摹的盘子拿去当样本。

　　第一批仿制金银器型的瓷器烧出来，阿普杜拉彻底放下心来。谭良骏利用这个空闲时间带着他们到潭州，把从扬州装船的货物卖到了潭州。波斯人从潭州城里把货物卖掉再回到石渚，除了等着窑上的瓷器烧好了装船，就没事儿可干了。谭良骏把他们搁在客栈，回家陪老婆孩子去了。客栈一个小伙计学会了几句简单的波斯话，基本能够应付。波斯人闲下来才发现草市街很小，抽一袋烟的工夫就从这头走到了那头。石渚的姑娘虽然漂亮，他们却不敢随便招惹。谭良骏嘱咐过他们，千万不能招惹石渚的姑娘，搞不好，会惹来杀身之祸。波斯人很想念扬州，扬州城里到处都是大胡子波斯人，扬州城里大一些的客栈和酒馆的伙计都会说波斯话。不像石渚客栈这个小伙计，多问几句就听不懂。扬州城又大又繁华，还有数不清的酒肆，那些被扬州人叫作胡姬的姑娘又漂亮又风情，会弹琴会唱曲还会陪着喝酒。还有扬州人叫青楼的地方，姑娘个个美若天仙，风情万种。到了晚上，扬州的酒肆和青楼门口挂着红彤彤的灯笼，那叫一个热闹。哪像石渚这儿，晚上只有草市街上的酒馆和客栈门口挂着几只昏暗的灯笼，草市街道背后的窑区，只有窑里的火光和天上的月光。

波斯人跟客栈小伙计说了半天，客栈小伙计以为波斯人想找个热闹的地方喝酒，就带波斯人去了洞庭酒家，洞庭酒家是草市街上最大最热闹的酒家。波斯人不晓得客栈伙计为啥把他们带到了洞庭酒家，波斯人情绪激动，对着客栈伙计咿哩哇啦说了一大通，客栈伙计一脸茫然地看着波斯人，用自己会说的几句波斯话结结巴巴地问，你们不是要喝酒吗？一个正在喝酒的外地生意人笑得喘不上气来，外地生意人边笑边对客栈的伙计说，波斯人想去宜春院，你把人家带到洞庭酒家，难怪波斯人要火冒三丈。外地生意人跟波斯人咿哩哇啦说了一通，波斯人两眼放光，马上就拉着客栈伙计要走，客栈伙计问外地生意人跟波斯人说了啥，外地生意人说，我告诉波斯人，他们要找的地方靖港才有。波斯人让你马上带他们去靖港。客栈小伙计急得跳脚，他对外地生意人说，麻烦你告诉波斯人，今晚去不了，要去也得明天去。外地生意人一脸坏笑，跟波斯人咿哩哇啦说了一阵。波斯人垂头丧气地走出了洞庭酒家，跟客栈小伙计回了客栈。客栈小伙计把波斯人安顿好，气呼呼地找到客栈老板，他面红耳赤地说，我以为波斯人要喝酒，带他们去了洞庭酒家，波斯人气得眼睛冒火，对我挥舞双手大喊大叫，吓得我以为他们要打人。幸好洞庭酒家喝酒的客人有一个会说波斯话，跟波斯人咿哩哇啦说了半天，告诉我波斯人想去宜春院。客栈老板挠着头说，这些个大胡子，光喝酒还不行，还想喝花酒。我怕他们再住下去，恐怕要惹是生非了。客栈小伙计说，我可不敢带他们去靖港。客栈老板说，这事儿必须找谭良骏，让谭良骏带他们去，免得语言不通，惹出麻烦。

第二天一大早，波斯人还没起床，客栈伙计就跑到谭家坡去找谭良骏。客栈伙计把刚起床的谭良骏拉到院子外面，面红耳赤地跟他说了昨天晚上的事儿，客栈伙计说，老板说波斯人去靖港逛宜春院，必须得你带着去。谭良骏说，我晓得了。你先回去。

那天晚上，谭良骏带着波斯人去了靖港，客栈小伙计也跟着去了。客栈小伙计到了靖港，觉得眼睛都不够用，靖港比草市繁华多了。宜春院里张灯结彩，波斯人进了宜春院，高兴得手舞足蹈。客栈小伙计进了宜春院，被宜春院姑娘的笑声吓得不敢抬头。波斯人目不转睛地盯着花枝招展的姑娘们，眼冒金光，依哩哇啦说个不停。谭良骏告诉姑娘们，波斯人夸你们漂亮。姑娘们笑得更加灿烂。谭良骏耐心地等着波斯人挑好姑娘搂着姑娘上楼去了，才坐下来，跟宜春院的老鸨谈价钱。老鸨笑容满面地说，这位老板，你给我带来这么多客人，你挑个姑娘，不收你钱。老鸨压低声音说，你放心，顶尖好姑娘都被波斯人挑剩下了，波斯人挑姑娘的眼神不行。谭良骏笑着说，不收钱我也不敢，老婆管着呢。老鸨撇撇嘴，说，老板说笑了，男人要是能被女人管住，我的宜春院早就开不下去了。谭良骏说，老婆不管我，我也要管住自己，不然对不起老婆。宜春院老鸨的眼睛扫过客栈小伙计的脸，客栈小伙计终于抬起头，宜春院老鸨看不出有多大年纪，她衣着华丽，脸上抹着厚厚的一层胭脂香粉，红艳艳的嘴唇鲜艳欲滴。宜春院老鸨对他嫣然一笑，客栈小伙计惊得下巴都要掉下去了。宜春院老鸨说，这位小客官，你也挑一个姑娘吧。客栈小伙计的脸瞬间涨得通红，赶紧低下头去，喏喏地说，我，我没钱。谭良骏忍住笑，说，他要挑一个，那可是便宜了你们的姑娘。听了谭良骏的话，宜春院的老鸨笑得花枝乱颤。谭良骏没笑，他等老鸨笑够了，才说，你刚才说波斯人挑的姑娘都不是顶尖的，那你还敢按照顶尖姑娘收我的钱？这样做生意太不地道了。老鸨说，这位老板，你太精明了。刚才我为了讨好你，说的客气话，就被你抓了把柄。谭良骏说，我给你带了这么多波斯人，你还骗我，这不是做生意不地道，这是人品都有问题了。老鸨的笑容僵在脸上一会儿，又自己化开了，笑着说，到了我这儿还这么清醒的人，真是少见。遇到你这样的老板，算我倒霉，我认栽。客栈小伙计听谭良骏跟老鸨谈价钱，就像做瓷器交易跟窑主谈价钱一样。客栈小伙计无比崇拜地看着谭良骏想，谭良骏到底见过大世面。

谈好价钱，谭良骏领着客栈小伙计去宜春院旁边的一家小客栈开了房间。这家小客栈比石渚客栈还小一些，被褥很干净，还有洗脚水。客栈小伙计第一次在外面睡觉，兴奋得睡不着。他说，你今晚亏了，老鸨送你一个姑娘你居然不要，按理说我们两个是一起的，你不要了，老鸨应该送给我。肯定是你太精明太会谈价钱了，惹老鸨生气了。谭良骏说，你那个脑袋瓜里装的豆腐，这个账还算不过来。你个童子鸡，白给你个宜春院的姑娘都是你吃亏。客栈小伙计说，你有媳妇管着，我又没媳妇儿。宜春院的姑娘多漂亮啊，吃亏我也愿意。谭良骏说，老话说，色字头上一把刀。你小子给我记好了，嫖和赌千万不能沾，沾上这两样，万贯家财都不够败。客栈小伙计噘着嘴，不服气地说，那你还带波斯人来嫖。谭良骏说，波斯人花他们的钱，咱们挣波斯人的钱，我得罪他们干啥？别瞎想了，睡觉。明天一早回石渚。客栈小伙计还想说什么，谭良骏已经打起了呼噜。客栈小伙计的眼皮慢慢合上之前，宜春院老板鲜艳欲滴的红嘴唇在客栈小伙计的脑袋里闪来闪去。今天到靖港，真是见了世面了。客栈小伙计心满意足地进入了梦乡。

客栈小伙计回到石渚，果然成了一个见过世面的人，连客栈老板都跑来向他打听宜春院的情况。老鸨吓不吓人，姑娘漂不漂亮。客栈小伙计尽管压根没看清任何一个姑娘的样子，但他天花乱坠地吹了一通，客栈老板听得眼珠子都要掉下来了，羡慕地说，谭良骏这个家伙真有艳福。家里的老婆美若天仙，还能不时在外面打个牙祭。客栈小伙计说，谭良骏没找姑娘。客栈老板说，你没找我信，你给不起钱，谭良骏又不缺钱。客栈小伙计说，不是钱的问题，老鸨说谭良骏带去那么多波斯人，让他免费挑一个姑娘，他没要。客栈老板说，他又不傻，不花钱都不要，谁信啊。客栈小伙计撇撇嘴，没吭声。客栈老板压低声音说，你小子说实话，你是不是被谭良骏收买了？他给了你多少钱，让你回到石渚替他保密？客栈小伙计不服气地说，谭良骏才没有收买我。我们住在靖港客栈里，他还教育我不能沾赌和嫖。谭良骏是见过大世面的人，他才不会干那些偷偷摸摸鬼鬼祟祟上不得台盘的事儿。客栈小伙计说完就不再理睬老板。老板碰了一鼻子灰，气哼哼地说，你小子，去了一趟靖港，看不起人了。

谭良骏带着波斯人从靖港回来后，客栈小伙计每天都要跟人吵一架，不管他怎么跟人说谭良骏没找宜春院的姑娘，所有人的态度都跟客栈老板一样，老鸨白送个姑娘谭良骏都没要，怎么可能呢？有一天，洞庭酒家的伙计碰见客栈小伙计，嬉皮笑脸地说，你小子够抠门的，挣了意外之财也不来喝酒。客栈小伙计说，我从哪儿挣了意外之财？洞庭酒家的伙计说，别装了，谁不知道谭良骏给了你钱，让你回石渚替他说话。客栈小伙计不敢相信自己的耳朵,他上前揪住洞庭酒家的伙计,说,这是谁告诉你的?洞庭酒家的伙计说,大家都这么说。客栈小伙计说,我亲眼看见谭良骏没要姑娘,你们为啥不信?这种没凭没据的谣言你们倒是传得有鼻子有眼的。客栈小伙计气得脸红脖子粗,洞庭酒家的伙计奋力推开客栈小伙计,说,想打架也不看看地方。洞庭酒家的伙计抬眼看见裴牡丹往这边走过来,一溜烟跑进了酒家。客栈小伙计哭丧着脸站在那儿,裴牡丹问,你怎么在街上跟人打架?客栈小伙计说,裴师傅,我亲眼看见谭良骏没找宜春院的姑娘,为啥他们都不信?还说我拿了谭良骏的钱,帮他编谎话。我敢用我娘的命发誓,我说的都是真的。裴牡丹笑了笑,说,以后不要为这种事情跟人去打架。你也别怪他们不相信,如果你没有亲眼看见,而是刚才那个伙计告诉你的,你可能也不会相信。客栈小伙计说,谢谢裴师傅。我不会再跟人争辩了。裴牡丹走远了,他还站在那儿,用佩服的目光看着裴牡丹的背影,他想,裴师傅不愧是在扬州见过大世面的人。

二十多天后,波斯人的船装满了令他们满意的石渚瓷器,从石渚码头起航了。客栈的老板和伙计,还有草市酒家的老板和伙计,郑行首、樊窑主、庞窑主和谭良骏都在码头上送行。上船之前,阿普杜拉跟谭良骏咿哩哇啦说了一大通话,阿普杜拉上船后,码头上送行的人挥着手站在那儿,看着船越开越远。郑行首收回目光,看着谭良骏说,你们咿哩哇啦说的啥呀。谭良骏说,阿普杜拉说,他们对货品很满意,就是在石渚等的时间太长了。我告诉他,下次他们来了,直接装船就能起航。他说,下次要带着他堂兄的船一起来。我说,我在这儿等你们。郑行首说,咱们窑区的瓷器卖到波斯去了。老一辈想也不敢想的事,被你们年轻人做成了。谭良骏,有空去窑行坐坐,好好跟我讲讲。谭良骏说,郑行首,一回来就想去窑行给你问安,这段时间忙得晕头转向,实在没顾上。明天我就去窑行找你。庞嘉永说,明天的事儿都安排好了,今晚的事儿也该安排上。谭良骏说,今晚有啥事儿?庞嘉永说,今晚在洞庭酒家喝庆功酒。郑行首,你一定要去给晚辈捧个场。谭良骏,这顿酒你回来那天我就跟你约了。樊窑主,麻烦你叫上我师父。郑行首说,好,我一定去。

那晚的酒,喝得太热闹了。樊窑主喝醉了,庞嘉永喝醉了,郑行首喝醉了,谭良骏也喝醉了。唯一没有喝醉的人是裴师傅。根据洞庭酒家小张老板的说法，郑行首是第一个喝醉的。酒过三巡，轮到谭良骏给郑行首敬酒的时候，郑行首就喝醉了，他端着酒杯站在那儿，身体不住地摇晃。郑行首说的话，一听就是醉鬼说的。他端起酒杯就说，首先声明一下，我没醉，我现在脑筋很清醒。郑行首喝掉杯子里的酒，目光直勾勾瞪着谭良骏，说，谭良骏，我告诉你，我们老了，落伍了。石渚窑区将来的发展要靠你和庞窑主这代人。下午在码头上，看着你跟波斯人咿哩哇啦说话的时候，我就萌生了一个想法，这窑行行首，我已经不适合再干下去了。未来十年、二十年、三十年，你才是最适合当行首的那个人。我今天就把话撂给你，明天我就召集窑主们开会，提议由你接任我当行首。

小张老板后来跟人说，郑行首的醉话把他吓了一大跳，没等他从惊吓中缓过来，发现庞窑主醉了，樊窑主醉了，谭良骏也醉了。唯一没醉的人是裴师傅。小张老板对伙计说，赶紧把门关上，今天打烊了。

听了郑行首的话，裴师傅吓得赶紧站起来，说，郑行首，你喝醉了。他才多大，哪里接得下窑行的重担。郑行首说，我没醉，我说的都是深思熟虑的话。庞窑主站起来就拍巴掌，边拍巴掌边说，郑行首，你是当真的吧？你太英明了。我必须干掉三杯。干完三杯，直接敲起了桌子。裴千里说，嘉永，郑行首喝多了，你别胡闹了。樊窑主把桌子敲得更响。樊窑主说，郑行首，说老实话，我一直不太佩服你。老觉得你当行首的水平不如我阿耶。今天我必须说，你跟我阿耶一样了不起。我也要喝三杯。樊窑主喝完，举起桌子上的一个盘子摔到地上，说，这一声脆响，就是我给郑行首叫好的声音。庞窑主，有没有你叫好的声大？裴千里说，樊窑主，你也喝多了。都喝多了，如何是好？谭良骏说，裴师傅，你别管。我们没喝多。我必须喝两个三杯，向郑行首致敬。谭良骏喝了三杯。说，郑行首，不瞒你说，你今天不说这个话，我明天就准备去窑行拜访你，你知道我想干嘛吗？我想说服你把行首让出来给我干。回到石渚我就一直在想，要怎么才能说服你。要是我说不服你，我就挨个去说服窑主们，让他们支持我。没想到，你居然主动让贤。郑行首，我佩服你。我再喝三杯。谭良骏说完，又连喝了三杯。裴千里惊讶地看着谭良骏，说，你醉了，说的净是胡话，不要再喝了。谭良骏说，裴师傅你放心，我说的不是胡话，是我的真心话。郑行首说，谭良骏，好样的。年轻人就要敢想敢干。满上，我必须敬你一杯。裴千里急得要夺郑行首的酒杯,他说,郑行首,你不能再喝了,你们都醉了。郑行首一边躲闪一边把酒干了,说,裴师傅,你可不能拦着我们喝酒。你女儿给你找了这么好的一个女婿,你不喝醉都说不过去,你还拦着我们。伙计,给裴师傅满上,裴师傅必须喝三杯。给谭良骏也满上。谭良骏,我刚才听你小子怎么叫的还是裴师傅?望月都多大了,还不改口叫岳丈大人。谭良骏说,我现在叫岳丈大人,我怕裴师傅不答应。等我明媒正娶裴牡丹那天,我要当着石渚地界上所有的人叫裴师傅一声岳丈大人,谢谢他培养了一个好女儿嫁给我。郑行首说,裴师傅,这三杯酒你必须得喝啊。庞嘉永说,师傅,这三杯必须喝。你不喝我替你喝。樊窑主说,裴师傅,你不喝我替你喝。裴千里说,不用你们替我,你们都喝多了。裴千里喝了三杯,放下酒杯的时候,眼里涌起了泪水,他不好意思地转过头去。郑行首高声说,痛快。今天这顿酒喝得真痛快。郑行首抓起酒杯往地上一摔,敲起了桌子。庞嘉永、樊窑主和谭良骏互相看了看那,也加入了敲桌子的行列。

郑行首喝醉了,被洞庭酒家的伙计扶回家倒头就睡,第二天睡醒了一看,已经是黄昏了。郑行首望着天边的晚霞想了一会儿,终于想起他的重要事情,他爬起来去了窑行伙计的家。窑行小伙计看着郑行首一脸惊异地说,郑行首你醒过来了,小张老板说你喝醉了直说胡话,要把行首让给谭良骏,你可把小张老板吓坏了。郑行首哈哈大笑,说,明天他就晓得我说的是不是胡话。郑行首吩咐伙计第二天早点起来去通知各窑的窑主下午到窑行开会,把窑上的掌门师傅也带上。

窑行的小伙计天一亮就出发,先去最远的窑口,由远而近,跑遍了石渚窑区的各个窑口,脚上穿的鞋子都磨破了,终于完成了郑行首交给他的任务。到了下午,窑主们带着重要技术类别的掌门师傅陆陆续续走进了窑行,窑行被挤得满满当当。窑主们和师傅们走进窑行看见谭良骏跟郑行首并肩坐在前面,他们还以为谭良骏是郑行首请来给他们讲课解惑的。关于波斯人的买卖,窑主们确实有很多问题要请教谭良骏。窑主们和师傅们互相打着招呼,平时窑上的事情忙,窑主们想见一面也不容易,师傅们见面就更难了。

见人到齐了,郑行首咳嗽了一声,请大家安静。窑主们和师傅们一直在小声嘀咕,说个不停,安静不下来。郑行首提高了声音说,今天召集大家到窑行来,只有一件事,我提议让谭良骏接替我当窑行的行首。全场顿时鸦雀无声,所有人的目光齐刷刷看向谭良骏,谭良骏微笑着站起身,鞠了一躬。窑主们和师傅们很激动,满场的人都在交头接耳。郑行首笑眯眯地看着大家,等他们的情绪像洪峰一样过去了,他再一次提高声音说,有什么意见,大声说出来。

康家窑的窑主站起来,说,历来我们窑行的行首都是从窑主中产生的,谭良骏没当过窑主,在窑上干的时间也不长,直接让他当行首,不合窑行的规矩。康窑主说完,很多人表示赞同。郑行首说,我们窑上历来都是一个姓氏一个家族才在一起合伙开窑,可庞家窑是三家不同姓氏的人合伙开的,庞家窑开起来了,搞得怎么样?窑主们说,那还用说,庞家窑的成就有目共睹。郑行首点点头,继续说,樊婆婆当接生婆之前,咱们石渚地界上,有没有一个不结婚的姑娘当接生婆的?年龄大的窑主和师傅说,我们还记得樊婆婆拜师的事情,差点引发石渚人和黄冶村人的械斗,现在大家都是石渚人了,早就不分什么石渚人和黄冶村人了。郑行首说,樊婆婆现在大名鼎鼎,潭州城里的大户人家都来请她去接生。裴牡丹之前,也从来没有一个女人到窑上干活。现在,裴牡丹不仅成了石渚窑上的女师傅,她创造的诗文壶,这两年都是各个窑口的畅销瓷器。窑主们纷纷点头。郑行首说,这几件大家说起来就直竖大拇指的事情,当初都是不合规矩的。要是严格按照规矩,就不会有庞家窑,不会有樊婆婆,更不会有大受欢迎的诗文壶。

郑行首话音刚落,樊窑主就站了起来,激动地说,郑行首说得对,这些年,咱们窑区一直在慢慢往前发展,靠的就是敢于打破规矩。要是一代一代都墨守成规,就不会有前辈先人把泥土烧成陶器,再由陶器发展成瓷器。窑主们和师傅们看着谭良骏,陷入了沉思。郑行首站起来,说,我推荐谭良骏是经过深思熟虑的。谭良骏虽然年轻,但他敢想敢干,一个人敢去波斯闯荡,学会了说波斯人的话,把波斯人的船带到了石渚,把咱们石渚窑区的瓷器直接卖到了波斯。这样的事儿,我想都不敢想。谭良骏虽然年轻,但行事稳妥,把一条波斯船带来石渚,十几个语言不通的波斯人在窑区生活了二十来天,没有发生任何问题。说句老实话,看见他领着十几个大胡子住进石渚客栈那天,我都替他捏了一把汗。谭良骏虽然年轻,但胸襟开阔,在面对利益的时候,他能首先考虑石渚窑区的利益,选择樊家窑和庞家窑为波斯人仿制他们需要的金银器型瓷器,而没有选择谭家窑。我二十二岁的时候,别说这么大的利益,就是再小的利益,我肯定也要先考虑我们郑家窑。谭良骏的这三个优点，很多人都不具备。接替樊行首以来，我一直惴惴不安。樊窑主那晚喝酒的时候说，他一直不认可我，觉得我的能力不如樊行首。樊窑主说得对，我的确不如樊行首。今天我想用我的行动告诉樊窑主，别的能力不行，但我识人的能力超过了樊行首，我给石渚窑行选了一个最合适的行首。谭良骏接替我当了行首，我去了那边，也能给樊行首有个交代了。

突然爆发的掌声和欢呼声把窑行的伙计吓了一大跳，他跑进窑主们开会的地方，立马感受到一股热浪和气浪冲到脸上。窑主们和师傅们盯着郑行首的目光灼热得要把郑行首融化掉。

二十四岁的谭良骏，就在掌声和欢呼声中成为石渚窑区最年轻的行首。掌声停息之后，谭良骏站起来，说，谢谢郑行首和各位窑主各位师傅的信任。我会证明，你们选我，没有选错。你们相信我，没有信错。说完，深深地鞠了一躬。

窑主们师傅们离开窑行后，郑行首把谭良骏领进了窑行最里面的一间屋子，屋子的台案上，供奉着窑神。"舜陶于河滨，而器不苦窳。"舜帝是发明制陶的人，被后世奉为制陶祖师，石渚窑区一直供奉的窑神就是舜帝。郑行首说，黄冶村人逃难过来的第三年，窑神庙被大雨浇塌了，窑工们从土堆里挖出了窑神的塑像，把窑神请到窑行供奉。从那个时候起，窑神一直供奉在窑行里，每年开窑点火的时候，把窑神请出来到各窑送福送吉祥，送完又请回窑行供奉。樊行首把窑行交给我的时候跟我说过，他最大的遗憾就是没有能力把窑神庙重新建起来。我当行首之后，北方的战乱结束了，窑区的日子比樊行首那个时候要好过一些，可我就是下不了决心修窑神庙。我每天都要向窑神赎罪，舜帝窑神，我们窑上今年挣了一点钱，但是大家的日子还是不好过，我不能让大家节衣缩食去修窑神庙。我对不住你了。谭良骏说，郑行首，我向你保证，你和樊行首的心愿，我一定完成。我要修建最气派的窑神庙，把窑神风风光光请回庙里。

谭良骏当了行首的消息传到洞庭酒家，洞庭酒家的伙计看小张老板的时候，黑眼珠跑到了眼角的位置。伙计说，老板，你到处跟人说郑行首喝醉了说胡话，哪有喝醉酒说胡话还能把胡话当真的？小张老板看着伙计，说，石渚地界上，有谁比我见过的醉鬼多？那天除了裴师傅，另外四个人，哪个不是说的胡话？真是邪了门了，醉鬼醒了还记得自己的醉话。正在喂孩子吃奶的老板娘说，俗话说酒醉心明白，醉鬼说的才是真话。你有一次喝醉了跟我说，裴牡丹是石渚地界上最漂亮的女人。小张老板说，瞎说。我啥时候说过这种话。老板娘说，你醒过来不好意思承认就假装不记得。这种鬼把戏，骗骗自己就算了，还想骗我。小张老板脸红了。伙计们呵呵发笑，有个大胆的伙计说，老板，你酒后吐真言得罪老板娘了。小张老板大吼一声，都待着干啥，干活去。老板的吼声把老板娘怀里的孩子吓哭了，伙计们愣了一下，快速地从老板面前消失了。老板娘一边哄孩子一边斜着眼睛看了一眼小张老板，说，瞧你那点胆子。小张老板说，你别以为我怕你。我是在乎你，不想让你伤心。老板娘对着小张老板嫣然一笑，说，我也在乎你。

谭良骏当了行首，整天都在外面跑。他跑了一个月，把潭州的寺院、潭州的官府，还有潭州很多大户人家都吸引到了石渚窑区，他带他们到窑上参观，他们看上哪家窑口的产品，就直接在那家窑口定做瓷器。凡是定做瓷器，一律支付定金。谭良骏用波斯人支付定金的例子，说服了本地的买家。谭良骏说，定做瓷器支付定金，是对买卖双方都有利的一件事。买方支付了定金是一种保障，卖方得到买方的保证，哪怕中途有更大的买家出现，也会先完成支付了定金的货品。因为谭良骏的推动，定做瓷器支付定金慢慢变成了约定俗成大家遵守的规则。

忙过一段时间窑上的事情，谭良骏在草市街的中心位置买下一块地，修了一座漂亮的宅子。院子、影壁、正房和东西厢房，方方正正齐齐整整。谭良骏托洛阳的生意人带了几株牡丹花种在院子里。宅子落成后，谭良骏的耶娘托媒人去裴千里家提亲，裴千里答应了媒人，谭良骏的耶娘又备了聘礼亲自登门，请求裴千里把女儿裴牡丹嫁给谭良骏，并在亲朋好友的见证下定了亲，定亲之后，又定下了迎娶的吉日。一切都按照明媒正娶的程序来。

迎娶之前三天，裴牡丹被耶娘接回了家里。娘家已经不是她出嫁前那个熟悉的娘家了。裴大江娶了杜鹃，生了两个孩子，家里的人口增加了一倍，娘家变成了嫂子杜鹃当家。嫂子是陌生的，裴大江这个哥也变得陌生了。裴牡丹跟娘的关系，客客气气透着生分。裴牡丹回到石渚这几年，过年过节回娘家，送点礼物，吃顿饭，从来没在娘家住过一晚。这次要住三天，裴牡丹浑身都不自在。幸好还有裴桂花，她跟裴牡丹的姐妹情谊，是家里唯一没变的。裴桂花早早就把自己的房间收拾出来，让裴牡丹跟她住一起。她说，姐，你一回来，我立马觉得自己变回小时候了。裴牡丹眼睛发潮，这个家里，只有裴桂花让她找到了一丝熟悉的感觉。

回到娘家住的第一个晚上，裴牡丹跟裴桂花在房间里聊天。裴桂花有很多话要问裴牡丹，她想知道裴牡丹跟谭良骏私奔的一切事情，她想了解裴牡丹在扬州的一切事情，她还有满腹的心事想跟这个最亲的姐姐倾诉，她觉得她的心事只有这个姐姐能够理解。裴桂花无比崇拜这个敢于私奔，敢于让自己的男人去波斯闯荡，敢于一个人带着儿子回到窑上，敢于第一个去窑上干活的姐姐。裴桂花满腹的心里话还没说出口，她们的娘就推门进来了，娘手里拿着一个包裹。裴桂花说，娘，你手里拿的啥？娘打开手里的包裹，取出一件绣花的嫁衣，跟裴牡丹带着私奔的那件一模一样。裴桂花尖叫了一声，娘，你啥时候绣的？我和杜鹃嫂子也给姐绣了一件，准备明天让姐试一试。裴牡丹一把抱住她娘，失声痛哭。她说，娘，对不起。裴牡丹她娘的眼泪在脸上横行肆虐，泣不成声。哭声和眼泪化解了母女心中被冻结的感情。哭够了，裴牡丹的娘把嫁衣给裴牡丹穿上。看着穿上嫁衣的裴牡丹，裴牡丹的娘又哭了。裴桂花说，娘，嫁个女儿你就哭成这样，嫁两个女儿，你不得哭晕过去。我还是不嫁人了，省得你哭。裴牡丹的娘被逗笑了，她说，你又来气我。你都多大了，还不嫁人。等耶娘死了，看你还能赖在你哥嫂家不成？裴桂花说，杜鹃嫂子都不嫌弃我，裴大江还敢嫌弃我不成。裴牡丹的娘说，你能不能让娘省点心？裴桂花笑着说，你给姐绣了嫁衣，我和杜鹃嫂子绣的嫁衣，我就留给自己。嫁衣都不用娘绣，我咋不让娘省心了？裴牡丹的娘说，胡说八道东拉西扯，谁也扯不过你。你别捣乱，让娘跟你姐说会儿话。裴桂花说，娘，你去睡吧，今晚让我跟我姐说，明天白天让我姐跟你说。裴牡丹说，桂花，别闹了。我们两姊妹陪着娘好好说会儿话，就像小时候一样。

裴牡丹的娘看着两个比她长得高的女儿，又哭了。她说，小时候，娘一手牵一个，你们的个头一个到娘的腰，一个到娘的肩膀。裴桂花和裴牡丹互相看了一眼，走到她们的娘身边，一人牵一只手，把她们的娘带到床边坐下，一人靠一边，靠在娘的肩膀上。月光洒进窗户,照在三个人的脸上。三张湿淋淋的笑脸,在月光下美得让人心疼。

谭良骏兑现了他的承诺,他用一个盛大的婚礼迎娶了裴牡丹,让她明媒正娶做了他的新娘。谭良骏当着众人的面,改口管裴千里叫了一声岳丈大人。一贯冷静的裴千里,在女儿的婚礼上,彻底喝醉了。结婚典礼的司仪声若洪钟。一拜天地,二拜父母,夫妻对拜。震耳欲聋欢乐高昂的炮仗声和乐曲声中,裴牡丹脸上的幸福像春日午后橙色的阳光。尽管他们的儿子望月已经五岁了,裴牡丹依然是石渚地界上最美丽的新娘。

婚礼上,庞嘉永他娘的眼睛一直没有离开裴牡丹,她来参加裴牡丹的婚礼,内心很复杂。自从裴牡丹跟谭良骏私奔后,庞嘉永他娘的心里,一直有个又冷又硬的东西,硌得她难受。她跟裴牡丹的娘表面上和解了,内心却无法亲近。裴牡丹的婚礼,她原本要借口生病不参加的,庞嘉永却不依不饶。庞嘉永说,娘,都过去这么久了,你要还放不下,会让人看不起。庞嘉永他娘看着裴牡丹脸上温暖的幸福光芒,想起了自己年轻时候美好的样子,那颗被生活磨砺得粗糙坚硬的内心,变得柔软如水。当裴牡丹在酒桌上给庞嘉永他娘敬酒的时候,庞嘉永他娘举起酒杯一口干了,她泪流满面地拉着裴牡丹的手,说,牡丹,我今天太高兴了,看见你这么幸福我太开心了。庞嘉永他娘这句话,让裴牡丹的娘愣住了,眼里慢慢涌起了眼泪。裴牡丹看看庞嘉永他娘,又看看自己的娘,两个娘都泪流满面,她不知道该怎么办。樊婆婆说,庞家娘子,裴家娘子,快别哭了。今儿可不能哭。裴牡丹,你忙去吧,这儿交给我。裴牡丹点点头,去别的桌上敬酒去了。裴牡丹的娘和庞嘉永的娘擦干眼泪,敬了樊婆婆一杯酒,樊婆婆说,裴家娘子,庞家娘子,趁着今天这喜庆的气氛,我必须跟你们坦白一件事。谭良骏和裴牡丹私奔,是我帮他们联系的船,盘缠也是从我这儿借的。裴牡丹的娘和庞嘉永他娘互相看一眼,齐声说,好你个樊婆婆。必须罚你喝三杯。裴牡丹的娘说,我早就怀疑是你,可我没凭没据,不敢说啊。樊婆婆说,我认罚。今天说出来,我心里终于痛快了。樊婆婆喝完三杯,三个人就一杯接一杯喝起来,裴牡丹的娘和庞嘉永他娘边喝边回忆年轻时候的美好情谊,横亘在庞嘉永他娘和裴牡丹她娘心里的那道鸿沟,消失得无影无踪,她们重新变成了无话不说的好姐妹。

两个人很快就喝醉了。樊婆婆说，裴家娘子，庞家娘子，你们的酒量真不行。

婚礼上，裴牡丹幸福得像一朵绽放的牡丹花，谭良骏意气风发神采飞扬。他们是石渚地界上最让人羡慕的一对佳偶。裴桂花在心里感叹，姐姐到底是个有福气的女人，好事多磨，最终修成了正果。自己就没有姐姐这样的运气，自己喜欢的那个人，永远不会喜欢自己。裴桂花失落的心情就像在湘江水底爬行的螃蟹，跌跌撞撞张牙舞爪又没有方向。她想起裴大江出师那天，裴大江的师傅郑喜州被请到家里喝酒。裴桂花原本以为被称为釉疯子的郑师傅是个木讷寡言的无趣之人，没想到郑师傅说话幽默，酒量超大，十分好玩。从那天起，裴桂花喜欢上了郑师傅。这些年过去了，她从别人眼里啥也不懂的小姑娘，长成了大姑娘，现在已经成了让父母发愁的老姑娘，她喜欢的人还是郑喜州。裴桂花从小就听耶娘告诉她，一个人不管做人做事都要讲理，有理走遍天下，无理寸步难行。喜欢上郑喜州她才晓得，道理是讲给耳朵听的。一个人喜欢另一个人，是一件关乎心却跟耳朵无关的事情，喜欢一个人是最不讲道理的。郑喜州是石渚地界上著名的制釉疯子，他眼里只有制釉的各种原料。他不是在湖底挖泥，烧草木灰，寻找各种能制釉的原料，就是在罐子里搅拌那些草木灰和湖底的泥，还有各种他到处寻来的原料。功夫不负有心人，谭良骏在波斯那几年，郑喜州成功地制出了黄色、绿色和褐色釉水，石渚窑口的高温彩色釉声名远播。谭良骏带到石渚的波斯人，都给郑喜州竖起了大拇指。郑喜州并不满足，他心里装着彩虹上的所有颜色，赤橙黄绿青蓝紫。他要制出彩虹上所有颜色的釉水，给石渚的瓷器穿上最漂亮最艳丽最多彩的衣服。他对徒弟们说，高温彩色釉，将成为我们石渚瓷器最好的装饰。制出了黄色、绿色和褐色釉水之后，他对制出红色釉水着了迷。他对裴大江说，红色，才是所有颜色中最喜庆、最吉祥，最浓烈、最饱满的颜色。制出了红色釉水，画在瓷器上的花，就不只有绿叶，还有红色花瓣。有了红色釉水，我们石渚的瓷器上就能画出桃红柳绿的最美春色。

为了制出红色釉水，郑喜州天天待在窑上，埋头摆弄他的草木灰和湖底泥，还有他在山坡上挖到的各种原料。谭良骏亲自去请他参加婚礼，他都没来参加。他对谭良骏说，你的婚礼上不缺我一个，我的釉水缺了我不行，这几天是关键。谭良骏拍了拍郑喜州的肩膀，一脸敬重的表情。婚礼之前，谭良骏把窑行的伙计叫过来，盼咐他给郑喜州送去一份喜宴上的饭菜酒水。喝酒的时候,樊窑主对谭良骏派人给郑喜州送喜宴饭菜酒水的事大加赞赏,他说,谭行首虽然年轻,却心细如发。我不得不佩服郑行首看人的眼光,郑行首,我必须敬你一杯。郑行首笑眯眯地端起酒杯,说,樊窑主,你搞错了方向,今天的主题是谭行首结婚。咱们为谭行首和裴师傅的幸福干一杯。

酒香扑进鼻子,欢声撞进耳朵,笑脸映入眼睛,裴桂花没有喝酒,却像喝醉了一样眩晕。她环顾满场欢天喜地的人,找不到她最想看见的郑喜州。想着自己一辈子也不会有这样的婚礼,心底漫上来一股又湿又冷的浓雾。她曾无数次问过自己,为啥喜欢郑喜州,她说不清楚。不管任何时候,只要远远看见郑喜州的身影,心里就像有一只小兔子在奔跑。姐姐私奔之后,裴桂花无比崇拜姐姐,她在心里把姐姐当成了自己的榜样,她暗暗下了决心,姐姐做得到的事情,裴桂花也要做到。裴桂花开始勇敢地在石渚地界追寻郑喜州的身影,有一天,她发现郑喜州单独一个人在湖里挖湖底泥,她毫不犹豫地走过去,站在湖边,喊了一声郑师傅。郑喜州惊得从湖里抬起头,看见是裴桂花,笑了,说,你这个小丫头,吓了我一跳。裴桂花满脸通红,说不出话,她感觉那颗咚咚作响的心马上就要跳到湖里去了。郑喜州说,丫头,怎么啦?谁欺负你了?裴桂花马上就要哭出来了,她想起了勇敢的裴牡丹,告诉自己不能哭,她深吸了几口气,目光坚定地望着郑喜州,说,郑师傅,我喜欢你。郑喜州吓得在湖里摇晃了几下。他说,丫头,你是不是发烧了。裴桂花说,我没发烧。从裴大江出师那天,你到我家喝酒开始,我就一直喜欢你。郑喜州说,我是你父亲一辈的人。裴桂花说,谁也没有规定我不能喜欢比我大的人。郑喜州笑了笑,说,我这辈子,已经许给釉水了。裴桂花再也忍不住,哭出了声。郑喜州说,别胡闹了,赶紧回家去吧。说完,不再理睬裴桂花,专心挖泥,仔细辨认从湖底挖出来的黑泥,用手捧着又腥又臭的黑泥放在鼻子底下闻来闻去,好像裴桂花是一棵在湖边长了几百年的树。裴桂花从没受过这样的委屈,她跑回草市,躲在家里哭了一场。裴桂花的娘看见她哭肿了眼睛,问她怎么了。她说,想我姐了。裴桂花的话惹得她娘抹起了眼泪。

那次以后,郑喜州一直躲着裴桂花。郑喜州越是躲避,越是刺激着裴桂花心里的征服欲望,她要是能够嫁给郑喜州,她也能跟裴牡丹一样在石渚地界引起轰动。只要单独碰见了郑喜州，裴桂花从不放过机会，她不屈不挠地表达对郑喜州的喜欢。郑喜州每次都无奈地笑笑，说，小丫头，别胡闹了。好好去喜欢一个值得你喜欢的人。好好去喜欢一个能陪你过一辈子的人。裴桂花说，你就是值得我喜欢的人。我就愿意跟你过一辈子。郑喜州说，你又不是不识数，我跟你阿耶是一辈人，怎么可能陪你一辈子？裴桂花调皮地笑了，说，算命的说了，你能活到九十岁，我只能活到六十岁。郑喜州板着脸严肃地说，丫头，别说疯话。你这些疯话叫人听见了，会让我在石渚抬不起头。实话告诉你，这辈子除了制釉，我再也没有喜欢谁的心气了。郑喜州扔下这样的狠话，转身就走。裴桂花仿佛瞬间石化了一样，呆立好半天，才缓过来，有气无力走回家，把自己关在房间里痛哭一场。

裴桂花满了十四五岁，到家提亲的媒人进进出出，裴桂花碰见了就把媒人往外轰。裴桂花的娘问她喜欢谁，她不敢说喜欢郑喜州，只好说谁也不喜欢。大女儿私奔后，裴桂花的耶娘对家里的小女儿基本采取睁一只眼闭一只眼的态度。裴千里安慰裴桂花的娘，强扭的瓜不甜，桂花遇不到喜欢的人，不愿嫁人就让她在家待着，家里又不是养不起她。就是我们不在了，大哥大嫂也不会嫌弃她。

裴桂花哭得最伤心的一次，是在樊婆婆家里看见了一只绿釉壶和一只褐彩云纹壶，两只壶的壶底落款都写着：郑喜州赠送樊美玉。那是郑喜州制出绿色釉和褐色釉的时候，特意为樊婆婆制作的。终身不嫁的樊婆婆，一直占据着郑喜州的心，裴桂花不可能挤进去。大哭一场之后，裴桂花见到郑喜州，再也没说过那些让郑喜州紧张害怕的疯话。小丫头终于不胡闹了，郑喜州松了一口气。

裴桂花的伤心事无人知晓，无人可说。姐姐裴牡丹回来后，裴桂花曾想过把自己喜欢郑师傅的事情告诉姐姐，让姐姐帮忙想想办法。她还没找到机会给姐姐倾吐心事，就发生了郑同川喜欢裴牡丹，被当场拒绝导致郑同川差点发疯的事情。那件事，让裴桂花明白了，裴牡丹是不可能理解她的。裴牡丹跟郑师傅一样，他们的心被喜欢的人占据着，再也容不下别人。郑同川才是跟自己一样的可怜虫，非要喜欢一个心里装满了别人的人，拼尽全力也挤不进喜欢的那个人心里。

裴桂花在裴牡丹的婚礼上注意到了郑同川，他的眼神落寞又绝望。桌上的人都在互相敬酒，开玩笑，只有郑同川一句话不说。郑同川的样子就像做梦的时候闯入了一个热闹的婚礼现场，他能看见别人，别人却看不见他。裴桂花的目光被郑同川牵住了，看到郑同川坐在那儿，她有一种莫名的安心。喜宴刚开始不久，郑同川就离开了。他安静地走过喧嚣热闹、眉飞色舞、推杯换盏、大声吆喝的人群，像在梦游一样。裴桂花也像梦游一样，离开了热闹的人群，跟在郑同川的后面，走到了江边。

郑同川坐在江边望着江水的样子，让裴桂花顿生同病相怜之感。裴桂花心情绝望的时候，也曾无数次一个人坐在江边看着江水发呆。裴桂花坐在离郑同川不远的地方，叹了一口气，说，郑同川，都说你是石渚窑上写诗写得最好的。如果没有谭良骏，我姐姐一定会喜欢你。郑同川愤怒地看着裴桂花，说，你在同情我吗？裴桂花摇了摇头，说，我想请你帮我写一首诗。我要把我的遭遇讲给你听。石渚地界上，你是唯一能够理解我的人。郑同川看着裴桂花，她眼眸深处的忧伤和绝望，让郑同川的心一阵刺痛。他说，我明白了。你也喜欢上了不可能喜欢你的人。裴桂花点点头，缓慢而悲伤地说，从裴大江出师那天开始，我就喜欢上了裴大江的师傅郑喜州。我没有你勇敢，不敢当众说出来。我告诉了郑师傅，郑师傅说，我的疯话要是让人听见，会害他在石渚抬不起头。郑同川倒吸了一口气，说，天啊，你比我更有理由发疯。可你居然没发疯。你是怎么做到的？裴桂花说，每次感觉撑不住要发疯了，我就把自己关在屋里大哭一场。后来我想明白了，我喜欢郑喜州，你喜欢裴牡丹，一定是天上的月老打瞌睡的时候，稀里糊涂牵错了线。郑同川大笑起来，笑出了眼泪。裴桂花说，郑同川，你是不是又要发疯？郑同川说，你都没发疯，我哪还好意思发疯？你把我逗笑了。被裴牡丹拒绝后，我还是第一次笑出来。裴桂花，我答应你，一定给你写一首诗。说完，两个人一起望着江水发呆。

谭良骏和裴牡丹的婚礼，轰动了石渚地界。婚礼过后，大家都在谈论裴牡丹如何命好，有福气，谭良骏如何年轻有为。裴千里每天回家，都要心情舒畅地喝上一杯。裴牡丹的娘两眼放光，一个人的时候都能笑出声来。

裴牡丹和谭良骏的婚礼过后十多天，发生了另外一件轰动石渚地界的大事。那一天，是樊家窑出窑的日子。郑喜州等在窑口，心情忐忑地等着窑工把烧好的瓷器搬出来。就在谭良骏结婚那天，郑喜州调制出了一款新的釉水，他把那款新釉水涂抹在几十个生坯壶的云纹上，在其中一只云纹壶的底部写了"郑喜州送樊美玉"几个字，又把十个生坯大水罐在新釉水里浸了一遍釉。从装窑那天起，他就无法入睡，他的心总是忽上忽下的一阵乱跳。这种状况，在他制出黄色釉、绿色釉和褐色釉之前都发生过，就像一种神秘的暗示。

窑工搬着瓷器从窑里走出来，瓷器上那抹红色，闪电一样击中了郑喜州的眼睛，他大叫一声，成了。成了。我制出红色的釉水了。他从窑工手里抢过那个有红色云纹的瓷壶，紧紧地抱在怀里，瓷壶余温尚存。郑喜州的心脏狂跳不止，泪水模糊了他的眼睛。郑喜州的徒弟们扑过来，跟郑喜州和他怀里的瓷壶紧紧拥抱。

樊家窑制出了红色釉水。这个消息像一阵旋风刮过石渚窑区。不到一个时辰，樊家窑上就聚齐了各窑的窑主和制釉师傅。樊窑主让窑工把几十只有红色云纹的瓷器和十个全红色的大水罐单独挑出来放到一处，郑师傅把送给樊婆婆那只挑了出来。窑主们和制釉师傅们把红色云纹壶和红色大水罐抱在手里，他们用手摸着瓷器上的红色，心情就像涨了洪水的湘江，奔腾不已。樊窑主看着郑师傅的满脸皱纹和满头白发，想起在裴行首坟头出现的七色彩虹，禁不住泪流满面。郑师傅为了这抹红色，快要把心血熬干了。

谭良骏来到窑上，抱起一个红色的水罐端详着，水罐上红彤彤的色彩把他的脸印得红扑扑的。谭良骏看过之后，小心翼翼放下水罐，激动得抱起郑师傅转了好几圈。郑师傅说，快把我放下，头都被你转晕了。谭良骏朗声大笑，说，今晚窑行请客，在洞庭酒家给郑师傅和樊家窑庆功。

小张老板听说是给郑师傅庆功，当即谢绝了所有的外地客人。樊窑主把一只红色大水罐送给了小张老板，小张老板抱在手里左看右看，爱不释手，把玩了许久，才吩咐伙计把红色水罐放在柜台最醒目的地方，用来装酒。

去洞庭酒家之前，郑喜州把送给樊婆婆的壶送到了樊婆婆手里，他说，我说过，我要制出彩虹的七种颜色。樊婆婆摸着瓷壶上的红色云纹，看着满头白发脸色憔悴的郑喜州，说，郑喜州，你不能这么玩命干了。郑喜州说，别担心，我浑身有使不完的劲儿。樊婆婆说，你得找个媳妇照顾你。郑喜州脑子里闪过裴桂花那张鲜花般的面容。他笑了，说，我这个釉疯子，还是不要坑害人家的姑娘了。樊婆婆说，我也觉得姑娘不合适，年龄差得太多。我给你介绍个寡妇，蓝家坪有个寡妇，带着两个十来岁的孩子，挺不容易的。你要是愿意，我下次去蓝家坪就给她说。嫁给大名鼎鼎的郑师傅，她肯定愿意。你们结了婚，你挣钱养家，她照顾你生活。你从窑上累一天回家，有人热锅热灶热汤热水伺候，还有现成的两个孩子跑进跑出管你叫阿耶。两全其美，多好。郑师傅说，算了吧。除了制釉，我对其他都不感兴趣。樊婆婆说，你回家考虑考虑。有个人照顾你，你还能多干几年，争取把七色釉水都制出来。郑喜州想了想说，为了制出七色釉水。我现在就答应你，我愿意。樊婆婆说，那就说好了，你等我的回音。

郑喜州从樊婆婆家出来，去了洞庭酒家。他在路上遇到了裴桂花，裴桂花跟她嫂子杜鹃带着孩子在草市街上玩儿。杜鹃说，郑师傅，大江说今晚在洞庭酒家庆功，你这主角咋还没去？裴桂花说，郑师傅肯定是给樊婆婆送红色云纹瓷壶去了。郑喜州说，你咋知道？裴桂花感觉心被针扎了一下，但她平静地说，我在樊婆婆家见过绿色和褐色的瓷壶，落款都是郑喜州送樊美玉。杜鹃惊呼一声，说，郑师傅你用情太深了，怪不得樊婆婆不嫁，你也不娶。郑喜州尴尬地笑了一声，说，不带这么笑话我们老一辈人的。说完就迈着大步往洞庭酒家走去了。裴桂花的目光不由自主地追着郑师傅的背影，想到嫂子在身边，又猛地收回了目光。杜鹃倒是什么都没发现。

洞庭酒家的庆功酒一直喝到天亮。上半夜的时候，窑主们醉了，各窑上制釉的掌门师傅醉了，郑喜州的徒弟们醉了。喝到下半夜，谭良骏也醉了。小张老板还能勉强硬撑着陪郑喜州喝，郑喜州喝了无数杯酒，跟喝茶一样，越喝越清醒。喝到早晨，小张老板也醉了，只有郑喜州没醉。他让伙计给他煮了一碗米粉，吃完直接去了窑上。

裴大江到了窑上，一副迷迷瞪瞪睡眼惺忪的样子。看到郑师傅发红的眼睛异常明亮。他说，师傅，你昨晚喝到啥时候？郑喜州说，喝到天亮直接到窑上来了。你上半夜就醉了，这会儿清醒了吧？裴大江用冷水洗了一把脸，说，彻底清醒了。郑喜州叫过裴大江，把红色釉水的配方仔仔细细地告诉了他。郑喜州说，你也老大不小了，以后制釉的事情，你得挑大梁了。裴大江说，师傅，我们窑区只有你才能挑起这个大梁。郑喜州说，都说我是名师，你是我这个名师培养出来的高徒。你怎么就不能挑大梁？你将来肯定比师傅厉害。裴大江说，我哪能赶得上师傅？郑喜州说，别说没出息的话。自古以来，湘江都是后浪推前浪。裴大江说，师傅教训的是，徒弟记住了。

郑喜州说，别杵那儿没事干，你去看看樊窑主来了没有，让他尽快腾出地方，准备接待各窑派来取经的人，我估摸他们不到下午就来了。裴大江说，樊窑主昨晚醉得不省人事，这会儿估计还在家里睡觉呢。师傅，你也回去睡一觉吧。你昨晚喝得比樊窑主多。你这酒量，在石渚地界上恐怕找不到对手了。郑喜州说，真是奇了怪了，我特别想喝醉，可越喝越清醒。我现在浑身都是劲儿，回去肯定睡不着。裴大江说，师傅，你就是太高兴了，人高兴的时候最不想睡觉。等你想睡了，肯定能一口气睡三天三夜。郑喜州说，老了，没有那么多瞌睡了。再累再困，也睡不了三天三夜。

还没到下午，各窑的制釉师傅就来到了樊家窑。那抹釉下的红色太诱人了，窑主们迫不及待要在自己的窑上烧出来。郑喜州已经让裴大江把所需要的原料排成了一排。郑师傅说，这些原料，各窑都有，只要掌握了配制方法就行。郑喜州把原料罐里的原料用勺子舀出来，放进一个专门准备的罐子里，他边舀原料边给大家讲解，每种原料需要几勺子。郑喜州的声音越来越低，站在后面的人说，郑师傅，你说大声一点，我们听不见。拿在手里的勺子突然从郑喜州的手里掉了下去，郑喜州倒在了地上，人群发出一声惊呼。

裴大江拉开人群冲过来大喊，师傅，你怎么啦？大家看着眼睛紧闭，神态安详，好像睡着了一样的郑师傅，一时间都呆住了。裴大江跪在郑喜州身边，用手摸了摸他的鼻息，没有鼻息了。他不甘心，又摸郑师傅的脉，摸不到脉。他还不甘心，把耳朵贴在郑师傅的胸口，听不到任何声音。裴大江扑在郑喜州的身上，撕心裂肺地叫喊，师傅，师傅，师傅你答应一声啊。

人们这才反应过来，郑师傅不是睡着了，他是永远睡过去了。

郑师傅一辈子没结婚，没有孩子，在他的葬礼上，给他哭灵和摔盆的都是他的徒弟。郑师傅的徒弟们，不穿白色孝服，他们穿的是五颜六色的衣服。穿五颜六色的衣服送葬，在石渚地界上，这是唯一的一次。郑师傅的徒弟们在他的坟前跪了一大片，裴大江跪在最前面，他说，师傅，我们晓得你一辈子的梦想就是制出七色釉，你已经制出了四色。放心吧，我们会继续制出其他颜色的釉水，让我们石渚的瓷器，穿上最多彩最漂亮的衣服。裴大江的话说完，郑喜州师傅的坟地上方，出现了罕见的双彩虹。送葬的人望着双彩虹说，郑喜州师傅显灵了。

樊婆婆被潭州的大户人家接去接生，等她从潭州回来，郑喜州已经下葬了。樊婆婆无法相信郑喜州离开了人世，那天见面的时候，郑喜州还答应让她去蓝家坪说媒。她在潭州的几天，一直想着回到石渚就去蓝家坪，抓紧时间给郑喜州做媒，让郑喜州过上热汤热水有人照顾的生活，没想到，郑喜州再也不需要了。樊婆婆用郑喜州送给她的红色云纹壶装了一壶酒，来到郑喜州的坟地前，她倒出两杯酒，一杯酒在地上，把另一杯干了。她说，郑喜州，你还欠我一顿酒。晴朗的天空突然乌云密布，一阵电闪雷鸣，大雨倾盆而下。樊婆婆仰起脸，雨水和泪水一起流下。这么多年不悲不喜，樊婆婆以为自己已经不会伤心了。没想到，郑喜州不在了，她会这么伤心。雨忽然停了，炽烈的阳光刺痛了樊婆婆的眼睛。樊婆婆闭上眼睛揉了揉，睁开眼睛的时候，坟头的双彩虹映入了她的眼帘。樊婆婆眯着眼睛，盯着双彩虹绚丽的色彩，嘴角浮起了一丝微笑，她说，郑喜州，你终于看见我哭了，你是不是很得意啊，别忘了你还欠我一顿酒。从那以后，只要雨后初晴，人们就会在郑喜州师傅的坟头看见双彩虹。樊婆婆说，郑喜州舍不得离开石渚，他的魂一直飘在石渚的上空，他想现身，坟上就会出现双彩虹。

郑喜州死了，最伤心的人是裴桂花，但她不能像裴大江那样以徒弟的身份去哭去跪。她也不能像樊婆婆那样去郑喜州的坟上喝酒祭奠。她的伤心无法排遣，胸口就像塞满了淤泥，一阵阵绞痛，但她哭不出来。人最伤心的时候，是没有眼泪的。郑喜州师傅头七那天，郑同川抱着一只写了诗的生坯找到裴桂花。他说，这是我答应帮你作的诗。作了几次都不满意。昨天，从洞庭酒家的红色水罐里打了一壶酒。我盯着红色水罐看了半天，也许别人看见的是漂亮的釉里红，但我看见的是你破碎的心滴出来的血。喝完那壶酒回家，终于作了一首满意的诗。裴桂花怔怔地接过生坯，只见生坯上写了四句诗："君生我未生，我生君已老。君恨我生迟，我恨君生早。"裴桂花抱着写了诗的生坯壶，泪流满面。郑同川说，哭出来就好了。哭出来你的心就不会那么痛了。裴桂花说，郑同川，谢谢你。我喜欢郑师傅一场，有你这首诗，哪怕我死了，我的喜欢就还活着。郑同川说，裴桂花，你说得真好。你让我觉得自己在生坯上写诗跟郑师傅制出红色釉水一样了不起。走吧,我陪你去给郑喜州师傅上坟。我晓得你想去给郑师傅上坟,又怕没名没分的,让人说三道四。

裴桂花跟着郑同川来到郑喜州师傅的坟前。郑同川从口袋里掏出一大沓纸,每张上面都写着那首诗。裴桂花跪在坟前,点燃那些写了诗的纸,看着火焰把纸上的诗吞噬了。裴桂花觉得塞满胸口的淤泥没有了,心平静了。

谭良骏当了行首之后,石渚窑区迎来了前所未有的发展,石渚码头的船只数量不断增加,石渚窑区的龙窑数量不断增加。挣了钱的师傅窑主都到草市街上修房子,草市街的规模不断扩大,草市街上的酒家和客栈越开越多。外地生意人几个月不来石渚,再来的时候,在石渚码头下了船,都惊讶万分,以为走错了地方。

龙窑数量的增加产生了巨大的劳力缺口,尽管石渚地界上的农户不忙农活的时候就会去窑上找活干,解决了一部分劳力缺口,但农户以种田为主,在窑上干活属于临时性质,也没有窑工技能,只能干搬运之类的粗活,窑上烧窑的时间跟忙农活的时间又差不多。尽管这几年窑上的收入比种地的收入高,家里田地少的农户会把孩子送去窑上学手艺,龙窑快速增加产生的劳动力缺口还是很大。外地生意人要排队等货。眼睁睁看着到手边的钱抓不到手里,就像到嘴边的肉吃不进嘴里,窑主们比谁都着急。他们跑到窑行问谭良骏怎么办?谭良骏说,缺钱缺东西都好办,抵押借贷,拆东墙补西墙,腾笼换鸟,总能想出办法。唯独缺人不好办,自古只有借钱的,谁听说过借人的?

窑主们唉声叹气,谭良骏急得嘴角起泡,回到家里眉头紧锁。喝了几杯闷酒,对裴牡丹说,我真没办法了,我再能干也变不出大活人来。裴牡丹说,有啥难的,我马上就能给你变出一大堆活人来。谭良骏说,别逗我了,你又不是神仙。难不成你还有撒豆成兵的本领?裴牡丹说,你看着我,仔细看,好好看,认真看,我是不是人?谭良骏盯着裴牡丹的眼睛,恍然大悟。他说,还是老婆聪明,我怎么就没想到呢?让石渚的姑娘和媳妇都去窑上干活。重活干不了,写写画画做个模印贴花,石渚的姑娘媳妇哪个都能轻松胜任。这一下子,变出了多少大活人?裴牡丹说,石渚的姑娘媳妇都会写字,会写字的人,稍加训练,就能画简单的写意花鸟和云纹图案。我们石渚的女人要强,只要不是重体力活,都拿得起来。谭良骏给裴牡丹倒了一杯酒，说，老婆，我敬你一杯，你可是帮我解决了石渚窑区的大问题。

裴牡丹喝完酒，脸色绯红。谭良骏看着裴牡丹的眼神越来越亮，他搂过裴牡当，说，我老婆真了不起。以后姑娘媳妇就要撑起石渚窑区的半壁江山了。明天我就让窑主们去动员姑娘媳妇们到窑上干活。裴牡丹说，别忙着高兴。姑娘们巴不得去窑上干活，到了窑上，有更多机会遇到自己喜欢的小伙子。媳妇们去窑上干活，家务谁干？孩子谁带？谭良骏说，这些问题让窑主们自己解决。大活人我都给他们变出来了，还有啥问题解决不了？

谭良骏在裴牡丹的耳朵说了句什么，裴牡丹大笑起来。谭良骏说，小声点，别把望月吵醒了。裴牡丹仰起脸，灯光下，她的嘴唇像一朵鲜艳的花瓣，谭良骏再也把持不住，一把抱起了裴牡丹。

第二天，谭良骏马上召集窑主们到窑行开会，他说，我已经给你们变出大活人来了。动员姑娘媳妇都到窑上干活。年轻一些的窑主一脸惊喜，纷纷称赞谭行首有办法。几个年纪大一点的窑主摇头说，这个办法不行，姑娘们去窑上干活还行，家务活不指望她们。媳妇们去了窑上，家务谁干？孩子谁带？师父窑工们累了一天回家，热饭热菜都吃不上一口。肯定不乐意。谭良骏说，大活人我给你们变出来了，其他问题你们自己想办法解决。年龄大一些的窑主愁眉不展地说，我们能有啥办法？我们几个也不可能去帮每家带孩子做家务。谭良骏说，一个人的脑袋不够用，就让所有人一起想办法。人多力量大，你们回去让师傅们窑工们和姑娘媳妇们都来想办法，把可行的办法汇总起来，选择最能解决问题和化解矛盾的方案，不就行了嘛。一座龙窑要依靠大家，一个窑区更要依靠大家嘛。

过了两天，各窑就把征集到的解决方案送到了窑行，谭良骏和窑主们一起，从五花八门的解决方案里选出了多数人觉得最好的方案。这个方案有两个举措：第一，一个家庭承担家务活的媳妇如果到窑上干活，可以每天提前一个时辰从窑上回家，为家里人做饭。每个月有五天时间，用来在家里洗洗刷刷打扫卫生。媳妇们回家做饭和在家洗洗刷刷干家务的时间，等同于在窑上干活。第二，动员家里干不了重活但还有余力的老人帮助照顾孩子。窑主家的院子大一些，媳妇们去窑上干活之前，先把孩子送到窑主家集中到一起，交给老人们集中照顾。

第一个举措只要落实了，立马就能解决窑工们劳累一天回去吃上热饭热菜的问题，也解决了家里需要洗洗刷刷打扫卫生的问题。师傅们窑工们再没有理由反对媳妇们去窑上干活了。第一个举措落实起来没有遇到什么阻力。第二个举措却遇到了来自老人们的巨大阻力，根本无法落实。面对儿子的请求，不能到窑上干活的老人说，照顾孩子历来是女人的事儿，让我们去照顾孩子，不是让人笑话吗？再说，我们也不会照顾孩子。面对媳妇儿的请求，年纪大的婆婆说，好不容易从媳妇儿熬成婆婆，该我们享儿天清福了，怎么还要我们照顾孩子。当媳妇儿的时候婆婆做主，怎么当了婆婆，轮到媳妇儿说了算了？你们就是这么孝顺老人的？婆婆们说出这种话，吓得媳妇们赶紧闭嘴。媳妇儿说不服婆婆，儿子说不服阿耶。孩子没人照顾，媳妇们就不可能成为窑上的劳动力。窑主们干着急。

郑行首虽然不负责窑行的事情了，但心里一直惦记着窑区的发展。听说谭良骏让媳妇们去窑上干活在老人那儿遇到了阻力，郑行首马上找到谭良骏，说，让窑主通知窑区能动弹的老头老太婆都到草市街洞庭酒家来，就说我过生日，请他们吃饭。谭良骏说，你为窑区办事儿，这个客，就让窑行请。郑行首笑笑，说，我可没打算请他们。你让窑行伙计去洞庭酒家门口把他们带到窑行来。谭良骏说，你骗了他们，他们更不乐意了。郑行首说，对付这些老家伙，我比你有办法。你听我的。谭良骏点点头说，谢谢郑行首。

老人们得到通知，郑行首过生日要请客，都穿戴整齐来到了草市街上的洞庭酒家，只见窑行的伙计等在洞庭酒家门口。窑行伙计说，郑行首在窑行等你们。老人们不晓得郑行首葫芦里卖的什么药，他们满心疑惑地到了窑行。

郑行首搬了一把椅子，坐在窑行的院子中央。窑行的院子，除了郑行首坐的那把椅子，连个凳子都没有。老人们陆陆续续到齐了，挤在窑行的院子里，不晓得郑行首这是闹哪一出。相熟的老人互相打听，院子里闹哄哄的。郑行首从椅子上站起来，爬到窑行院子的花坛上，高高地站立在上面。郑行首不笑的时候，看上去很威严。他说，安静。院子立马安静了。郑行首说，我先给你们赔个不是，我骗了你们，我的生日上个月已经过了。今天这顿饭欠着，明年过生日再请。老人们很生气，看着郑行首理直气壮的样子，敢怒不敢言。郑行首说，今天请你们来，是为了我们窑区的大计。我们这些人，都经历过窑区的困难日子，最难的时候，不得不抽签决定关闭谁家的龙窑。龙窑关闭了，青壮劳动力都没活干，没地方挣钱，只能节衣缩食过日子。那样的日子，我们自己都不想过，难道还希望我们的子孙再去过吗？老人们摸着身上整齐干净的衣服，不停地摇头，那种日子太难了，饭都吃不饱，衣服破了打补丁，补丁摞补丁还舍不得扔。哪有现在的日子好过。郑行首说，窑区发展了，龙窑越建越多，我们的日子才越来越红火。龙窑建得多了，人手就不够了。为了解决人手不够的问题，谭行首绞尽脑汁，想出了一个好办法，让姑娘媳妇们去窑上干活。媳妇们去窑上干活去了，孩子没人带，谭行首想到了我们这些老家伙。窑上的重活干不了，带带孩子这种轻活儿总干得了吧？谁能想到，你们居然不干？你们怕人笑话，你们的老婆子要享清福。我不知道你们咋想的。我可以跟你们说说我是咋想的。老了没有成为吃闲饭的人，老了还有机会通过劳动挣钱，老了还能为后辈子孙的好日子起点作用。我从心里感谢谭行首。我这里先给谭行首表个态，只要手脚还能动一天，我就去带一天孩子。

郑行首说完，目光扫过全场，老人们都低下了头，嘟嘟囔囔地说，郑行首都不怕丢人，我们还怕个啥？郑行首都去带孩子，我们不带咋说得过去呢。谭行首跳上花坛，对着站在院子里的老人鞠了一躬。谭行首说，石渚窑区的发展，离不开窑区的每一个人。石渚窑区的发展，一定会让石渚窑区的每一个人受益。老人们抬头看着站在花坛上的谭行首和郑行首，一个年轻有为，意气风发，一个头发白了，背也驼了，却目光炯炯。老人们一改松松垮垮的样子，挺起了胸膛，站直了腰板。郑行首笑了，说，我欠你们一顿酒。郑行首笑起来很慈祥。谭行首说，郑行首那顿欠着，今天窑行请客。大家出门都往左边拐，去洞庭酒家。

人太多了，洞庭酒家的桌椅板凳摆到了草市街上。谭行首敬了一杯酒，顾不上吃饭，就去窑行接待潭州来订货的客户去了。郑行首一直陪着老人们，老人们酒少话多，一杯酒半天喝不下去，重皮子话说了几箩筐。酒家小伙计听得打瞌睡。外地生意人路过洞庭酒家，说，小张老板，你生意真好。这才中午，就把桌子摆到街上来了。小张老板说，今天谭行首请客。外地生意人说，谭行首为啥请客？一下子请这么多人？小张老板说，窑上缺人手，谭行首动员媳妇们去窑上干活，媳妇们去窑上干活了，带孩子的事情不得仰仗老人们吗？谭行首请客，感谢老人们为窑区作贡献。外地生意人竖起了大拇指，说，你们谭行首了不得，你们石渚窑区的发展不可

272

限量。小张老板说,我们这些酒家,也得仰仗窑区的发展。

外地生意人压低声音对小张老板说,我要是你啊,就在草市开一个丽春院,雇几个胡姬陪酒,保管发大财。钱不够,我可以投点钱,你每年给我分红就行。外地生意人说完,冲小张老板眨巴了几下眼睛,小张老板紧张地东张西望,幸好老板娘离得远没听见。小张老板把外地生意人拉到一边,说,千万别让我媳妇儿听见了。外地生意人说,没想到你这么怕老婆。小张老板说,家和万事兴。媳妇儿要是闹起来,发了财也不开心。外地生意人说,眼睁睁把发财的机会放跑了,你就不难受?看见平日里笑眯眯的小张老板脸色不好,外地生意人打着哈哈,说,开玩笑你别当真。今儿你客满,我得找别的地儿吃饭去了。外地生意人走远了,小张老板还站在那儿,望着已经看不到尽头的草市街。

解决了媳妇们的后顾之忧,窑上的劳动力缺口一下子得到了缓解。老人们照顾孩子,一开始手忙脚乱的,被孩子们闹腾得脑瓜子疼。可他们慢慢就摸索出了经验,孩子刚送过来的时候,睡好了吃饱了精力旺盛,根本停不下来,老人们就先让大孩子带着小孩子游戏,跳房子、扔沙包、踢毽子……全是费体力的游戏,小孩子玩累了安静了,就让会讲故事的老人给孩子们讲故事,会唱歌的老人教孩子们唱歌……其他老人趁机休息一下。摸索出了经验,老人们发现,把孩子们集中到一起,照顾起来很省力。四五个老人照顾十几个孩子,完全不在话下。

谭良骏迎娶了裴牡丹后,裴牡丹一度从窑上回了家。谭良骏动员姑娘媳妇们到窑上干活之后,裴牡丹又回到了窑上。谭良骏回家看见裴牡丹累得不想动,脸色也不好。心疼地说,你要嫌累,就别去了。裴牡丹说,再累我也要去,我必须支持你。你让别人家媳妇去窑上干活,自己的媳妇儿在家享清福。人家会怎么看你。谭良骏说,怪不得老话说,家有贤妻,胜过良田万顷。裴牡丹说,老话还说,遇到良人,加倍珍惜。谭良骏摸摸裴牡丹的头,爱怜地说,媳妇儿,你咋这么能说会道呢?裴牡丹说,跟你学的呗。两个人的脸越靠越近,眼睛很快就落进对方的眼睛里,什么也看不见了。

媳妇们一开始去窑上干活,很不适应,窑上的活儿再轻松,一天干下来也比干家务活儿累,何况还得回家给男人做饭。但石渚女人都以要强为荣,要是娇滴滴吃不得苦,窑上的活儿干不好,自己丢脸,也会让自己的男人没面子。人家谭行首的媳妇都在窑上干活。媳妇们累了感觉坚持不住的时候,就把裴牡丹搬出来,给自己打气。都是女人,谁也不比谁差,裴牡丹能干好的活儿,我们也能干好。熟能生巧,一段时间之后,同样的活儿,干起来已经轻松多了。媳妇们喜欢上了在窑上干活,边干活边跟大家说说笑笑,时间过得很快。以前天天跟婆婆待在家里,婆婆看她们不顺眼,在路上遇见相熟的姐妹,站那儿多聊几句,婆婆都会不高兴。现在到窑上干活,婆媳相处的时间少了,婆媳关系不知不觉变得和谐了。以前天天给男人做饭,男人总是挑剔,咸了淡了都要骂几句。自从到窑上干活,饭菜咸了淡了,男人也不挑剔了。媳妇们也在窑上干活,还能让自己吃上热饭热菜,男人们已经知足了。

到了年底的时候,姑娘、媳妇和老人都能从窑上的收益中挣到一份属于自己的钱。买个自己喜欢的东西,不用伸手要钱,那种感觉,让她们觉得再累的活都值得。家里挣钱的人多了,家家都觉得手里宽裕了,日子好过了。

把姑娘媳妇们动员去窑上干活之后,谭良骏马上给学堂增加费用,让学堂里专门请了一位教孩子们作诗的先生和一位专门教孩子们画画的先生,学堂的先生从原先的两人增加到了四个人。谭良骏告诉学堂的先生,一定要着力提升女孩子写字画画的能力。学堂教作诗和绘画的先生逢人就说,你们年轻的谭行首真是个精明人,女孩子们在学堂学会了写字绘画,从学堂出来,在装饰工艺棚进行短时间的学习,就能上手诗文和绘画的装饰工艺了。

裴桂花和杜鹃都到樊家窑干活去了。杜鹃喜欢刺绣,到了窑上学绘画装饰上手很快,都夸她画的花鸟鱼虫栩栩如生,她尤其擅长画鸟和鱼。裴桂花选择了往生坯上写诗,"君生我未生,我生君已老。君恨我生迟,我恨君生早。"裴桂花每天写上百只生坯,只写这首诗。往生坯上一个字一个字写的时候,裴桂花只要想起郑喜州一头白发的样子,眼睛里就会漫上来一层泪水。杜鹃有一天疑惑地看着她水汪汪的眼睛,问,你为啥老写这首诗,写的时候还一副要哭的样子,你是不是喜欢上了一个比你大很多的人?裴桂花说,瞎说啥,这首诗是郑同川写的。杜鹃说,郑同川那首"上有东流水,下有好山林。主人居此宅,日日斗量金。"更好,更讨喜,买家都喜欢，你为啥不写？裴桂花说，我就喜欢郑同川这首诗，"君生我未生，我生君已老"写得太好了。杜鹃说，好啥好，听着就叫人难过，你老写这种难过的诗，心里能好受吗？裴桂花说，嫂子，你不懂。我写这首诗，越写心情就越平静。杜鹃盯着裴桂花看了好一会儿，说，你一定有什么事情瞒着我。裴桂花低下头去，不敢看杜鹃，她知道自己的眼圈已经发红了。

裴桂花跟杜鹃之间能说的话越来越少，跟耶娘之间能说的话也越来越少。裴桂花的耶娘跟她说话变得小心翼翼，不敢提媒婆，不敢提别人家姑娘定亲的事儿，生怕她多心。裴桂花在家里待着的时候，每一分钟都如坐针毡。只有跟郑同川在一起，裴桂花的心情才是放松和自在的。裴桂花每次难过了，想去郑喜州的坟前坐一坐，郑同川都会陪她去。郑同川每次都要给裴桂花准备一沓写了那首诗的纸。裴桂花烧纸的时候，郑同川静静地坐在一边。裴桂花流泪的时候，郑同川也静静地坐在一边。等裴桂花心情平静了，郑同川就陪她下山。

郑同川平日在窑上干活，很少说话，只有跟裴桂花在一起，他才有说不完的话。郑同川写了一首新的诗，就想马上让裴桂花看到。郑同川有一天半夜醒来，发现自己想不起裴牡丹的样子了，尽管白天才见到过裴牡丹。一想到裴桂花，他脑袋里立马就出现了裴桂花哭泣的样子、裴桂花沉默的样子、裴桂花咬着嘴唇的样子、裴桂花坐在郑喜州坟前发呆的样子……郑同川怔怔地望着漆黑的屋子，心里滚过一阵暖流。

郑喜州两周年忌日的时候，郑同川依然陪着裴桂花去给郑喜州烧了纸。这一次，裴桂花没哭，她默默地看着火焰吞噬了纸上的诗歌。然后站起来，往山下走。走到半山坡上，裴桂花站住了，她说，郑同川，你有没有见过郑师傅坟上的双彩虹？郑同川摇头，说，一次也没见过。裴桂花说，我也没有。樊婆婆说郑师傅的魂一直飘在石渚的上空，他想现身，坟上就会出现双彩虹。很多人都见过郑师傅坟上的双彩虹，就我们没见过，郑师傅一定不想在我们面前现身。郑同川说，裴桂花，郑师傅一定希望你忘记他，希望你生活得幸福。裴桂花仰头望着天空，没说话。郑同川说，有句话我早就想说了，怕你生气不敢说。裴桂花说，郑同川，我跟耶娘都不敢说的话，都跟你说了。我们之间从一开始就是无话不谈的。郑同川说，裴桂花，我喜欢你。不晓得从哪天开始，我一闭上眼睛，满脑子都是你。你要是愿意，我让我娘央媒人去提亲。裴桂花望着远处的江水，泪水不受控制地在脸上横流。郑同川吓坏了，他说，你别哭啊，你要是不愿意，就当我没说。裴桂花说，我愿意。郑同川，我愿意。这么多年，我一直喜欢郑师傅。喜欢一个不喜欢自己的人，除了伤心还是伤心。我从来不知道，被人喜欢会这么开心。

郑同川回家就让他娘央媒人去裴桂花家提亲，郑同川的娘惊喜万分，连连应答。媒人登门，裴桂花的娘也惊喜连连，但她不敢替裴桂花答应，她说问过桂花才给媒人回话。媒人说，听郑同川的娘说，两人早就互相喜欢上了。裴桂花的娘不敢相信，郑同川不是喜欢牡丹吗？被牡丹拒绝了，还差点发疯。啥时候又喜欢上桂花了？这些个孩子，真让人搞不懂。裴桂花的娘坚持要问过女儿才回复，媒人只好第二天才来听回音。

裴桂花从窑上回来，发现她娘在门口等她，没等她进屋，就跟她说媒人上门提亲了，对方是郑同川。裴桂花说，你怎么回复的？裴桂花的娘说，我哪敢替你做主，我让媒人明天再来听回音。裴桂花说，你告诉媒人我愿意。裴桂花的娘掩饰不住内心的高兴，也掩饰不住内心的迷惑。迟疑了一会儿，终于还是没忍住问了出来，你啥时候喜欢上郑同川的？他以前喜欢过你姐，你不在意？裴桂花嫣然一笑，说，娘，庞嘉永喜欢过我姐，你当时让我顶替我姐我不愿意。没想到挑来挑去，挑到了郑同川，他也喜欢过我姐。我可能就是这个命吧，我认了。裴桂花一脸幸福的样子，让裴桂花的娘更迷惑了。

裴桂花的娘一直担心小女儿嫁不出去，裴桂花跟郑同川定亲后，裴桂花她娘心里的一块大石头终于落了地。庞嘉永的娘看见她给桂花绣嫁衣，羡慕地说，桂花也要嫁人了，你这下彻底放心了。你家大江跟嘉永同龄，大江都给你生了两个孙子了，嘉永还不晓得啥时候才能给我领个媳妇回家。我愁得一夜一夜睡不着，头发都愁白了。裴桂花的娘说，不瞒你说，我跟桂花她阿耶都做好桂花不嫁人在家当老姑娘的准备了，哪晓得她又遇到喜欢的人。牡丹跑了那阵子，我想让桂花嫁给嘉永，她死活不干，又哭又闹，说她不是她姐的替身。郑同川喜欢牡丹的事儿人尽皆知，桂花倒是一点都不在乎，还笑嘻嘻跟我说，这就是她的命，她认了。庞嘉永的娘瞪着裴桂花的娘，说，你居然想过让桂花嫁给嘉永？裴桂花的娘说，我们情同姐妹，跟你做了亲家，等于亲上加亲。哪晓得硬是没有做亲家的缘分。缘分这种事儿啊，不是我们地上的凡人管得了的。庞嘉永的娘抹着眼泪说，那些年我一直恨你。真是傻透了。

谭良骏当了行首，客栈小伙计就从客栈辞了工，到窑行投奔了谭良骏。客栈小伙计说，那次从靖港回来我就下了决心，要跟着你干。谭良骏是石渚窑区最忙的人，他很少待在窑行，他总是到处跑。每次从外面回来，谭良骏都带着几个订货的人，给窑区带来定金和定制生产的瓷器的订单。谭良骏不外出的时候，在窑行也坐不住，他带着从客栈辞工到窑行的小伙计到各个窑口去看，到处走一走看一看，总能发现各个窑口的问题。有的人员配置不合理，有的单一技术专长人员成堆造成浪费。发现了问题，他就把窑主们召集到一起商议。谭良骏说，我们石渚窑区是一个整体，但各个窑口都有自己的特色。作为窑主，既要了解自己窑上的优势，也要了解其他窑上的优势。樊家窑的制釉师傅太多，康家窑可以去挖几个过去，只要给的钱多，不相信他们不来。庞家窑的成型装饰师傅太多造成了浪费，卞家窑也可以挖过来，卞家窑的掌火师傅太多了，庞家窑也可以挖过来。技术过硬的师傅们像水流一样流动起来，我们石渚窑区就是一江浩荡的江水，源源不断流向更远的地方。窑主们听完谭行首的话，都感觉热血沸腾。

郑同川跟裴桂花定亲不久，庞嘉永也定了亲。跟庞嘉永定亲的女孩叫卞荷花，是卞家窑掌火师傅的女儿。最早从卞家窑挖过来的掌火师傅生病了，庞嘉永又从卞家窑挖了一个掌火师傅。卞师傅跟庞嘉永提了一个要求，把在卞家窑画画的女儿一起带到庞家窑。卞师傅说，我就这一个闺女，要带在身边才放心。庞嘉永没见过卞师傅的女儿，也不晓得她画得怎么样，但他马上就答应了卞师傅。卞师傅说，你这么诚心，我跟你去就是。卞师傅的女儿跟着卞师傅一起到了庞家窑，在装饰工艺棚的瓷坯上画画。那个叫卞荷花的女孩不仅长得清秀，画画也非常有灵感，尤其擅长画荷花。

卞荷花到庞家窑几个月了，庞嘉永都没有见到她。庞嘉永太忙了，他恨不得把一个时辰掰成两个时辰用。除了当窑主，他还要带徒弟，还要负责窑上的成型工艺。波斯人对成型工艺的要求非常高，庞嘉永不能掉以轻心。装饰工艺棚交给蓝师傅负责，庞嘉永倒是非常放心。

  一个到窑上订货的外地生意人看了庞家窑的一批诗文瓷器，有些不满意。他说，你们在酒壶上写的诗，都跟喝酒没关系。要是你们在酒壶上写的诗跟喝酒有关，爱喝酒的人一定喜欢。爱喝酒的人爱炫耀，又大方，他们喜欢的东西，肯定受欢迎。庞嘉永很受启发，他真心诚意地感谢了这个外地生意人，多送了外地生意人几十件瓷器。第二天一大早，庞嘉永就到装饰工艺棚找郑同川。庞嘉永说，郑师傅，昨天有个外地生意人到窑上看货，他说我们应该在酒壶上给爱喝酒的人写一首诗。我觉得外地生意人说得有道理。昨晚回家想了想，以后我们的诗文瓷器要在诗文上打开思路，不仅要在酒壶上写喝酒的诗，还应该在瓷枕上写充满浓情蜜意的诗，在水缸上写跟水有关的诗，在碗盘上写跟吃饭有关的诗……郑同川激动起来，说，枕头跟睡觉有关，可以写浓情蜜意的诗，也可以写没做亏心事半夜不怕鬼敲门的劝善诗，水跟万物生长都有关系，可写的太多了，碗盘跟吃饭有关，也跟粮食有关……最近正文思枯竭，写不出诗。这下太好了，思路打开了。喝酒的诗有了，你听听怎么样："避酒还逢酒，逃杯反被杯。今朝酒即醉，满满酌将来。"庞嘉永说，郑师傅果然名不虚传。好诗，有趣，写出了喝酒人的可爱。爱喝酒的人一定喜欢。人们放下手里的活儿，说，郑师傅，你再给我们念一遍，刚才没听清。郑同川提高声音念了一遍。大家鼓掌叫好。庞嘉永说，郑同川，曹植七步能作诗，你一步没走就把诗作出来了。你比曹植厉害。郑同川说，庞窑主说笑了。现在装饰工艺棚是姑娘媳妇们的天下，我再作不出诗，你就得打发我去制泥了。庞嘉永哈哈大笑，说，放心吧，装饰工艺棚只留一个男人，我也要把你留在这儿。众人哄堂大笑。

  庞嘉永想做的事儿一下子就做成了，心情很愉快，他满脸笑容准备转身往外走，突然看见一个姑娘在低头画画，姑娘的侧脸很美，他的心异样地跳动了几下，笑容在脸上摇晃起来。他深吸一口气，强装镇定走过去。庞嘉永看见姑娘在生坯上画荷花，他早就听说卞师傅的女儿画荷花非常有灵气，窑上那些画了荷花的瓷器一直卖得很好。姑娘低头画画的样子，让庞嘉永的心跳出一阵慌乱的节奏，他觉得脸在发烧。女孩抬起头说，你挡着我的光了。庞嘉永像在梦中一样，盯着女孩清秀的面容，完全没听见女孩在说什么。女孩提高声音说，你挡着我的光了。庞嘉永如梦初醒，连连后退，差点摔了一跤。众人大笑，女孩也笑起来，露出洁白的牙齿。众人的笑声让庞嘉永想到了自己的窑主身份，他定了定神，走上前去，说，你就是卞荷花吧？你画的荷花买主很喜欢。忘了介绍，我是这个窑的成型师傅庞嘉永。女孩收起笑容，睁着一双清澈的眼睛，说，我认得你是庞家窑的窑主，故意说自己是成型师傅，假谦虚。庞嘉永笑了笑，说，荷花应该没刺，我怎么感觉被扎了。难道你是带刺的荷花？卞荷花说，此荷花不是彼荷花。庞窑主，你影响我干活了。庞嘉永绷着脸说，你这是要轰我走吗？一个窑工，居然要往外轰窑主，谁给你的胆子？蓝师傅赶紧过来打圆场，说，荷花年纪小不懂事，庞窑主你别跟她计较。卞荷花说，窑主影响窑工干活，就是窑主错了。蓝师傅你这么说可不占理。蓝师傅说，庞窑主都生气了，荷花你懂点事儿吧。郑同川说，卞荷花说得对，窑主也不能影响窑工干活。庞嘉永尴尬地挠了挠头发，说，卞荷花，影响你干活了，我给你道歉。卞荷花说，这还差不多。郑同川说，卞荷花，这事儿不能怪庞窑主，要怪只能怪你。庞窑主不想影响你干活，可他身不由己。卞荷花噘着嘴，不高兴地说，郑师傅，你到底帮谁说话？郑同川叹口气，嘟囔了一声，小姑娘情窦未开。庞嘉永看了一眼郑同川，下定了决心，往前走了两步，站在卞荷花面前，说，卞荷花，就在刚才，看见你的第一眼，我就喜欢上了你。

装饰工艺棚里一下子安静得人们呼气吸气似乎都停顿了。众人的目光像夏天炙热的阳光，照在庞嘉永和卞荷花的脸上。卞荷花的脸红了，低下头说，哪有这样跟人说话的，也不怕人难为情。庞嘉永说，这有啥难为情的，我未婚，你未嫁。我喜欢你，正大光明。郑同川说，卞荷花你太了不起了，你居然能让庞窑主一见钟情，春心荡漾。庞窑主那颗伤痕累累的心，就像结冰的湖面，冻住好几年了，今天终于被你化冻了。众人打趣说，郑同川，你又不是庞窑主肚子里的蛔虫，你咋晓得庞窑主的心结没结冰。郑同川笑笑，说，我跟庞窑主都是在裴师傅那儿受的伤，我当然晓得。一个内心结冰的人，只有遇到那个解冻他内心的人，才会喜欢得起来。我遇到裴桂花，解冻了内心。今天，我们有幸见证了庞窑主解冻的内心。太感人了。庞嘉永生气地说，郑同川你闭嘴。你抢了我的话头，我想好要说的话都被你憋回去了。你赶紧躲一边去。郑同川闪到一边。庞嘉永说，卞荷花，你抬起头来好好看看我。你要喜欢我，我明天就找媒人去提亲。卞荷花抬起头，满脸绯红，看上去漂亮得像一朵盛开的荷花。她说，你吓着我了。庞嘉永说，对不起，我不想吓着你。我只想知道你喜不喜欢我。装饰工艺棚的师傅窑工们急得不行，他们低声说，卞荷花，这还有啥犹豫的，赶紧答应啊。卞荷花低下了头。庞嘉永说，我换一个问法，我央媒人去提亲，你不会拒绝吧？没等卞荷花回答，师傅窑工们就说，卞荷花，赶紧答应吧。过了这个村可没有这个店了。庞嘉永说，你们别说话，让卞荷花自己说。众人不敢吭声了。庞嘉永说，卞荷花，我晓得这对你来说太突然了，你需要时间，我会等你的答复。我就不影响你干活了。说完，转身往外走，快要走出装饰工艺棚的时候，卞荷花的声音从背后追了过来，她说，明天你让媒人去提亲吧。庞嘉永站住了，转过头，飞快地跑到卞荷花身边，他的心快要从嗓子眼里跳出来了。他说，我没听错吧？卞荷花仰着绯红的脸，说，你没听错。庞嘉永说，这么说，你也喜欢我？卞荷花露出一个娇羞的笑容，低了头，说，我是有条件的。庞嘉永说，啥条件我都答应。卞荷花说，我要一直在窑上画画，我喜欢画画。我喜欢的事情，你要支持。庞嘉永笑得嘴巴都合不上了，他说，这算啥条件，你嫁给我以后，给自己家画画，我连工钱都省下了。卞荷花说，不行，我在窑上干活，必须拿钱。庞嘉永说，你说啥我都答应。只要你高兴就行。郑同川说，庞窑主喜欢卞荷花，完全是老房子着火，没救了。刚才屏住呼吸的众人，开心地笑了出来。庞嘉永说，郑同川你给我闭嘴。不说话没人当你哑巴。什么老房子，我才二十多岁，正青春年少。散了，都干活去。等着喝我和卞荷花的喜酒吧。众人一阵大笑，卞荷花的脸红到了脖子上。

庞嘉永走出了装饰工艺棚，他脚步轻快地哼着歌，眼睛眉毛都在笑。卞荷花的眼睛多么清澈，卞荷花娇羞的笑容多么迷人，卞荷花粉嘟嘟的脸蛋多么可爱……庞嘉永满脑子都是卞荷花，嘴里的唾沫都有一股甜丝丝的味道。庞嘉永终于理解了裴牡丹跟他说的，喜欢一个人的时候，心里是流淌着蜜汁的。

听说庞嘉永跟卞荷花一见钟情，裴牡丹那颗愧疚的心终于被抚平了。这天晚上，谭良骏不在家，她一个人喝了三杯酒。

窑上的生意太好了，石渚码头上，每天都有等着装货的船只。烧窑的季节，窑上定了亲的人家，都很自觉地把婚礼推到窑上熄火之后举办。庞嘉永作为窑主，更舍不得让窑上停工，尽管他恨不得早一点把卞荷花娶回家。窑上那些定了亲的年轻人，每天都在计算窑上熄火的日子。他们终于体会到了度日如年的滋味。

自从庞嘉永跟卞荷花定了亲，庞嘉永的娘每天都要把房子打扫一遍，这个叫卞荷花的姑娘，长得粉嘟嘟圆乎乎的，天真无邪又喜气洋洋。庞嘉永的娘只见了一面，就发自内心地喜欢卞荷花。卞荷花还没过门，她已经给他们的孩子做了好几双老虎鞋。她摆弄老虎鞋的时候还在想，缘分这件事，真是神奇。

窑上熄火之后，窑上定了亲的年轻人排着队举办婚礼。郑同川迎娶了裴桂花，庞嘉永迎娶了卞荷花……除了举办婚礼，石渚窑上人还忙着建龙窑和建新房子，窑上人的日子蒸蒸日上，热气腾腾。窑火熄灭之后，石渚地界上浓郁的人间烟火，诉说着石渚窑区的岁月静好，丰衣足食。

谭良骏答应新建窑神庙，可每天都有比建窑神庙急迫的事儿要处理，建窑神庙的事儿一直耽搁了。这一天，他从陈家坪回来，七绕八绕的，竟然绕到了一处破败荒废的地方。他在荒草废墟上转了几圈，终于明白过来，这里就是他出生之前倒塌的窑神庙。谭良骏怔怔地望着眼前的废墟，好半天，才收回目光。回到窑行，推开供奉窑神的那间屋子，站在窑神面前双手合十，说，窑神舜帝，这么些年，让你待在窑行的这间屋子里，委屈你了。

谭良骏第二天就召集窑主们到窑行，他推开供奉窑神的那间屋子，对窑主们说，在窑神的护佑下，我们窑区的日子蒸蒸日上。我们窑上人都住进了新房子，再也不能让窑神屈居在窑行里了。窑主们点头称是。谭良骏把窑主们带到昨天发现倒塌窑神庙的地方。窑主们说，老祖宗选的这个地方背山面水，是个修庙的好地方，新的窑神庙，还修在这儿。确定了地址，谭良骏马不停蹄又带着窑主们回到了窑行。谭良骏开门见山地说，修窑神庙需要钱。窑主们表示，以前过紧日子，郑行首舍不得大家节衣缩食修窑神庙，一直委屈窑神待在窑行的一间屋子里，窑神没有生气，始终保佑我们窑区，让我们窑上人都过上了好日子。谭行首，不要考虑钱，要修就修一座富丽堂皇的窑神庙，富丽堂皇到足以表达我们石渚窑上人对窑神的感恩之心。

听说要修窑神庙，不光窑主们踊跃捐钱，各窑的大师傅们也踊跃捐钱，窑工们也踊跃捐钱。捐钱的不论多少，出力的不计大小。心往一处聚，劲往一处使。窑神庙从奠基到完工，一切顺利。

在石渚窑区开窑之前，窑神庙倒塌的废墟上重新建成了一座富丽堂皇的窑神庙。窑神庙落成后，谭良骏找人算了一个吉日，把窑神迎回了窑神庙。窑神庙前，整洁宽阔的广场南边一角，一个用瓦片和瓷片垒砌的宝塔形状的建筑，窑上人一看就知道那是点火处。

开窑之前，石渚窑区举行了盛大的祭拜窑神活动。谭良骏请来了潭州刺史。潭州刺史在新落成的窑神庙前讲了话，表彰了石渚窑区的发展和贡献。石渚窑上人听着潭州刺史讲话，脸上放着光，满心自豪。潭州刺史的到来，把石渚窑区欢腾热闹的气氛推到了一个新高度。

新落成的窑神庙祭台上，摆放着水果、米酒、鲜鱼、猪头等祭品供窑神享用，还有几只品相精美的石渚瓷器供窑神检阅。庄严的祭拜仪式正式开始，在插着高香的大坛前，谭良骏请郑行首上前，宣读学堂先生写的祭词。郑行首读到窑神庙倒塌后，窑神舜帝委屈在窑行的北屋里二十几年，每年祭拜窑神，只能搭建一个临时的祭台，举办简单的祭拜仪式。窑神非但没有怪罪石渚窑上人，反而全力护佑石渚窑区的发展。郑行首几度哽咽。读完祭词，潭州刺史带头上了香，郑行首和谭良骏跟着上了香，之后是窑主们上香、烧纸钱、窑上的师傅们纷纷领着自己的学徒，上前行三拜九叩大礼，一举一动均严守礼法，满怀对窑神的敬意。

隆重的祭拜仪式完成之后，谭良骏带着潭州刺史一行来到了窑神庙前面宽阔的广场一角，用瓦片和瓷器堆砌成宝塔形状的点火处，宝塔里面早已经堆好了干柴。裴千里师傅神情庄严地用手里的火把点燃了宝塔里的柴火。宝塔里的柴火熊熊燃烧起来，火焰越高，象征窑火越烧越旺。早有准备的窑工们纷纷掏出写了新年愿望的红纸，绑在一小截柴火上，投入窑火中，寓意新年能"添柴加薪"。熊熊燃烧的大火，把每个人的心都烧得热乎乎的，所有人都在心里祈祷着，窑区烧出更好的瓷器，创造更多的收益。

点窑火的仪式结束后，窑神舜帝的塑像从窑神庙的神位上被请了下来，端"坐"在由木箱、竹竿制成的轿子上，头戴皇冠、手握宝剑、身披红缎，十八名身着喜庆红色服装的窑工汉子立在一旁，静候吉时。

随着谭良骏高声宣布吉时已到，一名领头的窑工点燃了金色的纸钱，他大手一挥，十八名窑工汉子同时发力，沉甸甸的窑神被稳稳地抬了起来。一红一黄两只舞狮在前面开路，窑神被十八名窑工汉子抬着徐徐而行，后面紧跟着长长的舞龙队。一路上锣鼓喧天，彩带飞舞，一片欢腾。

要是往年，祭拜仪式结束后，窑主们会马上赶回窑上，在窑头等待迎接窑神，抬着窑神的队伍会爬坡上坎，去到每一个窑口，在每一个窑口的窑头停留片刻，送上窑神的祝福。今年因为新修了窑神庙，又请了潭州的刺史，谭良骏对窑神送祝福的环节做了一些改变，祭拜仪式结束后，抬着窑神的队伍直接去草市窑主们的家送祝福，住在草市的窑主们早早就在自家门口做好了迎接窑神的准备，接受窑神的祝福。那些家还住在山坡上的窑主，谭良骏就让他们在草市入口的空地上摆好自家窑的牌匾，享受优先接受窑神祝福的待遇。

新建了窑神庙，石渚窑区的发展一年比一年好，裴大江在师傅郑喜州死后，不到两年的时间，又制出了蓝色釉水和酱色釉水。石渚瓷器的釉下彩，实现了历史性的突破。

阿普杜拉走后，不断有波斯人的船开到石渚码头，那个从客栈辞工去窑行的小伙计，已经学会了不少波斯话。谭良骏太忙了，有时候不在石渚，波斯人来，窑行小伙计就在波斯人和石渚人之间充当翻译。每次波斯人来了又走了，谭良骏的心情都要低落几天。窑行小伙计说，谭行首，是不是想念阿普杜拉了？谭良骏说，你就是个机灵鬼。

几年之后，船主阿普杜拉再次来到了石渚，阿普杜拉比上次离开石渚的时候，成熟了不少，脸上的大胡子更加浓密了。这一次，阿普杜拉带来了更多的定金，他们需要更多的瓷器。谭良骏在码头迎接阿普杜拉，两个大男人紧紧拥抱。晚上，谭良骏在洞庭酒家设宴招待阿普杜拉，两个人都喝得大醉。阿普杜拉舌头不会打转了，还在不停地咿哩哇啦说个不停。小张老板问窑行的小伙计，大胡子波斯人说的是啥。窑行小伙计说，他叫谭行首朋友，他说，朋友，感谢你把我带到了石渚，我们从石渚带回去的一船瓷器，抢占了市场先机，让我发了大财了。朋友，感谢你。你是真主赐给我的最珍贵的礼物。谭良骏的舌头也捋不直了，还是咿哩哇啦说个不停。小张老板说，谭行首在说啥？窑行小伙计说，谭行首说，阿普杜拉好朋友，感谢你对我的信任，我游说了所有的波斯人，只有你跟我来了石渚。朋友间的信任比金子还贵重啊。阿普杜拉好朋友,我游说你来的时候,心里也没底。但我当时太想回来了,我在酒家看到了裴牡丹写在酒壶上的诗"春水春池满……"那是我在学堂作的诗。裴牡丹真是个聪明的女人,她用这首诗给我传递了她已经回了石渚的信息。我想回石渚,可我不能空着两只手回石渚。阿普杜拉好朋友,谢谢你。你让我坐着你的船风风光光回了石渚,给裴牡丹和我的耶娘挣足了面子。阿普杜拉好朋友,你只要需要我,我肝脑涂地也在所不辞。阿普杜拉拉着谭良骏的手,喝了几杯酒,又咿哩哇啦说了一通。窑行小伙计说,阿普杜拉说,朋友,你和你的牡丹很感人,你说的我都想念我的阿雅了。谭良骏突然对窑行伙计喊了一声,不说话没人当你是哑巴,我的话是说给你听的吗?窑行伙计吓得闭了嘴。谭良骏再要举杯,却一下子趴在桌子上,醉了过去。

石渚窑区一年胜过一年地兴盛起来,石渚码头船来船往,穿梭不断。草市街不断扩大,窑主和窑上的师傅们挣了钱,都在草市街上修新房子,把家搬到草市。往来的船只多了,往来的生意人多了,到草市开酒家和客栈的商人也多了,草市那条以前只要抽一袋烟就能从东走到西的小街,已经扩大了无数倍,从这头看不到那头。最早的一条街变成了两条街交叉的十字街。黄冶村人刚逃难来的时候住的荒滩,已经成了草市街的中心。

外地生意人越来越多,他们等待装船的时间,整天泡在酒家喝酒,喝醉了就不停地抱怨,草市除了酒家就是客栈,除了吃饭就是喝酒,没意思。他们睁着醉眼蒙眬的眼睛对酒家的老板说,你们草市啥都好,就是缺个宜春院。洞庭酒家的小张老板最不喜欢听外地生意人抱怨,外地生意人的抱怨,让他痛心疾首。小张老板早就看到了商机,他一直跃跃欲试,无奈他的娘子反对他开宜春院,他的娘子还威胁小张老板,你要敢开什么宜春院,我就带着孩子离开你。波斯人来了,到了晚上都要坐船去靖港。波斯人花在靖港的钱,让小张老板痛心不已。小张老板问他的娘子,我能赚的钱,让别人赚去了,就跟剜我的肉一样。你为啥不让我开一家宜春院?小张老板的娘子说,你就是钻进钱眼里去了,啥钱都想赚。小张老板说,钱多你还嫌咬手?小张老板的娘子懒得跟他吵架,只对他重申,你要敢开宜春院,我就带着孩子离开你。

这一次,小张老板横了心,不顾他娘子的反对和威胁,在草市靠近码头的地方修了一个小院子，挂起了胡姬酒家的牌匾。胡姬酒家的女人，都是从外地来的，几个长得像波斯人的胡姬，是小张老板去扬州请来的。胡姬酒家的院子门口，挂了一排红灯笼。胡姬酒家白天很安静，一到晚上，院子里就传出悠扬的琴声和男男女女放肆的笑声。那些让人浮想联翩的声音，搅得石渚的女人无法安睡。

洞庭酒家的老板娘是个烈性子，小张老板一意孤行开了胡姬酒家，洞庭酒家的老板娘执意要跟小张老板离婚。小张老板无奈之下，只得给老板娘写了退妻书，在里正和酒馆业行首的见证下，小张老板把退妻书递给老板娘。老板娘把退妻书读了一遍，退妻书写得落落大方，读到最后那句"一别两宽各生欢喜"，老板娘居然笑了起来，小张老板黑着脸问，你笑啥？离婚你还这么高兴？是不是你早就想离婚了？老板娘白了小张老板一眼，说，"一别两宽各生欢喜"，你写得这么明白，又何必生气？小张老板被老板娘噎得说不出话来。里正主持了财产分割，洞庭酒家归了老板娘和她的儿子，小张老板分到了胡姬酒家。小张老板跟老板娘成了石渚地界上第一对离婚的夫妻。

胡姬酒家开起来之后，生意好得让人眼红，小张老板整天笑眯眯的，圆脸胖了一圈，更圆了。胡姬酒家又能吃饭又能喝酒，还有美艳的胡姬弹琴陪酒。在胡姬酒家招待客人，才是上档次的事情。石渚的男人一开始不敢去，自从谭良骏开始在胡姬酒家接待重要的客人，石渚男人去胡姬酒家喝酒也变得理直气壮起来。胡姬酒家开起来之后，石渚的女人跟家里的男人吵架多了起来。

谭良骏经常忙得没时间回家，每次回家不是醉得不省人事，就是累得倒头就睡。裴牡丹已经很少见到谭良骏了，大宅子里经常只有她和望月，有时候她娘和裴桂花会过来陪她。河南大旱之后，从旱区逃离的大量劳动力涌入了石渚窑区，缓解了石渚窑区的劳动力缺口，那些需要照顾老人的姑娘和媳妇已经不到窑上干活了。谭良骏也叫裴牡丹不用去窑上干活了，可裴牡丹没答应，她对谭良骏说，我喜欢到窑上干活。我喜欢在生坯上写自己作的诗，写的时候心里想着，不晓得读到这诗的人是什么样的，他们会不会喜欢我作的诗。裴牡丹心里没有说出来的话却是：白天晚上都是一个人待在空荡荡的家里，我还不如白天去窑上干活，时间还能过得快点。谭良骏当了行首之后，裴牡丹很多心里话已经没法说出来了。她告诉自己，谭良骏是做大事的男人，嫁给一个做大事的男人，就不能指望他每天陪在自己身边。

谭良骏跟胡姬酒家的波斯女人相好的传闻，早已经传遍石渚地界了，裴牡丹一直不知道，谁也不会傻到去告诉她。裴桂花的娘听到传言，也只是在家里抹眼泪，不敢去跟裴牡丹说。裴桂花忍了很久，实在忍不住了，她不想自己的姐姐被蒙在鼓里，就跑去告诉了裴牡丹。裴桂花气得泪水在眼圈里滚动，她说，谭良骏太不是东西了，他怎么可以这样对你？裴牡丹平静地说，别听人瞎说，我相信谭良骏。裴桂花还要说什么，被裴牡丹制止住了。裴牡丹说，桂花，我们两个虽然是姐妹，但我们都嫁人了，各人有各人的生活，各人有各人处理生活的方式。裴桂花眼里包着泪水走了。裴牡丹不动声色，她心里像扎了几十根针一样痛，但她不能跟谭良骏吵闹，更不能像石渚地界上的其他女人那样，一哭二闹三上吊，逼着男人回家。谭良骏是做大事的男人，她要给他留着脸面。

裴牡丹这天晚上一直等着谭良骏，谭良骏很晚才回来，他喝得醉醺醺的，走路摇摇晃晃。裴牡丹扶他坐下，给他煮了一壶浓茶，倒了一杯递给他。谭良骏喝过浓茶，清醒了一点，他说，这么晚了你不睡？我说了不用等我。裴牡丹说，我每天都在等你，我一直想跟你谈谈。谭良骏说，我太忙了，顾不上家里的事儿。裴牡丹说，我知道你忙，一个窑区，大大小小的事儿，确实不少。谭良骏说，我也不想天天喝酒，可我没办法，我不得不应酬那些官家和商家，我要给我们窑区的发展铺平道路。裴牡丹说，我明白。你很多时候都是身不由己。谭良骏说，身不由己。牡丹，谢谢你理解我。我这个行首跟郑行首不一样，他每天坐在窑行里，遇到什么事儿就处理什么事儿。我不想当那样的行首。裴牡丹温柔地说，你跟胡姬酒家那个波斯女人的事儿，也是身不由己吗？谭良骏酒一下子醒了，他望着裴牡丹，裴牡丹脸上挂着一个苦涩的微笑。他低下头，说，牡丹，我不想让你伤心。裴牡丹说，我也不想伤心，可我还是伤心了。我天天等着你回家，只想告诉你，我真的非常伤心。当年你把我和望月扔在扬州坐船去了波斯，我也伤心，但没有现在伤心。在扬州最困难的时候，我把我娘给我做的嫁衣卖了做盘缠回石渚，我也没有现在伤心。裴牡丹的声音没有起伏，没有波澜，她的眼睛里没有眼泪。她说完，就站起来回屋去了。

谭良骏坐在那里，手脚好像被钉住了，半天动弹不得。一个女人最伤心的表现居然不是撒泼打滚，不是声嘶力竭，不是披头散发。裴牡丹的伤心如此平静，这平静是静水流深的平静，平静深处的激流冲得谭良骏头昏眼花，他感受到的痛苦瞬间抵消了他在波斯女子那儿获得的欢愉。

早上，裴牡丹还没起床，谭良骏就离开了家。裴牡丹起床后，看见谭良骏给她留了一封信，她拿着信半天不敢打开，手抖个不停。她怕打开了看见的是一纸退妻书。裴牡丹暗骂了自己一句，你怎么这么没用，她把颤抖的手撞在墙壁上，用疼痛止住了颤抖。她打开信纸，上面只写了一首诗："二八谁家女，临河洗旧装。水流红粉尽，风送绮罗香。"裴牡丹看着信上的诗，脑子里浮现起谭良骏跟她经历过的美好时光，眼泪流了一脸，她都没有感觉到。

谭良骏一大早就去了码头，码头上一艘本地姜姓船家的船已经装好货物，准备起航。本地船只一般只去扬州送货，不会选择远航。谭良骏最不想去的地方就是扬州，但他今天只想快点离开石渚，他不能面对裴牡丹的痛苦，他也不想让胡姬酒家的波斯女人失望。他只能逃跑，能逃多远逃多远。他跟姜船主说好了搭他的船，他让姜船主等他一会儿，他回窑行交接一下。姜船主说，谭行首是石渚窑区的福星，谭行首搭我们的船，一定会给我们带来好运。

谭良骏马上赶回窑行，让窑行的小伙计火速去把郑行首请来。郑行首来了之后，谭良骏把窑行的事情交给郑行首，请他代行行首的职责。谭良骏说，有郑行首在家里坐镇，我外出多久都放心。郑行首问他这次要去哪儿？谭良骏说，我这次想去高丽国和琉球国，把我们石渚的瓷器卖到那边去。窑行的小伙计说，谭行首，你带着我吧，我一路上可以照顾你。谭良骏说，我又不缺胳膊少腿，不需要照顾。郑行首说，你就带着他吧，去那些人生地不熟的地方，万一喝醉了，也有个清醒的人。窑行伙计说，谭行首，带着我吧，我想跟着你去见见世面。谭行首说，你要吃得了苦，就走吧。

从石渚码头出发没多久，谭良骏跟姜船主聊天，问他一年跑船到扬州送货的收益，姜船主年纪比谭良骏大不了几岁，对谭良骏佩服得五体投地。谭良骏说，你要是不在扬州卸货，转道登州，把瓷器卖到高丽，我保证这一趟的收益就会超过你跑扬州两年的收益。姜船主犹豫地说，到了扬州，货直接卖给熟悉的瓷器店，不费心。去了高丽，人生地不熟，这一船货万一卖不掉，我不亏死了。谭良骏说，到了高丽，卖货的事情交给我，万一卖不掉，我赔你这船货的收益。我现在就给你写欠条。姜船主还是很犹豫，他说，去高丽，路途遥远，万一在海上遇到风浪……谭良骏说，在水上行船，哪有不遇到风浪的？从石渚到扬州，也会遇到风浪。老话说，生死有命。一个人哪儿都不去，躺在床上早晚也要咽气。你要顾虑这么多，算我没说。姜船主被谭良骏这么一激，脸面有点挂不住了，石渚地界上，最看不起胆小怕死的男人。姜船主说，多大个事儿，不就是去一趟高丽吗？你一个人去波斯都不怕，我怕啥。姜船主当即决定到了扬州不卸货，而是改变航线去登州，再从登州转道去高丽。

　　姜船主把决定告诉了船员，有几个船员不愿意去高丽。姜船主给了他们两个选择，愿意去高丽的，船上的货卖了所有船员都参与分成，不愿意去的，在扬州下船，领取从石渚到扬州的酬劳。到了扬州，没有一个人下船。从扬州起航后，海上风平浪静，船很顺利地到了高丽。船每次停靠在一个码头，谭良骏就领着窑行小伙计，拿着石渚窑区的瓷器到处推销。石渚瓷器的精美造型、釉下多彩的艳丽色泽、诗文瓷器的独特韵味和相对低廉的价格优势，给当地的瓷器商人留下了深刻的印象。谭良骏在高丽不仅仅卖掉了一船瓷器，他还打开了石渚瓷器的又一条销售渠道。卖完瓷器，姜船主又从高丽采购了当地的土特产，装了满满的一船带回扬州卖了出去，再从扬州采购了一些潭州没有的货物带回潭州卖了出去。这一个来回，虽然用了半年多的时间，但姜船主赚到了以前两年才能赚到的钱。姜船主兑现了承诺，把一半的收益拿出来分给了船员们，船员们都很庆幸当初没在扬州下船。姜船主高兴地逢人就说，谭行首就是个福星。他坐在船上，一路风平浪静，从来没有这么顺利过。

　　谭良骏走后，胡姬酒家那个波斯女人很快就离开石渚去了别的地方。谭良骏离开半年之后重新回到家里，裴牡丹冲上来紧紧地抱住了他，两个人都流下了泪水。谭良骏说，牡丹，你原谅我了？我那是一时昏了头。你和望月才是我最在乎的人。裴牡丹仰起一张被泪水模糊了脸，说，我晓得你的心回到家里了。

　　谭良骏很快召集窑主们到窑行开会，窑主们听说石渚的瓷器在高丽受到欢迎，都非常兴奋。谭良骏也很激动，他说，这次去高丽卖掉一船石渚瓷器的经验值得好好总结一下。老话说酒香不怕巷子深，说明那个时候的巷子还不够深。就像我们草市，以前就一条街，从这头走到那头，有几个酒家看得一清二楚，现在草市有三条街了，就无法做到一目了然。所以，酒香也怕巷子深。以后我们一定要走出去，把我们石渚的瓷器推销到更多更远的地方，让更多的人使用我们石渚的瓷器，让更多的人喜欢我们石渚的瓷器。窑主们说，谭行首，你每次讲话，都让我们热血沸腾。你放心，我们窑上的任务，就是生产更好的瓷器，不管造型，釉色，还是诗文和贴花装饰，我们都要更上一层楼。谭行首说，我这次在高丽遇到了一个问题，买货的人老问我，你们石渚窑区有多少窑口？我问买货的人，为啥要知道我们有几个窑口？买货的人说，我要是知道卖得好的瓷器是哪个窑口烧制的，下次看到那个窑口的瓷器，我就会放心地买下来。窑主们互相看看，庞嘉永说，那还不简单，在瓷器的底部或者任何合适的地方把窑口的名字写上去。樊窑主说，顺便还可以写上几句宣传我们窑口的话。窑主们兴奋起来，说，就是，夸夸自己也不算吹牛，我们的瓷器波斯人喜欢，高丽人也喜欢，一定还有更多的人喜欢。谭良骏说，敢把自己的窑口写在瓷器上，敢说自己天下第一，这才是我们石渚窑上人应有的气度。

那天从窑行回去后，石渚窑区的各个窑口，都在瓷器上写下自己窑口的名字和宣传自己窑口的标语口号："郑家小口天下有名""卞家小口天下第一""樊家湖南道草市石渚盂子有名樊家记""庞家小口天下少有""谭家注子天下闻名""陈家瓷枕一夜好梦"……标注了窑口的瓷器让买家更放心，买家认为，敢把自己的窑口写上去，就是底气。有底气的商家生产的产品，一定不会差。

谭良骏过一段时间就要离开石渚，到外面去推广石渚的瓷器，姜船主认定谭良骏是福星，他的船包揽了搭谭良骏去各地推广石渚瓷器的任务。姜船主的船载着石渚的瓷器，走过了多条航线，把石渚的瓷器推广到了更多更远的地方。谭良骏把石渚的瓷器推广到了高丽、琉球、安南、苏门答腊、波斯……

谭良骏一步一步实现了自己的梦想：成功解决了新建龙窑的资金问题，开创和完善了合作建窑的新模式。着力提升工艺水平，把石渚窑区的彩瓷技术提升到了一个新高度。发挥每个窑口的技术优势，打造每个窑口的技术特色和主打瓷器。在销售方面，摸索各种有利的销售方式，除了组织本地船只运载石渚瓷器直接销售到海外，还用优惠价格吸引海外船只到石渚购货，在扬州和明州，物色信得过的瓷器商人代理销售石渚瓷器……石渚窑上人利用一切方式，把石渚窑区的瓷器卖到了船只可以到达的地方。

石渚窑区在谭良骏当行首的那些年，龙窑的数量达到了一百多座，窑区干活的窑工上万人，年生产瓷器一千多万件。

石渚窑区达到了鼎盛时期。石渚窑上人创造了自己的历史。

第四部 樊家班

石渚窑区的盛世，我只赶上了一个尾声。

我没见过我爷爷谭良骏，我出生的时候，我爷爷谭良骏在那条开往波斯的船上。他上船之前，托人带回来一封信，给我起了一个名字。我爷爷登上那艘叫巨鸟号的波斯船的时候，我娘刚刚怀上我。那艘波斯船的船主，就是我爷爷谭良骏二十多岁从波斯带回石渚的阿普杜拉。阿普杜拉和我爷爷都老了，他们都已经七十多岁了。我爷爷过了七十岁，就整天待在窑行里，指点我阿耶如何当一个行首。我爷爷七十岁的时候，跟窑上的人说，你们要选一个新行首出来，我已经七十岁了，说不定哪天睡下去就起不来了。窑主们一致选举我的阿耶谭望月当了行首。我爷爷和我娭馳，只有谭望月这个孩子。窑主们感恩我爷爷谭良骏开创了石渚窑区的兴盛局面，就让我阿耶接替我爷爷当了行首。子承父业当行首，在石渚窑区还是第一次。我阿耶谭望月性格懦弱，一点也不像我爷爷。我爷爷也明白我阿耶谭望月不是个当行首的材料，但他还是接受了窑主们的好意，让我阿耶当了行首。好在，窑上的日子蒸蒸日上，做一个守成的窑行行首，并不需要太大的魄力。

当阿普杜拉的船开到石渚码头，看到白胡子的阿普杜拉从船上下来，有人飞快地跑去窑行，告诉了我爷爷。我爷爷一路小跑去了码头，气喘吁吁地跟阿普杜拉拥抱在一起，老泪纵横。两个白头发白胡子的老头，互相捶打着对方的胸脯。我爷爷半天说不出话，他忘记了波斯话怎么说。阿普杜拉说，儿子孙子都不让我来了，我跟他们说，这是我最后一次远航了，我已经十年没有远航了，上次船到石渚的时候，你去了明州，等我赶到明州，你已经去了扬州。错过了跟你告别。我一定要来跟你告别。阿普杜拉的波斯话，终于唤起了我爷爷谭良骏的记忆，他说，阿普杜拉老朋友，我以为这辈子再也见不到你了。你能来石渚，真是太好了。太好了。你给了我一个大大的惊喜。

那天晚上，我爷爷和阿普杜拉在洞庭酒家慢悠悠喝酒，他们说了一夜的话。阿普杜拉的船装好要起航的时候，我爷爷跳到了船上，他说，阿普杜拉老朋友，你是最后一次来石渚了，就让我送你到扬州吧。我爷爷谭良骏对站在岸上的我娭馳裴牡丹和我阿耶谭望月挥了挥手，船就开走了。说好把阿普杜拉送到扬州就返回石渚，但我爷爷谭良骏没回来，他随船去了波斯。我爷爷从扬州启程去波斯的时候，托人给我阿耶带回来一封信。信上说，计划有变，巨鸟号的船主，他的好朋友阿普杜拉在扬州得了重病,他要护送阿普杜拉回家,顺利的话,两年后就能返回,家人不用担心和惦记他。来信附上了我爷爷谭良骏给孙辈起的名字,如果是孙子就叫恩宝,如果是孙女就叫恩美。

我从来没有见过我的爷爷谭良骏,但从我出生那天起,所有人都说,我就是我爷爷的翻版。

我娘生得漂亮,运气却不好,不是一般不好,是相当不好。我娘十六岁第一次嫁人,嫁给了卞家窑上的一个雕塑师傅。我娘的幸福生活只过了一年,雕塑师傅死了。晚上好好地睡下去,第二天却死在床上。我娘早上起来,看到身边睡着的人死了,顿时吓成了木头人。卞家报了官,官府来人查了半天,没查出什么问题,既不是中毒,也没有外伤,我娘跟雕塑师傅情投意合,没有任何谋害亲夫的动机。官府的结论是突发急症死亡。

雕塑师傅死了,雕塑师傅的耶娘嫌我娘克死了他们的儿子,对我娘百般刁难,我娘在雕塑师傅家待不下去了,又不愿回娘家给哥哥嫂嫂添堵,就在草市豆腐坊找了一份工。二十五岁这年,我娘再次嫁人,嫁给了草市街上药铺的伙计。药铺伙计眉清目秀,年纪比我娘小三岁。媒人提亲,下聘礼,正式迎娶,一切做法都当我娘是第一次嫁人。我娘跟药铺伙计结婚五六年,生不下孩子。两个看上去面色红润身体健康的人,感情又浓得化不开,不晓得为啥没有孩子。为了生下孩子,我娘吃了成堆难喝的汤药。最后,我娘主动离开了药铺伙计,她对药铺伙计说,你家几代单传,你必须娶一个能生孩子的女人。离开药铺伙计后,我娘一直在豆腐坊当帮工。

我姨驰裴牡丹对我娘的深明大义大加赞赏。那个时候,我阿耶丧了妻,媒人整天都在我家转悠,石渚地界上,想要嫁给谭行首独生子的人自然不少。我姨驰只看得起我娘。我娘对再嫁已经不抱信心了。我姨驰裴牡丹对我娘说,谭望月已经有儿有女,不在乎你能不能生养,谭望月刚接任窑行的行首,他需要你这样一个深明大义的贤内助。我娘被我姨驰说服了。我姨驰请了媒人去求亲。尽管我娘是第三次嫁人,依然明媒正娶,风风光光。

我娘三十五岁第三次嫁人,嫁给了五十多岁丧偶的我阿耶,本来已经死了心,没想到居然怀孕了。我娘三十六岁才生第一胎,我阿耶的紧张可想而知,他提前几天备了酬金和厚礼去把接生婆樊婆婆请到家里住着。樊婆婆九十岁了,她已经轻易不出来给人接生了。

我阿耶谭望月如临大敌,樊婆婆却很轻松,她说我娘臀圆腰壮,是适合生养的女人。樊婆婆住到我家的第一天,就让我娘别在床上躺着,要到院子里走,早中晚三次,每次走上一千步。我娘挺着大肚子,走几步就累得直喘气。樊婆婆说,你别怪我狠,等你生的时候就恨不得每天多走几步了。听了樊婆婆的话,我娘咬着牙继续走。

我娘生我倒是没费太大的劲儿。樊婆婆用烧得通红的剪刀剪掉我跟我娘连接的脐带,在我的屁股上拍了一巴掌,没等我哭出来,我娘就把我抢过去紧紧地抱着在怀里哭得声嘶力竭。我阿耶吓坏了,隔着帘子问樊婆婆是不是婴儿出了意外。樊婆婆用嘹亮的嗓子说,母子平安,细伢子瓷实得很,就是嗓门没他娘大,哭不过他娘。我接了一辈子生,人家都是儿哭娘笑。没见过你家娘子这样的。樊婆婆擦掉我脸上的血水,说,这孩子,长得真像他爷爷。我娭毑裴牡丹看了我一眼,说,孩子刚生出来,看上去都差不多。樊婆婆说,我永远记得他爷爷刚生出来的样子。他爷爷是我单独接生的第一个孩子,那年我刚满十八岁。樊婆婆把我裹在襁褓里,放在我娘的身边,嘱咐我娘好生将养身子。樊婆婆说,恭喜谭家娘子,小公子将来一定会有大出息。我看人不会错的。我接生他爷爷的时候,就看出来他爷爷不是一般人。

樊婆婆出了我娘的房间,吃过糖水荷包蛋,笑眯眯收起酬金,出了我家,去草市的酒馆喝酒去了。

我家门口的爆竹,整整放了一个时辰。在爆竹震耳欲聋的响声里,我娘一直目不转睛地盯着我,我娘的眼泪,噼噼啪啪落到我的脸上唇上。我在人间第一口品尝到的,不是我娘的奶,是我娘的泪。我娘高兴时候流出来的泪是咸香味的,像我们石渚地界上的芝麻豆子茶。

我长大了一点,石渚地界上每个见到我的人,都会说,这孩子,太像他爷爷了。眉眼鼻子跟他爷爷长得就像一个模板印出来的。石渚所有人都说我像我爷爷谭良骏,只有我娭毑裴牡丹说我像我阿耶谭望月。我娭毑裴牡丹说,你长得很像你爷爷,但你是乖孩子,你的眼神跟你阿耶最像。

我娭毑裴牡丹飞到天上去了以后，石渚地界上除了樊婆婆，没有一个人相信我。我那一阵子变成了一个调皮捣蛋惹是生非讨人嫌的孩子。春天的时候，我会从水沟里舀几尾蝌蚪拿到学堂，往草市学堂里那个总是打瞌睡的先生茶杯里放几尾蝌蚪，先生闭着眼睛喝完茶后，突然爆发出一阵阵干呕。我们一边大笑，一边凑过去盯着先生黑洞洞的嘴巴，希望看到他把蝌蚪从嘴里吐出来。没等我们看见先生把蝌蚪吐出来，爱打瞌睡的先生就立起眉毛，说，谭恩宝，你过来。爱打瞌睡的先生说话轻言细语，可我就是怕他。我走过去，伸出手板心放在桌面上，先生拿起那根被油浸得亮汪汪的木头戒尺开始打我的手板心。被油浸过的木头戒尺打在手板心上，疼得钻心，我手板心肿起老高。

回到家，我娘叫小莲赶紧寻出药膏给我敷上。小莲看见我的手，嘴里咝咝地抽气，好像她的手板心被打肿了一样。小莲比我大几岁，她是我娘有一次去潭州捡回来的孩子。我娘说，她从潭州码头下了船，就有一个瘦巴巴的女孩一直跟着她，蜡黄的小脸，眼睛倒是好看的豆角形状。我娘在米粉店吃饭，女孩就站在身边咽口水，我娘给女孩买了一碗米粉，女孩吃完也不走，跟着我娘上了船，我娘只好把小莲领回家。问小莲从哪儿来，小莲说她是从北边来的，阿耶和娘都没了，只有一个没见过面的舅舅在南边做官，本来要去投奔舅舅的，耶娘死了，她也不晓得舅舅在哪儿做官。小莲漂亮的豆角眼黑森森地涌起大滴大滴的泪水。我娘把小莲搂进怀里，说，闺女你要不嫌弃就给我当闺女吧。小莲给我娘跪了下去，脆生生地叫了一声娘。小莲在我家待了几年，长成了一个面色红润身材俏丽的大姑娘。石渚草市的人都说小莲有福气，遇到了菩萨心肠的谭家娘子。

小莲把我的手放平在桌子上，用小手巾蘸了凉水给我擦干净手上的土和墨。小莲整天做些粗活，手却光滑柔嫩。我喜欢小莲，我悄悄问过我娘，我长大能不能娶小莲。我娘笑得眼泪都出来了，我娘说，等不到你长大，小莲就该出嫁了。药膏敷在手板心上凉凉的，就像凉水浇在火上，火熄了，火辣辣的痛立马就减轻了。小莲说，恩宝，还疼吗？我说，不疼了。小莲说，恩宝，以后别惹先生生气了，先生的戒尺打得多狠啊。我说，我不怕戒尺，我没哭。小莲揪了一下我的鼻子，说，我晓得恩宝不是大哭包。

学堂的先生打我，但我不恨先生。我最恨的人是酒馆的伙计。酒馆伙计是个阴险毒辣的家伙，他会把我扔进码头上的深水区，等我呛得要闭气了才把我捞上来，扛着我一路小跑到我家，告诉我的阿耶和娘，他如何在码头的水里发现快要呛死的我，如何飞奔下水捞起我，如何背着我一路狂奔把我送到家。我阿耶和娘对酒馆伙计千恩万谢，让我给救命恩人磕头谢恩，我扭着脖子不肯磕头，酒馆伙计赶紧打圆场。我娘吩咐小莲端出香香的芝麻豆子茶，小莲很快就用招待贵客的绿釉碗泡了芝麻豆子茶，扭着腰端了出来。酒馆伙计从小莲手里接过绿釉碗，好像被烫着一样红了脸。小莲垂着眼睛，不看酒馆伙计。酒馆伙计扫荡在小莲脸上的目光黏糊糊的，我气得打翻了酒馆伙计的茶杯，芝麻豆子撒了一地。我说，不准你喝小莲泡的芝麻豆子茶。你个大坏蛋，你不是我的救命恩人。

我们石渚地界上的人最喜欢说，三岁看大，七岁看老。活到六十岁的时候，我终于明白了，这是一句经不起推敲的话。我三岁和七岁的时候，除了我娭毑裴牡丹，所有人都说我跟我爷爷是一个模板印出来的，可我后来的生活，跟我爷爷完全不同。我走上了跟我爷爷完全不同的道路，我从石渚窑区烈火油烹鲜花着锦的鼎盛现场撤离出去，开辟了另外一个人生战场。我在十八岁那年，组建了一个皮影戏班，自己当班主。我没有给我们谭家的祖宗丢脸。我的草市樊家班，后来很多年，一直是潭州地界上最牛的皮影戏班。我们草市樊家班的皮影戏，一直坚持讲我们石渚窑上人的故事。

我没有如我阿耶和娘期待的那样成为一位卓越的石渚窑上人，我成了一个讲述石渚窑上人故事的人。

没有我爷爷，就没有石渚窑区的盛世辉煌。可没有我，就没有人把石渚窑区的故事记录下来，传播出去。从这个意义上说，我跟我爷爷谭良骏一样重要。

如果没有樊婆婆，我一定会像我的两个兄长一样，继承我们谭家的一座龙窑，成为石渚窑区一个平庸的窑主。我们这些窑主的后代，成为窑主或者成为窑上的师傅是一种既定的命运。我肯定不会成为一个好窑主，我对窑上的那些事儿，从来不感兴趣。十三岁我阿耶送我去窑上学习，我们这些将来要继承龙窑的人，在继承龙窑之前，需要把生产瓷器的所有工艺学一遍。成为窑主之前，必须掌握窑上的技术，这样才不会被师傅们看不起。

我爷爷谭良骏当初被送到龙窑学习的时候,就不是一个好学徒。等他当了行首,他就率先在我家的窑口进行改变,窑主的小孩到窑上学习,不用按部就班先从配土制泥学起,只要依照小孩的兴趣,喜欢哪个就学哪个。这个办法在我家窑口试行起来,我阿耶成为最大的受益人,我阿耶到了窑上,东一榔头西一棒槌地混了一段时间,什么都懂一点,什么都没有学精。后来当了窑主,也是一个平庸的窑主。好在他所处的时代,是石渚窑区的鼎盛时代,任何一个平庸的窑主,只要按部就班,就能保证窑口的收益。我阿耶学艺不精,我的两个兄长也学艺不精,我更是学艺不精。我们学艺不精,能力平平,证明我爷爷让我们凭兴趣学习是失败的。窑主们不管如何佩服我爷爷,在这点上,都不认同我爷爷。窑主们说,小孩子的兴趣,就是三天打鱼两天晒网。要论学手艺,还得遵循严师出高徒。窑主们一直按照老办法,严格训练他们的继承人。

　　樊婆婆在我八岁的时候,就说我将来不会吃窑口饭。樊婆婆的眼睛具备了穿越现实看到未来的能力。可惜我的耶娘只是普通人,他们看不到我的未来,我的耶娘一直按照窑主接班人培养我。我十三岁被他们送到窑上学习,我跟我阿耶当初去学习的时候一样,东一榔头西一棒槌地瞎混,我总是趁着师傅们不注意,一溜烟从窑上跑掉。我不敢回家,就去找樊婆婆,樊婆婆喂饱了我,就给我讲故事。樊婆婆会讲很多故事,她自己的故事,我爷爷谭良骏的故事,我娪驰裴牡丹的故事,我小姨裴桂花的故事,我小姨父郑同川的故事,制出了红色釉水的釉疯子郑喜州的故事,还有石渚地界上许多人的故事……在樊婆婆的故事里,他们都是些有意思的人。

　　我娘很宠爱我,我即使从窑上跑掉了,她也从来不生气。要是我的两个兄长不到窑上干活,我阿耶会大发雷霆,骂他们给爷爷丢脸。我娘怕我阿耶骂我,每次都会抢先说,恩宝还小,等他长大了,就会对窑上的事儿感兴趣了。我娘护着我,我阿耶不仅不骂我,还要说些我娘爱听的话,我阿耶说,恩宝爷爷小时候总想离开石渚,后来还不是回到了窑上,做了一辈子窑上人。咱们窑上的人,不管跑多远,都会被窑火勾着魂。我在心里哼了一声,我阿耶对我爷爷的看法大错特错,他居然以为我爷爷喜欢的是窑上的生活。我爷爷要是喜欢窑上的生活,就不会一次又一次离开石渚窑区了。我爷爷喜欢的是冒险,他最后一次离开石渚,都七十多岁了,而且一去不回，在海里做了孤魂野鬼。

樊婆婆在我八岁的时候就说要把她的房子赠给我，樊婆婆说，我要活到你满十八岁，把房子送给你。樊婆婆信守了她的承诺。我十八岁那年，樊婆婆已经一百零八岁了。樊婆婆把里正和窑行行首樊昆仑请到家里，在里正和樊昆仑行首的见证下，樊婆婆在学堂先生帮她起草的赠予文书上签了字按了手印，我也在文书上签了字按了手印。

樊婆婆赠予我房子，没有任何附加条件，但里正让我承诺给樊婆婆养老送终。里正是个做事讲究规则和因果关系的人，他总是把事情做得更完善，符合他的要求。我毫不犹豫地答应了里正，我也是一个喜欢把事情做得更完善的人。

办完赠予手续的当天晚上，我和樊婆婆还有小莲一起吃过小莲做的晚饭。小莲长到十六岁，拒绝嫁给酒馆伙计，我娘就天天骂小莲忘恩负义。尽管我和小莲小心翼翼，我娘还是看出了我跟小莲暗地里眉来眼去，我娘气得脸色铁青，骂小莲不要脸，还扬言要把小莲卖到靖港宜春院去。我对我娘说，我满了十八岁，就要娶小莲为妻。你要敢把小莲卖去宜春院，我就敢去湘江里投水自尽。我娘被我吓得瘫倒在地上，她流着眼泪说，恩宝，你当真会为了这个忘恩负义的小妖精跟娘翻脸？我说，娘，我喜欢小莲。我说到做到。那一刻，我的眼神跟我爷爷谭良骏一定很像。我娘被我气得说不出话来。第二天，我娘就把小莲轰出了家门。我让小莲去找樊婆婆，樊婆婆二话没说收留了她。

樊婆婆吃过饭，从箱子里找出一身翠绿的新娘装穿上。我和小莲惊异地互相对视了一下，不晓得樊婆婆何时给自己准备了这么漂亮的一身嫁衣。穿好衣服，樊婆婆躺在床上让小莲给她化妆，小莲在樊婆婆的脸上仔细地均匀地敷粉、抹胭脂，画上流行的桂叶眉，在额前贴上红色的花钿、脸颊处画上笑靥、眼角描出弯月一般的斜红，最后涂上唇膏，把嘴巴涂成红艳艳肥嘟嘟的樱桃小嘴。小莲把樊婆婆的一张脸化得像十六岁一样娇艳欲滴。小莲扶樊婆婆站起来，我赶紧把铜镜举到樊婆婆面前，让她前后左右上下照了一遍。樊婆婆满意地点了点头，踩着凳子翻进她早就备好的棺材里，躺了下来。樊婆婆心满意足地说，我准备好了，我要睡了。睡之前，我要看看你们的皮影戏。睡着之后，我就到天上跟你们的嫘驰裴牡丹见面去了。

我和小莲在樊婆婆眼睛对着的方向搭建了一个非常简陋的皮影戏舞台，给樊婆婆演了我们戏班的第一场戏，演的是樊婆婆的故事。我跟小莲只演了那段媒人提亲被樊婆婆拒绝的故事。我的皮影人像，才只做好了两个，十四岁的樊美玉和三四十岁的媒人。表演的时候，小莲负责吹笛子，我负责操纵皮影、模仿媒人和十四岁樊美玉的声音。小莲的前奏笛子吹得欢快滑稽，我就着被音乐挑动起来的气氛，模仿着媒人沙哑干裂的声音说，凭姑娘的模样品行，喜欢谁我也能给姑娘牵个线搭个桥，帮姑娘成就美满姻缘。我听到躺在棺材里的樊婆婆发出了咯咯的笑声。樊婆婆说，王母娘娘一定会喜欢皮影戏，等你们死了，就到天上去给王母娘娘演皮影戏吧。我们天上见。

我被樊婆婆吓得忘记了手上的动作，樊婆婆说，接着演啊。我赶紧操作手里的皮影，让十四岁的樊美玉往前走一步，俯视着媒人，媒人连连后退。然后，我模仿十四岁的樊美玉，用冷冰冰的声音说，我谁也不喜欢。我已经告诉郑喜州，我这辈子不会嫁人，他还没死心。麻烦你回去告诉他……

我和小莲把这场媒人提亲的戏演完，樊婆婆再也没有发出一点声音。我们收拾好皮影道具，我举着一盏灯走近棺材，把手放在樊婆婆的鼻子底下，已经没有任何气息。樊婆婆在我们给她演戏的时候，永远睡了过去。

我和小莲拉开门，在樊婆婆的房门前面放了一挂鞭炮，给草市和石渚报告了樊婆婆仙逝的消息。

樊婆婆的葬礼，在我们石渚地界上，绝对是最隆重的。她一辈子没结婚，但跪地哭她的人，从草市的东头跪到了西头。

樊婆婆的葬礼过后，我回到了自己家里，我本来想让小莲跟我一起回去，小莲抓住我，怕得浑身发抖，她不敢见我娘，我让她留在樊婆婆的房子里等我。

我本来以为回家要遇到我娘和两个兄长的冷眼，自从我娘把小莲赶了出去，就没给过我好脸色。没想到我娘和我的两个兄长在房间里煮了茶，茶桌上摆了我的茶具。我跨进屋，我娘和两个兄长都对我笑着，叫我喝茶。我的大兄长说，我们晓得你忙完樊婆婆的事儿就该回家了，煮了茶等着你。我娘说，你一定累了，快坐下来喝茶休息，一会儿好好去睡上两天两夜。

事出反常必有妖，他们的表现很反常，让我警觉起来。我喝了两口茶，放下杯子，开门见山地对我娘和我的两个兄长说，我组建了一个皮影戏班，自己当班主。我娘和我的两个兄长瞪大了眼睛，我的大兄长把茶盏重重地放下，说，谭恩宝，你在想啥？你晓不晓得在我们石渚，除了做官经商种地开窑酿酒做豆腐……这些正经行当，其他行当，都不是正经人干的。我的二兄长说，戏班？亏你想得出来。我们谭家几代都是清清白白正正经经受人尊敬的窑上人。我娘太过震惊，瞪着眼睛说不出话来。大兄长说，现在窑上生意这么好，各家窑口都在想办法建新龙窑，扩大生产能力。我们早就想再建一座新龙窑，一直没有剩余资金。我说，家里两座龙窑，已经不少了。大兄长说，你不当家不知柴米油盐贵。外面看我们家大业大的，家里花钱的事儿太多。我们这样的人家，事事要考虑周全，不能失了面子。这些年，我们一直没有剩余资金建新窑。阿耶不愿去柜坊借钱，说柜房的钱利太高了。阿耶做事，一向讲究稳妥。公廨的钱也不好弄，一路克扣下来，拿到手只有六成，算起来比柜房的利还高。我说，你们可以管窑行借钱。大兄长说，窑行的钱利低但又不能用，爷爷当行首的时候定了规矩，想用窑行的钱，有窑的人家要排在没窑的后面，有两座窑的，要排在只有一座窑的后面。爷爷定的这个规矩，窑上人都欢迎，没窑的人有了奔头，手里有点钱，再从窑行获得支持，就很容易把龙窑建起来。窑区这些年的快速发展，跟爷爷定的这个规矩，关系很大。窑上人都很尊敬爷爷。阿耶虽然不像爷爷那么果敢，但阿耶办事，历来公正。人们对阿耶也是很尊重的。

大兄长扯得太远，我听得很烦躁，咕咚咕咚喝了一阵茶。大兄长感觉到了我的不耐烦，他说，马上说到正题。樊婆婆赠予你的房子位置好，卖价不会低。我们和娘商量过了，你把樊婆婆的房子卖了，就可以再建一座龙窑。家里两座龙窑，三个弟兄不够分，阿耶和娘一直惦记要给你建一座龙窑。现在把龙窑建起来，来年就可以开窑出货了。现在窑上的货好卖，要不了两年，就可以给你在草市街上另置一处房产。

原来，他们打的是樊婆婆房子的主意。我看着大兄长，不急不慢地说，大哥，你晓得的，我志不在窑上，你不要费心了。家里的两座龙窑，我不要。娘活着的时候，按照阿耶定下的规矩，一座龙窑的收益归娘，另一座龙窑你们兄弟两个平分。娘百年以后，两座龙窑你们一人一座。等我的戏班有了收益，我自然会孝敬娘。我娘哭起来，我的两个兄长骂我不务正业，败坏谭家门风。

我静静地等我娘的哭声和两个兄长的骂声停止了，郑重地给我娘和我的两个兄长磕了三个响头。我说，娘，你不要怪罪小莲，要怪，你就怪我。是我非要娶小莲的。樊婆婆说过，一个人只有做自己喜欢的事情才做得好。一个人只有跟自己喜欢的人结成夫妻，才会美满。我开了戏班，娶了小莲，不管将来过得怎样，我都已经心满意足了。说完，我走出了我们家。

我跟小莲花了一个星期，把樊婆婆的房子收拾出来，做了我们戏班的第一个戏园子。我们把樊婆婆住的那间房子跟后院打通，改造成演出和观看场地。另外的三间房子，收拾出一间当了我们的婚房，一间做了工作间，在里面制作皮影，还有一间，准备给新招来的人睡觉。我亲手写下了"草市樊家班"几个字，做成匾额，挂在门口。

准备就绪，我和小莲盘点了一下我们的钱粮。小莲说，如果只有我们两个，这些钱粮过上半年没问题。如果我们招三个人，这些钱粮只够两个半月。这是一笔账，还有另外一笔账，光靠我们两个，戏班再过八个月未必能开张。如果招三个人，最快三个月就可以开张。我说，你把我绕晕了。你就直说，是招人还是不招人？小莲说，我只负责算账，事儿还得班主定。我说，你啥时候学得这么精明能干了？小时候你挺笨的。小莲说，跟聪明人在一起就变聪明了呗。

我们两个逗了一会儿嘴，小莲坐到我身边，把头靠在我的身上，我用手摸着小莲茂密的头发，说，小莲，跟着我，要做好吃苦的准备。小莲说，我不怕吃苦，我就觉得对不起娘，她把我当亲女儿的。小莲说着哭了起来。我说，樊婆婆说过，人要跟自己喜欢的人结成夫妻，才会美满。小莲说，我喜欢你，也不想让娘伤心。为啥不能两全。我说，傻瓜，世上哪有两全的事儿，樊婆婆为了当接生婆，还不是放弃了自己喜欢的人。小莲把我的手卷在她的手里，紧紧地拽着。

那天晚上，我和小莲在我们的新房里，结成了夫妻。小莲穿了她给自己准备的浅绿色新娘服，我穿了小莲给我准备的红色新郎服。小莲给自己化了妆，她在烛光里的样子，美得让我发晕。我学着婚礼司仪的声音，按照结婚的顺序，高喊，一拜天地。我跟小莲肩并肩拜了天地。再喊，二拜高堂。我跟小莲冲着我家的方向拜了高堂。再喊，夫妻对拜。我跟小莲转过身对望着，小莲扑进了我的怀里。我抱起小莲，进了我们的婚房。那晚的月亮，又大又圆。

我和小莲很快就去靖港招了三个人，靖港是个繁华的镇子，小莲在靖港逛了半天。我告诉小莲，我第一次来靖港，是樊婆婆带着我来的，那天，正好有一个皮影戏班到这里演出，樊婆婆很爱看戏，就在靖港住了一天，晚上带着我看了戏，那晚演的是《采桑子》，我看不懂演的啥，不晓得幕布上面的人怎么会走路，还会说话，跑到幕布后面想搞明白，只见几个人在操纵手里的皮影，话也是那几个人说的。我看呆了，还有这么神奇的事情。跟烧窑相比，演皮影戏太有意思了。那个时候，我就打定了主意。

我们樊家班在潭州地界闯出了名声，被潭州太守请去潭州府里演戏。我们在潭州府连续演出了五个晚上，把我新编的《石渚窑上人谭良骏》的故事完完整整演了一遍。太守大为高兴，为了表彰我们草市樊家班对石渚窑上人故事和石渚窑上人精神的宣扬，潭州太守亲自给我们颁了一块"草市樊家班"的匾。我们离开潭州府回了草市，把太守颁的匾挂在我们的第一个剧场的门上，太守的字颇有欧阳询风骨，我越看越喜欢。小莲却说我写的那块匾更好，小莲把我写的那块匾取下来，用绸布包好放进箱子里珍藏起来。我们在草市举办了三天的免费演出，庆祝太守给我们樊家班颁匾。从那以后，我们不管到哪儿演出，都先把太守颁的匾挂起来。

自从太守给我们戏班颁了匾后，我的两个兄长见面就和我吵，怪我当初没把戏班叫谭家班。他们说，班主明明是我谭家的兄弟，为啥要把戏班叫樊家班。我对我的两个兄长说，没有樊婆婆的支持，就没有我的皮影戏班。把戏班命名为草市樊家班，是为了纪念樊婆婆。我的两个兄长愤怒地说，你叫谭恩宝，你的戏班就该叫谭家班，哪个戏班不是以班主的姓命名的。要是当初叫石渚谭家班多响亮啊，一听就晓得是石渚谭家窑的戏班。太守颁一块"石渚谭家班"的匾，挂起来多提气。

我的两个兄长早就忘了当初我要办戏班的时候，他们嫌我给谭家丢脸，恨不得把我扫地出门。我们的父亲死后，窑行的行首重新落到了樊家窑的大窑主樊昆仑手里，我的两个兄长很郁闷。他们想借我的戏班为谭家争点荣光。每次回家看我娘，遇到我的两个兄长，他们都要指着我的鼻子骂我说，你明明是谭家的后代，为啥要为樊家扬名？你的名字还是爷爷给你取的。爷爷和阿耶要是活着，一定不会同意你的戏班叫樊家班。你呀，就是我们谭家的逆子。阿耶和我的两个兄长，都是循规蹈矩的人，如果他们是爷爷谭良骏的同辈人，在爷爷谭良骏没有成功之前，也会骂他逆子。不管我的两个兄长如何骂我，我都不会跟他们生气。

  我和小莲的儿子，从小在戏班长大，却不喜欢戏班颠簸动荡的生活。五六岁的时候，我和小莲把他送回去跟着我娘。我和小莲的儿子扑进我娘的怀里叫她嬷嬷，她流着泪紧紧地抱着我和小莲的儿子，原谅了我和小莲。我娘送他去学堂念书，从学堂出来，又送他到窑上学艺，他居然学得样样精通，等他成年以后，我娘用自己积攒的钱给他建了一座龙窑，他成了一个很有能力的窑主。

  我的孙子也继承了窑上人的血脉，窑上的技术学得样样精通，从我儿子手里继承了一座龙窑，干得有声有色，三十岁不到，就被选为了窑行的行首。

  我和小莲已经活得够久了，预感到死期将至，我们把戏班传给了女儿女婿。我们的女婿姓蓝。小莲从箱子底下取出我写的那块"草市樊家班"的匾，打开包裹的绸缎，用手摸索着匾上的每一个字。她说，女婿你要答应我，不管以后换谁当班主，戏班不能改名。我们的女婿郑重地点头，说，我以我儿子的性命发誓。

  待小莲说完后，我把我的孙子叫到了床边，把一个樟木箱子交给我的孙子。我告诉我的孙子，要用命保护好这只樟木箱子。我孙子问我，箱子里装的什么传家宝？我说，箱子里装的是石渚窑区的历史，是我花了一辈子写出来的。我孙子郑重地接过箱子，说，爷爷你放心，我会让我的子孙后代用命保存这只箱子。

第五部 铜官韵

谁能想得到，铜官镇上居然出了一个叫邓未来的作家，他是国营陶瓷厂邓技术员的儿子，邓技术员要是活着，也不敢相信自己那个不务正业的儿子居然成了作家，出了名。老实巴交的国营陶瓷厂邓技术员，三十好几结婚多年天天求神拜佛才终于得了一个儿子，生得倒是聪明伶俐，邓技术员满怀希望地给儿子起名邓未来。

邓未来在铜官镇上念了小学初中，到望城区里念了高中，邓未来在望城区读高中的时候，邓技术员两口子都从国营陶瓷厂下岗了。邓技术员凭着过硬的技术南下广东，在广东的私人陶瓷厂拿高薪。邓未来高中毕业考上了长沙的一所理工科大学。邓技术员干活的热情更加高涨了，他希望邓未来读完大学留在长沙，进大机关工作，娶一个城里的老婆。他满怀希望地在广东给儿子挣钱，要给儿子在长沙城里买房。

进了大学，邓未来居然迷恋上了写诗，整天不上课，跟一群写诗的人混在一起，到学校周边的小酒馆喝酒，喝多了就打架斗殴，喝醉了就给女孩子写情诗，根本不在乎挂科不挂科。放假的时候，邓未来回到铜官老街上，他的一头披肩发留得比女生还长，邓技术员的妻子惊得目瞪口呆。邓技术员的妻子苦口婆心劝说儿子把长发剪短，邓未来笑嘻嘻地说，妈，你不懂。我这叫酷。邓未来假期结束回学校之后，邓技术员的妻子把邓未来的情况告诉了邓技术员，她说，他爸，你别光顾着挣钱了，你回来管管你的儿子吧，再不管，他就要变成怪物了，你没看见他留的那头长发，比我的头发还长，走在街上，别人都像看怪物一样看他，我都不敢上街了。邓技术员说，好好的孩子，上了大学怎么不学好了。你就是太惯着他了。邓技术员的妻子哭起来，说，你别埋怨我了，古人还说养不教父之过。你要不去广东，儿子就不会变成这样。邓技术员说，你还怪上我了？我们两个从陶瓷厂下岗，我不到广东挣钱，一家人喝西北风？邓技术员的妻子不说话，光在电话里哭。邓技术员说，挂了吧，哭哭啼啼还费钱。儿子大了，我回去又能咋样？打又不能打，骂又不能骂，我也管不了。邓技术员的妻子说，我还不晓得你，你就是舍不得钱。邓技术员两口子每次打电话，都要吵起来。邓技术员的妻子挂了电话，每次都发誓不再给邓技术员打电话。可是，只要邓未来长发飘飘回一趟铜官镇，邓技术员的妻子就要给邓技术员打电话，在电话里哭。邓技术员被他妻子的哭声弄得心烦，邓未来大学二年级的时候，邓技术员终于谢绝了广东陶瓷厂老板的挽留，回到了铜官镇。看着儿子长发飘飘不着调的样子，也不指望他留在长沙进大机关了。邓技术员跟妻子商量之后，果断在铜官镇的老街上买了一个前店后院的铺面，开了一个古董瓷器店，卖些真真假假的古董瓷器。给儿子留个店面，好歹有个饭碗。

在邓技术员两口子的威逼利诱泪加大棒的逼迫下，邓未来总算读完了大学，拿到了毕业证书。邓未来读完大学的时候，大学已经不包分配了，邓未来没能留在长沙，连县城都没留下，回到铜官镇靠邓技术员求爷爷告奶奶送出去几只真真假假的古董，才在镇政府当了一名可有可无的工作人员。

邓未来去镇政府上班之前，终于剪掉了那头飘飘的长发。邓技术员松了口气，希望儿子在镇政府好好干。邓未来在镇政府混了五六年，始终没啥起色。不是工作中出个错，就是领导交代的任务完不成，整天迷迷瞪瞪懒懒散散。邓技术员对妻子说，事业没指望，就让孩子成个家吧。先成家后立业，等他有了孩子，即使给孩子做个榜样，他也会好好干。邓技术员两口子发动亲戚朋友给邓未来介绍了无数个女孩子，他都爱搭不理，别说约会送花请吃饭，人家女孩约他他都经常爽约。亲戚朋友再也没人给邓未来介绍女孩子，都说邓技术员两口子挺靠谱的，这个儿子实在太不靠谱了。邓未来根本不在乎，他在家里待不住，成天都在山上跑，像考古队员那样拿着一把小铲子到处挖，挖到一片瓷器，就举着翻来覆去看，有时候还笑出声来。放假就去长沙看各种博物馆，去跟博物馆的退休老人聊天，长假就自费到北京寻找瓷器专家，请他们吃饭，请他们讲铜官镇的考古发现。邓技术员恨铁不成钢，但也不敢过分责备儿子，老两口经常关着门抹眼泪。邓技术员一直不明白，这个聪明伶俐的儿子，怎么就成了扶不上墙的阿斗。

邓技术员的妻子临死之前，最遗憾的就是儿子还没成家，她拉着儿子的手，说，你赶紧成个家吧。我走了，谁照顾你和你爸？邓未来说，妈，放心吧，我能照顾我爸。我做饭洗碗收拾屋子，样样都行。邓技术员的妻子死了后，邓未来果然承担起了照顾邓技术员的责任。邓技术员重病在床的时候，邓未来跑前跑后，天天在医院无微不至地照顾父亲，跟邓技术员一个病房的病友都羡慕邓技术员养了个好儿子。邓技术员叹口气，眼泪汪汪地看着他的儿子，说，你要啥时候才能醒事啊。你都三十好几了。邓未来跪在邓技术员的床前，说，爸，你放心，我已经找到我的人生目标了。我要当作家。邓技术员气得发抖，说，作家？你真敢想啊。我们铜官镇从来没有出过作家。我要是还坐得起来,我真想给你一巴掌。我和你妈就是太宠你了,从小舍不得打你。老话还是对的啊,棍棒底下出人才。邓未来说,爸,你别生气啊,我其实没有不务正业,我一直在为当作家做准备。邓技术员说,我活不了几天了。反正给你留了个店,你不干了租出去也能养活自己,这些年到古街上开店的人多了,租金涨了不少。邓未来说,爸,你对我有点信心行不行?当天晚上,邓技术员就撒手人寰了。

办完父亲的葬礼,邓未来马上递交了辞职报告,鬼使神差地,他在辞职报告上写着,我要辞职专心写作,我的使命不是在镇政府混日子,而是成为铜官镇上的第一个作家。我们铜官镇,曾经是海上丝路的内陆码头,铜官镇,是一个文学的富矿,我发誓要把铜官镇的前世今生,写成小说。

邓未来递交的辞职报告,成为镇政府的一个笑话。铜官镇上所有的人,都怀疑邓未来的精神出了问题,但他满不在乎。铜官镇上,已经没有人叫他邓未来了,所有人都叫他邓作家。邓未来从镇政府出来,径直去镇上唯一那家卖电脑的商店给自己买回一台苹果笔记本电脑,他回到家,打开电脑,写下《石渚三部曲第一部:石渚史》,郑重地在标题下署上了邓未来的名字。他写下第一句话:公元960年,石渚窑区的窑火熄灭了……故事,句子,人物,就像苍蝇蚊子扑向臭水沟一样,扑到他的电脑上,变成了黑麻麻的汉字。他只恨自己打字的速度跟不上脑袋里涌泉一样的文思。

邓未来邓作家写的石渚三部曲,刚完成第一部《石渚史》,出了书,就引起了轰动。那段时间,他经常在各种书店搞签售,省里的报纸派记者采访他,他的书和他的照片登在了报纸上。铜官镇古街的人觉得太不可思议了,这个吊儿郎当长发飘飘不务正业的家伙,居然写了一本书,成了名人。好多外地人专门跑到古街上找邓未来签名。铜官镇的人看着报纸说,要是邓技术员两口子活着,看到儿子如今这么有出息,一定很开心。

邓未来被请到一个以陶瓷制造技术和工艺美术著名的大学给学生做讲座。他对学生说，我生在铜官，长在铜官，我一直不晓得我们铜官的地下，埋藏着一个石渚窑区，更不晓得石渚窑区曾经创造了辉煌的历史。黑石号的发掘，让我们石渚窑区的盛世辉煌惊艳了全世界。作为铜官的居民，作为石渚窑区的后人，我有责任，也有义务，把我们石渚窑区的盛世面貌写出来。我的故事是虚构的，但我相信，我笔下的人物是真实的，他们的样子，就是我们石渚窑区的盛世面容。

邓未来邓作家口才了得，他侃侃而谈，坐在下面的女学生眼睛发光。邓未来邓作家演讲完后，热烈的掌声持续了一分钟。进入互动环节，一个女学生提问，邓老师，你写这么小的一块地方，这么受限制的题材，不担心你的作品没有广泛性吗？邓未来迷人地微笑了一下，说，这是一个好问题。美国作家威廉·福克纳有句名言：我的像邮票那样大小的故乡是值得好好描写的，而且，即使写一辈子，我也写不尽那里的人和事。那个在福克纳作品里的"约克纳帕塔法县"，就是福克纳倾其一生来努力构建的"邮票大小的地方"。作家莫言也构建了他的高密东北乡。我脚下的铜官镇，我笔下的石渚窑区，就是我一辈子也写不尽的我的"约克纳帕塔法县"。我的石渚三部曲才写出第一部，请你们期待第二部和第三部。你说到的广泛性，我一点也不担心。有一句话不知道你们听说过没有，越是地域的越是世界的，越是民族的越是人类的。掌声足足持续了三分钟。

掌声停息之后，有一个男生提问，听说你们铜官窑博物馆有鬼魂，据说有人听到过鬼魂的叹息声，邓老师，你听到过鬼魂的叹息声吗？邓未来保持着迷人的笑容，说，我可以负责任地告诉你，我听到过。我敢肯定，那就是我小说的主人翁谭良骏的叹息声，他漂泊多年的魂终于回到了故乡，就停泊在故乡的博物馆里，那里的彩瓷片，就是他那个时代烧制出来的。不瞒你们说，我还在谭家坡的龙窑听到了他哭泣的声音，我相信，那座保留完好的龙窑，就是谭良骏和裴牡丹初次相会的地方。正是因为听到了他的哭泣，我才下决心辞职当作家。我写辞职信的时候，心里一直想着哥伦比亚魔幻现实主义作家马尔克斯的那本书《活着为了讲述》，马尔克斯的书，简直太贴合我的心情了。我活着，就是为了讲述我们铜官的前世今生，要不然，活着还有什么意义？马尔克斯在那本书里说，生活不是我们活过的日子，而是我们记住的日子，我们为了讲述而在记忆中重现的日子。我强烈推荐你们去看马尔克斯的书。当然，我也强烈推荐你们看我的书。

掌声持续了五分钟，邓未来脸上迷人的笑容晃得女生们睁不开眼睛。

邓未来不外出的日子，每天睡到十一点起床，洗脸刷牙，然后穿着拖板鞋到铜官镇街上的一家米粉店里吃米粉，喝茶水，高谈阔论。吃饱喝足后，回家埋头写作。

铜官镇古街上的人离开学校后从来不读书，但他们都认真读完了邓未来的《石渚史》。书是邓未来送给他们的，古街上的住户，每家送一本，每一本邓未来都签上了名字。铜官镇古街上的人读完邓未来的书，越发好奇和惊讶。他们最喜欢问，邓作家，你是咋个晓得那些烧窑人怎么烧窑的呢？你又没有烧过窑？邓未来笑眯眯地说，我就是瞎写的。铜官镇的人说，那可不能瞎写，故事可以瞎编，电视剧都是瞎编的，但是烧窑的事儿不敢瞎编，瞎编就露馅了。邓未来还是笑眯眯地说，我家老头子在窑上干了一辈子，烧窑的事儿，都是请教他。唐代烧窑和现在烧窑，都大同小异嘛。铜官镇的人点点头，说，原来背后有技术指导，你下次出书，要把你家老爷子的名字署上嘛。邓未来仍然笑眯眯地说，这个建议不错。

邓未来上了报纸和电视，成了名人，但他没有名人架子，总是笑眯眯的，铜官镇古街上的人很喜欢跟他聊天。尽管邓未来说的东西，他们听得云山雾罩，但他们觉得跟邓未来聊天有意思。邓未来一开口，就让铜官镇人觉得他的话很高级。有一天，一个铜官镇开瓷器店的老板说他的股票赔了，客栈老板和杂货店老板说，他们的股票也赔了。米粉店的老板安慰他们，买股票就跟赌博似的，总是有赚有赔。瓷器店老板吃完米粉，恶狠狠地把碗里油亮亮的辣汤也喝得精光，他喝得额头冒起汗珠子。邓未来悠闲地挑起一根米粉，嗦到嘴里，细嚼慢咽无比享受地吃了一口，才对那几个股票赔了钱的老板说，你们的股票之所以赔了，是因为暴发了非洲猪瘟。开瓷器店的老板说，八竿子打不着，非洲猪瘟跟我的股票一点关系也没有。开客栈的老板说，非洲我倒是去过一回，在肯尼亚动物园看野生动物，那家伙，吓死个人。杂货店老板说，你娃儿好久去了非洲呢？非洲的黑人是不是跟电视上看到的一样黑？开瓷器店的老板说，别扯些没用的，让邓作家跟我们讲讲，为啥非洲暴发了猪瘟，我们的股票就要赔钱。邓未来说，这个世界上的一切，都是有关联的。"一只南美洲亚马孙河流域热带雨林中的蝴蝶，偶尔扇动几下翅膀，可以在两周以后引起美国得克萨斯州的一场龙卷风。"这就是著名的"蝴蝶效应"。

米粉店里吃米粉的铜官本地人，睁大眼睛看着邓未来，说，好家伙，那要是我们铜官镇上的蝴蝶扇动几下翅膀，岂不是太平洋就要海啸了？那要是我们铜官镇上的公鸡扇几下翅膀，是不是喜马拉雅山顶的雪就要雪崩啊？这也太不靠谱了。邓未来说，你们这么理解太直接了，"蝴蝶效应"是一种混沌学的概念，混沌学，懂吧？瓷器店老板说，啥混沌学，那不是盘古还没开天辟地之前的事儿吗？自从盘古开天地，我们就不再混沌了。邓未来不急不慢地又嗦了一口粉，才说，这个东西比较复杂，我这么跟你说吧，所谓的"蝴蝶效应"，就是要解释这个世界上的任何事情，都是有关联性的。这个关联性，不是直接的，其中有很多偶然性发挥了作用。比如非洲猪瘟暴发了，全球都会担心非洲猪瘟蔓延，这种担心会造成市场的不确定性增加，反映到股市上，对不断增加不确定性的市场，投资信心就会降低，投资信心降低，股市还怎么赚钱呢？吃米粉的铜官本地人说，邓作家，你这个理论整得太高深了。我们搞不懂。邓未来高深莫测地笑了笑，说，我也搞得不是太懂。这种东西，也不需要搞懂。就是瞎聊聊。铜官镇的人说，邓作家，听说你在写石渚三部曲的第二部了，你写的书好久才写得完呢？我们等着看呢。邓未来说，文章千古事，马虎不得。我要慢慢写。铜官镇的人说，邓作家，写文章的事儿不急，找老婆的事儿你咋还不急呢？邓未来说，有缘千里来相会，无缘对面不相识。我那个有缘人还没出现，急有啥用。

有一天，邓未来正在米粉店里高谈阔论，那个在他讲座上提问的女生突然出现在米粉店里。她说，太好了邓老师，你果然在这儿。邓未来说，我认识你吗？那个女学生说，你是我的偶像，你可以不认识我，但我是你的粉丝，我必须认识你。我就是那天你讲座的时候给你提第一个问题的女生。我毕业了，我想到铜官镇发展，我要租下你家的房子，做我想做的瓷器。邓未来说，最近这几年，到我们这儿做瓷器的人可不少。你叫什么名字？女生说，我叫余小莲。女生脸色绯红地看着邓未来，说，我跟我的同学打赌，要用一年时间拿下你。邓未来说，你想破了我的武功，让我背上睡粉丝的恶名吗？

米粉店传出的笑声响彻了铜官镇的街头巷尾，那个女学生的笑声最清脆最响亮。

2022 年 12 月第一稿

2023 年 4 月第二稿

2023 年 10 月第三稿

图书在版编目（CIP）数据

焰红湘浦口 / 川妮著. -- 北京：中国工人出版社，
2024. 10. -- ISBN 978-7-5008-8533-7

Ⅰ. I247.5

中国国家版本馆CIP数据核字第202476VJ72号

焰红湘浦口

出 版 人	董　宽
责 任 编 辑	丁洋洋
责 任 校 对	张　彦
责 任 印 制	栾征宇
出 版 发 行	中国工人出版社
地　　　址	北京市东城区鼓楼外大街45号　邮编：100120
网　　　址	http://www.wp-china.com
电　　　话	（010）62005043（总编室）
	（010）62005039（印制管理中心）
	（010）62379038（职工教育编辑室）
发 行 热 线	（010）82029051　62383056
经　　　销	各地书店
印　　　刷	宝蕾元仁浩（天津）印刷有限公司
开　　　本	710毫米×1000毫米　1/16
印　　　张	20
字　　　数	317千字
版　　　次	2025年1月第1版　2025年1月第1次印刷
定　　　价	68.00元

本书如有破损、缺页、装订错误，请与本社印制管理中心联系更换
版权所有　侵权必究